南開詩學書系

民國詞話叢編

第五冊

MINGUO
CIHUA
CONGBIAN

孫克強
楊傳慶 ／ 編
和希林

社會科學文獻出版社
SOCIAL SCIENCES ACADEMIC PRESS (CHINA)

第五册目録

讀詞雜記

巴壺天◎著

巴壺天（1904～1987），名東瀛，字壺天，號玄廬。安徽滁縣人。歷任安徽省府秘書、南省府秘書長等職。1949年後赴臺灣，先後任教於臺灣師範大學、臺灣大學、東海大學等校。晚年潛心詩禪，著有《藝海微瀾》《禪骨詩心集》。《讀詞雜記》，刊於《學風》1934年第4卷第9期。楊傳慶、和希林《輯校民國詞話三十種》收錄該詞話。

《讀詞雜記》目錄

讀詞雜記

《人間詞》云："客裏歡娛和睡減，年來哀樂與詞增。更緣何物遣孤燈！"余江城重到，殊乏好懷，秋館燈凉，讀詞自遣，此情聊復似之。偶摭群言，兼參己説，其事爲大雅所笑，其旨與流俗或殊。尤冀讀之亮焉。

一　馮正中謁金門詞

馮正中〔謁金門〕首句云："風乍起，吹皺一池春水"，膾炙人口。《南唐書·馮延巳傳》云："元宗嘗因曲宴內殿，從容謂曰：'吹皺一池春水，何干卿事？'延巳對曰：'安得如陛下小樓吹徹玉笙寒，特高妙也？'元宗悦。"按：元宗語氣，蓋甚妒羡馮詞；元宗，固詞中聖手也。陳霆《渚山堂詞話》曰：劉伯溫秋晚曲〔謁金門〕首句："風裊裊，吹綠一庭秋草。"爲語亦佳，然即"風乍起，吹皺一池春水"格耳。以二言細較，劉公當退避一舍。余謂馮公詞意，止水一池，春風乍起，心隨風動，而輒愁生，頗覺意境兩忘，物我一體。劉公豈僅當退避一舍而已？又"吹皺"二字特妙。

二　温飛卿更漏子詞

温飛卿〔更漏子〕首章云："驚寒雁，起城烏，畫屏金鷓鴣。"張惠言《詞選》曰："'驚寒雁'三句，言懽戚不同，興下'夢長君不知'也。"陳廷焯《白雨齋詞話》曰："此言苦者自苦，樂者自樂。"統觀全章，其説良是。若第就此三句觀之，則城烏、寒雁，雖難定驚魂，而畫屏鸂鶒，却毫無生氣。莊生固嘗論楚龜矣，留骨廟堂，無寧曳尾塗中也。

三　菩薩蠻曲

唐無名氏〔菩薩蠻〕"平林漠漠"一首，釋文瑩《湘山野録》云："此詞不知何人寫在鼎州滄水驛樓，復不知何人所撰。魏道甫泰見而愛之，後至長沙，得《古風集》於子宣内翰家，乃知李白所作。"其辭頗涉疑似。胡應麟《莊岳委譚》云："今詩餘名〔望江南〕外，〔菩薩蠻〕〔憶秦娥〕稱最古。以《草堂》二詞出太白也。近世文人學士或以爲實。然余謂太白在當時直以風雅自任，即近體盛行七言律，鄙不肯爲，寧屑事此。且二詞雖工麗，而氣衰颯，於太白超然之致，不啻穹壤，藉令真出青蓮，必不作如是語，詳其意調，絶類溫方城輩，蓋晚唐人嫁名太白，若懷素草書，李赤姑熟耳。原二詞嫁名太白有故，《草堂詞》，宋末人編；青蓮詩，亦稱《草堂集》，後世以二詞出唐人，而無名氏，故僞題太白，以冠斯編耶？"徐釚《詞苑叢談》襲之，且曰："《杜陽雜編》云：大中初，女蠻國貢雙龍犀明霞錦，其國人危髻金冠，纓絡被體，故謂之'菩薩蠻'。當時倡優，遂歌〔菩薩蠻〕曲，文士亦往往效其詞。《南部新書》亦載此事，則太白之世，唐尚未有斯題，何得預填斯曲耶？又《北夢瑣言》云：宣宗愛唱〔菩薩蠻〕詞，令狐丞相假飛卿所撰密進之，戒以勿泄，而遽言於人，由是疏之。按大中即宣宗年號，此詞新播，故人喜歌之。予屢疑近飛卿，至是釋然，自信具衹眼也。"余按此詞謂爲太白所作，固未足信，然據《杜陽雜編》、《北夢瑣言》所載，遽信爲溫飛卿作，尤爲附會。王國維《〈春秋後語〉背記跋》云："考崔令欽《教坊記》所載教坊曲名三百六十五中，有〔望江南〕〔菩薩蠻〕二調。令欽時代雖不可考，然《唐書·宰相世系表》有國子司業崔令欽，乃隋恒農太守宣度之五世孫。唐高宗至玄宗五世，宣度與高祖同時，則其五世孫當在玄、肅二宗之世。其書記事，訖於開元，亦足略推其時代。

據此，則〔望江南〕〔菩薩蠻〕二詞，開元教坊固已有之。”何得遽謂此調至宣宗時始有之耶？

又此詞末句，《草堂詩餘》作“長亭更短亭”，“更”字去聲，按律應用平聲。此字用平，則“長”字可仄。溫飛卿此調十四首，此字十三首用平。衹第十一首“無憀獨倚門”，“獨”亦入聲作平用。萬紅友《詞律》，改“更”作“連”，知此字應平也。第以二字相較，“更”字實佳。

四　周清真浣溪沙詞

周清真〔浣溪沙〕“戲拋蓮菂種橫塘”句，余讀之，頗有微嘆種愁之感。世固不乏逢場作戲，偶種愁根，終乃藕縷難刪，蓮心逾苦者矣。

五　蘇東坡卜算子詞

蘇東坡〔卜算子〕“缺月挂疏桐”一首，銅陽居士《復雅歌詞》云：“缺月，刺明微也。漏斷，暗時也。幽人，不得志也。獨往來，無助也。驚鴻，賢人不安也。回頭，愛君不忘也。無人省，君不察也。揀盡寒枝不肯栖，不偷安於高位也。寂寞吳江冷，非所安也。此詞與《考槃》詩極相似。”譚獻《復堂詞話》曰：“以《考槃》爲比，其言非河漢也。此亦鄙人所謂‘作者未必然，讀者何必不然’。”余謂讀詞能多悟一意，即作詞能多辦一法也。

六　史梅溪雙雙燕詞

史梅溪〔雙雙燕〕《咏燕》云：“應自栖香正穩，便忘了天涯芳信。”襲用王荆公《歸燕》詩“貪尋舊巢去，不帶錦書回”句意。語尤俊絕。

七　溫飛卿菩薩蠻詞

溫飛卿〔菩薩蠻〕首章“小山重叠金明滅”一句，解者各異。

楊慎《升庵詞品》云：後周天元帝令宮人黃眉黑妝，其風流於後世。虞世基咏袁寶兒云："學畫鴉黃半未成。"此煬帝時事也，至唐猶然。駱賓王詩："寫月圖黃罷，凌波拾翠通。"又盧照鄰詩："纖纖初月上鴉黃。""鴉黃粉白車中出。"王幹詩："中有一人金作面。"裴慶餘詩："滿額鵝黃金縷衣。"溫庭筠詞："小山重叠金明滅。"又"蕊黃無限當山額"。又"撲蕊添黃子，呵花滿翠鬟"。又"臉上金霞細，眉間翠鈿深"。牛嶠詞："額黃侵膩髮，臂釧透紅紗。"張泌詞："蕊黃香畫帖金蟬。"宋陳去非臘梅詩："智瓊額黃且勿誇，眼明見此風前葩。"智瓊，晉代魚山神女也。額黃事，不見所出，當時必有傳記。而黃妝實自智瓊始乎？今黃妝久廢，汴蜀妓女，以金箔飛額上，亦其遺意也。其說似較可取。然於小山句，則仍語焉未詳。余按此句言眉黃零落也。《妝臺記》云："五代宮中畫眉：一曰開元御愛眉，二曰小山眉，三曰五岳眉，四曰三峰眉，五曰垂珠眉，六曰月棱眉，又名却月眉，七曰分梢眉，八曰涵烟眉，九曰拂雲眉，又名橫烟眉，十曰倒暈眉。"五代去晚唐未遠，小山眉，疑或沿自晚唐，即飛卿所云"小山重叠"也。至開元御愛眉，顧名思義，當爲唐玄宗時宮中眉樣，尤足藉資參證。如據此解，則此章第三句"懶起畫峨眉"，承上第一句，即"小山"句，第四句"弄妝梳洗遲"，承上第二句"鬢雲欲度香腮雪"，章法亦似縝密。

八　曾鷗江點絳唇詞

曾鷗江〔點絳唇〕後段云："來是春初，去是春將老。長亭道，一般芳草，祇有歸時好。"況夔笙《蕙風詞話》曰："看似毫不吃力，政恐南北宋名家未易道得，所謂自然從追逐中來也。"余按劉圻父〔玉樓春〕題小竿嶺云："一般垂柳短長亭，去路不如歸路好。"曾詞實自此脫胎出，特更佳耳。

九 王碧山齊天樂詞

詞能以有寄托入，以無寄托出，方臻上乘。王碧山〔齊天樂〕《咏蟬》"一襟餘恨"一首，端木埰云："詳味詞意，殆亦黍離之感。'宮魂'字點出命意，'乍咽還移'，慨播遷也。'西窗'二句，傷敵騎暫退，燕安如故。'鏡暗'二句，殘破滿眼，而修容飾貌，側媚依然。衰世臣主，全無心肝，千古一轍也。'銅仙'三句，宗器重寶，均被遷奪，澤不下究也。'病翼'二句，更是痛苦流涕，大聲疾呼，言海島栖遲，斷不能久也。'餘音'三句，遺臣孤憤，哀怨難論也。'漫想'二句，責諸臣到此，尚安危利灾，視若全盛也。"此首句句言君國，句句仍不脫言蟬，無一澀筆，洵詞中高境也。

一〇 劉招山一剪梅詞

劉招山〔一剪梅〕云："一般離思兩銷魂，馬上黃昏，樓上黃昏。"傷離念遠，同此黯然。閨秀張蘩〔清平樂〕《憶外》云："一天離恨分開，同携一半歸來。日暮孤舟江上，夜深燈火樓臺。"實由劉詞脫胎，而描景寫情，更形透露矣。然劉詞又固自毛澤民〔惜分飛〕"此恨平分取"句脫胎來也。

一一 李知幾贈官妓詞

李知幾贈官妓詞有云："暖玉倚香愁黛翠。勸人須要人先醉。問道明朝行也未？猶自記，燈前背立偷垂泪。"好事者或改"偷"爲"佯"。見《升庵詞品》，納蘭容若〔清平樂〕云："記得燈前佯忍泪，却問明朝行未？"實襲用之。然"佯忍泪"三字，強抑悲懷，更加凄婉矣。

一二 納蘭容若浪淘沙詞

納蘭容若〔浪淘沙〕云："曾染戒香消俗念，莫又多情？"蓋自韓冬郎詩"曾把禪機銷此病，破除纏盡又重生"句脱出。馮小青與某夫人書云："蓮性雖胎，荷絲難殺。"亦此意也。

一三　吳夢窗西子妝慢詞

吳夢窗〔西子妝慢〕《湖上清明薄游》云："流水麴塵，艷陽酷酒。""酷"字《詞潔》作"醋"，鄭文焯疑"酷"作"酤"，《説文》：宿酒也。宋翔鳳《樂府餘論》曰："按酷酒，謂酒味酷烈也。白香山《咏家醖》云'瓮揭開時香酷烈'，此'酷'字所本。太白詩'風吹柳花滿店香，吳姬壓酒勸客嘗'。當風吹柳花之時，先聞香味之酷烈，而後知店中有酒。故先言香，後言酒也。'艷陽酷酒'，正同此意。萬氏《詞律》，疑'酷'是'酤'字之訛。然但言酤酒，便索然無味。"此説未足爲"酷酒"二字根據。余按《前漢書》吳王劉濞傳："周丘者，下邳人，亡命吳，酤酒無行。"宋祁校云："南本'酤'作'酷'。"又戈載《詞選》，從汲古刻本，亦作"艷陽酷酒"，并識云："《説文》，酷酒味厚，汲古不誤也。"庶乎得之。

一四　詞之意同境別

辛稼軒〔水調歌頭〕《醉吟》云："而今已不如昔，後定不如今。"吳夢窗〔金縷歌〕《陪履齋先生滄浪看梅》云："後不如今今非昔，兩無言、相對滄浪水。"黃東甫〔眼兒媚〕云："當時不道春無價，幽夢費追尋。"陳其年〔水調歌頭〕《雪夜再贈季希韓》云："縱不神仙將相，但遇江山風月，流落亦爲佳。豈意有今日，側帽數哀筝。"納蘭容若〔浣溪沙〕云："被酒莫驚春睡重，賭書消得潑茶香。當時祇道是尋常。"王靜安〔清平樂〕云："當時草草西窗，都成別後思量。遮莫天涯異日，應思今夜凄涼。"意雖略同，境實各別。蓋稼軒悲涼，夢窗沉鬱，東甫哀婉，其年感憤，容若凄麗，靜安幽咽也。然其年不可爲訓。

一五 況蕙風詞

況蕙風〔水調歌頭〕《落花》云："雨枉教人怨。知否無風無雨，也自要飄零。"又〔江南好〕云："憐花瘦，移向繡閨中，掩却碧紗屏十二，曉來依樣有殘紅，不敢怨東風。"比興溫厚，然即蔣元龍〔好事近〕"風定老紅猶落"，及沈覃九〔浣溪沙〕"落花風定也難收"句意耳。

詞　説

顧　名◎著

顧名，身份不詳。《詞説》刊於《大夏》1934 年第 1 卷第 6 期。

《詞説》目録

詞　說

一　釋詞

詞或謂之詩餘（《蜀中詩話》：唐人長短句詩之餘也），亦謂即樂府之遺（元填《樂府古題》於詩外區二十四名，其末即列有詞。）。以其句多長短錯落，流變孔繁，故又稱長短句。文其名者，以六經無詞字云，通作辭。《說文》：“辭，訟也。”“詞，意内而言外也。”以言辭説爲訓故，則本自相通。若局於特解，固——復有小殊，推衍鄆書以解詞。江山劉君爲諧婉以闡釋曰：“明乎我所欲言，必有司我言者，而後可以盡我之詞，故隸司部。意者，司我言者也，故曰内。意與志不同，故詞與詩不同。”實則有思旨而語言，由語言成文章。凡屬文辭，胥莫能外，特文以載類萬狀，而詩則盛飾情感。文或有塞音理，而詩必求韵節。文不定入樂章，而詩咸蘄能永嘆。塗軌既分，源流各別。自上古以迄三代，樂章所列，盡屬詩篇。俚巷所歌，行人則采，詩樂一而非二，故《咸池》、《六莖》之作，與雅頌比興之辭無間。戰國以還，兵戎相競，歌咏勘暇情，慷慨則新聲起，言鋪陳則賦誦興，好事功則夷夏雜。樂器、樂歌、樂語，不盡相稱，删詩則體用以判，散聲則正變以淆。魏文聞古樂則思卧，胡亥改大武作五行。部秩淆亂，代有因革，蓋自衛及魯，而雅頌得所，亦惟有得所之雅頌，而不得所者，多不可諧律吕。詩有入樂不入樂，由此始矣。

二 詞與樂府

漢興，定《大風》以代《韶濩》，作房中郊祀以代雅頌。惠文、孝武復，徵集趙、代、秦、楚之歈趣，尊曰歌詩。更以樂府令統轄其事，於是樂府之名以立。循名責實，凡歌詩即入樂之詩，亦即樂府。自九代暨三百篇所載漢人新署皆屬焉，而不入樂不屬，樂府令之一切韵語，止被詩名，匪具詩德。由賦比興以暨蘇李所作，胥是也。漢亡魏代，雅樂愈庳，不入樂之詩固不能歌，即入樂之歌詩，或樂府亦有不盡能合律吕者，而樂府又半成空名。自漢魏有雜曲，至于隋唐其作漸多，唐之燕樂尤稱爲盛。后遂稱其歌辭曰："詞，宋之燕樂，亦雜用唐聲調而增廣之。"於是宋詞遂爲極多，于樂府外又別立題署，實則詞亦樂府之流也。凡填詞但依古調爲之者，與前世擬樂府無異，蓋雖依其平仄仍未能被諸管弦，正言其體，特長短句之詩耳。以其製篇擇辭，有殊于雅俗之詩，因而別爲區域。然則七言殊于五言，律詩異乎古體文，何不可判畫之有。故凡有聲之詞，宜歸樂府之條。無聲之詞，宜附近體之列，如此則名實俱當矣。

三 詞與燕樂

宋世詞本於唐之燕樂，然大氐出自胡戎，其最行者曰龜兹樂，非華夏舊聲，清時"龜兹樂"特盛于閭里，曹妙達等競造新聲，文帝惡之。煬帝初不知音，後乃大製艷篇，有《萬歲樂》《七夕相逢樂》諸曲，掩抑推藏，哀音斷絕，是時樂有九部，除"清聲"及"禮畢"外，皆夷樂也。至唐專造燕樂，又并餘九部而總稱燕樂，其器大率以琵琶爲主，凡有四均二十八調。自武德、貞觀至開元、天寶，其著録十四調二百二十一曲，今《樂府詩集》所載諸燕樂詞，大氐即當時文人所五七言絕句，如"秦時明月""渭城朝雨"之類事也。間有爲長短句者若李白〔菩薩蠻〕，白居易〔憶江南〕之類是也。自是以來，長短句彌盛，《花間集序》曰："有唐以降，率土之濱，家家之香徑春風，寧尋越艷；處處之絲羅夜月，自鎖嫦娥。在明皇朝，則有李翰林〔清平調〕，近代溫飛卿有《金荃集》。今衛尉少卿，字弘基，更遣近來詩客曲子詞五百餘首”云云。然唐及五代之詞大體由詩轉化，其聲（謂平側。），其辭（謂意興采藻。），大氐與詩鄰類。至宋徽宗出寧，立大晟樂府，遂命周邦彥諸人討論古音，審定古調，由此八十四調之聲稍傳。而美成諸人，又復增演慢曲、引、近，移宮換羽爲三犯四犯之曲，宋之詞由此益繁。詳其結句參差。位聲拗澀，去詩益遠，又不得不別啓土疆矣。然宋詞大致有所資于唐，其詞有法曲、大曲、慢曲。法曲即原於宋，如《望瀛》《獻仙音》之屬是矣。宋人多辨音律，姜夔、吳文英皆能自度曲，然其數甚少。按，燕樂雖名二十八調，南宋末但行七宮十二調，凡十九調而已。詞雖仍有作者，然亦不以付歌筵，僅爲文士之著撰，蓋其時曲已盛行，而詞避席矣。元明之際，二十八調祇存九宮，至今日俗樂祇存七調。詞既久不歌，聲律無復解者。按譜填字，徒因舊式，致意於清濁，斷斷於平仄，一字之誤，作色相訶，要之皆扣槃捫籥之類也夫。

四　録古府樂書

錄古府樂書，史志以《宋書》爲最詳且精。其書所錄，自晋宋郊廟燕享之詩，及晋世所用相和曲、舞曲、鼓吹、鐃歌，莫不備載。《晋書》特依放之耳。《南齊書·樂志》所載樂詞，止于郊廟燕饗之辭，餘不録。蓋以歌辭至繁，難可盡録乎。

總集以宋郭茂倩《樂府詩集》爲最備。其推考源流，解釋題號，又至該洽。求古樂府者，未有能捨是書者也。清凌廷堪著《燕樂考原》，於詩、燕樂府、詞曲遷變，言明且清，亦參考之良篇矣。

花隨人聖庵詞話

黃　濬◎著

　　黃濬（1890～1937），字哲維，號秋岳，室名"花
隨人聖庵"，福建侯官（福州）人。清季翰林院編修黃
彥鴻之子。清京師大學堂學生。早年於日本早稻田大學
留學，入民國，曾任南京國民政府行政院機要秘書。日
寇侵華時，佳人作賊，以賣國罪伏誅。黃濬大節有虧，
然長於文學，詩詞均工，爲陳衍得意弟子，同光體閩派
後勁，著有《聆風簃詩》《聆風簃詞》《花隨人聖庵撫
憶》等。《花隨人聖庵撫憶》最初連載於《中央時事周
報》，續刊於《學海》，起訖於1934年至1937年8月，
1943年黃氏友人瞿兌之爲之刊行。本書即據此輯錄其
中論詞文字。《詞學》第4輯（華東師範大學出版社，
1986年版）輯錄8則，張璋《歷代詞話續編》、屈興國
《詞話叢編·二編》據此收錄。朱崇才《詞話叢編·續
編》據原書輯錄出31則。

《花隨人聖庵詞話》目録

花隨人聖庵詞話

一　鄭文焯

"誰家笛裏返生香，傾國風流解斷腸。頭白傷春無限思，不應此樹管興亡。""到地春風不肯閑，南枝吹盡北枝殘。吳宮多少傷心色，占得牆東幾尺山。"此大鶴山人賦小城梅枝之起二首也；傷心語，罕見如是凄麗。吳小城，在蘇州，叔問此作，見《樵風樂府》卷九。第九卷雖云起壬寅訖辛亥，然予考卷末〔水龍吟〕小序稱："昔東坡謂淵明先生讀史述九章，夷齊箕子蓋有感而云，余考其《蠟日》篇，發端于風雪餘運，終托之章山奇歌，其詩皆當在義熙禪代時作。時先生已五十有六，遂以江濱佚老，遁世自絕，其志可哀也已。何意去此千五百餘年，舊國之感，異代同悲，患難餘生，行年差合，今之視昔，身世共之，而變端之來，心存目替，其愴恍殆有甚焉。"而詞中有"落木悲秋"、"殘尊送臘"語，自是分指八月起義、十二月遜位，此是辛亥殘冬所作也。其後〔永遇樂〕題爲"春夜夢落梅感憶因題"。又〔水龍吟〕，題爲"人日探梅吳小城有懷關隴舊游"。又其後則〔楊柳枝〕八首。是必皆壬子春所作，姑附著于辛亥年者。戴亮集爲先生之婿，去年以遺墨屬題，展卷則人日尋梅之〔水龍吟〕，及八首〔楊柳枝〕賦小城梅枝者具在。〔水龍吟〕凡兩錄，八咏則別寫於淡赭箋。予題兩絶句歸之。

案，詞中之〔陽關曲〕〔欸乃曲〕〔采蓮子〕〔浪淘沙〕〔楊柳枝〕〔八拍蠻〕六調，皆唐人七言絕句，能歌以侑觴，所謂教坊曲。考郭茂倩《樂府詩集》、王灼《碧雞漫志》，皆言〔楊柳枝〕出於古之《折楊柳》。白樂天、薛能，別創新聲。而歷來詞家注釋此題，皆咏柳枝本意，叔問此作，殆變格。然《鑒戒錄》云："柳枝歌，亡隋之曲也，張祜一絕，即楊柳枝。"今先生此詞，聲極淒怨，謂爲亡清之曲，良是本懷。而《比竹餘音》中，別有〔楊柳枝〕二十六首，悉咏本題。其第二首後二句云："不見故宮智井底，銀瓶長墜斷腸絲。"予意必指珍妃墜井事，已而檢視果爲庚子、辛丑間作，證以第五首"長條如帶水縈環。難繫離愁百二關。羨爾巢林雙燕子，秋來暫客尚知還"。乃言西狩未歸，兼以唐末黃巢之亂春燕巢于林木爲喻，則前説益信矣。予前記珍妃事，所録"秋深猶咽五更蟬"者，乃第十四首也。（叔問後刊《樵風樂府》，此題删去十一首，存十五首。）人日探梅之〔水龍吟〕，亦極悲婉，今全録之："故宮何處斜陽，衹今一片消魂土。蒼黃望斷，虛岩靈氣，亂雲寒樹。對此茫茫，何曾兩子，能傾一顧。但水漂花出，無人見也，回欄繞，空懷古。　　別有傷心高處，折梅枝、怨春無主。隴頭人在，定悲搖落，驛塵猶阻。報答東風，待催羌笛，關山飛度。甚西江舊月，夜深還過，爲予清苦。"今年春事苦晚，江梅未動，以廢曆計之，執筆之辰，適爲丙子人日，草堂無相寄之貲，花勝乏堪簪之鬢，撫時感事，欲有所述，而病未能，咫尺靈嚴，亦成隔阻，箋先生此詞竟，恨然滌硯而已。

二　吳小城

大鶴山人所記之吳小城，實在蘇州城内孝義坊，考《樵風樂府》卷六〔滿江紅〕小序云："乙巳之秋誅茅吳小城東，新營所住，激流植援，曠若江村，歲晚淒寒，流離世故，有感老杜《卜居》之作，聊復勞者歌其事云。"又〔西子妝慢〕，賦吳小城，序云："《越絕書》：城周十二里，高四丈七尺，門三，皆有樓。《吳地記》引《虞覽塚記》云：'吳小城白門，閶闔所作。秦始皇時，守宮吏燭照燕窟失火，燒宮，而門樓尚存。'是知小城，即吳宮之禁門，又謂之舊子城也。歷漢唐宋，以爲郡治，舊有齊云、觀風二樓，并在子城上，爲郡僚賓燕之所，見之唐賢歌咏獨多。明初，惟餘南門，頹垣上置官鼓司更。郡志載：'今自乘魚橋至金姆橋而東，高岡逶邐，是其遺址。'城四面舊皆水道，即子城濠，所謂錦帆涇也。其東，尚有故迹，號爲濠股，今余之所經構，證以《圖經》此間乃兼有其勝，五畝之居，刻意林谷，既擁小城，聊當一丘，涇之水，又資園挽，可以釣游，不出戶庭，而山澤之性以適，豈必登姑蘇，望五湖，始是發思古之幽情耶？分題賦此，因并及之。"據此兩序，似吳小城風景秀異。今考乙巳爲光緒三十一年，叔問以七試部堂不售，癸卯歲，始絶意進取，自鐫小印曰"江南退士"。

其明年，王佑遐來蘇州。王之先壟在桂城東半塘尾之麓，因以半塘自號，蓋不忘誓墓意也。叔問嘗謂之曰，去蘇州三四里，有半塘彩雲橋，是一勝迹，宜君居之，異日必爲高人嘉踐。王因之賦〔點絳唇〕詞。見《蜩知集》中，乃半塘於秋間化去，叔問愈增感喟，遂以又明年，買地孝義坊，凡五畝，築室榜門曰"通德里"。秋初落成，遷入。蓋自光緒六年庚辰卜居蘇州以來，至兹二十有五年，而先生適五十矣。從鄧尉購嘉木名卉，雜蒔庭院，頗擅園林之美。其東高岡逶邐，即詞中之吳小城。復作亭于岡之高處，顏曰"吳東亭"，繞以籬，足供憑眺。孫益庵德謙，有賀先生新居文，稱"度地新規，洞天別啓，近鄰蕭寺，旁枕清溪"。其後有跋，中云："流寓吳中，愛其水木明瑟，風物清嘉，栖遲者二十餘稘，去祀擇地孝義坊，經營別墅，迄兹落成，足以栖集勝寄矣。其地則崇岡屹立，曲澗前流，東城，吳之故城也，白香山曾有吳東城桂之咏，今先生將辟其後圃，襲此古芬。"就孫跋觀之，所謂吳小城者，山人蓽藍繕創，證以詞中之"山送月來，水漂花出，一片吳墟焦土"。可知易荒丘爲亭囿，胥賴經營。〔楊柳枝〕中之"梅枝"，祇是園梅餘植。彊邨於此，亦有和作，其〔西子妝〕小序云："叔問卜築竹格橋南，水木明瑟，遂營五畝，證以《吳郡圖經》，跨流而東，陂陀連蜷，爲吳小城故墟，懷昔傷高，連情發藻"云云，亦指此。樵風別墅，叔問歿後十年已易主。所謂吳小城者，所謂錦帆涇者，高岡悉夷，殘濠亦塞，別修馬路，名錦帆路，比日太炎先生，即卜居是間。朝市滄桑，事理之常，予懼後來考證吳門勝迹者湮没靡徵，將以兩家詞中所指，悉目爲蕉鹿之幻，故瑣瑣考録之。

三 庚子秋詞

予始得樵風、彊邨二家詞，實羅癭同曹時手贈，時在庚戌，癭薄游吳會乍歸也。癭公初住教場二條胡同，是王半塘故宅，所謂四印齋。庚子，朱古微曾來同居之。癭公因集《瘞鶴銘》題曰："王朱前後詞仙之宅"。後遷廣州會館，仍榜此八字於客廳。尚記是冬癭公絮絮爲言至蘇州得見文小坡，并書贈小坡一詩於予之團扇。彈指二十餘年，癭公歿亦歲星一周。今翻《彊邨語業》卷二〔西河〕小序云："庚戌夏六月，癭庵薄游吳下，訪予城西聽楓園，話及京寓，乃半塘舊廬。回憶庚子、辛丑間，嘗依翁以居，離亂中更，奄逾十稔，疏燈老屋，魂夢與俱。今距翁下世且七暑寒已。向子期鄰笛之悲，所爲感音而嘆也。爰和美成此曲，以抒舊懷。"即紀兹事。按半塘《庚子秋詞》，即與古微及劉伯崇、宋芸子所倡和，有寫本石印行世。詞多小令，涉及掌故者不多。其可紀者，半塘曾以一書并寫諸詞寄樵風，其中乃有名言。且可見爾時圍城中士大夫之心理，今備録之。

王致鄭書云："困處危城，已逾兩月，如在萬丈深阱中，望天末故人，不啻白鶴朱霞，翱翔雲表。又嘗與古微言，當此時變，我叔問必有數十闋佳詞。若杜老天寶至德間哀時感事之作，開倚聲家從來未有之境，但悠悠此生，不識尚能快睹否？不意名章佳間，意外飛來，非性命至契，生死不遺，何以得此。與古微且論且泣下，俳徊展讀，紙欲生毛。古微於七月中旬，兵事棘時，移榻來四印齋。里人劉伯崇殿撰，亦同時來下榻。兩月來尚未遽作芙蓉城下之游，兩公之力也。古微當五六月間，封事再三上，皆與朝論不合；而造膝之言，則尤為侃侃，同人無不為之危，而古微處之泰然。七月三日之役，不得謂非幸免，人生有命，於此益可深信，人特苦見理不真耳。鄙人嘗論天下斷無生自入棺之人，亦斷無入棺不蓋之理，若今年五月以後之事，非生自入棺耶？七月以後之我，非入棺未蓋耶？以橫今振古未有之奇變，與極人生不忍見、不忍問、不忍言之事，皆于我躬丁之，亦何不幸置耳目於此時，而不聾以盲也。八月以來，傅相到京，庶幾稍有生機。到京已將一月，而所謂生機者，仍在五里霧中。京外臣工，屢請乘輿回鑾，乃日去日遠，且日促各官去行在。論天下大事，與近日都門殘破滿眼，即西遷亦未為非策，特外人日以為要脅，和議恐因之大梗。況此次倡謀首禍諸罪臣，即以國法人心論之，亦萬不可活，乃屢請而迄未報允，何七月諸公歸元之易，而此輩絕頸之難也？是非不定，賞罰未昭，即在承平，不能為國，況今日耶？鬱鬱居此，不能奮飛，相見之期，尚未可必。足下謂弟是死過來人，恐未易一再逃死，至於生氣，則自五月以來消磨淨盡，不唯無以對良友，亦且無以質神明。晚節頹唐，但有自愧，尚何言哉，尚何言哉！中秋以後，古微邀伯崇每夕拈短調，各賦一兩闋，以自陶寫。亦以聞聞見見，充積鬱塞，不略為發泄，恐將膨脹以死，累君作挽詞，而不得死之所以然，故至今未嘗輟筆。近稿用《遯渚唱酬》例，合編一集，已過二百闋。芸子檢討屬和，亦將五十闋。天公不絕填詞種子，但得事定後始死，此集必流傳，我公得見其全帙。茲先撮錄十餘闋呈政，詞下未注明誰某，想我公暗中摸索，必能得其主名。雖伯崇詞于公為初交，然鄙人與古微之作，公所素識，坐上孟嘉，固不難得也。"

半塘此書，可分數節詮注。其言得叔問新詞者，叔問于庚子之變，有〔賀新郎〕《秋恨》二首，〔謁金門〕三首，最為沉痛。又〔漢宮春〕《庚子閏中秋》一首，亦甚悲。戴亮集《年譜》中，所謂〔謁金門〕三解，每闋以"行不得""留不得""歸不得"三字發端，沉鬱蒼涼，如〔伊州〕之曲是也。書中所云與古微且讀且泣下者，度是此詞。古微五六月間封事，及造膝之言，則指古微與袁、許等迭奏斥義和團，及召見時古微抗聲力諫，那拉氏大怒，問瞋目大聲者爲誰，以古微班次稍遠，后未暇細察得免諸事。此節古微行狀、墓志，及晚近諸家筆記，已及之。其言七月三日之役幸免者，則殺袁、許之日也。其論李合肥到京後仍無生機，兩宮無意回鑾，及首禍諸臣迄未誅戮，可見爾時焦盼之意。禍首久之始正法，回鑾則在次年。其寄示《庚子秋詞》十數首，叔問答以一詞，此詞《樵風樂府》不載，《比竹餘音》中，〔浣溪沙〕題爲樓居秋瞑，得鶩翁書却寄："罷酒西風獨倚欄。滿城紅葉雁聲寒。暮雲盡處是長安。　　故國幾人滄海夢，新愁無限夕陽山。一回相見一回難。"是也。

四　羅癭公

癭公是年游吳，于天童訪寄禪上人，于蘇州訪朱古微、鄭叔問，癭公有詞，記當時《國風報》曾載之。退庵爲癭公刊詩，似未錄及。古微〔西河〕小序中"訪城西聽楓園"云云，聽楓園者，叔問爲彊邨蘇闓所僦之居。《樵風樂府》卷七，〔驀山溪〕小序云："吳城小市橋，宋詞人吳應之紅梅閣故地也，橋東今爲吳氏聽楓園。水木明瑟，以老楓受名。紅葉亭不減舊家春色，且先後并屬延陵，於勝地若有前因。彊邨翁近僦其園爲行寓，翁所著詞，聲滿天地，《折紅》一曲，未得專美於前也，爰托近意，歌以頌之。"而彊邨和作，亦有小序，中云："叔問爲相陰陽，練時日。"可見其投分之厚，爲謀之忠。蓋是時陳臒庵（啓泰）爲江蘇巡撫。駐蘇州，陳素風雅，延叔問處幕中，故吳門詞流接武。鼎革後。風流雲散矣。

癭公生平亦以友朋爲性命者，以叔問老年多舛，爲言于任公先生，以其喪偶，厚賻之。叔問有謝書云："別來數更喪亂，感懷雅舊，恍若隔生，音訊闃然，瘔思曷極，去臘展誦惠書，猥以悼亡，矜垂甚備，高義仁篤，荷遽相并。重承任公老友厚賻，頒逮三百金，周急救凶，幽明均感，撫臆論報，銜結深銘，祇以衰病之餘，少稽陳謝，伏惟豈弟之宥，代剖赤情，幸甚幸甚。茲值亡妻營奠有日，敢以赴告，敬求飭送沽上為感。下走集蓼餘年，遭家多難，比來知死知生，彌憎鮮民之痛。昨承寄示子民先生函訂大學主任金石學教科兼校醫，月廩約四百番錢，禮遇誠優且渥。第念故國野遺，落南垂四十年，倦旅北還，既苦應接，且聞京師僦賃薪米之費什倍于南，居大不易。蒿目世變，何意皋比，頹放久甘，敢忝為國學大都講耶？業醫賣畫，老而食貧，固其素也。辱附契末，聊貢區區，未盡願言，但有荒哽。"

案此書以戊午正月發，是民國七年也。先生即以是年二月捐館，衰病疲茶，宜其無意北歸。瘦公晚亦侘傺，卒年纔逾五十，去叔問之歿，不過六年。生無寸椽，殯于蕭寺，寡妻并命，楹書蕩然，文人酷遇，於斯已極。每憶甲子九月，予與宰平視瘦公喪於法源寺，輒覺悲從中來。以較樵風身後，又別莞枯，誠汪容甫所謂"九淵之下，尚有天衢；秋荼之甘，或云如薺"者已？叔問身後，亮集以《冷紅簃填詞圖》乞人題咏，疢庵先生題二絕句云："流落江南吳小坡，二窗斷送卅年過。故知一切誰真妄，奈此回腸蕩氣何。""三過吳門一面慳，眼中猶是舊朱顏。如何入畫還相避，背坐拈毫對小鬟。"可想見山人早年風度，曾剛甫題云："西風久下藤州泪，社作今無竹屋詞。解識二窗微妙旨，《樵風》一卷亦吾師。"剛甫與瘦公至交，讀"藤州吹泪"之句，彌念吾瘦庵也。

五　樵楓別墅

樵楓別墅，雖已易人，小城帆涇，并成衢路，而大鶴山人當年誅茅樹屋，猶有逸聞可資談柄。叔問築園孝義坊之又明年，戊申之秋，於正廳西北隅辟精室三楹，自製《樵楓補築上梁文》，有叙云："光緒旃蒙大荒落之年，余既于吳小城粗營五畝之居，灌園著書，寂寞人外。越三年，以石芝西堪隙地數弓，復取新規，拓以茅

棟，向陽兩間，約略連簃之制，聊完覆蕢之謀。乃簡良辰，上梁迨
吉，仿溫子昇體，用作祝文，其詞曰：桂叢之幽，聊可佳留，誅茅
西益，善爲是謀，巢移一枝，書堆兩頭，蟬蛻自蕢，計唯周周。既
練時日，經始及秋。乃陳三瓦，以應天麻。伐木鶯遷，胥宇燕游。
補我樵風，拓茲菀裘。蔣詡三經，仲宣一樓。潛顯匪地，宏以勝
流。清風作誦，永企前修。"考石芝西堪，是樵楓別墅之一簃，今
世所傳《石芝西堪筆記》，言金石磁器事甚多，是也。文中所謂
"約略連簃之制"蓋即指此，西堪相傳爲連簃制，前後五間，曲房
連蜷。至何以取此名，則詩中莫能踪迹，而實爲叔問先生生平
奇事。

　　光緒七年辛巳，叔問年二十六歲，秋得奇夢，游石芝崦。其以
《瘦碧》名集，自號鶴道人，或大鶴山人，皆因夢境而然，并倩顧
若波繪《石芝詩夢圖》，俞曲園、王壬秋爲題。叔問詩未刊，今錄
其記夢并序云：光緒辛巳秋七月十三日癸酉，夜夢游一山，洞西
向，榜曰"石芝崦"，山虛水深，亂石林立。石上生如紫藤者，異
香發越，堅不可采。展步里許，聞水聲潺潺出叢竹間，容裔滉瀁，
一碧溶溶，世罕津逮。時見白鶴，橫澗東來，迹其所至，有石屋數
間，題曰"瘦碧"。攝衣而入，簡帙彪列，多不可識。徘徊久之，
壁間題"我欲騎雲捉明月，誰能跨海挾神山"十四字，是余去年
在西湖夢中所得舊句也。嘗欲補爲，卒卒未果，今復於夢中見之，
其覺所接者妄，夢所爲者實耶？列禦寇曰"神凝者想夢自消"，吾
勿能勿爲夢呪也。翼日，瑞其夢而述以詩："西崦石生髓玉芝，狀
如赤箭盤蒼螭。洞天唵溰現靈宇，上有綠雲繚繞之。我來非因亦
非想，丹材素府崒森爽。天風鼓碎青琅玕，琴筑鏗然衆山響。欲踏
蘚石尋幽蹊，元滑出入無町畦。忽從老鶴迹所至，曲房眑眑非塵
栖。不知何人題壁去。證我西湖空中句。瑤風可眺不可捫，宛委龍
威開奧庰，魂營魂兆神乎形，趾離夜吹優曇馨；古莽早落雨悄悄，
坐令合眼游虛庭。世間萬物何善幻，若說海枯與石爛，吾道大適
無端厓，負山夜走誰得見。"夢境本極迷離，所狀尤邃異，二十五

年之後，始營一室，以此顏之，儒酸願力，亦可哀也。

別墅中尚有齊玉象堪、瓶知寮諸榜。齊玉象者，叔問二十八歲時沈仲復贈蕭齊玉造像榜。舊額新榜也。瓶知寮，則築園時所牊。叔問記此事云："光緒丙午年二月，余治園于吳小城之故墟，因鑿井深二丈許，忽有物鏗然，亟令工出之，則一方石，上蓋土缶一，微紺色，兩耳附口，圓徑約三寸強，制甚樸渾，此新穿之井，不如何以有古陶器發見也。案《史記》《國語》并記季桓子穿井得土缶，其中有羊，以問仲尼。《太平寰宇記》桓子井深八十八尺，在曲阜縣東法集寺，今費縣廳治門外，有天寶《井銘》，宋紹聖四年逢完重立，爲之記云。天寶九載趙光乘作銘云：'土缶舊得，石榦今修'，是此井爲桓子井，可證。嚴鐵橋《金石跋》以爲《山東通志》云，鄾城內有季桓子井，即此。趙氏據天寶以前圖經，當可信也。今余穿井於園，亦得土缶，而無殨羊之異，因纂銘刻于井榦，挈瓶之知，未足多也。"此文雖非穿鑿，其所援引，抑亦張大矣。至冷紅簃之由來，則光緒癸巳，納吳趨歌兒張小紅，別居廟堂巷龔氏修園，爲賦〔折紅梅〕詞，而以吳應之紅梅相比，《冷紅移填詞圖》亦顧若波繪者也。

六　粵兩生

彊邨有寒夜同麥孺博、潘弱海一詞，調寄〔齊天樂〕，起云："黃昏連樹拳鴉噪，江寒笛聲不起。擁葉驚波，呼風斷角，淒別歸鸞千里"者，極淒峭之致。孺博，弱海，所謂粵兩生，自戊戌以來，負江海盛名。予曩以瘦庵之介識兩君。弱庵不過數面，曾欲共游潭柘，不果行。孺博則過從稍多。憶民國元年、二年間，燕都宴飲，多在岳雲別業之岳雲樓，或畿輔先哲祠後之遥集樓。予與蛻公，蓋數陪文酒。一日，陳簡持（昭常）招飲，憑欄望西山，黯然如將夕，君掀髯語時事久之，與瘦公言，是少年蓋可談者。重感其言。君既逝，予挽以詩云："疏眉廣顙美髭須。平世駫駫見此儒。黨錮早年收郭泰，隱居晚節況王符。登樓曾共神州嘆，覽逝真愁

海水枯。莫倚層欄數陳迹，江楓千里正愁予。"即言及此事。今觀
彊邨翁〔水龍吟〕《挽孺博》云："峨如千尺崩松，破空雷雨飛無
地。京華游俠，山林栖遁，斯人憔悴。"可知蛻盦之志節。弱海以
民國四五年間，佐江蘇軍幕，假兵符趨黔桂，興義師以討袁，袁以
重金購捕之，乃走香港，匿亞賓律道康南海宅，悲憤嘔血死，後蛻
公約二三年。狄平子數錄兩君詩，蓋猶其四五十前後作。今歲映
庵錄其寄魏劬公天津〔木蘭花慢〕，中有云："途窮我今不慟，且
閉門種菜托英雄。萬里俱傷久客，百年將近衰翁。"此當是入民國
後作。蛻盦、弱盦，俱以橐筆爲生涯，晚年佗傺，弱盦恢奇有壯
志，蛻盦則文章獨茂。兩君生嶺外，而滯海上。劬公浙人，而客津
門，故云"萬里俱傷久客"。岳雲樓，後改張文達（百熙）公祠，近
又改爲校舍矣。

七　夏午詒詞

夏午詒年丈，曩于民國初元，曾數同文宴，又數於晳子座間
奉手，樊山最稱其詞，予所見不多。十餘年間，踪迹契闊，但知其
夙耽禪悅，晚益精進，近歲詣閩之鼓山湧泉寺訪尊宿，有《鼓山
受戒記》，歸而恉化於滬上而已。比從叔章獲睹其未刊詞稿，製題
仿賀方回例，詞亦摩南宋之壘，湘綺之傳花也。從詞中得兩遺聞，
可資諷憶。

其一，則端陶齋入川之詞讖。陶齋奉命入川，午詒隨行，次永
川，午詒題一詞於驛壁，結句爲"付驛庭花落，他年此際消魂"。
陶齋見之大不樂，不久遂被殺。午詒詞中，此題爲"驛庭花"，
注："永川驛寺題壁答朱三雲石，調寄〔高陽臺〕。"詞云："鼓角
翻江，旌旗轉峽，益州千里雲昏。有客哀時，江頭自拭啼痕。誰知
鐵馬金戈際，共閑宵、細雨清尊。喜風流詞筆，人間玉樹還存。
是非成敗須臾事，任黃花壓鬢，相對忘言。虎戰龍爭，幾人喋血
中原。莫隨野老吞聲哭，縱眼枯、不盡煩冤。付驛庭花落，他年此
際消魂。"以詞言，殊悲涼慷慨，而下半闋何以作如是語，殆所謂

莫之爲而爲之，言爲心聲，或機倪之先露也。陶齋既殂，午詒有
〔揚州慢〕一詞，題爲"西州引出資州作"，則聲與淚俱矣。詞云：
"上將星沉，戟門鼓絶，大旗落日猶明。聽寒潮萬叠，打一片空
城。七十日河山涕淚，霜髯玉節，頓隔平生。剩南鳥繞樹，驚回畫
角殘聲。　　　　伏波馬革，更休悲、螻蟻長鯨。料魚復江流，瞿塘石
轉，此恨難平。惆悵江潭種柳，西風外、一碧無情。祇羊曇老淚，
西州門外還傾。"陶齋功罪自待論定，而以地位言，午詒與陶齋關
繫言，爾時環境言，則"七十日河山涕淚"，自屬實寫，蓋清亡，
首尾不過七十日耳。其後午詒居北京，有〔凄涼犯〕一詞，題爲
《槐》，注："忠敏故宅。"詞云："古槐疏冷門前路，山河暗感離
索。幾回醉舞，黃花爛漫，半頹中角。風懷不惡。況人世功名早
薄。甚青山、不同白髮，此恨付冥漠。（公《西山》詩："白雲自謂能
霖雨，如此青山不早歸。"）三峽啼猿急，一夕魂消，驛庭花落。（公奉命入
蜀，軍次永川，余題壁詞有"驛庭花落，他年此際魂消"之語，公見之黯然不懌。未及一
月，資中兵變，公遂及難。）夢歸化鶴。忍重見、人民城郭。樹鳥嘶風，
似當日、龍媒繫著。恨侯嬴、不共屬鏤，負素約。"讀此詞并注，
于前後情事了然。案端陶齋故宅在細瓦廠，有古槐一樹，"樹鳥"
兩句，頗有情致。陶齋幕府夥頤，而午詒獨有"侯嬴屬鏤"之語，
交情可見。

　　又其一，則彭剛直軼事，午詒詞中，有"英雄老"一題，注：
"和湘綺師題鄭幼惺分巡醉携紅袖看吳鈎圖，調寄〔采桑子〕"，詞
有序甚長，序云：往從湘師船山，頗聞衡陽彭剛直尚書軼事。剛直
孤峻自喜，朝廷雖以舊功加禮，久亦忘之。年六十，至不爲賜壽。
每有建議，恒爲樞近抑置。名以本兵巡閲長江，實無一兵。甲辰法
越之衅，抗疏請行。自知無以一戰，徒欲得當以一死報國，而竟不
得戰死，鬱鬱以終。湘師爲之志墓，稱爲獨立不懼之君子，可哀也
已。長沙鄭幼惺先生，叔進侍讀之先德也，爲剛直記室。嘗從剛直
虎門軍中，主戰疏稿，其所作也。議戰報罷，先生爲《醉携紅袖
看吳鈎圖》見意，凡以自抒忠憤，亦實爲剛直發也。是時兩廣總

督爲南皮張文襄，力張和議，與内旨合。剛直但以己意言事，宜其孤立無助也。剛直大功，始自小孤一戰，自作鐃歌云："彭郎奪得小姑還"，詞中所云，"小姑吟罷"者也。"微之"亦似有指，引《會真記》爲隱語，但無以實之，亦不必鑿也。幼惺先生，初從湘陰左文襄甘凉軍問，故有"醉罷葡萄"之句。"紅蕉、茉莉"，則皆廣州所有耳。侍讀前輩，以題詞見示，《湘綺樓詞》中未載，故録存之："小姑吟罷英雄老，再起南征。却恨餘生。凄斷琴聲雜鼓聲。微之也悔從前誤，誤了鶯鶯。莫誤卿卿。可惜風流顧曲名。""書生却有元戎膽，醉罷葡萄。笑對紅蕉。茉莉花前宿酒消。思量冷落吳鈎劍，重把燈挑。細取香燒。一卷兵書付小喬。"午詒原詞二首：其一云："太平無事尚書老，閑殺江東。退省從容。赢得騎驢夕照中。粗官畢竟成何事，不是英雄。也解匆匆。祇合香山作卧龍。"其二云："相如未老文君在，負了花枝。愁對金巵。況是江南三月時。家亡國破成詩料，一榻輕颷。兩鬢霜披。惆悵微之與牧之。"詞後午詒尚有短跋云："後詞奉調侍讀前輩。"湘師詞有"平生不解，江南才子，家亡國破，都成詩料"。退省庵者，剛直巡江至西湖時居之。湘師爲題楹聯云："花草野庭開，居士心閑來放鶴。湖山行處好，聖朝恩重莫騎驢。"案，彭剛直書札，前已掎摭及之，讀此詞序，可以見剛直晚年祈死之狀志。而《廣雅堂詩集》中挽剛直詩，南皮自注言契合剛直，殆有不實不盡者在。以事理揆之，南皮主和者，爲迎合西后意，至剛直嘍啮宿將，則貌爲優禮，勿忤之，亦大官之慣技也。剛直西湖退省庵聯榜，今不知尚存否？湘綺喜爲楹聯，此聯側重用"騎驢"兩字，僅取工穩，不如午詒所舉"平生不解"三句詞語之爽辣。夏詞不詳何時作，其跋稱"奉調侍讀前輩"，殆言叔進先生新納姬侍事。叔進今年已七十一，則此詞之作，必在光宣間矣。

八　王又點

碧栖丈曩居舊京時，先住南池子，後又遷北池子。傲屋皆曲房連綫，小有花木，瀹茗談藝，永夕忘倦。記曾示予和又錚數詞，又挽濤園，和詩廬數詩，製作絕妙。後七八年，從拔可見《花影吹笙室圖》，丈有三絕句，沉痛隽爽，意筆俱化，諷誦不忍釋。前年遺集出，始得見其短序，今并錄之。題爲《題李稚清女士花影吹笙室填詞圖》，序云："予十八九歲，與李君佛客游，自村入城，恒主君家。君盛言詞，有作必見示，於是亦試縱筆爲之，取徑不盡求同，而心實相許。君之女公子稚清，髫齡絕慧，亦喜爲詞。佛客既没，予過視拔可兄弟，稚清出所作請業，吐秀詣微，深契音中言外之旨，尤以石帚、碧山爲歸，予無以益之也。適孫生翊南，不數載，先後俱殁，一女亦繼殤，拔可悲稚清甚，既梓其稿，復屬畏廬老人爲之圖，短世露電中，追念香火前踪，一如夢幻，泚筆記此，不自知涕之何從也。"詩云："然脂執卷記垂髫，千韌晴窗影未銷。坐斷秋風來往路，是身爭免似芭蕉。""阿兄江雁久離群，一世清愁付左芬。頭白還鄉無哭處。斷墳衰草没斜曛。""并世何由見此才，寸腸回盡便成灰。唯餘小淑無言在，生死天涯共一哀。"注云："小淑，石門人，年家子林亮奇之婦，曾從予習爲倚聲者，今亦嫠居久矣，因并及之。"案，拔可爲其尊人《雙辛夷樓詞》跋，末節有云："附《花影吹笙室詞》一卷，則爲孫氏妹慎溶之遺作，曩者南陵徐積餘觀察，曾爲刻入《小檀欒室閨秀詞》中。妹以光緒戊寅生，癸卯卒，年僅二十有六，所填〔蝶戀花〕一闋，有'颯颯牆蕉，恐是秋來路'之句，當時傳誦，稱之爲李牆蕉。府君嗜倚聲，而宣龔未能承學，妹工此，復不永年，良可追痛，校竟謹志卷末，時距府君之殁已二十有六年，妹之即世，亦十有八年矣，庚申九月二十日宣龔謹記於海上觀槿齋。"觀此可見稚清女士之家學。其牆蕉一詞，調寄〔蝶戀花〕，詞云："一夕涼飈辭舊暑。颯颯牆蕉，恐是秋來路。轉眼薰風時節去，不知燕子歸何處。　　抽紙吟商無意緒。短檻疏窗，難寫黃昏句。今夜夜深知更苦，階前葉葉枝枝雨。"此詞自非夙慧妙詣不能道，并可知碧栖第一詩之佳處，以適用內典身如芭蕉爲雙關語也。然"牆蕉"句，雖思致秀

穎，而予却愛結二語，沉厚透紙，是真得漱玉神髓者。蓋名句妙造
自然，信關偶得，而非必作者錘煉見工力處。前者觸機而得，後者
思之深也。

《碧栖詞》，與佛客先生之《雙辛夷樓詞》爲閩詞晚近之雙流
兩華，但取路頗不同。碧栖詞其娟潔密緻處，與其云學碧山，不如
云學玉田。其甲午十月〔水龍吟〕一闋，不用雕飾，尤疏俊有高
致。拔可刊丈遺集，序云："光緒乙酉，余方十齡，從塾師林葱玉
先生游。先生獨行士也，性介，貌傲岸，觸其微睞，有不謂爾者，
則夏楚隨其後。余鈍讀，艱於背誦，又好弄，跳踉不止，師故繩之
不稍寬。一日嚮晚，有客至，黑衣袴褶，挾其田間之容，闖然就高
座。席未暖，索餳飴餅餌之屬，不絶口，急若勿及待者，師雖峻，
亦不禁匿笑，而心異乎客之所爲。客爲誰，則吾王丈又點碧栖先
生也。丈籍長樂，世居南江之亭頭鄉，距省五十里許，是秋掇乙
科，意甚得，每入城輒詣其舅氏邱賓秋先生。先生吾戚串，館於吾
家者，故丈與吾暱，引之爲小友。逾年，閩有文酒之會，曰支社。
黃子穆、周辛仲、林怡庵、黃欣園、林畏廬、高愧室、卓巴園、方
雨亭、陳石遺，諸長者實號召之。月三四集，集必吾家之雙辛夷
樓。先世父、先君子皆與，倡和爲樂，丈亦與焉。齒雖末，然周旋
壇坫間，與老宿相接，斷斷不稍下。時會城書院林立，凡課藝丈自
爲之，強使余任其莊書之勞，往往至夜深忘倦。丈祖諱有樹，故夔
州太守也，丈席其餘蔭，徜徉村居，垂三十年矣。厥後累躓春官，
境漸困，悉以其幽憂之疾，發之於倚聲。初爲王碧山，因自署曰碧
栖。嗣復出入白石、玉田之間，音響凄婉，直追南宋。濰縣張公韻
舫，亦能詞者，守興化，耳其名，延爲山長。既而選授建甌教諭，
居恒鬱鬱。復偕雨亭方丈杖策出塞，應奉天將軍依克唐阿之詔。
籌筆之暇，始放手爲五七言詩，初喜貢父排奡，山谷奧密，積而久
之，復肆力于東阿、嘉州，故意境高遠，不可一世，是真能以少許
抵人千百者。當丈入北洋海軍幕府時，密邇畿輔，人物輻輳，與王
幼遐給諫、朱謳尹宗伯輩相過從，接其談論風采。又目睹戊戌、庚

子之變，孤憤溢懷抱，故其所著無一非由衷之言。改革後，南北傳食，訖無寧歲。迨宰皖之婺源，則管領山水，意稍有所屬，能以吏事入詩，而詩境又一變。歸休偃蹇，耽悅禪誦，遂不復作。而其畢生悲歡愉戚、跌宕慷慨之志之所蘊結，一寄之於詩若詞，而所獲僅此。歿二年，公子泳深奉遺稿匃菼庵太傅編定付校刊，惜滬亂轉徙，爲手民錯簡稍失次，然大體無損。丈年少時，灑落不羈，看花長安，雅有杜書記之癖，中歲遭際，頗似劉龍洲之于辛稼軒，晚而折腰，非其志也。"此言碧丈生平頗曲肖。丈負絕俗之才，而能同塵，晚歲放弃文字，居鄉間，逐什一之利以自贍，日唯坐南街茶肆，嘲詠孳孳。今所見詩詞皆五十餘歲所作。丈歿年垂七十矣，歿時遘小病，衆謂無恙，而自知解脫，晨作一書，致菼庵先生訣別。蓋丈以庚申出都，與菼老情誼敦篤，而疏懶無一字，至是忽莊寫累紙，菼老晚年常作詞，遂亦以詞挽之。題爲：碧栖臨歿，手書見寄，捧讀感痛，爲賦〔水龍吟〕一闋哭之，庚午七月二日。詞云："十年望斷來鴻，發函乃出彌留頃。蒼凉掩抑，死生之際，一何神定。我欲招魂，海天飛雹，巫陽焉訊。念百回千結，那得情味，盈眶淚，如泉迸。　　石帚清狂無命，恁荒波、日親蛙黽。穨唐爾許，不應真個，江郎才盡。叢稿誰收，審音刊字，吾猶能任。却自憐老耄，君還舍我，就何人正。"此詞後半闋前五句，皆言碧丈晚年之穨廢自放也。拔可言丈似劉龍洲，予則謂似張子野，以其老壽工詞喜游冶。又碧栖丈先有寵姬，後遣之，甚似子野之晚遇。癸酉秋，予有〔琵琶仙〕追和丈韵，有云："嘆渾似三影清才，奈桃杏飄零老詞客。"即用"不如桃李杏，猶須嫁東風"故事。

聆風簃詞話

黃　濬◎著

　　《聆風簃詩詞話》凡二十五則，原載於《中華月報》第五卷（1937 年）第二、四、六、七期，第二、四期署名“秋岳”，第六、七期署名“黃秋岳”。杜文捷曾據《中華月報》整理刊載於《古代文學理論研究》第 44 輯（華東師範大學出版社，2017）。今據《中華月報》將其中論詞部分單獨録出。

《聆風簃詞話》目録

聆風簃詞話

一　江建霞念奴嬌詞

江建霞先生（標），戊戌新黨中人物也，下世甚早。嘗爲冒鶴亭畫扇，題〔念奴嬌〕一詞，下半闋云："最是驀地西風，江干黃竹，記讖漁洋句。塞外新寒初到信，誰絮棉衣萬緒。雙槳迎愁，危樓極目，一樣銷魂苦。替人寫怨，畫工心事如許。"弦外極有哀音，題時爲己亥八月，不五十日下世矣。言爲心聲，良不爲安。建霞與其夫人汪靜君，伉儷綦篤，嘗乞日本女畫家小蘋野口親繪靈鶼閣圖，倩并時夫婦能詩詞者題之，亦一代韵事也。

二　前清夫婦同能文詞者

因記江建霞夫婦事，而念前清夫婦同能文詞者至多，清初陳之遴素庵室徐燦湘蘋，即其一例也。梅村集《咏拙政園山茶歌》及《贈遼左故人》八首，皆爲陳作，世所共知。拙政園者，故大宏寺基，在婁、齊二門之間，林木絶勝，嘉靖中王御史獻臣侵之，以廣其宮，沈石田、文衡山嘗爲作圖，衡山圖凡卅一葉，各繫以詩，最後有記。後歸徐氏，中有寶珠山茶，最奇，爲江南僅見。素庵買得此園，在政府十年不歸，旋遭遷謫，從未一日居，與後來畢秋帆之靈嚴山館相似。前年過蘇州，訪此園，荒蕪特甚，山茶久不見矣。湘蘋病中〔永遇樂〕云："翠帳春寒，玉壠雨細，病懷如許。永晝愔愔，黃昏悄悄，金篆添愁注。薄幸楊花，多情燕子，時向瑣窗細語。怨東風，一夕無端，狼藉幾番風雨。曲曲闌干，沉沉簾幕，嫩草王孫歸路。短夢飛雲，冷香侵佩，別有傷心處。半暖微寒，欲晴還雨，銷得許多愁否。春來也，愁隨春長，肯放春歸去。”婉約隱怨，佳製也。相傳清世祖每大怒必笑，每大笑不止，則必有大處分。陳之遴死，實順治獨斷。陳本能詩，有《宮詞》云：“玉壺清漏夜沉沉，永巷傳呼法駕臨。月裏離宮三十六，一時傾耳聽車音。”“紫殿鐘傳五夜時，朱扉猶未鎖葳蕤。君恩圓缺如明月，再照長門未可知。”《宮怨》云：“荷香槐影滿南宮，玉殿高雲暑氣空。已自君心厭紈扇，簾前猶未起秋風。”“芙蓉花落冷銀塘，鴛瓦長凝五夜霜。秋老不知傷寂寞，入宮元未識君王。”似皆含後讖。詩亦清約可誦。素庵本爲貳臣，明末以詞臣躐居政地，機智敏練，時政因革，多出其手。降清後，順治癸巳調任司農，乙未再相，未一歲以原官發遼陽居住。是年冬令回京入旗。己亥以賄結內監吳良輔下請室，全家徙遼左，家產籍官。吳駿公詩所謂“君恩未許誇前席，世路誰能脫左驂”，所謂“百口總行君莫嘆，免教少婦憶遼西”，皆事實也。初獲遣時，猶有長門再照之望，丙申賜環時，有《入塞》詩云：“已分沙場骨，今朝入漢關。功高惟計殺，身貴却愁閑。手抉邊雲出，髯攜塞雪還。中宵驚夢覺，鼙鼓震陰山。”再經遷謫，以康熙丙午歿於戍所，後五年湘蘋疏請歸骨，得請素庵懷湘蘋詩云：“比翼連枝十載餘，暫分香袂亦躊躇。那堪茂苑愁中月，接到雲陽道上書。”

三　蔣鹿潭詞

晚清詞家，予甚愛蔣鹿潭，其《水雲樓詞》中尤以〔琵琶仙〕一闋爲最。鹿潭有所歡曰黃婉君，相傳其聚散離合，宛轉凄惻，不可奚記。鹿潭卒爲婉君而死，婉君亦以身殉。〔琵琶仙〕者，鹿潭嘗偕婉君泛舟黃橋，望見烟水，念五湖之志，苦不得遂，因譜此曲，使婉君歌之。詞云：“天際歸舟，悔輕與、故國梅花爲約。歸雁啼入箜篌，沙洲共漂泊。寒未減，東風又急，問誰管沈腰愁削。

一舸青琴，乘濤載雪，聊共斟酌。　　更休怨傷別傷春，怕垂老心期漸非昨。彈指十年幽恨，損蕭娘眉萼。今夜冷，篷窗倦倚，爲月明强起梳掠。怎奈銀甲秋聲，暗回清角。"其聲可謂哀以思矣。鹿潭晚侘傺，又有阿芙蓉癖，邊幅不修，居其摯友陳百生舍。百生愛其才，欲正言冀其革除痼疾，乃面責之，不虞鹿潭遽自縊，百生哀之，悉刊其詞。然又傳鹿潭乃爲婉君而死，婉君見遺書大慟，面百生再拜，乞佳傳，從容就義。兩說莫能明也，讀"彈指十年幽恨"句，其痴極生怨可想。

四　曾仲鳴詩詞

仲鳴歸國，舟次有二詩一詞，皆於深穩中時見懷抱，詩一爲《印度洋舟中除夕船客歡集歌舞》，詩云："望中家國經年別，天末逢辰萬里船。寒浪沖風如自語，明雲橫海似無邊。已難靜夜容我夢，況又狂歌擾客眠。驚起叩舷還獨嘯，長空月大影茫然。"一爲《東歸舟次倚闌夜眺》，詩云："燈火檣梢閃欲微，枕樓鐘響覺人稀。波濤靜向天涯闊，星月輕從袖畔飛。情緒向來愁近國，炎風此際尚侵衣。神州莽莽空回首，正釀江南雨雪霏。"詞調寄〔高陽臺〕，小序云："印度洋舟中除夕，船客舉行化妝跳舞會，并循歐俗，至午夜，男女并立欄前，痛飲祝福畢，舉杯碎之，相擁接吻而散。"詞云："萬里驚濤，一行歸雁，扁舟容與其間。誰念今宵，相侵年事漫漫。新裝奇服琴聲裏，共歡歌狂舞闌珊。擲餘杯，夜正三更，影正團圞。　　霎時便覺繁華歇，漸沉沉人散，寂寂燈殘。獨倚船樓，涼風吹透衣單。波瀾深處浮雲起，向天涯遮斷家山。更微茫，幾點疏星，孤月荒寒。"予于仲鳴第一詩最愛"寒浪"一聯，能寫大海中光景。"寒浪"句尤有神味。第二詩則竟首流宕，情文相發。"情緒向來愁近國"句，是極愛國又極憂國語，能以淡筆寫出，亦前所未有也。詞則一氣流轉，真切澹蕩，其始予頗致疑於下半闋稍近淒清，近日細諷，漸覺其真妙。"波瀾"二語，是沉摯之自然語，亦宋法也。舟行值歲曆歡宴，即景生情，此等詞中之新領域，昔人幾會見到！

五　汪莘伯詞

汪莘伯先生（兆銓），有《惺默齋詞》，未刊。友人近抄示其〔壺中天〕一闋，蓋題《雁來紅圖卷》者。詞云：“斜陽庭院，正屏風倚處，離愁千里。冷落秋江蘆荻岸，幻出一枝明媚。鶴頂深紅，鵑啼恨血，灑入西風裏。一舫紅葉，幾行新試題字。　橫舍相約尋秋，軟遲來作客，飄零如此。不是芙蓉江上影，也自向人沉醉。絳樹歌殘，茜窗事杳，剩有書難寄。老來顏色，那人應怨蕉萃。”風格似碧山玉田，結處悠然。

（以上《中華月報》第五卷第四期）

六　王朱前後詞仙

瘦荈曩住舊京校場二條老屋，云是半塘、彊邨舊居，因鈎《瘞鶴銘》字，爲橫額曰“王朱前後詞仙之宅”，後移廣州館，猶懸之。王、朱兩先生，實爲勝清晚年天挺倚聲紗手，彊邨得力於半塘，故盛稱之。以予之見，彊邨晚年所詣，尚在佑霞之上，此非虛詞，以半塘所許彊邨，僅云似夢窗，而古微後半塘翁逝世且二十年，桑海後所作，沉深綿邈，有非夢窗所能限者。張孟劬序其詞，援半塘夢窗之言，而又以曲中玉溪許之，其意殆以聲家老杜一脉相摧，有進於半塘之言也。彊邨以庚子辭朝，別舊京殆十五年，至甲寅秋，始間關北游，過玉泉山，作〔洞仙歌〕一詞云：“殘衫剩幘，悄不成游計。滿馬西風背城起。念滄江一臥，白髮重來，渾未信禾黍，離離如此。　玉樓天半影，非霧非烟，消盡西山舊眉翠。何必更繁霜，三兩栖鴉衰柳外，斜陽餘幾。還肯爲愁人住些時，祇鳴咽昆池，石鱗荒水。”此則純是坡仙不二法門，澹宕自然，脫盡二窗皮骨，而一種淒音，則甚似玉田之〔高陽臺〕“接葉巢鶯”一首，爽切處或過之，所謂亡國之音哀以思也。

·41·

七 彊邨詞得夢窗髓者

佑遐《與彊邨書》云："自世之人知學夢窗，知尊夢窗，皆所謂但學蘭亭面者，六百年來真得髓者，非卿更有誰耶？"此語推夢窗與彊邨，至矣。今舉彊邨詞中擬半塘所謂夢窗髓者，如下：其〔齊天樂〕云（馬神廟海棠百年物也，花時寥寂，半塘翁吟憶見貽，依韵報之。）："錦窠春濕紅雲透，恩恩故宮芳事。冷甃延嬌，溫泉罷浴，催換東風人世。嬋媛夢裏，尚刻意新妝，洗烟梳霽。妒極瑶臺，玉妃無語正愁悴。 綠章惆悵再乞，夜深障灩臘，心緒無會。怨鳳簫寒，螯憺幄暗，悄盡燕脂濃淚。橫陳艷綺。肯輸與西廊，媚春桃李。不嫁含章，墮梅餘恨蕊。"其〔夢芙蓉〕云（羅睺嶺為趨戒壇潭柘分道處，茗憩書壁，用夢窗韵。）："溪霞明斷綺。帶東風客雁，笋將十里。鏡空春路，心緒淡蛾外。泛茰謀野醉。年年催載秋被。盼客山靈，惜愁鬒未整，鶯語亂呼起。 轉首瑶臺眼底。疑有雙成，結束連環佩。舊塵如夢，還付亂雲洗。駐鞍消茗翠，斜陽冷透峰意。未怯春寒，知游仙路近，微步響風水。"其〔河瀆神〕云："獨樹蠟烟微。花袍白馬來時。天吳移海綠塵飛。日夕靈風滿旗。 濕霧冥冥斑竹院。野鴉如陣回旋。帝子不歸秋晚。單衾沉夢銅輦。"其〔霜葉飛〕云（秋晚奉使嶺南，晦鳴、悔生集中聖齋，用夢窗韵聯句錄別，越日待舟唐沽，感音寄和。）："亂雲愁緒。孤帆外，隨風飄著燕樹。倦程先雁下滄州，寒帶丁沽雨。甚一霎，飆輪過羽。微塵驚見紅桑古。怕更倚危樓，海氣近、黃昏換盡，酒邊情素。 何況北極觚棱，東門帳飲，怨歌今夜難賦。簡書猿鳥意蒼茫，空覓荒鷄語。夢不入蒓絲半縷。商量聽水聽風去。剩恨笛飛聲罷，寂寞魚龍，覷人眠處。"其〔解連環〕（賦餅中落梅）云："碎鈿香迹。引啼烟翠羽，細窺簾隙。黯帳紙殘墨莟騰，又攪弄麝塵，半消宮額。拚忍清寒，有妝鏡愁鸞倦泣。悵新歌散雪，舊譜暗香，斷紅無覓。 瑶臺夢中誤擲，倩仙雲評泊。笑屬羞索。待料理紺玉寒泉，總浸作愁漪，換春無力。未返芳魂，料不怨高樓橫笛。伴黃昏背鐙瘦影，翠樽酹得。"以上諸詞，皆半塘未歿前所見，信乎其沉浸君特咀其英華矣。然彊邨後來工力，已能從夢窗入，又從夢窗出，其最瑰偉者，如〔浪淘沙慢〕（辛亥歲不盡五日）作云："暝寒送、繁霜覆水，暗雨啼葉。檐鐸敲愁乍急。帷燈顫影旋滅。剪不斷、連環春緒叠。是當日、鴛帶親結。問故徑蘼蕪夢何許，前塵竟拋撇。　凄切。錦書寄遠終輟。念玉幾金床西風夜，縹緲胡雁咽。嗟攬斷羅裾，寧信長別。恨腸寸折。明鏡前，掇取中心如月。郤剗連峰平於垤。黃塵擁，巨川頓竭。怒雷起、玄冬還夏雪。更千歲、倚杵天摧，厚地坼。深盟會與纏綿絕。"此蓋清室下詔遜位日所作，悲鬱中有層次，入後尤健舉，而其魄力沉摯，實由夢窗上合美成，一氣呵成，不可逼視，此所以為大家也。

八　文道希

半塘致彊邨書中有云：夔笙素不滿某某，嘗與吾兩人異趣。某某，疑指文道希。案：道希論清詞謂：曹珂雪有俊爽之致，蔣鹿潭有沉深之思，成容若學陽春之作，而筆意稍輕；張皋文具子瞻之心，而才思未逮。又言自竹垞以玉田為宗，所選《詞綜》，意旨枯寂，後人繼之，尤為冗漫，以二窗為祖禰，視辛、劉若寇讎，家法若斯，庸非鉅謬云云。標舉若此，宜與況舍人枘鑿也。道希于庚子、辛丑間，流寓春申，與沈子培兄弟、費屺懷、張季直輩，朝夕相聚，繼以酒歡，會賦〔念奴嬌〕云："江湖歲晚，正少陵憂思，兩鬢衰白。誰向水精簾子下，買笑千金輕擲。凄訴鵾弦，豪斟玉斝，黛掩傷心色。更持紅燭，賞花聊永今夕。　聞說太液波翻，舊時馳道，一片青青麥。翠羽明璫飄泊盡，何況落紅狼藉。傳寫師師，詩題好好，付與情人惜。老夫無語，臥看月下寒碧。"具見豪逸之氣，此詞中蓋有本事，于宮闈惜珍妃之殞，于江湖則一時名妓如賽寓之流，不可悉舉也。彊邨〔望江南〕《雜題諸名家後》，于道希則云："閑金粉，曹鄶不成邦。拔戟異軍成特起，非關詞派有西江。兀傲故難雙。"此蓋不以道希論詞為然，而又許其拔戟成一軍也，持論殊公。

九　彊邨詩學山谷而未化

彊邨自中歲始爲詞，其詩則學山谷而未化，讀先生弃稿中，有《冬夜檢時賢詩集各綴短章》，自申鳧孟、潘次耕至高伯足、謝麐伯凡十四人，得十二絶句，疑先生之詩，頗受清人影響。集中如《簡晦鳴用山谷晁廖贈答詩韵》《和秦晦鳴乞米曲》，皆至高雅，《郊行》云：“連林如媚客，紅意及霜前。遂有飄搖思，寧云笠屐賢。冥行得秋理，雨立亦山緣。燈火喧邨社，無家幸有年。”似霜紅龕，蓋習于秦晦鳴者。其《荔支灣歸舟作》云：“乘流爲補登高去，辦得清秋一日閑。閱世池臺興廢易，逃虛杯勺笑諧寬。坐憑大句收滄海，稍恨歸舟入晚寒。百態目營渾未竟，沉沉星宿沸前灣。”此似習于麥孺博者。

一〇　唐有壬賀新凉詞

亡友唐有壬文章深晰如其人，於詞章雖非所長，亦酷嗜之，嘗背誦《飲水詞》若干首，爲人書扇，往往舉清人詩詞，亦可見天性之醇永矣。二十三年，受命北行，歸以〔賀新凉〕一詞稿示予，其中不入律者多，然意境絶佳，蓋言有所指也。有壬既歿，予從其夫人歐陽立微處，得此詞殘稿，唐夫人固亦能文者，因共爲增減數字，存其原意，今亟録之。〔賀新凉〕（北上先寄諸先生）：“北去沉吟久。怕重逢社壇古柏，玉橋烟柳。獨上城樓閑凝佇，綺陌香街似舊。付十萬春花相守。如此春光圖畫裏，怎饒他、雨横風狂驟。衹此意，愧尊俎。　　留春莫待春深後。更商量山催黛瞑，水隨烟瘦。城上胡笳城下泪，長把心情儶僽。漫道是、婦人醇酒。不遣杜鵑啼血盡，待他年記取回春手。腸十斷，君知否。”其中所言，與其時所遭，艱難悲痛，有不可悉殫述者，存之，以見其苦心孤詣，詞其餘事也。

（以上《中華月報》第五卷第七期）

西溪詞話

沈奎閣◎著

　　沈奎閣（1898～1942），字星舫，號西溪居士，福建省漳州市詔安縣仕渡村人。1926 年入集美國學專門學校。1927 年，國專移附廈門大學國學系辦理，適周岸登來主講詞曲學。吳錫福《沈奎閣先生事略》云："君獲遇明師，益殫心倚聲。詣齋請業，無間晨夕。案頭置《彊邨叢書》，丹鉛窮歲，備極精酖。至是，所作寘擅幾道之婉麗，玉田之娟潔。研練如夢窗，精粹如白石，一時翕然稱道。"（《集美周刊》1942 年 6 月 14 日第 31 卷第 13 期）1930 年夏畢業以後，歷任龍溪師範、龍溪中學、詔安中學和集美師範等校國文教員。抗戰期間隨集美師範內遷安溪縣，因病逝世。沈氏嘗云："詩格高古，宜於述懷紀興。詞則結體穠麗，抒情爲便。"因其性宜於學詞，固沈氏畢其生從事於茲。著有《西溪吟草》《西溪詞》《西溪詞話》等。《西溪詞話》原載《福建省立龍溪中學師範校刊》1934 年 4 月 15 日第 1 卷第 1 期，《海濱》1934 年第 3、5 期，《龍中導報》1936 年第 1 卷第 8 期，均署名"星舫"。經過比勘，發現原載《海濱》1934 年第 3 期上之內容全部載於《福建省立龍溪中學師範校刊》1934 年 4 月 15 日第 1 卷第 1 期。1934 年 4 月 15 日第 1 卷第 1 期《福建省立龍溪中學師範校刊》目錄爲"《西溪詞話》三篇"，而正文爲"《西溪詞話》續篇"；1934 年第 3 期《海濱》爲"《西溪詞話》"，第 5 期爲"《西溪詞話》四編"；1936 年第 1 卷第 8 期《龍中導報》爲"《西溪詞話》（一）"。今依照發表先後順序，依次排列。

《西溪詞話》目録

西溪詞話

余向編詞話，以校勘爲多，間及評泊，唯朋輩詞，未曾提及。雨窗無俚，檢點破麓，擇尤紀之。非云"標榜"，聊志友生交誼，及一時杯酒間聞見云爾。

一　詞傭善以白話入詞

詞傭〔撥香灰〕："香沉睡鴨黃昏後，吹客夢，西風還又。把定心兒不想伊，怎抛却，愁時候。　桃花人面都依舊。恨祇恨，自尋僝僽，眠食因卿不準時，何須待，秋來瘦。"善以白話入詞。

二　栖霞詞

栖霞自謂其作品"風雲氣多，兒女情少"。然其〔綺羅香〕："縱不傷春，何堪恨別，生怕愁如烟縷。怯數歸期，也祇爲關山阻。立盡了多少黃昏，但滿目亂紅飛絮。漸天涯芳草萋萋，美人消息又遲暮。　樓頭新月媚嫵。猶戀蘭閨倦去，漫貪延佇。曲巷回廊，都是斷人腸處。夢裏釵鈿諦難真，無情最是瀟瀟雨。正疑芳貌尚依稀，復相思幾許。"風流狎昵，柔清一縷，能令讀者銷魂意盡，所謂才人之筆信乎不可測度。

三　余與雲郎和小山詞

余學詩始於民七，慫恿者爲同里谷懷夫子，而獲益於延平范秋帆夫子爲多。學詞始於民八，陳敬恒先生引其端，爾後既無良師指導，唯是閉門造車，花晨月夕，風雨懷人，輒手一編，藉以遣興而已。十六年癸師來廈，乃以所學，時就問難，始恍然於學詞須從校勘入手。乃著手校美成、夢窗……諸名家詞集。於是購詞、校詞、讀詞、填詞遂爲余之癖嗜。雲郎初學爲詩，含思淒惋，時病婉弱。既而學詞，出筆便雋。時相倡和，於是而映雪樓之一燈雙影室中，紀燭傳箋，拈題分韵，遂平添一段韵事矣。余與雲郎初約聯句和小山全集，惜以事牽，僅成四十餘闋而已，錄八闋於此，〔玉樓春〕："惱人緒緒斜陽暮。葉落梧桐深閉戶。一秋情味感華年，五夜夢魂迷斷絮。　　當時勞燕分飛處。柳外馬嘶人別去。一聲彈指泪如絲，回首霸橋東畔路。"前調："峨眉勝雪嚥秋暮。懶撥檀槽聲不住。兩行紅泪濕羅巾，一曲行雲忘去路。　　當初悔却多情遇。好夢暗隨流水去。銷魂聞與説相思，畢竟相思無著處。"〔蝶戀花〕："醉倚危欄頻悵望。時節落花，聽徹陽關唱。舊夢新歡餘一晌。錦鱗空寄湘江浪。　　記得梅黃春水漲。一點靈犀，脈脈深相向。擬托琴心挑座上。多情總似無情樣。"〔歸田樂〕："莫把飛鴻數。點點是惱人愁緒。乍看金英吐。遣愁更把盞，籬下長住。怕祇黃花又殘去。　　空惜蠻亂語。間作客年年人無恙否。海盟山誓，記得燈前語。而今祇落得，月明歌處。漂泊天涯似飛絮。"〔蝶戀花〕："黃菊開時秋意晚。送酒人來，瀲灩金巵淺。屈指歸期期更遠。西窗一夜銀蟾。　　自是多情腸易斷。不信多情，却道情人短。一倏因風葉紅亂。經秋憔悴朱顏換。"〔玉樓春〕："風雲變幻終難計。金粉繁華歌舞地。樓臺搖影似當年，今日逢君須著意。

旁人那識傷心事。枉費登臨多少泪。六街燈火照儂歸，看盡魚龍終日醉。"〔醉落魄〕："一彎眉月。離筵聽唱連宵徹。節近黃花歸思切。臨水登山，惆悵經年別。　　湖樓影事成春雪。金釵鈿合都消歇。綠陰青子重攀折。十載樊川，待與何人説。"〔六么令〕："數根楓樹，時見鴉栖息。淒涼板橋流水，殘照暮烟碧。又是欄杆倚遍，此恨無端的。舞茵歌席。重來崔護，爲問湖樓舊時客。　　還見梧桐蟋蟀，繞砌黃花折。落葉堆滿西園，更有誰堪摘。顧遲暮蘭成倦旅，怕聽江關笛。一秋岑寂。鱸魚漫好，故里西風倍思憶。"

四　滌心臨江仙詞

"舊情細憶去，容我醉時眠。"滌心〔臨江仙〕歇拍句也，殊有二晏風緻。

五　雲郎和中主詞句

"同伴青燈雙影瘦，獨聽細雨一簾寒。"雲郎和中主詞句，"一燈雙影室"之名由此起。

六　青萍咏玫瑰詞

青萍自謂花中最愛玫瑰，其〔祝英臺近〕《咏玫瑰》云："乳鴉啼，寒食近，堤柳暗飄絮。天也傷春，幾日絲絲雨。玫瑰點點嫣紅，矯著繡裹，新枝嫩綠芳初吐。　　吐芳處。未忍攀折恣人，生針自家護。含笑迎風，葳蕤渾無緒。累黃鸝愛情深，依依難去。却不敢向枝頭住。"

七　青萍歸自謠詞

青萍〔歸自謠〕代柬寄余云："燈火綠。燈下有人兒幽獨。一簾疏雨風扶竹。　　雁書幾次無回復。難猜卜。三更愁聚淒涼屋。""扶"字、"聚"字，頗得煉字之妙。

八　青萍滿江紅詞

青萍詞弟，始從余學於漳華英學校，爲詩有思致。其後余負笈鷺門，青萍旋亦輟學。溷迹市廛，鬱鬱不樂。蓋渠性嗜學，尤酷嗜文藝，從商非其志也。然其自修甚勤，中西文具有長足之進境。嘗以〔滿江紅〕晚眺詞寄余："遠浦歸帆，斜陽外黛山重叠。黛山下驚濤澎湃，浪花凝雪。風斷炊烟人靜悄，倦飛宿鳥悲時節。看沙鷗數點高下飛，江天闊。　　西塞草，東山月。極目處，空愁絕。念鳴蟬初過，荻蘆爭發。留戀中繁華社會，曾籌歸計何時決。對暮霞無語滿江紅，潮聲咽。"一氣渾成，直入北宋之室。

九　師彥踏莎行詞

師彥詞棣，余來漳任丹霞講席時所認識同學也。文詩具悱惻纏綿，芬芳竟體。曾有〔踏莎行〕詞登載某報云："凄霧迷窗，淡烟籠柳。征衣舊漬都因酒。當時不合種相思，海棠秋雨黃昏後。　　花祝長生，更嫌漏久。懨懨睡起頻低首。嫣然無語憶郎歸，白綾衫子剛新鈕。"風格獨絕。

（以上《福建省立龍溪中學師範校刊》

1934 年 4 月 15 日第一卷第一期）

一〇　温伯夏滿江紅詞

廈埠自民十六年開闢馬路，於是昔所稱爲"天險"之鎮南關亦夷爲平坦之馬路矣。友人温伯夏〔滿江紅〕《過鎮南關見施瑯紀功坊已毀感賦》詞云："回首當年，鴻山上紀功坊屹。嘆彈指桑田滄海，而今淪滅。鞭石破山通孔道，果然人力天工奪。祇去年此日鎮南關，風光別。　　繩百尺，坊傾折。既必毀，胡爲設。又平臺勛業，早成枯骨。煮豆燃萁何太急，貳臣自古無高節。笑願爲功狗願爲鷹，功名切。"

一一　笠山詞

癸師謂余與笠山詞，俱與周姜爲近。余固酷愛碧山者。笠山前作，確是周姜一派，近作則沉鬱峭拔，進乎夢窗矣。〔華胥行〕《歸杭用清真韵》："飛鳶堞毀，化鶴人歸，渡橫舟葉。矮屋臨江，修蘆旁水爭鯉喋。怕聽吹角嚴城，送午風悲軋。寥落河山，幾經離亂心怯。　　訪舊翻驚，數鬼錄鬢華慵鑷。酒痕和泪，青衫休輕檢閱。自笑飄零湖海，剩詩箋行篋。鄉關何處，愁雲惆悵千叠。"

一二　栖霞金縷曲詞

栖霞〔金縷曲〕："誤我儒冠耳，更休提詩書世業，舊家門第。三十年來塵土夢，回首都無快意。任落拓罕逢知己。緑柳婆娑春未老，盡傷心灑盡漢南泪。多少恨，隨流水。　　丈夫未肯隨人醉。一教余窮途潦倒，命將才忌。事業早抛雲水外，雲水流連足矣。縱老去悲傷堪悔，但得陶情尋樂趣。問浮名，何必丹青裏。身世事，從頭記。"陳鐵光謂其："得飲水之鬱，……。"殊無間然。

一三　盧冀野齊天樂詞

盧冀野〔齊天樂〕："平生心事憑誰説，青衫泪痕多少。走馬求名，挑燈訴怨，如此勞人草草。孤雲自好。祇雨袖風懷，一囊詩料。奄忽春光，依稀歡意怕人曉。　　滄桑彈指閱遍，認兒時巷陌，游屐猶到。雨冷江城，雲迷驛路，懶向長安西笑。黃鸝正悄。有千百橋西，一聲聲早。未白秦郎，可憐春夢老。"江南才子，詞筆自是不凡。以栖霞作較之，風格機軸，亦虎之賁似中郎耳。然冀野蜚聲藝苑，藉甚當時，栖霞則困厄南荒，餓驅謀食，落拓之狀，不下於余，固有幸有不幸耶。

一四　顏影多言情之作

朋輩詞中，顏影多言情之作，癸師所謂"抒情伊鬱，得南唐二主及易安居士之神者"也。然其〔秋宵吟〕哀東三省則憤慨中饒健舉之氣，詞云："何辜東省萬戶，憑漲滔天禍水。驚風發引畫角天狼，珠彈轟起。奪奉城，陷遼吉，火龍金蛇東指。回眸處剩破屋鱗鱗，亂尸千里。　　泪眼樓頭，正故國晚秋天氣。煮豆燃萁，海外鯨牙，怒濤叠愁緒。同胞清醒未，忍看榻旁，他族鼾睡。執橫磨敵愾同仇，今日何日恨未已。"

一五　懺因詞多憂時念亂

懺因詞多憂時念亂，感事懷人之作。其〔湘春夜月〕《贈北平梁慧清、張炳平畫家》云：“又匆匆，扁舟小繫河橋。歲晚浪迹天南，愁聽鷺門潮。作客逢君閩嶠，值千家刦燹，野哭凄嘹。望燕雲千叠，鄉思萬丈，嗚咽寒刁。　　漁樵不見，桃源路杳，樂國偏遙。等是有愁難遣，待流民繪就，與寫離騷。江山非舊，願吾儕起舞中宵。今而後，拾滄洲畫稿。換他馬革，誓掃金遼。”又〔鳳凰臺上憶吹簫〕《有悼》，誠情文兼茂之什也。詞云：“墮地花魂，漂流何去，一春恨事悠悠。算塵緣今誎，刦局全收。紅粉每招天妒，最憐是質慧情柔。空剩下，鸞箋翠帕，過眼生愁。　　休休。前塵莫問，嘆母命媒言，錯飲酖謀。問夜臺況味，頗稍甜不。形影時依旅夢，南歸惆悵弔蓬丘。傷情處，鶯聲瀝瀝，悄倚樓頭。”

一六　沈祖牟詞

夏間訪舊集美，半崖謂余：“早來則佳，瑋德方歸不久也。”蓋渠亦嗜填詞，惜當時未曾拜讀其大作耳。回漳時翁君乃以沈祖牟詞二闋見示。沈，閩縣人，與瑋德友好，亦新詩人也。詞婉聲纏綿，亦何愧作者？〔洞仙歌〕《寄人雙紅豆》：“櫻桃紅乍綻，待妝成猶妒。燈下臨封又重數。把纏綿意緒，染付春紅，忙寄與，祇恐相思無據。　　幾枝勤采擷，南國輕狂，惆悵青衫誤塵土。何日說歸期，婉轉柔腸，柔欲斷，可憐兒女。念刬地風霜峭寒天，倩兩小心魂，伴君朝暮。”

（以上《海濱》1934 年第 5 期）

一七　任中敏滿江紅詞

〔滿江紅〕調，音節最爲高亢，宜於抒寫激昂慷慨之情緒。岳武穆詞其尤著者也。今人任中敏亦有此調，內容係憤暴日侵略東北而作，詞云：“還我河山，指落日椎胸泣血。存一息此仇必報，子孫踵接。魂魄縈回遼海闊，精誠呵護榆關密。撫金甌缺處幾時完，心如爇。　　公理勝，何能必。頭顱好，寧虛設。便空拳赤手，亦撓強敵。我有男兒三百兆，人人待立千秋業。聽神獅雄吼亞東時，君何怯。”

一八　新生活運動入詞料

憶三年前，漳州方推行新生活運動，林梓弦以《復興報》經理資格向本校邱、林二君及余索 “新生活運動專刊” 稿，并詢余以常填詞否？時某君在座，笑謂新生活豈可入詞料。余曰姑妄為之，亦填〔滿江紅〕一闋：“蒿目時艱，正一髮千鈞難繫。倩何人去請長纓，縛他矮子。憂時志士疾首，登場傀儡又搬戲。好男兒熱血未應灰，急振起。　　欲雪恥，先知恥。欲救國，先救己。但衣食住行，清潔規矩。運甓好將前輩學，聞雞休負今生志。看吾儕再造舊山河，反掌耳。” 一時興到之作，由今觀之，淺俗殊甚。甚矣 “舊瓶裝新酒” 之難也。

（以上《龍中導報》1936 年第 1 卷第 8 期）

栩莊漫記

李冰若◎著

　　李冰若（1899～1939），原名錫炯，晚自號栩莊主人，湖南省新寧縣人。曾入蘇州東吳大學中文系，師從吳梅、陳中凡等。任教於上海暨南大學，病逝於四川重慶。著有《花間集評注》《綠夢盦詞》等。《栩莊漫記》為《花間集評注》中作者所撰寫的詞評。《花間集評注》由上海開明書店於1935年12月出版，本書據此輯錄。《栩莊漫記》，張璋等《歷代詞話續編》、屈興國《詞話叢編·二編》等收錄。李慶蘇、李慶淦編著有《李冰若〈栩莊漫記〉箋注》（口國文聯出版社，2009）。

《栩莊漫記》目録

栩莊漫記

一　温庭筠

少日誦温尉詞，愛其麗詞綺思，正如王謝子弟，吐屬風流。嗣見張陳評語，推許過當，直以上接靈均，千古獨絶。殊不謂然也。飛卿爲人，具詳舊史，綜觀其詩詞，亦不過一失意文人而已。寧有悲天憫人之懷抱？昔朱子謂《離騷》不都是怨君，嘗嘆爲知言。以無行之飛卿，何足以仰企屈子。其詞之艷麗處正是晚唐詩風，故但覺鏤金錯彩，炫人眼目，而乏深情遠韵。然亦有絶佳而不爲詞藻所累，近於自然之詞。如〔夢江南〕〔更漏子〕諸闋是也。

張氏《詞選》欲推尊詞體，故奉飛卿爲大師，而謂其接迹風騷，懸爲極軌。以説經家法，深解温詞，實則論人論世，全不相符。温詞精麗處自足千古，不賴托庇於風騷而始尊。況風騷源出民間，與詞之源於歌樂，本無高下之分，各擅文藝之美。正不必强相附會，支離其詞也。自張氏書行，論詞者幾視温詞爲屈賦，穿鑿比附，如恐不及，是亦不可以已乎。

菩薩蠻

温尉〔菩薩蠻〕十四首，中多綺麗之句，信爲名作。特當日所進爲二十章，今已缺數首。此十四闋是否即爲當時進呈之詞，抑爲平日雜作，均不可考。觀其詞意，亦不相貫。而張氏謂仿佛《長門賦》，節節逆叙，嘗就所評研索再四，無論以順序逆序推求，正復多所抵牾也。

"小山重叠金明滅"：

"小山"當即屏山，猶言屏山之金碧晃靈也。此種雕鏤太過之句，已開吳夢窗堆砌晦澀之徑。"新貼綉羅襦"二句，用十字止說得羅襦上鷓鴣而已。統觀全詞意，詉之爲盛年獨處，顧影自憐；抑之則侈陳服飾，搔首弄姿。"初服之意"，蒙所不解。

"水精簾裏頗黎枕"：

"暖香惹夢"四字與"江上"二句均佳，但下闋又雕迹滿眼，羌無情趣。即謂夢境有柳烟殘月之中，美人盛服之幻。而四句晦澀已甚，韋相便無此種笨筆也。

"蕊黃無限當山額"：

以一句或二句描寫一簡單妝飾，而其下突接別意，使詞意不貫，浪費麗字，轉成贅疣，爲溫詞之通病。如此詞"翠釵"二句是也。

"玉樓明滅長相憶"：

前數章時有佳句而通體不稱，此較清綺有味。

"鳳凰相對盤金縷"：

飛卿慣用金鷓鴣、金鸂鶒、金鳳凰、金翡翠諸字以表富麗，其實無非綉金耳。十四首中既累見之，何才儉若此。本欲假以形容艷麗，乃徒彰其俗劣，正如小家碧玉初入綺羅叢中，祇能識此數事，便矜羨不已也。此詞"雙臉長"之"長"字，尤爲醜惡，明鏡瑩然，一雙長臉，思之令人發笑。故此字點金成鐵，純爲凑韵而已。

“竹風輕動庭除冷”：

〔菩薩蠻〕十四首中，全首無生硬字句而復饒綺怨者，當推“南園滿地”“夜來皓月”二闋。餘有佳句而無章，非全璧也。

更漏子

“相見稀”：

飛卿詞中重句重意，屢見《花間集》中，由於意境無多，造句過求妍麗，故有此弊，不僅“蟬鬢美人”一句已也。

“玉爐香”：

飛卿此詞，自是集中之冠，尋常情景，寫來凄婉動人，全由秋思離情爲其骨幹。宋人“枕前泪共窗前雨，隔個窗兒滴到明”，本此而轉淡薄。溫詞如此凄麗有情致不爲設色所累者，寥寥可數也。溫韋并稱，賴有此耳。

歸國謠

“香玉”：

此詞及下一首，除堆積麗字外，情境俱屬下劣。

酒泉子

“花映柳條”：

銀屏翠箔麗矣，奈洞房寂寞度春宵何！

“羅帶惹香”：

離情別恨，觸緒紛來。

楊柳枝

“宜春苑外最長條”：

風神旖旎，得題之神。

“金縷毿毿碧瓦溝”：

新詞麗句，令人想見張緒風流。

"館娃宮外鄴城西":

聲情綿邈，"繫"字甚佳。與自傅永豐一首，可謂異曲同工。

"纖錦機邊鶯語頻":

"塞門"二句，亦猶"春風不度玉門關"之意，而翻用之。亦復綺怨撩人。

南歌子

飛卿《南瞅子》七首有〔菩薩蠻〕之綺艷而無其堆砌。天機雲錦，同其工麗，而人之盛推〔菩薩蠻〕為集中之冠者，何耶？

"手裏金鸚鵡":

《花間集》詞多婉麗，然亦有以直快見長者，如"不如從嫁與，作鴛鴦""此時還恨薄情無"等詞，蓋有樂府遺風也。

"臉上金霞細":

婉孌纏綿。

"撲蕊添黃子":

此詞與上闋同一機杼而更怊悵自憐。

"轉盼如波眼":

末二句率致無餘味。

"懶拂鴛鴦枕":

"懶"、"休"、"罷"三字皆為思君之故，用近來二字，更進一層，於此可悟用字之法。

河瀆神

"銅鼓賽神來":

上半闋頗有《楚辭·九歌》風味。"楚山"一語最妙。

遐方怨

"花半折":

"夢殘"句妙，"宿妝"句又太雕矣。"粉山橫意"指額上粉而字句甚生硬。

夢江南

"千萬恨":

"搖曳"一句，情景交融。

"梳洗罷":

《楚辭》"望夫君兮未來，吹參差兮誰思"，"裊裊兮秋风，洞庭波兮木葉下"，幽情遠韵，令人至不可聊。飛卿此詞，"過盡千帆皆不是，斜暉脉脉水悠悠"，意境酷似《楚辭》，而聲情綿渺，亦使人徒喚奈何也。柳詞"想佳人倚樓長望，誤幾回天際識歸舟"從此化出，却露鈎勒痕迹矣。

柳子厚"漁翁夜傍西岩宿，曉汲荊湘然楚竹"一詩，論者謂：删却末二句尤佳。余謂：柳詩全首，正復幽絶。然如飛卿此詞末句，直爲畫蛇添足，大可重改也。"過盡"二語，既極怊悵之情，"腸斷白蘋洲"一語點實，便無餘韵。惜哉惜哉。

荷葉杯

"一點露珠凝冷":

全詞實寫處多，而以"腸斷"二字融景人情。是以俱化空靈。

"楚女欲歸南浦":

飛卿所謂詞，正如《唐書》所謂側辭艷曲，別無寄托之可言。其淫思古艷在此，詞之初體亦如此也。如此詞若依皋文之解〔菩薩蠻〕例，又何嘗不可以"波起隔西風"作"玉釵頭上風"同意。然此詞實極宛轉可愛。

二　皇甫松

子奇詞不多見，而秀雅在骨，初日芙蓉春月柳，庶幾與韋相同工。至其詞淺意深饒有寄托處，尤非溫尉所能企及。鹿太保差近之耳。

浪淘沙

"蠻歌豆蔻北人愁"：

玉茗翁謂前詞有桑滄之感，余謂此首亦有憂讒畏譏之意，寄托遙深，庶幾風人之旨。

摘得新

"酌一卮"：

語淺意深而不病其直者，格高故也。

"摘得新"：

"未知平生當著幾雨屐"，昔誦此語，輒爲怊悵。子奇〔摘得新〕蓋竊取此意也。然其源皆出於《唐風·蟋蟀》之什。

夢江南

"樓上寢"：

惟韋相此種清靈之筆，深遠之韵，飛卿似所不及。

采蓮子

"菡萏香連十頃陂"：

更脱紅裙裹鴨兒，寫女兒憨態可掬。

三　韋莊

《太平廣記》引張鷟《朝野僉載》云："韋莊頗讀書，數米而炊，秤薪而爨。炙少一臠而覺之。一子八歲而卒，妻斂以時服，莊剥取以故席裹尸，殯訖，擎其席而歸。其憶念也，嗚咽不自勝，惟慳吝耳。"按張鷟爲武后時人，何以知數百年後事？其僞托無疑。

又楊湜《古今詞話》謂莊有寵姬爲王建所奪云云，而《新五代史》稱王建雖起盜賊，爲人多智詐，善待士。又考《十國春秋》《蜀梼杌》諸書，王建待學士甚優，且嘗自嘆爲不及有唐云。而莊相蜀時年逾耳順，似未必有少姬之愛，況爲建之佐命元老，更似不致有奪愛之事，此二事皆有可疑，而世之傳者，曾不審思，何耶？

浣溪沙

"惆悵夢餘山月斜"：

"梨花一枝春帶雨""一枝春雪凍梅花"，皆善於擬人，妙於形容，視滴粉搓脂以爲美者，何啻仙凡。

"夜夜相思更漏殘"：

"想君思我錦衾寒"句由己推人，代人念己，語彌淡而情彌深矣。

菩薩蠻

"如今却憶江南樂"：

端已此二首自是佳詞，其妙處如芙蓉出水，自然秀艷。按韋曾二度至江南，此或在中和時作，與入蜀後無關。張氏《詞選》好爲附會，其言不足據也。

"勸君今夜須沉醉"：

端已身經離亂，富於感傷，此詞意實沉痛。謂近阮公《咏懷》，庶幾近之，但非曠達也。其源蓋出於《唐風·蟋蟀》之什。

"洛陽城裏春光好"：

此首以詞意按之，似是客洛陽時所作。與前諸首無可聯繫處，亦無從推斷爲入蜀暮年之詞也。

歸國謠

"金翡翠"：

五代詞有語極樸拙而情致極深者，如韋相"別後衹知相愧，淚珠難遠寄"是也。

"春欲晚"：
"柳絲金縷斷"，"斷"字極劣。

應天長

"別來半載音書絕"：
《升庵外集》云："貔，黑而有文也。此字文中罕用，惟《花間集》韋莊及毛熙震詞中見之。"按：此字亦見於《風土記》："梅雨沾衣服皆敗貔。"音鬱，字一作貄，未知所本。

荷葉杯

《浣花集》悼念亡姬之作甚多，〔荷葉杯〕〔小重山〕當屬同類。楊湜宋人紀宋事且多錯忤，其言不足據爲典要，即如此詞第二首純爲追念所歡之詞，亦不似章臺柳也。

"記得那年花下"：
"惆悵曉鶯殘月，相別"足抵柳屯田"楊柳岸曉風殘月"一闋。

清平樂

"春愁南陌"：
下半闋筆極靈婉。

"野花芳草"：
昔愛玉溪生"三更三點萬家眠，露結爲霜月墜烟。鬥鼠上堂蝙蝠出，玉琴時動倚窗弦"一詩，以爲清婉超絕。韋相此詞以"惆悵香閨暗老"爲骨，亦盛年自惜之意，而以"夢覺半床斜月，小窗風觸鳴琴"爲點醒，其聲情綿邈，設色雋美，抑又過之。

"何處游女":

末二句寫景如畫。

謁金門

"空相憶":

《全唐詩》載韋莊又一首云:"春雨足。染就一溪新綠。柳外飛來雙羽玉。弄情相對浴。樓外翠簾高軸。倚遍闌干幾曲。雲漫水準烟簇。寸心千里目。"亦佳。

江城子

"鬘鬢狼藉黛眉長":

韋相〔江城子〕二首描寫頑艷,情事如繪,其殆作於江南客游時乎?

河傳

"何處":

全詞以"何處"領起,中段詞藻極其富麗,而以"古今愁"三句結之,化實爲空,以勝映衰,筆極宕動空靈。

天仙子

"深夜歸來常酩酊":

此詞寫醉公子憨態如掬。與"門外猧兒吠"一詞可合看也。

"蟾彩霜華夜不分":

清婉。

"金似衣裳玉似身":

此首正合題目,唐五代詞意即用本題者多有之。似非強弩之末也。

喜遷鶯

"街鼓動":

《藝林伐山》云："世傳大羅天，放榜於蕊珠宫。"韋相此詞所咏，雖涉神仙，究指及第而言。未得以鬼話目之。

思帝鄉

"春日游"：

爽雋如讀北朝樂府"阿婆不嫁女，那得孫兒抱"諸作。

訴衷情

"燭燼香殘簾未卷"：

音節極諧婉。

女冠子

"四月十七日""昨夜夜半"：

韋相〔女冠子〕"四月十七日"一首描摹情景，使人怊悵。而"昨夜夜半"一首稍爲不及，以結句意盡故也。若士謂與題意稍遠，實爲膠柱之見，唐詞不盡本題意，何足爲病。

木蘭花

"獨上小樓春欲暮"：

"千山""魂夢"二語，蕩氣回腸，聲哀情苦。

小重山

"一閉昭陽春又春"：

猶是唐人宮怨絕句，而楊湜乃附會穿鑿，謂因建奪其寵姬而作矣。

四 薛昭蘊

薛昭蘊詞雅近韋相，清綺精絕，亦足出人頭地，遠在毛文錫上。

浣溪沙

"握手河橋柳似錦"：

"蜂須輕惹百花心"，巧麗極矣，未經人道語。然祇合入詞，入詩則流於纖矣。

"簾下三間出寺牆"：

嫩紅輕碧間濃妝，設色艷冶，如一幅畫。

"江館清秋攬客船"：

一結便有怊悵不盡之意，可謂善於融情入景。

"傾國傾城恨有餘"：

伯主雄圖，美人韵事，世異時移，都成陳迹。三句寫盡無限蒼涼感喟，此種深厚之筆，非飛卿輩所企及者。

小重山

"春到長門春草青"：

詞無新意，筆却流折自如。

相見歡

"羅襦繡袂香紅"：

注：《栩莊漫記》：湯若士評《花間集》云："昔西王母宴群仙，戴研光帽，簪花舞。研光二字本此。"初不知本語何據，後見《東坡題跋》云："徐州倅李陶，有子素不甚作詩。忽咏落梅詩曰：'誰同研光帽，一曲舞山香。'父驚問之，若有物憑者，云：'西王母宴群臣，有舞者戴研光帽，帽上簪花，舞香山一曲未終，而花皆落去。'"又檢《開天遺事》載：汝陽王璉戴研光帽打曲，明皇自摘槿花，置之帽上。帽極滑，久而方安。乃知湯語所本，而研光二字固唐習語也。

此詞甚劣，末二句略有風味。

五　牛嶠

松柳詞集不可見，今存《花間集》者尚有三十二首，大體皆瑩艷縟麗，近於飛卿，微不及希濟耳。

楊柳枝

"解凍東風未上青"：

咏物詞多以比興取長，然描寫寄托之中，要有作者骨格在焉。"舞送行人過一生"，又何其托體之卑而無骨也。

女冠子

"綠雲高髻"：

"眼看""魂蕩"二語，較"胡天""胡地"更進一層。

"雙飛雙無"：

唐自武后度女尼始，女冠甚衆，其中不乏艷迹，如魚玄機輩，多與文士往來，故唐人詩詞咏女冠者類以情事入辭。薛氏四詞雖題〔女冠子〕，亦情詞也。插入道家語，以爲點綴，蓋流風若是，豈可咏高僧同格耶！

感恩多

"自從江南浦別"：

二詞情韵諧婉，純以白描見長。

更漏子

"星漸稀"：

"月明楊柳風"五字秀韵獨絶。

"春夜闌"：

松卿善爲閨情，兒女情多，時流於蕩，下開柳屯田一派，特筆力不至沓贅爲可誦耳。

"南浦情"：

"馬嘶霜葉飛"五字足抵一幅秋閨曉別圖。

菩薩蠻

"舞裙香暖金泥鳳"：

松卿〔菩薩蠻〕"舞裙香暖"一首，詞意明晰，層次井然。蓋首句形容服飾之麗，次句燕語驚夢。以下由夢醒凝望而見柳花，聯憶遠人之未歸，因而念及遠人所在之地，愈增相思，倍覺春晝之長也。全詞流麗動人。而皋文《詞選》云："驚殘夢一點，以下純是夢境"，不知其如何推測爲此語也。

"柳花飛處鶯聲急"：

注：詩詞中青樓字常見，然其意有三。曹子建詩："青樓臨大路"，《古樂府》："大路起青樓。"此指豪貴之家也；劉邈詩："倡女不勝愁，結束下青樓"，此指倡居也；《齊書》："武帝興光樓，上施青漆，謂之青樓"，此則帝王居也。

"眼波和恨來"，傳神栩栩欲活。

"風簾燕舞鶯啼柳"：
情景如在目前。

定西番

"紫塞月明千里"：
塞外荒寒，征人夢苦，躍然紙上。此亦一窮塞主乎。

江城子

"鵁鶄飛起郡城東"：
松卿詞筆在《花間》亦屬中流，但時有雋語，如此詞"越王宮殿"一語，不悲而神傷，自饒名貴。

"極浦烟消水鳥飛"：
升庵《詞品》渭"暮"字應爲"鶩"，不知所據何本。今傳各本則均作日暮矣。愚謂暮字自佳，若作日鶩，便不成語。

六　張泌

《花間》詞十八家約可分爲三派，鏤金錯彩，縟麗擅長而意在閨幃，語無寄托者，飛卿一派也。清綺明秀，婉約爲高，而言情之外兼書感興者，端己一派也。抱樸守質，自然近俗，而詞亦疏朗，雜記風土者德潤一派也。張子澄詞蓋介乎溫、韋之間而與韋最近。

浣溪沙

"馬上凝情憶舊游"：

以憶舊游領起，全詞實處皆化空靈，章法極妙。

"依約殘眉理舊黃"：

寫春困情態入木三分。

"枕障熏爐隔綉幃"：

凄婉之調，下開小晏。全詞布置之佳，正如馮正中之〔蝶戀花〕愈婉愈深，愈淡愈哀，蓋不惜以金針度盡世人者也。

"晚逐香車入鳳城"：

子澄筆下無難達之情，無不盡之境，信手描寫，情狀如生，所謂冰雪聰明者也。如此詞活畫出一個狂少年舉動來。

臨江仙

"烟收湘渚秋江静"：

"蕉花露泣愁紅"，凄艷之句。全詞亦極縹渺之思，不落凡俗。

河傳

"渺莽雲水"：

起句颯然而來，不亞《別》《恨》二賦首語，可謂工於發端，而承以"夕陽""千里"二句，蒼凉悲咽，驚心動魄矣。

"紅杏":

"斜陽似共春光語",雋語也。余幼有句云:"幽蘭軟語斜陽裏,蛺蝶飛來總不知。"

柳枝

"膩粉瓊妝透碧紗":

"思夢笑"三字一篇之骨。

南歌子

"岸柳拖烟綠":

意亦猶人,詞特清疏。

江城子

"碧闌干外小中庭":

"飛絮落花時節近清明",流麗之句却寓傷春之感。

河瀆神

"古樹噪寒鴉":

"回首隔江烟火,渡頭三兩人家",可作畫景,與首二句同一蕭然其爲秋也。

七 毛文錫

文錫詞在《花間》舊評均列入下品。然亦時有秀句。如"紅紗一點燈,夕陽低映小窗明"。非不琢飾求工,特情致終欠深厚。又多供奉之作,其庸率也固宜。

西溪子

"昨夜西溪游賞":

全首寫風土,如入炎方所見,不嫌其質樸也。惟"鏡中鸞舞"句憑空插入,殊爲減色。

更漏子

"春夜闌":

文錫詞質直寡味，如此首之婉而多怨，絕不概見，應爲其壓卷之作。

接賢賓

"香韉鏤襜五色驄"：
着意刻畫而缺生氣。

贊浦子

"錦帳添香睡"：
繁麗頗似飛卿。

甘州遍

"春光好"：
校：《花間集》毛文錫〔甘州遍〕詞云："紅纓錦襜出長楸。""楸"字義不可通。按：《御覽》云：洛陽有長秋門。此詞形容駿馬尋芳，自應作"長秋"爲合，若作"楸"字亦非。

"秋風緊"：
描寫邊塞荒寒景象頗佳，詞亦無死聲，佳作也。

紗窗恨

"新春燕子還來至"：
意淺詞支。

浣溪沙

"七夕年年信不違"：
意淺辭庸，味如嚼蠟。

戀情深

"玉殿春濃花爛熳"：
緣題敷衍，味若塵羹。毛詞之所以爲毛也。

訴衷情

"桃花流水漾縱橫"及"鴛鴦交頸綉衣輕"二詞
此二詞亦如戀情深之嵌字格。雖較勻净，終爲庸濫之音。

巫山一段雲

"雨霽巫山上"：

"遠峰吹散"二句，甚有烟雲縹渺之致。可稱佳句。惜下半闋又過於着實耳。

八 牛希濟

希濟詞筆清俊，勝於乃叔，雅近韋莊，尤善白描。

臨江仙

"峭碧參差十二峰"：

全詞咏巫山女事，妙在結二句，使實處俱化空靈矣。

"謝家仙觀寄雲嶺"：

詞作道教語而妙在"石壁霞衣猶半挂，松風長似鳴琴"。用一"猶"字，一"似"字，便覺虛無縹渺不落板滯矣。

"江繞黃陵春廟閑"：

"須知狂客拼死爲紅顏，"可謂説得出，妙在語拙而情深。然以咏二妃廟，又頗覺其不倫。

"洞庭波浪颭晴天"：

"颭"字"冷"字均妙絕。

酒泉子

"枕轉簟凉"：

羅羅清疏。

生查子

"春山烟欲收"：

"記得緑羅裙，處處憐芳草，"詞旨悱惻溫厚而造句近乎自然，豈飛卿輩所可企及。語多情未了，回首猶重道，將人人共有之情和盤托出，是爲善於言情。《詞林萬選》又一首云："新月曲如眉，未有團圓意。紅豆不堪看，滿眼相思淚。終日擘桃穰，人在心兒裏。兩朵隔牆花，早晚成連理。"亦佳。

謁金門

"秋已暮"：

"馬嘶"二句，好一幅秋林曉行圖，惜下闋不稱。

九　歐陽炯

浣溪沙

"落絮殘鶯半日天"：

玉柔花醉，用字妍麗。

"相見休言有淚珠"：

歐陽炯〔浣溪沙〕"相見休言有淚珠"一首，叙事層次井然，叙情淋漓盡態。而著語尚有分寸，以視柳七黃九之粗俗不堪，自有上下床之別。

南鄉子

歐陽炯〔南鄉子〕八首多寫炎方風物。不知其以何因緣而注意及此。炯蜀人，豈曾南游耶？然其詞寫物真切，樸而不俚。一洗綺羅香澤之態而爲寫景紀俗之詞，與李珣可謂笙磬同音者矣。

"畫舸停橈"：

儼然一幅畫圖。

獻衷心

"見好花顏色"：

"三五夜，月明中"，忽加入"偏有恨"三字，奇絶。

賀聖朝

"憶昔花間初識面"：

歐陽炯詞〔南歌子〕外另一種極爲濃麗，兼有俳調風味，如〔賀聖朝〕諸詞，後啓柳屯田，上承溫飛卿。艷而近乎靡矣。

江城子

"晚日金陵岸草平"：

此詞妙處在"如西子鏡"一句，橫空牽入，遂爾推陳出新。

一〇　和凝

世傳和成績知貢舉，愛進士范質文，以已之名次置之。質後歷官階果與相同。凝賦詩云："從此廟堂添故事，登庸衣鉢亦相傳。"實詞林佳話也。成績歷事五代，與長樂老人相似。馮創活版和自刻集，均爲此前所未有。

和成績詞自是《花間》一大家，其詞有清秀處，有富艷處，蓋介乎溫、韋之間也。

臨江仙

"海棠香老春江晚"：

結句設想，出人意表。

"披袍窣地紅宮錦"：

上半闋極寫服飾之盛麗，溫詞所有者也。下半闋則飛卿所不逮矣。

山花子

"鶯錦蟬縠馥麝臍"：

"星靨"二句，置之溫尉詞中，可亂楮葉。

河滿子

"正是破瓜年紀"：

"却愛蘭羅裙子，羨他長束纖腰。"爲和詞名句。其源蓋出於張平子定情詩。陶公《閑情賦》尚在其後。

薄命女

"天欲曉，宫漏穿花聲繚繞"：

明艷似飛卿，佳詞也。

春光好

"蘋葉軟"：

"春水""春天"二語，寫出春光駘宕之狀。

柳枝

"鵲橋初就咽銀河"：

前二首不脱柳枝窠臼，遠不及温尉之作。此詩則非咏柳枝矣，唐進士及第多冶游，如《北里志》所載可考。和詞蓋夫子自道耳。

一一　顧敻

顧詞濃麗實近温尉，其〔荷葉杯〕諸詞，以質樸之句寫入骨之情，雖云艷詞，乃爲别調。要之其大體固以飛卿爲宗也。

虞美人

"觸簾風送景陽鐘"：

全詞與陳宫無涉，而嵌入"景陽鐘"三字，是爲堆砌。緑荷之下接以"相倚"二字，便有情致。於此可悟用字呆活之别。

"翠屏閑掩垂珠箔"：

露沾紅藕，以藕代花。殊嫌生硬。

"深閨春色勞思想"：

"恨共春蕪長"佳。顧敻〔虞美人〕六首中，此詞較爲流麗。

"少年艷質勝瓊英"：

《花間》詞不盡舒寫詞調原意，顧敻此詞，乃寫女冠耳。若士以爲不合詞調義譏之，未免拘執。惟顧詞實非佳製。如"醮壇風急杏花香"一語中，忽用一"急"字，便爲粗率是也。

河傳

"棹舉"：

顧敻〔河傳〕三首，末闋上半首，不愧"簡勁"二字。若士概譽之爲絶唱何也。

甘州子

"一爐龍麝錦帷旁"：

讀遼后〔十香詞]》，則知顧敻〔甘州子〕之疏淡也。

"曾如劉阮訪仙踪"：

長是怯晨鐘，春宵苦短之意。鷄鳴戒旦之義，則已微矣。

"紅樓深夜醉調笙"：

顧敻才力不富，其詞嘗有氣不能舉筆之處，故雖繁縟而不耐回味。其清淡處亦復不能深秀。〔甘州子〕第五首云："小屏古畫岸低平"，純是才儉凑韵之句。

玉樓春

"拂水雙飛來去燕"：

別愁無俚，賴夢見以慰相思，而反云却怕良宵頻夢見，是更進一層寫法。

浣溪沙

"春色迷人恨正賒"：

細風輕露著梨花，巧緻可咏。結句振起全闋。

"庭菊飄黄玉露濃"：

寫夢境極婉轉。

"雁響遥天玉漏清"：

炷香乎其幽静可想。

酒泉子

"楊柳舞風"：

顧敻〔酒泉子〕七首，意少詞多，似温飛卿。

遐方怨

"簾影細"：

鋪飾麗字，羌無情致。

荷葉杯

"記得那時相見"：

"柔"字入木三分。

"一去又乖期信"：

顧敻以艷詞擅長。有濃有淡，均極形容之妙。其淋漓真率處，前無古人。如〔荷葉杯〕九首，已爲後代曲中《一半兒》張本。

漁歌子

"曉風清"：

身閑心静，自不較逐名利矣。詞有汲汲顧景之感。

臨江仙

"碧染長空池似鏡"：

下闋與"今日鬢絲蟬榻畔，茶烟輕颺落花風"一般怊悵。

"幽閨小檻春光晚"：

設色蒨麗，意亦微婉。

"月色穿簾風人竹"：

此闋過於率露，不及前作多矣。

醉公子

"漠漠秋雲淡"：

"衰柳"二句，語淡而味永，韵遠而神傷。

更漏子

"舊歡娛"：

"歌滿耳，酒盈樽"，前非不要論，所謂今我不樂，日月其除者也。五代十國亂靡有定，割據一方之主，尚少振拔有爲者，其學士大臣亦復流連光景，極意閨幃，故《花間集》中不少頹廢自放之詞。於顧氏又何怪焉。

一二　孫光憲

葆光子詞婉約精麗處，神似韋莊。其〔浣溪沙〕最有名，孫洙評謂：其絶無含蓄而自然入妙。如"半恨半嗔回面處，和嬌和泪泥人時。萬般饒得爲憐伊。"又"醉後愛稱嬌姐姐，夜來留得好哥哥。不知情事久長麽。"又"將見客時微斂黛，得人憐處且生疏。低頭羞問壁邊書。"皆足當之無愧。而"一庭疏雨濕春愁，片帆烟際閃孤光""墮階縈蘚舞愁紅""留不得，留得也應無益""白紵春衫如雪色，揚州初去日"諸句，含思綿渺，使人讀之徒唤奈何。

浣溪沙

"蓼岸風多桔柚香"：

"片帆"句妙矣。"蘭紅波碧"四字，惟瀟湘足以當之，他處移用不得。可謂善於設色。

"花漸凋疏不耐風"：
"蕙心無處與人同"，非深於情者不能道。

"半踏長裾宛約行"：
相少情多，纏綿乃耳。

"蘭沐初休曲檻前":

"翠袂半遮,寶釵欲墜",形容蘭沐初休之嬌態。詞筆細膩想亦忍俊不禁矣。

河傳

"太平天子":

詞寫煬帝開河南游事,妙在"燒空"二字一轉,使上文花團錦簇,頓形消滅。此法蓋出自太白"越王勾踐破吳歸"一詩。

"風颭波斂":

"身已歸,心不歸。"情至語不嫌其直率。

菩薩蠻

"花冠頻鼓牆頭翼":

情事歷歷如繪。

"木棉花映叢祠小":

南國風光,躍然紙上。

後庭花

"石城依舊空江國":

孫孟文詞疏朗婉麗,近於韋相。其〔後庭花〕第二首吊張麗華,詞意蘊藉淒怨,讀之使人意消。

生查子

"寂寞掩朱門":

上半闋極寫寂靜,下半闋寫幽怨。怨而不怒,足耐回味。

清平樂

"愁腸欲斷":

"東風吹夢,與郎東西",語極纏綿沉摯。

"等閑無語":

"終是疏狂留不住，無限傷怨"。不嫌其説得盡。

風流子

"茅舍槿籬西曲":

《花間集》中忽有此淡樸咏田家耕織之詞，誠爲異彩。蓋詞境至此，已擴放多矣。

定西番

"鷄禄山前游騎":

隨題敷衍，了無佳處。

竹枝

"亂繩千結":

諧聲和歌，《讀曲》《子夜》之遺響也。

謁金門

"留不得":

字字嗚咽，相思之苦，飄泊之感，使人蕩氣回腸，百讀不厭，其清新哀惋處，蓋神似端己也。

思越人

"渚蓮枯":

"月明獨上溪橋"，所謂傷心人別有懷抱也。

楊柳枝

"閶門風暖落花乾":

"飛遍江城雪不寒"，得咏絮之妙。

漁歌子

"泛流螢":

二詞亦疏曠，特未能與"西塞山前"原唱争勝耳。

一三　魏承班

魏承班詞濃艷處近飛卿，間有清朗之作，特不多耳。

菩薩蠻

"羅裙薄薄秋波染"：
艷冶似溫尉。

"羅衣隱約金泥畫"：
艷麗。

木蘭花

"小芙蓉"：
庸調。

玉樓春

"寂寂畫堂梁上燕"：
結語說到盡頭，了無餘味。魏氏此等詞，與毛文錫不相上下。

訴衷情

"春深花簇小樓臺"：
"語檀偎"三字殊拙。

"銀漢雲晴玉漏長"：
用相對寫法，較有情味，"皓月瀉寒光"佳句也。

"春情滿眼臉紅銷"：
"春情滿眼臉紅銷"，描寫細膩，《片玉詞》云"拂面紅如著酒"，同此深刻而艷麗也。

生查子

"烟雨晚晴天"：

魏詞淺易，此却蘊藉可誦。

漁歌子

"柳如眉"：

"窗外曉鶯殘月"，正是懷人境地，故上半闋設色殊美，恨結句一語道盡，又無餘韵矣。

一四　鹿虔扆

鹿太保詞不多見，其在《花間集》中者約有二種風格，一爲沉痛蒼凉之詞，一爲秀美疏朗之詞，不惟人品之高，其詞格亦高。由此可知雖處變亂之世，人格高尚者終有以自立。詞雖小道，亦可表現之也。

臨江仙

"金鎖重門荒苑静"：

太白詩"衹今惟有西江月，曾照吳王宫裏人"。已開鹿詞先路。此闋之妙，妙在以暗傷亡國托之藕花，無知之物，尚且泣露啼紅，與上句"烟月還照深宫"相襯而愈覺其悲惋。其全詞布置之密，感喟之深，實出後主"晚凉天净"一詞之上，知音當不河漢斯言。

女冠子

"風樓琪樹"：

"竹疏""松密"二句，寫道院風光宛然。

思越人

"翠屏欹"：

《十國春秋》謂：鹿太保"雙帶"二句，時人推爲絕唱。余謂此詞雖淒麗，尚非〔臨江仙〕之比也。

一五　閻選

閻處士詞多側艷語，頗近温尉一派，然意多平衍，蓋與毛文錫伯仲耳。

一六　尹鶚

尹鶚詞在《花間集》中似韋而淺俗，似溫而繁瑣，蓋独成一格者也。其寫冶游，寫情思均分明如畫，不避詳瑣，柳塘以爲開屯田俳調，洵爲知言。要其清綺靈活處，實在閻選等之上，差可與牛希濟、孫光憲等齊肩也。

醉公子

"暮烟籠蘚砌"：

尹鶚〔醉公子〕詞云"何處惱佳人，檀痕衣上新"，似怨似憐，嬌嗔之態可想，而含意亦不輕薄，至若〔撥棹子〕云："特地向寶帳，顛狂不肯睡。"〔清平樂〕云："賺得王孫狂處，斷腸一搦腰肢。"又云："應待少年公子，駕幃深處同歡。"則流於狎昵，幾如柳三變俳調也。

一七　毛熙震

毛熙震詞，《花間》録存二十九首，與周密所言之數相符。其詞濃麗處似學飛卿。然亦有清淡者，要當在毛文錫上，歐陽炯、牛松卿間耳。

浣溪沙

"花榭香紅烟景迷"：
末句不成話。

"晚起紅房醉欲銷"：
平淡之狀而出以秾麗，使人之意也消。

"一衹橫釵墜髻叢"：
細膩風光。

"碧玉冠輕裊燕釵"：

毛熙震詞"緩移弓底繡羅鞋"，當爲以弓鞋入詞之始，著一緩
字，神態具足。

臨江仙

"南齊天子寵嬋娟"：

敷衍史實，味如土飯塵羹。

清平樂

"春光欲暮"：

毛熙震詞如〔清平樂〕之蘊藉，〔後庭花〕之凄婉，豈與夫豐
艷曼睩競麗者比，〔菩薩蠻〕亦妙。

河滿子

"寂寞芳菲暗度"：

"誰見夕陽孤夢"二句，稍有情味。

小重山

"梁燕雙飛畫閣前"：

春思無限，而以"愁對艷陽天"點出，故是有致。

後庭花

"輕盈舞伎含芳艷"：

堆綴麗字，羌無情致。

菩薩蠻

"梨花滿院飄香雪"：

凄清怨抑。

"繡簾高軸臨塘秀"：

"等閑秋又來"，無恨悋悵。

一八　李珣

李德潤詞大抵清婉近端己，其寫南越風物，尤極真切可愛。在《花間》詞人中自當比肩和凝，而深秀處且似過之。如〔浣溪沙〕云："相見無言還有恨，幾回拼却又思量。"又"暗思何事立殘陽。"〔酒泉子〕云："秋雨連綿，聲散敗荷叢裏。那堪深夜枕前聽，酒初醒。"皆詞淺意深，耐人涵咏。又如〔南鄉子〕諸首寫景物寫風俗，均以明净之句，繪影繪聲，引人入勝。又如《漁歌子》、《漁父》、《定風波》諸詞，緣題自抒胸境，灑然高逸，均可誦也。《花間》詞人能如李氏多面抒寫者，甚鮮。故余謂德潤詞在花間可成一派而可介立溫、韋之間也。

浣溪沙

"晚出閑庭看海棠"：

前五句實寫，而結句一筆提醒，遂覺全詞俱化空靈，實者亦虛矣，此之謂筆妙。

"訪舊傷離欲斷魂"：

"無因重見玉樓人"，"故遇花沽酒莫辭頻"，非曰及時行樂，實乃以酒澆愁，故其詞温厚而不儇薄。

漁歌子

"楚山青"：

"楚山"三句，淡秀可愛。

"柳垂絲"：

詞雖緣飾題意，而風趣灑然。此首不作説明語，尤佳也。

臨江仙

"鶯報簾前暖日紅"：

德潤"强起嬌臨寶鏡，小池一朵芙蓉"。工於形容，語妙天下。世之笨詞，當以此爲換骨金丹。

南鄉子

"乘采舫"一句：

"競折圓荷遮晚照"，生動入畫。

"傾淥蟻"：

"夾岸荔枝紅照水"，設色明蒨，非熟於南方景物不能道。

"相見處"：

李珣〔南鄉子〕均寫廣南風土，歐陽炯作此調亦然。珣，波斯人，或曾至粵中，豈炯亦曾入粵？不然，則〔南鄉子〕一調，或專爲咏南粵風土而製，故作者一本調意爲之也。珣詞如"騎象背人先過水""競折圓荷遮晚照""愁聽猩猩啼瘴雨""夾岸荔枝紅照水"諸句，均以淺語寫景而極生動可愛，不下劉禹錫巴渝《竹枝》，亦《花間集》中之新境也。

望遠行

"露滴幽庭落葉時"：

"明月鑒孤幃"，自表孤貞，意在言外。

菩薩蠻

"隔簾微雨飛雙燕"：

"隔簾"二句即是"落花人獨立，微雨燕雙飛"藍本。

河傳

"春暮"：

昔閱片玉〔蘭陵王〕詞云："回首迢遞便數驛，望人在天北。"愛其能描摹別緒，入木三分，使人誦之黯然魂銷。及閱李德潤"不堪回首，相望已隔汀洲，艫聲幽"。正是一般寫法，乃知周詞本此也。

聲情綿渺，以此結束《花間》，可謂珪璧相映。

凝寒室詞話

徐興業◎著

　　徐興業（1917～1990），浙江紹興人。1937 年畢業
於無錫國學專修學校。曾任上海國學專修館、稽山中學
教師，新中國成立後曾任上海市教育出版社編輯，上海
市師範學院歷史系教師等。1980 年開始發表作品。著
有長篇歷史小説《金甌缺》等。《凝寒室詞話》刊於
《國專月刊》1935 年第 1 卷第 2 期。張璋《歷代詞話續
編》曾據《國專月刊》輯錄。

《凝寒室詞話》目録

凝寒室詞話

一 咏物之作

作詞當尚情真，不當誇才大。惟其情真，而後有板拙語、至性語。惟其才大，而後有敷衍語、堆砌語。北宋諸家，除東坡外，才實不逮後人，但以其情真，遂覺脫語天籟，自有渾璞之詣。南宋諸詞人，才大而氣密，故能獨創詞境，不剿襲前人。然以其真摯之情稍遜，味之終覺隔一層。清真詞于兩宋間，最為擅場。其〔蝶戀花〕云："喚起兩眸清炯炯，泪花落枕紅綿冷。"〔玉樓春〕云："當時相候赤闌橋，今日獨尋黃葉路。"又云："滔邊誰使客愁輕，帳底不教春夢到。"皆人人意中事，眼中情，而以不經意筆出之，遂成絕詣。此南宋諸家累千鈞之力，所不能到者。清真〔六醜〕詞云："怕斷鴻尚有相思字，何由見得？"是結句之神拙者。求之後世，惟梅溪〔東風第一枝〕云："恐鳳靴挑菜歸來，萬一灞橋相見。"意境差似，但稍嫌刷色矣。詩人體物感情，觸境抒懷，發之于文，不必求人知我意趣之所在，而感非一端，觸非一境，故自《三百篇》《古詩十九首》以降，皆為無題之作，佛家所謂無人相之境也。唐五季北宋之詞亦然。自東坡、清真，間為咏物之作，大抵托寫感懷，借物以抒情。似東坡咏雁以訴飄零，清真〔蘭陵王〕咏柳以寫別情，〔花犯〕咏梅以抒其二年之身世，遂啟後來咏物一派。至梅溪咏燕，劉改之咏指足，摹狀繪色，已落言筌。後此更撮拾故實，廣征博引，情韵皆匱，斯為極蔽。

二　朱彊邨易簀前鷓鴣天詞

朱彊邨先生易簀前，口占〔鷓鴣天〕曰："忠孝何嘗盡一分，年來姜被減奇溫。眼中犀角非邪是，身後牛衣怨亦恩。泡露事，水雲身，枉拋心力作詞人。可哀惟有人間世，不結他生未了因。"先生素篤于友愛，與仲弟孝威共寓吳，相依爲命，年前病殁，詞中第二句指此。有子雋而殤折，晚撫仲弟子方飭爲嗣，時尚未冠，第三句指此。先生晚年作詞極少，此詞自道身世，尤可珍貴。

三　納蘭詞小令凄惋處神似二主

納蘭詞小令凄惋處，於南唐二主非惟貌近，抑亦神似。至〔蝶戀花〕數首，則勢縱語咽，凄澹悱側，得正中、六一之遺。清初詞人大抵承明季之極弊。小令學《花間》，長調擬蘇、辛。陸次雲、汪懋麟以下，專事纖小，格卑語狎。湘瑟（錢芳標）、延露（彭孫遹）稍稱醇正，亦瑕瑜互見。迦陵號名家，不脫叫囂奔放之習，錫鬯入於南宋而不能出，以視汴京尚遠，遑論五季。故欲于清初求詞有真氣者，其惟納蘭乎？蔣春霖《水雲樓詞》，璆然冠有清三百年，清靈處直逼白石，而身世感懷，發爲沉鬱。其〔渡江雲〕云："縱青衫無恙，換了二分明月，一角滄桑。"〔甘州〕云："待攀取楊枝寄遠，怕楊花比客更飄零。"又云："畫眉錯問愁深淺。"皆慘澹，極自然，所謂自然從慘澹中出者。一代雅音，遂得複見。譚復堂以之與成容若、項蓮生并論，猶非允言。

（録自《國專月刊》第一卷第二號）

詞 瀋

孫人和◎著

孫人和（1894～1966），字蜀丞，號鶴朦，江蘇省鹽城縣（今屬建湖縣）人。畢業於北京大學，後長期任教於輔仁大學、中國大學、北京大學、暨南大學等。民國時期著名藏書家、詞學家。其主要著作是民國時期應東方文化事業總委員會之聘，爲《續修四庫全書》所撰寫的 992 種提要，多爲經部小學，子部雜家、道家，集部詞曲等類。其中詞類提要有 528 種。除此之外還有《詞學通論》《詞瀋》《校訂花外集》《南唐二主詞校證》《陽春集校證》等。《詞瀋》原分別刊載於《細流》1934 年第 3 期、1935 年第 4 期；《輔仁文苑》1939 年第 2 輯、1940 年第 3 輯、1941 年第 6 輯。本書即據此收錄。其中《細流》1934 年第 3 期所載内容與《輔仁文苑》1940 年第 3 輯所載内容部分重合，但有略祥之别，故兩存之。傅宇斌曾整理《輔仁文苑》所載内容發表於《詞學》第 28 輯（華東師範大學出版社，2012），楊傳慶、和希林《輯校民國詞話三十種》亦收錄。

《詞瀟》目録

詞　瀋

一　陳元龍注片玉集

陳注《片玉集》，喜引唐詩，蓋以美成善融化唐人詩句也。然如〔意難忘〕云："私語口脂香"，明用白樂天詩句。（《江南喜逢蕭九徹因話長安舊游戲贈五十韵》）《花間集》載顧夐〔甘州子〕，亦有"私語口脂香"之句。而陳注引方、杜之詩，與詞意了不相涉。〔六醜〕云："夜來風雨，葬楚宮傾國"，亦當補引韓偓《落花詩》"夜來風雨葬西施"之句。尤可異者，〔綺寮怨〕云"江陵舊事，何曾再問楊瓊"，陳注楊瓊事未詳。考元白并有《楊瓊詩》，元詩附注云："楊瓊本命播，少爲江陵酒妓。"詩中述楊瓊事甚詳，正可推證美成詞意。且元白詩集，初非僻書，何竟輕忽如此也。

（《細流》1934 年第 3 期）

二　沈括以霓裳爲道調法曲辨

沈括《夢溪筆談》卷五云："《霓裳羽衣曲》，或謂今燕部有《獻仙音曲》，乃其遺聲。"然《霓裳》本謂之道調法曲，今《獻仙音》乃小石調耳，未知孰是。今欲闡明沈説之由來，當追溯此曲之原始。考《霓裳羽衣曲》，始於開元，盛於天寶，成曲之由，説者多異。或謂明皇與葉法善游月宮而製曲，或謂夢得《紫雲回》曲而成者，皆恢奇妄誕之言，殊不足據。惟白居易《霓裳羽衣歌》云："由來能事皆有主，楊氏創聲君造譜。"自注云：開元中西凉

府節度楊敬述造，（《唐書·禮樂志》作河西節度使楊敬忠。）最得其正矣。元
稹《法曲》云：“霓裳羽衣號天落”，白居易《法曲歌》云：“法
曲法曲舞霓裳，政和世理音洋洋，開元之人樂且康。”白又有《臥
聽法曲霓裳》一首，可證《霓裳》爲法曲也。白氏《嵩陽觀夜奏
霓裳》云：“開元遺曲自凄涼，況近秋天調是商。”是《霓裳》本
商調也。《碧鷄漫志》卷三，杜佑《理道要訣》云：“天寶十三載，
七月改諸樂名，中使輔璆琳宣進旨，令於太常寺刊石。内《黃鍾
商婆羅門曲》改爲《霓裳羽衣曲》。”所稱黃鍾商，雖與白傳之詩，
詳略不同，亦未移入別調也。《碧鷄漫志》又云：“宣和初，曹府
守山東人王平詞學華贍，自言得夷則商霓裳羽衣譜，取陳鴻、白
樂天《長恨歌傳》，并樂天寄元微之《霓裳羽衣歌》。又雜取唐人
小詩長句及明皇太真事，終以微之《連昌宫詞》，補綴成曲，刻板
流傳。曲十一段，起第四遍、第五遍、第六遍，正攧，入破，虛催
袞，實催袞，歇拍，殺袞，音律節奏，與白氏歌注大異。則知唐
曲，今世決不復見，亦可恨也。”按王灼所云，似未精審，王平所
得，今不可見。然就所述考之，若補散序中序九遍，并非與白氏歌
注異也。王國維謂此譜再加散序六遍，中序前三遍，當得十二遍，
與唐之十八遍異，亦非也。段與遍不盡相同。在《齊東野語》所
記《樂府混成集》中，《霓裳》一曲共三十六段，即每遍二段，十
八遍三十六段也。此譜必有二遍各二段者，故爲十一段，并非十
一遍也。惟王平謂爲夷則商，雖與《理道要訣》黃鍾商異，然其
爲商調則同也。姜夔〔霓裳中序第一〕序云：“於樂工故書中，得
有商調霓裳十八闋，皆虛譜無辭。”按沈氏《樂律》，《霓裳》道
調，此乃商調。未知孰是。則知唐曲之爲商調，無可疑矣。《文獻
通考》一百四十五云：“唐文宗每聽樂，鄙鄭衛聲，詔奉常習開元
中霓裳羽衣舞，以雲韶樂和之。舞曲成，太常卿馮定總樂工，閱之
於庭，端凝若植。自兵亂以來，霓裳羽衣曲，其音遂絶。”是此曲
始於開元，亡於唐末矣。陸游《南唐書》：後主昭慧國后周氏小字
娥皇，通書史，善歌舞，尤工琵琶。故唐盛時霓曲羽衣最爲大曲。

亂之後，絕不復傳。后得殘譜，以琵琶奏之，於是開元天寶遺音，復傳於世。內史徐鉉問之於國工曹生，鉉亦知音，問曰："法曲終則緩，此聲反急，何也？"曹生曰："舊譜是緩，宮中有人易之，非吉徵也。"是南唐尚有重整曲譜之事。然據樂工曹生所言，已失法曲之理。虛謂開天遺言，不足置信。故徐鉉譏之以詩曰："此是開元天寶曲，莫教偏作別離聲"也。有唐一代此曲源流，盡於此矣。沈存中爲元豐熙寧間人，何以獨知爲道調法曲？沈既深明樂律，何以與當時通行之《獻仙音》，不能辨別？無徵之曲，既得其調；通行之歌，反不能曉。此其間必有故矣。考《宋史·樂志》云：法曲部其曲二：一曰道調宮，《望瀛》；二曰小石調，《獻仙音》。并無霓裳曲也。宋時傳記多謂《望瀛》爲《霓裳》曲遺聲，《獻仙音》亦別見記載。徒以曲拍曲終引聲相近，而不知其宮調不合也。若調同均異，相去亦多。文人學士，多所想像，即深明樂律者，亦以唐曲久亡，無從檢定，不得不附和之。然則存中所言，別無他證，實以《望瀛》轉定之也。惟《望瀛》爲道調，《獻仙音》爲小石調，雖同爲法曲，宮調不同。如以《獻仙音》與《霓裳曲》同，即無異於以《獻仙音》與《望瀛》同。而當時二曲，實有分別。故不敢徑定也。（當時文士不能樂理，故以《望瀛》《獻仙音》爲霓裳遺聲。沈氏精於聲律，當時二曲可以檢定，非若唐曲已亡，不可判斷，故既以《望瀛》定霓裳，不能再以《獻仙音》亂之。此似高於文士而不知其仍爲俗所誤也。）今先以實事證之。歐陽修《六一詩話》云："霓裳曲今教坊尚能作其聲，其舞則廢而不傳矣。人間又有《望瀛府》、《獻仙音》二曲，云此其遺聲也。"葛立方《韻語陽秋》卷十五云："今世所傳《望瀛》，亦十二遍。散序無拍，曲終亦長引聲。若樂奏《望瀛》，亦可仿佛其遺意也。"王灼駁歐陽修云："《瀛府》屬黃鐘宮，《獻仙音》屬小石調，了不相干。永叔知霓裳羽衣爲法曲，而《瀛府》《獻仙音》爲法曲中遺聲。今合兩個宮調作霓裳羽衣一曲遺聲，亦太疏矣。"按王說未審《六一詩話》之《望瀛府》當從常之書作《望瀛》，何文煥校訂本《六一詩話》作望瀛洲，亦非。王承其誤。不獨黃鐘宮有瀛府，即林鐘宮亦有瀛府，與道調之《望瀛》全異。晦叔竟合爲一，致成大謬。且永叔之意，以《望瀛》《獻仙音》并似《霓裳》之曲，非合兩個宮調以製霓裳也。若以聲律證之，以《望瀛》近於《霓裳》者，實以遍拍曲終引聲相同，常之已明其旨矣。至以《獻仙音》似《霓裳》，亦未嘗無説。王國維云：“宋詞小石調有〔法曲獻仙音〕，又有〔法曲〕第二。柳永《樂章集》，二詞同在一卷中，知非二調。又字句雖略同，而用二名，知又非一遍也。殆亦《霓裳》之類。”按王説是也。余嘗考之，《獻仙音》遍拍，今難質言，惟其爲小石調，實爲林鐘商若稍高爲中管調，則爲夷則商。宋仁宗《景祐樂髓新經》云：“夷則商爲中管小石調，林鐘爲小石調。”是《獻仙音》遍數既多，亦爲宋代商聲十二調之一。故當時傳説以爲與《霓裳》近也。沈括既以《望瀛》定《霓裳》，則《獻仙音》不容相混。其餘諸家，但知《霓裳》唐爲商調，不能詳考宋代之傳説。即明於樂律之姜夔，亦爲存中所惑，故辨之如此。

（《細流》1935 年第 4 期）

三　漱玉詞

李易安謂以往詞人，無合格者。而又不明其旨趣，故人多疑之。今繹其評語及所撰之詞，亦可粗窺其意也。易安以詞爲侑酒嘌唱之用，故不忌淺俗。然爲文學之一體，故必當善於運用。文人見之，不厭其俗；俗人見之，文誼曉暢，自能雅俗共賞。若徇俗爲貴，失文之質；以雅爲能，不可流行。故易安論曰：“詞別是一家，知之者少。”然觀《漱玉集》中，惟〔聲聲慢〕一闋，可以當之而無愧，餘則未能稱是。可知此道之難也。許昂霄極詆其〔聲聲慢〕，蓋未知易安之詞旨也。

四　漱玉詞彙鈔

《漱玉詞彙鈔》一卷，清汪玢女士所輯校。玢字孟文，錢塘人。是書刊於道光庚子，封面吳蘦香所題也，後有許綉跋。詞據汲古閣本十七首，玢從《陽春白雪》補一首，《樂府雅詞》十六首，《梅苑》六首，《詞林萬選》三首，《歷代詩餘》一首，共四十四首。易安詞散見群書者，近八十首，此輯殊不完備。玢又輯錄詞話，分附各首之後，内引《問遽廬隨筆》，疑即玢所著也。評論亦不精確。前附錄紀事，僅引《清波雜志》、《四六談麈》、《琅嬛記》、《貴耳錄》各一則。而於易安晚節之傳說，全未言及。蓋玢讀書甚少，既不能為易安辨正，而又以再嫁為嫌，故置而不論也。

（以上《輔仁文苑》1939 年 12 月第 2 輯）

五 陳少章片玉集注補正

劉肅序陳元龍《片玉集注》，謂其病舊注之簡略，遂詳而疏之，俾歌之者。究其事，達其辭，則美成之美益彰云云。清真詞舊注已佚，未能較其短長。縱觀陳注，亦頗粗觕，往往失之眉睫。今即所知，略為補正，未暇一一考也。

〔瑣窗寒〕“故人剪燭西窗語”，温庭筠《舞衣曲》詩：“回鸞笑語西窗客。”正：按此句上云：“静鎖一庭愁雨，灑空階夜闌未休。”下云：“似楚江暝宿，風燈零亂，少年覊旅。”則明用李商隱《夜雨寄北》詩“何當共剪西窗燭，却話巴山夜雨時”之意。又〔荔枝香〕云：“共剪西窗蜜炬”，亦用李旨。注但引李賀“蜜炬千枝爛”，非其質也。

〔風流子〕“最苦夢魂，今宵不到伊行。”補：晏幾道〔臨江仙〕詞云：“如今不是夢，真個到伊行。”

〔解連環〕“燕子樓空”唐張建封節制武寧云云。補：蘇軾〔永遇樂〕詞云：“燕子樓空，佳人何在，空鎖樓中燕。”

〔憶舊游〕“舊巢更有新燕，楊柳拂河橋。”宋之問詩：“且别河橋楊柳風，夕卧伊川桃李月。”正：韓偓《春晝》詩“藤垂戟戶，柳拂河橋。簾幕燕子，池塘百勞”。

〔塞垣春〕“玉骨為多感，瘦來無一把。”東坡云：“司馬公子見王度，謂客曰：此兒神如秋水而清澈，骨如皓玉而美秀。”“一把"俗云"一搦"也。李百藥詩"一搦掌中腰"。正：李商隱《偶成轉韵七十二句贈四同舍》詩云："天官補吏府中趨，玉骨瘦來無一把。"

〔氐州第一〕"薔薇謝，歸來一笑。"賈島詩："薔薇花謝秋風起。"正：杜牧《留贈詩》云："不用鏡前空有泪，薔薇花謝即歸來"，又〔虞美人〕云："待得薔薇花謝便歸來。"明用小杜詩句，陳亦引島語以注之，非也。

〔六醜〕"夜來風雨，葬楚宮傾國。"温庭筠詩："夜來風雨落殘花。"補：韓偓《哭花詩》："若是有情争不哭，夜來風雨葬西施。"

〔綺寮怨〕"江陵舊事，何曾再問楊瓊。"楊瓊事未詳。補：元稹《和樂天示楊瓊》一首，自注云："楊瓊本名播，少爲江陵酒妓。"詩云："我在江陵少年日，知有楊瓊初唤出。腰身瘦小歌圓緊，依約年應十六七。去年十月過蘇州，瓊來拜問郎不識。青衫玉貌何處去，安得紅旗遮頭白。我語楊瓊瓊莫語，汝雖笑我我笑汝。汝今無復小腰身，不似江陵時好女。楊瓊爲我歌送酒，爾憶江陵縣中否。江陵王令骨爲灰，車來嫁作尚書婦。盧戡及第嚴潤在，其餘死者十八九。我今賀爾亦自多，爾得老成余白首。"

〔意難忘〕"私語口脂香"。方幹《美人詩》："些些私語恐人知。"杜詩云："口脂面藥隨恩澤。"正：白居易《江南喜逢蕭九徹因話長安舊游戲贈五十韵》云："私語口脂香。"顧敻〔甘州子〕詞亦有"私語口脂香"之句。

〔夜飛鵲〕"但徘徊班草"。王介甫《次韵留別》詩："班草數行衣上泪。"又："待追西路聊班草。"想即如"班荆"之義也。補：《後漢書·逸民·陳留老父傳》云："陳留張升去官歸鄉里，道逢友人，共班草而言。"注："班，布也。"

（《輔仁文苑》1940 年 3 月第 3 輯）

六 韋端己女冠子

韋莊入蜀，伺機返唐。逮唐之亡，哀深家國，故詞多感慨之音。其〔女冠子〕首三句云：“四月十七，正是去年今日，別君時。”考唐昭宣帝天祐四年，禪位於梁王。四月甲子，梁王即皇帝位。則甲子前一日癸亥，即唐祚告終之日，是年四月丁未朔，癸亥正是四月十七日。憶君之旨，昭然若揭矣。又朱溫即位於天祐四年四月，月之二十二日，即改元開平。王建即位於本年九月，國號大蜀，次年戊辰，蜀建元武成。故梁太祖開平三年，即蜀高祖武成元年。以此詞“去年今日”推之，殆作於武成元年乎。莊卒於武成三年八月，詞末二句云：“除却天邊月，沒人知。”言此心惟有天知，亦即〔菩薩蠻〕“憶君君不知”之意也。

（《輔仁文苑》1941 年 1 月第 6 輯）

續修四庫全書總目提要詞籍提要

孫人和等◎著

　　《續修四庫全書總目提要》，係二十世紀二十至四十年代，由利用日本退還"庚子賠款"而成立之"東方文化事業總委員會"主持，組織當時北京和天津地區的中國學者，爲續修《四庫全書》及《四庫全書總目提要》而集體編纂的大型文獻解題目錄。其中詞籍提要部分總共有 607 種，孫人和以一己之力撰寫了其中的 528 種，是詞集提要的主要撰稿人。其他撰者有趙萬里、謝國楨等。本書據齊魯書社《續修四庫全書總目提要稿本》1996 年版影印本整理。

《續修四庫全書總目提要詞籍提要》目録

續修四庫全書總目提要詞籍提要

總 集

一 唐五代詞選三卷

（光緒十三年刊本）

清成肇麐撰。肇麐字漱泉，寶應人。同治癸酉舉人。直隸靈壽縣知縣，光緒時，聯軍西躪，義不辱，投署旁井，殉之。贈太僕寺卿銜，謚恭恪。是編選録唐五代之詞，蓋取諸《花間》、《尊前》、《全唐詩》、《歷代詩餘》諸書也。上卷一百十八首，内以温庭筠、李後主所選爲最多。中卷一百十七首，内以韋莊、李珣所選爲最多。下卷一百十二首，内以馮延巳、孫光憲所選爲最多。濃麗雅正，其選旨也。然唐末詞人，筆力厚重，艷麗之語，敢於直書，似不得恣意删汰。歐陽炯〔浣溪沙〕（相見休言有泪珠）、毛熙震〔浣溪沙〕（晚起紅房醉欲銷）二詞，亦可選也。若謂旨在雅正，選例精嚴，則吕岩、楊貴妃、王麗真、耿玉真諸作，并以入録，何也？凡斯之類，殊欠斟酌，然《花間》無馮、李之作，《尊前》又雜廁不倫，手此一編，可以兼覽。且肇麐與馮煦相往還，亦非不知詞者。觀其所選温、韋、馮、李爲最多，可以明矣。（孫人和）

二　唐五代二十一家詞輯二十一卷

（王忠愨公遺書本）

　　清王國維輯。國維有《殷禮徵文》，已著錄。此因唐五代詞集流傳者少，遂輯錄《南唐二主詞》、溫庭筠《金荃詞》、皇甫松《檀欒子詞》、韓偓《香奩詞》、和凝《紅葉稿》、韋莊《浣花詞》、薛昭蘊《薛侍郎詞》、牛嶠《牛給事詞》、牛希濟《牛中丞詞》、毛文錫《毛司徒詞》、魏承班《魏太尉詞》、尹鶚《尹參卿詞》、李珣《瓊瑤集》、顧敻《顧太尉詞》、鹿虔扆《鹿太保詞》、歐陽炯《歐陽平章詞》、毛熙震《毛祕監詞》、閻選《閻處士詞》、張泌《張舍人詞》、孫光憲《孫中丞詞》，共二十一家，二十卷。又輯《南唐二主詞補遺》一卷附校記，則爲二十一卷。蓋其中僅《南唐二主詞集》有所流傳，國維依據《南詞》本也。其餘皆從《花間》、《尊前》、《草堂詩餘》、《全唐詩》、《歷代詩餘》諸書錄出，惟《南唐二主詞集》與馮延巳《陽春集》，并爲宋人所編，何以獨去馮詞？又《二主詞校記》本爲國維早年之作，固已編入《晨風閣叢書》。今既匯爲二十一家，則自溫庭筠《金荃詞》以下，似亦當撰校記。且彼此互見之詞，亦未備著，是體例之未純者也。蓋國維抄輯是書，原爲籀讀而已。然每集後跋，述其源流，頗有可取。間有論詞之語，與其所撰《人間詞話》旨趣相同，則無關得失矣。（孫人和）

三　南唐二主詞校一卷

（晨風閣叢書本）

　　清王國維校。國維有《殷禮徵文》，已著錄。此據南詞本《南唐二主詞》，別輯補遺十二首，又附校勘記於其後焉。觀其所校，概據別家詞集，及《花間》、《尊前》、《花庵》、《草堂》、《南唐書》、《全唐詩》、《歷代詩餘》諸書。至於《花草粹編》、《詞統》等，皆未引用，殊不完備。即其所引諸書，亦未詳盡。如第二闋中

· 119 ·

主〔望遠行〕“黃金窗下忽然驚”，《花庵》“窗”作“臺”。第四闋〔浣溪沙〕“西風愁起綠波間”，《南唐書》“綠”作“碧”，國維并未及之，其他遺失亦夥。第十闋後主〔臨江仙〕，傳爲不完之作，引證亦嫌漏略。第十八闋後主〔搗練子令〕，舊注：出《蘭畹曲令》，《碧鷄漫志》“曲令”作“曲會”，國維謂作“令”爲長。考明吕遠刊本亦作《蘭畹曲會》，“曲會”者，會集衆曲之謂。馮延巳《陽春集》，舊校稱《蘭畹集》，“集”“會”誼同。國維之說，未可爲典要也。第三十闋〔謝新恩〕，舊注：以下六詞真迹在孟郡王家。國維謂第三十一、第三十三兩闋，爲〔臨江仙〕。不知〔謝新恩〕即〔臨江仙〕之異名也。又《南詞》本〔搗練子令〕，詞下注云“此詞見《西清詩話》”七字，當爲下一首〔浣溪沙〕之注，不知何以次於前首也。凡此諸端，未免輕忽。然考訂升庵僞撰〔鷓鴣天〕一節，精鑿不磨。後跋詳證二主墨迹，尤可以補考訂二主詞者之所未逮也。（孫人和）

四　南唐二主詞箋一卷

（無錫公立圖書館校印本）

清劉繼增撰。繼增字石香，無錫人。繼增得明萬曆庚申吕遠刊本《南唐二主詞》一卷，侯文燦既未之見，而《詞譜》所引，亦與此微異。與汲古閣鈔本編次雖同，此多卷末〔搗練子〕一首，侯本亦無此闋，而注云：出升庵《詞林萬選》，明爲吕所附益矣。繼增因以吕本爲主，參校各本，并歷引《南唐書》、詩話、詞話及宋元以來之筆記文集等，爲之箋注。凡校箋者，皆雙行夾寫。其原有校箋者，單行則仍之，雙行則冠“原注”二字，別爲補遺附於後。本已雕版，後竟失去。其子遂檢當日紅印樣本，重付鑄鉛排印，即今所通行之本也。觀其箋校，緝聾甚劬，自爲《南唐二主詞》之善本也。然其中猶有可議者數端。《二主詞》爲南宋所編，半出真迹，最爲可據，原注所引，非不可考。如曹功顯即曹勛，孟郡王即孟忠厚，并見《宋史》，而繼增全不留意，其失一也；〔破

陣子〕一首，不似後主語氣，袁文《甕牖閑評》卷五辨論最確，
而繼增未引袁書，其失二也；中主〔浣溪沙〕第二首，舊注：荊
公問山谷云云，蓋本於《苕溪漁隱叢話》五十九引《雪浪齋日
記》，惟原文誤作李後主，此改正爲江南詞耳。而繼增不知爲一
事，復引《雪浪齋日記》於後，其失三也；後主〔搗練子令〕注
云：「《詞譜》注此詞爲馮延巳作。」今案《陽春集》無此詞，未
知何據。考《尊前集》有此詞，即題馮延巳作。繼增未能詳考，
其失四也。餘若〔一斛珠〕、〔蝶戀花〕、〔阮郎歸〕三首，又見
《醉翁琴趣外篇》。〔長相思〕又見《龍洲詞》及《浩然齋雅談》。
補遺〔楊柳枝〕又見《墨莊漫錄》及《邵氏聞見後錄》，繼增亦
并未引及。又援用各書，不著卷第，使閱者艱於覆檢，亦失著書之
體例。此外無可訾議也。（孫人和）

五　詞選二卷

（通行本）

清張惠言、張琦同選。惠言有《周易虞氏義》，琦有《戰國策
釋地》，并已著錄。是編選錄唐宋之詞：唐三家二十首，五代八家
二十六首，宋三十三家七十首（目誤作六十八首。）。凡詞四十四家，一
百十六首。後有附錄一卷，鄭善長承二張之旨所附者。本爲七家，
即惲敬、丁履恒、錢季重、左輔、李兆洛、陸繼輅、黃景仁也。善
長益以二張、金應珹并附入己詞，共十家，爲一卷。明代詞風，曼
淫浮誕。清初浙派，起而矯之，一以南宋爲宗。及其弊也，流爲江
湖，其效《烏絲》者，又近於叫囂。誠有如惠言自序所謂「後進
彌以馳逐，不務原其指意，破析乖剌，壞亂而不可紀也」。因矯正
之，以寄托遥深温柔忠厚爲主，惟有温韋，可接風騷，遂秉此旨，
選錄唐宋之詞。浙派初興，朱彝尊編選《詞綜》，特逞其博；常州
派興，選錄是編，惟求其精也。求精太過，則近於苛，亦間有以淺
爲深者。陳廷焯論此書曰：「張氏《詞選》，可稱精當，識見之超，
有過於竹垞十倍，古今選本，以此爲最。但唐五代兩宋詞，僅取百

十六首，未免太隘。而王元澤〔眼兒媚〕、歐陽公〔臨江仙〕、李知幾〔臨江仙〕，公然列入，令人不解。即朱希真〔漁父〕五章，亦多淺陋處，選擇既苛，即不當列入。又東坡《洞仙歌》，祗就孟昶原詞，敷衍成章，所感雖不同，終嫌依傍前人。至以吳夢窗爲變調，擯之不錄，所見亦左。總之小疵不能盡免，於詞中大段，却有體會。溫韋宗風，一燈不滅，賴有此耳。"（陳語止此。）廷焯所論東坡〔洞仙歌〕稍有不合，其餘確爲此書之定評也。是編出後，首持異議者，爲潘德輿，其《與葉生書》略曰："張氏《詞選》，抗志希古，標高揭己，宏音雅調，多被排擯。五代北宋，有自昔傳誦，非徒隻句之警者，張氏亦多恝然置之。竊謂詞濫觴於唐，暢於五代，而意格之閎深曲摯，則莫盛於北宋。詞之有北宋，猶詩之有盛唐，至南宋則稍衰矣"云云。不知唐五代爲令曲，北宋則爲慢詞，迹變而神不變也。神之不存，迹將何屬。若喻以盛唐之詩，則杜甫稱李白詩"清新庾開府，俊逸鮑參軍"，明其源於六朝。但言北宋而不知溫韋，猶之言盛唐詩而不追綜於漢魏六朝，皆忘本逐末之言，未可爲典要也。總而論之，張氏矯枉過正，選擇太苛，誠所不免。若原其指意，何可非也。編中間下己意，雖未盡合，然詩無達詁，詞亦宜然。見仁見知，各有會心，未可是彼而非此也。附錄諸家，雖《竹眠》一闋，見譏於廷焯，然大體皆純正也。（孫人和）

六 宋詞三百首不分卷

（刊本）

清朱孝臧選。孝臧有《彊邨語業》，已著錄。是編專選宋詞三百首，以爲士子誦習之資。清代選詞者衆矣，或務博貪多，或求精轉狹，但選詞無旨，艱於推尋。孝臧所錄，求於體格神致，而以渾成爲主。北宋之清真，南宋之夢窗，所選特夥。蓋孝臧之意，當由夢窗之精實，以入清真之渾成，不取"疏雋少檢"、"七寶樓臺"之讕言，亦孝臧之詞旨也。學者若能循塗守轍於其中，而求神明變化於其外，則三百首，豈云少哉！其中冠以宋徽宗〔燕山亭〕詞，又錄王沂孫〔獻仙音〕、姚雲文〔紫萸香慢〕諸首，殆別有所感歟！（孫人和）

七　復雅歌詞一卷

（校輯宋金元人詞本）

宋絧陽居士撰。《直齋書錄解題》：《復雅歌詞》五十卷，題絧陽居士序，不著姓名，末卷言宮調音律頗詳，然多有調而無曲。書佚已久，今據陳說觀之，當時已不知其名氏矣。云序不云撰者，蓋序有題而文內無題，其爲絧陽居士撰，無可疑也。其體例雖與楊湜《古今詞話》、楊繪《本事曲》相近，然亦論詞之工拙及音律。又據明刻重校《北西廂記》引李邴〔調笑令〕，云出《復雅歌詞後集》，是其書又分前後集矣。其可推證者，僅此也。是編輯得陳汝義一則，蘇軾二則，万俟咏三則，李邴一則，李清照一則，無名氏一則，論七夕故事一則，都十則。李清照一則、無名氏一則無事，論七夕故事一則無詞，較爲完整者僅七則耳。蘇軾〔水調歌頭〕、万俟咏〔鳳凰枝令〕二事，似有傅會之意，當在信疑之間。其最可措意者，論蘇軾〔卜算子〕云："缺月"，刺明微也；"漏斷"，暗時也；"幽人"，不得志也；"獨往來"，無助也；"驚鴻"，賢人不安也；"回頭"，愛君不忘也；"無人省"，君不察也；"揀盡寒枝不肯栖"，不偷安於高位也；"寂寞吳江冷"，非所安也。此詞與《考槃》詩極相似。張惠言、譚獻頗取其說。王士禎謂爲村夫子強作解事，令人欲嘔。平心論之，東坡此詞，寓意深遠，居士所解，自可以備一說。《女紅餘志》謂爲溫氏女超超而作，附會無理，此不勝於彼耶？且詩無達詁，詞亦宜然，當心領神會而得之。居士字箋句解，容有太過。要其審察此詞，見識甚高，應推其旨，不當漫相譏也。（孫人和）

八 龜溪二隱詞一卷

（彊邨叢書本）

宋李彭老、李萊老撰。彭老字商隱，號篔房。淳祐中，沿江制置司屬官。萊老字周隱，號秋崖。咸熙六年，任嚴州知州。宋亡，同隱龜溪。此爲輯本，彭老詞二十一首，萊老詞十七首。彭老有〔天香〕《宛委山房擬賦龍涎香》、〔摸魚子〕《紫雲山房擬賦蓴》。《樂府補題》"宛委山房賦龍涎香"，調寄〔天香〕，同賦者，有王沂孫、周密、王易簡、馮應瑞、唐藝孫、呂同老、李彭老、無名氏，凡八人。《紫雲山房擬賦蓴》，調寄〔摸魚兒〕，同賦者五人：王易簡、唐鈺、王沂孫、李彭老、無名氏，皆生際叔世，志同道合者也。彭老〔法曲獻仙音〕《官圃賦梅》、〔探芳訊〕《湖上春游》，并繼草窗韵，〔一尊紅〕《寄弁陽翁》、〔踏莎行〕《題草窗十擬後》、〔浣溪沙〕《題草窗詞》；萊老亦有〔惜紅衣〕、〔臺城路〕，并寄弁陽翁，〔青玉案〕、〔清平樂〕，并題草窗詞，蓋二人與密交最深也。彭老有〔壺中天〕《登寄閑吟臺》一首，"寄閑"乃張樞之別號。樞詞〔壺中天〕題云：月夕登繪幅堂，與篔房各賦一解。而周密詞謂繪幅堂在湖上，彭老所稱"吟臺"，豈即此歟？又二人并有寄題《蓀壁山房詞》，彭老調寄〔高陽臺〕，萊老調寄〔木蘭花慢〕。蓀壁山房，乃金應桂之所居，在西湖南山中，此皆可以徵見當時往來之踪迹也。即以二人之詞論之，亦可比肩草窗矣。（孫人和）

九 金奩集一卷

（彊邨叢書本）

舊題溫庭筠撰。案庭筠詞名《金荃》，非《金奩》也。是集一百四十二闋，依調以類詞，與《尊前》就詞以注調，正相比附。故《菩薩蠻》注云：五首已見《尊前集》，明是集成於《尊前》之後也。卷首題《金奩集》，次行下題溫飛卿庭筠，故相傳爲庭筠

撰。而集中庭筠詞僅六十二首，餘有韋莊四十八首，張泌一首，歐
陽炯十六首。其非庭筠所撰，且爲總集非專集，已爲顯明。而末有
〔漁父〕十五首，署張志和。曹元忠考《李德裕集》、《尊前集》、
《輿地紀勝》諸書，以爲張志和《漁父詞》僅五首，而此集多至十
五首，竟無一首相同，因據《直齋書錄解題》，有元真子《漁歌碑
傳集錄》一卷，疑此集所載當是同時諸賢唱和，或南卓、柳宗元
所賦者，本題〔漁父〕十五首和張志和，鈔本以爲衍"和"字而
去之。其說頗爲近理，則是集非庭筠所撰，尤確實無疑。此蓋北宋
人雜錄前賢之詞，以爲酒邊嘌唱之用，"金奩"取香艷之意，與
《金荃》不相涉也。其誤爲庭筠所作者，疑此書各首，皆著撰者之
名字，後多失去。緣旨在嘌唱，不重作家，寫者不審，以書中第一
首〔清平樂〕（上陽春晚）爲庭筠詞，即漫移溫氏名字於前行，而不
知其不相合也。《渭南文集·跋金奩集》，謂飛卿〔南鄉子〕八闋，
語意工妙，而不知爲歐陽炯作也。《聲畫集》載高宗見黃庭堅所書
張志和《漁父詞》十五首，因從而和之，而不知其非志和作也。
宋人不尚考據，初無足異。然可知《金奩集》誤題溫庭筠，〔漁
父〕十五首誤著張志和，由來久矣。此本原爲明正統辛酉海虞吳
訥所編《四朝名賢詞》之一，而鮑淥飲從錢塘汪氏所借鈔者，歸
安朱孝臧得之，始刊行也。（孫人和）

一〇　絕妙好詞校錄一卷

（光緒時刊本）

清鄭文焯撰。文焯有《說文引群說故》，已著錄。文焯以南宋
高詞，盡於周密《絕妙好詞》一編，惜傳寫多譌，元刻難見，因
詳加校訂，分別摘錄。詞有刻本者，則擇善而從之。又得小瓶廬刻
本，簡眉有姚梅伯手校，多錄嚴九能評語，亦隨文補正焉。如謂宋
詞紙、語、眞、御通用，上下闋重韵不拘，引《武陵舊事》以證
夢窗乘肩之非譌。引《毛詩孔疏》以證"冰壺雷殷"之有本。皆
鑿然不苟。然亦有當斟酌者，如白石〔琵琶仙〕題引《吳都賦》

云"戶藏烟浦，家具畫船"二語，實見唐李庚《西都賦》，顧廣圻已言之，文焯未之知耶？白石〔暗香〕"翠尊易泣"，"泣"或作"竭"，文焯謂本作"泣"字，引黄孝邁"空尊夜泣"以證之。其說誠是，然當引碧山〔一萼紅〕《咏紅梅》"金尊易泣"之句，碧山明襲白石句也。仇山村缺〔玉蝴蝶〕一首，考梁溪孫爾準嘗從《永樂大典》輯出仇山村《無弦琴譜》，與馮雲伯、陸萊莊校刊於道光九年。其卷一有〔玉蝴蝶〕二首，但未知草窗所取何首耳，文焯蓋未見孫刊本也。

一一 天機餘錦一卷

（校輯宋金元人詞本）

元無名氏撰。是編作者及卷數，并無可考。錢大昕補《元史·藝文志》，著於錄，引見《花草粹編》者，凡十六首。蓋明萬曆間尚存也。此即依《粹編》所引，輯爲一卷。張先一首，柳永一首，沈會宗一首，元好問一首，周晴川一首，無名氏十一首，共十六首。蓋爲元初之人所選，惜其傳詞甚少，未能詳察其體例。但以所存論之，無名氏諸詞，固可增廣識見，即柳耆卿之〔鳳凰閣〕、沈文伯之〔清商怨〕二詞，亦可補流傳之不足也。（孫人和）

一二 清嘯集二卷

（刊本）

清項以淳選。以淳字長孺，嘉興人。是編選詞，卷上謝克家〔憶王孫〕至姜夔〔凄涼犯〕六十九調，一百七十首；卷下程過〔滿江紅〕至邵亨貞〔六州歌頭〕五十一調，一百十六首。以南宋及元人爲多，蓋取材於《絶妙好詞》、《花庵詞選》、《草堂詩餘》、《樂府補題》諸書也。揆其宗派，蓋以圓潤雅暢爲旨趣，故廣取南宋也。清初選詞，約有二派：一則古今混合，以鳴擅場；一則并世名作，以爲標榜。而以淳選詞，專取宋元名家，不染風氣，可謂獨具手眼者已。（孫人和）

一三　歷代詞腴二卷

（道光刊本）

　　清黃承勖選。承勖字樸存，仁和人。此選歷代之詞，自唐迄明，上卷五十三首，下卷五十首，共一百三首。南宋入選最多，南唐（馮、李）北宋及明代次之，《花間》最少。而《山中白雲詞》，竟選至四十九首，此可以覘其主旨之所在矣。（孫人和）

一四　支機集三卷

（惜陰堂叢書本）

　　明蔣平階、周積賢、沈億年撰。平階字大鴻，華亭人，官兵部司務，遷御史。積賢、億年均平階弟子。積賢字壽王，華亭人。億年字矩承，大梁人。是集爲億年所編，首卷平階作，二卷積賢作，三卷億年作。中間師弟倡和，附錄亦夥。專事令曲，不製慢詞。億年所訂《凡例》云：“詞雖小道，亦風人餘事，吾黨持論，頗極謹嚴。五季猶有唐風，入宋便開元曲。故專意小令，冀復古音，屛去宋調，庶防流失。”此可知其旨趣矣。三家所作，平階爲上，雖不能如《花間》之渾厚重大，而高麗開闊，亦明詞之上乘也。惟此風一啓，流弊遂滋。明末浮夸，實坐於此。億年《凡例》又云：“詞調本於樂府，後來作者，各競篇名，則知調非一成，隨時中律，吾黨自製一二，用廣新聲。”其言如此，故集中〔天臺宴〕、〔琅天樂〕、〔步珊珊〕、〔瑟瑟調〕諸首，皆逞意而新創，謬妄已極，不可論矣。（孫人和）

一五　見山亭古今詞選三卷

（原刊本）

　　清陸次雲選。次雲有《湖壖雜記》，已見前目。是編選詞分上、中、下三卷。上卷小令，自〔十六字令〕至〔武陵春〕凡五十七調，三百十首；中卷中調，自〔太常引〕至〔江城梅花引〕，凡六十三調，二百九十三首；卷下長調，自〔滿江紅〕至〔鶯啼序〕，凡四十四調，百七十一首。所選自隋唐以至并世，無不采錄。大概煬帝、香山等人之外，唐五代諸家，多出於《花間》、《尊前》，宋則歐、柳、蘇、秦、周、辛、陸、黃諸家，初不盡爲杰作。明則伯温、升庵、文長、眉公、元美諸人，存作甚少。并世詞人，如王、董、尤、陳、吳、丁諸家，以至次雲本人，所作獨多，雜廁唐宋諸賢之列，合古今爲一爐，以自鳴其擅場，而不知其不能相合。書中雖無評箋，而有圈點，所圈點者，亦非賞心之佳句也。又書題與章眪字天節者同選，韓詮字子衡者校，詮乃次雲弟子也。（孫人和）

一六　清綺軒詞選十三卷

（光緒乙未刊本）

清夏秉衡選。秉衡，華亭人。此選歷代之詞，按小令、中調、長調而分者，清詞入選甚夥。夫唐宋之詞，聲律與形體并重，雖間有未合，而大體精純，此選詞當知者一也；明清宮譜亡失，則專論形體，明詞俗濫，清詞雖衆，亦當慎擇約取，此選詞當知者二也。且選詞者，皆有主旨，《花間》、《尊前》、《草堂》，嘌唱之用也；朱氏《詞綜》、張氏《詞選》，發揮己意也。此書凡例，以淡雅爲宗，淡雅本不足以括詞之正變，況其所選，非盡淡雅乎？唐宋精妙之作，與明清淺薄之詞，雜然并陳，甚矣其妄也。（孫人和）

一七　別腸詞選四卷

（刊本）

清趙式選。式字去非，諸暨人。是編選錄古今之詞，而多取并世之作。卷一小令〔明月斜〕至〔荊州亭〕，六十二調，三百零六首；卷二小令〔一落索〕至〔繫裙腰〕，六十九調，三百十八首；卷三中調〔臨江仙〕至〔魚游春水〕，四十六調，一百七十五首；卷四長調〔意難忘〕至〔鶯啼序〕，七十三調，一百九十首。所選隋唐五代宋元以外，明人之中，竟有方孝孺、王守仁、海瑞、于謙各一首，未知采自何處。清初同時諸家，若計南陽、董以寧、尤侗、董斯張、蔣平階、鄒祗謨、賀裳、曹爾堪、陳維崧、吳偉業、宋徵輿、龔鼎孳、王士禎等，甄采不少。而自作之詞，亦按調附入，熟調爲夥，蓋欲藉振古挈今之名，而增一時壇坫之譽者也。最可異者，例中謂傍文依理，則改其文，添汰字數，以就其律，改易韻字，以全其韻。夫明清之詞，律句自有不協，然操選政者，竟任意改竄，則鄰於妄矣。（孫人和）

一八　古今詞選十二卷

（康熙刊本）

清沈時棟選。時棟字城霞，號焦音，吳江人。是編選録自唐以至并世之詞也。凡唐九人，後唐二人，石晉一人，前蜀三人，南唐四人，南平一人，後蜀四人，宋一百二十人，金五人，元九人，明二十八人，清百人。每卷就字之多寡，按調分次。又以作者之時代，序其先後，凡一百九十九調，詞九百九十四首。其旨似在求精，不求備也。夷考其實，殊不盡然。其謂詞中間有敗筆，雖名作亦不登選。如坡公〔大江東去〕，雖上下千古，膾炙齒牙，然公瑾當年，奚待小喬初嫁而雄姿英發耶？其實東坡之意，亟寫公瑾之英俊，文章烘托，千變萬化，小喬初嫁，助其淋漓，安見其爲敗筆也？又謂〔八聲甘州〕，起用一字領句，結用中連；〔摸魚兒〕兩末句第三字，用仄方合，其説是矣。然唐宋之製，能歌者多，偶有變易，亦有其道。自宮譜亡佚，明清之詞，偭規越矩，而明清所撰，入選甚多，亦何説耶？又謂寒門不敢自居風雅，然俱能究心長短句，間有所取，亦近於嚴，此欲蓋彌彰之言也。捨古人名作，而廣取朋友家人之製，私心所在，百喙莫解。綜觀所選，全無精詣，明人惡習，未能除也。（孫人和）

一九　詞壇妙品十卷

（原刊本）

清張淵懿選。淵懿字硯銘，青浦人，順治舉人。是編淵懿選詞，田茂遇、佛淵同評，錢芳標葆礿參閱。所收多一時名輩之作，如王士禎、董以寧、彭孫遹、鄒祗謨、性德、宋徵璧、龔鼎孳諸家爲多，田茂遇、錢芳標二家詞亦分別列入。以調字之多寡而分卷，卷一至卷五小令，自〔十六字令〕至〔七娘子〕，凡一百三十七調；卷六、卷七中調，自〔臨江仙〕至〔梅子黃時雨〕，凡六十七調；卷八至卷十長調，自〔滿江紅〕至〔鶯啼序〕凡九十二調。各詞咸附淵懿及茂遇評語，要屬標榜，蓋亦風氣使然也。（孫人和）

二〇　篋中詞六卷續一卷

（光緒八年刊本）

清譚獻撰。獻有《復堂日記》，已著錄。是編選詞，始自清初，迄於并世。其題詞名者，從別集；僅題人名者，從諸家選本。第就篋中所存，甄采百一，其續有所得，時亦補錄。又仿《陽春白雪》、《絕妙好辭》之例，附以己作，故第六卷皆復堂詞也。第一卷吳偉業至柯煜凡四十二家，第二卷朱彝尊至李方湛凡四十二家，第三卷吳翌鳳至朱紫貴凡四十七家，第四卷項鴻祚《憶雲詞》至曾惠《二泉夢軒詞》凡四十三家，第五卷蔣春霖至鄭芥仙凡三十七家，第六卷獻撰《復堂詞》，《續集》，邊浴禮至丁芝仙凡三十九家。內楊傳第、陳元鼎、黃長森三人，皆已見前，而補錄其詞，實僅三十六家也。獻詞學精深，識見超卓，以己意選詞，豈能盡合。然大體純粹而當人心，篋中所及，自難賅備。然清代名家，可謂包括無遺矣。尤可言者，其選詞不盡依時代次序，而重在派別，詞下評語，頗中肯綮。其第一卷中，或襲明季之風，或自有所尚，而力不足以改變風氣也。其間以納蘭性德爲最高，故其詞末引周稚圭語，謂爲叔原、方回之亞。第二卷朱彝尊、陳其年自成派別，風氣一變，故於其年詞末注云：錫鬯、其年出，而本朝詞派始成。
顧朱傷於碎，陳厭其率，流弊亦百年而漸變。錫鬯情深，其年筆
重，固後人所難到。嘉慶以前，爲二家牢籠者，十居七八。又於沈
岸登《珍珠簾》詞注云：漸開常州一派。論厲鶚詞云：填詞至太
鴻，眞可分中仙、夢窗之席，世人爭賞其酊餖瘵弱之作，所謂微之
識砒砆也。又曰：《樂府補題》別有懷抱，後來巧構形似之言，漸
忘古意，竹垞、樊榭，不得辭其過。又曰：浙派爲人詬病，由其以
姜、張爲止境，而又不能如白石之澀，玉田之潤云云，論皆明晰。
第三卷評吳翌鳳、郭麐詞云：南宋詞敝，瑣屑餖飣，朱、厲二家，
學之者流爲寒乞。枚庵高朗，頻伽清疏，浙派爲之一變，而郭詞疏
俊，少年尤喜之。又謂其薄而不厚，滑而不澀。論亦確當。而此卷
則重在常州派，評曰：《茗柯詞》采錄十闋，菁華略備。《宛鄰詞
選》附錄諸家，删取附茗柯後，以志派別。又曰：翰豐與哲兄同
撰《宛鄰詞選》，雖町畦未盡，而奧窔始開，倚聲之學，至二張而
始尊耳。又曰：常州派詞，不善學之，入於平鈍廓落，當求其用意
深雋處。又評周濟詞曰：茗柯《詞選》出，倚聲之學，日趨正鵠。
張氏甥董晉卿，造微踵美。止庵切磋於晉卿，而持論益精，推明張
氏之旨而廣大之。此道遂與於作者之林，與詩賦文筆同其正變也。
第四卷承襲者多，而最尊項鴻祚。第五卷殿以蔣春霖、莊棫二家，
其詞博大精深，自有千古。論蔣詞云：文字無大小，必有正變，必
有家數，《水雲樓》固清商變徵之聲，而流別甚正，家數甚大，與
成容若、項蓮生二百年中，分鼎三足。咸豐兵事，天挺此才，爲倚
聲家老杜，而晚唐兩宋一唱三嘆之意，則已微矣。又曰：阮亭、保
緒一流，爲才人之詞；宛鄰、止庵一派，爲學人之詞；惟成、項、
蔣三家，是詞人之詞，與朱、厲同工異曲。其他則旁流羽翼而已。
論莊詞：碧山、白雲之調，屈原、宋玉之心云云，持論正大。續集
雖托始浴禮，而隨到隨鈔，未詮次也。即其選評，可知清詞之源流
正變，使非綜合觀之，亦不足以知其精神之所在也。惟其所選著
詞人，當繫小傳。今但書名，致其間生僻之人，平生之踪迹，詞學

之淵源，皆不清晰，使讀之者艱於考索，昧其變遷，則美中之不足也。（孫人和）

二一　粤東三家詞鈔

（光緒乙未刊本）

清譚獻編。獻，原名廷獻，字仲修，號復堂，杭州人。同治間舉人，官含山知縣，有《復堂類集》。獻詩文均得古法，藏前人詞曲極多，所作詞尤有名。獻先輯有《篋中詞》，嘗選番禺沈世良、汪瑔、葉衍蘭三家詞入《續編》。此編則又自《續編》中選三家詞都數十闋，別爲一帙，而又由張景祁補輯者。首爲世良撰《楞華室詞》。世良字伯眉，原輯有《嶺南詞》。次爲汪瑔撰《隨山館詞》。瑔字芙生，一字越人，號玉泉，又號穀庵，原爲山陰人，少隨父游粤東，遂爲番禺人。光緒間歷客粤督劉坤一、曾國荃幕，佐助頗多，才識過人，爲劉、曾所倚信。晚年矢志著述，有《隨山館集》、《無聞子》、《松烟小録》、《旅譚尺牘》。此題曰“隨山館”，即從其全集名也。所録大抵俱爲集中詞，而擇其與世良等唱和之作，瑔耽情詩詞，以客籍主持粤中詞壇，其詞不多作綺語，而有懷古撫時之感，譚瑩極稱之。末爲葉衍蘭撰《秋夢龕詞》。衍蘭字南雪，晚號曼伽，與世良、瑔爲總角交。其詞造句設意，每寓懺禱，蓋衍蘭晚年惟嗜焚香寫經，遂不覺流露於字裏行間也。（撰者未詳）

二二　國朝詞雅二十四卷

（原刊本）

清姚階撰。階字茝汀，華亭人，諸生。是編選録順康以至并世之詞也。卷一吳偉業至王賓十六人；卷二梁清標至魏際瑞二十一人；卷三吳綺至吳濊十七人；卷四丁澎至毛奇齡十九人；卷五陳維崧至張錫驛十三人；卷六朱彝尊至高層雲九人；卷七彭孫遹至劉雷恒十五人；卷八李良年至鄭培二十四人；卷九錢芳標至湯思孝十三人；卷十汪懋麟至徐念萧十二人；卷十一佟世南至倪晋十三人；卷十二吴棠楨至張雲錦二十一人；卷十三成德至吴秉鈞二十二人；卷十四沈季友至徐懷仁十七人；卷十五周稚廉至朱霞十八人；卷十六黄之雋至周稚炳十人；卷十七陳聶恒至俞苕十六人；卷十八張梁至王葉滋十七人；卷十九厲鶚至閔華十八人；卷二十王又曾至汪筍二十三人；卷二十一朱芳靄至汪啓淑二十九人；卷二十二趙文哲至汪如藻三十人；卷二十三吴蔚光至范音四十九人；卷二十四閨秀、方外、伎尼、乩仙等五十四人。詞自姜夔以來，屏浮艷，祛俗濫，雅音是餙，氣味醇深，故南宋選本，輒名雅詞。朱明復唱高調，轉染《花》、《草》，姜、張軌範，蕩焉不存。清初浙派，返之南宋，階之所選，即本此旨。雖未盡純雅，而大體不離其宗也。所可議者，姓氏下略繫小傳而不詳，且不著年代，令人艱於尋索。江浙爲人文淵藪，詞才固多，所選網羅殆盡，而他省亦不乏名家，入選獨少。詳彼略此，未免偏枯。然清代作者之盛，瞭然可見，則亦究述清詞者所當知也。（孫人和）

二三　廣陵倡和詞一卷

（康熙刊本）

清宋琬等撰。據龔鼎孳序謂：廣陵紅橋之集，初爲四十六人，已而分散。其土著及四方之客，殢留於廣陵者，猶得十七人。限"屋"字韻，賦〔念奴嬌〕云云。倡和者，萊陽宋琬玉叔，嘉善曹爾堪子顧，新城王士禄子底，通州陳世祥善百，泰州鄧漢儀孝威，通州范國禄汝受，宣城沈泌方鄰，泰興季公琦希韓，丹徒談允謙長益，歙程邃穆倩，三原孫枝蔚豹人，如皋冒襄辟疆，漢陽李以篤雲田，宜興陳維崧其年，慈溪孫金礪介夫，江都宗元鼎定九，休寧汪楫舟次，共十七人。但集中所刊者，僅有七人，即王士禄《炊聞詞》，曹爾堪《南溪詞》，陳維崧《烏絲詞》，陳世祥《含影詞》，季公琦《幽篁詞》，鄧漢儀《青簾詞》，宗元鼎《小香詞》也。并限"屋"字韻，賦〔念奴嬌〕，每人十二闋，有互相次韵者，有一人次韵至十二闋者。爭奇鬥勝，次和不休，牽合補湊，勢所必至，非製詞之正軌，且迭爲評騭，亦有互相標榜之嫌。然詞學遷變，可以推知，往來踪迹，益爲明瞭，而況曹、陳諸人，改造風氣者乎？（孫人和）

二四 繪芳詞二卷

（通行本）

清況周頤輯。周頤有《萬邑西南山石刻記》，已著録。是編專輯古今咏賦美人之詞，卷上自髪至指甲，若口、齒、唇、舌、眉、目、耳、鼻之屬，凡六十二首；卷下自心至影，若、腰、背、膝、腹、笑、啼、顰、泪、息、唾、嚏、呵之屬，凡四十五首，附尤侗詞餘〔黃鶯兒令〕咏乳、足、醋三首。其所自撰，則隱名周夔，全書輯者，則署玉梅詞隱，蓋周頤於清亡後避地滬上所纂也。咏賦美人之作，自宋黃庭堅〔憶江南〕《畫眉》、周邦彥〔看花回〕《美人眼》二闋爲其權輿，南渡之後，劉過〔沁園春〕《指甲》、《足》二詞出後，厥體繁興，明清之間，斯風大熾。蓋文章游戲，一時遣興，而不知其不相合也。學者當知《花間》雖美而筆力凝重，效顰者轉入於輕佻纖巧，靡離其宗。讀是書者，應明其源流，別其輕重，而知所警戒，若尤而效之，則入於歧途矣。然則是編亦未始不可存也。（孫人和）

二五 李氏花萼集一卷

（校輯宋金元人詞本）

宋李洪等撰。洪、漳、泳、淔、漑兄弟五人之詞合集，故以花萼爲名。洪字子大，其弟漳字子清，泳字子永，《絕妙好詞箋》云"泳號蘭澤，嘗爲溧水令"，淔字子召，漑字子秀，廬陵人。《直齋書録解題》：長沙《百家詞》本《李氏花萼集》五卷，廬陵李氏兄弟五人，皆有官閥。花庵《中興以來絕妙詞選》謂李氏家世，號淮甸儒族，兄弟皆以文鳴，有《李氏花萼詞》五卷，其姪直倫爲之序，所云五卷，蓋人各一卷也，今佚。此本所輯，洪二闋，漳、泳各四闋，洤二闋，渳一闋，共十三闋，附錄可疑者二闋。其間以泳作爲佳。然五人之詞，所傳太少，殊難論定，存以備考而已。（孫人和）

二六　國朝金陵詞鈔八卷附錄一卷

（光緒刊本）

清陳作霖撰。作霖字伯雨，江寧人，光緒元年舉人。是編以金陵詞人爲主，選錄其詞，而斷代有清也。卷一張怡至何咏二十一人；卷二鄭宗彝至劉志鵬十人；卷三鄧廷楨至宗源瀚九人；卷四車持謙至汪士鐸十二人；卷五何兆瀛至汪嘉祥六人；卷六汪度至陳大鉉十五人；卷七濮文昶至傅鑫六人；卷八端木垛至顧孝珉十二人。附錄一卷，閨秀紀映淮至陳作芝十六人。因詞存人，因人存詞，多逾百闋，少僅一首。其有全稿，抉擇從寬，姓名下略附爵里著述，特未加箋證耳。金陵倚聲之學，自南唐二主以來，歷宋迄明，代有作者。增此一編，後先標映矣。

二七　湖州詞徵三十卷

（嘉業堂本）

清朱祖謀撰。祖謀字古微，晚改孝臧，字漚尹，別號上彊邨民，歸安人。光緒時，官至禮部左侍郎，清亡，不仕。是編據陸氏《吳興詞存》而進退增删之，先專集十八家，爲卷二十有四，次輯本五十二家，爲卷六。其十八家者，張先、葉夢得、沈與求、劉一止、沈端節、倪稱、葛立方、葛郯、沈瀛、吳淵、吳潛、牟巘、周密、趙孟頫、趙雍、沈禧、朱晞顏、陳霆也。并采善本，各注卷目之下。又盡考諸家姓氏爵里撰述，繫以小傳，旁及詞話、序跋、箋證之屬，校讎精審，體例最善。湖州有“詞鄉”之目，得此一編，可以窺其全豹矣。又此爲吳興劉氏所刊者，其先尚有一本，僅二十四卷，輯印於宣統末年。清亡之後，復有所得，因重爲理董，并

補前刻闕失，即是本也。（孫人和）

二八　國朝湖州詞録六卷

（嘉業堂本）

清朱祖謀撰。祖謀有《湖州詞徵》，已著録。是編即續《詞徵》者，緣《詞徵》以明爲止，此則斷代有清也。卷一凡三十人；卷二凡十七人；卷三凡十五人；卷四凡二十六人；卷五凡二十七人；卷六凡二十一人，都一百三十六人，詞四百九十三首。所收或自別集，或出叢鈔，存人存詞，兼有其旨，姓氏下各繫爵里著述。《詞徵》求備，此則貴精，雖小變其例，而大體則相同也。劉承幹跋謂深美如修能，隱秀如蕭士，麗密如立齋陶齋，堪與西泠諸家方軌，即荔牆一帙，守律之謹，審韵之嚴，雖竹垞、樊榭、轂人三賢，容亦微有未逮，此亦明確之言也。合以《詞徵》，則古今湖州一郡之詞才，究覽無遺矣。（孫人和）

二九　詩餘偶鈔六卷

（光緒庚寅刊本）

清王先謙選。先謙有《尚書孔傳參正》，已著録。是編蓋仿《浙六家詞》之例，而選刻湘中六家詞也。雖無卷第，而每家一卷，實六卷也。六家詞者：善化孫鼎臣《蒼筤詞》，長沙周壽昌《思益堂詞》，新化李治《擣麈集詞》，湘潭王闓運《湘綺樓詞》，長沙張祖同《湘雨樓詞》，巴陵杜貴墀《桐花閣詞》也。道、咸以降，湘地詞人，不受浙、常派之影響，或別有所宗，或不主故常，此其所長也。此書選成，張祖同嘗評之曰：六家之中，周、李可謂善矣；孫亦自蒼秀；湘綺才大，饒有天趣，而用韵極嚴，予於律無所參差；仲丹刻意爲之，故時露斧鑿痕。學詞者，從仲丹入，勿從仲丹出，可也。其言雖近道諛，而大體尚合。仲丹，杜貴墀字也。（孫人和）

三〇　粵西詞見二卷

（蕙風簃叢書本）

清况周頤輯。周頤有《萬邑西南山石刻記》，已著録。其撰是編，以粵西詩總集有張鵬辰之《嶠西詩鈔》，梁章巨之《三管英靈集》，而詞獨闕如。因就其所知衰而輯之，又擷其菁華，以少爲貴。凡明蔣冕一家，清謝良琦迄倪鴻二十二家，閨秀何慧生一家，詞雖不及二百首，而其間頗有人所未見者。蓋以粵西地僻，易於隱没，然則周頤所輯，匪特保存鄉邦文獻而已也。（孫人和）

三一　閩詞鈔五卷

（清道光年刊本）

清葉申薌編。申薌字小庚，福建閩縣人，官至知府。是集爲所輯詞鈔五卷。閩中自宋柳耆卿以歌詞名，纏綿旖旎，善言情□□清真居士并推。至使西夏人重之，謂凡有井水處能歌，可謂盛矣。其外蔡仲道《友古詞》，黃思憲《知稼翁集》，張仲宗《蘆川詞》，趙用浦《虛齋樂府》，劉潛夫《後村別調》，葛紫清《海璚集》，皆卓然名家，儕之蘇、黃、晁、秦未遑多讓，而陳忠肅、李忠定、朱文公、真文忠公，千載儒宗碩輔，靡不清新婉麗，各凑其勝。申薌本善爲詩，兼工倚聲，嘗編《詞譜》及《詞韵》六卷，爲詞家之圭臬。其輯此集始於宋之徐昌圖，終於元之洪希文，附以方外、閨媛，凡五十餘家，爲詞逾千首，以存桑梓詞人之梗概。其《後村詞》則取於陳左海所存天一閣本，今集多至百三十餘首，蓋諸家所未及見，亦是徵網羅之富矣。前有陳左海序，亦盛稱之。（陳鑾）

三二　南唐二主詞一卷

（明吕遠刊本）

南唐嗣主璟、後主煜撰。璟初名景通，烈祖長子，封齊王，以癸卯嗣位，戊午改稱國主，去年號，奉周正朔，嗣遷南都，薨，改元三：大保、中興、交泰。煜字重光，初名從嘉，璟第六子，封吴王，辛酉嗣位於金陵，乙亥降於宋，封違命侯，太宗登極，封隴西公，太平興國三年，薨，追封吴王。璟、煜事迹，并詳馬令、陸游《南唐書》。是編嗣主四首，後主三十五首，末〔搗練子〕一首，蓋爲明人輯補，非其舊也。〔謝新恩〕六首，大半殘闕，〔破陣子〕一首，實非後主所作，袁文《甕牖閑評》卷五云："此決非後主詞也，特後人附會爲之耳。觀曹彬下江南時，後主豫令宫中積薪，誓言若社稷失守，當携血肉以赴火，其屬志如此，後雖不免歸朝，然當是時更有甚教坊，何暇對宫娥也？"其説最確，鄭文焯亦辨其僞，故此本後主詞實不足三十五首。若合選本輯之，又不止此數矣。《直齋書録解題》：《南唐二主詞》一卷，中主李璟、後主李煜撰。卷首四闋，〔應天長〕、〔望遠行〕各一，〔浣溪沙〕二，中主所作。重光嘗書之，墨迹在盱江晁氏，題云：先皇御製歌詞。余嘗見之於麥光紙上，作撥鐙書，有晁景迂題字，今不知何在矣。餘詞皆重光作。又於《笑笑詞》解云：自《南唐二主詞》而下，皆長沙書坊所刻，號《百家詞》云云。今行諸本，與《直齋》所言正合。明遠於長沙坊本也，中主詞僅四闋，後主詞較多，編者亦不依次第，而〔虞美人〕、〔浪淘沙〕二闋，并入宋以後之作，又爲宋人所傳誦，故始〔虞美人〕，終〔浪淘沙〕，此編輯微意可知者也。所輯多據墨迹，致可珍貴，墨迹所出，往往明注於其下，中主詞注，亦與《直齋》言合。其餘引曹功顯節度者，曹勛也。《宋史·勛傳》以紹興二十九年，拜昭信軍節度使。孝宗朝，加太尉，提選皇城司，開府儀同三司。淳熙元年卒，贈少保。引孟郡王者，孟忠厚也。《宋史·外戚傳》，孟忠厚以紹興七年，封信安郡王。二十七年，卒。引曾端伯者，曾慥也。慥亦紹興時人，以勛稱節度觀之，似編輯於紹興之末也。惟長沙本已收郭應祥《笑笑詞》，則《百家詞》刊行之時，當在嘉定、端平間矣。集中間附詞話，多出於《苕溪漁隱叢話》，末補〔臨江仙〕詞話者，疑吕本所增也。嗣主詞，從容和雅，開宋初之風氣。後主詞概分二期，南面之時，富精艷之篇；入宋以後，多悲哀之作。寫樂成歡，言哀已嘆。易綢繆爲高渾，變溫婉爲蒼凉，情不盡托於房幃，文不全藉於芳草。天性真摯，誠多賦體，然非不知比興也，其所用者，不似方城之深縮耳。雖爲詞中別派，而詞境至此益大矣。《二主詞》本，傳有《南詞》本，侯文燦刻《十家詞》本。而清修《詞譜》，屢稱《二主詞》原本，頗有異於今本者，惜未言其所據也。此爲明萬曆中譚爾進校，呂遠刊者。除卷末〔搗練子〕一首及〔臨江仙〕所補詞話外，餘皆仍宋本之舊也。（孫人和）

三三　雲謠集雜曲子一卷

（敦煌卷子本）

敦煌本《雲謠集雜曲子》有兩本：一藏倫敦大不列顛博物院，存十八首；一藏巴黎國家圖書館，存十四首。并不著撰人名氏，校除復重，得三十首，適與原題三十首之數合。計〔鳳歸雲〕四首，〔天仙子〕二首，〔竹枝子〕二首，〔洞仙子〕二首，〔破陣子〕四首，〔浣沙溪〕二首，〔柳青娘〕二首，〔傾杯樂〕二首，〔内家嬌〕二首，〔拜新月〕二首，〔抛球樂〕二首，〔魚歌子〕二首，〔喜秋天〕二首，此十三調，均見崔令欽《教坊記》所載曲名中。按《唐書·宰相世系表》，崔令欽官國子司業，爲隋弘農太守宣度之五世孫。又揆以《教坊記》，記事訖於開元而上，則令欽蓋爲肅、代二宗時人，而此十三曲者，固爲開元教坊舊物矣。諸曲句法，多不同於後人，因可見唐人詞律之寬。而詩詞演變之迹，由近體詩而長短句，當於是集覘之。（王重民）

三四　雲謠集雜曲子一卷

（彊邨遺書本）

無名氏撰。是編共三十首，原爲敦煌石室舊藏唐人寫卷子本。初董康從英京倫敦手録一本，貽朱孝臧，孝臧已刊入《彊邨叢書》矣。惟原本注云三十首，而僅存十八首，自〔傾杯樂〕以下皆缺佚。其後劉復從法京巴黎國家圖書館，又得一本，載其所輯《敦煌掇瑣》中。孝臧取校舊刊，除〔鳳歸雲〕前二首兩本重出外，餘悉爲倫敦本所無，合之適符三十之數。因與友生共爲參校寫定。孝臧逝世後，申江知好，因刊入其《遺書》之中，附列校記於後，即此本也。曰"雲謠"者，蓋取《穆天子傳》"白雲之謠"之意；曰"曲子"者，唐宋稱詞之常名也。其間如〔拋球樂〕，與唐合。而〔竹枝〕〔浣沙溪〕〔漁歌子〕〔天仙子〕等，亦爲唐末通行之調。〔浣沙溪〕與南唐嗣主所作相同，宋張子野詞集始有雙叠〔天仙子〕，餘亦與唐詞不盡合。至若〔鳳歸雲〕〔洞仙歌〕〔內家嬌〕〔拜新月〕諸調，宋《樂章集》《東坡樂府》《清真集》中并有之。而句讀韵協，頗有參差。〔柳青娘〕〔喜秋天〕二調，詞中少見，然載於《教坊記》，亦可考也。因此推證，得二事焉：慢詞雖成於宋仁宗朝，而唐末已見端倪。《花間》之〔離別難〕，《尊前》之〔歌頭〕，皆其證也。疑唐教坊中，多有音無詞之曲，偶介人爲詞，不著名氏，是其常情。唐末離亂，流行於世，編者以爲家宴侑酒嘌唱之用，此一事也；五代之際，詞風大盛，北方以和魯公爲著，南方以西蜀、南唐詞才爲多。其餘諸國，詞不廣見，蓋因干戈擾攘，道路間阻，選者失收，遂致湮沒。是編蓋由藏晦而復見者，此又一事也。至於錯字訛文，固因鈔胥之失，而樂人但問同音，不求實字，亦其由也。集中如〔天仙子〕〔喜秋天〕諸詞，渾樸純厚，高古難踪，於《花間》《尊前》之外，別有一種氣格焉。（孫人和）

別　集

一　唐魚歌子詞一帙

（敦煌石室發見唐寫本）

　　唐王次郎撰。詞都五十字，分寫五行，第四行末句下空一格，有一"上"字與詞不相連屬。第五行祇王次郎署名三字，其事迹里貫皆不可考，次郎亦非人名。貞松堂藏書儀斷片多有繫次郎字者，疑王乃其姓，次郎唐人之稱仲子也。〔魚歌子〕詞牌亦作〔漁歌子〕或〔漁父〕，傳世之作以張志和"西塞山前白鷺飛。桃花流水鱖魚肥。青篛笠，綠簑衣。斜風細雨不須歸"及"松江蟹舍主人歡。菰飯蓴羹亦共餐。楓葉落，荻花乾。醉宿漁舟不畏寒"二首爲最早。詞各二十七字。和凝"白芷汀寒立鷺鷥"一首，李珣"棹警鷗飛水濺袍"一首，亦均二十七字，雖平仄各異，要屬一體。爲清人萬紅友《詞律》所收〔漁歌子〕之正格。又有五十字一體，即萬書所收雙調，唐五代人所作，有李珣之"柳垂絲，花滿樹"，孫光憲之"泛流螢，明又滅"等二闋。句法均與此同，而皆仄起，平仄不同者。孫詞上半闋首句二字，二句一字，三句四字，四句一字，五句一字，六句一字；下半闋首句全異，二句一字，三句二字，四句二字，五句一字，六句二字。李詞上半闋首句二字，二句一字，四句一字，五句一字；下半闋三句二字，五句一字，六句一字。當爲傳世二體外之別一體。猶〔賣花聲〕之與〔浪淘沙〕也，又上半闋第四句"微語𣤺"之"𣤺"字不可識，日本法隆寺藏天治寫本《字鏡》竹部七十四，"笑"字作𥬒，與相類，以義叶推之，或亦"笑"字歟？（羅繼祖）

二　陽春集一卷

（侯刻名家詞本）

南唐馮延巳撰。延巳字正中，其先彭城人，唐末，徙家新安，又徙廣陵，相嗣主璟。馬令、陸游《南唐書》并有傳。《直齋書錄解題》：《陽春錄》一卷，南唐馮延巳撰。高郵崔公度伯易題其後，稱其家所藏，最爲詳確，而《尊前》《花間》諸集，往往謬其姓氏。近傳歐陽永叔詞，亦多有之，皆失其真也。世言"風乍起"爲延巳所作，或云成幼文也，今此集無有，當是幼文作。長沙本以實此集中，殆非也。今本《陽春集》百十八闋，并有"風乍起"一詞，皆源於長沙坊本也。至與歐陽詞同者甚多，即就〔鵲踏枝〕

十四首論之，其"誰道閑情拋擲久""幾日行雲何處去""庭院深深深幾許""六曲闌干偎碧樹"四首，兩集并有。而"庭院深深"一首，李易安謂爲歐陽公作，故人多信之。其實馮詞蹊徑，頗與宋初之詞相近，故多與宋詞相混。《六一詞》最爲殽亂，宋人亦不能辨識，易安之言，未可盡信。細審筆墨，〔謁金門〕一闋，確是成幼文作，其與歐陽同者，自當別論者也。延巳之詞，似其爲人，排斥異己，自信不疑，憂讒畏譏，思深意苦。"香車繫在誰家樹"，排斥之語也；"不辭鏡裏朱顏瘦"，自信之辭也；"千言萬語黃鸝"，憂讒之喻也；"泪眼倚樓頻獨語"，意苦之言也。故其詞微而凄婉，淡而能腴，沉鬱頓挫，纏綿忠厚，不同溫、韋之穠麗，亦異後主之悲放。故爲宋初詞人所宗，允得詞家之正者矣。集中時有舊校之語，廣引《蘭畹集》，其集不存，亦可珍惜。傳本所見，有明抄本，星鳳閣抄本，四印齋校刊本，可以互校。此爲侯文燦刻《名家詞》本，誤字雖多，然刊本行世，今當以此爲最早矣。（孫人和）

三　陽春集校本一卷

（四印齋本）

清王鵬運校。鵬有《味梨詞》，已著録。是編據鵬運自跋曰：《陽春集》刻本久佚，從彭文勤傳鈔汲古閣未刻詞録出，校勘授梓，并補遺若干闋云云。《陽春集》，本有舊校之語，鵬運校本，混合莫辨矣。今所見者，捨侯文燦刻本外，有明鈔本及星鳳閣鈔本，蓋與汲古所抄同出一源，以校此本。如〔鵲踏枝〕第二闋，明鈔本注云：《蘭畹集》作歐陽永叔者，非。此本調下注云：別作歐陽修。〔應天長〕第一闋調下，二鈔本注云：此首與《南唐詞》首闋小異；詞末注云：《蘭畹集》誤作歐陽永叔。此本調下但云：別作李後主。其實中主有此首，非後主也。似此之類，不勝枚舉，蓋爲鵬運所改校矣。異文注於句下，未詳出處，但云"別作某""又作某"而已。今細覈之，蓋據《花間》《尊前》《花草粹編》諸書及其別家詞集。然如〔拋球樂〕第八闋，"祇赤人千里"，殊不可通，"衹赤" 當作 "咫尺"，明見《花草粹編》，而不著校語，失檢點矣。蓋此本便於誦讀，若欲校勘考訂，則當推證其校語之元本也。（孫人和）

四　逍遙詞一卷

（四印齋本）

宋潘閬撰。閬有《逍遙集》，前目已著録。閬詞初無專集，崇寧時，武夷黃靜記云：閬雖寓錢塘，而篇章靡有存者，〔酒泉子〕十首，乃得之蜀人，其石本今在彭之使廳，予適爲西湖吏，宜鑱諸石，庶共其傳，是閬詞之所以流於後代也。自明以來，詞選詞話中，僅載 "長憶西湖，盡日憑闌樓上望"、"長憶孤山，山在湖心如黛簇"、"長憶西山，靈隱寺前三竺後" 三闋，此本十首完全。據江標《宋元名家詞·序》，乃《南詞》本之一種耳。《古今詞話》謂潘逍遙自製〔憶餘杭〕三首，或云〔虞美人〕，或云〔酒泉子〕，皆誤。更有失去 "山影獨"、"添碧溜" 字者，不成詞矣。本書序跋已駁之。張宗橚據《湘山野録》，亦謂詞名〔憶餘杭〕，作〔酒泉子〕者誤，不知閬函中及黃靜記語，并稱〔酒泉子〕也。宋初令曲，承襲唐餘，漸易穠腴爲清雅。閬之所作，頗似張志和之〔漁父〕，誠有如陸子遹所稱句法清古，語帶烟霞者也。《湘山野録》卷下云："潘逍遙有清才，嘗作〔憶餘杭〕一闋，曰：'長憶西湖，盡日憑闌樓上望。三三兩兩釣魚舟。島嶼正清秋。　　笛聲依約蘆花裏。白鳥成行忽驚起。別來閑想整魚竿。思入水雲寒。'錢希白愛之，自寫於玉堂畫壁。"《花草粹編》引楊湜《古今詞話》云："石曼卿見此詞，使畫工彩繪之，作小景圖。" 雖傳説不同，要爲宋人所稱譽，則可知也。此集與他本頗有異文，如第三首 "野人衹衹其中老"，明抄本 "衹" 作 "合"；第四首 "白鳥成行忽驚起"，《詞林紀事》"成" 作 "數"，"別來閑整釣魚竿"，《湘山野録》作 "別來閑想整魚竿"，《詞林紀事》作 "別來閑想整綸竿"；第五首 "芰荷香噴連雲閣"，《詞林紀事》"噴" 作 "細"；

第六首 "靈隱寺前三竺後。冷泉亭上幾行游"，《詞林紀事》 "三"
作 "天"， "行" 作 "曾"，并當參校者也。（孫人和）

五　紫陽真人詞一卷

（彊邨叢書本）

宋張伯端撰。伯端，天臺人，熙寧間游蜀，遇劉海蟾，授金液
還丹火候之説，因改名用成，字平叔，號紫陽真人。治平間，訪扶
風馬處厚於河東，以所著《悟真篇》授處厚，曰：願公流布此書，
當有會意者。元豐初，趺坐而化，年九十九。《悟真篇》中有〔西
江月〕詞十二首，朱孝臧刊之，以備宋詞一家。詞皆説理之語，
修煉之辭。東晉談玄，詩皆平典似道德論，猶爲不可，而況以詞寫
金丹鉛汞乎？（孫人和）

六　樂章集校勘記一卷補遺一卷逸詞一卷

（山左人詞本）

清繆荃孫撰。《補遺》、《逸詞》曹元忠撰。荃孫有《藝風堂藏
書記》，元忠輯有《司馬法古注》，并已著録。吳重熹刊柳永《樂
章集》，荃孫別撰《校勘記》附於其後，復命其弟子曹元忠重校
之，并輯録逸詞十首，又附《校勘記》之後。荃孫識語，謂汲古
刻止一卷，因取明梅禹金鈔校三卷本、又一明鈔本、《花草粹編》、
《嘯餘譜》、紅友《詞律》、天籟閣《詞譜》、杜小舫《詞律校勘
記》，引宋本校之，脱行、奪句、訛字、顛倒字，悉爲舉出，得百
許事，編《校勘記》一卷。刻既成，吳興陸純伯觀察，以宋本次
第及訛字注於新刻本，悉剌取入記而另刻之，列宋本目録於前，
宋本有而汲古脱者十二首，悉按原次補録云云。元忠識語，謂藝
風先生命輯録屯田逸詞，既得十許調，復取《花庵詞選》《草堂詩
餘》《陽春白雪》《樂府指迷》、《梅苑》、《群芳備祖》及徐誠庵
《詞律拾遺》，爲《補遺》一卷云云，所論均極詳備。《樂章集》
不易校訂，原因有二：屯田喜用方音，殊不易解，一也；集中僻調

最多，無所取證，二也。繆、曹所校，參用宋本、鈔本及諸選本，翔實可據。元忠《補遺》，較荃孫所撰，尤爲精審。《樂章集》本，自以吳刻爲最善矣，然記中亦間有疏忽之處。如〔竹馬子〕"對雌霓挂雨，雄風拂檻"，《記》引萬氏云："檻"疑"欄"字之誤。考萬律收葉石林詞一首，第五句作"危檻依舊"，萬因柳作"雄風拂檻"第二字平聲，故疑葉詞"危檻"作"危欄"，并未謂柳詞"檻"當作"欄"，荃孫誤讀萬書，致成此謬。又柳永家崇安，非樂安，吳刻竟與稼軒、漱玉諸人同編入《山左人詞》，荃孫、元忠皆未深考，尤爲疏失也。（孫人和）

七　范文正公詩餘一卷

（彊邨叢書本）

宋范仲淹撰。仲淹字希文，其先邠州人，後徙家江南，遂爲吳縣人。大中祥符八年進士，歷官資政殿學士、戶部侍郎，知青州，卒，贈兵部尚書，諡文正，事迹具《宋史》本傳。仲淹詞無專集，即文集亦多不附詞，惟歲寒堂本補編有四闋，蓋後人據選本輯出，初非全帙。魏泰《東軒筆錄》卷十一云：范文正守邊日，作〔漁家傲〕樂歌數闋，皆以"塞下秋來風景異"爲首句，頗述邊鎮之勞苦，歐陽公嘗呼爲"窮塞主"之詞，今本僅存"衡陽雁去"一首。李冶《敬齋古今黈》卷八云：《本事曲子》載范文正公自前二府鎮穰下營百花洲，親製〔定風波〕五詞，其第一首云云。尋其聲律，乃與〔漁家傲〕正同。傳集無之，而《本事曲子》亦佚。若無冶書，不可知矣，惜其僅引一首耳。龔明之《中吳紀聞》卷五云：范文正與歐陽文忠公席上分題，作〔剔銀燈〕，皆寓勸世之意，文正云云。今本亦闕。曹元忠錄取范集歲寒堂本補編〔憶王孫〕〔蘇幕遮〕〔漁家傲〕〔御街行〕四闋，而以〔定風波〕〔剔銀燈〕二闋爲補遺。又以仲淹次子純仁《忠宣公集》和韓持國〔鷓鴣天〕一首附於其後，合爲一卷。朱孝臧取以刊之，即此本也。仲淹〔漁家傲〕，蒼涼悲壯，慷慨生哀，然發泄盡致，不若《花

間》〔定西番〕之渾厚也。〔御街行〕末段，搔首弄姿，斌媚有態，
然筆端纖巧，不若二毛艷體之重大也。至若〔蘇幕遮〕一首，前
段以流麗之筆寫景，後段直率言情。可知宋初令曲，守唐末之規
矩者，但以細密爲能，細密則不能高渾；氣勢較大而自成一格者，
徒以發越爲貴，發越則不能含蓄。仲淹詩餘，雖僅存數首，亦可以
覘其變矣。（孫人和）

八 宋景文長短句一卷

（校輯宋金元人詞本）

宋宋祁撰。祁字子京，安州安陸人，徙開封之雍邱。天聖二
年，與兄庠同舉進士，奏名第一。章獻太后以爲弟不可先兄，乃擢
庠第一，而實祁第十，時號“大小宋”。累遷知制誥、工部尚書、
翰林學士承旨，卒，謚景文。詞無專集，輯得〔好事近〕〔鷓鴣
天〕〔浪淘沙近〕〔玉樓春〕〔蝶戀花〕等，共六首。附録〔錦纏
道〕〔玉漏遲〕二首。緣此二首，始見《草堂詩餘》，不著撰人，
而與祁〔玉樓春〕銜接，其後選本遂以爲祁作，實不足據，故入
附録。六首之中，如〔好事近〕〔蝶戀花〕等，文入輕綺，承襲唐
餘。而〔玉樓春〕“紅杏枝頭春意鬧”一語，名噪當時，有“紅杏
尚書”之號。劉體仁《詞繹》云：“一‘鬧’字，卓絶千古。”此
贊美其句者也。李漁《窺詞管見》云：“紅杏之在枝頭，忽然加一
‘鬧’字，此語殊難著解，爭鬥有聲之謂‘鬧’，桃李爭春則有之，
紅杏鬧春，實未之見也。‘鬧’字極粗俗，且聽不入耳，非但不可
加於此句，并不當見之詩詞。”此非駁其句者也。其實唐末與宋初
之詞界，即重厚輕薄之不同。宋初艷詞，漸入輕巧，故爭奇鬥異
於字句之間。此詞“鬧”字，入唐不高，在宋自奇，此乃時代之
異，變遷之迹。劉、李云云，真所謂褒貶任聲，抑揚失實者也。
（孫人和）

九　醉翁琴趣外篇六卷

（仁和吳氏景宋本）

宋歐陽修撰。前目已收毛本《六一詞》。修詞爲仇人所亂，前人已屢言之。毛本刪其不經之作，自以爲是，而不知其不合也。蓋究述修詞者，皆知其旨，毛以己意刪之，豈可確信爲修詞原狀乎？以詞污衊修者，宋有《平山堂集》，其書已佚。今所傳者，有《六一詞》《歐陽文忠公近體樂府》及是編三種，《近體樂府》亦已著錄。是編浮艷傷雅，混雜骰亂之作，不止〔望江南〕、〔醉蓬萊〕諸首，疑與宋人所謂《平山堂集》相似。至於“琴趣”之名，乃宋代閩中書坊編次詞集之通稱。如《山谷琴趣》、《淮海琴趣》、《閑齋琴趣》、《晁氏琴趣》、《石林琴趣》、《介庵琴趣》皆是也。此編原本，蓋亦刻於閩中，前後并無序跋。考《吳師道禮部詩話》云：“近有《醉翁琴趣外篇》凡六卷，二百餘首，所謂鄙褻之語，往往而是，不止一二也。前題東坡居士序，近八九語，所云散落尊酒間，盛爲人所愛，尚猶小技，其上有取焉者。詞氣卑陋，不類坡作，蓋可以證詞之僞。”（吳語止此。）是編共二百零三首，較毛本《六一詞》多三十餘首，與吳氏所云二百餘首適合。然《詩話》明云前有僞東坡序八九語，此本所無，尚未得謂爲完帙也。（孫人和）

一○　唱經堂批歐陽永叔詞十二首

（唱經堂才子書彙稿本）

清金人瑞撰。人瑞有《唱經堂釋小雅》，已著錄。此擇歐陽修令曲加以批評者：〔長相思〕《美人》一首，〔訴衷情〕《春閨》一首，〔踏莎行〕《寄內》一首，〔減字木蘭花〕《艷情》一首，又《歌姬》一首，〔生查子〕《春恨》一首，又《即事》一首，〔瑞鷓鴣〕《有見》一首，〔蝶戀花〕《春睡》一首，又《閨思》一首，又《蕩船》一首，又《采蓮》一首，共十二首。詞內分批，詞後總批，穿鑿附會，全是魔道。〔長相思〕（深花枝）一首，最爲淺薄，而人瑞竟嘆爲絕技，可謂無識之甚矣。以其批《西廂》、《水滸》之伎倆而論詞，安見其能合也！"美人""春閨"等題，非六一詞集所固有，亦襲明人選詞之惡習。至於集中僞作最多，即就人瑞所引，〔蝶戀花〕與《陽春》相混，〔生查子〕亦見於《斷腸》，似當一一辨明。人瑞學力不深，稍有才氣，本不足以語於此也。（孫人和）

一一　注坡詞十二卷

（抄本）

宋傅幹撰。幹字子立，未詳其籍。據本書，知其博覽强記，有前輩風流而已。是編取宋蘇軾所撰長短句，悉爲注釋，以便研討者。卷一三調十四闋，卷二四調二十首，卷三五調十九首，卷四二調二十三首，卷五五調二十三首，卷六五調二十三首，卷七三調二十六首，卷八六調十八首，卷九五調三十首，卷十一調二十七首，卷十一八調二十六首，卷十二二十一調二十三首，總計二百七十有二闋。幹嘗以蘇軾所爲長短句數百章，閨窗孺弱亦知愛玩。然其寄意幽渺，指事深遠，片詞隻字，皆有根柢，世之玩者，未易識其佳處。譬猶懷奇珍怪之寶來於異域，光彩眩耀，人人駭矚，而能辨其名物者則寡，於是彰而解之，將詞句中典故一一爲之注出。即蘇軾事迹，亦間附入，并略加考證，以便稽考。削其附會者數十章，如張芸叟所作"私期"數章舊於《文公集》見之，以至〔更漏子〕有"柳絲長""春夜闌"之類，則見於《花間集》，乃温庭筠、牛嶠之詞。〔鵲橋仙〕有"一霎秋風"、"紫菊初生"之類，則見於《本事集》，乃晏元獻公之詞。凡是皆削而不取，復益之以遺軼者百餘篇。竹溪散人傅共洪序，謂敷陳演析，指摘源流，開卷爛然，衆美在目，實一奇也，不可不傳之。好事者，使其當瑣窗虛明，棐几净滑，悠然而思，鼚然而躍者，皆自子發之云云。原書世罕傳本，此從南陵徐氏藏沈德壽抄本録出者，共洪序微有缺佚，頗爲憾事也。（撰者未詳）

一二　南陽詞一卷

（彊村叢書本）

宋韓維撰。維字持國，潁昌人，以蔭入仕。英宗朝，累除知制誥。神宗即位，爲翰林學士。元祐初，拜門下侍郎，太子少傅，致仕。紹聖中，坐元祐黨籍，謫均州安置。元符初，復官，卒。事迹具《宋史》本傳。是編從善本書室藏鈔《南陽集》本中録出者。〔西江月〕〔踏莎行〕〔減字木蘭花〕〔浪淘沙〕〔胡擣練令〕，共五首，附子華〔踏莎行〕一首。其〔西江月〕亦呈子華者，子華未詳何人。其〔減字木蘭花〕〔浪淘沙〕及附録一首，闕文甚多，可讀者僅三首。考范純仁嘗和維〔鷓鴣天〕一首，見《忠宣公集》。是編無〔鷓鴣天〕詞，則篇章亦不全也。然所作均淺薄庸俗，蓋不以詞名，存以備考而已。（孫人和）

一三　臨川先生歌曲一卷補遺一卷

（彊邨叢書本）

宋王安石撰。安石字介甫，慶曆二年進士。神宗朝，累除知制誥、翰林學士、同中書門下平章事，加尚書左僕射，兼門下侍郎，封荊國公，卒，謚曰文。崇寧間，追封舒王，事迹具《宋史》本傳。是編從宋紹興刊《臨川集》本中録出者，共十八首。《補遺》乃據無著庵輯本，共六首。朱孝臧別撰《校記》，附於其後。惟《樂府雅詞》及《梅苑》，載有《甘露歌》一首，此未列入。其實《甘露歌》，詩而非詞。《臨川集》置於詩末，下連歌曲，後人遂誤認爲詞。曹元忠跋已詳論矣。安石文章政事，并足名家，其慢詞〔桂枝香〕《金陵懷古》一闋，最爲精悍。〔菩薩蠻〕〔漁家傲〕〔清平樂〕諸詞，清新婉雅，亦宋代小令之本色。惟安石無意於詞，偶一爲之。其〔浪淘沙〕云：“伊吕兩衰翁。歷遍窮通。一爲釣叟一耕傭。若使當時身不遇，老了英雄。　　湯武偶相逢。風虎雲龍。興亡祇在笑談中。直至如今千載後，誰與爭功。”詞頗清曠，

而論理言事，漸越詞境。至〔望江南〕《歸依三寶讚》四首，以詞言佛，變離其宗，南部諸賢之風力盡矣。（孫人和）

一四　小山詞校記一卷

（彊邨叢書本）

清朱孝臧撰。孝臧有《雲謠集雜曲子校記》，已著錄。孝臧得趙氏星鳳閣藏明鈔本《小山詞》，以校毛氏汲古閣本，擇善而從，既已刊行，復撰《校記》於後。除用毛本外，參以汪大鈞本，及《花庵詞選》、《花草粹編》、《歷代詩餘》、《詞譜》諸書，間下己意，以爲參證。《小山詞》舊無善本，自以孝臧所校爲精矣。然如〔采桑子〕（征人去日殷勤囑）一首，內有“輕春織就機中素”一句，“輕春”二字費解，孝臧謂“輕”字疑“經”誤。考《花草粹編》卷二引此句，作“輕絲織就機中素”，文義最合，“絲”誤作“春”者，蓋涉上下二首諸“春”字而誤，“輕”非譌字，孝臧未能詳考也。（孫人和）

一五　韋先生詞一卷

（彊邨叢書本）

宋韋驤撰。驤字子駿，錢塘人。皇祐五年進士，除知袁州、萍鄉縣，歷福建轉運判官主客郎中，出爲夔路提刑，建中靖國初，除知明州，勾宮祠，以左朝議大夫提舉杭州洞霄宮，卒。是編從吳氏瓶花齋藏鈔《韋先生集》本中錄出者，共十一首。其〔減字木蘭花〕《勸飲》、《止貪》二首，承宋初令曲流滑之風，不可爲法者也。惟中間有〔菩薩蠻〕《和舒信道水心寺會次韻》一首，信道乃舒亶之字，《舒學士詞》已不傳。（近人有輯本。）考《樂府雅詞》有亶〔菩薩蠻〕詞二首，一首題《次張秉道韻》，別一首又見《花草粹編》卷三，與驤用韻次第正合，自無可疑。舒集已佚，故特著之，以供學者考覽焉。（孫人和）

一六　畫墁詞一卷

（彊邨叢書本）

宋張舜民撰。舜民字芸叟，自號浮休居士，又號矴齋，邠州人，第進士。元祐初，除監察御史，徽宗朝，爲吏部侍郎，以龍圖閣待制知同州，坐元祐黨貶商州，卒，高宗追贈寶文閣直學士。事迹具《宋史》本傳。是編從《永樂大典·畫墁集》本中錄出者。〔江神子〕〔朝中措〕〔賣花聲〕各一首，《清波雜志》又載別撰〔賣花聲〕一首，共四首。〔賣花聲〕《題岳陽樓》云：“木葉下君山。空水漫漫。十分斟酒斂芳顏。不是渭城西去客，休唱陽關。

醉袖撫危闌。天淡雲閑。何人此路得生還。回首夕陽紅盡處，應是長安。”忠厚纏綿，凄凉回蕩，前反用右丞之詩，後虛用香山之句，可謂融化無迹。傳詞雖少，皆可讀也。（孫人和）

一七　王晋卿詞一卷

（校輯宋金元人詞本）

宋王詵撰。詵字晋卿，開封人。選尚英宗女秦國大長公主，爲利州防禦使，以黨籍貶均州，歷定州觀察使、開國公、駙馬都尉，贈昭化軍節度使，謚榮安。事迹詳《宋史·王凱傳》。詞無專集，是編輯出十二首，附錄二首，斷句五。其附錄〔燭影搖紅〕及〔喜遷鶯〕二首，固爲可疑。〔人月圓〕一首，《能改齋漫録》以爲李持正作，〔蝶戀花〕一首，《草堂》以爲秦觀作，亦在疑似之間也。黃庭堅評其詞云：晋卿樂府，清麗幽遠，工在江南諸賢季孟之間。謂之清麗幽遠，較爲近之；比於江南諸賢，則近諛矣。蓋唐宋令曲，重厚輕薄，自不同也。《西清詩話》、《許彦周詩話》謂詵得罪外謫，其歌姬囀春鶯，爲密縣馬氏所得，後訪知之，并聞其歌聲，賦詩云：“佳人已屬沙吒利，義士今無古押衙。”有足成之者云：“回首音塵兩沉絶，春鶯休囀上林花。”今觀所存之詞，〔憶故人〕一闋，殆爲囀春鶯而作歟。（孫人和）

一八 冠柳集一卷

（校輯宋金元人詞本）

宋王觀撰。觀字通叟，高郵人，或曰如皋人。嘉祐二年進士，累遷大理丞，知江都縣。觀又號逐客。《能改齋漫錄》：王觀學士嘗應制撰〔清平樂〕詞，高太后以爲媟瀆神宗，翌日罷職，世遂有"逐客"之號。今集本乃以爲擬李太白應制，非也。而《耆舊續聞》以爲王仲甫，殆傳聞之誤歟？《直齋書錄解題》：長沙百家詞本有《冠柳集》一卷，云王觀通叟撰，號王逐客，世傳"霜瓦鴛鴦"，其作也。詞格不高，以"冠柳"自名，則可見矣。其集已佚，此本輯得十五首，附錄可疑之〔感皇恩〕、〔紅芍藥〕二首於後。"霜瓦鴛鴦"乃〔天香〕首句，此首尚未佚去。而《類編草堂詩餘》及《詞律》皆題王充撰，則不攻自破矣。至謂詞名"冠柳"，可知其詞格不高，其說殊不可信。宋代文士，最喜攻伐屯田，不知《樂章集》中，瑕瑜互見，不可一概論也。未能識柳，亦無怪其毀觀詞矣。"冠柳"之名，誠近自炫。然如〔慶清朝慢〕寫春日踏青一首，豈常人所能及耶！（孫人和）

一九 寶月集一卷

（校輯宋金元人詞本）

宋僧揮撰。揮俗姓張氏，安州進士。出家後，名仲殊，字師利，住蘇州承天寺、杭州吳山寶月寺，東坡所稱蜜殊者也。《中吳紀聞》：殊初爲士人，嘗與鄉薦，其妻以藥毒之，遂弃家爲僧，時時食蜜解其藥，人號"蜜殊"。此言出家之事，未知可信否。《花庵詞選》謂揮有集七卷，沈注爲之序，今佚。此輯三十首，斷句十三，別有各書誤引四首，附錄於後。揮詞雖綺艷，而宛轉流走。東坡云：蘇州仲殊師利和尚，能文，善詩及歌詞，皆操筆立成，不點竄一字，此僧胸中無一毫髮事。花庵云：仲殊之詞多矣，佳者固不少，而小令爲最。小令之中，〔訴衷情〕一調，又其最。蓋篇篇

奇麗，字字清婉，高處不減唐人風致也。今存〔訴衷情〕五首，而《天籟集》所云僧仲殊〔奪錦標〕曲不傳，爲可惜也。（孫人和）

二〇　舒學士詞一卷

（校輯宋金元人詞本）

宋舒亶撰。亶字信道，明州慈溪人。治平二年進士，試禮部第一。神宗朝，爲御史中丞。徽宗朝，累除龍圖閣待制。事迹具《宋史》本傳。其集久佚，《樂府雅詞》載其詞四十八首，輯本依據於此，而參校以各選本。其附錄〔醉花陰〕《送陸宣德》一首，劉毓盤謂曾於范氏天一閣中，見《舒學士集》十卷，多此一闋，殊不足信，書序已言之矣。亶詞思路幽絕，造語新妙，其〔菩薩蠻〕云：“畫船搥鼓催君去。高樓把酒留君住。去住若爲情。西江潮欲平。　　江潮容易得。祇是人南北。今日此尊空。知君何日同。”又云：“江梅未放枝頭結。江樓已見山頭雪。待得此花開。知君來不來。　　風帆雙畫鷁。小雨隨行色。空得鬱金裙。酒痕和淚痕。”皆立意新穎，造語奇俊。又〔虞美人〕《寄公度》云：“芙蓉落盡天涵水。日暮滄波起。背飛雙燕貼雲寒。獨向小樓東畔倚闌看。　　浮生祇合尊前老。雪滿長安道。故人早晚上高臺。贈我江南春色一枝梅。”含思幽遠，出語自然，其工力未可幾及。亶與李定，同陷東坡於罪，有文無品，王士禎惜之。然亦不得以人廢其言也。又集中〔菩薩蠻〕二十首，其第十六首題云《湖心寺席上賦茶詞》，而第十四首無題。考韋驤詞，曾和此闋，題云《和舒信道水心寺會次韵》，則第十四首，亦湖心寺會中作也。（孫人和）

二一　龍雲先生樂府一卷

（彊邨叢書本）

宋劉弇撰。弇字偉明，安福人。元豐二年進士，復中詞科，知峨嵋縣，改太學博士。元符中，有事南郊，進《大禮賦》，除祕書省正字。徽宗立，改著作佐郎，實錄院檢討。事迹具《宋史》本傳。前目已著其《龍雲集》矣，此乃朱孝臧取刊其集中之詞也。詞僅七闋，曰〔寶鼎現〕、〔洞仙歌〕、〔金明春〕、〔內家嬌〕、〔安平樂慢〕、〔佳人醉〕、〔惜雙雙令〕。弆文卓詭超群，雖不以詞名家，而所存七闋，亦雅暢可誦。《復齋漫錄》云：劉偉明既喪愛妾，而不能忘，爲〔清平樂〕詞云："東風依舊。著意隋堤柳。搓得鵝兒黃欲就。天氣清明時候。　　去年紫陌青門。今朝雨魄雲魂。斷送一生憔悴，能消幾個黃昏。"與唐阿灰之詞有間矣。是七闋之外，尚有〔清平樂〕一闋。然《花庵詞選》以爲趙令時所作，存疑可也。（孫人和）

二二　淮海居士長短句校記一卷

（彊邨叢書本）

清朱孝臧撰。孝臧有《雲謠集雜曲子校記》，已著錄。孝臧既據士禮居所校《淮海詞》三卷刊行，復證其字句之異同，撰爲《校記》，附於其後。所據者，僅汲古閣本、朱卧庵本、《詞律》而已。《漁隱叢話》論淮海詞甚多，僅引其〔八六子〕"萋萋"一節，可知其未能詳檢。〔長相思〕引賀方回詞一節，已見於清修《四庫全書提要》，皆非孝臧所自得也。其實《淮海詞》版本，在明代有張綖本、李之藻本、段斐君本，清代有四庫鈔本、黃儀本、王敬之本、秦元慶本。其詩話筆記，如《艇齋詩話》、《能改齋漫錄》諸書，所引甚夥。而《草堂詩餘》、《花草粹編》等類，亦當參校，孝臧并未及之，亦其疏也。（孫人和）

二三　寶晉長短句一卷

（彊邨叢書本）

宋米芾撰。芾字元章，自稱海岳外史，又稱襄陽漫士，襄陽人，或云吳人。以母侍宣仁后藩邸，恩補校書郎、太常博士，出知無爲軍。踰年，召爲書畫博士，擢禮部員外郎。大觀二年，罷知淮陽軍。著有《畫史》、《書史》、《寶章待訪録》、《海岳名言》、《寶晋英光集》等書，前目并已分別著録。此從星鳳閣鈔《寶晋英光集》中摘出者，詞僅十六首。朱孝臧取蔣氏別下齋本校勘，別撰《校記》，附於其後。《襄陽書畫考》：米元章甘露寺〔滿庭芳〕詞，墨迹爲世所重，其警句云："輕濤起，香生玉塵此作杆，雪濺紫甌圓。"推爲獨絶。蓋芾天分甚高，故時有妙句。而咏茶詩詞，亦宋人之所長，惟苦不經意。其〔訴衷情〕、〔鷓鴣天〕、〔浪淘沙〕諸首，皆獻壽之詞，更不足重矣。（孫人和）

二四　聊復集一卷

（校輯宋金元人詞本）

宋趙令時撰。令時字德麟，太祖次子燕王德昭元孫。元祐中，簽書潁州公事，坐與蘇軾交通罰金，入黨籍。紹興初，襲封安定郡王，同知行在大宗正事，薨，贈開府儀同三司。《直齋書録解題》：《聊復集》一卷，安定郡王趙令時德麟撰，長沙書坊所刻也。已佚，此從各書輯得三十六首，斷句二語。其所著《侯鯖録》中，載有〔商調蝶戀花〕十二首，咏鶯鶯故事，夾叙夾歌，首述其源，末束其事。叙文之末，皆有"奉勞歌伴，再和前聲"二語。不特與轉踏異法，即與曾布〔水調歌頭〕咏馮燕事，董穎〔薄媚〕咏西施事，亦不盡同也。《警世通言》所載〔商調醋葫蘆小令〕十篇，咏蔣淑真刎頭鴛鴦會故事，蓋即仿此而作，後世戲曲之濫觴也。所作亦清超絶俗，情景低徊。〔蝶戀花〕云："欲減羅衣寒未去。不捲珠簾，人在深深處。紅杏枝頭花幾許。啼痕止恨清明雨。

盡日沉烟香一縷。宿雨醒遲，惱破春情緒。飛燕又將歸信誤。小屏風上西江路。"又云："捲絮風頭寒欲盡。墜粉飄香，日日紅成陣。新酒又添殘酒困。今春不減前春恨。　　蝶去鶯飛無處問。隔水高樓，望斷雙魚信。惱亂橫波秋一寸。斜陽祇與黃昏近。"（此首亦見《小山詞》。）傳情寄興，沁人骨髓，二山之亞也。（孫人和）

二五　柯山詩餘一卷

（校輯宋金元人詞本）

宋張耒撰。耒字文潛，楚州淮陰人。第進士，元祐初，仕至起居舍人。紹聖中，謫監黃州酒稅。徽宗召爲太常少卿，坐元祐黨，復貶房州別駕，黃州安置。尋得自便，居陳州，主管崇福宮，卒。《張右史集》不附詞，此從《樂府雅詞》、《梅苑》、《能改齋漫錄》諸書輯得〔減字木蘭花〕〔秋蕊香〕〔少年游〕〔鷓鴣天〕〔滿庭芳〕〔風流子〕六首，斷句十一。至《詞統》卷一所引《阿那曲》《荷花詞》，皆七言絕句，故未收入。耒從東坡游，又與無咎、少游相切磋，故文學深邃。其詞雖流傳甚少，然如〔風流子〕云：“芳草有情，夕陽無語，雁橫南浦，人倚西樓。”又云：“向風前懊惱，芳心一點，寸眉兩葉，禁甚閑愁。”融舊如新，似淡而腴，工力不易至也。（孫人和）

二六　宋徽宗詞一卷

（彊邨叢書本）

宋徽宗皇帝撰。是編據曹君直輯本以刊者，共十八首，惟〔月上海棠〕已非全詞。前錄《徽廟御集序》，其詞兩本互見，則內注校語，詞末則注明出處，并及實事，輯詞體例最善者也。徽宗天資學力，并邁常人，學術詞章，兩臻絕詣。集中如〔聒龍謠〕〔金蓮繞鳳樓〕〔滿庭芳〕諸詞，皆典重凝麗。追冊明達皇后、劉妃神主祔別廟諸作，皆爲言情之作，納於詞中，自無不可。〔燕山亭〕〔眼兒媚〕，皆北地所作。〔燕山亭〕後段云：“憑寄離恨重重，這雙燕何曾，會人言語。天遙地遠，萬水千山，知他故宮何處。怎不思量，除夢裏有時曾去。無據。和夢也新來不做。”哀情哽咽，與李後主入宋之作，異曲同工也。惟〔眼兒媚〕一首，曹據《花草粹編》及《宣和遺事》二書。考《南燼紀聞》載徽宗北行事云：“聞番人吹笳笛聲，嗚咽如泣，帝與太上太后聞之，曰：

'與成化樂何如？'時太上口占一詞，曰：'玉京曾憶舊京華。萬國帝皇家。金殿瓊樓，朝吟鳳管，暮弄龍琶。　　化成人去今蕭索，春夢繞胡沙。向晚不堪回首，坡頭吹徹梅花。'少帝唱其詞，復和之，曰：'宸傳百戰舊京華。仁孝自名家。一旦奸邪，天傾地坼，忍聽琵琶。　　如今塞外多離索，迤邐繞胡沙。萬里邦家，伶仃父子。向曉霜花。'歌不成曲，三人大哭而止。"此當補注。又集內〔玲瓏四犯〕一闋，不似徽宗手筆，亦可疑也。大晟府樂章，關於宋詞甚巨。而徽宗全詞不見，爲可惜耳。（孫人和）

二七　片玉集校記一卷

（彊邨叢書本）

清朱孝臧撰。孝臧有《雲謠集雜曲子校記》，已著錄。孝臧先得汲古閣舊藏陳元龍集注《片玉集》，又得士禮居別藏陳注本，更以元巾箱本、毛本及《花庵詞選》、《陽春白雪》、《樂府雅詞》、《草堂詩餘》諸書，參互校訂，擇善而從。既刊陳氏注本，復輯《校記》於後，所校頗爲詳細。然亦有可疑者，清真〔荔枝香〕"□看兩兩相依燕新乳"，《校記》云："原本無□，從鄭文焯校。"鄭說見其所校《清真集》，其言曰："汲古脱一字，方千里和作正作九字句可證。耆卿、夢窗詞並從同。萬氏《詞律》謂清真是句所脱或係'閑'字、'愁'字之類，戈選乃擬作'閑'，《詞萃》因之，終以無據。宜從蓋闕之例。"考陳注本、元巾箱本、毛本並無"閑"字，亦無闕文符號。然柳永此句，作"遙認衆裏盈盈好身段"；方千里和周詞，作"深澗斗瀉飛泉溜甘乳"；楊澤民和詞，作"相與共煮新茶取花乳"；陳允平和詞，作"金泥帳底雙虬自沉乳"；吳文英《送人游南徐》一首，作"因語駐車新堤步秋綺"；《七夕》一首，作"天上未比人間情更苦"，並爲九字。至於"閑"字，《歷代詩餘》已如此，非始戈、丁。然《歷代詩餘》獨有"閑"字，亦難明其所據也。〔荔枝香〕第二首，孝臧亦引鄭說。其實此詞，無法校訂，文焯憑臆妄改，殊不足信。"燈偏簾捲”，義本可通，文焯所改，轉詰曲矣。又〔六醜〕“恐斷鴻尚有相思字”，文焯嘗據龐元英《談藪》，以證此句當作“斷紅”，頗爲精確。而孝臧亦引龐說，不列鄭名。疑似者則引鄭說，精確者則據爲已有，是誠何心哉！（孫人和）

二八　清真集校本二卷

（光緒庚子刊本）

清鄭文焯校。文焯有《說文引群說故》，已著録。此校訂宋周邦彥詞集者，次第、補遺全依汲古閣本。詞句異文，則擇善而從。校語分列各詞之後，正文大字，校語則雙行小字。附《清真詞校後録要》一文，其論宋元本題號之先後，宋元本篇目之多寡，宋元本體例之出入，周邦彥之身世，皆博極群書，考證詳覈。其所校訂，參酌各本，通其聲律，如〔齊天樂〕“練囊”，從《花庵》作“練囊”；〔六醜〕“斷鴻”，從《陽春白雪》、龐元英《談藪》作“斷紅”，皆精鑿不磨。其間亦有可疑者，如〔瑞龍吟〕云“前度劉郎重到”，文焯謂“度”字是短拍，然方千里、楊澤民、陳允平諸家，既未和此韵，而夢窗又不叶，宮譜久亡，文焯之言，終難信也。集中〔荔枝香近〕第二闋上半段，文焯謂譌脱殊甚。說本不誤，至以“燈偏簾捲”之“偏”爲不可解，因改“偏”爲“遍”，移於“香澤方薰”下爲韵，則臆斷無徵。“燈偏簾捲”四字，蓋融化韋莊“香燈半捲流蘇帳”之意，非不可解，文焯求之太深耳。然此小小疵類，殊不足以掩全部之美。清真詞集，自以文焯所校爲佳。即在清代校訂詞集之中，亦當以此爲最精矣。（孫人和）

二九　阮戶部詞一卷

（彊邨叢書本）

宋阮閲撰。閲字閎休，舒城人。宣和中，知郴州。建炎初，以中奉大夫知袁州。是編據善本書室藏《典雅詞》本以刊者，〔感皇恩〕、〔踏莎行〕、〔減字木蘭花〕、〔錦堂春〕共四首，而〔錦堂春〕又殘闕不完。按《宜春遺事》有閼之〔洞仙歌〕《贈宜春官妓趙佛奴》一首，云："趙家姊妹，合在昭陽殿。因甚人間有飛燕。見伊底，盡道獨步江南，便江北也何曾慣見。　惜伊情性好，不解嗔人，常帶桃花笑時臉。向尊前酒底，見了須歸，似恁地、能得幾回細看。待不眨眼兒覷着伊，將眨眼工夫，看伊幾遍。"此本未載，今并錄焉。（孫人和）

三〇　趙子發詞一卷

（校輯宋金元人詞本）

宋趙君舉撰。君舉字子發，餘并未詳。是編從各書輯得十七闋，附錄可疑之〔踏莎行〕〔定風波〕二闋。其詞清麗宛轉，確是北宋小令本色。〔浣溪沙〕云："疏蔭搖搖趁岸移。驚鷗點點過帆飛。船分水打嫩沙回。　斷夢不知人去處，捲簾還有燕來時。日斜風緊轉灣西。"〔阮郎歸〕云："馬蹄踏月響空山。梅生烟壑寒。水妃去後泪痕乾。天風吹珮蘭。　紉香久，怕花殘。與君聊據鞍。一枝欲寄北人看。如今行路難。"與〔少年游〕、〔虞美人〕諸闋，皆文章爾雅，不落凡俗。〔采桑子〕、〔浪淘沙〕二闋，較爲艷麗，亦不入於輕薄。其神情當在大小晏之間矣。（孫人和）

三一　了齋詞一卷

（校輯宋金元人詞本）

宋陳瓘撰。瓘字瑩中，號了翁，沙縣人。元豐二年進士。徽宗朝，歷右司諫權給事中。崇寧中以黨籍除名，編隸台州，移楚州，卒。靖康中，贈諫議大夫。紹興中，賜諡忠肅。瓘有《了齋集》，明以後佚，詞亦無別行本也。此乃從各書輯得二十三闋，而《樂府雅詞》載舒亶次瑩中〔菩薩蠻〕《元歸詞》，今亦不見其原作矣。瓘喜諧謔，其〔蝶戀花〕云："有個胡兒模樣別。滿頷髭鬚，生得渾如漆。見説近來頭也白。髭鬚那得長長黑。　（下闋一句。）繭子鑷來，須有千堆雪。莫向細君容易説。恐他嫌你將伊摘。"傳譏鄒志全之長髡也。〔滿庭芳〕（槁木形骸）一首，有云：“誰知我，春風一枴，談笑有丹砂。”傳爲青州劉跛子作也。又〔減字木蘭花〕云：“世間藥院。祇愛大黃甘草賤。急急加工。更靠硫黄與鹿茸。　鹿茸吃了。却恨世間凉藥少。冷熱平均。須是松根白茯苓。”此皆率爾操觚，無足輕重。然如〔卜算子〕云：“身如一葉舟，萬事潮頭起。水長船高一任伊，來往洪濤裏。　潮落又潮生，今古長如此。後夜開尊獨酌時，月滿人千里。”用意湛深，揮灑如志，頗似古樂府，別有情味。不得以其偶有戲作，而貶其全體也。（孫人和）

三二　李元膺詞一卷

（校輯宋金元人詞本）

宋李元膺撰。元膺，東平人，南京教官。紹聖間，李孝美作《墨譜法式》，元膺爲序，蓋此時人也。是編乃從各本輯録其詞得九首。〔茶瓶兒〕一闋，文辭淒斷，傳爲悼亡之作。〔鷓鴣天〕〔洞仙歌〕《咏雨》二詞，亦清婉綢繆。〔洞仙歌〕《初春》云：“一年春好處，不在濃芳，小艷疏香最嬌軟。”又云：“但莫管春寒，醉紅自暖。”用意新妙，造語奇警，惜傳詞不多耳。（孫人和）

三三　大聲集一卷

（校輯宋金元人詞本）

宋万俟咏撰。咏字雅言，《碧雞漫志》云：“崇寧間，大晟樂府，周美成作提舉官，而製撰官又有七。万俟咏雅言，元祐詩賦科老手也。三舍法行，不復進取，放意歌酒，自稱大梁詞隱。每出一章，信宿喧傳都下。政和初，召試補官，實大晟樂府製撰之職。新廣八十四調，患譜弗傳，雅言請以盛德大業及祥瑞事迹，製詞實譜。有旨依月用律，月進一曲，自此新譜稍傳。”“雅言初自集分兩體：曰雅詞，曰側艷，目之曰‘勝萱麗藻’。後召事入官，以側艷體無賴太甚，削去之。再編成集分五體：曰應制，曰風月脂粉，曰雪月風花，曰脂粉才情，曰雜類。周美成目之曰‘大聲’。”《直

齋書錄解題》："長沙百家詞本《大聲集》五卷，万俟雅言撰。嘗
游上庠不第，後爲大晟府製撰。周美成、田不伐皆爲作序。"所云
五卷與《漫志》集分五體合，蓋每體一卷也，今佚。此從各書輯
出二十七首，斷句二，附錄可疑者二首。其間頗有異調，至可珍
惜。王灼謂咏詞從柳而來，殊不知柳詞佳處，宋人亦不可及。以此
貶咏，豈可信乎？咏恐譜不傳，故製詞實譜，而終於散失，豈當時
所料及耶！（孫人和）

三四　洋嘔集一卷

（校輯宋金元人詞本）

宋田爲撰。爲字不伐，不知何地人。《宋史·樂志》云："蔡
攸方提舉大晟府，不喜佗人歌樂，有士人田爲者，善琵琶，無行，
攸乃奏爲大晟府典樂。"《文獻通考》云："政和中，蔡京引任宗堯
爲大晟府典樂，宗堯方申漢津太少之議。時京子攸，提舉大晟府，
又奏田爲爲典樂，宗堯憤之。"王國維謂田爲先爲製撰官，後爲典
樂也。白樸《天籟集》卷上，〔水龍吟〕《丙午秋到維揚途中》一
闋注云："么前三字，用仄者，見田不伐《洋嘔集》。"其集久佚，
是編輯得六首，即以洋嘔名其集。然洋嘔之義，殊不可曉。豈呃嘔
之意歟？爲詞不事側艷，委婉曲折，且在大晟府中，自多新調。若
使其集尚存，當與《清真集》并重。今《大聲集》既佚，而此集
亦僅存數首。《永樂大典》引《盧疏齋集》云："晚泊采石，醉歌
田不伐〔黑漆弩〕，因次其韵。"今〔水龍吟〕、〔黑漆弩〕，并已
佚去，最可惜也。（孫人和）

三五　虛靖真君詞一卷

（彊邨叢書本）

宋張繼先撰。繼先字嘉聞，貴溪人。是編據知聖道齋藏明鈔
本以刊者，共五十首。內多先天後天之語，長生修煉之言。其
〔點絳唇〕《祐陵問所帶葫蘆如何不開口，對御作》云："小小葫

蘆，生來不大身材矮。子兒在內。無口如何怪。　藏得乾坤，此理誰人會。腰間帶。臣今偏愛。勝挂金魚袋。"此當説理論事，而以小詞言之，豈其當乎？（孫人和）

三六　晁叔用詞一卷

（校輯宋金元人詞本）

宋晁沖之撰。沖之字叔用，一字用道，巨野人。第進士，坐黨籍，廢居具茨山下。《直齋書録解題》：長沙坊刻《百家詞》中有《晁叔用詞》一卷，晁沖之撰。今佚，此爲輯本，共十六首。沖之於政和間，作〔漢宮春〕《咏梅》獻蔡攸，攸以進其父京曰："今日於樂府中得一人，因以大晟府丞用之。"而《玉照新志》又以爲李漢老詞也。所作不事刻畫，淡而有味。其〔臨江仙〕云："憶昔西池池上飲，年年多少歡娱。別來不寄一行書。尋常相見了，猶道不如初。　安穩錦屏今夜夢，月明好渡江湖。相思休問定何如。情知春去後，管得落花無。"簡净成句，語淺情深，頗似尹參卿也。（孫人和）

三七　苕溪樂章一卷

（彊邨叢書本）

宋劉一止撰。一止字行簡，湖州歸安人。宣和三年進士。紹興初，召試，除祕書省校書郎，歷給事中。進敷文閣待制，致仕。宋有長沙百家詞本《劉行簡詞》一卷，其書蓋佚。是編從善本書室藏鈔《苕溪集》本中録出者，共四十二首。其詞清新秀雅，有淡月疏梅之致。陳振孫云："一止嘗爲《曉行》詞，盛傳京師，號劉曉行。"集中〔喜遷鶯〕是也。詞云："曉光催角。聽宿鳥未驚，鄰鷄先覺。迤邐烟村，馬嘶人起，殘月尚穿林薄。泪痕帶霜微凝，酒力衝寒猶弱。嘆倦客，悄不禁，重染風塵京洛。　追念，人別後，心事萬重，難覓孤鴻托。翠幌嬌深，曲屏香暖，争念歲寒飄泊。怨月恨花，煩惱不是，不曾經著。這情味，望一成消減，新來

遺惡。"真能以淡語寫深情也。（孫人和）

三八　盧溪詞一卷

（校輯宋金元人詞本）

宋王庭珪撰。庭珪字民瞻，安福人。政和八年進士。紹興中，以詩送胡銓，坐訕謗流夜郎。秦檜死，許自便。孝宗召對內殿，除直敷文閣。《直齋書録解題》載庭珪《盧溪詞》一卷，長沙百家詞本。《詞綜》云二卷，蓋已易其卷第，非長沙坊本之舊。今所傳者，多爲鈔本，有吳訥《四朝名賢詞》本，及毛斧季校《紫芝漫鈔》本。是編即據毛本以校吳本，并以《花庵詞選》、《歷代詩餘》、《欽定詞譜》所引參訂之，共四十二闋，附録可疑之〔解珮令〕一闋。庭珪詞，筆力峭拔，措語緊煉，氣象嚴肅，似其爲人，真如〔謁金門〕所云"長笛倚樓誰共聽。調高成絶品"也。有鼓子詞二首，其〔點絳唇〕《上元鼓子詞并口號》云：鐵鎖星橋，已徹通宵之禁；銀鞍金勒，共追良夜之游。況逢千載一時，如在十洲三島。有勞諸子，慢動三撾。對此芳辰，先呈口號：萬家簾幕捲青烟，火炬銀花耀碧天。留得江南春不夜，爲傳新唱落尊前。詞云："玉漏春遲，鐵關金鎖星橋夜。暗塵隨馬。明月應無價。　　天半朱樓，銀漢星光射。更深也。翠蛾如畫。猶在凉蟾下。"此首有勾無遣。又〔醉花陰〕《梅并鼓子詞》云：人在花陰醉未歸，玉樓絲管咽春輝。請君暫聽花陰曲，爲惜梅花笛裏吹。詞云："玉妃謫墮烟村遠，猶似瑤池見。缺月挂寒梢，時有幽香，飛到朱簾畔。春風嶺上淮南岸。曾爲誰魂斷。依舊瘦稜稜，天若有情，天也應須管。"此則有口號，有詞，無勾放。并與〔九張機〕、趙令畤〔商調蝶戀花〕等詞，大同小異，可供參證者也。（孫人和）

三九　浮溪詞一卷

（彊邨叢書本）

宋汪藻撰。藻字彥章，德興人。崇寧進士。高宗朝，累官中書舍人，兼直學士院，擢給事中，遷兵部侍郎，兼侍講，拜翰林學士，出知外郡，奪職居永州，卒。是編從明刊《浮溪文粹》本中錄出者。〔點絳脣〕二首，〔小重山〕一首，共三首。〔點絳脣〕云：“新月娟娟，夜寒江靜山銜斗。起來搔首。梅影橫窗瘦。好個霜天，閑却傳杯手。君知否。亂鴉啼後。歸興濃於酒。”《知稼翁詞》注：彥章出守泉南，移知宣城，内不自得，乃賦〔點絳脣〕詞云云。其說最確。而《能改齋漫錄》、《玉照新志》并謂此詞在京師作。《玉照新志》且謂因此詞而被遷謫，則展轉傳聞之誤矣。《浩然齋雅談》云：“汪彥章舟行汴河，見傍岸畫舫，有映簾而窺者，祇見其額，賦詞云‘小舟簾隙。佳人半露梅妝額。綠雲低映花如刻。恰似秋宵一半，銀蟾白’。”今本無之，蓋有闕也。（孫人和）

四〇　北湖詩餘一卷

（彊邨叢書本）

宋吳則禮撰。則禮字子副，富川人，一作永興人，或云興國人。官至直祕閣，知虢州，晚居豫章，自號北湖居士。是編從知不足齋藏鈔《北湖集》本中錄出者，共二十七首。詞筆平庸。〔虞美人〕《對菊》云：“鮮鮮未恨出闈遲。自許平生孤韵與秋期。”可以知其志矣。其與田不伐往來，亦可略供參考也。（孫人和）

四一　赤城詞一卷

（彊邨叢書本）

宋陳克撰。克字子高，自號赤城居士，臨海人，僑居金陵。紹興中，爲敕令所刪定官。《赤城詞》，宋有長沙百家詞本，見《直齋書錄解題》。其書已佚，是編據林無垢校補舊鈔本以刊者，共四十闋。末首〔虞美人〕，不知所出。《永樂大典》寄字韵，引其〔鷓鴣天〕一首，則爲此本所無。近人別有輯本，較爲詳悉。王灼《碧鷄漫志》頗稱其詞。陳振孫曰：“陳克詞格頗高麗，晏、周之流亞也。"周濟曰:"晏氏父子,俱非其敵,以方美成,則又擬不以倫,其溫、韋高弟乎?比溫則薄,比韋則悍,故當出入二氏之門。"陳廷焯曰:"陳子高詞,婉雅閑麗,暗合溫、韋之旨。晁無咎、毛澤民、万俟雅言等,遠不逮也。"今觀集中〔菩薩蠻〕諸闋,內有諷刺,外頗精麗,全守唐五代之榘矱。周、陳所言,洵不虛也。(孫人和)

四二　沈文伯詞一卷

(校輯宋金元人詞本)

宋沈會宗撰。會宗字文伯,餘未詳。是編輯錄其詞凡二十三首,附錄可疑者二首,極其婉雅流轉。其〔天仙子〕一首,傳賦賈耘老水閣者,詞云:"景物因人成勝槩。滿目更無塵可礙。等閑簾幕小欄杆,衣未解。心先快。明月清風如有待。　　誰信門前車馬隘。別是人間閑世界。坐中無物不清凉,山一帶。水一派。流水白雲長自在。"苕溪漁隱詩曰:"三間小閣賈耘老,一首佳詞沈會宗。"即謂此也。(孫人和)

四三　華陽長短句一卷

(彊邨叢書本)

宋張綱撰。綱字彥正,金壇人。建炎初,官給事中,以秦檜用事,致仕。檜卒,起吏部侍郎,參知政事,卒,謚文定,事迹具《宋史》本傳。是編從善本書室藏鈔《華陽集》本中錄出者,共三十五首。所作頗典麗,惜生日之詞,幾及三之一,略近浮誇耳。(孫人和)

四四　竹友詞一卷

(彊邨叢書本)

宋謝薖撰。薖字幼槃,臨川人。宋有長沙百家詞本《竹友詞》一卷,見《直齋書錄解題》。是編據知聖道齋藏明鈔本以刊者,共十六首。疑亦原出長沙本也。然考王之道《相山居士詞》，有《對雪追和謝幼槃》〔青玉案〕一首，是編并無〔青玉案〕，則非全帙可知。其詞雖不如溪堂之工，然其佚宕之處，亦殊可喜。時有艷詞，如〔江神子〕云："破瓜年紀柳腰身。嬾精神。帶羞瞋。手把江梅，冰雪鬥清新。不向鴉兒飛處著，留乞與，眼中人。　　水精船裏酒潾潾。皺香茵。駐行雲。舞罷歌餘，花困不勝春。問著些兒心底事，纔廝笑，又眉顰。"嬌艷生動，而筆力遒勁，頗似南部諸賢之作也。（孫人和）

四五　漱玉詞彙鈔一卷

（道光庚子刊本）

清汪玢輯校。玢字孟文，錢塘人。玢爲女子，其事迹未詳。是編據鈔汲古閣本《漱玉詞》十七首，復從《陽春白雪》補一首，《樂府雅詞》十六首，《梅苑》六首，《詞林萬選》三首，《歷代詩餘》一首，共四十四首。易安詞散見群書者，近八十首，此輯殊不完備。玢又輯錄詞話，分附各首之後，內有《問蘧廬隨筆》，疑即玢所著也，評論亦不精確。前附錄紀事，僅引《清波雜志》、《四六談麈》、《琅嬛記》、《貴耳錄》各一則，而於易安晚節之傳說，全未言及。蓋玢讀書不廣，既不能爲易安辨正，而又以再嫁爲嫌，故置而不論也。（孫人和）

四六　龜溪長短句一卷

（彊邨叢書本）

清沈與求撰。與求字必先，德清人。政和五年進士。高宗時，官至知樞密院事。卒，諡忠敏。事迹具《宋史》本傳。是編從明刊《龜溪集》中錄出者。〔浣溪沙〕二首，〔江城子〕二首，共四首，無可稱述。惟〔江城子〕二首，并和葉石林，可略供參考耳。（孫人和）

四七　陽春詞一卷

（彊邨叢書本）

宋米友仁撰。友仁字元暉，一字尹仁，小字虎兒。自稱懶拙老人，襄陽人，芾子，世號小米，仕致敷文閣直學士。是編據聚珍版《寶真齋法書贊》本以刊者，共十八首。鮑廷博跋，謂元暉以墨戲繼武南宮，詞翰惜不傳於世。此卷爲其自書小詞，南宋時藏金陀岳氏，録存《寶真齋法書贊》中云云。詞後有友仁識語，述年月事迹甚詳，皆可參證。其詞往往於平雅之中，忽見質直之語，似爲不倫不類。故就全詞觀之，殊無精湛之處也。（孫人和）

四八　鄱陽詞一卷

（彊邨叢書本）

宋洪皓撰。皓字光弼，鄱陽人。政和五年進士。建炎三年，以徽猷閣待制，假禮部尚書，爲大金通問使。既至金，金人迫使仕劉豫，皓不從，流遞冷山，復徙燕京，凡留十五年，方得歸。以忤秦檜，貶官，安置英州，徙袁州。卒，復官，謚忠宣。事迹具《宋史》本傳。是編據吳伯宛校補舊鈔《鄱陽集》本以刊者，共十七首。〔四笑江梅引〕序，與《容齋五筆》所載，可以參閱，讀之令人愴懷。原闕一首，吳輯補成完璧，厥功匪細，自稱創獲，非虛誇也。皓幽居冰天雪地中，秉志不回，忠義精英，千秋不泯。讀其詞，想見其人。中間雖有闕佚，亦何傷也。（孫人和）

四九　樂齋詞一卷

（宋元名家詞本）

宋向滈撰。滈字豐之，河内人。嘗從王庭珪游，早亡。《直齋書録解題》：《樂齋詞》一卷，向滈豐之撰。明清選本，少見滈詞，此乃江標轉鈔汲古閣未刻詞，而付刊者，共四十二闋。滈詞不事雕飾，俗不傷雅，兒女情痴，言之有味。惜淡而不腴，淺而不深，致不能成大家也。此本頗有挩誤，今以星鳳閣鈔本校之。如〔滿庭芳〕"金猊噴麝，庭戶轉香□"，闕文作"風"；〔阮郎歸〕"角聲□夢月橫窗"，闕文作"驚"；〔西江月〕第二首"井桐□□翻秋"，闕文作"策策"；〔如夢令〕第四首無題，鈔本有"書弋陽樓"四字；〔卜算子〕無題，鈔本有"寄內"二字，并可補正者也。校其異文，亦以鈔本爲勝。又此本前目〔西江月〕五首，文僅四首，而鈔本正是五首，此校刊者之不審也。今一一校補，而著於錄焉。（孫人和）

五〇　箕潁詞一卷

（校輯宋金元人詞本）

宋曹組撰。組字元寵，潁昌人。六舉不第，著《鐵硯編》自勵。宣和三年，成進士，召試中書，換武階兼閤門宣贊舍人，仍給事殿中，官止副使。是編從各本輯出三十五闋，附錄一闋。《碧雞漫志》云："元祐間，王齊叟彥齡，政和間，曹組元寵，皆能文，每出長短句，膾炙人口。彥齡以滑稽語噪河朔。組潦倒無成，作〔紅窗迥〕及雜曲數百解，聞者絕倒，滑稽無賴之魁也。組之子，知閤門事勛，字功顯，亦能文。嘗以家集刻板，欲蓋父之惡。近有旨下揚州，毀其板。"又云："今之士大夫，學曹組諸人鄙穢歌詞。"又云："今少年妄謂東坡移詩律作長短句，十有八九，不學柳耆卿，則學曹元寵，雖可笑，亦毋用笑也。"毀詆謷訾，可謂極盡能事矣。其〔紅窗迥〕《赴試步行戲作慰足》云："春闈期近也，望帝鄉迢迢，猶在天際。懊恨這一雙腳底。一日廝趕上五六十里。

爭氣。扶持我去，博得官歸，恁時賞你。穿對朝靴，安排你在轎兒裏。更選對官樣鞋兒，夜間伴你。"《夷堅志》載：紹興中，曹勛使金，好事者戲作小詞，其後闋云："單於若問君家世，說與教知。便是紅窗迥底兒。"蓋組得名在此詞，損名亦在此詞也。細閱輯本，組詞實有佳處，不盡如世所言也。〔如夢令〕云："人靜。人靜。風弄一枝花影。"〔點絳唇〕云："暮山無數。歸雁愁還去。"

〔青玉案〕云："落月蒼蒼關河曉。一聲鷄唱，馬嘶人起，又上長安道。"〔婆羅門引〕云："南樓何處，想人在、長笛一聲中。"并神思悠然，措語清妙，豈凡夫所能及耶？宋代文士，評論柳、曹二家之詞，往往以短掩其長，未可盡信也。（孫人和）

五一　相山居士詞一卷

（彊邨叢書本）

宋王之道撰。之道字彥猷，號相山居士，廬州人。宣和六年進士，官歷陽丞，南渡後，累官湖南轉運判官，以朝奉大夫致仕。後以其子藺官樞密使，追贈太師。宋有長沙百家詞本《相山詞》一卷，見《直齋書錄解題》。是編據梅禹金藏明鈔本以刊者，共一百八十三闋。之道喜和古今詞韵，如追和馮正中、蘇東坡、黄魯直、秦少游、鄭毅夫、晁次膺、謝幼槃諸家。和同時詞韵者尤夥，如朱希真、張安國、張文伯、王仲之、魯如晦、董令升等人。其實和韵之詞，偶一爲之，本無不可。若以此爲事，則有強文就韵之弊矣。然之道忤秦檜，非和議，崇尚氣節，人品至高。其和張安國〔六州歌頭〕，忠義之氣，流露行間，惟稍有闕文，爲可惜耳。（孫人和）

五二　松隱樂府三卷補一卷

（彊邨叢書本）

宋曹勛撰。勛字功顯，陽翟人。宣和五年進士。南渡後，官至昭信軍節度使。事迹具《宋史》本傳。是編從盧氏抱經樓藏明鈔《松隱文集》本中錄出者。《補遺》一卷，乃無著庵據善本書室藏鈔《松隱詞》補錄也。首爲〔法曲〕《道情》，始散序，終第五煞。法曲者，始於隋，唐有法曲部，宋因之。法曲亦是大曲，其所以名爲法曲者，以其音調近正，而又隸於法曲部，不隸於教坊也。白居易《霓裳羽衣歌》自注，言法曲次第甚詳。其實自天寶以後，法曲與胡部大曲，分別甚微，名存而實亡。此有攧遍，則與大曲混合，益顯明矣。集中又有〔長壽仙促拍〕，考《宋史·樂志》般涉調有〔長壽仙〕大曲，則此爲摘遍之體。王國維疑促拍即大曲中之催拍。按調中明言促拍者，勛詞是也。亦有不言而爲促拍者，〔三臺〕是也。〔長壽仙〕與〔三臺〕，誠皆大曲，然尋常之詞，有〔促拍滿路花〕，而〔滿路花〕非大曲也。《資暇錄》云："〔三臺〕今之啐酒三十拍促曲，啐，送酒聲也。"《珊瑚鈎詩話》云："樂部有促拍催酒，謂之〔三臺〕。"是促拍者，謂其拍破碎，《詞源》所謂"非慢二急三拍也"。勛嘗從徽宗北狩，又奉使至金迎宣仁太后。集中〔飲馬歌〕題云："此腔自虜中傳至邊，飲牛馬，即橫笛吹之，不鼓不拍，聲甚凄斷。聞兀术每遇對陣之際，吹此則鏖戰無還期也。"此皆集中可珍之材。勛爲曹組之子，組以艷麗戲謔之詞聞於世。紹興中，勛使金，好事者戲作小詞，其後闋云："單于若問君家世，說與教知。便是紅窗迥底兒。"蓋組有〔紅窗迥〕《赴試步行戲作慰足》一首也。勛詞雖少戲謔之言，而濃麗則相近也。（孫人和）

五三　浩歌集一卷

（校輯宋金元人詞本）

宋蔡枏撰。枏字堅老，號雲壑，南城人。《直齋書錄解題》：長沙百家詞本《浩歌集》一卷，蔡枏堅老撰。《宋志》同，今佚。此從各書輯得〔攤破訴衷情〕二首、〔鷓鴣天〕、〔鳳栖梧〕、〔滿庭芳〕各一首，共五首。詞無精詣，然如〔鷓鴣天〕云："不知橋下無情水，流到天涯是幾時。"亦可誦之語也。此本之前，附見張孝忠《野逸堂詞》〔鷓鴣天〕一首，僅見於《永樂大典》妝字韵所引，以詞太少，未可分編。且與《浩歌集》同列宋長沙本中，故附錄焉。張孝忠，字正臣，歷陽人也。（孫人和）

五四　冲虛詞一卷

（校輯宋金元人詞本）

宋女子孫道絢撰。道絢號冲虛。張世南《游宦紀聞》卷八曰：

"黄公銖字子厚，富沙浦城人。與朱文公爲交友，黄之母筆力甚高。世南嘗見黄親録詞稿，今載於此。云'先妣冲虚居士，少聰明，穎異絶人，於書史無所不讀，一過輒成誦。年三十，先君捐弃，即抱貞節以自終。平生作爲文章詩詞甚富。晚遭回禄，熸燼無餘。此詞數篇，皆膾炙在人者，因訪求得之。適予與景紹主簿兄有好，且屢見索，敬書以贈。紹興三年中春二十有四日黄銖識'云云。"是道絢全稿，久燼於火，其子所録，僅見六首，其餘散見群書者三首，共九首，此本所據也。惟各書所載鄭文妻孫氏之詞，屢與道絢所作相混。故此本録可疑者三首，附其後焉。其〔如夢令〕〔菩薩蠻〕諸首，文詞清秀，最似女子手筆。〔憶秦娥〕〔滴滴金〕二首，蓋老年所作。世南謂其"筆力甚高"，可於此徵之矣。雖不若《漱玉》《斷腸》之精妙，然在宋代閨秀詞中，自可備一家矣。（孫人和）

五五　飄然先生詞一卷

（彊邨叢書本）

宋歐陽澈撰。澈字德明，崇仁人。建炎初，徒步詣行在，伏闕上書，請誅黄潛善、汪伯彦，與陳東俱論死。後高宗悔之，追贈祕閣修撰。事迹具《宋史》本傳。是編從善本書室藏鈔《歐陽修撰集》本中録出者。〔蝶戀花〕〔小重山〕〔虞美人〕各一首，〔踏莎行〕〔玉樓春〕各二首，共七首。澈天性忠烈，而詞頗濃麗。然不足十首，亦難遽論定焉。（孫人和）

五六　灊山詩餘一卷

（彊邨叢書本）

宋朱翌撰。翌字新仲，舒州人，號灊山居士。政和間進士。南渡後，寓家桐廬，爲中書待制。忤時宰，謫曲江，晚召還，卜居鄞，自號省事老人。是編從邵二雲藏鈔《灊山集》本中録出者。〔桃源憶故人〕〔謁金門〕〔點絳脣〕〔朝中措〕〔生查子〕，共五首。朱希真最賞其〔點絳唇〕《看梅》詞，詞云：“流水泠泠，斷橋橫路梅枝亞。雪花飛下。渾似江南畫。　　白璧青錢，欲買春無價。歸來也。西風平野。一點香隨馬。”不爲雕琢，自然大雅。《耆舊續聞》謂翌十八歲爲此詞，未知可信否。諸書以爲孫和仲或朱希真所作，則展轉傳聞之誤也。又〔生查子〕《咏摺疊扇》，或以爲張安國撰。《耆舊續聞》云：“待制公〔生查子〕《咏摺疊扇》，嘗親見稿本於公家。今《于湖集》乃載此詞，蓋張安國嘗爲人題此詞於扇也。”按今毛本《于湖詞》不載，蓋已删去，實爲翌作，非孝祥作也。（孫人和）

五七　屏山詞一卷

（彊邨叢書本）

宋劉子翬撰。子翬字彦仲，崇安人。嘗通判興化軍，移疾歸里，築室屏山以終。是編從明刊《屏山集》中錄出者。〔驀山溪〕〔滿庭芳〕各一首，〔南歌子〕二首，共四首，無可稱述，蓋其無意於詞。然如〔南歌子〕《和章潮洲》云：“寵辱棋翻局，光陰鳥度枝。頹然徑醉是便宜。擬倩潭風吹綠、漲瑤巵。”可以想見其胸懷開曠矣。（孫人和）

五八　鄮峰真隱大曲二卷

（彊邨叢書本）

宋史浩撰。浩字直翁，鄞縣人。紹興十四年進士。孝宗爲建王，浩以司封郎中兼直講。即位後，遷翰林學士知制誥，累官右丞相，致仕。事迹具《宋史》本傳。是編據史氏裔孫傳録四庫《真隱漫録》，而朱孝臧以天一閣藏鈔進呈底本校録出者。卷一爲采蓮、采蓮舞、太清舞、柘枝舞；卷二爲花舞、劍舞、漁父舞。其中如采蓮、采蓮舞、柘枝舞，自爲大曲。劍舞，蓋即劍器舞，劍器亦大曲也。王國維《唐宋大曲考》云：“《鄮峰真隱漫録》之太清舞，用〔太清歌〕；花舞用〔蝶戀花〕；漁父舞用〔漁家傲〕。均叠數

曲而成，而無排遍、入破之名。此亦轉踏之類。史浩徑編於大曲
中，其實與大曲無涉。”按此說非是。宋代稱大曲者，有專名、通
名二類。專名者，合於純正大曲之遍數；通名者，集成非一遍也。
《碧雞漫志》云：“凡大曲有散序、靸、排遍、攧（省言延遍。）、正
攧、入破、虛催（省言一衮。）、實催、衮遍、歇拍、煞衮，始成一
曲。”與法曲相似，此專名也。《夢溪筆談》：“所謂大遍者，有序、
引、歌𩑔、㕓、哨、催、攧、衮、破、行、中腔、踏歌之類，凡數
十解。”此通名也。轉踏亦得稱爲大曲，國維所云，殆知其一而不
知其二也。惟采蓮延遍在攧遍前，《草堂詩餘》注：今樂府諸大
曲，凡數十解，於攧前則有排遍，攧後則有延遍，與此異。據三衮
之次推之，則先排遍，次攧，次延遍，次正攧，可斷言也。然浩既
未分攧與正攧，則延遍之後有攧遍，亦與《草堂》注不相忤。猶
之王灼省言延遍，又僅述二衮也。宋代作舞曲者，如歐、蘇之輩，
往往僅作句放樂語，而不製歌詞。鄭僅、董穎之流，則又止有歌
詞，而無樂語。此則有歌詞，有樂語，且各曲之下，有搬演之狀，
最爲詳盡者也。又〔采蓮令〕一調，乃大曲摘遍，僅見於柳三變
《樂章集》，故《詞律》、《詞譜》，并謂無別首可校。是編采蓮舞
中，正有此詞，其句格亦與柳合，又可補證譜律，訂正平仄矣。是
編原與浩撰小詞，分卷而合編。今以大曲所關匪細，別抄著錄。并
將朱孝臧《大曲校記》，亦移置本書之末焉。（孫人和）

五九　鄮峰真隱詞曲二卷

（彊邨叢書本）

　　宋史浩撰。是編爲其所製小詞，與其《真隱大曲》，同出《真
隱漫錄》。朱孝臧謂直翁本不爲倚聲專家，落腔失韵，增減文字，
往往而有。其實浩詞雖不成體格，然流麗可喜。浩別撰大曲，亦非
不知律者。孝臧以此編與大曲分卷而合編，但自今觀之，《真隱大
曲》，可供考證。若研究其小詞，則惟賴是編。故分析錄存，俾考
閱者兩得其便焉。（孫人和）

六〇　順庵樂府一卷

（校輯宋金元人詞本）

　　宋康與之撰。與之字伯可，號順庵，滑州人。《說郛》引與之《昨夢錄》注云：“與之字叔聞，號退軒。”疑別為一人。前目混之，恐非也。建炎初，上《中興十策》，未得用，以申王薦，適秦檜當國，乃附合求進，擢為臺郎，專以歌詞供奉。《直齋書錄解題》：長沙百家詞本《順庵樂府》五卷，康與之伯可撰。與之父倬惟章，詭誕不檢，事見《揮麈錄》。與之又甚焉，嘗挾吳下妓趙芷以遁，與蘇師德仁仲有隙，遂與蘇批訓直之獄。批，仁仲之子，而常同子正之婿也。與之受知於子正，一朝背之，士論不齒。周南仲嘗為作傳，道其實如此。所傳康伯可詞，鄙褻之甚，此集頗多佳語。陶定安世為之序，王性之、蘇養直皆稱之。而其人不自愛如此，不足道也。黃昇《中興以來絕妙詞選》云：“渡江初，康伯可有聲樂府，凡中興粉飾治具，及慈寧歸養兩宮歡集，必假伯可之歌咏，故應制之詞為多。書市刊本，皆假托其名。今得官本，及其婿趙善貢及其友陶安世所校定，篇篇精妙。汝陰王性之，一代名士，嘗稱伯可樂章，非近代所及。今有晏叔原，亦不得獨擅，蓋知言云。”是《順庵樂府》，南宋時非一本矣，今並亡佚。此為輯本，凡三十五首，附錄可疑者七首。《壽親養老新書》二云：“劉隨如詞，用那裏暨三字，蓋本於康伯可詞。”花庵《唐宋諸賢絕妙詞選》七，有蘇養直和康伯可〔鷓鴣天〕詞，今與之原作並未見，則所佚者多矣。隨如，劉鎮號；養直，蘇庠字也。與之諂事權要，交友不終，其人品之不高可知矣。然其詞氣機駘蕩，旋轉自如。上元應制，見賞於朝廷；荷花、杜鵑，寄托其心志。〔舞楊花〕可證新詞；〔卜算子〕有如樂府；〔風流子〕追迹東山，可謂形肖；〔臨江仙〕補苴後主，自逞聰明。所惜者，少骨力耳，似亦不得以人廢言。而況當時樂章，多出其手，可以覘詞學之遷變乎。（孫人和）

六一　盤洲樂章三卷

（彊邨叢書本）

宋洪适撰。适初名造，後更今名，字景伯，鄱陽人。皓之長子。紹興十二年，中博學鴻詞科，官至尚書左僕射，同中書門下平章事，諡文惠。事迹具《宋史》本傳。是編從洪氏晦木齋刊《盤洲集》本中録出者，詞多酬應之作，殊無精彩。惟首卷爲〔番禺調笑〕〔句降黃龍舞〕〔句南吕薄媚舞〕〔漁家傲引〕四篇。〔番禺調笑〕〔漁家傲引〕，蓋調笑轉踏之類。〔降黃龍〕〔薄媚〕，皆大曲也。不特大曲爲舞曲，即調笑轉踏亦舞曲也。〔番禺調笑〕，有勾、破子、遺。〔漁家傲引〕，有勾，有詞，有破子，有遺，已似大曲。而〔勾降黃龍舞〕及〔勾南吕薄媚舞〕，并有勾、答、遺，雖其曲詞不傳，然就勾隊辭觀之，匪獨歌咏故事，而且搬演之矣。此可推知宋代曲舞之演變也。（孫人和）

六二　南澗詩餘一卷

（彊邨叢書本）

宋韓元吉撰，元吉字無咎，潁川人。維之玄孫。以任子仕，歷龍圖閣學士、吏部尚書，嘗居廣信溪南，自號南澗居士。《直齋書録解題·歌詞類》：《焦尾集》一卷，韓元吉撰。長沙百家詞中之一也，其書已佚。是編據吳伯宛校補《南澗甲乙稿》本以刊者，共八十首，多與辛稼軒、陸放翁、范石湖諸人相唱和。其詞字句妥帖，氣清意遠。家國之感，時露毫端。最著之詞，爲〔好事近〕《汴京賜宴聞教坊樂有感》一首。《金史·交聘表》云："大定十三年三月癸巳朔，宋遣試禮部尚書韓元吉、利州觀察使鄭興裔等，賀萬春節。"按孝宗乾道九年，爲金世宗大定十三年，〔好事近〕當作於此時。詞云："凝碧舊池頭，一聽管弦淒切。多少梨園聲在，總不堪華髮。　　杏花無處避春愁，也傍野花發。惟有御溝聲斷，似知人嗚咽。"聲情淒切，最似鹿虔扆〔臨江仙〕也。（孫人和）

六三　浮山詩餘一卷

（彊邨叢書本）

宋仲并撰。并字彌性，江都人。紹興二年進士。晚丞光禄寺，得知蘄州。是編從大典《浮山集》本中録出者，共三十二首。詞雖無特異之處，然頗爲清勁，亦未可厚非也。《直齋書録解題》卷十八，論《浮山集》云“并嘗倅湖籍中有所盼，爲作生朝青詞，好事者傳誦之。遂漏露，坐謫官。其訓詞略曰：爾爲瀆侮之詞，曾弗知畏天，其知畏吾法乎”云云。今檢集中無此詞，惟有〔大聖樂令〕《贈小妓》一首，〔浪淘沙〕《贈妓》二首，〔驀山溪〕《有贈》一首，然與《直齋》所記，似不合也。（孫人和）

六四　澹齋詞一卷

（彊邨叢書本）

宋李流謙撰。流謙字無變，漢州德陽人。少以父良臣蔭補將仕郎，授成都府靈泉縣尉，調雅州教授。會虞允文宣撫全蜀，置之幕下。尋以薦除諸王宫大小學教授，力匄補外，改奉議郎通判潼州府事。是編從大典《澹庵集》本中録出者，共二十五首。詞多淺俗蕭弱，存以備一家耳。（孫人和）

六五　紫微詞一卷

（校輯宋金元人詞本）

宋吕本中撰。本中原名大中，字居仁，壽州人。宰相公著曾孫，右丞好問長子，以蔭補中書舍人，兼直學士院。秦檜風御史蕭振劾罷之，提舉太平觀，卒，諡文清，學者稱爲東萊先生。其詞集中不收，而《樂府雅詞》、《花庵詞選》、《花草粹編》諸書，頗有徵引。又《碧雞漫志》卷二論詞云：“陳去非、徐師川、蘇養直、吕居仁、韓子蒼、朱希真、陳子高、洪覺範，佳處各如其詩。”豈當時別有詞集單行歟？抑傳誦在人相爲轉引也。此即從各書輯出者，凡二十六闋。其詞章句妥帖，工穩清潤。〔清平樂〕《柳塘書事》云：“柳塘新漲。艇子操雙槳。閑倚曲樓成悵望。是處春愁一樣。　　傍人幾點飛花。夕陽又送栖鴉。試問畫樓西畔，暮雲恐近天涯。”〔滿江紅〕《幽居》云：“東里先生，家何在、山陰溪曲。對一川平野，數間茅屋。昨夜江頭新雨過，門前流水清如玉。抱小橋、回合柳參天，搖新綠。　　疏籬下，叢叢菊。虛檐外，蕭蕭竹。嘆古今得失，是非榮辱。須信人生歸去好，世間萬事何時足。問此春、春釀酒何如，今朝熟。”皆清以出塵，淡而不薄。本中直道忤時，而文辭雅潤，非剛柔之相異，實心行以相成也。（孫人和）

六六　漢濱詩餘一卷

（彊邨叢書本）

宋王之望撰。之望字瞻叔，穀城人，後寓台州。紹興進士。孝宗朝，累官參知政事，尋罷去，終知溫州。事迹具《宋史》本傳。是編從大典《漢濱集》本中錄出二十七首，又從《詞綜補遺》輯〔擣練子〕三首，共三十首。之望操守不堅，其詞亦軟媚也。（孫人和）

六七　介庵琴趣外篇六卷補一卷

（彊邨叢書本）

宋趙彥端撰。彥端字德莊，魏王廷美七世孫。乾道、淳熙間，以直寶文閣知建寧府，終左司郎官。是編乃朱孝臧據汪閬源藏舊鈔以刊者。《直齋書錄解題》僅著《介庵詞》一卷，今有毛刻本。與是編較之，毛本有而是編無者，三十二首，孝臧坿列補編。而是編增多四十首，其三十六首，見趙師俠《坦庵詞》。毛跋謂曾見《琴趣外篇》，章次顛倒，贋作頗多。孝臧疑其雜見《坦庵詞》中，故有此語。以為彥端宦游，多在湘中暨閩山贛水間。坦庵踪迹頗同。編者於二家詞，未能一一抉別，似未可遽以贋作擯之，故仍依鈔本之舊焉。又毛謂介庵席上贈人〔清平樂〕，昔人稱為集中之冠。《琴趣》逸去，以爲坊本亂真。而是編正有此詞，與毛見異。
孝臧因別撰《校記》，坿其末焉。其實"琴趣外篇"之名，明爲宋
代閩中書肆所刻，與著者詞集之詳略，不盡同也。〔清平樂〕《席
上贈人》一首，今在卷五中，詞云："桃根桃葉。一樹芳相接。春
到江南三二月。迷損東家蝴蝶。　　殷勤踏取青陽。風前花正低
昂。與我同心梔子，報君百結丁香。"遣詞達意，臻於妙境。又
〔謁金門〕"波底夕陽（此本作"斜陽"。）紅濕"，爲阜陵所賞。其詞中
佳處，多此類也。（孫人和）

六八　應齋詞一卷

（彊邨叢書本）

宋趙善括撰。善括號應齋，隆興人。太宗第四子商王元份六
代孫。據前目所考，以宗室登進士第，官終岳州漕帥佐。是編乃從
大典《應齋集》中録出者，共四十八首。詞多駿爽，和辛幼安
〔摸魚兒〕云："新燕舞。猶記得、雕梁舊日空巢土。天涯勞苦。
望故國江山，東風吹泪，渺渺在何處。"聲情哀激，亦似辛稼軒
也。（孫人和）

六九　澹軒詩餘一卷

（彊邨叢書本）

宋李呂撰。呂字濱老，一字東老，邵武軍光澤人。周必大嘗撰
呂墓志，稱其端莊自重，記誦過人。年四十，即弃科舉，至七十七
而卒。是編從《永樂大典》《澹軒集》本中録出者，共二十四首。
其詞喜用成句，如〔臨江仙〕《洞庭懷古》云："湖水連天天連水，
秋來分外澄清。君山自是小蓬瀛。氣蒸雲夢澤，波撼岳陽城。
帝子有靈能鼓瑟，凄然依舊傷情。微聞蘭芷動芳馨。曲終人不見，
江上數峰青。"并用唐詩。又集中〔調笑令〕《笑》、《飲》、《坐》、
《博》、《歌》五首，可以推考宋人調笑轉踏之例也。（孫人和）

七〇　誠齋樂府一卷

（彊邨叢書本）

宋楊萬里撰。萬里字廷秀，廬陵人，紹興二十四年進士。光宗朝，歷秘書監，出爲江東轉運副使，再召皆辭。寧宗朝，以寶謨閣學士致仕，卒，諡文節。是編從日本舊鈔《誠齋集》本中錄出者，雖僅八首，頗有可言。第一首爲〔歸去來兮引〕，并不別著曲牌，前後凡四調，每調三疊，共十二疊，通用一韵。王國維《戲曲考原》云：“其體於大曲爲近，雖前此如東坡〔哨遍〕隱括《歸去來辭》者，亦用代言體。然以數曲代一人之言，實自此始。要之，曾布、董穎大曲，開董解元之先。此曲則爲元人套數、雜劇之祖。”其關繫之巨可知矣。就其所作論之，〔好事近〕《七月十三日夜登萬花川谷望月作》云：“月未到誠齋，先到萬花川谷。不是誠齋無月，隔一林修竹。　　如今纔是十三夜，月色已如玉。未是秋光奇絕，看十五十六。”真奇人奇語也。（孫人和）

七一　竹齋詞一卷

（彊邨叢書本）

宋沈瀛撰。瀛字子壽，吳興人。葉適序其文集，謂“吳興沈子壽，少入太學，名聞四方，仕四十餘年，絀於王官，再入郡三佐帥幕，公私憔悴，而子壽老矣。其平生業嗜文字，若性命在身，甲乙自著，累千百首”云云。《直齋書錄解題》：《竹齋詞》一卷。是編據知聖道齋藏明鈔本以刊者，共八十六首。淺薄平濫，而喜論致知格物之理，尤非詞體所當言者。其〔搗練子〕《存神詞》、〔減字木蘭花〕中多修身養性之語，讀之令人悶損也。（孫人和）

七二　雪山詞一卷

（彊邨叢書本）

宋王質撰。質字景文，興國人。紹興三十年進士，官至樞密院編修，出通判荊南府，改吉州。是編乃從聚珍版《雪山集》本中錄出者，共七十五首。內有二首，闕失調名。其詞平庸，然集中有〔無月不登樓〕及〔別素質〕二首，此兩詞調，爲各家譜律所未載。又〔八聲甘州〕《懷張安國》，詞末自注云：「安國死後，在淮南屢降，憑箕作詩詞偈頌及結字，比生前愈奇偉，淮寧宰陸同，得遺墨尤多。」前者可以補詞譜，後者可以廣佚聞也。（孫人和）

七三　頤堂詞一卷

（彊邨叢書本）

宋王灼撰。灼字晦叔，號頤堂，遂寧人。紹興中，嘗爲幕官。是編據宋乾道刊本以重刊者，共二十一首。灼嘗撰《碧雞漫志》，詳論樂律派別。後之考唐宋詞者，多資取於是書，其功匪淺鮮也。所作平穩妥帖，工力亦深。然論詞重學識，作詞重天資。若以《碧雞漫志》一書，而欲責其作詞如何之工，則又一隅之見矣。（孫人和）

七四　雲莊詞一卷

（彊邨叢書本）

宋曾協撰。協字同季，南豐人。肇之孫，繡之子也。據前目所考，紹興中，進士不第，以世賞得官。初爲長興丞，遷嵊縣丞，繼爲鎮江通判，遷臨安通判。乾道九年，權知永州事，以卒。是編從大典《雲莊集》本中錄出者，共十四首。詞多淺薄不足稱，存以備一家耳。（孫人和）

七五　方舟詞一卷

（彊邨叢書本）

宋李石撰。石字知幾，號方舟，資陽人。乾道中進士。以薦任太學博士，出爲成都倅，仕至都官員外郎。是編從大典《方舟集》中錄出者，共三十四首，內多令曲。措詞婉妙，濃淡適宜。其

〔臨江仙〕云："烟柳疏疏人悄悄，畫樓風外吹笙。倚闌聞喚小紅聲。熏香臨欲睡，玉漏已三更。　　坐待不來來又去，一方明月中庭。粉牆東畔小橋橫。起來花影下，扇子撲流鶯。"內則情懷抑鬱，寄托遥深，外則娉娉裊裊，如攬嬙、施之袂。南宋小令中，最可愛之作也。（孫人和）

七六　江湖長翁詞一卷

（校輯宋金元人詞本）

宋陳造撰。造字唐卿，高郵人。淳熙二年進士，官至淮南西路安撫司參議。其《江湖長翁集》，久無刻本。明崇禎間，李之藻以淮南自秦觀而後，惟造有名於時，始與觀集同刻之於高郵。然所刻不全，詩詞亦未收。而《永樂大典》引造詞，僅〔菩薩蠻〕、〔洞仙歌〕、〔水調歌頭〕三闋。輯取成卷，以備一家，即此本也。秦觀文詩詞三者，詞爲最工，易三變之俗濫，開清真之宛雅，詞風大轉，厥功匪細。造詞非所措意，應時而已，文章亦不高於觀也。（孫人和）

七七　松坡詞一卷

（彊邨叢書本）

宋京鏜撰。鏜字仲遠，豫章人。紹興進士，使金還，擢工部侍郎，出帥蜀。慶元中，拜左丞相，卒，謚莊定。《直齋書錄解題》：《松坡詞》一卷，京鏜仲遠撰。事迹具《宋史》本傳。是編乃朱孝臧據彭氏知聖道齋藏明鈔本以刊者，尚未印行，又見吳騫手鈔本，亟校改若干字，別撰《校記》，附於其後。吳本缺〔水調歌頭〕（四載分蜀闕）一闋，〔滿江紅〕（道骨仙風）一闋，而〔水調歌頭〕《次永康白使君韵》詞後，又有《奉陪永康白使君游春城再次韵》一詞，是編無之，孝臧已錄全詞於跋中。鏜所作多節序及和韵之詞，無精彩也。（孫人和）

七八　客亭樂府一卷

（彊邨叢書本）

宋楊冠卿撰。冠卿字夢錫，江陵人。據前目所考，冠卿當生於紹興八年，舉進士，知廣州，罷後，僑居臨安。是編從《永樂大典》《客亭類稿》本中錄出者，共三十六首。渾圓溜亮，篇篇可讀。〔水調歌頭〕《哭悼張安國、李謫仙》云：“曳杖羅浮去，遼鶴正南翔。青鸞爲報消息，岩壑久相望。無奈漁溪欸乃，喚起蘋洲昨夢，風雨趁歸航。萬里家何許，天闊水雲長。　　歷五湖，轉湘楚，下三江。興亡千古餘恨，收拾付詩囊。重到然犀磯渚，不見騎鯨仙子，客意轉凄凉。舉酒酹江月，襟袖泪淋浪。”駿邁高爽之製也。（孫人和）

七九　方是閑居士詞一卷

（彊邨叢書本）

宋劉學箕撰。學箕字習之，崇安人。閑居不仕，自號種春子，有堂曰“方是閑”，故又號方是閑居士。是編從善本書室藏鈔《方是閑居士小稿》本中錄出者，共三十八首。氣勢雄渾，頗似辛、劉，其〔賀新郎〕《和稼軒》序云：“聞北虜衰亂，諸公未有勸上修飭内治，以待外攘者。書生感憤不能已，用辛稼軒〔金縷詞〕韻述懷。”詞云：“國耻家讎何年報，痛傷神、遥望關河月。悲憤積，付湘瑟。　　人生未可隨時别。守忠誠、不替天意，自能符合。誤國諸人今何在，回首怨深次骨。嘆南北、久成離絶。中夜聞鷄狂起舞，袖青蛇、戛擊光磨鐵。三太息，眥空裂。”前目以爲忠孝之氣，奕奕紙上，雖置之稼軒集中，殆不能辨，洵非虛譽。其〔唐多令〕《登多景樓》一首，蓋亦仿效劉龍洲《安遠樓》作也。（孫人和）

八〇　招山樂章一卷

（校輯宋金元人詞本）

宋劉仙倫撰。仙倫字叔擬，號招山，廬陵人。花庵《中興以來絕妙詞選》云：“劉叔擬，有詩集行於世，樂章尤爲人所膾炙。吉州刊本多遺落，今以家藏善本選集。”《詩人玉屑》二十一亦云“招山之詞，佳者絕多。近世廬陵刊本，余所有者，皆不載，莫如何也”云云。可知南宋所刊，不止一本，且互有增損，今并亡佚。惟花庵選十七首，《絕妙好詞》選三首，《翰墨大全》引七首，共二十七首，輯本所據。又有可疑之〔折丹桂〕一首，附錄於後。仙倫之詞，氣骨不高，文雜鄙語。〔繫裙腰〕云：“山兒矗矗水兒清。船兒似葉兒輕。風兒更沒人情。月兒明。廝合造、送人行。

眼兒蔌蔌淚兒傾。燈兒更冷青青。遭逢著雁兒，又沒前程。一聲聲。怎生得、夢兒成。”〔菩薩蠻〕云：“猶自軟心腸，爲他燒夜香。”“祇有牡丹時，知他歸不歸。”〔訴衷情〕云：“客懷今夜，家在江西，身在江東。”〔江神子〕云：“不怕主人，教你十分斟。祇怕酒闌歌罷後，人不見，暮山青。”〔木蘭花慢〕云：“看來畢竟此花强。祇是欠些香。”凡斯之類，皆花庵所謂“詞猥薄而意優柔”者也。其所以膾炙人口者，亦以此故。蓋詞薄而意柔，則易入心，最宜十七八女郎按紅牙板歌唱。自屯田以來，往往以此蜚聲，匪特仙倫一人已也。（孫人和）

八一　静寄居士樂章一卷

（校輯宋金元人詞本）

宋謝懋撰。懋字勉仲，號静寄居士，其里居事迹并未詳。花庵《中興以來絕妙詞選》云：“謝勉仲有樂章二卷，吳坦伯明爲序，稱其片言隻字，戞玉鏗金，醖藉風流，爲世所貴。”然《直齋書錄解題》、《文獻通考》、《宋史·藝文志》并未著錄，蓋散佚久矣。《千頃堂書目》復載《静寄居士樂章》二卷，疑據花庵所云以補

《宋志》，非真見其書也。此從各本輯得十四首，〔浪淘沙〕云：“黃道雨初乾。霽靄空蟠。東風楊柳碧氋氃。燕子不歸花有恨，小院春寒。　倦客亦何堪。塵滿征衫。明朝野水幾重山。歸夢已隨芳草綠，先到江南。”又〔鵲橋仙〕《七夕》云：“鈎簾借月，染雲爲幌。”〔杏花天〕云：“餘醒未解扶頭懶，屏裏瀟湘夢遠。”〔風入松〕云：“換得河陽衰鬢，一簾烟雨梅黃。”皆雅有遠神，辭無虛假。吳坦所謂，非浮夸也。（孫人和）

八二　鶴林詞一卷

（校輯宋金元人詞本）

宋劉光祖撰。光祖字德修，號後溪，簡池人。登進士第。慶元初，官侍御史，改司農少卿，遷起居郎，終顯謨閣直學士，提舉嵩山崇福宮，卒。《直齋書録解題》：長沙百家詞本《鶴林詞》一卷，簡池劉光祖德脩撰。紹熙名臣，爲御史、起居郎，晚以雜學士終。蜀之耆德，有文集，未見。花庵《中興以來絕妙詞選》云：“劉德脩，蜀之名士，有《鶴林文集》，小詞附焉。”是當時《鶴林詞》有二本：一爲文集附刊本，一爲長沙坊本。今二本俱佚。此從《花庵》輯出十首，《翰墨大全》輯出一首，共十一首，合爲一卷。魏了翁《鶴山集》：劉左史光祖之生，正月十日，李夫人之生，以十九日，賦〔浪淘沙〕寄之。是與鶴山相往還也。詞僅十一首，殊難評定。草窗《絕妙好詞》録其〔洞仙歌〕《敗荷》一首，確爲宛雅飄曳之作。又〔踏莎行〕云：“埽徑花零，閉門春晚。恨長無奈春風短。起來消息探酴醾，雪條玉蕤都開遍。　晚月魂清，夕陽香遠。故山別後誰拘管。多情於此更情多，一枝臭罷還重撚。”不獨詞氣跌宕，亦姿態橫生矣。（孫人和）

八三　芸庵詩餘一卷

（彊邨叢書本）

宋李洪撰。洪號耘叟。據前目所考，洪爲李正民之子，本揚州人。南渡後，僑寓海鹽。又嘗移居湖州，官止知藤州。是編從大典《芸庵集》本中録出，題昭武人，未聞其審。其詞爲〔木蘭花慢〕〔滿庭芳〕〔滿江紅〕〔南鄉子〕〔鷓鴣天〕〔西江月〕〔菩薩蠻〕各一首，〔浣溪沙〕三首，共十首。平庸淺薄，存以備考而已。（孫人和）

八四　丘文定公詞一卷

（彊邨叢書本）

宋丘崈撰。崈字宗卿，江陰軍人。孝宗隆興進士，除國子博士。光宗時，除四川安撫制置使，兼知成都府。歷知慶元府，拜同知樞密院事，卒，諡忠定。事迹具《宋史》本傳。是編乃朱孝臧據朱氏結一廬藏鈔本，共八十首，而題曰《丘文定公詞》，王氏四印齋據元鈔本同。按本傳明云諡忠定，而《直齋書録解題》卷十八《丘文定公集》，亦作文定。今仍從之，以俟續考。崈機神穎悟，慷慨忠烈，而其詞不似辛、劉。然如〔水調歌頭〕《登賞心亭懷古》、《秋日登浮遠堂作》諸首，以蒼莽之調，寄回蕩之音，亦南宋初年可讀之詞。四印齋刊本，末兩首〔如夢令〕已闕，然頗有異文，可參校也。（孫人和）

八五　可軒曲林一卷

（校輯宋金元人詞本）

宋黃人杰撰。人杰字叔萬，盱江人。事迹未詳。是編從《永樂大典》及《翰墨大全》所輯者，凡七首。《永樂大典》所引者，皆從《可軒集》出也。然《直齋書録解題》所載長沙坊本，有《可軒曲林》一卷，盱江黃人杰叔萬撰，則宋有單行之本也。内多腐雜之作，惟〔滿江紅〕云："小隊旌旗，又催送、元戎領客。政十頃、荷香微度，草烟橫碧。楊柳參差新合翠，水天上下俱齊色。傍野橋、容與繞重湖，嚴城側。　　花作陣，舟爲宅。敲羯鼓，鳴羌笛。漸夜涼風進，酒杯無力。遥想漢中雞肋地，未應萬里回金

勒。看便隨、飛詔下南州，朝京國。"尚覺精整雅正，餘并不足觀也。（孫人和）

八六　定齋詩餘一卷

（彊邨叢書本）

宋蔡戡撰。戡字定夫，其先興化軍仙游人，襄四世孫，祖紳。紹興中，官左中大夫，始寓常州武進。戡幼承門蔭，補溧陽尉。後中孝宗乾道二年進士甲科，官至寶謨閣直學士。是編從大典《定齋集》中録出者。僅〔點絳脣〕《百索》、〔水調歌頭〕《南徐秋宴諸將代老人作》二首。録存以備南宋一家焉。（孫人和）

八七　蓮社詞一卷

（彊邨叢書本）

宋張掄撰。掄字才甫，號蓮社居士，履貫未詳。《直齋書録解題》：《蓮社詞》一卷，張掄才甫撰。是編據善本書室藏鈔本以刊者，補遺〔春光好〕〔壺中天慢〕二首，乃分從《陽春白雪》及《武林舊事》輯出也。中多《道情鼓子詞》，應詔所撰。《武林舊事》卷七，乾道三年三月初十日，駕幸聚景園，知閣張掄進〔柳梢青〕。淳熙六年三月十五日，幸聚景園，掄進〔壺中天慢〕。九月十六日，幸絳華堂，掄進〔臨江仙〕。十一年六月初一日，車駕過宮，太上邀宮裏便背兒至冷泉堂，同至飛來峰，後苑小廝見三十人打息氣唱道情，太上云："此是張掄所撰鼓子詞。"皆其證也。勞畢卿跋，以鼓子詞不當在《蓮社詞》中，且疑卷首九闋及《陽春白雪》一闋爲《蓮社詞》之作。此説大誤。宋人應詔所撰小詞，多入詞集，不知勞氏何所據而云然也。上九闋中第一首〔柳梢青〕、第四首〔臨江仙〕，皆爲應詔所撰，明見《武林舊事》，又何所據而云非鼓子詞也。未能詳考，故所論皆非。掄雖以詞章邀寵，然如〔燭影搖紅〕云："今宵誰念泣孤臣，回首長安遠。"忠義之情見乎辭矣。（孫人和）

八八　葵牕詞稿一卷

（校輯宋金元人詞本）

宋周端臣撰。端臣字彥良，號葵牕。《武林舊事》云：“御前應制。”是編輯録其詞，僅五闋，應制詞不見。袁易《静春詞》〔木蘭花慢〕序云“九月一日，與彥良及南山上人游張氏廢園，見海棠數枝，彥良屬予賦詞”云云。彥良蓋即端臣也。以此觀之，端臣之詞，散佚多矣。袁易與張炎交最篤，亦與端臣相往還，故端臣明於聲律之學。其〔清夜游〕〔春歸怨〕，并注越調，蓋皆其自度腔，流傳甚少，爲可惜也。〔木蘭花慢〕《送人之官九華》云：“靄芳陰未解，乍天氣、過元宵。訝客袖猶寒，吟窗易曉，春色無聊。梅梢。尚留顧藉，滯東風、未肯雪輕飄。知道詩翁欲去，遞香要送蘭橈。　　清標。會上叢霄。千里阻、九華遥。料今朝別後，他時有夢，應夢今朝。河橋。柳愁未醒，贈行人、又恐越魂銷。留取歸來繫馬，翠長千縷柔條。”立意新穎，善於擒縱，匪特規律謹嚴，其詞亦異尋常也。（孫人和）

八九　古洲詞一卷

（校輯宋金元人詞本）

宋馬子嚴撰。子嚴字莊父，號古洲居士，建安人。花庵《中興以來絶妙詞選》誤以莊父爲名，子嚴爲字。而《歷代詩餘·詞人姓氏》從之，非也。《宋史·藝文志》著其《岳陽志》二卷，而詞集未傳。此本輯得二十七首，咏物爲多，頗有寄托。詞末喜用重筆，如〔賀聖朝〕末云：“花前一笑不須慳，待花飛休怨。”〔鷓鴣天〕末云：“兒家閉戶藏春色，戲蝶游蜂不敢狂。”〔水龍吟〕《海棠》末云：“問因何，却欠一些香味，惹旁人恨。”此皆煞尾用粗俗之筆也。考北宋之詞，最重收煞。如屯田〔雨霖鈴〕詞末云：“此去經年，應是良辰好景虚設。便縱有千種風流，更與何人説。”清真〔尉遲杯〕末云：“有何人、念我無憀，夢魂凝想鴛侣。”凡此之類，不知者以爲粗拙。而不知其詞前幽雅綢繆，非用笨重之筆，不足以束之。此正北宋詞人之大處。南宋但以雅字爲標榜，明於此者蓋寡矣。子嚴時有此境，稍嫌輕而易露，後不稱前也。（孫人和）

九〇　橘山樂府一卷

（校輯宋金元人詞本）

宋李廷忠撰。廷忠字居厚，號橘山，於潛人。淳熙八年進士，歷無爲教官、旌德知縣，終夔州通判。花庵《中興以來絕妙詞選》云：“李居厚長於四六，有樂府一卷，然多是獻壽之詞。”所謂樂府一卷，是否單行，言未明確，今佚。此從各本輯得十一首：壽詞六首，咏物二首，次和三首，多爲酬應之作，與花庵所言正合。前目謂橘山四六中，有代人所作，特原本未及注明，遂不可辨。其說近是。代撰壽詞，自亦不免。然如〔水龍吟〕一首，似爲旌德知縣時所作；〔滿江紅〕一首，似爲夔州通判時所作。此可推知者也。詞多道諛，不足稱述。爲文獻壽，尚且不可，而況於詞乎？以其長於四六，有聲當時，存其詞以備一家。（孫人和）

九一　省齋詩餘一卷

（彊邨叢書本）

宋廖行之撰。行之字天民，其先延平人，五季時，徙於衡州。登淳熙十一年進士。嘗官岳州巴陵尉，以親老乞歸，嗣授寧鄉主簿，未赴。是編據姚氏邃雅堂藏鈔本以刊者，共四十一首。詞雖淺而雅潔，惜壽詞太多耳。“後”與“老”叶，“少”與“首”叶，皆可證宋詞用韻甚寬也。（孫人和）

九二　南湖詩餘一卷附張樞詞一卷

（彊邨叢書本）

宋張鎡撰。鎡字功甫，號約齋，西秦人，居臨安，循王諸孫。

官奉議郎直秘閣。鎡有《玉照堂詞》，朱彝尊稱之，今無傳本。此據知不足齋所刻《南湖集》，共七十八首。其中〔蘭陵王〕一闋，從《詞綜》補録，可知《玉照堂詞》，必與此本有異同也。鎡詞，字句精整，而用筆流暢，在南宋詞中，雖未臻博大，而工麗可稱也。樞字斗南，又字雲窗，號寄閑翁，鎡諸孫，炎之父。仁和許增輯其詞於《山中白雲》卷首。朱孝臧從吴伯宛説，附於此集。詞僅九首，亦精艷雅飭，數世詞學，源流可見。孝臧又得沈頎校《二張詞》，撰爲校記，附其後焉。（孫人和）

九三　隨如百咏一卷

（校輯宋金元人詞本）

宋劉鎮撰。鎮字叔安，號隨如，南海人。嘉泰二年進士。花庵《中興以來絶妙詞選》云："劉叔安兄弟，皆以文名，有《隨如百咏》刊於三山。"今佚。此從各本輯得二十六首，劉潛夫論其詞云："麗不致褻，新不犯陳，周、柳、辛、陸之能，庶乎兼之。"其所褒美，似嫌逾量。然其詞翻陳出新，戛戛獨造，如〔浣溪沙〕之"夜寒歸路噤魚龍"；〔柳梢青〕之"梳雲約翠"、"妒雨嗔雲"；〔玉樓春〕之"疏風淡月有來時，流水行雲無覓處"、"白頭空負雪邊春，著意問春春不語"；〔踏莎行〕之"春風吹聚眉尖緑"；〔臨江仙〕之"心期花底誤，眉恨柳邊添"；〔行香子〕之"蝶弄鶯嘲"；〔江神子〕之"回首湖山情味淡"、"柳外歸鴉，點點是離愁"；〔水龍吟〕之"想畫欄、倚遍東風，閑負却桃花咒"、"暖香吹月，一簾花碎"，造句用事，别具心裁。"謝朝華於已披，啓夕秀於未振"，此之謂矣。（孫人和）

九四　順受老人詞一卷

（校輯宋金元人詞本）

宋吴禮之撰。禮之字子和，號順受老人，錢塘人。花庵《中興以來絶妙詞選》云："吴子和有詞五卷，鄭國輔序之。"今佚。

此從《花庵》抄出十六首，《全芳備祖》輯得一首，共十七首。《全芳備祖》後集卷二"菰門"引昭順老人〔浣溪沙〕詞二首，是否爲順受老人之詞，殊難確定，因附錄其後焉。禮之詞格不高，語多平率，偶有疏曠之致，亦非詞中之本色。其〔瑞鶴仙〕云："風傳秋信至。顫葉葉庭梧，飄零階砌。年華迅流水。況榮枯翻手，存亡彈指。誰編故紙。論古往、英雄鬥智。在當時、喚做功名，到此盡成閑氣。　　何謂。生爲行客，死乃歸人，世同驛邸。十步九計。空撈攘，謾兒戲。忍都將、有限光陰縈絆，趁逐無窮天地。我直須、跳出樊籠，做個俏底。"花庵評曰："辭鄙意高。"辭誠鄙矣，而意亦常人所具有，未得謂爲高也。（孫人和）

九五　拙軒詞一卷

（校輯宋金元人詞本）

宋張侃撰。侃字直夫，揚州人。監奔牛鎮酒税，遷上虞丞。是編從《永樂大典》輯出，〔秦樓月〕一首，〔感皇恩〕二首，〔月上海棠〕一首，共四首。《大典·拙軒集》無之，蓋當時館臣未細輯也。〔感皇恩〕云："佳處記曾游，十年重到。罨畫湖山最春早。紅梅幾樹，一夜東風開了。矮松脩竹外，依然好。　　玉色醺酣，香團嬌小。消得金尊共傾倒。滿懷風味，前度何郎今老。徘徊疏影裏，花應笑。"用筆雖未精悍，而宛轉雅好，態度安閑，自成風格，惜其傳詞甚少也。（孫人和）

九六　花翁詞一卷

（校輯宋金元人詞本）

宋孫惟信撰。惟信字季蕃，號花翁，開封人。嘗有官弃去不仕。《直齋書錄解題》："《花翁詞》一卷，孫惟信季蕃撰。"今佚，是編輯得十一首。沈伯時云："孫花翁有好詞，亦善運意，但雅正中時有一二市井語。"劉克莊云："季蕃倚聲度曲，公瑾之妙。"今以所存論之，沈評最爲精當。〔夜合花〕云："風葉敲窗，露蛩吟毵，謝孃庭院秋宵。鳳屏半掩，釵花映燭紅搖。潤玉暖，膩雲嬌。染芳情、香透鮫綃。斷魂留夢，烟迷楚驛，月冷藍橋。　誰念賣藥文簫。望仙城路杳，鶯燕迢迢。羅衫暗摺，蘭痕粉迹都銷。流水遠，亂花飄。苦相思、寬盡春腰。幾時重恁，玉驄過處，小袖輕招。”伯時所謂雅正者也。〔清平樂〕云：“分付許多風致，送人行下樓兒。”　〔水龍吟〕云：“禱告些兒，也都不是，求名求利。”〔晝錦堂〕云：“銀屏下，爭信有人，真個病也天天。”皆伯時所謂市井語也。惟信之詞，駁雜不純，此可明徵者已。（孫人和）

九七　松窗詞一卷

（校輯宋金元人詞本）

宋鄭域撰。域字中卿，號松窗，三山人。慶元二年，隨張貴謨使金，有《燕谷剽聞》二卷，記虜中事甚詳。詞僅存十一首，散見群書，此本合輯爲一卷。十一首中，〔念奴嬌〕五首，迹似辛、劉，令曲則清艷有致。〔昭君怨〕《梅花》云：“道是花來春未。道是雪來香異。竹外一枝斜。野人家。　冷落竹籬茅舍。富貴玉堂瓊榭。兩地不同栽。一般開。”淡淡之中有深意焉。〔晝堂春〕云：“東風吹雨破花慳。客氈曉夢生寒。有人斜倚小屏山。蹙損眉彎。

合是一釵雙燕，却成兩鏡孤鸞。暮雲修竹泪留殘。翠袖凝斑。”雅麗而有姿態，其工力皆不易及也。（孫人和）

九八　箕窗詞一卷

（彊邨叢書本）

宋陳耆卿撰。耆卿字壽老，號篔窗，台州臨海人。登寧宗嘉定七年進士。官至國子司業。是編從《永樂大典》《篔窗集》本錄出者，〔柳初新〕一首，〔鷓鴣天〕二首，共三首。前目謂《篔窗集》四篇，疑有誤也。（孫人和）

九九 蕭閑詞一卷

（校輯宋金元人詞本）

宋韓㴲撰。㴲字子耕，號蕭閑，餘未詳。《直齋書録解題》："《蕭閑詞》一卷，韓㴲子耕撰。"今佚，是編輯得〔長相思〕三首，〔浪淘沙〕二首，〔高陽臺〕一首，共六首。㴲詞所存雖少，而雅潔秀麗，娉婷裊娜。〔浪淘沙〕《豐樂樓》云："裙色草初青。鴨綠波輕。試花霏雨濕春晴。三十六梯人不到，獨喚銀箏。　　艇子憶逢迎。依舊多情。朱門衹合鎖娉婷。却逐彩鸞歸去路，香陌春城。"造語警飭，運筆空靈。集中諸首，并可誦也。（孫人和）

一〇〇 臞軒詩餘一卷

（彊邨叢書本）

宋王邁撰。邁字實之，興化軍仙游人。寧宗嘉定十年進士。調南外睦宗院教授，召試學士院，改通判漳州。淳祐中，知邵武軍，予祠，卒贈司農少卿。事迹具《宋史》本傳。是編從《永樂大典》《臞軒集》本中録出者，〔水調歌頭〕、〔沁園春〕各一首，〔賀新郎〕三首，共五首。朱孝臧復輯五首爲補遺，但輯自何書未著也。細考之，〔賀新郎〕、〔摸魚兒〕、〔沁園春〕、〔念奴嬌〕四首出《花庵詞選》，〔南歌子〕一首出《翰墨大全》。然《大全》所載，尚有邁之〔滿江紅〕二首，〔念奴嬌〕一首，〔水龍吟〕一首，〔瑞鶴仙〕一首，〔沁園春〕一首，〔賀新郎〕一首，共七首，此本失收，今一一補録焉。（孫人和）

一〇一 玉蟾先生詩餘一卷續一卷

（彊邨叢書本）

宋葛長庚撰。長庚字如晦，閩清人。入道武夷山，初至雷州，繼爲白氏子，名玉蟾。嘉定中，詔徵赴闕，館太乙宮，封紫清真人。是編從唐元素校舊鈔《玉蟾集》本中録出者，百二十四首，

《續》十一首，共百三十五首。內多餐霞鉛汞之語，非所以言長短句也。而撰作甚夥，徒爲費辭。《能改齋漫録》：白玉蟾居武夷山中，嘉定間，詔徵赴闕，嘗過武昌賦〔酹江月〕《懷古》詞。《詞品》謂其詞雄壯，有意效坡仙。雖爲過譽，然在全書之中，此類之詞，較爲可取者也。（孫人和）

一〇二　東澤綺語債一卷清江漁譜一卷

（彊邨叢書本）

宋張輯撰。輯字宗瑞，號東澤，鄱陽人。《東澤綺語債》據善本書室藏明鈔本，二十三首。《清江漁譜》乃吳昌綬、朱孝臧從《永樂大典》及《陽春白雪》輯得十三首。其間〔東仙〕與〔沁園春〕相同，惟題序有詳略，共爲三十五首。輯受詩法於白石道人，其詞清舊閑雅，亦淵源白石者。陸輔之《詞旨》，録其警句：“悠悠歲月天涯醉。一分秋、一分憔悴。”“落葉西風，吹老幾番塵世。”“露侵宿雨，疏簾淡月，照人無寐。”（〔疏簾淡月〕）“算袛藕花知我意，猶把紅芳留客。”（〔念奴嬌〕）姜白石警句：“波心蕩，冷月無聲。”（〔揚州慢〕）“千樹壓、西湖寒碧。”（〔暗香〕）“昭君不慣胡沙遠，但暗憶江南江北。”（〔疏影〕）“牆頭換酒，誰問訊、城南詩客。岑寂。高樹晚蟬，説西風消息。”“問甚時同賦，三十六陂秋色。”（〔惜紅衣〕）“冷香飛上詩句。”（〔念奴嬌〕）句法雖異，而氣味則同。統觀全詞，白石清空縹紗之中，時有精拔之處。輯清雅有餘，渾厚不足。如〔疏簾淡月〕之“落葉西風，吹老幾番塵世”，與〔垂楊碧〕之“千里江南真咫尺，醉中歸夢直”，最得白石之神，惜其不多見耳。惟輯詞多倚舊腔，而以其篇末之語，別立新名，則未免好奇之過。《清江漁譜》，廣爲壽詞，與《綺語債》亦無大區別也。（孫人和）

一〇三　澗泉詩餘一卷

（彊邨叢書本）

宋韓淲撰。淲字仲止，號澗泉，世居開封。南渡後，其父流寓信州，因隸籍於上饒，以世亂閑居，清苦自守。是編乃朱孝臧據善本書室藏鈔本以刊者，都百九十七首。孝臧屢見傳鈔之本，略有同異。而調下輒摘詞中三數字標題，疑出後人臆注，乃別撰《校記》附其後焉。浤爲維五世孫，元吉子，數代文章，顯耀當時。浤詞委婉有情致，淡雅而濃厚，其工力之深可見矣。其父之詞，亦清艷凄婉，寄托遙深。詞派既同，又并傳詞集，可比北宋之《珠玉》、《小山》矣。（孫人和）

一〇四　康範詩餘一卷

（彊邨叢書本）

宋汪晫撰。晫字處微，績溪人。晫嘗編《曾子》，成於寧宗慶元、嘉泰間。又編《子思子》。迨度宗咸淳十年，其孫夢斗，以二書同獻於朝，得贈通直考郎。是編乃從勞巽卿傳鈔四庫本《康範集》中錄出者，僅十二首。元至元十五年，夢斗跋稱，有《咏木犀》樂府，末云：“可是東風，當日欠商量。百紫千紅春富貴，無半點，似渠香。”因不得全篇，故不在集中也。晫明於儒術，詩餘非其所長。然卷末〔如夢令〕《屬纊遺語》云：“一隻船兒没賽。七十六年裝載。把柂更須牢，風飽蒲帆輕快。無礙。無礙。匹似子猷訪戴。”亦有趣之作也。（孫人和）

一〇五　篔嶘詞一卷

（校輯宋金元人詞本）

宋劉子寰撰。子寰字圻父，號篔嶘翁。《花庵詞選》云：“居麻沙，早登朱文公之門。劉後村嘗序其詩行於世。”是編從各本輯得十九首。江陰繆氏舊藏《典雅詞》本《篔嶘詞》，僅存中間一葉，前後俱殘脫。而《皕宋樓藏書志》載汲古閣影宋本《篔嶘詞》，未知與繆藏相同否也。子寰詞，雖不免於酬應，而精深騷雅之作，亦時時見之也。〔滿江紅〕《風泉峽觀泉》云：“雲壑飛泉，蒲根下、懸流陸續。堪愛處、石池湛湛，一方寒玉。暑際直當磐石

坐，渴來自引懸瓢掬。聽泠泠、清響瀉琮琤，勝絲竹。　寒照
膽，消炎燠。清徹骨，無塵俗。笑幽人忨玩，滯留空谷。靜坐時看
松鼠飲，醉眠不礙山禽浴。喚仙人、伴我酌瓊瑤，餐秋菊。”字字
高朗，語語清妙。若見全書，必多佳製。馮取洽《雙溪詞》，有和
子寰〔金菊對芙蓉〕一闋，原作未見，知其散佚多矣。（孫人和）

一〇六　徐清正公詞一卷

（彊邨叢書本）

宋徐鹿卿撰。鹿卿字德夫，號泉谷，豐城人。嘉定十六年進
士，官至禮部侍郎，以華文閣待制致仕，卒，諡清正。事迹具
《宋史》本傳。是編從明刊《徐清正公存稿》本中錄出者，僅十二
首。酬賀詞居其大半，中間多有闕文，而〔滿江紅〕僅存上半闋，
錄存以備一家耳。（孫人和）

一〇七　鶴林詞一卷

（彊邨叢書本）

宋吳泳撰。泳字叔永，潼川人。嘉定元年進士。理宗時，歷官
起居舍人，兼直學士院，權刑部尚書，終寶章閣學士，知泉州。事
迹具《宋史》本傳。是編從《永樂大典》《鶴林集》本中錄出者，
共三十二首。賀壽餞宴之事，居三之二。所作亦淺俗不成體格，惟
與魏鶴山、吳毅夫往來踪迹，可略供人參考耳。（孫人和）

一〇八　履齋先生詩餘一卷續一卷別集二卷

（彊邨叢書本）

宋吳潛撰。潛字毅夫，號履齋，寧國人。嘉定十年進士第一。
淳祐中，觀文殿大學士，封慶國公，改封許國公。以沈炎論劾，謫
化州團練使，循州安置，卒，贈少師。事迹具《宋史》本傳。是
編正、續二集，乃朱孝臧據姚氏邃雅堂藏舊鈔本，《別集》據江韵
秋校錄宋本《開慶四明志》而改題者也。又據梅禹金編《履齋遺

集》本，及《至元嘉禾志》，補〔水調歌頭〕二首。據《景定建康志》，補〔滿江紅〕二首，附入《續集》。而以梅本及南昌彭氏知聖道齋《南詞》本，校姚本，附以《校記》。而江韵秋以意校《別集》若干字，亦編入焉。潛詞縱放，雖無精湛之處，而氣機流走，頗有法度，不致令人厭讀也。其〔賀新郎〕第三首，題曰《寓言》，據《豹隱紀談》，徐參政清叟，微時，贈建寧妓唐玉詩云："上國新行巧樣花，一枝聊插鬢雲斜。嬌羞未肯從郎意，故把芳容故故遮。"吳丞相和以〔賀新郎〕詞，然細閱潛詞，與詩意亦不盡同，疑《豹隱》僅記其一端，當別有實事矣。（孫人和）

一〇九 矩山詞一卷

（彊邨叢書本）

宋徐經孫撰。經孫初名子柔，字仲立，豐城人。理宗寶慶二年進士。授瀏陽主簿，歷官刑部侍郎，太子詹事，拜翰林學士知制誥，以忤賈似道罷歸，閑居十年，卒，贈金紫光祿大夫，謚文惠。事迹具《宋史》本傳。是編從明刻《矩山存稿》本錄出者，〔水調歌頭〕〔百字令〕〔乳燕飛〕〔鷓鴣天〕共四首。經孫作詞不多，此蓋偶一爲之，然如〔水調歌頭〕《致仕得請》云："三十五時僥幸，四十三年仕宦，七十□歸休。"又云："書數册，棋兩局，酒三甌。此是日中受用，誰劣又誰優。寒則擁鑪曝背，暖則尋花問柳，乘興狎沙鷗。"〔鷓鴣天〕云："安分隨緣事事宜。平生快活過年時。長歌赤壁東坡賦，又咏歸來元亮詞。　開八袠，望期頤。人生如此古猶稀。香飄金粟如來供，歲歲今朝薦酒巵。"讀之令人羨其閑居自得安享大年之樂也。（孫人和）

一一〇 本堂詞一卷

（彊邨叢書本）

宋陳著撰，著字謙之，一字子微，號本堂，鄞縣人。理宗寶祐四年進士。官著作郎，出知嘉興府，忤賈似道，改臨安通判。是編從善本書室藏鈔《本堂集》本録出者，一百二十三闋，末〔水龍吟〕已缺，實爲一百二十二闋。體格不高，而廣爲壽詞，幾占全書三之二矣。既與賈旨不合，而〔水龍吟〕《代壽賈秋壑》、〔真珠簾〕《代壽秋壑母》，徒爲諛辭，未免點污筆墨。時又次和前人，其〔洞仙歌〕次韵蘇子瞻，本無不可，又和花蕊夫人，則爲俗説所惑矣。（孫人和）

一一一　彝齋詩餘一卷

（彊邨叢書本）

宋趙孟堅撰。孟堅字子固，自號彝齋，太祖十一世孫。其先以安定郡王從高宗南渡，家於嘉禾之廣陳鎮。《至元嘉禾志》載廣陳鎮在海鹽縣東北九十里，則孟堅爲海鹽人。書題作嘉興人，未詳孰是。以宗室子登寶慶三年進士。據其詩文集，孟堅嘗爲湖州掾入轉運司幕，知諸暨縣。而《宋詩紀事》謂其景定初，遷翰林學士，似又曾爲朝官也。是編從知不足齋藏鈔《彝齋文編》中録出者，共十一首，頗有蒼遠之致。其〔風流子〕《清涵萬象閣》云："望極思悠悠。江如練、籟息浪紋收。看帆捲帆舒，往來征艇，鷺飛鷺立，遠近芳洲。逝波不舍山常好，祇白少年頭。杜若滿汀，《離騷》幽怨，鴟夷去國，烟浪遨游。"可以想見其襟抱矣。（孫人和）

一一二　郢莊詞一卷

（校輯宋金元人詞本）

宋万俟紹之撰。紹之字子紹，郢人。鮑以文據其《郢莊吟稿·謁墓詩》，謂爲禼曾孫。是編據《永樂大典》本《江湖後集》卷十一輯得三首，《大典》殘帙"寄"字韵輯得一首，共四首。辭語雅麗，筆意高古，所存皆可讀也。〔蝶戀花〕《春風》云："啼鳩一聲雲樹晚。好夢驚回，蓬島疑行遍。無緒東風簾自捲。香芭雲壓荼蘼院。　　似有還無烟色展。絮暖魚肥，時復吹池面。扇影著花蜂蝶

見。藥欄春静紅塵遠。”神情似在唐宋之間。〔江神子〕《寄夢牕》一闋，亦可粗供考證也。（孫人和）

一一三　紫岩詞一卷

（校輯宋金元人詞本）

宋潘牥撰。牥字庭堅，號紫岩，閩人。端平二年進士。廷對第三人，歷太學正，通判潭州。是編輯其所撰之詞五闋，而〔水龍吟〕僅存六句，附錄可疑之〔清平樂〕、〔鵲橋仙〕二闋於後。牥存詞雖少，其〔洞仙歌〕一闋，感慨今古，淒涼哀斷，自爲佳作。又〔南鄉子〕云：“生怕倚闌干。閣下溪聲閣外山。惟有舊時山共水，依然。暮雨朝雲去不還。　　應是躡飛鸞。月下時時整佩環。月又漸低霜又下，更闌。折得梅花獨自看。”不獨委宛曲折，體格甚高。而花庵謂牥以氣節聞於時，亦可於此詞覘其槩矣。（孫人和）

一一四　默齋詞一卷

（彊邨叢書本）

宋游九言撰。九言字誠之，建陽人。由古田尉知光化縣，充荊鄂宣武參謀官。理宗端平中，特贈直龍圖閣，謚文靖。是編從鮑淥欽校補《默齋遺稿》本中錄出者，〔沁園春〕一首，〔赤棗子〕三首，共四首，殊不足觀。蓋其生平無意於詞，錄而存之，備一家耳。（孫人和）

一一五　碧澗詞一卷

（校輯宋金元人詞本）

宋利登撰。登字履道，號碧澗，金川人。是編從各本輯其所作之詞，凡十首。圓潤明密，儀態雅正。〔洞仙歌〕云：“弄香吹粉，記前回酒困。綠露沉沉轉花影。翠簾深，隱隱紅霧依人，荷月静，新樣雙鸞交映。　　如今誰念省。短雨長雲，曾托琵琶再三問。最苦綠屏孤，夜久星寒，無處頓、風流心性。又莫是偷香寄

韓郎，到漏泄春風，一枝花信。”與〔風入松〕〔齊天樂〕〔風流
子〕〔過秦樓〕諸作，皆宛轉流麗。雖間有淺俗之語，未足以爲
病也。（孫人和）

一一六　梅淵詞一卷

（校輯宋金元人詞本）

宋張矩撰。矩字成子，號梅淵。《絕妙好詞》作張龍榮，查爲
仁、厲鶚箋云：“龍榮字成子，號梅深。”疑龍榮爲矩別名。《歷代
詩餘》分爲二人，非也。是編搜輯其詞凡十二首，〔應天長〕十
首，分寫西湖名勝，可與西麓、草窗并傳也。〔摸魚兒〕《重過西
湖》云：“又吳塵、暗斑吟袖，西湖深處能浣。晴雲片片平波影，
飛趁棹歌聲遠。回首喚。仿佛記、春風共載斜陽岸。輕携分短。悵
柳密藏橋，烟濃斷徑，隔水語音換。　　思量遍。前度高陽酒伴。
離踪悲事何限。雙峰塔露書空穎，情共莫鴉盤轉。歸興懶。悄不
似、留眠水國蓮香畔。燈簾暈滿。正蠹帙逢迎，沉煤半冷，風雨閉
宵館。”此又與夢窗〔鶯啼序〕異曲同工者也。（孫人和）

一一七　雙溪詞一卷

（彊邨叢書本）

宋馮取洽撰。取洽字熙之，號雙溪翁，一號雲月，延平人。是
編從《典雅詞》本，而補以花庵《中興詞選》也。據目三十九首，
自〔驀山溪〕以下十七首闕，僅存二十二首。補以《花庵詞選》
中〔蝶戀花〕、〔西江月〕二首，共二十四首。集中與玉林倡和最
多，玉林即黃叔暘之號也，叔暘《中興詞選》錄取洽詞五首。集
中〔賀新郎〕《黃玉林爲風月次韵以謝》，叔暘詞正有〔賀新郎〕
《題雙溪馮熙之交游風月之樓》；集中〔念奴嬌〕《次韵玉林見
示》，叔暘正有〔酹江月〕《夜涼》；集中〔木蘭花慢〕《次韵奉酬
玉林病中見示》，叔暘正有〔木蘭花慢〕《乙巳病中》；集中〔摸
魚兒〕《和玉林爲遺蜕山中桃花賦韵》，叔暘正有《爲遺蜕山中桃

夜作寄馮雲月》，皆可參閱。其餘或有倡無和，或有和無倡者，蓋兩集俱非完帙也。惟叔暘詞有〔木蘭花慢〕《題馮雲月〔玉連環〕詞後》，今本無之，而原目亦不載，知其遺佚甚多也。（孫人和）

一一八　處靜詞一卷

（校輯宋金元人詞本）

宋翁元龍撰。元龍字時可，號處靜，四明人，杜清獻成之之客。朱氏《詞綜》分翁元龍、翁處靜爲二人，非也。是編輯其所撰之詞，凡二十闋。杜評云：“時可之作，如絮浮水，如荷濕露，縈旋流轉，似沾非著。”今觀所撰，非盡虛也。〔水龍吟〕云：“畫樓紅濕斜陽，素妝褪出山眉翠。街聲暮起，塵侵燈戶，月來舞地。宮柳招鶯，水荭飄雁，隔年春意。黯梨雲散作，人間好夢，瓊簫在、錦屏底。　樂事輕隨流水。暗蘭消、作花心計。情絲萬軸，因春織就，愁羅恨綺。昵枕迷香，占簾看夜，舊游經醉。任孤山、剩雪殘梅，漸懶跨、東風騎。”用意琢句，并細膩熨貼。〔齊天樂〕云“種石生雲，移花帶月”，《詞旨》亦稱其屬對之工，可知其辭不虛遣，語無泛設也。（孫人和）

一一九　在庵詞一卷

（校輯宋金元人詞本）

宋譚宣子撰。宣子字明之，號在庵，餘未詳。是編輯錄其詞，凡十三首，附錄可疑者一首。宣子精於聲律，集中〔春聲碎〕〔鳴梭〕〔西窗燭〕三首，皆其自度之腔。在南宋中，可與白石、夢窗、草窗、玉田諸家并論者也。詞亦灑脱流麗，工力甚深。〔漁家傲〕云：“深意纏綿歌宛轉。橫波停眼燈前見。最憶來時門半掩。春不暖。梨花落盡成秋苑。　叠鼓收聲帆影亂。燕飛又趁東風軟。目力漫長心力短。消息斷。青山一點和烟遠。”其筆端靈活，情景交融，別有一種氣味焉。而事迹不明，詞多散佚，爲可惜也。（孫人和）

一二〇　秋崖詞一卷

（校輯宋金元人詞本）

　　宋奚淢撰。淢字倬然，號秋崖，餘未詳。是編輯其所撰之詞，凡十首。〔華胥引〕一首，題曰"中秋紫霞席上"，疑紫霞即楊守齋也，似亦精於聲律者。〔芳草〕《南屏晚鐘》一首，格調高古。宋末詞人，喜寫西湖之景，西麓、草窗、梅淵所作可證。疑此亦非僅一首也。〔齊天樂〕《壽賈秋壑》，當時善頌者以數千計，夢窗亦有祝辭，未可以此而定其人品也。〔永遇樂〕云："一雁斜陽，亂蛩衰草，天净秋遠。獨立西風，星星鬢影，疑被蒹霜染。寒修何處，秋深湘水，隱約數峰青淺。想而今，亭亭皓月，共誰倚闌凄惋。　　瑤箱翠襲，玉奩芸剪，暗裏泪花偷濺。一日思量，十年瘦削，春色回眸減。珊鸞好在，文簫重許，疊酒試香庭苑。正銷魂，餘霞散碧，暮鴉數點。"其堅明精密，頗似《蘋洲漁笛譜》也。（孫人和）

一二一　五峰詞一卷

（校輯宋金元人詞本）

　　宋翁孟寅撰。孟寅字賓暘，號五峰，錢唐人。《四朝聞見録》云："孟寅其先本建之崇安人，祖中丞彦國，僞楚張邦昌僭帝時，嘗提兵勤王，爲李綱之亞。父謙之進士，孟寅首登臨安鄉書。"是編自各書輯得五闋，其詞清秀雅麗，格高韻古，不得以其傳詞甚少而忽之也。〔阮郎歸〕云："月高樓外柳花明。單衣怯露零。小橋燈影落殘星。寒烟蘸水萍。　　歌袖窄，舞鬟輕。梨花夢滿城。落紅啼鳥兩無情。春愁添曉醒。"〔燭影搖紅〕云："樓倚春城，鎖窗曾共巢春燕。人生好夢比春風，不似楊花健。舊事如天漸遠。奈情緣、素絲未斷。鏡塵埋恨，帶粉栖香，曲屏寒淺。　　環佩空歸，故園羞見桃花面。輕烟殘照下闌干，獨自疏簾捲。一信狂風又晚。海棠花、隨風滿院。亂鴉歸後，杜宇啼時，一聲聲怨。"所作擒縱開合，靡不如意，語淺情深，委婉曲折。至於吐屬清雅，猶其餘事。吳文英嘗有〔江神子〕《送孟寅自鶴江還都》一闋，又可徵其友朋切磋之功矣。（孫人和）

一二二　秋聲詩餘一卷

（彊邨叢書本）

宋衛宗武撰。宗武字淇父，自號九山，華亭人。理宗淳祐間，歷官尚書郎，出知常州，罷歸閑居，入元亦不仕。是編從《永樂大典》《秋聲集》錄出者，〔水調歌頭〕〔木蘭花慢〕〔水龍吟〕〔天仙子〕〔金縷曲〕各一首，〔摸魚兒〕〔酹江月〕〔滿江紅〕各二首，共十一首。所作似未能成格，然志慮純潔。讀其〔水調歌頭〕《自適》一首，亦可想見其孤高之趣也。（孫人和）

一二三　秋堂詩餘一卷

（彊邨叢書本）

宋柴望撰。望字仲山，江山人。嘉定、紹定間，爲太學上舍，除中書，特奏名。淳祐六年，歲在丙午，正旦日食，望上《丙丁龜鑒》，逮下詔獄，尋放歸。景炎二年，薦授迪功郎，史館國史編校，宋亡後，不仕而終，爲“柴氏四隱”之一。是編從善本書室藏鈔《秋堂集》本錄出者，僅十二首。又從《陽春白雪》補一首，共十三首。望詞原名《凉州鼓吹》，自序謂“美成、伯可，各自堂奧，俱號稱作者。姜白石一洗而更之，〔暗香〕〔疏影〕等作，當別家數也。余不敢望靖康家數，白石衣鉢，或仿佛焉。故以‘鼓吹’名，亦以自況”云云。此非謙語，實有自知之明。緣其所撰，氣格近似白石也。〔念奴嬌〕云：“登高回首，嘆山河國破，於今何有。臺上金仙空已去，零落逋梅蘇柳。雙塔飛雲，六橋流水，風景還依舊。鳳笙龍管，何人腸斷重奏。　　聞道凝碧池邊，宮槐葉落，舞馬銜杯酒。舊恨春風吹不斷，新恨重重還又。燕子樓高，樂昌鏡遠，人比花枝瘦。傷情萬感，暗沾啼血襟袖。”家國身世之

哀，見於辭矣。（孫人和）

一二四　碧梧玩芳詩餘一卷

（校輯宋金元人詞本）

宋馬廷鸞撰。廷鸞字翔仲，晚年自號玩芳病叟，樂平人。淳祐進士。咸淳中，拜右丞相。是編自大典《碧梧玩芳集》中錄出者，僅〔水調歌頭〕二首，〔齊天樂〕〔沁園春〕各一首，并爲酬應之作。〔沁園春〕《爲潔堂壽》一首，雖有俗濫頌語，而能擺脱瀟灑，可爲規範。詞云：“楊柳依依，我生之辰，與公共之。嘆裊娜章臺，歌翻輕吹，飄零灞岸，影弄斜暉。花蕚樓深，靈和殿古，人自凄涼柳自垂。相逢處，記吾儂墮地，嘉定明時。　何須夢得君知。便穩道人生七十稀。笑桓大將軍，枝條如此，陶潛處士，門巷歸兮。幾陣花飛，一池萍碎，又向先生把壽卮。年年好，祝東風萬縷，老翠雲齊。”不避忌諱，自饒風韵，可爲壽詞之一格。然僅存四首，終不以此重也。（孫人和）

一二五　陵陽詞一卷

（彊邨叢書本）

宋牟巘撰。巘字獻之，吳興人。先世原籍蜀之井研，世居陵山之陽。巘父子才，始著籍吳興。巘詩文稱《陵陽集》者，不忘本也。理宗時，登進士第，官至大理少卿，入元不仕。是編從汪伯沆校舊鈔《陵陽集》本錄出者，〔木蘭花慢〕〔千秋歲〕〔鷓鴣天〕〔漁家傲〕〔念奴嬌〕〔賀新郎〕〔滿江紅〕各一首，〔水調歌頭〕二首，共九首。所作灑落可喜，惜壽詞太多耳。（孫人和）

一二六　退齋詞一卷

（校輯宋金元人詞本）

宋趙汝芜撰。汝芜字參晦，號霞山，商王元份八世孫，善官子也。是編從各本輯得九首。其詞輕倩娉婷，雖失之柔媚，而風韵婉妙，自成佳構。〔如夢令〕云：“小研紅綾牋紙。一字一行春泪。封了更親題，題了又還坼起。歸未。歸未。好個瘦人天氣。”〔戀繡衾〕云：“柳絲空有千萬條。繫不住、溪頭畫橈。想今宵、也對新月，過輕寒、何處小橋。　　玉簫臺榭春多少，溜啼紅、臉霞未消。別來胭脂慵傅，被東風、偷在杏梢。”其綢繆曼巧，搖曳生姿，皆此類也，直與侯鯖媲美矣。（孫人和）

一二七　蠙洲詞一卷

（校輯宋金元人詞本）

宋李肩吾撰。肩吾字子我，號蠙洲，眉州人，魏鶴山之客。是編自各本輯得其詞十闋，所作俗而不淺，雅而不澀，其用當時語言入詞者，如〔抛毬樂〕云“春色三停早二停”，〔謁金門〕云“人又不來春且恰”，〔風入松〕云“百單五個黃昏”，皆是也。其用尋常之語，而不覺其輕薄者，如〔謁金門〕云“可奈薄情如此黮。寄書渾不答”是也。其辭語雅麗者，如〔鷓鴣天〕云“杏花簾外鶯將老，楊柳樓前燕不來”是也。至若〔清平樂〕云：“叮嚀記取兒家。碧雲隱映紅霞。直下小橋流水，門前一樹桃花。”則雅俗無迹，有自然之妙。若專以雅詞評論宋賢，則未免狹矣。（孫人和）

一二八　須溪詞三卷

（彊邨叢書本）

宋劉辰翁撰。辰翁字會孟，廬陵人。少登陸象山之門，補太學生。理宗景定三年，廷試對策，忤賈似道，置丙第，以親老請濂溪書院山長，薦居史館，又除太學博士，皆固辭。宋亡，隱居不仕。辰翁詞，文淵閣集本分三卷：自〔望江南〕至〔聲聲慢〕爲卷八，自〔漢宮春〕至〔鶯啼序〕爲卷九，自〔沁園春〕至〔摸魚兒〕爲卷十。而錢塘丁氏嘉惠堂藏舊鈔本，不分卷。朱孝臧即依分三卷，餘入補遺，更參校兩本，撰校記附其後焉。況周頤云：“《須溪詞》，風格遒上似稼軒，情辭跌宕似遺山。有時意筆俱化，純任天倪，竟能略似坡公。往往獨到之處，能以中鋒達意，以中聲赴節。世或目爲別調，非知人之言。”其説甚允。集中往往僅署甲子，蓋不忘故國之意。其〔蘭陵王〕一首，藉送春以悲宋，無限凄涼。又〔寶鼎現〕云：“父老猶記宣和事。抱銅仙、清泪如水。”又云：“腸斷竹馬兒童，空見説、三千樂指。”又云：“向燈前擁髻。暗滴鮫珠墜。便當日、親見霓裳，天上人間夢裏。”今昔之感，宛轉生悲，何異《麥秀》之歌，可以哀其志矣。（孫人和）

一二九　在軒詞一卷

（彊邨叢書本）

宋黄公紹撰。公紹字直翁，邵武人。咸淳元年進士，隱居樵溪。是編據邃雅堂抄本以刊者，詞共二十八首。厲鶚《宋詩紀事》，録〔瀟湘神〕《端午競渡棹歌》十首，以備一家，其實此乃詞而非詩。所作頗爲清婉，雖不深曲，淡而有味。惟《歷代詩餘》載有〔青玉案〕一首，云：“年年社日停針綫。争忍見、雙飛燕。今日江城春已半。一身猶在，亂山深處，寂漠溪橋畔。　　征衫著破誰針綫。點點行行泪痕滿。落日解鞍芳草岸。花無人戴，酒無人勸，醉也無人管。”《詞筌》謂其語淡而情濃，事淺而言深，真得詞家三昧，非鄙俚者可比。今檢此本未載，蓋有遺挩也。（孫人和）

一三〇　北游詞一卷

（彊邨叢書本）

宋汪夢斗撰。夢斗字以南，號杏山，績溪人。景定間，以明經發解江東漕試授承節郎，江東司制幹官。咸淳初，遷史館編校，與葉李等上書，劾賈似道，坐罪歸里。宋亡，元世祖因謝昌言之薦，召赴京，抗節不屈，未受官而歸。《北游集》即作於赴京之際。詞僅六闋，從《北游集》中抄刊者。〔南鄉子〕〔朝中措〕〔人月圓〕〔金縷曲〕〔摸魚兒〕〔踏莎行〕各一首。〔朝中措〕〔摸魚兒〕尚有闕文。〔南鄉子〕《初入都門》云：“西北有神州。曾倚斜陽江上樓。目斷淮南山一抹，何由。載泪東風灑汴流。”〔金縷曲〕《月夕賦感》云：“圓到今宵依前好，詩酒不成佳興。身恰在、燕臺天近。一段凄凉心中事，被秋光、照破無餘蘊。却不是，訴貧病。”〔摸魚兒〕《過東平有感》云：“吟情苦。滴盡英雄老泪。凄酸非是兒女。西湖似我西湖否。祇怕不如西子。”真有欲言難言之苦，其志亦可哀矣。（孫人和）

一三一　白雪遺音一卷

（彊邨叢書本）

宋陳德武撰。德武，三山人，餘未詳。是編據知聖道齋藏明鈔本以刊者，詞共六十五首，而〔百字謠〕第四《咏弄花香滿衣》一首全闕，實僅六十四首，其間亦多譌失。星鳳閣抄本作《白雪詞》，今以兩本校之，略舉數首，頗有異文。〔水龍吟〕第三首“指海爲鑪，睹山爲炭”，抄本“指”作“枯”，“睹”作“赭”。〔西江月〕第二首“人生迹似飛蓬”，“迹”作“宛”；第七首“春去此愁何在”，“何”作“還”。〔望海潮〕“瓏山西拱”，“拱”作“峙”；第二首“長安舉首何方”，“方”作“妨”；第四首抄本有題云“寄別潯郡曾教諭子振、李訓導宗深”；第六首“銀箏錦字莫教遲”，“箏”作“箋”。〔木蘭花慢〕第三首“鶯箋莫厭頻傳”，“鶯”作“蠻”（四首同。）；第四首“應憐此情恰□似梅天，風雨正瀟瀟”作“應憐此情何似，恰梅天、風雨正瀟瀟”，“梧桐葉下吹簫”，“梧桐”作“碧梧”；第五首“都□□收拾錦囊間”作“都收拾入貯錦囊間”，“□猗蘭不用對人彈”作“猗蘭操不用對人彈”。其餘異文甚夥，次第亦微有不同，亟當校訂者也。（孫人和）

一三二　心泉詩餘一卷

（彊邨叢書本）

宋蒲壽宬撰。壽宬字心泉，泉州人。《萬姓統譜》謂其於咸淳七年知蒲州，蓋梅州之誤，因其蒲姓而亂也。書又作壽晟或壽宬者，疑傳寫之誤也。其詳并見前目。是編從結一廬藏《心泉學詩稿本》抄出以刊者，共二十一闋。壽宬人品，傳說不一。或謂其生平恬淡，或謂其陰險詐僞。今觀其詞云："塵埃外，談高趣。烟波上，談詩句。""夢覺宦情甜似蠟，老來況味酸如醋。""惟我虛中元識破，笑人間、日月無停杼。名與利，莫輕許。"又〔漁父詞〕多至十八首，似仿玄真岩壑而爲者，豈壽宬少年妄誕，老而感悟，前後行迹，迥若二人歟？（孫人和）

一三三　勿軒長短句一卷

（彊邨叢書本）

宋熊禾撰。禾初名鉌，字去非，號勿軒，又號退齋，建陽人。度宗咸淳十年進士，授寧武州司戶參軍。宋亡不仕，教授鄉里以終。是編乃從汪氏裘杼樓藏鈔《勿軒集》本録出者，詞僅〔婆羅門引〕、〔沁園春〕、〔滿庭芳〕、〔瑞鶴仙〕四首，惟〔婆羅門引〕爲送人之作，餘皆壽詞。禾著述甚夥，自可傳世，不必以詞重也。（孫人和）

一三四　則堂詩餘一卷

（彊邨叢書本）

宋家鉉翁撰。鉉翁號則堂，眉山人。以蔭補官，後賜進士出身，官至端明殿學士簽書樞密院事。事迹具《宋史》本傳。是編從大典《則堂集》本中録出者，〔水調歌頭〕《題旅舍壁》一首，〔念奴嬌〕《中秋紀夢》、《送陳正言》各一首，共三首。傳詞雖少，而氣力甚遒，其《送陳正言》云："逢人問我，爲說肝腸如昨。"前目論其生平，上雖不及文天祥，而下比留夢炎輩，則皭然其不侔。讀此詞，亦可以知其人矣。（孫人和）

一三五　漁樵笛譜一卷

（校輯宋金元人詞本）

宋宋自遜撰。自遜字謙父，號壺山，南昌人。花庵《中興以來絕妙詞選》云：“宋謙父文筆高絕，當代名流皆敬愛之，其詞集名《漁樵笛譜》。”戴復古《石屏詞》〔望江南〕序云：“壺山宋謙父寄新刊雅詞，內有〔壺山好〕三十闋，自說平生。”則其生前已刊版矣，今佚。是編輯得七首，附錄可疑者一首。〔驀山溪〕《自述》云：“壺山居士，未老心先懶。愛學道人家，辦竹几、蒲團茗碗。青山可買，小結屋三間，開一徑，俯清溪，脩竹栽教滿。客來便請，隨分家常飯。若肯小留連，更薄酒、三杯兩琖。吟詩度曲，風月任招呼，身外事，不關心，自有天公管。”淺淡有情趣，雖不能謂爲雅詞，然不覺粗鄙者，氣爲之也。至若〔賀新郎〕後闋云：“人到中年已後。雲雨夢、可曾常有。雪藕調冰花熏茗，正梧桐、過雨新凉透。且隨分，一杯酒。”則又吐屬清妙，雅俗泯迹者已。《石屏詞》自注云：“壺山有〔催歸曲〕，贈僕甚妙。”今已不傳，爲可惜也。（孫人和）

一三六　寧極齋樂府一卷

（彊邨叢書本）

宋陳深撰。深字子微，吳郡人。嘗題所居曰“清全齋”，故又號清全。朱彝尊《經義考》，引盧熊《蘇州志》，稱深生於宋，宋亡，篤志古學，閉門著書。天曆間，奎章閣臣以能書薦，潛匿不出，則深至天曆間尚存也。是編從善本書室藏明鈔《寧極齋稿》本中錄出者，〔水龍吟〕、〔賀新郎〕、〔沁園春〕、〔齊天樂〕、〔西江月〕、〔虞美人〕、〔洞仙歌〕七首。其〔水龍吟〕《壽白蘭谷》、〔沁園春〕《次白蘭谷韵》，今傳《天籟集》二卷，〔沁園春〕一首，屬於上卷，題爲“夜枕無夢，感子陵太白事，明日賦此”。白詞“靴”韵此作“花”，“蛇”、“嗟”二韵此倒易，“奢”韵此作

“邪”，可以互校者也。白集中附和曹光甫、僧仲璋、李仁山諸詞，而不及深。考白樸自金亡後，移居金陵。金亡於宋理宗端平元年，元太宗六年，其時深尚未生。樸移金陵，當在至元間。二人雖爲同時，而深爲樸之後輩，往來踪迹亦稀，殆以此故而不及之歟？（孫人和）

一三七　拙軒詞一卷

（彊邨叢書本）

金王寂撰。寂字元老，薊州玉田人。天德二年進士。歷官中都路轉運使，謚文蕭。是編從聚珍本《拙軒集》中錄出以刊者，共三十五闋。詞境高闊，句深字警。〔鷓鴣天〕云：“秋後亭皋木葉稀。霜前關塞雁南歸。曉雲散去山腰瘦，宿雨來時水面肥。　　吾老矣，久忘機。沙鷗相對不驚飛。柳溪父老應憐我，荒却溪南舊釣磯。”又〔一剪梅〕《蔡州作》，蓋在世宗大定二年出守蔡州時也。詞云：“懸瓠城高百尺樓。荒烟村落，疏雨汀洲。天涯南去更無州。坐看兒童，蠻語吳謳。　　過盡賓鴻過盡秋。歸期杳杳，歸計悠悠。闌干凭遍不勝愁。汝水多情，却解東流。”并造語精煉，具見氣魄，可與遺山抗行矣。（孫人和）

一三八　磻溪詞一卷

（彊邨叢書本）

元丘處機撰。處機字通密，栖霞人。年十九爲全真，學於寧海之山，師重陽王真人。元太祖召之，乃與弟子十八人往見於雪山，以“不嗜殺人”及“敬天愛民，清心寡欲”爲言，太祖深契之，賜宮曰長春，號長春子。卒，贈長春演道主教真人。是編從晦木齋藏舊鈔《磻溪集》本中錄出者，一百三十四首，補遺二首，多在陝西磻溪作也。〔滿庭芳〕題序謂“余自東離海上，西入關中，十五餘年，捨身求道”云云，可以知其踪迹矣。詞頗清拔，然多言修道煉心之事。自王荆公、張紫陽以來，詞雜仙佛，彌離其本，雖有可取之處，終不足以爲訓也。又喜改調名，如〔浣溪沙〕改〔玩丹砂〕，〔浪淘沙〕改〔煉丹砂〕，〔酹江月〕改〔無俗念〕等類，尤爲南宋以來之惡習也。（孫人和）

一三九　莊靖先生樂府一卷

（彊邨叢書本）

金李俊民撰。俊民字用章，澤州人。承安五年，以經義舉進士第一，應奉翰林文字，未幾，弃官教授，南遷後，隱於嵩山，自號鶴鳴道人。元世祖以安車召見，仍乞還山。卒，贈諡莊靖先生。是編從汪魚亭藏鈔《莊靖先生集》本中抄出以刊者，依目一百零二首，自〔鷓鴣天〕第四首以下全闕，實僅六十九首，而〔鷓鴣天〕次首存上半，第三首亦有闕文。俊民人品甚高，其〔謁金門〕咏梅十二首，頗示己志。《別梅》下段云：“今夜雲窗霧閣。明夜烟村水郭。紙帳天寒人寂寞。夢回聞雪落。”用意深厚，措語圓融，惜其全書之中，壽詞太多耳。（孫人和）

一四〇　遯庵樂府一卷

（彊邨叢書本）

金段克己撰。克己字復之，號遯庵，絳之稷山人。哀宗七年進士，入元不仕。是編據逯雅堂藏鈔本以刊者，凡六十七闋，其中多國亡以後之作，故多感慨之音，并用甲子，蓋亦靖節之意也。詞中可以考見人事。有〔滿江紅〕《過汴梁故宮》一首，考宣宗貞祐二年，遷都汴京。哀宗天興元年，元兵圍汴，哀宗出奔河北，三年，金亡。時克己與弟成己，避居龍門山，則此詞當作於天興二年矣。故云：“百二山河俱失險，將軍束手無籌策。”又云“嘆人生此際，動成長別”也。〔滿庭芳〕《山居偶成》一首，蓋國亡初居龍門山所作，故云“歸去來兮，吾家何在，結茆水際林邊”也。〔望月婆羅門引〕序謂：“癸卯元宵，與諸君各賦詞以爲樂，因述昔年京華所見，酒酣擊節，將有墮開元之泪者。”癸卯爲元太宗十五年，距金亡近十年矣，故云："回首處，不見長安。"〔江城子〕作於甲辰晦日立春，甲辰乃元太宗十六年，時克己近五十歲矣，故云："四十九年强半在天涯。"其餘可考見者甚多，與成己倡和，尤可參證。詞亦慷慨激越，與其弟合稱"二妙"，信不虛也。盧文弨《補遼金元藝文志》，錢大昕《補元史藝文志》，并載段克己《菊莊樂府》一卷，豈涉成己號菊軒而誤歟，抑克己別號菊莊耶？（孫人和）

一四一　菊軒樂府一卷

（彊邨叢書本）

金段成己撰。成己字誠之，號菊軒，克己弟也。哀宗正大元年進士，主宜陽簿。金亡不仕，與其兄避居龍門山。此據邃雅堂藏鈔本以刊者。而盧文弨《補遼金元藝文志》，錢大昕《補元史藝文志》，并載成己《遯齋樂府》一卷，疑涉其兄克己號遯庵而誤也。詞凡六十三首，踪迹與克己相同，故詞題相近。若考其實事，則相得而益彰矣。詞格亦似其兄，微爲收斂耳。克己、成己，幼有才名，趙閑閑目之曰"二妙"，大書"雙飛"二字名其里。國亡俱不仕，時人目爲儒林標榜，不僅以詞稱於時也。（孫人和）

一四二　東山樂府一卷

（校輯宋金元人詞本）

金吳激撰。激字彥高，建州人。宋宰相栻之子，米芾之壻。使金被留，累官翰林待制。皇統初，出知深州，卒。《直齋書錄解題》：《吳彥高詞》一卷。明以後佚。是編據《中州樂府》、《陽春白雪》、《詞品》及《永樂大典》寄字韻所引，輯得十首，附錄可疑之〔青玉案〕〔青草碧〕二首。金詞以激與蔡松年并稱，當時效之者，稱"吳蔡體"，其實蔡非吳之匹也。故陳廷焯《白雨齋詞話》論之曰："金代詞人，自以吳彥高爲冠。能於感慨中饒伊鬱，不獨組織之工也。"其〔人月圓〕云："南朝千古傷心事，猶唱後庭花。舊時王謝，堂前燕子，飛向誰家？　　恍然一夢，仙肌勝雪，宮髻堆鴉。江州司馬，青衫淚濕，同是天涯。"據《歸潛志》、《容齋題跋》諸書所云，激以此詞得名。蓋剪用成語，全無痕迹，而思致深遠，感激豪宕，自爲大家風度，宜乎當時宇文叔通自愧不如也。其餘若〔春從天上來〕、〔風流子〕二首，章法精妙，蒼凉悲壯，亦非他家所可及也。（孫人和）

一四三　清庵先生詞一卷

（彊邨叢書本）

元李道純撰。道純有《道德會元》，已著錄。道純乃元代羽士，其《中和集》多論造化之旨。《道德會元》則究述老子二篇，蓋其詩文詞中，皆不外論道之言。是編即從《中和集》中錄出者，凡五十八闋。以聲色并茂之詞體，而論三教一源之旨，其非正聲，無庸詳述。至論道得失，尤不得於此而評判也。然道純頗有著述，且時與詞人往還，自可存以備考。其〔水調歌頭〕《贈白蘭谷》三首，首句皆用"三元秘秋水"，其第一首末句云："誰爲白蘭谷，安寢感羲皇。"考白樸《天籟集》卷上，有〔水調歌頭〕二闋，并以"三元秘秋水"爲首句，第一闋序云："丙戌夏四月八日，夜夢有人以三元秘秋水謂予，請三元之義，曰，上中下也。恍惚玩味，可作〔水調歌頭〕首句，恨秘字之義未詳。後從相國史公歡游如平生，俾賦樂章，因道此句，但不知秘字何意。公曰，秘即對也，甫一韻而寤，後三日成之，以識其異。"第二闋序云："予既賦前篇，一日舉似京口郭義山，義山曰，此詞固佳，但詳夢中所得之句，元者應謂水府，今止咏甲子及秋水篇事，恐未盡也，因請再賦。"由此觀之，樸撰詞於先，而道純復贈以解之耳。跋謂托之於夢，殊非確論。丙戌，乃元世祖至元二十三年也。（孫人和）

一四四　耶律文獻公詞一卷

（校輯宋金元人詞本）

金耶律履撰。履字履道，太祖八世孫，家廣寧，舉進士，蔭補承奉班衹候，累官尚書右丞，卒，諡文獻。考《文獻集》，《文淵閣書目》著於録，蓋明初尚有傳本，今佚。是編自《永樂大典》輯出〔虞美人〕、〔朝中措〕、〔念奴嬌〕三闋。〔念奴嬌〕一詞，頗精練。〔虞美人〕云：“水收霜落雲中早。群雁雲中道。夜來明月過西山。料得水邊石上不勝寒。　黃塵堆裏人相看。未慣雲林眼。當年曾説探崆峒。怕有黃庭消息寄西風。”又覺清新婉雅。蓋履非以詞名，偶一爲之，無所宗法也。（孫人和）

一四五　小亨詩餘一卷

（校輯宋金元人詞本）

元楊弘道撰。弘道字叔能，淄川人。其事迹不見於史傳。前目嘗就《小亨集》考其身世，兹不詳録。是編從《永樂大典》輯得其詞八首，所作頗爲精整，惜無流宕之致。〔梅梢月〕《歌女》云：“春到人間，嫩黃染長條，暖烟晴晝。未按舞腰，學畫妝眉，二八女兒纖瘦。絳桃穠李携佳伴，陳步障、青紅如綉。過微雨，年年好在，禁烟時候。　嬌困如酣卯酒。應惱殺翩翩，燕朋鶯友。緑水灞橋，斜日章臺，雪絮亂飄襟袖。勸伊休管別離事，但贏取、青青依舊。再相見，清陰漸成數畝。”此題殊艷，而詞氣堅穩，微嫌其生澀耳。其〔滿江紅〕《有感》一首，稍見疏散，蓋與元遺山相處，不覺形似。又以莽蒼之詞調，不得不用疏放之筆，然非其本色也。（孫人和）

一四六　寓庵詞一卷

（彊邨叢書本）

元李庭撰。庭本金人蒲察氏，入元，改姓李氏，字顯卿。成宗時，拜平章政事，卒，諡武毅。是編自孔荭谷藏鈔《寓庵集》本中録出者。〔水調歌頭〕二首，〔滿庭芳〕、〔水龍吟〕、〔望月婆羅門引〕各一首，共五首。盡爲酬應之作，蓋不以詞重，存以備考而已。（孫人和）

一四七　稼村樂府一卷

（彊邨叢書本）

元王義山撰。義山字元高，豐城人。宋景定進士，知新喻縣，歷永州戶曹。入元，提舉江西學事。是編從明刊《稼村類稿》中鈔出者，僅九闋，附以樂語。九闋之中，壽詞四，自賀生孫詞一，惟〔水調歌頭〕《永嘉歸舟》、〔賀新郎〕二首可讀耳。所附樂語，雖爲壽曲，實較散詞爲有用。其間似分次第者，有致語，有勾遣，花心四角，分合歌舞。詩有吳仙、諶仙、鶴仙、龍仙、柏仙等類。王母祝語，詩有萬年枝、長春花、菖蒲花、萱草花、石榴花、梔子花、薔薇花、芍藥花、宮柳花、蟠桃花等類，亦詩唱相間。其體例略似《鄮峰大曲》，與松隱、盤洲所作，并可參證也。（孫人和）

一四八　魯齋詞一卷

（彊邨叢書本）

元許衡撰。衡字仲平，號魯齋，河內人。被召爲京兆提學，累官集賢大學士，兼國子祭酒，領太史院事，贈榮禄大夫司徒，謚文正，加贈太傅，開府儀同三司，魏國公。是編從明刊《魯齋遺書》鈔出者，〔沁園春〕、〔滿江紅〕各二首，〔鷓鴣天〕一首，共五首。〔沁園春〕《東館路中》，尚有闕文。其〔滿江紅〕（河上徘徊）一首，傳爲被召時所作，嘗自言曰：「生平爲虛名所累，不能辭官。」觀其所作，其心可哀。衡道學湛深，原不以詞重也。（孫人和）

一四九　芳洲詩餘一卷

（彊邨叢書本）

元黎廷瑞撰。廷瑞字祥仲，鄱陽人。宋度宗咸淳進士，官肇慶府司法參軍。是編從《鄱陽五家集》中錄出者，凡三十二闋。其〔大江東去〕《題項羽廟》、〔八聲甘州〕《金陵懷古》諸闋，字雕句琢，氣力沉雄。而〔清平樂〕《舒州》云："秋懷騷屑。臥聽蕭蕭葉。四壁寒蛩吟不歇。舊恨新愁都説。　　疏疏雨打栖鴉。月痕猶在窗紗。一夜西風能緊，明朝瘦也黃花。"詞語凄惋，別有深情，并無斧鑿之痕。又〔水龍吟〕《九日登城》云："慨江南風景，一朝如許，教人恨、王夷甫。　　對酒强推愁去。酒醒來、愁還如故。青萍三尺，陰符一卷，土花塵蠹。試問黃花，花知余否，沉吟無語。拍闌干，空羨平沙落雁，滄波歸鷺。"合以〔秦樓月〕《梅花》"商山四皓，首陽孤竹"諸語觀之，似別有深慨也。（孫人和）

一五〇　養吾齋詩餘一卷

（彊邨叢書本）

元劉將孫撰。將孫字尚友，廬陵人。爲延平教官，臨汀書院山長。將孫，須溪之子，承家學，有父風，故當時有"小須"之目。是編從《永樂大典》《養吾集》中録出者，凡二十闋。元鳳林書院《草堂詩餘》有〔憶舊游〕一首，此本未載，已見況周頤書跋矣。將孫身丁國變，聞見凄愴，故詞情深鬱，音調蒼凉。〔摸魚兒〕題"己卯元夕"，即宋亡之年。詞云："又恩恩、一番元夕，無燈更愁風雨。人間天上無歸夢，惟有春來春去。愁不語。漫泪濕香綃，□草人何許。百年勝處。還更有琉璃，春棚月架，萬眼蝶羅否。　　風流事，孤負後來兒女。可憐薄命三五。千金無買無歆處，更説龍飛鳳舞。今又古。便剩有才情，無分登樓賦。春醪獨撫。也難覓阿瞞，肯容狂客，醉裏試歌舞。"又一首題"甲申客路聞鵑"，甲申爲元世祖至元二十一年，上距宋亡五年，後半闋云："曾聽處，少日京華行路。青燈夢斷無語。風林颯颯鷄聲亂，搖落壯心如土。今又古。任啼到天明，清血流紅雨。人生幾許。且贏得劉郎，看花眼慣，懶復賦前度。"并文情慷慨，格高骨健。其父所撰〔金縷曲〕《聞杜鵑》云："十八年間來往，斷白首人間今古。"據其自注，亦甲申作，蓋與將孫同賦矣。將孫〔滿江紅〕題云"偶檢康與之伯可《順庵詞》，見其中隱括《金銅仙人辭漢歌》，自謂縛虎手，殊不佳，因改此調”云云。《順庵詞》已佚，今有輯本，并無此詞，知其所闕甚多。是將孫所作，不獨其詞足重，又可供考證矣。（孫人和）

一五一　秋澗樂府四卷校記一卷

（彊邨叢書本）

元王惲撰。惲字仲謀，汲縣人，世祖時，官至翰林學士，事迹具《元史》本傳。《秋澗樂府》四卷，爲《秋澗大全集》之卷七十四至七十七，元至治壬戌嘉興路學刊本，朱孝臧録出別刊者。又以舊寫本相勘，撰《校記》一卷，附其後焉。惲文章源出遺山，故典型意度，循規蹈矩，時有變化，亦能自出機杼，別具新裁。韓承御述金宮故事，惲爲賦〔春從天上來〕云：“羅綺深宮。記紫袖雙垂，當日昭容。錦封香重，彤管春融。帝座一點雲紅。正臺門事簡，更捷奏、清晝相同。聽鈞天，侍瀛池內宴，長樂歌鐘。　回頭五雲雙闕，恍天上繁華，玉殿珠櫳。白髮歸來，昆明灰冷，十年一夢無踪。寫杜娘哀怨，和淚把、彈與孤鴻。澹長空。看五陵何似，無樹秋風。”後段能於淡遠之中，寫黍離之感，最爲詞中之勝境。〔黑漆弩〕序謂：“昔漢儒家蓄聲伎，唐人例有音學。而今之樂府，用力多而難爲工，縱使有成，未免筆墨勸淫爲俠耳。渠輩年少氣銳，淵源正學，不致費日力於此可也。”尤足徵其所見之大也。集內多自製腔，而〔後庭花破子〕實爲北曲仙呂〔後庭花〕之濫觴。趙文敏亦有此首，多一襯字，此與〔天净沙〕〔翠裙腰〕諸調，并爲詞曲之轉變，此爲究述元詞者所不可不知者也。又惲詞中，題序記事，頗資博聞。如〔木蘭花慢〕焦氏樂器，〔感皇恩〕與客讀辛殿撰樂府全集，李蘭英歌〔鷓鴣天〕，嚴伯昌歌〔黑漆弩〕，聖姑祠神，撒雪寫俗，并可供參考也。（孫人和）

一五二　疏齋詞一卷

（校輯宋金元人詞本）

元盧摰撰。摰字處道，號疏齋，涿州人，仕至翰林學士。《疏齋集》久佚，是編從各本輯得其詞十七首，附錄一首。摰為至元大德間人，雖染元初詞派，微嫌疏放，而確有精麗之作。如〔蝶戀花〕云：“越水涵秋光似鏡。泛我扁舟，照我綸巾影。野鶴閑雲知此興。無人説與沙鷗省。　回首天涯江路永。遠樹孤村，數點青山暝。夢過煮茶岩下聽。石泉嗚咽松風冷。”氣味妍和，用筆高古，自是宋賢之榘矱。元初之詞，此可留意者也。〔黑漆弩〕題謂“晚泊采石，醉歌田不伐〔黑漆弩〕”云云。田不伐《洋嘔集》已佚，僅有輯本，存詞六首，無〔黑漆弩〕詞，因摰題而始知之，此又可供參證者也。（孫人和）

一五三　青山詩餘一卷補遺一卷

（彊邨叢書本）

元趙文撰。文字儀可，一字惟恭，號青山，廬陵人。宋景定、咸淳間，嘗冒宋姓，三貢於鄉，後始復本姓。入學為上舍，宋亡，入閩，依文天祥，元兵破汀州，與天祥相失，遁歸故里，後為東湖書院山長，選授南雄文學。是編從《永樂大典》《青山集》本中鈔出十闋為一卷，又從殘元本鳳林書院《草堂詩餘》及《花草粹編》輯得十四首，為補遺一卷。其實《花草粹編》所引，本於《翰墨大全》，而《大全》所載為十二首，《粹編》僅引五首，尚闕七首，是今所傳《青山詩餘》，實為三十一首。此僅二十四首，未能謂為輯完也。七首之目，《大全》丙集十四，有〔臨江仙〕二首（一為《壽此山，有酒名如此堂》，一為《壽前人（即指此山）》。），〔最高樓〕（《壽劉介叔》），〔洞仙歌〕（《壽須溪，是年其子受鷺洲山長》）各一首，丁集有〔掃花游〕（《李仁山別墅》）一首，庚集有〔八聲甘州〕（《胡存齋除泉府大卿》），〔木蘭花慢〕（《送趙按察歸古洪》）各一首。壽詞雖多，然欲求全，則不可遺矣。文在文天祥幕府，而晚節不終，重餐元祿，誠不能無愧於心。然王沂孫、王義山、劉壎諸詞人，自宋入元，并爲學官，似亦不必專責一人也。其〔鶯啼序〕《春晚》云："春還倒轉，爲君起舞。寸腸萬恨，何人共說，十年暗灑銅仙淚，是當時、滴滴金盤露。思量萬事成空，祇有初心，英英未化爲土。"又《有感》云："腸斷江南，庾信最苦，有何人共賦。天又遠，雲海茫茫，鱗鴻似夢無據。怨東風、不如人意，珠履散、寶釵何許。想故人、月下沉吟，此時誰訴。"皆故國之思，凄涼宛轉，其志亦可哀矣。（孫人和）

一五四　牧庵詞二卷

（彊邨叢書本）

元姚燧撰。燧字端甫，號牧庵，洛陽人。初以薦爲秦王府文學，歷官至翰林學士承旨、集賢大學士，謚曰文，事迹具《元史》本傳。是編從聚珍本《牧庵集》中錄出以刊者。首卷二十八闋，末卷十九闋。又轉據程文海《雪樓樂府》附入〔感皇恩〕一闋爲補遺，共四十八闋。燧高文典冊，名不虛傳，而詞不能稱之，豈學難兼長，抑性之所近，宜於彼不宜於此耶？燧受學於魯齋，論其文章，則有青出於藍之概。若詩餘，則蹊徑殆相似矣。（孫人和）

一五五　水雲村詩餘一卷

（彊邨叢書本）

元劉壎撰。壎字起潛，南豐人。宋亡時，年近四旬，至大辛亥，爲南劍州學官。是編從南豐劉氏家刻《水雲村稿》本中錄出以刊者，共三十闋。其間在宋之詞可考者，如〔長相思〕《客中》一首，理宗三年作。〔謁金門〕《題壁》一首，度宗咸淳中作。〔意難忘〕《用清真韻》一首，咸淳九年作。入元以後之詞可考者，〔洞仙歌〕《送劉春谷學正》一首，成宗大德六年作。其餘諸首，玩其題序及詞意，亦略可推其時地也。內有〔菩薩蠻〕《和詹天游》一首，天游名正（或云名玉。），字可大，郢人，官翰林學士，天游其別號也。嘗撰〔浣溪沙〕，有"不曾真個也消魂"之句，以此得名。壎與往來，即此可知。壎嘗撰《隱居通議》，頗多佚聞，見重士林，文章雄放，詞亦如之。年老仕元，故其〔賀新郎〕詞云："莫笑劉郎老。老劉郎、平生不是，山林懷抱。"後世多責其無恥，然自宋入元諸人，往往爲學官，亦不必專責壎也。元人詞中，壎作殊爲雄闊，尤不得以人廢其言也。（孫人和）

一五六　勤齋詞一卷

（彊邨叢書本）

元蕭㪺撰。㪺字維斗，奉元人。歷官集賢學士、國子祭酒，謚貞敏。事迹具《元史》本傳。是編從善本書室藏鈔集本中録出以刊者，〔鵲橋仙〕、〔太常引〕、〔浣溪沙〕、〔望月婆羅門引〕各一首，共四首。而〔望月婆羅門引〕一首，又闕五字。四首并爲壽詞。㪺通經明道，號爲醇儒，詩固非其所長，詞尤非所措意者，因其人而存其目可也。（孫人和）

一五七　養蒙先生詞一卷

（彊邨叢書本）

元張伯淳撰。伯淳字師道，崇德人。宋末舉童子科，至元二十三年，以薦除杭州路教授，大德中，官至翰林侍講學士，謚文穆。是編據繡谷亭藏明刊《養蒙集》中第十卷以刊者。凡詞二十二首，壽詞居半，餘多贈寄之作。顧嗣立《元詩選》稱其近體率皆酬應之作，其詞亦此類也。（孫人和）

一五八　樵庵詞一卷樵庵樂府一卷

（彊邨叢書本）

元劉因撰。因字靜修，容城人。至元中，徵授承德郎右贊善大夫,以母疾歸,尋以集賢學士嘉議大夫徵,不起。卒,贈翰林學士、資善大夫護軍,追封容城郡公,謚文靖。《樵庵詞》一卷,二十三闋,據元刊《静修先生文集》本也。《樵庵樂府》一卷,十一闋,據元刊《静修先生遺詩》本也,共三十四闋。詞氣疏放跌宕,雖無雄闊之勢,而有幽淡之趣也。其〔風中柳〕《飲山亭留宿》云:"我本漁樵,不是白駒空谷。對西山、悠然自足。北窗疏竹。南窗叢菊。愛村居、數間茆屋。   風烟草屨,滿意一川平緑。問前溪、今朝酒熟。幽禽歌曲。流泉琴筑。欲歸來、故人留宿。"《詞品》云:"每獨行,吟歌之,不唯有隱士出塵之想,兼如仙客御風之游矣。"非虛譽也。(孫人和)

一五九 雪樓樂府

(清光緒刊本)

元程文海撰。文海,京山人,字巨夫,避武宗諱以字行。其《雪樓集》三十卷,四庫已著録。此《雪樓樂府》一卷,不著編者姓氏,其目一〔漢宮春〕《壽劉中齋尚書》,二〔喜遷鶯〕《壽大人》,三〔酹江月〕《寄壽京山宣慰叔》,四〔木蘭花慢〕《壽忠齋》,五〔臨江仙〕《曲之賜謹次韵爲養蒙壽且賀新除》,按養蒙張姓,名伯淳,曾爲程氏幕下士也,六〔青玉案〕《壽趙方塘學士》,又《壽趙定宇》,七〔沁園春〕《次韵王寅夫樓居妙曲》,八〔金縷歌〕《壽大人》,又《壽胡澗泉憲僉》,九〔清平樂〕《以茗芽楾扇壽長樂尉》,十〔品令〕《壽譚公植提學》,十一〔滿庭芳〕《壽曾勁節》,十二〔摸魚兒〕《壽燕五峰右丞》。全書寄調,大抵僅此。間有附人和作,若〔摸魚兒〕《壽燕五峰右丞》詞後,附五峰和詞。序曰:"綉使雪樓先生歌〔摸魚兒〕詞畢,余初度次韵敬謝,盛心荒唐愧甚。"是其例也。全編皆詞,詩無一首。先生之詞章議論,爲當時海内所宗,《四庫提要》言之已詳,兹不復述,特舉目録如右。(孫人和)

一六〇　默庵樂府一卷

（彊邨叢書本）

元安熙撰。熙字敬仲，號默庵，槀城人。慕劉因之學，家居教授，垂數十年。是編乃自善本書室藏鈔《默庵文集》中録出者。〔酹江月〕二闋，〔太常引〕、〔石州慢〕、〔鵲橋仙〕各一闋，共五闋。〔酹江月〕《登古容城有感，城陰則静修劉先生故居》云："天山巨網，盡牢籠、多少中原人物。趙際燕陲空老却，千仞岩岩蒼壁。古柏蕭森，高松偃蹇，不管飛冰雪。慕羶群蟻，問君誰是豪杰。　重念禹迹茫茫，狐兔荆棘，感慨悲歌發。累世興亡何足道，等是轟蚊飛滅。湖海襟懷，風雲壯志，莫遣生華髮。中天佳氣，會須重□明月。"蓋次東坡韵也。詞主疏曠，此可見其槩矣。（孫人和）

一六一　雲峰詩餘一卷

（彊邨叢書本）

元胡炳文撰。炳文字仲虎，號雲峰，婺源人。嘗爲信州道一書院山長，再調蘭溪州學正，不赴，《元史·儒學傳》附載其父一桂傳中。是編據明刊《雲峰文集》録出者。詞僅〔大酺〕、〔滿江紅〕、〔水調歌頭〕三首。炳文理學精通，詩餘原非其所長。其〔滿江紅〕《贈吴又玄》序謂："吴又玄得其伯父子雲太博易學游戲，玄拆字間論人窮達貴賤，累多奇中。"詞内有云："易字分明書日月，□天真是談天□。豈太玄而後遂無玄，如今又。"上言拆字，下暗合其姓字，則未免以巧見長矣。（孫人和）

一六二　定宇詩餘一卷

（彊邨叢書本）

元陳櫟撰。櫟字壽翁，號定宇，休寧人。宋亡之後，隱居不仕。延祐甲寅，復出應試，中浙江鄉試，因病未及會試。事迹具

《元史·儒學傳》。是編從裘杼樓藏抄《陳定宇文集》本中録出以刊者。凡十六闋，賀壽詞十闋，代人贈和詞五闋，寄贈一闋，并屬酬應，無可稱述。〔臨江仙〕題注戊午歲，〔浣溪沙〕題注戊午四月二十五日，〔清平樂〕題注壬戌四月十二日。考戊午爲元仁宗延祐五年，即櫟中試後四年也。壬戌爲英宗至治二年，時櫟年逾七十矣。宋亡隱居數十年，復仕於元，有虧氣節，而詞多干謁標榜，尤爲不當。雖有聲於儒學，而人品殊不高也。（孫人和）

一六三　松雪齋樂府一卷

（清康熙刊本）

元趙孟頫撰。其《松雪齋集》十卷，《外集》一卷，四庫已著録。此《松雪齋樂府》一卷，計目曰〔浪淘沙〕〔太常引〕二首、〔南鄉子〕〔水龍吟〕〔虞美人〕三首、〔江城子〕〔蝶戀花〕〔點絳脣〕〔水調歌頭〕四首、〔後庭花〕〔浣溪沙〕〔月中仙〕〔萬年歡〕〔萬年歡中吕宮〕〔長壽仙道宮〕〔人月圓〕〔木蘭花慢〕八首。惟多有調無題，殊難知其本事。其有本事者，如〔水龍吟〕爲次韵程儀父荷花；〔江城子〕爲賦水仙；〔水調歌頭〕爲與魏鶴臺飲芙蓉洲，牟成甫用東坡韵見贈，走筆和之；〔浣溪沙〕爲李叔固丞相相會間贈歌者岳貴貴；〔長壽仙道宮〕爲皇慶三年三月聖節大宴；〔木蘭花慢〕爲賀桂山慶新居韵。按至元後己卯沈璜跋雪全集云：“凡得賦五古詩一百八十四，律詩一百五十，絶句一百四十，雜著五，序二十，記十二，碑志二十六，制誥批答策題二十五，贊十，銘一，題跋五，樂府二十，合爲十二卷。”考四庫著録本，合附録爲十一卷，與元本不同。至此《樂府》一卷，度爲後人從全集抽印之單行本，惟無序跋，不知出於孰氏之手。惟松雪詞翰妙天下，片言隻字，皆爲士林所欣賞，宜乎後人以其樂府別爲一集也。

一六四　漢泉樂府一卷

（彊邨叢書本）

元曹伯啓撰。伯啓字士開，碭山人。至元中，薦除冀州教授。天曆初，官至陝西諸道行臺御史中丞，卒，諡文貞。是編據善本書室藏抄本以刊者，凡三十五闋。詞頗疏曠，故有時不免於俗。然氣機流暢，亦不以俗爲嫌也。〔南鄉子〕云：“蜀道古來難。數日驅馳興已闌。石棧天梯三百尺，危闌。應被旁人畫裏看。　兩握不曾乾。俯瞰飛流過石灘。到晚纔知身是我，平安。孤館青燈夜更寒。”〔浣溪沙〕云：“世態紛紛幾變更。天南地北祇虛名。一簪華髮可憐生。　旅食驚心三月到，浪花吹面一舟輕。中宵屈指計歸程。”并能於疏放之中，有宕往之致也。（孫人和）

一六五　順齋樂府一卷

（彊邨叢書本）

元蒲道源撰。道源字得之，號順齋，世居眉州，後徙興元。元初爲郡學正，仁宗皇慶中，官至國子博士，旋被召爲陝西儒學提舉，不就。是編從善本書室藏抄《順齋閑居叢稿》中錄出者，凡二十八闋。其間如〔木蘭花慢〕《壽王國賓總管》，〔清平樂〕《壽趙總管》、《壽李平章》，〔鷓鴣天〕《壽楊同知》、《壽耶律總管》，獻諛權要，有損品格。詞亦淺薄俗濫，殊無可取之處，存以備考而已。（孫人和）

一六六　無弦琴譜二卷

（彊邨叢書本）

元仇遠撰。遠有《金淵集》，前目已著錄。此爲詞集，亦少流傳。朱孝臧據邃雅堂抄本所刊者，首卷六十一首，末卷五十九首，共百二十首。遠詞有含蓄處，有奔放處。含蓄而能深遠，奔放而不粗獷。蓋遠雖元人，而家在錢唐，所交皆知名之士。又與宋末遺民相切磋，故其詞駸駸入古。元詞之不盡衰者，乃仇遠、張翥之功。而翥學又出於遠，故所繫甚重也。清梁溪孫爾準嘗從《永樂大典》輯出此書，刊於道光九年，自不若此本之善。然孫本亦有其佳處。如〔合歡帶〕無題，孫本有"效柳體"三字。孫本又附錄蛻岩、貞居和詞。補詞一首，更以《絕妙好詞》、《詞綜》諸書，校其異文，亦非草率從事者，自可用以參校。疑朱氏校刊此書時，尚未見孫本也。（孫人和）

一六七　桂隱詩餘一卷

（彊邨叢書本）

元劉詵撰。詵字桂翁，廬陵人。延祐間，復科舉，詵肆力於名物度數訓詁箋注之學，十年不第，轉習辭章，至正中，卒。是編乃自璜川吳氏藏鈔《桂隱集》本中録出者，僅六闋。詞頗流麗。〔憶秦娥〕《初見桃花》云："春愁淺。窺人忽見桃花臉。桃花臉。輕寒初透，小窗猶掩。　東風裙濕湘波颭。相逢處處如人面。如人面。劉郎老去，怕伊重見。"即就"桃花人面"展轉反覆，而不覺板滯。〔謁金門〕云："春睡倦。自揀花枝行遍。昨日新紅今日變。細挼將袖染。　翠扇迎風撲面。雙燕飛來還轉。簾外楊花簾裏燕。相逢如未見。"詞語流轉，而用意深微。〔滿庭芳〕《次韵賦萍》有云："看疏如有恨，密似相依。"亦能融情景於一也。（孫人和）

一六八　道園樂府一卷附鳴鶴餘音詞一卷

（彊邨叢書本）

元虞集撰。集字伯生，號道園，崇仁人。仕至翰林直學士，兼國子祭酒。事迹具《元史》本傳。是編乃吳昌綏據《道園學古録》及遺稿輯本，而朱氏轉刊者，詞凡十八首。其《鳴鶴餘音》，乃集與全真馮尊師所作〔蘇武慢〕、〔無俗念〕諸詞。馮尊師〔蘇武慢〕二十首，集十二首，別有〔無俗念〕一首，共三十三首。吳復以《南詞》本參校，其詳并見於後跋。集詩文最著，當時虞、楊、范、揭，號爲四家。集詞雖不多，氣質剛健。《輟耕録》云："吾鄉柯敬仲先生，際遇文宗，起家爲奎章閣鑒書博士，以避言路，居吳下。時虞邵菴在館閣，賦〔風入松〕詞寄之。"今集中有〔風入松〕《寄柯敬仲》詞，是也。詞云："畫堂紅袖倚清酣。華髮不勝簪。幾回晚直金鑾殿，東風軟、花裏停驂。書詔許傳宮燭，香羅初剪朝衫。　　御溝冰泮水挼藍。飛燕又呢喃。重重簾幕寒猶在，憑誰寄、銀字泥緘。爲報先生歸也，杏花春雨江南。"則易爲雅健矣。《歸田詩話》云："曾見機坊，以此詞織成帕。"張翥〔摸魚兒〕詞序云："元夕，吳門姚子章席上，同柯敬仲賦，敬仲以虞學士書〔風入松〕於羅帕作軸。"雖傳説不同，其爲當時所珍貴，則可知矣。陳廷焯《白雨齋詞話》云："虞道園詞筆頗健，似出仲舉之右。然所作寥寥，規模未定，不能接武南宋諸家。惟'報道先生歸也，杏花春雨江南'二語，却有自然風韵。"則論人似近於苛。至〔蘇武慢〕、〔無俗念〕諸首，多方外之言，不合詞體，亦不必以工拙論矣。（孫人和）

一六九　貞居詞一卷

（彊邨叢書本）

元張雨撰。雨字伯雨，一字天雨，別號貞居子，錢塘人。年二十餘，弃家爲道士，往來華陽雲右間，自稱句曲外史。是編據邃雅堂鈔本以刊者，凡五十三首，補遺二首。別有《西泠詞萃》本，詞數正合，而次第則異，文字亦時有不同，可參校也。其詞清雅有餘，惜不能深入耳。觀其與仇山邨、虞道園、張小山、張仲舉諸人相倡和，則詞學切磋之功，亦未可泯。〔木蘭花慢〕《和馬昂夫》云："想桐君山水，正睡雨，聽淋浪。記短棹曾經，烟村晚渡，石磴飛梁。無端故人書尺，便夢中、顛倒我衣裳。此去釣臺多少，小山叢桂秋香。　　青蒼秀色未渠央。臺榭半消亡。擬招隱羊裘，尋盟鷗社，投老漁鄉。何時扁舟到手，有一襟、風月待平章。輸與浮

丘仙伯，九皋聲外滄茫。"詞雖未臻上品，然以方外之士，而遣辭造句，浸淫融化，不染道家之習，亦難得也。（孫人和）

一七〇 趙待制詞一卷

（彊邨叢書本）

元趙雍撰。雍字仲穆，孟頫仲子，以蔭守昌國、海寧二州，歷遷至集賢待制。是編乃從《趙待制遺稿》中錄出者，凡十七首。運意深遠，超逸雅正，不亞於其父也。〔木蘭花慢〕云："恨恩恩賦別，回首望，一長嗟。記執手臨流，遲遲去馬，浩浩平沙。此際黯然腸斷，奈一痕、明月兩天涯。南去孤舟漸遠，今宵宿向誰家。

別來旬日未曾過。如隔幾年華。縱極目層崖，故人何處，泪落蒹葭。聚散古今難必，且乘風、高咏木蘭花。但願朱顏長好，不愁會少離多。"雖以"過"、"多"二字借叶，而辭氣清純，淡而能厚。許初《跋趙仲穆自書樂府卷子》："趙待制作〔木蘭花慢〕詞，又別書樂府成帙，以就正於王德璉。凡三十五首，而艷詞特多。〔憑闌干〕、〔水調歌頭〕二闋，頗以孤忠自許，紛華是薄，而興亡骨肉之感，默寓其中。意其父子之仕，當時亦實有不得已者，良可悲也。"其説甚韙。德璉，孟頫之婿，〔憑闌干〕疑即集中〔江城子〕也。孟頫晚年詩云："同學少年今已稀，重嗟出處寸心違。"雍〔水調歌頭〕云："贏得朱顏老，孤負好林泉。"其父子以宋代皇族，屈身事元，實有難言之苦。讀其詞者，當哀其志也。（孫人和）

一七一 青崖詞一卷

（校輯宋金元人詞本）

元魏初撰。初字太初，號青崖，宏州順聖人。少辟中書省掾吏，告歸，以薦授國史院編修，尋拜監察御史，官至南臺御史中丞。事迹具《元史》本傳。是編從《大典·青崖集》本錄出者，凡四十三首。其詞於疏放之中，具有法度。初從元遺山游，故詞學淵源有自也。〔木蘭花慢〕《送張夢符治書赴召》云："正江南二月，春色裏、送君行。對芳草晴烟，海棠細雨，不盡離情。思量漢皋城上，共當時、飛蓋入青冥。醉後嘉陵山色，馬頭楊柳秦亭。

十年一別鬢星星。慷慨祇平生。愛激濁揚清，排紛解難，肝膽崢嶸。此心一忠自信，更太平、丞相舊知名。寄謝草堂猿鶴，移文未要山靈。"此雖酬應之製，而氣剛文勁，縱橫合矩，亦可於是覘之矣。（孫人和）

一七二　燕石近體樂府一卷

（彊邨叢書本）

元宋褧撰。褧字顯夫，大都人。登泰定元年進士，累官監察御史，遷國子司業，進翰林直學士，兼經筵講官，卒，贈范陽郡侯，謚文清。是編從梁氏兩般秋雨庵藏《燕石集》本中録出者，凡四十闋。精深幽麗，時有奇趣。如〔賀新郎〕下半闋云："主人未解離愁苦。對凉秋、芭蕉巨葉，梧桐高樹。夢斷羅裙天如漆，一寸鄉心凄楚。點點是、寂寥情緒。明日孤舟成獨往，更難堪、長夜瀟湘浦。憑曲檻，且容與。"雕鏤而不傷氣，斯可貴也。其間亦有清新佚宕之詞，〔浣溪沙〕《昆山州城西小寺晚憩》云："落日吳江駐畫橈。招提佳處暫逍遙。海風吹面酒全銷。　　曲沼芙蓉秋的的，小山叢桂晚蕭蕭。幾時容我夜吹簫。"融潤和潔，語意曉暢。然細讀之，帶有剛氣，則又北人製雅詞者之本質也。（孫人和）

一七三　玉斗山人詞一卷

（彊邨叢書本）

元王奕撰。奕字伯敬，玉山人，爲玉山教諭。是編據文瑞樓鈔本以刊者，凡二十七闋。〔沁園春〕云："耳目肺腸，不由乎我，更由乎誰。也不必君平，不消詹尹。不疑何卜，不卜何疑。三徑歸來，一時有見，豈爲黃初與義熙。天下事，但行其可，自合乎宜。

大哉用易乘時。縱烏喙那能食子皮。嘆失若塞翁，失爲得本，贏如劉毅，贏乃輸基。大黠小痴，有餘不足，誰必彭殤早與遲。眼前物，縱銅山金屋，一瞑全非。"詞顯超然之志，惟語句堅澀，究不合體。自辛、劉以來，漸開其端，然氣不足以包舉者，則轉嫌瘦硬矣。奕之遜辛，即坐於此。中間和清真、稼軒、放翁諸闋，亦時有强勉湊合之弊。然如〔賀新郎〕《舟下匡廬》及《金陵懷古》、〔沁園春〕《過彭澤》、〔水調歌頭〕《過魯港丁家洲》諸製，并感懷淒愴，忠厚纏綿，亦不必以字句苛論矣。（孫人和）

一七四　西岩詞一卷

（校輯宋金元人詞本）

元張之翰撰。之翰字周卿，號西岩老人，邯鄲人。至元末，知松江府事。是編據《大典·西岩集》本録出六十五首，又從《大典》補〔太常引〕二首，〔水調歌頭〕一首，〔賀新郎〕一首，共六十九首。詞氣疏曠，蓋元人之詞，往往受遺山影響也。其〔唐多令〕《和劉改之》云："何處是滄洲。寒波不盡流。恰登舟、便過城樓。一片錦雲三萬頃，常記得、藕花秋。　　漁父雪蒙頭。此情知道不。説生來、不識閑愁。青笠綠簑烟雨裏，吾與汝、可同游。"所作雖不如改之，然其瀟灑沖遠，亦爲一派。粗獷之處，自所不免矣。（孫人和）

一七五　雙溪醉隱詩餘一卷

（彊邨叢書本）

元耶律鑄撰。鑄字成仲，遼東丹王九世孫，中書令楚材之子也。累官中書右丞相，卒，追贈懿寧王，謚文忠。事迹具《元史》本傳。是編自善本書室藏鈔《雙溪醉隱集》本中録出者，僅〔鵲橋仙〕、〔太常引〕、〔眼兒媚〕、〔木蘭花慢〕四闋。〔木蘭花慢〕闕文甚多。〔鵲橋仙〕、〔太常引〕亦各闕一字，蓋不以詞重也。〔鵲橋仙〕序云："閬州得《稼軒樂府全集》，有〔西江月〕'而今何事最相宜，宜醉宜閑宜睡'。或曰，不若道'宜笑宜狂宜醉'，請足成之。"今檢《稼軒詞》〔西江月〕《示兒曹以家事付之》,内云:"而今何事最相宜,宜醉宜游宜睡。""游"此作"閑",校者皆未及也。(孫人和)

一七六　蘭軒詞一卷

(彊邨叢書本)

元王旭撰。旭字景初,東平人。《山東通志》稱旭與同郡王構及永平王磐,并以文章名世,天下號爲"三王",餘未詳。是編乃從《大典·蘭軒集》本中録出者,凡二十九首。壽詞殆居其半,然亦非不知詞者。其〔春從天上來〕云:"緑鬢凋零。看幾度人間,春蝶秋螢。天地爲室,山海爲屏。收浩氣、入沉冥。便囊金探盡,猶自有、詩筆通靈。謝紅塵,且游心汗漫,濯髮清泠。　　平生眼中豪杰,試屈指年來,稀似晨星。虎豹關深,風波路遠,幽夢不到王庭。任浮雲千變,青山石、萬古長青。醉魂醒。有寒鐙一點,相伴熒熒。"觀於此,既可測其身世,而其詞亦有出塵之思,清新之概也。(孫人和)

一七七　此山先生樂府一卷

(彊邨叢書本)

元周權撰。權字衡之,號此山,處州人。受知於翰林學士袁桷,桷薦爲館職,竟報罷。是編從元刊《此山先生集》本中録出者,凡三十四闋。雖間有壽詞,而所作沉深簡雅。〔清平樂〕《懷古》云:"殘山剩水,陌上多塵土。此地當時分漢楚。俯仰幾番今古。　　暮雲野樹蒼茫。秋風荒草沙場。極目寒鴉歸外,數家籬落斜陽。"〔滿江紅〕下半闋云:"天一碧,雲如掃。白銀闕,誰能到。想蟾枝不礙,寒光皎皎。圓少缺多如有恨,素娥孤冷應須老。付狂夫、一笑且徘徊,尊中酒。"皆蒼凉深鬱,具有典型。餘若〔念奴嬌〕之懷古,〔朝中措〕之寫景,并能以深曲之思,而出之以平穩。惟詞律不精,用韵紛雜,似爲美中不足。然金元之際,詞

律漸疏，亦未可專責一人也。（孫人和）

一七八　樂庵詩餘一卷

（彊邨叢書本）

元吳存撰。存字仲退，鄱陽人。仁宗延祐初，爲本路學正，調寧國教授。是編從《鄱陽五家集》本中錄出者，凡三十闋。詞雖間用生俗之語，而大體清潤雅暢。〔浣溪沙〕《春閨送別》云："花滿離筵酒滿瓶。摘花未語淚先零。杯行教醉莫教醒。　　今夜酴醾連理枕，明朝柳絮短長亭。一般杜宇兩般聽。"語輕意摯，情韵兼勝。〔滿江紅〕《儀真次韵》、〔摸魚兒〕《揚州》諸闋，以蒼莽之調，吐宛雅之辭，亦可玩味者也。（孫人和）

一七九　貞一齋詞一卷

（彊邨叢書本）

元朱思本撰。思本字本初，號貞一，臨川人。常學道於龍虎山中，又嘗從吳全節居都下。博洽文雅，著於當時，蓋學道而又能文如李清庵輩也。是編乃自吳匏庵鈔《貞一齋集》本中錄出者，僅〔水龍吟〕、〔千秋歲〕、〔燭影搖紅〕三闋。〔水龍吟〕《送閔道錄醮玉隆竣事歸東湖》、〔千秋歲〕《壽程竹逸六十》、〔燭影搖紅〕《壽鄭梅庵》，并爲酬應之作。其不以詞重，明矣，存以備考可也。（孫人和）

一八〇　書林詞一卷

（彊邨叢書本）

元袁士元撰。士元字彦章，鄞縣人。以薦授縣學教諭，尋擢翰林國史院檢閱官，不赴。築城西別墅，自號菊村學者。是編自鈔本《書林集》中錄出〔滿庭芳〕二首，〔瑞鶴仙〕、〔八聲甘州〕、〔青玉案〕、〔清平樂〕、〔賀新郎〕各一首，共七首，酬應之製居其六。惟〔賀新郎〕《咏盆藕間歲復開》云："淡月黃昏裏，粉牆陰、盆池漾綠，藕花初吐。悄似飛來雙屬玉，風動翩翩素羽。漫引得、人人爭睹。拍手闌干驚欲起，□悵然、并立長凝竚。思往事，意容與。　　當年妙選登蓮署。正花開、邀朋醉賞，尚留佳句。藏白收香今六載，還我風流檢府。最好□、冰姿清楚。一點炎塵曾不染，縱盤根、錯節仍如許。花爲我，笑無語。”此首文句，尚爲雅潔，尋其旨趣，無精詣也。（孫人和）

一八一　藥房樂府一卷

（彊邨叢書本）

元吳景奎撰。景奎字文可，蘭溪人。年三十，海道萬戶劉貞爲浙東憲府掾，嘗辟爲從事。明年，貞去，景奎亦歸，久之，以部使者薦署興化縣儒學錄，以母老辭不就。是編自大典《藥房樵唱》本中錄出者，凡十二首。骨幹甚高，偶有迭宕之致，惟全體多不相稱也。〔最高樓〕《寄謝國芳》云：“西池草，和夢泛晴暉。幾度見春歸。寒沙盟冷鷗先覺，秋江影落雁初飛。故園荒，征路遠，信音稀。　　笑逆旅、光陰忙似瞥。更好染、髭鬚何用鑷。驚夜杵，擣寒衣。桃花流水應無恙，小山叢桂更疇依。早歸來，新酒熟，菊成圍。”清切有味，雖淺近亦復可愛者也。（孫人和）

一八二　石門詞一卷

（彊邨叢書本）

元梁寅撰。寅字孟敬，新喻人。元明之際，隱居教授，結屋石門山。是編據吳伯宛校唐鷦庵鈔本以刊者，凡三十三首。詞頗流麗，惟用字時見粗滑，然非不能爲詞者也。〔八聲甘州〕記其近里夫妻分而又合者，云：“記年時波蕩兩鴛鴦，雌雄各分流。恨郎心似水，妾心如石，此恨難休。自古恩深似海，富貴等雲浮。何忍輕離別，翻愛爲仇。　　君看江頭枯樹，縱春風虛過，根幹仍留。且牽蘿空谷，蓬戶自綢繆。想秋胡、未忘故態，怕無金、相贈却懷羞。歸來日，郎瞋妾忿，都合冰消。”語淺而有情趣。至律懈韵寬，元明之間，漸成習慣，未可偏責一人也。又〔浣溪沙〕《冬景》云："錦樹分明上苑花。晴光宜日又宜霞。碧烟横處有人家。　緑似鴨頭松下水，白於魚腹柳邊沙。一溪雲影雁飛斜。"清新雅正，集中未可多見也。（孫人和）

一八三　貞素齋詩餘一卷

（彊邨叢書本）

元舒頔撰。頔字道原，績溪人。至元十四年，江東憲使辟爲貴池教諭，秩滿調丹徒。二十七年，轉台州路儒學正，以道梗不赴，歸隱山中，入明不仕。是編據善本書室藏鈔《華陽貞素文集》本中録出者，凡二十二首。粗淺俗累之句，往往而有。如〔沁園春〕云："閑處如何，也堪吟詩，也堪弈棋。"〔朝天子〕云："學騃妝痴，誰解其中意。"〔虞美人〕云："紛紛兒女看燈去。"并不似詞中之句。然如〔風入松〕《雨後偶成》云："紗厨過雨晚凉生。枕簟不勝清。冰肌玉骨元無汗，香風回、深院語流鶯。翠幌光摇絳蠟，畫堂暖瀉銀瓶。　玉箏牙板接新聲。雲髻寶釵横。銀絲膾細江鰩脆，揚州月、照我醉吹笙。舊事十年猶記，壯懷此日堪驚。"精整雅麗，集中佳作。蓋頔詞未有所宗，故美惡不一，純駁不净也。（孫人和）

一八四　可庵詩餘一卷

（彊邨叢書本）

元舒遜撰。遜字士謙，績溪人，頔弟也。是編據善本書室藏鈔《可庵搜枯集》中録出者，〔臨江仙〕、〔感皇恩〕、〔滿江紅〕、〔水調歌頭〕、〔木蘭花慢〕各一首。其〔水調歌頭〕、〔木蘭花慢〕，并壽其兄頔。有云："觥籌兄弟交錯，同是鬢鬖鬖。自喜衣冠奕世，未墮詩書如綫，此外更何慚。"又云："争似蒼蒼松柏，歲寒同保貞堅。"其志趣操守，與兄相似。〔感皇恩〕下半闋云："螢照更殘，烏啼月落。悲壯山城數聲角。漫漫長夜，扣角長歌方覺。人

生能有，幾許行樂。”亦憂時感亂之言也。（孫人和）

一八五　瓢泉詞一卷

（彊邨叢書本）

元朱晞顏撰。前目考元代有兩朱晞顏，其一爲作《鯨背吟》者，其一爲長興人，字景淵，即此人也。又以其始末不甚清晰，乃以《瓢泉吟橐》考之。則初以習國書被選爲平陽州蒙古掾，又爲長林丞司煮鹽賦，又曾爲江西瑞州監稅，蓋以郡邑卑吏終其身者。是編從章怡田校《瓢泉吟稿》中鈔出者，共四十闋。卷中原有〔浣溪沙〕（銀海清泉）一調，〔菩薩蠻〕“鄉關散盡”一調、“芙蓉紅落”一調，〔柳梢青〕、〔臨江仙〕、〔驀山溪〕、〔蘇武慢〕各一調，并見宋朱希真《樵歌》中，不知何時錯入，故朱孝臧校刊是編，刪此七調也。其詞氣力遒勁，措語研煉。雖少閑婉之致，然如〔念奴嬌〕、〔一萼紅〕諸首，可謂雅暢。在元人詞中，尚爲有規矩者矣。（孫人和）

一八六　蘭雪詞一卷

（彊邨叢書本）

元張玉撰。玉字若瓊，松陽人，又號張玉孃。少許字沈佺，既而父母有違言，玉不從。適佺屬疾，玉折簡貽佺，以死自誓。佺卒，玉遂以憂死。明嘉靖中，邑人王詔乃爲其作傳，以表其事，而引無鹽、孟光爲比，其事遂傳於人間。是編據孔氏微波榭傳録小山堂抄本以刊者，共十六闋。詞殊清婉。〔漢宮春〕、〔燭影搖紅〕《元夕》、〔蘇幕遮〕《春曉》、〔玉樓春〕《春暮》、〔南鄉子〕《清晝》、〔法曲獻仙音〕《夏夜》、〔玉女搖仙佩〕《秋情》、〔蕙蘭芳引〕、〔小重山〕《秋思》、〔浣溪沙〕《秋夜》、〔賣花聲〕《冬景》、〔憶秦娥〕《咏雪》、〔玉蝴蝶〕《離情》，并述四季幽懷，無限凄楚，其志可以哀矣。（孫人和）

一八七　龜巢詞一卷補遺一卷

（彊邨叢書本）

元謝應芳撰。應芳字子蘭，武進人。至正中，薦授三衢書院山長，阻兵未能赴。明洪武中，歸隱橫山以終，自號龜巢老人。事迹具《明史·儒林傳》。是編據善本書室藏鈔《龜巢集》中錄出者，凡五十一首，補遺十三首。書中著年號者，至正十六年撰〔驀山溪〕，十七年撰〔沁園春〕、〔滿庭芳〕，二十二年撰〔沁園春〕，二十八年撰〔江城子〕，明洪武九年撰〔水調歌頭〕，十三年追和前〔水調歌頭〕韵，此元明之際作詞可考者也。其洪武九年《中秋言懷》〔水調歌頭〕云：“戰骨縞如雪，月色慘中秋。照我三千白髮，都是亂離愁。猶喜松江西畔，張緒門前楊柳，堪繫釣魚舟。有酒適清興，何用上南樓。　　攊金甲，馳鐵馬，任封侯。青鞋布襪，且將吾道付滄洲。老桂吹香未了，明月明年重看，此曲爲誰謳。長揖二三子，煩爲覓菟裘。”此可以明其志向，故十三年復和此韵，其後又和之。詞氣縱放，亦可於此閱徵其派別矣。（孫人和）

一八八　竹窗詞一卷

（彊邨叢書本）

元沈禧撰。禧字廷錫，歸安人。其事迹不詳。勞鉞《湖州府志》但云工長短句，有名於時而已。是編據知聖道齋藏明鈔本以刊者，凡五十五首。題咏爲多，氣味清婉。〔浣溪沙〕《咏濆川香徑春游》云：“三月韶華景最幽。越羅初試換輕裘。采香徑裏作春游。　　西子不來花自好，吳王去後水空流。感時懷古却生愁。”語淺而情深也。其間亦有剛勁之作，〔沁園春〕《追次文丞相題張巡、許遠兩忠臣廟》云：“臨死不懼，臨危不驚，何礙何妨。縱刀鋸在前，鼎鍋在後，當斯之際，覷作尋常。天漢橋頭，睢陽城上，兩處成名一樣香。精忠操，何堪與比，出冶金鋼。　　江山幾見興亡。□野草平原總戰場。慨區區忍死，偷生恃寵，欺孤虐寡，敢并

遺芳。廟食從今，綱常不弛，功烈何如郭汾陽。千秋下，論二公節義，天地難量。"詞氣哀激，似亦高節之士也。（孫人和）

一八九　益齋長短句一卷

（彊邨叢書本）

元李齊賢撰。齊賢字仲思，號益齋，高麗人。是編自明刊《益齋亂稿》中錄出者，凡五十四首。其〔巫山一段雲〕咏瀟湘八景各二首，松都八景各二首，居三十二首，時有闕文。而瀟湘八景中《烟寺晚鐘》一首全闕，實僅五十三首也。所作長於羈旅，故寫景爲多，志俗吊古，時見乎詞。〔水調歌頭〕《過大散關》云："行盡碧溪曲，漸到亂山中。山中白日無色，虎嘯谷生風。萬仞崩崖叠嶂，千歲枯藤怪樹，嵐翠自濛濛。我馬汗如雨，修徑轉層空。

登絶頂，覽元化，意難窮。群峰半落天外，滅没度秋鴻。男子平生大志，造物當年真巧，相對孰爲雄。老去臥邱壑，説此詫兒童。"能以奇崛之筆，寫驚險之勢者也。（孫人和）

一九〇　蟻術詞選四卷

（四部叢刊景印本）

元邵亨貞撰。卷首題元雲間邵復孺著，復孺者，亨貞字也，嚴陵人。徙居華亭，卜築溪上，自號貞溪。博通經史，所著有《野處集》四卷，四庫已著錄。《提要》稱"編後有馮遷、汪稷二跋，謂其書本出上海陸深家，深之孫郊以授稷，而刊行之。并所著《蟻術詩選》《蟻術詞選》爲十六卷，今詩詞二選，世已無傳"云云。此《蟻術詞選》四卷，爲新都汪稷校原本，現存藏故宫博物院圖書館中，目錄首頁蓋有"嘉慶御覽之寶"，蓋爲嘉慶中阮文達據舊鈔本傳錄進呈者。卷一曰令，有擬古十首；卷二亦曰令，有追和趙文敏公舊作十首；卷三、卷四皆曰慢。按擬古以令爲最難，强欲逼真，不無蹈襲，稍涉己見，輒復違背。先生所擬一花間，二雪堂，三清真，四無住，五順庵，六白石，七梅溪，八稼軒，九遺山，十龍洲。所追和趙文敏公舊作十首，因有客以文敏手書所小詞卷請題，爰以己意，追次元韵，其於先哲風流，仰慕若此。世稱其詞雋永清麗，頗有可觀。且逐首類多詳述本事，標有年月，較之惟舉題目，不爲小序者，讀之殊易瞭然也。且此編乃四庫認爲已佚之書，兹復得見，尤足慶幸。

一九一　半軒詞一卷

（惜陰堂叢書本）

明王行撰。行字仲止，自號半軒居士，又號淡如居士，別字楮園，長洲人。明初富人沈萬三，延之家塾。每一文成，輒酬白金，行麾去之。洪武初，延爲學校師，已而謝去，隱石湖。其二子役於京師，行往視之，涼國公藍玉，館之於家，數薦之，後玉被殺，行父子亦坐死罪。是編凡十四闋，自其《半軒集》中錄出者。如〔一江春水〕、〔如夢令〕、〔青山相送迎〕，并清雅可讀。〔踏莎行〕云：“細草春沙，垂楊古渡。忘機可得如鷗鷺。平湖却也慰人心，片颿不礙雲中樹。”深入淺出，意興婉曲，惜其不多見耳。集多新調，則明人之通病也。（孫人和）

一九二　青金詞一卷

（惜陰堂叢書本）

明史遷撰。遷字良臣，一號清齋，金壇人。元末隱居，以教授自給。洪武初，爲蒲城令，陞忻州守，後改廉州。是編自其《青金集》中錄出者，僅〔百字令〕三首、〔沁園春〕一首，共四首，并酬答之作也。然如《和王汝霖》〔百字令〕云：“新來詞翰，駭璘栖玉簟，爛然如雪。浩蕩波瀾無限意，慷慨爲誰陳説。土苴功名，泥塗軒冕，偃蹇全孤節。傍人却道，虎頭真是痴絶。　　遙想文物衣冠，正承恩天上，五雲宫闕，獨對青山捫虱坐，静閲世途周折。翠竹黄花，紅螺紫酒，林下秋容別。浩歌横放，舉栖還問明月。”疏曠之中，時露雅秀，亦非不能爲詞者也。（孫人和）

一九三　清江詞一卷

（惜陰堂叢書本）

明貝瓊撰。瓊字廷臣，一字廷琚，崇德人。洪武初，徵修《元史》，除國子助教。是編自其《清江集》中錄出者，凡十五闋。詞殊清雅委宛。〔玲瓏四犯〕後半闋云：“銀箏低按斜飛雁。尚依稀、小窗深院。珠簾日午重重下，空鑲秋娘怨。鬖鬖一束楚腰，也定怕、蕭郎再見。想夜深暗卜歸候，把燈花剪。”深情搖曳，頗似清真、梅溪。〔水龍吟〕後半闋云：“尚記銀屏翠箔，抱琵琶、夜調新譜。芳年易度，沈腰寬盡，白頭如許。弱水三千，武陵一曲，重尋何處。奈無情杜宇，年年此日，到淮南路。”纏綿哀怨，則又似中仙、玉田。蓋淵源甚遠，頗饒古意。明初之詞，此得其正者矣。（孫人和）

一九四　陶學士詞一卷

（惜陰堂叢書本）

明陶安撰。安字主敬，當塗人。元至正初，舉鄉試，授明道書院山長。入明，洪武初，知制誥，兼修國史，歷江西行省參知政事。福王時，追諡文憲。是編二十四闋，詞於疏曠之中，往往有凌厲之致。〔水調歌頭〕云：“秋高興何遠，爽氣掬星河。雨晴山勢飛動，樓外雁來多。”〔金縷曲〕云：“最惜稽山無賀老，短燭照人孤影。”又云：“江湖聚散如萍梗。笑談間、雲霄滿足，一鞭馳騁。萬壑水晶天不夜，人在玉晨仙境。”〔太常引〕云：“江城六月雨聲寒。河漢倒雲端。”又云：“斷霞飛練，遠烟凝紫，山勢活如龍。浴罷倚長松。愛歸鳥、孤飛半空。”又云：“長江雨歇，高天露下，星繞紫微垣。”皆境開氣爽，興會淋漓。惟苦不經意，故完璧甚少，爲可惜耳。（孫人和）

一九五　柘軒詞一卷

（彊邨叢書本）

　　元凌雲翰撰。雲翰字彥翀，號柘軒，錢塘人。領至正九年鄉薦，授紹興路蘭亭書院山長及平江路學正，皆不赴。退居吳興梅林村，號避俗翁。明洪武初，爲鄉人官，外郡者飛舉，里胥臨門，不容辭避，迫脅到京，授四川成都教授。坐貢舉乏人，謫南荒以卒。前目及錢氏《列朝詩選》并入明代，違其旨矣。是編據吳伯宛重編《西泠詞萃》本以刊者，其和全真馮尊師〔蘇武慢〕十二首，又〔無俗念〕一首，本在前，吳氏依寫定《道園樂府》之例，移編於後，凡二十七首。然據瞿佑《歸田詩話》，稱雲翰以梅詞〔霜天曉角〕百首，柳詞〔柳梢青〕百首，號“梅柳爭春”。又《歷代詩餘》引《詞品》雲翰〔漁家傲〕云云，則此非足本也。其詞雅麗深密，而咏物諸作，頗似南宋諸賢。〔木蘭花慢〕《賦白蓮》云：“悵波翻太液，誰留住、蕊珠仙。向水殿雲廊，玉容花貌，幾度爭鮮。人間延秋無記，掩霓裳、猶憶舞便娟。畫裏傾城傾國，望中非霧非烟。　　雁飛不到九重天。水調漫流傳。奈花老空房，茢存心苦，藕斷絲連。西風環佩輕解，有冰弦、誰復記華年。留得錦囊遺墨，魂消古汴宮前。”清新倩美，寄托遥深，元明間之佳製也。又〔定風波〕《賦崔鶯鶯傳》云：“翻殘金舊日，諸宫調本，纏入時人聽。”王國維據之以證董解元《西厢》爲諸宫調體例，則又可供參考證矣。（孫人和）

一九六　扣舷詞一卷

（惜陰堂叢書本）

　　明高啓撰。啓字季迪，長洲人，隱吳淞江之青邱，自號青邱子。洪武初召入纂修《元史》，授編修，擢戶部侍郎。坐爲魏觀撰上梁文罪，腰斬於市，年甫三十有九。是編凡三十二闋。《古今詞話》云：“青邱樂府，大致以疏曠見長。”蓋啓天資聰穎，故所作

圓融流麗，工力雖未臻兩宋，然在明初詞中，自可名其家矣。其最
著〔行香子〕《咏芙蓉》云："如此紅妝。不見春光。向菊前、蓮
後纔芳。雁來時節，寒沁羅裳。正一番風，一番雨，一番霜。
蘭舟不采，寂寞橫塘。强相依、暮柳成行。湘江路遠，吳苑池荒。
恨月濛濛，人杳杳，水茫茫。"可謂極清遠綢繆之致者矣。啓嘗題
《宮女圖》詩云："女奴扶醉踏蒼苔，明月西園侍宴回。小犬隔花
空吠影，夜深宮禁有誰來。"世傳因此賈禍，蓋爲傅會之説。然其
〔沁園春〕《咏雁》云："須高舉，教弋人空慕，雲海茫然。"託意
高遠，而終不免於禍，此陳廷焯所以爲之感嘆也。（孫人和）

一九七 眉庵詞一卷

（惜陰堂叢書本）

明楊基撰。基字孟載，姑蘇人。原籍嘉州，其大父仕江左，遂
家吳中。洪武初，知滎陽縣，歷山西按察副使。是編從其《眉庵
集》中録出者，凡七十一首。《樂府紀聞》云："孟載少時見楊廉
夫，命賦鐵笛。詩成，廉夫喜曰：'吾意詩境荒矣，今當讓子一頭
地。'當時有'老楊''小楊'之目。"《眉庵詞》饒有新致。《静
志居詩話》謂孟載詩"芳草漸於歌館密，落花偏向舞筵多"、"細
柳已黃千萬縷，小桃初白兩三花"等語，試填入〔浣溪沙〕，皆絶
妙好辭也。基天資明敏，故出語新俊，如〔清平樂〕云："欺烟困
雨。拂拂愁千縷。曾把腰肢羞舞女。贏得輕盈如許。　猶寒未暖
時光。將昏漸曉池塘。記取春來楊柳，風流正在輕黃。"〔點絳脣〕
云："柳上眉邊，那時庭院初相遇。杜鵑啼處。驀地拋人去。"〔浣
溪沙〕云："烟澹澹中青草合，雨絲絲裏綠陰多。園林佳趣是清
和。"又云："春縱不歸終不住，人重相見更相期。此時端的斷腸
時。"并清新圓潤，便媚柔和。明初詞中，可與青田、青邱媲美
矣。（孫人和）

一九八　韓山人詞一卷

（彊邨叢書本）

元韓奕撰。奕字公望，平江人。生於文宗時，入明不仕。是編自明刊《韓山人集》中錄出者，凡二十八首，闕文甚多，且有不知調名者。所作清疏流宕，似原出於放翁。〔卜筭子〕《雨中》云："急霰打窗紗，正是愁時候。無奈愁多著酒消，反被愁消酒。又滅又明燈，還短還長漏。爲問梅花有甚愁，也似愁人瘦。"其輕盈流轉，疏而能厚，皆此類也。（孫人和）

一九九　道山詞一卷

（惜陰堂叢書本）

明鄭棠撰。棠字叔美，浦江人。永樂中，官至翰林檢討。是編從其《道山集》中錄出者，凡九闋。詞多腐俗，不成體格，惟其沖澹之氣，偶見乎辭。如〔醉蓬萊〕云："遙想清逸，盡多佳句。得意處，但詩筒閑貯。荷花數頃，有新蓮嘉味。應笑青門，故侯瓜圃，摘寄添肴旅。"抒寫曠懷，淺不嫌俗。然論其全體，不相稱也。（孫人和）

二〇〇　王太傅詩餘一卷

（惜陰堂叢書本）

明王越撰。越字昌世，浚縣人。景泰進士，官至兵部尚書，以功封威寧伯。事迹具《明史》本傳。是編自其《王太傅集》中錄出者，〔浪淘沙〕八闋，〔滿庭芳〕五闋，〔風光好〕、〔酹江月〕各一闋，共十五闋。〔浪淘沙〕、〔滿庭芳〕皆題圖之作。〔浪淘沙〕《漁村落照》云："江上白雲寒。流水潺潺。漁翁家住蓼花灣。到老不知城府路，無事相關。　　落日半銜山。倦鳥知還。澹紅斜影畫圖間。收拾綸竿沽一醉，真個清閑。"又《平沙落雁》云："無地著烟霞。漠漠平沙。幾行征雁晚風斜。寫破一天秋意思，飛過漁家。　　切莫近蒹葭。莫宿蘆花。好來此處樂生涯。勝似夜寒邊塞上，驚起胡笳。”冲淡清幽，宛轉如意，明詞中之勝境也。（孫人和）

二〇一　穀庵詞一卷

（惜陰堂叢書本）

明姚綬撰。綬字公綬，號穀庵，又號雲東逸史，嘉善人。英宗天順間進士，爲監察御史。憲宗成化初，爲永寧郡守，解官築室曰丹邱，人稱丹邱先生。是編從《雲東集》中録出以刊者，共二十八闋。綬精於畫事，故時有題畫之作。詞殊平庸，惟其〔蘇武慢〕《追和虞道園》八首，又前簡補遺四首，雖嫌蕪露疏曠，然時有瀟灑之致。天成間之詞，尚較爲可取者焉。（孫人和）

二〇二　匏翁詞一卷

（惜陰堂叢書本）

明吳寬撰。寬字原博，長洲人。成化八年賜進士第一，入翰林，歷官禮部尚書，卒，賜太子太保，謚文定。事迹具《明史》本傳。是編蓋自其《匏庵集》中抄出者，共三十四闋。〔踏莎行〕《癸亥歲除自壽》云：“一歲之中，吾生之始。年稱七字從今起。俗説添年是減年，不添不減那能此。　　天念疏慵，人憐委靡。詞林老大成何事。若教歸去更安閑，不知活到多年紀。”詞雖不雅，亦實情也。全集中，并不如《自壽》之俗，亦能粗具規模。王昶《明詞綜》引寬〔采桑子〕云：“纖雲盡捲天如水，蘆荻風殘。松竹霜寒。更看前溪月滿山。　　畫船紅映金尊酒，子夜歌闌。緩吹輕彈。得意人生且盡歡。”此詞不見集中。昶又引《耆舊續聞》云：“吳匏庵詞有‘繁花落盡留紅藥，新笋叢生帶綠苔’，名句也。時有趙寬字栗夫，爲匏庵所取士，詞名《半江集》。匏庵嘗曰：‘不遇吳寬，争得趙寬？’”集中亦無“繁花”二句，疑非完帙。所引《耆舊續聞》，自非陳鵠之書，未詳所據。集中有〔醉蓬萊〕

《答趙栗夫》一闋，可證吴、趙往來之踪迹也。（孫人和）

二〇三 松籌堂詞一卷

（惜陰堂叢書本）

明楊循吉撰。循吉字君謙，吴縣人。成化進士，授禮部主事，以病歸。武宗駐蹕南都，召賦《打虎曲》，稱旨，易武人裝，侍御前善爲樂府小令，帝以倡優畜之，循吉以爲耻，辭歸。是編自其《松籌堂集》中録出者，凡十四闋。詞不深曲，而善寫景事。〔望海潮〕云：“西湖翠柳風斜，有霧絲烟縷，惆悵藏鴉。”〔醉蓬萊〕云：“新漲溶溶，梅開野店，來尋疏蕚。駘蕩風和，看紙鳶遼廓。”〔洞仙歌〕云：“醞香飄十里，更著流鶯，亂擲金梭向林織。野芳繁，天宇净，日暖游蜂，早攔住、高陽狂客。”〔瑞鶴仙〕云：“微風林樾動。見雲暗溪堂，水禽鳴咮。輕雷度郊壘。乍翻荷點點，雨如拳重。”〔西江月〕云：“雨脚如麻正密，波紋化暈初圓。陰陰四月熟梅天。仙舫朱簾高捲。”并即事融寫，不落纖巧者也。（孫人和）

二〇四 湘皋詞一卷

（惜陰堂叢書本）

明蔣冕撰。冕字敬之，全州人。成化二十三年進士，歷官户部尚書、謹身殿大學士，卒贈少師，謚文定。事迹具《明史》本傳。是編自其《湘皋集》中録出者，共三十四闋。〔卜算子〕一首，蓋效東坡“缺月挂疏桐”也。〔清平樂〕《題風泉閣》云：“青山高處。更結高樓住。風色泉聲隨杖履。閲過幾番寒暑。　臣山不減茅山。百年風景依然。華表柱頭留語，何妨兩地周旋。”清新瀟灑，頗有情趣。惟集中壽詞太多，精撰亦少，爲可惜耳。吕調陽謂“湘皋樂府，若碧水芙蕖，不假雕飾，而天巧自在”，則譽溢其實矣。（孫人和）

二〇五　雲松近體樂府一卷

（惜陰堂叢書本）

明魏俌撰。俌字達卿，鄞人，官至石城訓導。是編自其《雲松詩略》中録出者，凡十二首。雅飭蘊藉，其源似出於二晏，故令曲爲多也。〔點絳脣〕云："幾樹殘香，情人不見愁難掃。海棠開了。曉雨濛濛小。　烟柳鶯聲，宛轉傷春調。音書少。誰消懷抱。白髮催人老。"〔浣溪沙〕下半首云："纖草有情和露長，好花無語任風飛。石闌徙倚對斜暉。"皆吐屬清雅，筆有餘妍，明人詞中所罕覯也。（孫人和）

二〇六　圭峰先生詞一卷

（惜陰堂叢書本）

明羅玘撰。玘字景鳴，號圭峰，南城人。成化二十三年進士，選庶吉士，授編修，進侍讀。正德初，累遷南京太常卿，擢南吏部右侍郎，引疾歸，卒，贈禮部尚書，諡文肅。是編乃自《圭峰先生集》中録出以刊者，僅〔感皇恩〕、〔謁金門〕、〔好事近〕三闋，詞亦平順，無足稱述，蓋不以此名也。（孫人和）

二〇七　内臺詞一卷

（惜陰堂叢書本）

明王廷相撰。廷相字子衡，儀封人。孝宗弘治進士，選翰林院庶吉士，授兵科給事中。世宗嘉靖中，以右副都御史巡撫四川，累遷至左都御史，卒，諡肅敏。事迹具《明史》本傳。是編自其《内臺集》中録出以刊者，共六十二闋。其〔滿江紅〕《懷賀水部》，〔白苧〕《贈人至藥》，〔水調歌頭〕《奉和夏桂洲談玄》、《又和答桂洲夏公論詩》、《又奉和夏桂洲論學》，〔減字木蘭花〕《和桂洲韵》，皆談玄説道，評藝論文，徒傷詞體，亦奚益哉？〔蝶戀花〕云："春色魔人。"〔長相思〕云："簾戶無人花作朋。道心生

不生。”用字未愜，擇韻不精，明詞蕪陋，至斯極矣。（孫人和）

二〇八　西村詞一卷

（惜陰堂叢書本）

明史鑒撰。鑒字明古，松陵人。弘治十二年進士，人稱西村先生。是編自其《西村集》中錄出者，凡三十五闋。詞雖淺近，而用筆時得宋賢遺法。〔菩薩蠻〕《贈妓》云：“柳腰清減花容瘦。眼波凝綠眉山皺。春去已多時。不堪聽子規。　　相逢時話舊。淚濕羅衫袖。對酒莫高歌。聞歌愁更多。”〔少年游〕《題小景》云：“青山重疊繞回溪。空翠濕人衣。好似嬌娥，曉臨妝鏡，石黛掃雙眉。　　丹楓映水如漂錦，秋色誤春姿。風振華林，滿空靈籟，走上小亭時。”〔解連環〕云：“潮水西流，肯寄我、鯉魚雙否。”〔賀新郎〕《天臺》云：“霧帳雲房深幾許，夢魂中、不管流年度。”“古寺石橋風雨響，瀉下半天瀑布。有頭白、老僧常住。世上名山能有幾，強登臨、莫待青春暮。”并能於直筆之中，而見其氣象也。（孫人和）

二〇九　鏡山詩餘一卷

（惜陰堂叢書本）

明李泛撰。泛字彦夫，歙人，一云祁門人。弘治十八年進士，官工部郎中，出爲思恩知府。泛有《鏡山稿》十三卷，詩餘一卷。是編即從其集中錄出詩餘，凡四十七闋。惟原本卷端但署“歙李”，而闕其名，據《國史經籍志》爲李泛之作。《千頃堂書目》又作祁門人，與《經籍志》異。詞中時地，往往可考。如〔鷓鴣天〕作於正德十四年，〔小重山〕作於嘉靖五年，〔蘇武慢〕《寄白岳山人》六首作於嘉靖六年。至若〔漁家傲〕《客寓梧州寺》、〔臨江仙〕《梧州寺挹清亭上作》、〔天仙子〕《梧州水井寺作》，皆其爲思恩知府時所撰也。〔清平樂〕《晴洲泛步》云：“江邊露重。濕透寒鷗夢。何處清聲時一送。漁笛隔江閑弄。　　芳洲小試奇

踪。烟帷霧幕重重。天際亂雲飛去，滿江明月芙蓉。"〔浣溪沙〕
《春歸》云："報道東君昨夜歸。園林春散蝶蜂稀。绿陰深處雨霏
霏。　　曉起流鶯無覓處，一雙啼過柳邊磯。磯頭惟有落花飛。"
皆委宛有情致，悠邈有遠神。其〔酹江月〕《漢王陵》、〔滿江紅〕
《阻風》諸作，亦文氣駿邁，讀之神爽，餘多駁雜不純。題方廷實
畫錢塘夢圖，填〔蝶戀花〕半篇，則又明人惡習，不足論矣。（孫
人和）

二一〇　飢豹詞一卷

（惜陰堂叢書本）

明李萬年撰。萬年字維衡，號茫湖，江西豐城人。弘治時，官
至刑部尚書郎。此從其《飢豹存稿》中錄出者，僅〔浪淘沙〕一
首。其用韵，首三句用潺、珊、寒，第七句用山，末句用間，似和
李後主者。第六句用闌，第八句用南，又與後主異。而第五句作
"青蛇壯氣"，全不協律，恐有譌誤。然僅有此首，存以備一家耳。
（孫人和）

二一一　枝山先生詞一卷

（惜陰堂叢書本）

明祝允明撰。允明字希哲，號枝山，又號枝指生，長洲人。弘
治五年舉人，授興寧令，遷應天通判，謝病歸。是編從其《枝山
集》中錄出者，凡三十六闋。詞多質實滯拙，〔蘇武慢〕十二闋，
尤爲不合。全書之中，僅〔鳳銜栖〕一闋可讀耳。允明詩文書法，
有聲當時，著述亦夥。詩餘雖非其所長，以其人而存之，可也。
（孫人和）

二一二　儼山詞一卷

（惜陰堂叢書本）

明陸深撰。深初名榮，字子淵，號儼山，上海人。弘治十八年

進士，歷官詹事府詹事，贈禮部侍郎，謚文裕。是編自其《儼山集》中錄出者，共三十二闋。深頗有才氣，吐屬不凡。〔念奴嬌〕《秋日還鄉，用東坡》云：“春水穩如天上坐，閑看浮漚興滅。”〔浪淘沙〕《寒夜齋居》云：“滴滴淚痕彈不了，一把相思。”皆造語深妙，殊不易得。惟〔天仙子〕《咏雪》云：“鬧夜冰花輕不定。撲上窗兒如寄信。灞橋橋外望青山，高一陣。低一陣。霎時白了詩人鬢。　　是則是遠近都難認。路入藍關人懶進。青簾斜壓酒鑪空，描不盡。題不盡。平沙留取飛鴻印。”詞非不工，然未免近於流滑，詞曲不分，終未可爲訓也。又集中有〔南鄉子〕四首，擬馮延巳，自注“南唐馮延巳‘細雨濕流光’詞，余甚歲亟愛之，因按腔廣爲四首。蓋四十年前之作”云云。按集中四首，“細雨濕流光”一首，乃延巳原作。“細雨濕秋風”一首，與延巳相同者四句，惟原作換韻，此改爲一韻耳。是四首之中，“細雨濕黃梅”、“細雨濕同雲”二首爲深所作，“細雨濕秋風”一首改易原作，“細雨濕流光”一首，延巳所作，與題注似不相合，疑有誤也。（孫人和）

二一三　偲庵詞一卷

（惜陰堂叢書本）

　　明楊旦撰。旦字晉叔，建安人。弘治進士，歷官太常卿，以忤劉瑾，謫知溫州。瑾誅，累擢至南京吏部尚書，轉北京吏部尚書。事迹附載《明史·楊榮傳》。是編自其《偲庵文集》中錄出者，僅九闋，并爲帳詞，無足深論。〔歸朝歡〕云：“東風綠遍蘇堤柳。一棹空江春雨後。客中送客若爲情，傷多莫厭離亭酒。”辭情雅暢，似非不知詞者。而囿於習氣，喜事酬應，爲可惜也。（孫人和）

二一四　勉齋詞一卷

（惜陰堂叢書本）

　　明鄭滿撰。滿字守謙，慈溪人。弘治舉人，官至濮州知府。是

編自其《勉齋遺稿》中録出者，僅五闋，尚有闕調闕字之處。又并爲酬應之作，蓋不以詞重也。（孫人和）

二一五　箬溪詞一卷

（惜陰堂叢書本）

明顧應祥撰。應祥字惟賢，長興人。弘治進士，授饒州府推官。歷廣東僉事，累遷刑部尚書。奏定律例，以事不悦於嚴嵩，遂以原官改南京，致仕。是編從其《歸田詩選》輯出者，凡八闋。應祥著述甚夥，而不以詞名家。然如〔蝶戀花〕云：“浪迹寰區經已半。老去心平，肯把閑愁亂。鏡裏容顔驚漸換。無端白日黄鷄唤。　　隨意青山俱可翫。屈指花前，幾個當時伴。細切黄虀供午粲。食前何必侯鯖饌。”亦覺清切有味也。（孫人和）

二一六　憑几詞一卷山中詞一卷浮湘詞一卷

（惜陰堂叢書本）

明顧璘撰。璘字華玉，吳縣人，寓居上元。弘治九年進士，歷官湖廣巡撫，加刑部尚書。璘有《憑几》《山中》《浮湘》諸集，各附以詞。是編分著其詞而沿其舊名。《憑几詞》三十一闋，《山中》、《浮湘》各六闋，共四十三闋。《憑几》《浮湘》，明爲官湘中時所作也。璘詞雖嫌輕淺，而圓潤明暢，頗爲親切。〔臨江仙〕《雨中柬譚子羽》云：“抱病登樓無意緒，滿城寒雨濛濛。一尊何日與君同。捲簾芳草碧，呼酒夕陽紅。　　堪恨賞心多不偶，依然枉却東風。扁舟歸興莫悤悤。江梅他（一作花。）自落，別有海棠叢。”情深語淡，讀之有味，故《古今詞話》謂其詞有承平氣象也。（孫人和）

二一七　讓溪草堂詞一卷

（惜陰堂叢書本）

明孫承恩撰。承恩字貞父，華亭人。正德進士，歷官禮部尚書，兼掌詹事府。時齋宫設醮，承恩以帝惑於道流，獨不肯黄冠，遂乞致仕，卒，謚文簡。是編自其《讓溪草堂稿》中録出者。〔秦樓月〕《題鶴》、〔點絳唇〕《題孔雀》、〔生査子〕《題雁》、〔卜算子〕《題鷹》，僅四闋，并藉物喻志，比興深微。〔生査子〕云："江南澤國秋，野水連天净。日落渚沙明，霜老菰蒲冷。　欲下復徘徊，顧侣聲斯應。皓月渡銀塘，照見雙栖影。"此雖不如東坡〔卜算子〕之高渾，而托意深遠則一，以其人存其詞，可也。（孫人和）

二一八　古山詞一卷

（惜陰堂叢書本）

明桂華撰。華字子樸，安仁人。正德八年舉人。是編從其《古山集》中録出者，共十四闋，幾全爲贈送酬應之作。惟〔菩薩蠻〕《口占答何用明》云："帝城三月鶯花繞。笙歌沸徹千家曉。半壁夕陽明。醉眠人未醒。　城頭鳴畫鐸（《明詞綜》作角。）。驚起南飛鵲。回首上林枝。行人腸斷時。"深穩堅密，似亦知詞法者。《明詞綜》獨選此首，有由來也。（孫人和）

二一九　玉堂餘興六卷桂洲集外詞一卷

（惜陰堂叢書本）

明夏言撰。言字公謹，貴溪人。正德十二年進士，歷官吏部尚書，華蓋殿大學士，謚文愍。事迹具《明史》本傳。其詞集有二本，一在《桂洲集》中，一在《賜閑堂稿》中。《桂洲集》之詞，別題《玉堂餘興》。據跋初則單行，嗣復改麗全集，合詞二百五十首。《賜閑堂稿》之詞，凡二集，合詞一百三十二首。兩本校之，除互見外，《賜閑》別出八十首，其間復有字句題目之異同。是編原有六卷，全準《桂洲集》，其《賜閑堂集》之八十首，則附編爲《桂洲集外詞》。言之所作，蓋盡於此矣。其詞激放，亦時有妍麗之作，蘇、辛詞固如是也。惟激而不曲，非粗即滑；妍而不深，有表無裏。言詞往往取貌遺神，不能合也。王世貞云："我朝以詞名家者，公謹最號雄爽，比之稼軒，覺少精思。”其言是已。《明詞綜》引錢氏云：“公謹喜爲長短句，當其得君專政，聲勢煊赫，長篇小令，草藁未削，已流布都下，互相傳唱。殁後未百年，黯然無聞。《花間》、《草堂》之集，無有及桂洲氏名者。求如前代所謂‘曲子相公’，亦不可得，可一慨也。”此說蓋得情實，緣勢位以行其詞者，豈能享永久耶？（孫人和）

二二〇　東洲詞一卷

（惜陰堂叢書本）

明崔桐撰。桐字來鳳，海門人。正德十二年進士，歷官南京禮部右侍郎。是編自其《東洲集》中録出者，共三十二闋。除〔風入松〕《咏四景閑居樂》四首外，皆爲酬應之作。明詞格律不高，而好幛詞致語，亦其中病之一端也。（孫人和）

二二一　草堂餘意二卷

（惜陰堂刊本）

明陳鐸撰。鐸字大聲，號秋碧，下邳人，家居南京。正德中，世襲指揮。是編分上、下二卷，別以春意、夏意、秋意、冬意四部。上卷春意八十三首，下卷夏意、秋意各二十四首，冬意十六首。書中廣和《草堂詩餘》，故名《草堂餘意》。所和者，即引用原作者姓名，其本無名者，始識以陳大聲，此亦特創之奇例。然其間如夏意中之〔賀新郎〕，和東坡也；冬意中之〔少年游〕，和清真也，而皆書以己字，亦未可解。陳霆《渚山堂詞話》卷二云：“江東陳鐸大聲，嘗和《草堂詩餘》，幾及其半，輒復刊布江淮間。論者謂其以一人心力，而欲追襲群賢之華妙，徒負不自量之譏。蓋前輩和唐音者，胥以此故爲大力所不許。大聲復冒此禁，何也？然以其酷擬前人，故其篇中亦時有佳句。”“頗婉約清麗，使其用爲己調，當必擅聲一時。而以之追步古作，遂蹈村婦鬥美毛施之失。蓋不善用其長者也。”況周頤謂其詞具澹厚之妙，足與兩宋名家頡頏。平心論之，追和古作，殊非正道，偶一爲之，原無不可。今廣和前作，摹擬群賢，必有强己就人之弊。故方、楊和周，終非周也。然鐸詞婉雅明麗，確是能手。雖伯温、青邱，尚非其敵。不能因其追和古作而貶之，即與方、楊和周詞較之，亦不在其下也。（孫人和）

二二二 邃谷詞一卷

（惜陰堂叢書本）

明戴冠撰。冠字仲鶡，信陽人，或云吉水人。正德進士，爲戶部主事。嘉靖初，歷官山東提學副使。是編自其《邃谷集》中録出者。和朱淑真《斷腸詞》二十九首，別作十五首。其和《斷腸》，除〔生查子〕（去年元夜時）、（年年玉鏡臺）及慢詞數首外，餘殆全和。自述云“始予得朱淑真《斷腸詞》於錢塘處士陳逸山。閱之，喜其清麗，哀而不傷。癸亥（正德十六年）歲除夕，因乘興偏（疑當作遍。）和之，且繫以詩。欲益白朱氏之心，非與之較工拙”云云。今詞未繫以詩，似非原稿之本色。惟今本《斷腸詞》，以《四印齋所刻》爲佳，兩本校之，亦有可言。王本《斷腸詞》〔點絳脣〕後段第三句全闕，注云：雜俎本作“駕幃獨望休窮目”，冠和作“一川花柳奪人目”，則目韻是也。〔柳梢青〕云“斜卧低枝”，冠和作“雪壓枝低”，二者必有一誤。又“月印寒池”，注云：雜俎本作溪。“寫入新詞”，注云：別作詩。冠和正作溪，作詩。〔蝶戀花〕云：“便做無情，莫也愁人意。”注云：雜俎本作苦。按毛刻改此，似嫌落韻，別本并作意。然冠和作“歲歲今朝，長是愁人苦”，則冠所見本作苦，不作意。兩者互校，可相參證。冠詞亦甚清麗，蓋得力於《斷腸》也。（孫人和）

二二三 雙江詩餘一卷

（惜陰堂叢書本）

明聶豹撰。豹字文蔚，號雙江，永豐人。正德進士，爲平陽知府。嘉靖時，召拜右僉都御史，累官太子太保。隆慶初，諡貞襄。是編從其《雙江先生集》中録出，僅〔水調歌頭〕用東坡韵答戴子論儒、論佛、論道三閡。豹信王守仁之説，喜言大道，而以詞體論之，所謂不倫不類者也。又次蘇韵，不知其爲論學乎，抑爲填詞乎？其亦不思也甚矣。（孫人和）

二二四　苑洛詞一卷

（惜陰堂叢書本）

明韓邦奇撰。邦奇字汝節，朝邑人。正德三年進士，歷官南京兵部尚書，諡恭簡。是編自其《苑洛集》中録出三十九閡。〔西江月〕《春思》云：“殘雪已消往事，東風又報春愁。珠簾不捲玉香鈎。庭院遲遲春晝。　　細雨繁花上院，輕烟碧草汀洲。一聲啼鳥水東流。春在小橋楊柳。”〔謁金門〕云：“珠簾捲。簾外春愁無限。雨過茶蘼春色減。落紅驚滿院。　　枝上燕慵鶯懶。誰與韶光爲伴。烟柳絲絲迷望眼。闌干空倚遍。”雖不精深，而宛雅成趣。正德、嘉靖間，可取之詞也。（孫人和）

二二五　具茨詩餘一卷

（惜陰堂叢書本）

明王立道撰。立道字懋中，無錫人。嘉靖十四年，登進士第，官翰林院編修。此從《具茨全集》中抄出以刊者，〔瑞鶴仙〕一首，〔醉蓬萊〕一首，〔臨江仙〕二首，〔浣溪沙〕二首，〔錦堂月〕一首，共七首。并爲祝壽諛詞，無可論述，存以備一家耳。（孫人和）

二二六　執齋詩餘一卷

（惜陰堂叢書本）

明劉玉撰。玉字咸栗，萬安人。弘治進士，知輝縣，陞御史，以忤劉瑾削籍。瑾誅，起河南按察司僉事，官至刑部左侍郎。坐李福達獄削籍，歸，卒。隆慶初，謚端毅。是編從其《執齋集》中錄出者。僅〔青玉案〕、〔驀山溪〕、〔瑞鶴仙〕三闋，并可誦讀。其〔青玉案〕《舟中重九前一日》云："扁舟短纜牽長溜。計歸程、何時候。雁聲北去頻回首。缺月將圓，涼風欲透。徙倚黃昏後。

恩恩客裏將重九。登高閑却題詩手。惆悵故人新別久。小院梧桐，長堤楊柳。何處黃花酒。"與〔驀山溪〕一首，皆內深穩而外飄曳。弘治、隆慶間，殊不多覯，惜其傳詞太少也。（孫人和）

二二七　山帶閣詞一卷

（惜陰堂叢書本）

明朱曰藩撰。曰藩字子价，號射陂，寶應人。嘉靖二十三年進士，除烏程知縣，遷南京刑部主事，改兵部，轉禮部，陞員外郎中，官至九江知府。是編自其《山帶閣集》中錄出者，僅〔鷓鴣天〕、〔南柯子〕二首。〔鷓鴣天〕《辱宣城諸公惠梨謝》云："記得花開月滿樓。美人樓上撥箜篌。當時曾辨雲中樹，此日猶勤天際舟。　　持碩果，感離憂。青山又見御梨秋。侍臣最有相如渴，一守文園遂白頭。"與〔南柯子〕《答孝符送梅》一首，皆格律嚴整，語句精拔。其詞雖少，是不爲也，非不能也。（孫人和）

二二八　西村詞一卷

（惜陰堂叢書本）

明朱樸撰。樸字元素，海鹽人，隱居西村。正嘉間，與文衡山諸人相酬答。是編從其《西村集》中錄出者，僅五闋，〔念奴嬌〕亦不完整。〔風入松〕云："武陵春酒不論錢。紅杏竹籬邊。畫橋一帶青青柳，蘭舟繫、瑪瑙坡前。隔樹數聲鸚鵡，誰家一簇秋千。

朱脣玉板鷓鴣天。歌罷鬢雲偏。杜鵑啼歇清明雨，樓臺鎖、幾處新烟。沉醉折花歸去，路旁拾得遺鈿。"〔蝶戀花〕下半闋云："李白桃紅梨雪縞。摘盡櫻桃，花落鶯聲老。客至匏尊時共倒。醉來隨意眠芳草。"〔西江月〕下半闋云："團扇打開花片，繡鞋蹙破

苔紋。祇愁飛去作行雲。撇下一天風韵。"并辭彩清麗，意境悠遠，惜其所傳甚少也。（孫人和）

二二九　葵軒詞一卷

（惜陰堂叢書本）

明夏暘撰。暘字汝霖，貴溪人，言其從子也。是編據舊鈔本以刊者，三十九闋，南北曲附。其〔生查子〕《自嘆》云："東流水不還，老去人難少。大藥豈能求，仙島何由到。　光陰暮春留，晴雨難先料。忙裏且偷閑，花下金尊倒。"頗有超然之致。又〔浣溪沙〕云："竹樹陰森護院牆。虛檐静坐納新涼。南風時送藕花香。　解悶難求千日醉，多愁空結九回腸。鳴蟬聲裏易斜陽。"詞極凄婉，惜全集不相稱也。〔菩薩蠻〕《回文》二首，殊不合律，則明人之陋矣。（孫人和）

二三〇　世經堂詞一卷

（惜陰堂叢書本）

明徐階撰。階字子升，華亭人。嘉靖進士，歷禮部尚書、東閣大學士，謚文貞。是編自其《世經堂集》、《少湖文集》中，分別錄出者，凡八闋。中多酬應之作，無可稱述。然如〔阮郎歸〕《中秋無月》云："廣寒宮殿鎖秋陰。只尺隔層岑。乘槎踪迹杳難尋。銀河幾許深。　停玉斝，罷瑶琴。潛思泪滿襟。不愁光彩竟銷沉。愁孤此夜心。"其哀世傷時，匿情晦迹，僞事權奸，卒行其志，亦可於詞中隱見之矣。（孫人和）

二三一　處實堂詞一卷

（惜陰堂叢書本）

明張鳳翼撰。鳳翼字伯起，長洲人。嘉靖間舉人。是編自其《處實堂集》中錄出者，凡八闋。如云："好事盡教愁裏過，故情空滴心中血。""昨夜一番新雨過，今朝六月作深秋。""窗外芭蕉

如許。管領一分寒暑。"似皆可誦，然已鄰乎曲。而尋繹全篇，又不相稱。以其著作甚夥，故特存之。（孫人和）

二三二　歸雲詞一卷

（惜陰堂叢書本）

明陳士元撰。士元字心叔，應城人。嘉靖二十三年進士，官至灤州知府。士元有《歸雲集》七十五卷，詩餘一卷。是編即取詩餘重刊者，共四十七闋。時有酬應之作，文筆亦多淺滑，往往似曲而非詞。然如〔長相思〕云："風悠悠。雨悠悠。風雨淒涼悲暮秋。佳人天際頭。　　望芳洲。隔芳洲。楓葉蘆花總是愁。蕭條獨倚樓。"與〔調笑令〕諸首，易流蕩爲清爽，殊可讀也。（孫人和）

二三三　履庵詩餘一卷

（惜陰堂叢書本）

明萬士和撰。士和字思節，號履庵，宜興人。嘉靖進士，隆慶初，以禮部左侍郎引疾歸，起爲南禮部尚書，不赴，卒，諡文恭。是編自其《履庵集》中録出者，凡十首。殊不精整，然氣味冲澹，亦未可盡非也。〔蝶戀花〕《秋夜》云："獨坐不知身是客。雨送秋聲，暝色千山夕。數莖短髮那禁櫛。一霎流光便成昔。　　休笑田園生計窄。新買南山，個裏乾坤各。夢破松陰眼凝碧。從他雲染衣衫白。"擇韻遣辭，雖未能十分精潔，可以見其情志矣。（孫人和）

二三四　師竹堂詞一卷

（惜陰堂叢書本）

明王祖嫡撰。祖嫡字胤昌，信陽人。隆慶辛未進士，改庶吉士，授檢討，遷國子司業。是編自其《師竹堂集》中録出者。〔萬年歡〕二十八首，題爲日、月、風、雲、雪、霜、春、夏、秋、冬、山、水、仁、義、禮、智、孝、弟、忠、信、琴、棊、書、畫、硯、筆、墨、劍，并爲應制之作。前有《奉旨擬撰詞曲》長序，所以爲輔弼啓沃之資，亦詞林罕見者也。其餘〔應天長〕一首，〔漁父詞〕十二首，〔鷓鴣天〕一首。應制詞序謂"詩變而爲詩餘，惟宋人最工。然多托意閨闥，寄情花鳥，雅致俊才，得以自運。故凄婉流麗，能動人耳"云云，似非不知詞者。〔漁父詞〕第七首云："柴門斜逐蓼花灣。江上悠然見遠山。餐紫翠，枕潺湲。一葉烟波自往還。"閑雅有幽趣，可以踪迹玄真矣。（孫人和）

二三五　種蓮詩餘一卷

（惜陰堂叢書本）

明朱憲㸅撰。憲㸅遼王植六世孫。植爲太祖第十五子，封遼王，國於廣寧，旋改荆州者也。憲㸅於嘉靖中襲王爵，以篤奉道教，爲世宗所寵信，賜號清微忠教真人。隆慶初，坐罪，降爲庶人，國除。是編自其《種蓮集》中録出者，凡八闋。皆粗俗陳腐，且雜以素虎、青龍、丹井、丹鑪之語，尤爲雜廁不倫。其〔大江東去〕五闋，并次東坡韵，所謂效顰學步，愈顯其醜者也。（孫人和）

二三六　瑞峰詩餘一卷

（惜陰堂叢書本）

明盧維楨撰。維楨字瑞峰，號水竹居士，漳浦人。隆慶戊辰進士，官至戶部侍郎。是編自其《醒後集》中録出者，僅〔千秋歲引〕、〔醉春風〕、〔臨江仙〕、〔感皇恩〕四首。并爲題贈祝壽之作，非可以詞學論也，存以備考而已。（孫人和）

二三七　薇垣詩餘一卷

（惜陰堂叢書本）

明王濬初撰。濬初字啓哲，山陰人。萬曆乙酉舉人，旋官内閣。是編自其《薇垣小草》録出者，僅〔應天長〕、〔杏花天〕、〔南鄉子〕、〔風入松〕四首。〔南鄉子〕云："家住在南洲。烟樹雲山映碧流。那更百花開處好，幽幽。無數紅芳檻外浮。　　樂事

與誰儔。擬共佳賓一醉游。乘興來時乘興去，休休。投轄還須十日
留。」尚有雅曠之致。若以精深妙遠論之，不足觀矣。（孫人和）

二三八　觀槿長短句一卷

（惜陰堂叢書本）

明吳敏道撰。敏道字日南，號南莘，又號射陽畸人，寶應人。
不樂仕進，以布衣終。是編自其《觀槿稿》中録出者，凡六闋。
〔減字木蘭花〕云：「輕風浦漵。一個白鷗飄不去。點破蒼烟。綠
水紅葉明鏡前。　　湊成兩個。我共白鷗歐共我。正好湖頭。跟定
漁家舴艋舟。」〔醜奴兒令〕云：「山人祇在山中住，又近東湖。
又近西湖。湖上風來暑也無。　　盆池滿貯湖中水，半種茨菰。
半種芙蕖。池上風生浪也無。」高尚之懷，優游之趣，閑雅恬適，
物我相忘。讀其詞，如見其人。至於爲詞爲曲，亦不必苛論矣。
（孫人和）

二三九　吹劒詩餘一卷

（惜陰堂叢書本）

明范守己撰。守己字介儒，洧川人。萬曆進士，官至按察使僉
事。是編自其《吹劒集》中録出者，僅五首，并和前賢之韵。〔大
江東去〕用蘇東坡韵，〔滿江紅〕用武穆韵，〔憶秦娥〕、〔眼兒
媚〕并次朱淑真韵，〔虞美人〕次何仲默韵，仲默，大復字也。步
和舊韵，偶一爲之，原無不可。今每首次韵，自不免於補湊。且僅
五闋，其不以詞重明矣，録以備一家耳。（孫人和）

二四〇　閬風館詩餘一卷

（惜陰堂叢書本）

明馬樸撰。樸字敦若，同州人。萬曆四年舉人，官至雲南按察
使。是編自其《閬風館全集》中録出者，凡七十六首。其間雜以
《黃鶯兒》、《玉芙蓉》、《清江引》等南北小令，原本如此，今亦

未別白焉。所撰非淺即陋，非粗即俗。蓋詞與詩文曲諸體，雖有相通之處，而各具其本質。今任意牽合，不倫不類，全不知詞者也。（孫人和）

二四一　全庵詩餘一卷

（惜陰堂叢書本）

明胡文煥撰。文煥字德甫，號全庵，一號抱琴居士，錢唐人。是編自其《游覽粹編》中録出者，凡十四闋。詞多平庸淺俗，殊無可取。文煥於萬曆中，設文會堂於杭州，廣刊四部典籍，并手輯《琴譜》、《古器具名》、《詩家彙選》諸書。又手輯雜著數十種，合梓行世，曰《格致叢書》，并彰彰在人耳目。其詞雖劣，自可存備一家也。（孫人和）

二四二　來復齋詞一卷

（惜陰堂叢書本）

明劉鐸撰。鐸字我以，號洞初，安城南里三舍人。萬曆丙午舉於鄉，越十年丙辰成進士。初任刑部主事，又奉使隴右。以事忤魏瑰，出守揚州。復陷以巫蠱事，卒赴西市。是編自其遺集中録出者，凡二十二首。辭彩清麗，筆力亦高，惟不能冶於一爐，爲可惜耳。〔漁家傲〕《瓜洲訪友》云：“小巷重重深幾許。緑楊溪畔犬聲度。一葉輕舟尋酒去。花無數。等閑笑入桃源路。　　紅粉含響嬌不語。多情未省陽臺雨。檀板輕歌調鸚鵡。情欲訴。江雲黯澹金山暮。”清純雅正之作也。其餘徵其筆力者，如〔菩薩蠻〕云：“此際有佳人。巫陽夢不成。”見其操守者，如〔蝶戀花〕云：“顧影自憐還自笑。梅花吹徹吳江曉。”鐸崇尚氣節，矢志不阿。當其臨刑之際，徑斥瑰逆，賦絶命詩以自顯其志。讀其詞，當敬其人也。（孫人和）

二四三 簡齋詩餘一卷

（惜陰堂叢書本）

明劉榮嗣撰。榮嗣字敬仲，曲周人。萬曆丙辰進士，授戶部主事，累遷至工部尚書。是編自其《簡齋集》中錄出者，凡十八首。〔踏莎行〕云：“此身雖在亦堪驚，長才未展嗟空老。”“桃源流水浪痕香，柴桑叢菊霜華曉。”〔青衫濕〕云：“江南倦客，不堪重聽，高柳哀蟬。”〔木蘭花〕云：“身同病柏樹頭枝，髮似摧根霜下草。”〔搗練子〕云：“日暮天涼人落寞，砌間蟲語伴孤吟。”“秋老花黃宵更永，可能不醉倚闌干。”皆集中可誦之句也。然淺鄙之處，亦不少。如〔青衫濕〕云：“笑時同笑，閑時同閑。”〔一剪梅〕云：“身在圖中。圖在書中。”“剛是春風。又是秋風。”一篇之內，前後不倫，雅俗任心，瑕瑜互見，明人詞集，往往如此也。（孫人和）

二四四 殘本林石逸興七卷

（明萬曆刊本）

明薛論道撰。論道字譚德，號蓮溪居士，北直隸定興人。《光緒定興縣志》卷十一，載論道跛一足，八歲能屬文，以家貧輟博士業。讀兵書，自負智囊，都下公卿呼爲“刖先生”。神堂谷有警，論道倡議利用寡不用衆，制府用其策，却敵十萬衆。捷聞，授指揮僉事。萬曆初，戚繼光鎮薊，建議弃黑谷關。論道白制府，力陳不可狀，事竟寢。以是失戚意，移疾罷。久之，守大木谷，以功擢官三級，以神樞參將請老，加副將歸。是編爲論道自集所撰小令，以百首爲一卷，凡千首，析爲十卷。唯此本已不全，缺卷二、卷九、卷十，凡三卷。稽其所咏，不過十調，尚未能極聲音之變。然所守既約，運用甚熟，其吐納宮商動合節奏，不蹈纖仄堆砌之習，頗爲可貴。蓋無意爲詞而自然諧美，可謂鳴其天籟者。明季武人工詞，唯陳鐸爲最著。然鐸本江南人，居文盛之邦，風氣相靡，易於

染受。論道河朔壯士，馳驅戎馬之間。顧吟咏性情得音律之微，有非文士所能及者，亦可以與鐸抗衡媲美而無所愧矣。（孫楷第）

二四五　筆花樓新詞圖譜不分卷

（大連滿鐵圖書館藏萬曆十八年庚寅刊本）

明顧仲方撰。仲方有《事物百咏圖譜》二卷，已著録。是編前有陳繼儒序云：“顧仲方先生，以雕龍綉虎之才，入爲鳳閣侍從。長安諸薦紳，咸束錦交先生，片言尺楮，往往爲寶。時因杯酒間，忽動鄉國之想，乃請作〔江南春〕新樂府，使一片燕塵頓豁，而身游於小桃弱柳隊中。至於咏物閨情，各抒才韻，繪擬所至，生氣湊合，可以奪畫工之權，結思人之涕。”又考是編，編末有王稚登跋，紀年爲庚寅五月，知其書蓋萬曆十八年庚寅，仲方侍從長安時之所作也。其書不分卷，惟其首頁題雪篇而不著書名，疑其書當非完帙。今就其存者考之，全書所咏，都凡十有三題。其目曰咏桃花，曰咏芙蓉，曰咏竹，曰咏歌，曰咏舞，曰金索挂梧桐，曰春景閨情，曰夏景閨情，曰秋景閨情，曰冬景閨情，曰桂枝香春景閨情，曰夏景閨情，曰秋景閨情，曰冬景閨情。每咏一題，皆上頁爲圖，下頁爲詞。核其所咏，或描摹事物，或抒寫閨情。咏物則繪影繪聲，生氣湊合；抒情則纏綿婉轉，凄艷欲絕。至其按詞作圖，尤能奪天工之巧，寫閨人之思，左圖右事，深得古人之遺意。王稚登跋謂其詞“足令燕落梁間，雲停酒畔。曉風殘月之句，諒可適於清喉；霓裳仙足之音，庶克諧於妙律”。於仲方之作，推崇備至，誠非虛譽也。（張壽林）

二四六　平山堂詩餘一卷

（惜陰堂叢書本）

明劉應賓撰。應賓字思皇，沂水人。天啓進士，官安徽巡撫，旋擢都察院僉都御史。是編從其《平山堂詩集》中録出者，凡八首。〔木蘭花慢〕云：“頹然不記出王。”〔長相思〕云：“烟雲澷。

花朝晤。""紅粉傅。風雨惡。"皆不成詞句。〔東風齊著力〕二首，〔水調歌頭〕、〔憶秦娥〕、〔臨江仙〕諸首，字句生硬，聲律殽亂。八首之中，難尋完璧矣。（孫人和）

二四七　花影集五卷

（明崇禎刻本）

明施紹莘撰。紹莘字子野，華亭人。以布衣終其身。此編除末卷爲詩餘外，餘皆散曲。首有同邑友人陳繼儒序文，略謂子野才太俊，情太痴，膽太大，手太棘，腸太柔，心太巧，舌太纖。抓搔痛癢，描寫笑啼，太逼真，太曲折。其贊賞紹莘，語語恰當。蓋紹莘所作曲，平心衡之，有四善焉：一不雕琢，二不磨滌，三不粉澤，四不穿鑿。而性靈純潔，機鋒自然，可稱別開生面之作。與當時吳中金陵盛行梁伯龍、金在衡庸俗平冗一派，意境飾辭適相反。宜乎至今談藝者，猶稱道不置也。散曲四卷，套數八十有六，爲明人散曲集中套曲最多者。小令七十二，不盈一卷。全書乃紹莘生前所自訂，不依宮調排比先後，而以創作之時代爲叙。曲前多繫小序，略仿姜堯章之自度曲。曲後復自爲評跋，尚不脱明季士夫自相標榜習氣。卷首有雜記十一則，於全書體例略有説明。統觀全書，以佞花、惜花、祝花之作最多。其所居西佘，花木之盛，甲於一郡。集名花影，殆以此歟？除咏花諸作外，其他精警處，亦所在皆是。如〔解三酲〕兩闋云："吹不了愁香怨粉。吹不了瘦鐵窮砧。吹不了玉門關上秋鴻影。吹不了曉月津亭。吹不了夜深裙帶雙鴛冷。吹不了春暖弓鞋百草熏。凄涼景。吹不了柳綿如霧，古渡荒城。"又云："吹不了紙錢灰冷。吹不了野燒痕青。吹不了酒旗葉葉春江影。吹不了古戍烟橫。吹不了人悲客路斜陽艇。吹不了鬼哭沙場夜雨燐。添凄哽。吹不了子規啼月，血遞微腥。"生動勁拔，頗具元人滄茫渾厚之致。又如合鏡詞〔金索挂梧桐〕云："曾從愛裏過。也向愁中坐。越是分離，越把心腸鎖。沙家事若何。付南柯。不嫁三郎頭不梳。寧使做吞酸忍楚痴兒女，決不似抛冷趨

炎歹丈夫。非閑可。歷遭情劫忒多魔。到如今歡處悲多。却又是悲
處歡多。攪亂了相攙和。”紹莘自謂有情可摹，無才可盡，真千古
奇文也。惜所作無論南北曲，用韵處失之太雜，不合曲家繩墨。故
不能譜爲新聲，被之弦索。明末人所輯散曲選集如《太霞新奏》、
《彩筆情詞》、《吳騷合編》、《珊珊集》，竟不采録隻字，所謂案頭
之曲而非場上之曲，亦此書之不幸矣。集後所附詩餘，全落明人
纖屑巧小之習，無當大雅，吾人存而不論可也。（趙萬里）

二四八　秋佳軒詩餘十二卷

（惜陰堂叢書本）

明易震吉撰。震吉字起也，號月槎，上元人。崇禎七年進士，
授刑部主事，陞郎中，出爲大名知府，歷嘉湖道江西參政副使。是
編首數卷慢詞，中數卷引近，末數卷令曲，其大體區分如此。撰詞
多至十二卷，明人詞集篇帙最富者也。詞派取法稼軒，欲於奔放
之中露韶秀之態。雖未能至，亦明末詞中之一派也。其〔念奴嬌〕
《讀稼軒集，用大江東去韵》云：“期思渡口，來神兕、共詫天生
神物。叠嶂西馳旋萬馬，壓倒東坡赤壁。婢子琵琶，兒童觱篥，那
解陽春雪。紹興相望，如公應號詞杰。　　公豈僅僅詞人，八陵二
聖，忠憤漫胸發。陡把大聲呼海內，虜焰一飆吹滅。著作其餘，風
流婉約，寫出心如髮。伊人安在，瓢泉猶照秋月。”此閴雖非集中
上品，然心折稼軒，詞氣橫發，亦可粗知其大概矣。（孫人和）

二四九　休庵詞一卷

（惜陰堂叢書本）

明盛於斯撰。於斯字此公，南陵人。值明季鼎革之時，散金結
客，壹意著書。是編乃從其《休庵集》中録出者，凡五十五閴。駁
雜不純，雅俗隨意。至若混以曲語，不合聲律，則明人大抵如此，
未可專責於斯一人也。然其悼亡別離諸作，一往情深，轉不覺其俗
濫。明人之詞，不必苛論，若於斯者，自可留備一家也。（孫人和）

二五〇 淳村詞一卷

（惜陰堂叢書本）

明曹元方撰。元方字介皇，別號耘庵，海鹽人。崇禎癸未進士。隆武立，授吏部驗封司郎中，後兵敗，還家，遂隱居峽石以終，自署檇李遺民。其詞音律差謬，平仄乖違，然有優游之趣，每寓家國之哀。觀於〔南鄉子〕《七夕獨酌》、〔沁園春〕《自解》諸詞，而可知也。〔漁家傲〕《夢錢牧齋、瞿稼軒》下半闋云：“摧折英雄知無數。誰是偷生誰義赴。夢裏殷勤情欲訴。長恨賦。前朝還說南中誤。”言下猶有餘恨。又《挽吳梅村》云：“報國文章君獨秀。金蓮歸娶印懸肘。少年知遇前無偶。時未久。黃昏鐘響收天酒。　到處逢迎稱下走。園庭花木當窗牖。羅列鴛鴦行似柳。今安有。白楊蕭蕭君知否。”語含諷刺，益可知其志趣矣。（孫人和）

二五一 九霞山人詞一卷

（惜陰堂叢書本）

明顧起綸撰。起綸字更生，號玄言，江寧人。從父可學絜之京師，代爲祝釐應制之文，多稱帝意，以國學生累官鬱林州同知，致仕。是編從其《九霞山人集》中錄出者，僅〔念奴嬌〕〔夢江南〕〔女冠子〕三闋。〔念奴嬌〕和東坡，轉入清淡。〔女冠子〕效《花間》，流爲淺薄。蓋起綸不以詞名，偶爾模擬，故不能冶於一爐也。（孫人和）

二五二 紫雲詞一卷

（嘉广年抄本）

清丁煒著。煒字星坡，福建晉江人，與弟嵊俱以詞名。以按察司僉事分巡贛南道，構甓園於官廨。且於層波之閣、八景之臺，攜賓客倚聲酬和。朱彝尊《曝書亭集》稱其“成《紫雲詞》，流播南北，蓋兼宋元人之長”，即是集也。其自序謂“比歲師旅，絡繹動走數百里，累數閱月，往來調撥，期會。辛亥吳子蘭次、陳子緯雲，遙來晨夕，尚有花下筵前，良辰美景，唱酬諸章外，此則皆軍旅山谷、風塵雪霜、輿馬舟楫之間，勞者之歌，合成此數"。可以見其詞格之所由來矣。其名爲"紫雲"者，則以本樂歌七音之呂。蓋其鄉城北有山曰紫帽，紫雲嘗冒其上，即唐真人鄭文叔遇羽衣、授金粟之處也。（撰者未詳）

二五三　滄霞詞一卷

（晋江丁氏家刻本）

清丁焯著。焯字韜汝，福建晋江。與兄煒齊名，有"二丁"之目。據煒序稱戊亥，焯居寧晷，率以舟楫爲位署。蓬窗無聊，詩詞間作，焯因從焉。每填一闋，兄弟二人，必相屬和。其樂可知也。甲子秋，焯省闈蹶後，乃益探討《金荃》、《蘭畹集》，窮宋元名家要渺之旨，間以憤惋侘傺、幽憂拂鬱之意，發爲流商變徵之音。煒因檢其可存者得二百幾十闋，因進焯而語之曰，調高北宋，采奪南唐者，吳蘭次之言也。躊躇美善，得玉田、白石之旨者，陳緯雲之論也。繼自今無狃於調之嫻而滑其辭，無憚於格之嚴而審其思。故取與《紫雲詞》并觀，兄弟二人，師友淵源之迹，可以見焉。（陳鍫）

二五四　扶荔詞三卷別録一卷

（康熙間刊本）

清丁澎撰。澎字飛濤，號藥園，仁和人。順治進士，官禮部郎中。澎爲"西泠十子"之一，通籍後，與宋琬、施閏章諸人唱和於京師，又爲"燕臺七子"之一，蓋早負詩名矣。此爲其所撰之詞，卷一小令，卷二中調，卷三長調，共二百零五首。卷四別録回文三十九首。每詞之後，有同時諸人評語，皆諛辭也。集中最可異者，往往不用舊調，自訂新譜。〔花裏〕自注云"新譜者，藥園之所定也。有自度曲，有犯曲，有翻曲"云云。自明代宮譜亡失，不知何以能自度曲，又爲犯曲也，翻曲尤爲費解。集中犯曲最多，其法節兩調或數調之句法以合一調。不知犯調始興於宋大晟府，姜夔〔淒涼犯〕序，言之甚晰，全在住字相同，如正黃鍾宮與越調犯，越調與中呂調犯，皆合字住。澎不明是理，但節用各詞句法，蓋本劉過〔四犯剪梅花〕。盧祖皋又有〔錦園春三犯〕及〔月城春〕之名，用〔解連環〕、〔醉蓬萊〕、〔雪獅兒〕三曲，須知此云犯者，即晁補之所謂自過腔，姜夔所謂鬲指聲，不同音者，不能過腔。蓋住字相同可爲犯調，五音相同即可過腔，皆有犯名。澎不明此理，無知妄作。其〔金門歸去〕詞後，范默庵又以〔四犯剪梅花〕爲蘆川之詞，一誤而再誤矣。回文之詞，殊非正道，偶一爲之，本無不可。今竟別錄一卷，謂之詞變，謬妄極矣。其詞喜爲綺語，亦多纖巧之言也。（孫人和）

二五五　阮亭詩餘一卷

（仰視千七百二十九鶴齋叢書本）

清王士禛撰。士禛有《精華錄》，清修四庫書已入存目。此爲其所撰之詞，僅二十九首。後有和李清照詞十餘首，共不足五十首。吳重憙《衍波詞跋》曰“王文簡公詞，流傳者有二本。一曰《衍波詞》，刻入孫無言《十六家詞》中；一曰《阮亭詩餘》，相傳爲公手定，有自序，及宛陵唐允甲、東武邱石常、南昌丁弘誨、吳曘沈履夏、同里徐夜各序，邱石常、徐夜評注”云云。此本多鄒祗謨一序，餘與吳説正同。其實評注之中，亦有士禛自注。至以爲士禛手定，固難質言。然以《衍波詞》校之，此本四十餘首，《衍波》皆有，尚多數首。和易安者，則散入全書。是可知此本即從《衍波》摘出，化散而爲整也。又和易安詞內，有〔雨中花〕一首，其詞與調不合，實爲〔浪淘沙〕，非〔雨中花〕也。《漱玉集》中，亦無〔雨中花〕調。今所見者，惟文津閣本《漱玉集》，〔浪淘沙〕誤題〔雨中花〕，不知士禛所據何本也。細繹之，士禛原稿似不誤。《衍波詞》有〔雨中花〕（料峭東風吹細雨）一首，次即本詞而題曰〔浪淘沙〕。是原本未譌，蓋摘抄時，詞本不誤，而調則誤用前首也。士禛之詞，令曲時有佳篇，同其詩之七絶，蓋清雅有餘，渾厚不足。五代之詞，重厚而大，故敢爲艷語。士禛力不足以驅之，而喜學《花間》，往往入於淫邪。即其〔蝶戀花〕詞"郎似桐花，妾似桐花鳳"，淺薄無俚，而當時竟以"王桐花"稱之，可見其詞風之不振矣。（孫人和）

二五六　蓼齋詞一卷

（清名家詞本）

清李雯撰。雯字舒章，華亭人。明諸生。入清，以薦授弘文院撰文中書舍人，充順天鄉試同考官。是編凡百二十二闋。雯與陳子龍齊名，其小令仍襲明風，宗主花草。〔南鄉子〕云："涼雨似新秋。簾捲湘波不下鈎。看盡青山和黛濕，新愁。壓下雲屏角枕頭。　　常把帶圍收。銀蒜低垂寶篆浮。暗數松兒人不見，凝眸。濃綠陰晴燕子樓。"雖不若陳子龍之精深，而筆端不纖弱也。其慢詞甚少，亦有可論者。〔風流子〕云："千山梅雨歇，翠微裏、冉冉碧雲歸。想煮蘭庭戶，吳天平暖，罷罌時候，越嶺低迷。憑闌久、朱霞明粉壁，黃鳥度新枝。看水散荷珠，暗成別淚，篋餘蕉葉，寫起相思。　　登樓携手處，常牽惹、最是珍重聲遲。爲數幾圍明月，應問歸期。念湘竹簾中，半殘梔子，海棠階下，細點螢兒。好個惱人天氣，獨自難支。"詞雖未盡工整，而氣韵和雅，似有宋賢遺意。清初之詞，改變風氣，由漸而積，此可留意者也。（孫人和）

二五七　吴梅村詞一卷

（光緒十六年刊本）

清吴偉業撰。偉業有《綏寇紀略》，清修四庫書已著録。偉業詞非專家，故是編僅九十二首。然如〔如夢令〕云："鎮日鶯愁燕嬾。遍地落紅誰管。睡起爇沉香，小飲碧螺春盌。簾捲。簾捲。一任柳絲風軟。"次章云:"誤信鵲聲枝上。幾度樓頭西望。薄幸不歸來,愁殺石城風浪。無恙。無恙。牢記別時模樣。"三章云:"小閣焚香閑坐。摵摵紙窗風破。女伴有誰來,管領春愁一個。無那。無那。斜壓翠衾還臥。"皆宛轉低徊,凄涼哀怨。又〔賀新郎〕《病中有感》一闋,蓋絕筆之作也。詞云:"萬事催華髮。論龔生、天年竟夭,高名難沒。吾病難將醫藥治,耿耿胸中熱血。待灑向、西風殘月。剖却心肝今置地,問華佗、解我腸千結。追往恨,倍凄咽。　　故人慷慨多奇節。爲當年、沉吟不斷,草間偷活。艾炙眉頭瓜噴鼻,今日須難訣絕。早患苦、重來千疊。脫屣妻孥非易事,竟一錢、不值何須說。人世事,幾完缺。"輾轆牽腸,哀音低轉。偉業身事兩朝,貽譏當世。人之將死,其言也善。然使後世讀此詞者,亦可以憐其身而哀其志矣。(孫人和)

二五八　藝香詞鈔四卷

(吳琥繡校刊本)

清吳綺撰。綺有《嶺南風物記》,清修四庫書已著録。此爲其所撰之詞,按小令、中調、長調分列。卷一爲小令,卷二爲小令、中調,卷三爲中調、長調,卷四爲長調,附録散曲數套。綺詞造語圓融,流麗自喜。然能放而不能斂,外露而不內收,故時有側艷之語也。又如〔醉花間〕《春閨》云:"把酒囑東風,種出雙紅豆。"當時有"紅豆詞人"之號,其實此亦非上品之句也。長調〔滿江紅〕九闋,頗有激壯之語,殆與其年、華峰游,而同其嗜好歟?朱彝尊謂綺詞似陳西麓,則河漢之言也。(孫人和)

二五九　秋雪詞一卷

(舊抄本)

清余懷著。懷字澹心,以《板橋雜記》一書知名,此外著作多種,皆罕見流傳。是集本有刻本,今亦渺不可得。善本書室所藏《玉琴齋詞》,與此內容不同。吳梅村論澹心之詞:"大要本於放翁，而點染藻艷，出脱輕俊，又得諸金荃、清真。”龔鼎孳云：“《秋雪詞》驚才絕艷，繡口錦心，人所易知也。而其一寸柔腸，千年絕調，腴而不靡，麗而不纖，悲壯而不激烈，曠達而不膚廓，則非人所易知也。”二公皆詞壇國手而備極推崇如此，觀之集內，洵非虛諛阿好。澹心《什記》之作，即足見其傷心人別有抱懷。其性情才調，固宜於倚聲度曲者也。（撰者未詳）

二六〇　玉琴齋詞不分卷

（傳鈔本殘卷）

清余懷著。懷字澹心，福建莆田人。所著《板橋雜記》流行於世外，有《平生蕭瑟詩》、《三吳游覽志》、《楓江酒船志》、《秋雪詞》、《味外軒稿》、《茶史》諸種，皆罕流傳。此集本爲善本書室所藏稿本。據《善本書室藏書志》述其淵源云：“共四册，不分卷。卷首有吳梅村、尤展成二氏題詞，後有顧千里、孫淵如二跋。澹心此詞，世無刻本。其體格與漁洋、珂雪二家相伯仲。舊爲曹棟亭、昌敷齋轉輾寶藏，其後爲馬二槎所得。蔣生沐載入《東湖雜記》。”今原本已不知所在，是卷爲閩中傳鈔之本，僅存首尾二册，且多蟲蝕漫滅，誠藝林之不幸。澹心《秋雪詞》已著錄，其詞風具見吳偉業、龔鼎孳二公所論述，蓋能兼陽剛、陰柔之美者。（撰者未詳）

二六一　南溪詞一卷

（清名家詞本）

清曹爾堪撰。爾堪字子顧，號顧庵，嘉善人。順治壬辰進士，官侍講學士。是編二百三十闋，詞雖趨於濃艷，時見古雅之作。〔鷓鴣天〕《送客之金陵》云：“羅綺香殘舊院空。石城橋畔挂晴虹。柔情常在琴心裏，別意難消燭淚中。　　江水白，落花紅。小樓山色六朝同。莫愁家近頻來往，蘭槳輕隨燕子風。”其神情似在賀、晏之間。又〔西江月〕云：“烏巷家家王謝，黃初字字徐劉。”

〔雙調望江南〕云：“鷗浴似添濤外雪，林疏微映菊前黃。”〔江城子〕云：“一天征雁喚離愁。”皆精巧之句也。（孫人和）

二六二　棠村詞一卷續一卷

（原刊本）

清梁清標撰。清標有《蕉林詩集》，清修四庫書已入存目。此爲其所撰之詞，前錄龔鼎孳、宋琬、王士禛、王士禄、尤侗、顧貞觀、陳其年諸家評論清標詞語，多爲諛辭，殊難盡據。然清標所作，麗句清詞，雍容華貴，亦未可盡非也。是書凡三刻，初爲其弟子徐釚所輯，僅數十闋，刊於錢塘。後清標之猶子，輯錄前後諸作，與吳偉業、龔鼎孳之詞，合刊於揚州。嗣後刊行《續集》，并從三家中取出清標之詞，彙爲正、續二集，此即第三次刻本，最爲完整者矣。（孫人和）

二六三　延露詞三卷

（檇李遺書本）

清彭孫遹撰。孫遹字駿孫，號羨門，海鹽人。順治己亥進士，康熙中舉鴻博第一，授編修，累官吏部侍郎兼掌院學士。延露，鄙曲名，《淮南·人間訓》云：“夫歌采菱，發陽阿，鄙人聽之，不若此延路（《北堂書鈔》一百六之《長笛賦》注引并作露。）、陽局。”馬融《長笛賦》：“下采制於《延露》、《巴人》。”高誘《淮南注》：“延路，鄙歌曲也。”《文選》五臣注：“延露，小曲名。”孫遹詞名延露，蓋取義於此，謙辭也。當時孫遹與王士禛齊名，號曰“彭王”。其爲詞不宗一派，喜步趨於北宋及五代。故驟觀之，似覺深厚，細繹之，好逞聰明，不能沉著。蓋浙派之詞，以南宋爲止境，其失也淺薄。孫遹高視濶步，其失也不純。二者相較，厥失維均。《東皋雜錄》謂“孫遹晚年悔其少作，厚價購所爲《延露詞》，隨得隨燬”，與《北夢瑣言》所載晋和凝事相類。然其詞具在，蓋傳聞失實也。（孫人和）

二六四　定山堂詩餘一卷

（清名家詞本）

清龔鼎孳撰。鼎孳字孝升，號芝麓，合肥人。明進士，累官御史。入清，歷官至禮部尚書。是編凡二百零二闋。跋云：“芝麓詞，刻入《定山堂全集》者，分四卷。首卷題‘白門柳’；次卷題‘綺懺’；三卷之首，則題曰‘此卷以下皆癸卯後《香嚴齋存稿》’。別有一本名《香嚴齋三十二芙蓉集》，不分卷，爲康熙壬子吳江徐電發所刻。合兩本勘之，知徐本所收，適當《全集》本前二卷及三卷之半，字句小有異同。如《七夕》〔菩薩蠻〕結句‘不敢問流螢。一雙何處星’，徐刻本作‘不敢問雙星。流螢記畫屏’。又如題中稱‘善持君’者，徐刻本均作‘內人’。蓋徐本刊布尚早，《全集》則晚年所定。而‘白門柳’、‘綺懺’諸名稱，亦爲後來分卷時所題，非徐刻時所有也。”是編乃據《全集》本合爲一卷者，故前有白門柳、綺懺自題各一短篇也。鼎孳勢位優隆，聲氣愈廣，與汪蛟門、曹子顧、王西樵、阮亭、陳其年諸人，酬酢往還，鬥韻唱和。然激壯之詞，不及迦陵；雅艷之製，亦遜二王。蓋猶沿襲明風，未盡純正，而又自許甚深，務爲高遠。中間用柳屯田、賀方回、周美成、史邦卿諸家之韻者甚夥，徒蹈效顰之譏，無當於詞體矣。（孫人和）

二六五　歲寒咏物詞一卷

（康熙刊本）

清王一元撰。一元字畹仙，自號江左詞人。是編據其弟賚跋謂“畹仙二兄，庚辰下第，留滯都門。客窗歲暮，作咏物詞自娛。未匝月，已得二百餘闋，先梓其半”云云。庚辰爲康熙三十九年，詞共九十六闋，與跋中“梓其半”語正合。詞中評點，乃汪灝與一元弟賚所爲也。有咏花草者，如杜鵑花、綉毬花等類是也；有咏鳥獸者，如鷦鴣、蜂、貓等類是也；有咏美人者，如美人口、美人

目、簾内美人、鏡中美人等類是也；有咏事物者，如料絲燈、漁
蓑、門神、裙、泪、百花釀酒等類是也。每調咏物，少則一種，多
至九類，其體例如此。兩宋詞人，未有專以咏物名其詞者，偶有所
述，則別具情欵，寄托遥深。北宋之中，如東坡之楊花，清真之梅
花，一唱而三嘆，睹物而知情矣。南宋以來，風流彌著。然如梅溪
之春雨、雙燕，不即不離，情懷悱惻。至於白石咏梅，碧山之新
月、雪意、蟬、螢諸作，則又家國之哀，發其幽憤者也。若一元所
撰，則專事寫生，爲物所役，尚安足重哉！以其文辭精巧，存以備
檢閱耳。（孫人和）

二六六　百末詞一卷

（清名家詞本）

清尤侗撰。侗字展成，一字悔庵，號艮齋，晚號西堂老人，長
洲人。順治戊子拔貢生，直隸永平府推官。康熙己未，應博學鴻
詞，授檢討。是編三百零六闋。其名“百末”者，自識云：“漢人
以百花百草末造酒，號‘百末酒’。予所作，亦《花間》、《草堂》
之末也，故以名之。”此可知其爲詞之旨趣矣。内無沉深之悁，外
求艷麗之容。喜弄筆端，纖浮不重，而侈談花草，明清間詞，比比
皆是。侗之所作，匪特失其精神，并喪其形貌。較之別家，益爲下
矣。其慢詞，劍拔弩張，叫囂喧嚷，無迦陵之力，而欲方軌齊驅，
是亦難矣。（孫人和）

二六七　楓香詞一卷

（刊本）

清宋犖撰。犖字牧仲，號漫堂，又號西陂，商邱人。康熙間，
以任子入官，累擢江蘇巡撫，官至吏部尚書，加太子少師。是編共
二十六闋。〔青玉案〕云：“楓香橋是黃州路。曾岸幘、扶筇去。
一望霜天風景暮。空山流水，白雲紅樹。動我悲秋賦。　於今屢
夢高歌處。聊取嘉名錫痴語。蘭畹金莖休見妬。花間低按，尊前輕

度。總愧江楓句。”此言其取名“楓香”之意也。朱彝尊序其詞，謂“所作咸可上擬北宋，一字未安，輒歷繙古人體制，按其聲之清濁，必盡善乃已”。其言雖難盡據，然氣骨甚高，語句警策，未可非也。舉詩與王士禛并稱，本無詞名，而在清初詞中，實允當之作也。（孫人和）

二六八　秋屏詞鈔一卷

（健碧山房刊本）

清吳貫勉撰。貫勉字尊五，江寧人，諸生。是編四十五闋，鑒定者，黃庭商元極也；題序者，陳鵬年、杜濬、朱彝尊、何嘉延、姚潛、申瑋、周而衍、黃庭也。小長蘆題云：“《秋屏詞》，盡洗鉛華，獨存本色，居然高竹屋、范石湖遺音，此有井水飲處所必歌也。”以爲盡洗鉛華，則近似之。以爲有竹屋、石湖遺音，有井水處皆能歌之，則譽過其實矣。貫勉之詞，雅正則有餘，宛曲則不足。雅而直率，則徒爭字面矣；雅而宛轉，則氣機跌宕矣，此學南宋詞者所當知也。故貫勉之詞，較以明末浮夸之習，則爲雅矣。若較以浙西六家，則未純也。（孫人和）

二六九　坐花閣詩餘一卷

（宣統刊本）

清吳之騄撰。之騄字鳴夏，號逸園，豐南人。附貢生。是編前有康熙同里汪鶴孫題序一篇，文多闕佚。蓋其遺稿經咸豐兵燹之後，頗有散失。此乃其舅孫蔭培據鈔本以刊者，共七十首，亦有闕文。詞頗清婉，惟平淺而不沉鬱，故淡而不腴，時雜粗硬之句。如〔行香子〕云：“嘆年方青，倏壯矣，老終焉。”〔滿江紅〕云：“任狂奴故態，不文而野。”并非詞中語也。時見艷體，亦清初纖薄之派。喜和藝香，又遜於藝香矣。（孫人和）

二七〇 填詞六卷

（西河合集本）

清毛奇齡撰。奇齡有《仲氏易》，清修四庫書已著録。奇齡論詞，最薄辛、蔣，觀其所撰，令曲學《花間》，慢詞宗北宋。然《花間》精妙，而奇齡所作，往往流爲纖巧。如〔相見歡〕云："愁思遠。拋金剪。唾殘絨。羞殺鴛鴦銜去一絲紅。"〔風蝶令〕《鬥草》云："藏得宜男，臨賽又躊躇。"〔菩薩蠻〕《午睡圖》云："柳帷褰未閉。隔水窺人至。待起整釵鈿。郎今未可前。"幾於流蕩忘返矣。北宋高渾，而奇齡所作，往往流爲淺薄。如〔蘭陵王〕云："想前此。"〔綺羅香〕云："古鄼名家，彭城遺冑。"〔滿庭芳〕云："初過清明，纔逾上巳。"成俗濫之調矣。真所謂眼高而手低也。（孫人和）

二七一 江湖載酒集三卷

（浙西六家詞本）

清朱彝尊撰。彝尊有《經義考》，清修四庫書已著録。有明一代，詞最靡敝，宮譜淪亡，學無準則，迨至末年，浮夸纖綺，其風極矣。彝尊起而矯之，一以雅正爲歸，尊重姜、張，旁及梅溪、夢窗、草窗、碧山諸家，故搜羅舊集，編選《詞綜》，風氣丕變，厥功甚偉。彝尊謂此旨始於曹溶，蓋浙派之興，發端於溶，而大成於彝尊也。此爲彝尊所撰詞集，名曰"江湖載酒"者，取杜牧《感舊》之句，以自況其生平也。其詞清雅可咏，灑落有致，當時與陳維崧并稱，號曰"朱陳"。然世多揚朱而抑陳，蓋以彝尊得其正，維崧得其偏也。其實彝尊之詞，未能沉鬱。其〔解珮令〕《自題詞集》曰："不師秦七，不師黃九，倚新聲、玉田差近。"須知淮海之詞，豈黃九所可比擬。淮海內有深沉之思，而出之以淡雅，最爲詞中上境，自周邦彦以來，莫不以婉雅爲正宗，實自淮海啓之。玉田雖雅，往往流爲滑易。彝尊但知玉田，而不知淮海，此其

所以不能沉鬱也。浙派之病，在於過尊南宋，而不能知北宋之大也。（孫人和）

二七二　柘西精舍集一卷

（浙西六家詞本）

清沈皥日撰。皥日字融谷，號柘西，平湖人。以貢生知廣西來賓縣，歷辰州郡丞。此爲皥日之詞集，共八十三闋。内多追和南宋諸賢之作，是其詞學之界限。龍涎香、白蓮、莼、蟹諸詞，亦效《樂府補題》也。與朱彝尊、李良年、李符、龔翔麟及其姪岸登相唱和，可以想見當日浙派之盛也。其詞純雅諧婉，措語圓融，時有清空之趣。惟〔鶯啼序〕既和夢窗，則次段第二句當用去上去上，而皥日用平入入去。既以白石爲主，則〔淒凉犯〕末七字皆當用仄，而皥日用平平仄仄仄仄仄，最爲不合。然清初詞人，往往疏於聲律，亦不必專責皥日矣。（孫人和）

二七三　黑蝶齋詞一卷

（浙西六家詞本）

清沈岸登撰。岸登字覃九，一字南淳，號惰耕村叟，平湖人。此其詞集，共七十六首。岸登詩詞與書畫，有三絶之目，其詞最爲妍雅，以視《柘西精舍》，不獨無愧而已，邊幅窄狹則一也。自本根言之，浙派之詞，僅得和雅二字，蓋以南宋爲止境，終不能見其大。彝尊之詞，即犯此病，況其餘乎？然在當時，改變風氣，二沈二李，并可羽翼秀水者也。（孫人和）

二七四　拓花詞稿二卷

（康熙刊本）

清李繼燕撰。繼燕字駿詒，自署東官參里，其事迹未詳。是編前有錢塘沈用濟序一篇，則康熙間人也。首卷三十四闋，有林貽熊硃色批點；末卷三十六闋，有陳阿平硃色批點，後附《月夜咏懷》散曲一套。其令曲似少游，慢詞似宋末諸賢。〔調笑〕云：
"小橋盡處青山隔。驚起鵁鶄千百。"則明效少游者也。〔解連環〕
《秋燕》云："畫堂情悄。漸疏梧向晚，玉階重掃。傍故人、紅影
參差，似惜別牽衣，幾回低道。暮雨催歸，更閱盡、天涯芳草。恨
因循負了，楊花滿院，此時懷抱。　　誰憐翠娥夢杳。自重湖去
後，錦書難到。待托他、秋社將歸，又祇怕年時，一番寒早。柳外
花邊，尚暗想、玉坐輕渺。怎堤防、綉簾半捲，便教忘了。"柔情
深意，隨筆宛轉，一唱三嘆，居然王碧山矣。惟上下批點，仍沿明
人之陋習，爲可惜耳。（孫人和）

二七五　秋錦山房詞一卷

（浙西六家詞本）

清李良年撰。良年有《秋錦山房集》，清修四庫書已入存目。
良年之詞，其佳者能以淡語達深情，時見勝國之感。如〔好事近〕
《秦淮燈船》云："五十五船舊事，聽白頭人語。"〔高陽臺〕《過
拂水山莊感事》云："一篷東風，斜陽淡壓荒烟。"皆直逼玉田，
淡而有味。然其間油腔滑調，亦復不少。良年論詞，必盡掃蹊徑，
獨露本色。嘗謂南宋詞人，如夢窗之密、玉田之疏，必兼之乃工。
其説甚精，然觀其所爲，不相合也。蓋玉田之詞，學之不善，即流
爲滑易。良年正中此弊，徒貽攻伐浙派者以口實也。又如集中
〔催雪〕《紅梅》末注云："羅虬比紅兒詩，有紅梅一絶句。"又
〔解連環〕《送孫愷似陪使朝鮮》末注云："《雌圖別叙》并《孝經
緯》，周廣順中高麗所進。"凡此之類，徒炫廣博，而不知有傷詞
境也。（孫人和）

二七六　耒邊詞二卷

（浙西六家詞本）

清李符撰。符字分虎，號畊客，嘉興人，布衣。符與良年，同
著於浙派，故世稱爲"二李"。朱彝尊論其詞曰："分虎所向南朔

萬里，曩日殆善學北宋者。頃復示予近藁，益精研於南宋諸名家。
而分虎之詞，愈變而極工，方之武曾，無異塤箎之迭和也。”此爲
標榜之言，不足深信。以南宋高於北宋，尤爲浙派之惡習，令人生
厭者也。陳廷焯《白雨齋詞話》評二李詞謂“符曾較雅正，而才
氣則分虎爲勝”云云。其實符詞，言近指遠，風骨遒上，似不得
以南宋止其境者。以較良年，不獨無愧而已。蓋符早受知於曹溶，
又與朱彝尊相切磋，故工力甚深。或謂符詞於律頗疏，須知清初
之詞，往往不守規律，何必專以此責符也。（孫人和）

二七七　　浣花詞一卷

（景印手稿本）

　　清查容撰。容字韜荒，號漸江，海寧人。性好游，至滇，吳三
桂延爲上賓。容察三桂有異志，佯醉而出。是編五十六闋，詞中所
述，并其游踪。喜爲艷語，頗嫌輕側。〔少年游〕云：“鉄衣輕試，
弓鞋微步，花底見檀郎。奴早身回，他猶膽小，險被損濃妝。
歸逢阿母嗔還問，何許太匆忙。滿頰紅羞，雙蛾翠怨，小妹捉迷
藏。”淺薄若此，亦何取於艷耶！集中可讀者少，惟經歷之處，時
記風俗常語。如〔滿庭芳〕《珠江即事》自注：“方言，女人拜謂
之扶扶，亦呼踽踽。”〔殢人嬌〕《清平》自注：“黔俗云：‘清平
豆腐楊老酒，黃絲姐兒家家有。’俗又云：‘地無三里平。’”《楊
老》自注：“俗又云：‘水無三尺深。’”〔臨江仙〕《大姑山神祠》
自注：“山形似鞋，俗呼鞋山也。”凡此之類，可供參稽，若捨本
逐末，斯可取矣。（孫人和）

二七八　　餘波詞一卷

（清名家詞本）

　　清查慎行撰。慎行初名嗣璉，字夏重，後更今名，字悔餘，號
初白，海寧人。康熙壬午，東巡，召至行在賦詩，稱旨，入直南書
房。明年，特賜進士出身，授編修。是編凡二百三十一首。慎行自

序，始爲詩，後爲詞，受表兄朱竹垞之誘掖，故所作大體以清雅爲宗，惜未能純净深湛耳。慎行詩效宋體，雖不渾厚，然情趣甚佳，名句絡繹，而詞則異。是知能爲詩者，不盡善於詞也。較之《秋錦》、《耒邊》，自不能及。然清初之詞，自野而正，自艷而雅，轉變之間，非一人之力，非一日之功。慎行所作，亦未可盡非也。（孫人和）

二七九　鏤空詞四卷

（康熙刊本）

清姚之駰撰。之駰字魯思，休陽人。康熙進士，官至監察御史。是編前有洪昇、姚際恒二人之序，詞共二百十三闋，專事艷語。題詞云：昔黃涪翁少時，喜作纖淫小調。法秀師呵之，涪翁曰"空中語耳"。引此以自解也。又自謂所作，以宛轉綿麗爲趨。須知詞不忌艷，而艷有方也。唐末艷詞，分爲二類：高者托體房幃，用意深邃，不當作艷詞讀也；次者，叙述綺懷，筆力沉重，使讀之者不厭其艷也。即宋人如小山、東山之輩，精微細膩，不同凡響，詞雖艷而思無邪也。若之駰所作，竭力爲艷體耳，尚安足重哉！〔菩薩蠻〕云："桃花巧學佳人面。佳人故惹桃花片。紅暈玉香腮。桃花襯面來。　　花輸人解語。人面花應妒。我見却憐花。莫教揉碎他。"注云："唐人詞'一面發嬌嗔。碎挼花打人'，描寫閨情，可稱絶妙，然得毋太悍妒耶？倉庚肉不可多得，此詞當足療病。"文詞注語，并不雅馴。然清初艷詞，卑劣者多，遂成風氣，又不必專責之駰一人也。（孫人和）

二八〇　納蘭詞五卷

（道光壬辰刊本）

清納蘭性德撰。性德有《合訂刪補大易集義粹言》，清修四庫書已著録。此集令曲爲多，慢詞較少。慢詞粗不協律，令曲則格高韵遠，婉約綢繆。其論詞推崇南唐後主，故或謂性德即後主化身，或謂詞似《花間》，皆未免言過其實。後主氣質渾厚，得自天成；《花間》高麗精英，情深比興，性德并未能至其境也。若以古人擬之，其詞出入東山、小山、淮海之間矣。當時迦陵、秀水之倫，或倡蘇辛，或主姜張，而性德獨追踪五代，最得詞家之正者已。惜僅三十一歲，若天假以年，其功固未可限也。性德詞刊本最早者，爲《側帽詞》，今已少見。其後改名《飲水》，顧梁汾刊之。性德自謂"如魚飲水，冷暖自知"，此二句，蓋本道明禪師答盧行者語，見於《五燈會元》。殁後，有《通志堂集》附刊本、袁通刊本、張祥河刊本、粵雅堂刊本，展轉重刻。此乃道光壬辰汪元治輯刊者，附有補遺、詞評、詞話，中有校語，比諸家所刊爲完備，《榆園叢刻》即據此本。惟書名當題《飲水》，不必改用納蘭也。（孫人和）

二八一　坦庵詞一卷

（清名家詞本）

清徐石麒撰。石麒字又陵，號坦庵，其先鄞人，後居揚州。不應有司試，好著書。是編合《瓮吟》、《且謠》、《美人詞》三者爲一也。《瓮吟》四十首，《且謠》二十首，《美人詞》二十八首。以八十八首之詞，而美人詞竟居三之二，其好弄筆端，顯而易見。所作輕淺標露，然時有清新之製。〔踏莎行〕《龍潭道中》云："雁影驚時，山痕斷處。白雲一段迷紅樹。馬蹄諳盡坂頭霜，沿蹊覓向孤村駐。　　濁酒新篘，寒烟未煮。一杯持共西風語。滿山落葉做秋聲，一天凉月無砧杵。"觀其形態，可謂雅潔矣。含旨未深，而轉嗜描寫，亦一理乎？石麒著作甚夥，尤長度曲，一門老幼，盡知倚聲，自可存以備考也。（孫人和）

二八二　迦陵詞三十卷

（彊善堂本）

清陳維崧撰。維崧字其年，宜興人。康熙時，舉鴻博，授檢討。此其詞集，小令三百九十首，中調二百九十五首，長調九百四十四首，共一千六百二十九首。古今作詞之多，無過於維崧者矣。其詞沉雄駿爽，氣魄偉大，有如萬馬齊喑，蒲牢狂吼。集中〔滿江紅〕〔水調歌頭〕〔念奴嬌〕〔賀新郎〕諸闋，皆於蒼莽之中，見其骨力。即其令曲，亦波瀾起伏，如〔點絳唇〕《夜宿臨洺驛》下段曰：“趙魏燕韓，歷歷堪回首。悲風吼。臨洺驛口。黃葉中原走。”淋漓大筆，殆欲突過稼軒。其年與朱彝尊同舉鴻博，交又最深，其為詞，亦工力悉敵，故當時號曰“朱陳”。朱詞雅正，陳詞激壯，後人多揚朱而抑陳，蓋以陳為偏詣，朱為正宗也。其實其年之作，發揚蹈厲，粗豪誠所不免。然其詞境，亦有變化。譬若駿馬下坡，左顧右盼，平原將盡，忽見樓臺。如〔好事近〕《和史蓮庵韻》下段曰：“別來世事一番新，祇吾徒猶昨。話到英雄失路，忽凉風索索。”有柳暗花明之妙。其間如〔月華清〕《讀芙蓉齋集》、〔丁香結〕《竹菇》、〔齊天樂〕《遼后妝樓》諸作，亦甚婉麗，惟此類在其年集中，譬之燕趙佳人，貌妍而性剛，非若江南美女之天性柔和也。其年、彝尊，各有獨得之處，未易軒輊也。總而論之，東坡渾厚，稼軒高亮，上下低昂，不離其宗。其年喜用縱橫之筆，其高處蒼蒼莽莽，其弊也發泄無餘。故蘇辛之詞不易學，其年之詞不可學也。其年詞刻者，先為《烏絲詞》，後為《陳檢討詞鈔》，此乃其弟宗石所編，最為完整者也。（孫人和）

二八三　幻花庵詞鈔八卷

（乾隆寫刻本）

清張梁撰。梁字大木，號幻花，華亭人。康熙癸巳進士，官行人司行人。是編計詞二百三十五調。杜詔、顧衡文諸人倡和之作，間附本詞之後。其〔點絳唇〕云：“振迅輕衫，小橋幾曲尋詩去。冷香飛舞。且共閑鷗住。　　渺渺西風，欲落蒹葭浦。愁何許。淡雲薄暮。細草村頭路。”頗似白石道人之筆。其慢詞雖規橅南宋，然往往有流滑或生硬之句也。曰“幻花庵詞”者，蓋仿黃叔暘《散花庵詞》而名也。而王昶《琴畫樓詞鈔》有梁詞一卷，曰《澹吟樓詞》，與此異名。考梁有《澹吟樓詩》，昶蓋以詩集之名名其詞也。然此本刊於乾隆二十四年，《琴畫樓詞鈔》，昶序於乾隆四十三年，當見此本。而梁題贈王昶之作，昶本有而此本無者，疑昶別有所據而選錄也。（孫人和）

二八四　蓉渡詞三卷

（留松閣本）

清董以寧撰。以寧字文友，武進人，諸生。詞集卷上小令九十首，卷中中調六十一首，卷下長調五十一首，共二百零二首。詞下附以吳偉業、王士禛、陳其年等人之評語，多褒揚失實之辭。以寧工爲艷語，惜思路微左。小令頗有精妙之作，長調則平庸流滑，無可選擇。陳廷焯《白雨齋詞話》云：“董文友〔蘇幕遮〕諸篇，皆能曲折傳神，撲入深處，詞中之妖也。學詞者一入其門，念頭差錯，終身不可語於大雅矣。”確爲此書之定評。集中如〔醉公子〕云：“儂心何事惱。姐姐欺儂小。偷看合歡書。憎儂問起居。好從花下避。怕見書中字。匿笑不回頭。回頭替姐羞。”曲傳艷態，無微不至，謂之詞妖，誰曰不宜。（孫人和）

二八五　靜惕堂詞一卷

（清名家詞本）

清曹溶撰。溶字潔躬，一字秋岳，號倦圃，嘉興人。明進士，考選御史。順治初，起河南道御史，督學順天，累遷戶部侍郎，左遷廣東右布政使。康熙中，舉博學鴻詞，以疾辭，薦修《明史》，亦不赴。是編凡二百四十八首，雖未盡洗明人習氣，而沖和雅正，風骨甚高，漸次束前啓後矣。〔探春慢〕《立夏日看汪園鶯粟》云：“湖雨斜收，錦帆脉脉，閑游一任疏散。弄酒臺荒，買歌金盡，白髮難教且緩。聞道臨風處，剩無數、腰肢香軟。愁紅怨綠平分，韶光還放輕暖。　　細數隔年花信，過老圃商量，翠靨重剪。乳燕來時，杜鵑啼後，別占誰家池館。不向東君笑，似失路、琵琶天遠。

客裏憐伊，憑欄喚將春轉。”規律謹嚴，辭語雅飭，確是南宋規範。雖未達精深純熟之境，詞風之一變也。朱彝尊序云：“憶壯日從先生南游嶺表，西北至雲中，酒闌燈灺，往往以小令、慢詞，更迭唱和。有井水處，輒爲銀箏、檀板所歌。念倚聲雖小道，當其爲之，必崇爾雅，斥淫哇，極其能事，則亦足以宣昭六義，鼓吹元音。往者明三百祀，詞學失傳。先生搜輯南宋遺集，尊曾表而出之。數十年來，浙西填詞者，家白石而戶玉田，春容大雅，風氣之變，實由先生”云云。可知浙派之詞，首創於溶，而成於彝尊也。（孫人和）

二八六　名山藏詞一卷

（惜陰堂叢書本）

　　明葛筠撰。筠字束之，丹陽人。入清，康熙十四年舉於鄉，選長洲外翰，與魏叔子、侯朝宗交游。是編從《名山藏集》中錄出者，共四十一闋。〔賀新郎〕《寄內》一首，訴妻教子，家常瑣屑，皆有真趣，故不覺其粗俗。令曲亦時有可取，惜全集不相稱也。〔釵頭鳳〕題注謂“此調世傳陸放翁作，然押尾三字，必得成語方佳。不爾，盡屬牽強支離矣。雜劇載趙禮讓肥故事，有‘殺殺殺’語，見而壯之，實難其偶。忽憶《螢芝集》中‘賊賊賊’句，天然湊合”云云。不知此種字句，用之於曲，則恰如其分；用之於詞，則文未允愜。分刌之間，不可不辨。而筠自以爲得意，可謂不知詞矣。筠爲明末清初之人，染於舊習，詞曲不分。明詞敝陋，固有多端，此其一也。（孫人和）

二八七　瑤華集二十卷補遺二卷

（原刊本）

　　清蔣景祁撰。景祁字京少，宜興人，諸生。康熙間舉鴻博，不遇。是編撰於康熙二十五年，其旨特尚存詞，然力求精審。其名“瑤華”者，取《金荃》、《蘭畹》之旨，無他意也。入選範圍，斷自六七十年來，詞人出處，在交會之際，無不甄收。與《倚聲集》略別，以小令、中調、長調之名，殊無實據，乃以字數爲編次。其詞人爵里，則繫之以表，分省隸人。首以姓氏，次以籍貫通籍、科分現官、詞集集名。故是編雖以字數爲次，而又以省隸人，體例最爲嚴密。當時名家，如曹貞吉《珂雪詞》、徐釚《菊莊詞》、朱彝尊《曝書亭詞》、顧貞觀《彈指詞》等悉爲采錄，間亦雜入己作。其《補遺》二卷，自謂是書刻成，又獲見周青士所藏二十餘家，因條其集中未備之調，別爲一卷。又次其調之已見者，廣爲一卷。可知其搜求不遺餘力矣。其選詞之例，條列甚詳。於清初詞事，類多采述，可以知詞風之昌盛，可以知詞家之派別，可以知詞人之議論，可以知詞集之存佚，尤爲本書之精詣也。至於集中熟調，如〔滿江紅〕、〔滿庭芳〕、〔賀新郎〕等，所收獨廣，蓋當時風氣使然，無關得失也。（孫人和）

二八八　彈指詞二卷

（乾隆癸酉刊本）

清顧貞觀撰。貞觀字華峰，號梁汾，無錫人。康熙舉人，官秘書院典籍。貞觀之詞，不事修飾，然工力未深，時見草率。如〔傳言玉女〕云：“第三條、忽復會。”〔南鄉子〕云：“身似離爻中斷也，單單。欲展雙眉又拆難。”〔一絡索〕云：“又徹夜風吹薄。”〔菩薩蠻〕第七首云：“來去莫教催。催教莫去來。”〔戚氏〕云：“昔曾斷送兩嬋娟。”〔金縷曲〕第五首云：“吐握慣、積勞難免。”“往欽哉、咨汝夔龍典。”第六首云：“紛紛澗扁。”第八首云：“韋腸剪。”第十首云：“痛難剪。”凡此之類，殊難盡舉。又如〔定西番〕上半闋無韵，尤爲可異。蓋貞觀但知發揮情性，不願斟酌於聲律字句間也。然其佳者，如〔眼兒媚〕云：“個中須解，寒應勝暖，春不如秋。”委婉有情致。〔采桑子〕云：“不是無情。怕是情多轉誤卿。”雖是常言，亦可見其天真矣。至如寄吳漢槎〔金縷曲〕二闋，雖非詞之正派，然金石肝膽，長歌當哭，亦古今少見之作。詞名聞於朝鮮，有由來也。（孫人和）

二八九 湘瑟詞四卷

（原刊本）

清錢芳標撰。芳標字葆漁，一字葆畡，號寶汾，松江人。康熙舉人，授内閣中書。芳標與董俞齊名，當時號為“錢董”。是集前有俞序，詞中屢及樗亭，樗亭即俞之字也。此外有彭孫遹、吳綺、陳維崧諸人之序。以“湘瑟”名其集者，蓋取錢仲文詩意也。芳標詞多艷綺，措語婉妙，可獨步於當時。惟喜和宋明詞人及同時友朋之韵，往往凑合韵脚，徒自損其詞境也。（孫人和）

二九〇 紅藕莊詞二卷

（浙西六家詞本）

清龔翔麟撰。翔麟字天石，號蘅圃，晚號田居，錢塘人。康熙副貢，歷官至御史。厲鶚《東城雜記》曰“龔太常佳育，開藩江左，署有瞻園。時朱檢討彝尊、李徵士良年、上舍符、沈明府皥日、上舍岸登皆在賓榻，以酒與公子侍御翔麟相唱和”云云。翔麟早與詞流，切劘獲益。自朱彝尊倡率南宋之詞，一時文士，靡然從風。翔麟嘗刊《山中白雲詞集》，又刻《浙西六家詞》，為之張目。故浙派之興，翔麟亦頗有功焉。李符論其詞，“大率以石帚為宗，而旁及於梅溪、碧山、玉田、蘋洲、蛻岩、西麓各家之體格”云云。其言似揚之失實，然大體未為不合。惟模擬刻畫，時嫌太過，為可議耳。（孫人和）

二九一 秋林琴雅四卷

（酒邊人倚紅樓汪氏刊本）

清厲鶚撰。鶚有《遼史拾遺》，已著録。此其詞集，第一卷四十七首，第二卷三十八首，第三卷三十五首，第四卷四十一首，共一百六十一首。鶚學力甚深，天才軼舉，詞似同於朱彝尊一派，故有“朱厲”二家之稱。其實鶚詞不為朱派所限，蓋彝尊以南宋為最高，鶚并不以姜、周、張、王爲止境也。其騷情雅意，曲折幽深，聲調高清，丰神搖曳，此境不易到也。〔謁金門〕云："憑畫檻。雨洗秋濃人淡。隔水殘霞明冉冉。小山三四點。　艇子幾時同泛。待折荷花臨鑒。日日綠盤疏粉艷。西風無處減。"感時覽物，寄托深微。又鶚詞雕琢字句，不見其迹，彌覺其筆力精拔。如〔壺中天〕云："秋光今夜，向桐江、爲寫當年高躅。風露皆非人世有，自坐船頭吹竹。萬籟生山，一星在水，鶴夢疑重續。琴音遙去，西岩漁父初宿。　心憶汐社沉埋，清狂不見，使我形容獨。寂寂冷螢三兩點，穿破前灣茅屋。林净藏烟，峰危限月，帆影搖空綠。隨流飄蕩，白雲還卧深谷。"又〔憶舊游〕云："遡溪流雲去，樹約風來，山剪秋眉。一片尋秋意，是涼花載雪，人在蘆漪。楚天舊愁多少，飄作鬢邊絲。正浦漵蒼茫，閑隨野色，行到禪扉。忘機。悄無語，坐雁底焚香，蜑外弦詩。又送蕭蕭響，盡平沙霜信，吹上僧衣。憑高一聲彈指，天地入斜暉。已斷隔塵喧，門前弄月漁艇歸。"皆騷雅遒逸，讀之忘疲。細繹鶚詞，確以南宋爲基，然逞其才力，頗欲沿流以溯源也。此本爲重刻者，中有校語，最爲適用。惜刊印不工，時見模糊之處也。（孫人和）

二九二　秋水詞一卷

（清名家詞本）

清嚴繩孫撰。繩孫字蓀友，號藕塘漁人，無錫人。以布衣應博學鴻詞試，會目疾，未能終卷。聖祖素重其名，擢置二等，授檢討，累官至中允，謝病歸。是編九十七首，附《名家詞鈔》改訂〔滿庭芳〕《佛手柑》一首，又補遺二首，共九十九首。《彈指詞》、《納蘭詞》，并有次秋水軒韵〔金縷曲〕，係用"卷"字韵起，"剪"字韵止。顧貞觀稱其一韵累百，皆淮南檟李二公，與都亭諸搢紳韋布唱酬名作。今此集未載，或別有刊本也。其慢詞殊未成格，令曲不脱明風。效法《花間》，雖傷淺薄，而脱胎之處，時見精悍。〔鷓鴣天〕云："颯颯靈風不滿旗。濁河東下鎮如馳。

荒鷄啼斷還鄉夢，一葉連天獨去時。　　烟漠漠，雨絲絲。居人相望不相知。紫萸黃菊無情甚，腸斷年年贈別離。"神情高遠，風骨遒上，蓋從《花間》出者，筆力重厚，自可免於輕淺之譏，不得盡謂爲外彊中乾也。（孫人和）

二九三　海粟樓詞

（黔南叢書本）

清章永康撰。永康有《瑟廬詩草》，已著錄。是編爲其曾孫惠民拾於叢殘燼餘中，合舊日摻集者，都百餘闋。永康清麗才華，少年科第，其所以感時述事，發舒胸襟，懷忠抱義，布之詩文者甚夥。《瑟廬詩草》，蓮池一炬，幾成灰燼，幸能補苴，而詞集究未由見之也。乃越數十年復顯見於兵燹之後，此固永康心血没世得彰，而庶昌所未見者，一旦發布人間，彌補闕憾，關繫黔南文獻，豈淺鮮哉！不可以小道菲薄之也。（撰者未詳）

二九四　雪壓軒詞一卷

（小檀欒室彙刻閨秀詞本）

清賀雙卿撰。據徐乃昌《小檀欒室彙刻閨秀詞》所附詞人姓氏云："雙卿字秋碧，丹陽人。負絶世才，秉絶代姿，爲農家婦。姑惡夫暴，勞瘁以死。生平所爲詩詞，不欲留墨迹，每以粉筆書蘆葉上，以粉易脱，葉易碎也。其旨幽深窈曲，怨而不怒，古今逸品。史梧岡《西青散記》載雙卿事甚詳。"考《西青散記》所載雙卿事迹、詩詞，但稱雙卿，不稱其姓。謂雙卿者，綃山女子也，世農家。又謂雍正十年，雙卿年十八，山中人無有知其才者，第嘖嘖艷其容。以是秋嫁周姓農家子，其姑乳媼也。足見史氏但知其歸於周氏子，而未悉其姓氏也。又董潮《東皋雜鈔》引雙卿詞，謂慶青姓張氏，金壇人。而黃韵珊《國朝詞綜續編》則稱之爲賀雙卿，此徐氏之所本。而汪啓淑《擷芳集》著錄其人，則本諸《散記》，稱雙卿而佚其姓。按雙卿事迹，各家所載大略相同，獨於姓氏，衆説不一。蓋村女賤婦，名不出里閈，傳聞自不免於舛誤。竊意其姓氏既無可詳考，似不如仍從《散記》之説，稱之爲雙卿，庶不失多聞闕疑之旨焉。是編都爲一卷，凡存小令十有六闋。按雙卿爲詩詞輒以粉書於蘆葉之上，以其易脱碎，能不留迹，故所存極鮮。初無專集，是編蓋就《散記》等書，輯而集之者也。《散記》謂雙卿舅氏爲塾師，隣其室而聽之，悉暗記，以女紅易詩詞誦習之。足見雙卿雖出農家，其所學亦頗有素養，尤以天才卓絶，而所遇不淑，境遇極惡，遂以凄愴哀婉之音寄悱惻抑鬱之思，而情真性摯，語工入律，實非身親其境，不能道出，是以知雙卿之必有其人也。而其詞在有清閨秀詞人之中，出其右者，殆不多見。又《擷芳集》選録其詩，而於《散記》有關雙卿事迹之記載，大率迻録，惟未加輯録編次，不能成爲專集。所存固多佳作，然較其詞，似不無遜色耳。（陸會因）

二九五　姑聽軒詞鈔一卷

（黔南叢書本）

清劉藻撰。藻有《蜀游草》，已著録。藻工駢文，才氣豪逸，故詩詞俱稱富麗，而不蹈於纖仄。藻一官羈外，遭逢喪亂，餘生憂患，寄志閑吟，遂悲壯惋約，兩兼有之。〔滿江紅〕云：“垂老天涯，勞勞者、胡爲若此。當此際、酒酣耳熱，問天不語。破碎家山烟瘴外，匆忙歲月風塵裏。一官遲誤了，英雄窮如許。”其憂憤自道雖爲送人（原題送張生旋黔），何異衷曲。至如《軍中見月獨飲》、《龍里驛書懷》諸篇，詞調俱勝，非研字酌句徒争雕飾者可逮。是編向無刻本，近人鄒國彬據劉氏原鈔本校印，編入《黔南叢書》，與諸家詞并存云。（撰者未詳）

二九六　香草詞五卷附鴻爪詞哀思豪竹詞菊花詞集牡丹亭詞

（咸豐庚申刊本）

清陳鍾祥撰。鍾祥有《夏雨軒雜文》，已著録。鍾祥年四十餘，始學爲倚聲，故其題句曰：“我今四十餘，學製樂府詞。”官趙州時，將十年所得，整比而成是編，取美人香草意弁以是名。詞分五卷，計小令一百二十五闋，中調八十二闋，長調二十六闋。《鴻爪》三詞，長調三十一闋，小令三十闋，中調五闋，末附南北曲三套。鍾祥詞夙得吳嵩梁、唐樹義諸老欽重，自謂得力《飲水》，良以奇才橫逸，寄古有托，筆情幽秀，音節精美，遂能入作家之林。或謂其恬澹近石田，婉麗似蛻岩，豪放又兼得之辛、柳之間，蓋出入宋人中，了無愧色。莫又芝更謂黎伯庸詞在江闓羅兆甡後所僅見，然引令一道，不能不爲鍾祥避舍，則可見其名藉藉稱盛也。（撰者未詳）

二九七　瑤想詞一卷

（清名家詞本）

清王芑孫撰。芑孫字念豐，號惕夫，長洲人。乾隆五十三年召試舉人，爲華亭教諭。是編凡三十二闋，盡爲小令。〔浣溪沙〕云：“不守辛蘇杜撰禪。不從周柳覓蹄筌。自爲纖體者些般。筆力漸看成老硬，詩腸無奈自纏綿。花間一集費丹鉛。”其自述詞旨如此。觀其所作，殊不成格，艷體亦復纖浮。蓋不以詞重，偶爲之耳。（孫人和）

二九八　謝橋詞一卷

（先澤殘存本）

清王鳴盛撰。鳴盛有《尚書後案》，已著錄。鳴盛經術湛深，詞僅四十一首，雖無宗派，然甚爲細密。考鳴盛嘗題《巏堥山人詞集》云“詞之爲道最深，大約祇一細字盡之。北宋詞人，原祇有艷冶、豪蕩兩派。自姜夔、張炎、周密、王沂孫，方開清空一派。五百年來，以此爲正宗。然艷體、豪體，亦自無妨，總之以細爲歸耳”云云。此可以見其主旨之所在矣。集中〔浣溪沙〕一闋，詞與調不合，蓋爲〔采桑子〕之誤也。（孫人和）

二九九　巏堥山人詞集四卷

（古香堂六種本）

　　清王初桐撰。初桐有《北游日記》，已著錄。是集《杯湖欸乃》三卷，末附北樂府三闋，《杏花村琴趣》一卷，共二百四十二闋，末卷書名《羹天閣琴趣》，前目改名《杏花村琴趣》，蓋先刻詞，後刻目也。自謂一刻於練川，再刻於京師，三刻於西安，皆合刻，非專刻。此乃最後定本也。初桐別著《海右集》，卷三《懷許穆堂御史》一首，自注云：“穆堂稱余詞爲一時無兩。”雖友朋之諛辭，然觀其令曲，風流婉約，熨帖悦人，可謂當時之作手。惜慢詞多庸音，不相稱耳。中間有髮、脣、舌、頸、胸、腰、心、泪、唾、汗、氣、香、聲、影諸題，殊不雅正。龍洲道人喜咏此類，至明代則加濫焉，初桐亦蹈此弊。廣注典故，未免炫博。《杯湖欸乃》卷一〔蝶戀花〕，辨柳耆卿葬於真州，與王阮亭説同，亦不可爲據也。（孫人和）

三〇〇　香雪詞鈔二卷

（通行本）

　　清王策撰。策字漢舒，太倉人，諸生。其詞備有衆體，不主一家。然享年不永，未能冶於一爐也。然如〔踏莎行〕《次皋謨叔韻》云：“夢中尋夢幾時醒，小橋流水東風路。”〔滿江紅〕云：“鬥草心慵垂手立，兜鞋夢好低頭想。”皆情詞凄艷。又如〔西江月〕《即景用趙元甫韻》云：“短短蘆笆水抱，低低茅屋雲濛。白楊廢圃小亭東。春便難來，秋自到窗櫳。　　村酒經宵易淡，瓶花過日能紅。更無家具挂心中。暖有朝陽，凉有晚時風。”極清幽之致。惟喜和古今詞韻，往往牽強湊合，是其一蔽。又如〔念奴嬌〕《金陵秋思》云：“浮生皆夢，可憐此夢偏惡。看取西去斜陽，也如客意，不肯多擔閣。”陳廷焯謂此詞沉痛迫烈，便成詞讖，所以不能永年，惜哉！（孫人和）

三〇一 小山詩餘四卷

（掃葉山房本）

清王時翔撰。時翔字抱翼，原字皋謨，號小山，太倉人。以諸生薦舉，雍正時，知晉江縣，乾隆時，官至成都知府。是集一名《香濤詞》，卷各分集。首卷曰《香濤集》，五十六闋；卷二曰《紺寒集》，六十一闋；卷三曰《青綃樂府》，三十闋，附錄十一闋；卷四《初禪綺語》三十闋，《旗亭夢囈》三十三闋，共二百二十一闋。時翔與其姪王策同負詞名，策撰有《香雪詞》，有“太倉二王”之稱。時翔宗六一、小山、淮海三家，故情詞婉麗。其論詞曰：“向來填詞家，多以北宋爲宗，迨朱檢討竹垞獨謂南宋始稱極盛，誠屬創見。然篤而論之，細麗密切，無如南宋。而格高韵遠，以少勝多，北宋諸公，往往高拔南宋之上。”此可謂見其大矣。時翔主北宋，其後張惠言倡温、韋，蓋皆不愜於浙派之詞也。集中〔一萼紅〕《寄顧梁汾》詞末自注云：“先生贈言，曾有君所爲詞與其論詞，并據當今作者之上。僕老矣，然即未老，亦須讓君出一頭地。”洵非虛譽。其詞可選者多。陳廷焯嘗録其絶似歐、晏之句，可知其詞學之本源也。（孫人和）

三〇二 琢春詞二卷

（寫刻本）

清江炳炎撰。炳炎字研南，錢唐人。是編上卷七十七闋，下卷四十九闋。陳廷焯《白雨齋詞話》卷四論其詞曰：“江研南詞，取法南宋，頗有一二神解處。”又曰：“合者得其神理。如‘祇有東風，依依分緑上楊柳’（按〔綺羅香〕中語。），又《柳影》云‘誤了閨人，也曾描出春前怨’，宛雅幽怨，視少游、碧山，幾於化矣。《琢春詞》不甚顯，然識者當相賞於風塵外也。〔八聲甘州〕云：‘記蘇堤、芳草翠輕柔。柳絲拂簾鈎。趁花風吹帽，扶藜買醉，正好清游。日落亂山銜紫，塔影挂中流。喚棹穿波去，月滿船頭。

不料嬉春散後，對白雲揖別，烟水都愁。數那家池閣，曾嘯碧天秋。到而今、歸期未穩，夢六橋、飛滿舊鳧鷗。更初轉、猛驚回處，却在揚州。'極寫清游之樂，便覺揚州俗塵可厭。'烟花三月下揚州'後，不可無此冷水澆背之作。"此論最爲精確。炳炎所撰，雖間有淺滑，而其體氣清意婉，結體雅正，非泛學南宋者所可擬也。（孫人和）

三〇三　春華閣詞二卷

（乾隆刊本）

清汪棣撰。棣字韡懷，號對琴，一號碧溪，儀徵人。廩監生，官刑部員外郎。是編首卷五十七閱，附刻友朋倡和之作二十一閱；末卷四十五閱，附刻三十閱。題序有王鳴盛、錢大昕、黃之雋、沈大成、張四科諸人。倡和有江昱、史承謙、謝墉諸人。棣嘗自評其詞曰："詞之一道，清超者不可到，渾成者尤不可到。少曾耽此，幸得玉田、夢窗者十之五六，得白石者十之二三，得清真者十之一二，其餘梅溪、竹屋諸家，皆各有所取。而小令則并摘南唐、北宋之尤雅者，集益多師，要皆領其神，而不欲襲其貌，而竊愧不能名一家者，亦在此。"此可謂有自知之明者矣。棣詞有沉著處，有曲拗處，有清越處，惜不能脫去蹊徑以至於渾。較以倡和諸家，稍遜於史承謙、江昱，而高於陳皋、張四科矣。（孫人和）

三〇四　秋影山房詞一卷

（清刊本）

清李翻撰。翻字逸翰，號春麓，晚號約庵，金鄉人。乾隆壬辰進士，歷官杭嘉湖道。是集爲調百，爲閱百六十。翻於學無所不窺，雅善詩古文，而於詞尤好之篤。自服官中外，所至感物懷人，一於此爲發之。金溪楊韺序其詞，謂"雅麗綿密，不後秀水，而微婉情深，得事外遠致，則又勝之，真可與白石遺調并傳"云云。今觀集中咏蝶三閱俱工，而《扇頭蝴蝶》尤爲入神之筆，故一時目之爲"李蝴蝶"。大抵詞始於唐，衍於五代，至宋始工。而凡工詩者，多兼工詞，一時名賢碩儒，亦喜爲之，故其體大備。南渡以還，工之者日衆，而姜白石爲之最，以其取材雅，而審音精也。清代陳其年、朱彝尊等以詞名海內，并時詞人，未之或先。翩以清剛雋上之才，故所爲詞旨淵雅，音律精嚴，較之其年、彝尊，實不相軒輊也。齊魯詞人，曹貞吉後，翩詞亦不能不屈一指也。（趙綠綽）

三〇五 有正味齋詞一卷

（清名家詞本）

清吳錫麒撰。錫麒字聖徵，號穀人，錢塘人。乾隆四十年進士，由編修官國子監祭酒。是編分《忙月樓琴音》、《鐵撥餘音》、《江上尋烟語》、《紅橋鐵笛》四部，共五百十九闋。錫麒駢文詩詞，有聲當代。詞仍浙派，而大體清纖柔嫩，偶有激壯之作，非其本也。所撰內質空虛，敷衍門面，喜咏雜物，殊乏深情。甚至鼻、耳、齒、肩、臂、掌、乳、膽諸部，亦多入咏。好弄筆端，雖多奚益，甚矣虛名之爲害也！較可取者，則有寫景之作，如〔唐多令〕云："野綠自成春。陰濃畫不真。幾家茅屋結比隣。竹樹二分嫌未足，須遠水、補三分。　　酒旆屢招人。漁榔轉一村。夕陽破網曬當門。土步魚肥新笋白，斟老瓦、聚兒孫。"寫道中村景，頗有野趣。若以精深遠大求之，則是編不足觀矣。（孫人和）

三〇六 啖蔗詞四卷

（乾隆刊本）

清吳展成撰。展成字螮巢，嘉興人。是集首卷八十五闋，次卷五十六闋，三卷五十九闋，末卷別名《秋影山房琴趣》，四十闋，皆集《絕妙好詞》者。次卷〔百字令〕《中秋寓齋感懷寄楚雲》三闋下，空白一段，疑刊成而又刪去也。其詞粗率無足觀，集句尤多牽湊。自注有"駕韵他部從樂府借唱例"云云。自詞之宮譜亡佚，唱法失傳，祇能謹守唐宋名作之聲韵，不得妄言借唱也。（孫人和）

三〇七　更生齋詩餘二卷

（洪北江全集本）

清洪亮吉撰。亮吉有《春秋左傳詁》，已著錄。是編第一卷名《冰天雪窖詞》，第二卷名《機聲燈影詞》。第二卷乃其舊作，附錄於《冰天雪窖》者。其名《冰天雪窖》，又總名《更生齋詩餘》者，乃自塞外歸來，從其後而定也。其詞小令尚有平允之作，慢詞粗俗者多。蓋亮吉文學，駢文第一，詞雖稍勝於詩，終不成一格也。（孫人和）

三〇八　露蟬吟詞鈔一卷

（嘉慶刊本）

清唐仲冕撰。仲冕字六枳，號陶山，善化人。乾隆進士，知荆溪縣，累官陝西布政使，權巡撫。是編凡百零九闋，其詞氣力厚重，而語不經意，句多累字，爲可惜耳。〔三臺〕云："正衰年官況似水，早秋別情如雨。爲半生寄興滿江湖，愛帆席和鷗飛度。循津岸欲叩漁莊戶。趁打槳丁沽人去。泊新市楊柳穿魚，訪舊迹葦蘆驚鷺。　記韶華衫舞慘綠，謬托枌榆曾住。指水驛頻欀孝廉船，早認取波萍風絮。尋三十八載重經路。有幾個朋交能遇。感宿夢落屋孤蟾，撫商調槭林寒露。　況晨星隨我照影，暮雲促君搜句。畫角天病翼引微吟，更吟到冰弦清處。何時把鈞竿橫碧樹。待共參歌譜琴賦。廣陵散曾寫丹青，洛陽塵莫嫌緇素。"此詞誠不如夢窗〔鶯啼序〕之精悍，然於平鋪直叙之中，頗見筆力。若能字斟句酌，則亦《大聲》之遺也。（孫人和）

三〇九　梅邊吹笛譜二卷

（校禮堂全集本）

清凌廷堪撰。廷堪有《禮經釋例》，已著錄。此爲其所著之詞，名《梅邊吹笛譜》者，取白石〔暗香〕句意也。共一百五十閎，爲廷堪手定。外有〔花犯〕一閎，及〔折桂令〕諸散曲，(補錄)二卷之後，是其弟子張其錦所增附者。廷堪明於樂律，嘗撰《燕樂考原》，以爲燕樂原於琵琶，其説邲爲精確。故其爲詞，亦守律不苟。自序謂"稿中所用四聲，非於唐宋人有所本者，不敢輒爲假借。所用韵，凡閉口不敢闌入抵齶鼻音，至於抵齶與鼻音亦然"云云，其言非河漢也。又如集中每調之下，仿屯田、清真、白石之例，注明宮調。而〔國香慢〕、〔月下笛〕、〔夢芙蓉〕、〔法曲獻仙音〕、〔湘月〕、〔霓裳中序第一〕、〔花犯〕補錄諸詞，調下詞末，或論宮商，或注平仄，皆可依據。即其所撰之詞，亦直入南宋之室矣。江藩謂禮經樂律固其千秋大業，即駢體文章、詩餘小技，亦不落第二流，非虛譽也。(孫人和)

三一〇 吾盡吾意齋樂府二卷

(乾隆刊本)

清陳皋撰。皋字江皋，號對漚，錢塘人。是編上下卷，各七十五首，共百五十首。詞以南宋爲宗，其間頗有可言。效南宋者，當知二事：夢窗詞似凝質而實飛動，玉田詞似流滑而實精深。學夢窗不成，則近於滯；學玉田不成，則近於浮。識此二者，可與言南宋之詞矣。皋所作，或浮或滯，自不可免。然結體精整，措語雅飭，亦未可盡非也。皋與杭大宗、江賓谷相倡和，前有吳廷華、萬光泰、張四科、查禮諸人題辭，學者詞人，往還踪迹，可推知也。(孫人和)

三一一 陶園詩餘二卷

(嘉慶刊本)

清張九鉞撰。九鉞字度西，號紫峴，湘潭人。乾隆舉人，官江西南昌及廣東始興知縣。是編小題《秋篷詞》，上卷一百三十四首，下卷七十八首。纖艷流蕩，而又時雜粗俗字句。敷衍門面，尚屬不能，而欲求其內旨，不可尋矣。〔臨江仙〕《題秦淮酒樓壁》

云："不到石城橋上路，驚人四度年華。春風吹過妥娘家。波喧繞睡鴨，柳嫩未藏鴉。　　自是江南狂杜牧，詩筒詞板生涯。六朝小住且須佳。淡烟朱雀草，香月冶城花。"此首殊無精詣，然在集中，已較爲可取，其他更無論矣。積至二百餘首，雖多奚益。是編爲楊芳燦、劉嗣綰所校訂。《芙蓉》、《箏船》，詞品亦不高超。乾嘉之際，此數人者，皆虛有詞名，不足重也。（孫人和）

三一二　響山詞四卷

（乾隆刊本）

清張四科撰。四科字嘉士，號漁村居士，臨潼人，寓居江都。監生。是編卷一計三十一調，卷二計三十一調，卷三計二十九調，卷四計三十五調，共一百二十六調。卷一附刻同和之作一調，卷二附刻五調，卷三附刻三調，卷四附刻二調，共十一調。王昶《琴畫樓詞鈔》，選刻六十六首，附刻四首。曰"響山"者，取宗炳"撫琴動操，欲令衆山皆響"之意也。其詞清空婉雅，能於深鬱之中，態度安閑。如〔柳梢青〕云："繞郭青山，繞村紅樹，繞舍清泉。風景不殊，醉翁何在，彈指千年。"〔湘月〕云："葉葉青蘆風不定，吹上一丸明月。"〔清平樂〕云："往事斜陽影裏，前朝流水聲中。"皆氣體超妙，深入堯章之室矣。（孫人和）

三一三　紅薇翠竹詞一卷仲軒詞一卷

（傳硯齋叢書本）

清焦循撰。循有《易章句》，已著錄。紅薇翠竹及仲軒，皆其半九書塾之亭軒。名曰仲軒者，取仲長統《樂志論》之旨也。其詞多滯而不活，質而不空。而《紅薇翠竹詞》每首之後，往往詳細注釋。其述友朋事迹，尚可參考。至於字面典故，一一注之，則殊不雅正。詞本以措意運筆爲難，不以用典與否而定其美惡也。循以爲詳言出處，可以顯其無一字無來源，而不知其於詞有損而無益也。據其所撰《里堂家訓》卷下云："古文之有四六，猶詩之有詞也。詞與四六之於詩古文，譬如婢妾之於夫人。有夫人不妨有婢妾，而竟以婢作夫人不可也。"須知文體不同，各有本質，厚彼薄此，則昧於文學之變遷。觀其所言，實未能深知詞旨。循經學湛深，自有其傳世之業，不必以詞論也。（孫人和）

三一四　因柳閣詞鈔二卷

（傳硯齋叢書本）

清焦廷琥撰。廷琥有《尚書伸孔篇》，已著錄。是編大題《因柳閣詞鈔》，小題《對花詞》。據其自述，養病村居，啓櫝檢得《花間集》、《花庵》諸詞選，誦而愛之，間仿其體，故名曰《對花詞》也。其小令時有佳篇，慢詞多不合律。如〔滿庭芳〕首二句，不相偶對，後段"花高文章"，誼不可解，且此句第二字不當用平，或"花高"爲"花草"之譌也。（孫人和）

三一五　竹眠詞一卷

（清名家詞本）

清黃景仁撰。景仁字漢鏞，一字仲則，自號鹿菲子，武進人。乾隆乙未，上東巡，召試二等，入四庫館，議叙，得縣丞。時畢沅爲陝西巡撫，景仁往訪之，途次解州，卒。是編凡二百三十闋，補遺二闋。景仁與王昶、洪亮吉、左輔諸人相往還，而天分高絕。詞中頗有奇語，善用經傳，如〔減蘭〕云："江山如此。博得青蓮心肯死。懷古悠然。雁叫蘆花水拍天。"〔貧也樂〕云："天蒼蒼。野茫茫。一片秦時明月挂邊牆。"〔滿江紅〕云："白浪驅人貧有效，西風剗夢愁無迹。"〔好事近〕云："一霎起驚猋，我與浪花頭白。"〔高陽臺〕云："自我來思，於今又是三年。"其精警處，皆此類也。全篇細密者，如〔醜奴兒慢〕云："日日登樓，一換一番春色，者似捲如流春日，誰道遲遲。一片野風吹草，草背白烟飛。頹牆左側，小桃放了，没個人知。　　徘徊花下，分明認得，三五年時。是何人挑將竹淚，黏上空枝。請試低頭，影兒憔悴浸春池。此

間深處，是伊歸路，莫學相思。”寄托深微，駸駸入古。惟景仁資質聰穎，頗有不經意之處，此亦豪邁不羈者所難免也。（孫人和）

三一六　芙蓉山館詞一卷

（清名家詞本）

清楊芳燦撰。芳燦字才叔，號蓉裳，金匱人。受知於彭元瑞，以拔貢應廷試，補伏羌知縣。設計平亂，以功擢知靈州。不樂外吏，入貲爲員外郎，與修會典。丁母憂，歸主衢杭及關中錦江諸書院。是編凡百九十四闋，慢詞未盡純雅，令曲喜爲艷體。然天分甚高，時有可取。如〔河傳〕《夏夜聞隔院歌聲有感》云：“宛轉。淒怨。路迢迢。隔斷紅牆綺寮。香喉一串可憐宵。惱人翻六么。

我亦康陵傳舊譜。箏琶鼓。紅豆當場數。到而今。恨飄零。空庭。倚欄和泪聽。”又一首云：“記否。紅袖。綺筵前。玉指纖纖攏弦。念奴嬌破想夫憐。纏綿。銷魂自去年。　　觸起前塵惆悵夢。江南弄。驀地風吹送。棗花香。月影凉，思鄉。夜深人斷腸。”并哀艷綢繆，而收煞處亦不入輕淺。其〔臨江仙〕擬賀方回《人日》詞，亦流麗可喜。蓋芳燦之詞，錦布雜施，故瑕瑜互見。若剪其榛蕪，亦可略顯其菁英矣。（孫人和）

三一七　捧月樓詞二卷

（小倉山房本）

清袁通撰。通字蘭邨，錢唐人。是編首卷五十八闋，次卷六十二闋。其詞浮艷膚淺，全無氣格，慢詞尤不合體。製艷詞者，運意宜深沉，而筆力宜重大，而通詞則浮淺輕薄；效《花》《尊》者，重神理而不在形骸，通詞但求字面而已。明清兩代之艷詞，合者甚少，即坐此故。製慢詞者，雅正爲上，豪健次之。若賀鑄之濃麗，不易爲也。而通則混而不辨，牽合補衲，蠹詞已甚。陳廷焯謂其所爲詞，“全不講究氣格，祇求敷衍門面而已，并有門面亦敷衍不來處”，非苛論也。（孫人和）

三一八 板橋詞鈔一卷

（板橋全集本）

清鄭燮撰。燮有《板橋家書》，已著錄。是編爲其自訂詞集，共七十八首，附錄其師陸震二首，以明其詞學之淵源。自序謂作詞四十年，屢改屢蹶者，不可勝數。今兹刻本，頗多仍舊。又謂少年游冶學秦、柳，中年感慨學辛、蘇，老年淡忘學劉、蔣，此其詞學經歷與遷變也。目秦、柳之詞爲游冶，已屬不合。以劉、蔣工力高於辛、蘇，則尤見其淺薄。陳廷焯最愛其〔滿江紅〕《金陵懷古》二句，云“碧葉傷心亡國柳，紅牆墮泪南朝廟”，以爲凄凉哀怨，然全首未相稱也。廷焯謂：“板橋詞，頗多握拳透爪之處，然却有魄力，惜乎其未純也。若再加以浩瀚之氣，便可亞於迦陵。”“其年詞沉雄悲壯，是本來力量如此。又加以身世之感，故涉筆便作驚雷怒濤，所少者深厚之致耳。板橋未落筆時，先有意爲劉、蔣，金剛努目，正是力量歉處。”論板橋詞，最爲確切者也。（孫人和）

三一九 銅弦詞二卷

（忠雅堂集本）

清蔣士銓撰。士銓有《忠雅堂集》，已著錄。此爲其所撰之詞，分爲二卷，南北曲附於下卷。集中慢詞最多，恣意放縱，似效陳其年者，或又比於鄭燮。其實士銓所作，固不敢望陳其年，即以板橋詞較之，燮時有沉著之處，士銓則叫囂矣。陳廷焯《白雨齋詞話》謂“《浮香舍小飲》四章、《二十八歲初度》兩章，爲全集完善之作”云云。《二十八歲初度》〔賀新涼〕二闋，較有意境。《程北涯浮香精舍小飲》〔賀新涼〕四闋，亦非詞中上品也。（孫人和）

三二〇　思賢閣詞草二卷

（鈔本）

清丁履恒撰。履恒有《形聲類篇》，已著錄。此其所撰之詞，一卷五十五闋，二卷七十七闋，內附其妻及金勇諸人之作六闋，共一百三十八闋。惟此爲鈔本，并無序跋、目錄。細審筆迹，亦非一人所寫。是否完整，未可質言。《宛鄰詞選》附錄履恒三闋，均在第二卷中，然名《宛芳樓詞》，不稱《思賢閣詞草》也。其詞不宗一家，深邃純正。集中如〔陽關引〕、〔醜奴兒慢〕、〔賀新郎〕、〔如夢令〕、〔醉花陰〕、〔鳳栖梧〕、〔綠意〕、〔高陽臺〕、〔滿庭芳〕(北樓晚望)、〔菩薩蠻〕四首 (哀武陵女櫻闌)，皆可傳誦者也。（孫人和）

三二一　萬善花室詞一卷

（雲自在龕叢書本）

清方履籛撰。履籛字彥聞，大興人。嘉慶舉人，知閩縣。詞集共四十四闋，規橅南宋，出入姜、史、周、吳、張、王之間，工力甚深，句法挺異，無玉田流滑之弊，然亦未得白石空靈縹緲之致也。集中行近梧山爲宋葵如賦〔翠樓吟〕四闋，最爲高古，其餘諸作，亦可讀也。（孫人和）

三二二　洞簫樓詞一卷

（小檀欒室閨秀詞集本）

清王倩撰。王倩字雅三，號梅卿，浙江山陰人。王倩爲文成公之第八世女孫，永定兵備道王謀文之次女。幼明敏，喜讀書，工吟咏，尤喜繪畫屬文，歸吳縣諸生陳基字竹士爲繼室。陳基初娶於金氏名逸字纖纖，爲隨園女弟子，詩名藉甚。纖纖卒後，陳基續娶王倩，仍入贅隨園，於十三知名女弟子之中，纖纖、王倩皆與焉。嘉慶元年丙辰，《隨園女弟子詩選》成書，纖纖、王倩二人之詩，皆與其選。所著有《問花樓詩集》、《寄梅館詩鈔》，詞集僅有是編傳世。其書凡爲一卷，共存長短令四十餘闋，近人徐乃昌所輯《閨秀詩鈔》之本也。按王倩之詞，導源北宋，不事淫靡冶蕩之音，不求工於一字一句之間，而風格娟秀，頗具慧思。惟詞本聲音之妙，故聲調格律，皆與詩不同。而王倩之詞，雖亦能中律，然勉成之體，終嫌其格格不入，不是當行家語。其佳者，亦所謂"著腔子唱好詩"而已。惟王倩之詩，則聲名頗著，諸名家選集，皆有著錄。詩話之中，有及王倩者，亦盛道其詩。可知王倩之詞，不過餘事，本不以此見長。就《隨園女弟子詩選》所選王倩之詩而論，則天分卓越，情容并茂，洵不愧名家。其中有論詩數首云："春山如笑，秋山疑顰。宇宙皆詩，本乎天真。靈機妙悟，無陳非新。不物於物，斯能感人。"又"詩境甚寬，詩律甚嚴。十年非遲，三思豈嫌。如味諫果，得苦中甜。不能研精，空慚詹詹"。就以上二詩以觀其論詩之旨，亦可見其志趣。今以著錄其詞集，兼論其詩者，庶幾讀者能不因其詞而弃之也。（撰者未詳）

三二三　意香閣詞二卷

（嘉慶刊本）

清李灃撰。灃字篁園，嘉興人。灃於李良年、李符爲同族，自是浙西詞派。集中如〔天香〕《咏龍涎香》、〔水龍吟〕《咏白蓮》諸作，皆爲效南宋者之常套也。故其族孫富孫序，謂"詞以石帚、玉田爲宗，旁及稼軒、梅溪、夢窗、草窗諸家"云云。其所守者，固如是也。然觀其所作，轉入淺滑，雜亂無章，不如《秋錦》、《耒邊》遠矣。其間合風派之作，如〔踏莎行〕《落梅》云："第一番風，偏留不住。落花如雪中庭舞。美人未肯斷春心。餘香幾點猶黏樹。　　索笑無從，招魂難據。佩環此後歸何處。小樓夢破角聲殘，微雲澹月相思路。"前段雖入於淺薄，而歇拍精深騷雅，最得其正，惜全集未能稱是。而所作太多，榛蕪不剪，偶有雅飭之句，亦不足以掩其失也。（孫人和）

三二四　夢春廬詞一卷

（同治六年刊本）

清李貽德撰。貽德有《春秋左傳賈服注輯述》，已著録。此爲其手定詞稿，而歿後所刊者也。詞四十八首，意境不深。其間有〔鵲橋仙〕《自題詞稿》一闋，“冬郎憔悴似秋娘，我慣替、美人彈淚。合歡也假，相思也假，楮墨盡教游戲”云云。夫情之所觸，發爲文詞，以此爲事，固有强己就文之弊。若以爲游戲，則失其性情，此貽德詞之所以不足重也。（孫人和）

三二五　海棠巢詞稿一卷

（嘉慶刊本）

清李若虛撰。若虛字實夫，錢唐人。嘗入孫文靖幕。是編凡一百五十八首。若虛久在塞上，番邊景物，往往入詞。周靄聯題詩，時有參證。塞外名集，頗著於時。若論其詞法，則未可語於大方之家也。其間無調之詞三首，題曰“自度曲”，即可知其妄矣。（孫人和）

三二六　無腔村笛二卷

（刊本）

清吳振棫撰。振棫字仲雲，號宜甫，晚號再翁，錢塘人。嘉慶進士，官至雲貴總督。是編上卷四十四首，下卷五十首。潘曾綬嘗題其孫吳恩垛《聽秋聲館詞》曰“余與仲雲制軍，爲忘年友。制軍官滇時，曾以所著《花宜館集》見寄，中有《無腔村笛》二卷，深得南宋諸家奧窔”云云。謂振棫學南宋則是，謂其得南宋奧窔，則溢量之言也。振棫自述云：“南唐北宋，匪我所知。牧童橫笛，是我之師。”雖爲謙辭，而實不知南唐、北宋者也。〔菩薩蠻〕云：“柳顫絲雨濕。綠到春無力。剗地晚風顛。落花飛上天。”其詞品似之。然喜爲序注，如〔摸魚兒〕、〔尉遲杯〕、〔眉嫵〕、〔轆轤金

井〕、〔瑣窗寒〕、〔尾犯〕、〔惜紅衣〕諸首，皆有之，頗可供異聞
也。（孫人和）

三二七　桐華閣詞一卷

（嘉慶刊本）

清吳蘭修撰。蘭修字石華，嘉應人。嘉慶舉人，官信宜訓導。
是編凡六十五首，寄內數篇，情致悱惻，不必以字句論工拙也。
〔減字木蘭花〕《過秦淮作》云：“春衫乍換。幾日渡江風力軟。眉
月三分。又聽簫聲過白門。　　紅樓十里。柳絮濛濛飛不起。莫問
南朝。燕子桃花舊板橋。”頗瀟灑有風致。其〔大江東去〕《渡江
至京口》一闋，亦激壯可喜。蘭修詞，不宗一家，故未能純凈，
然在經生詞中，自可備數矣。（孫人和）

三二八　百萼紅詞二卷

（光緒重刊本）

清吳鼒撰。鼒字及之，又字山尊，號抑庵，全椒人。嘉慶進
士，官侍講學士，晚主揚州書院。是編自署達園鉏菜叟，鼒晚年居
揚州，鉏菜叟蓋其別號，達園其寓齋也。嘉慶二十年九月十日，爲
鼒六十初度。汪端光等觴之湖上，端光并填〔一萼紅〕以爲壽，
鼒和之，因而專填此調，積久漸多，共得一百零七闋，言其大數，
故名“百萼紅”也。詞於伊鬱之中而搖曳動蕩，不盡似其師吳錫
麒之輕倩也。《病中悼侍女徐桐》云：“命真妨。把如花纖質，加
倍與凄涼。各瘦無兄，偏憐僅母，弱姊嬌又先亡。却專與、傾城體
態，風雨劇、留得色兼香。絕好聰明，盡多心事，太短時光。
真似風流國士，閱人間磨難，漸減清狂。眾裏啼多，人前膽小，澆
愁時一傾觴。幸相逢、依依有我，又呻吟、誤了歡場。不願春風再
識，前恨難償。”情真意真，不覺其詞之俗也。其《傷池荷》一
篇，哀感頑艷，蓋亦悼桐而作。《紅葉》詞云：“更憶桃花杳然，
逝水無還。”自注：“詞中此等句，皆悼侍女徐桐也。”可以互證。

蕭嘗病，服歸芍，桐云："芍藥是藥，何不園中看花去。"語頗精妙。蕭稱其知書解事者，信不虛誣，故哀之甚切也。（孫人和）

三二九　曼香詞一卷

（清名家詞本）

清吳翌鳳撰。翌鳳字伊仲，號枚庵，吳縣人。諸生。是編凡百四十闋。〔喝火令〕云："何苦侵階，何苦滴芭蕉。何苦青鐙簾幕，徹夜響瀟瀟。"此乃詞中流滑之調，不可爲訓者也。然其小令，大體精美，其尤佳者，如〔秋蕊香〕云："愁聽蟬吟高柳。人倚小樓時候。白雲飛去青山瘦。一抹晚霞紅湊。　　門前記得雙烏栖，横街口。闌干十二休垂手。今夜露凉依舊。"造語精警，秀外慧中。其慢詞如〔天香〕《咏龍涎香》、〔水龍吟〕《咏白蓮》、〔摸魚子〕《咏蒓》、〔齊天樂〕《咏蟬》等類，乃清人效南宋詞者之俗套。然其淵源甚正，未可盡非。翌鳳自序云："再續夢窗之舊譜，一洗《草堂》之陋音。"可以知其志趣矣。（孫人和）

三三〇　香草詞二卷洞簫詞一卷碧雲盦詞二卷

（雲自在龕叢書本）

清宋翔鳳撰。翔鳳有《大學古義說》，已著録。此爲其歷撰之詞集。《香草詞》序於道光元年，《洞簫詞》跋於道光九年，惟《碧雲盦詞》無序跋。考《洞簫詞》〔暗香〕《和白石》後段云："暗喂似泣。誰識微禽肯相憶。"《碧雲盦詞》〔暗香〕《和白石》後段云："但愁易落，摹出深痕罷追憶。"又一首云："昔游幾度，人去揚州遠成憶。"并不和泣字韵。自注云："吳潛和堯章〔暗香〕後解第五句，不叶韵，則原詞泣字，非韵也。"可證其撰於《洞簫詞》之後矣。翔鳳詞學雖源於常州，然最尊白石。其《樂府餘論》謂"詞家之有白石，猶詩家之有杜少陵"，可以知其旨趣。故其詞，略近南宋。其間佳製固有，而可删者亦正不少，此則貪多之累矣。（孫人和）

三三一　九曲漁莊詞二卷

（建德周氏刊本）

清沈濤撰。濤有《論語孔注辨僞》，已著録。是編乃其所作之詞，共九十九闋。濤詞學源於陶梁，規橅南宋，嚴守軌律而無流滑之弊。雖小令稍近輕柔，而慢詞遒上，得白石、夢窗之神髓。清代詞人，宗南宋者，十之六七，其間合者固多，而貌似神遺者亦復不少。濤以經術名家，詞亦淵源甚正，不得以彼掩此，惜題咏之作太多耳。〔霜葉飛〕《題介甫霜林覓句圖》序云："周清真'霧迷衰草'，《圖譜》以爲起韻，《詞律》以爲非韻。然夢窗之'斷烟離緒'，玉田之'故園空杳'、'綉屏開了'二闋，亦皆是韻，則此句自當以四字爲句用韻。惟《圖譜》以下句爲九字亦非，蓋三字六字耳。"其說近是，亦明於聲律者也。（孫人和）

三三二　潭影軒詞一卷

（道光刊本）

清沈宗約撰。宗約字鶴坪，鎮洋人。詞約六十餘首，中間與曲阜孔昭薰酬和者，亦附孔詞於各首之後。所用題目，如百宵燭、百子炮、壓歲錢、撑門炭、元寶糕、歡喜糰、萬年糧、洋米、洋酒、洋爆、洋爉、煎餅、蘿蔔燈、西瓜燈等類，頗爲鄙陋，詞亦淺薄無足觀。〔離別難〕《用柳屯田韻咏蘆溝曉月》，首二句云："山半冷蟾如畫，正斜對橋陰。""如"字不當用平，"正"字亦不當用仄也。（孫人和）

三三三　滄江虹月詞三卷

（光緒重刊本）

清汪初撰。初字問樵，錢唐人。以輸資爲庫大使。嘉慶時，因襄四川軍務有功，先以縣丞補用，遽卒。初天資穎發，通敏精銳，詞殊清麗婉雅，頗似張郎中、晏小山。最後〔浣溪沙〕十闋，集

玉溪生句，亦頗自然。見賞於王昶，有由來也。惟慢詞氣力，時虞
竭蹶。蓋詩詞皆緣自性情，發於人者，可驗其氣，著於竹帛，即謂
之音。氣機短促，豈天年不永之徵耶！（孫人和）

三三四　借閑生詞一卷

（道光庚子刊本）

清汪遠孫撰。遠孫有《國語發正》，已著錄。此其所撰之詞，
共七十三首，長調居多，蓋規摹南宋者也。（孫人和）

三三五　玉山堂詞一卷

（嘉慶刊本）

清汪度撰。度字白也，上元人。是編凡七十五闋，其詞效法叔
夏，偶有肖似之作。〔齊天樂〕《讀〈山中白雲詞〉有懷玉田生》
下半闋云："而今芳草罨碧，閱斜陽故國，鵑淚哽瘦。秋雁雲孤，
春鷗水潤，兩字才名依舊。唵魂在否。怘心曲香燒，指尖絲綉。長
嘯山空，白雲窗外走。"確爲玉田之榘矱也，惟全體殊不能稱。蓋
玉田所作，不獨清空流走，而且潛氣內轉。度未明此旨，故其詞不
入於俗，即流於滑。然其令曲，亦有清而新、婉而雅者。如〔浣
溪沙〕云："幾日清陰染碧苔。簾波如水瀉空階。一番惆悵一裴
回。　　人迹疏於秋在樹，詩情濃似酒盈杯。未黃昏已掩柴扉。"
細膩清宛，亦宋人小令之形神也。（孫人和）

三三六　崇睦山房詞一卷

（原刊本）

清汪全德撰。全德字小竹，江都人。是編凡五十闋，其詞疏脫
瀟灑，氣機環流，惜其多致力於外表，而不能沉思於內裏，然其工
力未可非也。〔一萼紅〕《秋窗坐雨》云："閉閑門，有苔痕蘸色，
人擬瀼西居。簟熟生涼，窗深近晚，沉沉清晝繙書。算此日、新寒
太早，漸風衣、輕薄雨簾疏。旅燕思歸，孤花抱病，秋恨何如。

此地中丞遺宅，説城南市曲，曾種珊瑚。樹老無烟，草長過石，百年誰保林蔬。我欲移家滄海上，看連天、雲水没蓬壺。何苦秋心岑寂，私計榮枯。"似不著力，而清雅可愛，蓋得力於玉田生也。（孫人和）

三三七　存審軒詞二卷

（求志堂存稿彙編本）

清周濟撰。濟有《晋略》，已著録。此其手訂之詞集，卷各五十八闋，共一百十六闋。譚獻論常州派詞曰："茗柯《詞選》出，倚聲之學，日趨正鵠。張氏甥董晋卿，造微踵美，止庵切磋於晋卿，而持論益精。其言曰：'慎重而後出之，馳騁而變化之，胸襟醖釀，乃有所寄。'又曰：'詞非寄托不入，專寄托不出。一物一事，引伸觸類，意感偶生，假類必達，斯入矣；萬感横集，五中無主，赤子隨母笑啼，野人緣劇喜怒，能出矣。'以予所見，周氏撰定《詞辨》、《宋四家詞筏》，推明張氏之旨，而廣大之，此道遂與於作者之林，與詩賦文筆同其正變。"云云。其論甚晰。今觀其詞，如〔虞美人〕《影》云："一鐙秋夜疏星共。照破銀屏幽夢。又是隙風微動。簾押文犀重。　　紅薦小譜琵琶弄。碎玉丁當遥送。顫落鈿釵金鳳。酒醒脂痕凍。"幽艷深純，別有懷抱。他若〔洞仙歌〕之《落梅》、〔疏影〕之《風竹》、〔高陽臺〕之《雨竹》、〔六醜〕之《楊花》、〔雨霖鈴〕之《刺蘼》、〔祝英臺近〕之《瓶中蠟梅》、〔風流子〕之《金鳳》、〔霓裳中序第一〕之《芙蓉》，亦皆引伸觸類，各有意旨，然時有"專寄托不出"之病。其清顯之作，又往往近於膚淺。蓋論詞甚精，緣於見識之高。若心手相應，則關於才學，非可强也。（孫人和）

三三八　儲素樓詞一卷

（求志堂存稿彙編本）

清女子蘇穆撰。穆字佩纕，淮陰人，荆溪周濟之箎室也。詞集八十二首。濟論詞最精，所作亦深密純正。穆之詞學，自有本源。集中多清婉之作，不似濟詞之深美，然如〔霜葉飛〕一闋，亦覺淒惋動人也。（孫人和）

三三九　柳下詞一卷

（求志堂存稿彙編本）

清周青撰。青字木君，荊溪人。是集五十六闋。青思力沉摯，琢字煉句，驟視之，似學夢窗，察其蹊徑，亦不盡從《四稿》來也。如〔菩薩蠻〕云：“隱隱棹歌聲。隨流入太清。”〔慶清朝〕云：“蟬聲乍咽，早涼高樹先知。”亦見悠遠淡蕩之趣，雕繪而不至於板滯也。周濟謂青三十嘆老，夭年之讖。今觀其〔玉樓春〕云：“子規啼罷鵜鴣啼，誰向夕陽堤上路。”其情亦殊可哀。《介存齋文稿》卷二，《〈雲溪遺稿〉序》云“木君每爲詞，輒手其稿就余。隔別或三五日，未嘗過十日，必一相見。余與木君論詞，或時至忼慨於咽，泛瀾藉袂”云云。青與濟詞狀不同，而其有寄托之旨，則一也。此集即濟所編定，濟子佐臣所刊者。《介存齋文稿·族祖綏章公譜傳》云“憶自都中初歸，酌我於花前，謂濟曰：‘此紫袍金帶也，昨歲移植今花矣。子且富貴，宜對之。’濟笑而起曰：‘富貴豈足涸豪杰，子自樂此，無相瀆也。’相與狂笑，木君填詞以記其歡”云云。今檢集中無此詞，疑濟所刪削，或佐臣失録也。（孫人和）

三四〇　竹鄰詞一卷

（雲自在龕叢書本）

清金式玉撰。式玉字朗甫，歙人。是編詞僅二十首，原刊於《竹鄰遺稿》，江陰繆氏取其詞以刊之。所作雖少，首首可讀。式玉受學於張惠言，又與董士錫同學磋磨，故其詞工力甚深，善於寄托，婉而多諷。其〔相見歡〕云：“真珠一桁簾旌。坐調笙。夢裏不知芳草一池生。　　　蠻弦語，紅兒舞，總關情。無奈枝頭嗁鳥、喚花醒。"其二云："暗螢點向深苔。去還來。都是星星流影惹簾開。　　夫容面，輕羅扇，撲盈懷。不道一天清露、濕香階。"其三云："微雲度盡窗綃。夜迢迢。又恐秋聲無賴上芭蕉。

玉繩轉，金波暗，可憐宵。祇剩栖香蝴蝶、抱空條。"其〔菩薩蠻〕云："垂簾不放風花入。濃陰滿院春蕪濕。鸞鏡曉妝輕。顰眉畫不成。　　寶釵金鳳翅。裛裛夫容蕊。烟縷動斜霞。驚回羅袖花。"情詞俱美，蓋得於《金荃》、《浣花》者深矣。（孫人和）

三四一　心日齋詞集六卷

（心日齋全集本）

清周之琦撰。之琦有《心日齋十六家詞選》，已著錄。是編爲其所著詞集，内分《金梁夢月詞》二卷、《懷夢詞》一卷、《鴻雪詞》二卷、《退葊詞》一卷。《金梁夢月詞》，入都後所作也；《懷夢詞》，悼亡之作也；《鴻雪詞》，經歷各地所作也；《退葊詞》，返還家園所作也。程恩澤評其詞，聲律精嚴，爲詞家第一。又謂之琦之詞，純是起承轉合，竟可作詞中八股。黃燮清謂其詞渾融深厚，語語藏鋒，北宋瓣香，於斯未墜。皆備極推崇。蓋之琦之詞，托體甚高，曲折頓宕，意致深純。浙西、常州之外，居然一大家也。世人與蔣春霖并稱，其實周、蔣二家，不拘派別，是其相同，其餘不相似也。春霖天資特異，之琦工力甚深。蔣詞可謂大，周詞可謂精矣。（孫人和）

三四二　夢硯齋詞

（黔南叢書本）

清唐樹義撰。樹義字子方，源準子，遵義人。嘉慶丙子舉人，大挑歷知湖北咸豐諸縣，擢甘肅鞏昌知府，陞蘭州道，以剿野番功擢陝西按察使，遷湖北布政使，擢巡撫，引疾歸。再起，在湖北辦軍務，巡撫崇綸奪其軍，投江死。有《待歸草堂詩文集》。是編爲詞凡十九闋，皆慷慨悲歌。鄭珍撰傳謂"常以開濟忠義自許，

日憂危孤憤於巧擠陰扼中"，故其詞能激昂感嘆也。（撰者未詳）

三四三　秋水軒詞一卷

（光緒刊本）

清女子莊盤珠撰。盤珠字蓮佩，陽湖人。莊有鈞女，同邑孝廉吳軾妻也。事具吳德旋《初月樓稿》、李兆洛《舊言集》中。是編凡八十八首，頗嫌柔嫩，而時有雅言。如〔浣溪沙〕云："曉枕暗占寒夜夢，殘燈猶剩去年花。"〔菩薩蠻〕云："雪月與梅花。都來作一家。"皆爲可誦之句。惟全書所言，工愁善病，時值盛年，而喜作衰颯之語，爲文之大忌也。〔浪淘沙〕云："風前扶病强抬頭。知道明年人在否，花替儂愁。"〔清平樂〕云："若要心兒不轉，除非沒有黃昏。"凡此之類，憂能傷人。盤珠卒年僅二十有五，殊可哀也。（孫人和）

三四四　槿邨樵唱一卷

（道光刊本）

清夏昆林撰。昆林有《槿花邨吟存》，已著錄。此爲詞集，共八十五首。有豪快之作，有清雅之作，但豪快而不高健，清雅而不深渾。故或氣蕩而不收，語淡而淺薄，終不可與於作者之林也。（孫人和）

三四五　懺餘綺語二卷爨餘詞一卷

（榆園叢刻本）

清郭麐撰。麐有《蘅夢》、《浮眉》二集，已著錄。其《懺餘綺語》自序謂"既存二集，意不復作，而學道未深，幻情妄想，加以友朋牽率，多體物補題之作，不忍弃去，過而存之"云云，故名《懺餘綺語》也。其《爨餘詞》，僅三十五首。道光壬午，麐之寓樓，不戒於火，其詞稿亦燬。友朋鈔寄，得即存之，故名《爨餘詞》也。其實麐詞，綺語則品格不高，述事亦但撐門面，雖

多亦奚貴焉。（孫人和）

三四六　茗柯詞一卷

（花雨樓本）

清張惠言撰。惠言有《周易虞氏義》，已著録。是編爲其所撰之詞，共四十六首。惠言經學湛深，而《詞選》一編，改易風氣，厥功甚偉。撰詞不多，而原本風騷，收放有法。惟温、韋之詞，托於房帷，寄慨無端。惠言雖寄旨遥深，而往往參以文章義法，故深美閎約，遜於二家。然比之浙派，則高遠矣。且惠言爲開派之人，自不得以尋常詞家論之矣。（孫人和）

三四七　紅椒山館詞選二卷

（道光刊本）

清張興鏞撰。興鏞字金冶，號遠春，華亭人。是編前有趙懷玉序一篇，題曰原序，内署“華亭張興鏞遠春著，同里姚椿子壽選”，詞中并有圈識。按興鏞詞今所見者，有二刻本：一爲《遠春詞》二卷，一爲《紅椒山館詞選》二卷。《遠春詞》刊於嘉慶四年，編首趙序外，有袁枚、陸錫熊、那彦成、吴闓、吴鈞、姚階、汪大經、金德輿、朱文治、嚴冠、嵇文煒諸人題詞，内署“華亭張興鏞金冶”，詞無圈點。兩本校之，知嘉慶時刻《遠春詞》，道光時姚椿就《遠春》删選，并加圈識，即爲此本。惟卷末二十二闋，舊本所無，則《遠春詞》刊後所撰也。然《遠春詞》趙序，亦題原序。考趙序首謂“乾隆丁未八月，寓居桐鄉。有奴捧械，晨入於室，則華亭張君金冶所寄《遠春詞》，侑之以書，屬序於僕”云云。乾隆丁未，至嘉慶己未，共十二年，豈乾嘉之間別有刻本歟？興鏞爲王昶弟子，又聆吴錫麒、趙懷玉之緒論，并與陶梁、姚椿相往來，其詞學似有根柢者。然格律不高，時露膚淺。其〔滿江紅〕《題趙春潊鎖院咏物詩後》一首，輕鬆粗陋。〔沁園春〕賦二字、三字，尤爲纖巧，而謝章鋌竟録三闋於詞話中，可謂不知

詞矣。（孫人和）

三四八　飴山詩餘一卷

（清名家詞本）

清趙執信撰。執信字伸符，號秋谷，晚號飴山老人，益都人。康熙十八年進士，授編修，累遷右贊善，以國恤觀演《長生殿》罷職，優游林下者五十年。是編凡七十二闋，小令爲多，語殊清麗，雖非濃艷，而終傷浮淺。其微爲可取者，〔蝶戀花〕云：“秋老家山紅萬叠。何意淹留，斷送重陽節。醉裏情懷空自結。彎環低盡湘簾月。　　總爲相逢教惜別。明日風帆，亂落霜林葉。暮雨迷離天外歇。寒花付與紛紛蝶。”此首頗有巧思，措語允當，然亦非上乘也。執信論詩，與王士禛不合。其實執信詩詞，并不如士禛也。（孫人和）

三四九　青芙館詞鈔一卷二韭室詩餘別集一卷

（滂喜齋叢書本）

清陳壽祺撰。壽祺有《纂喜堂詩鈔》，已著錄。《青芙館詞鈔》一百二十餘闋，《二韭室詩餘別集》亦不足三十闋。壽祺經捻匪之亂，頗有悲放之言。壽祺與會稽李慈銘、陽湖呂耀斗相往還。其詞則壽祺悲放，慈銘圓融，耀斗纖麗，情狀不同。壽祺未獲中壽，故鍛煉之功不深也。又此本頗有誤字，往往詞後空白數行，書中亦有題《青芙館詩鈔》者，蓋潘祖蔭刻此書時，校訂未審也。（孫人和）

三五〇　紅豆樹館詞八卷補遺一卷

（刊本）

清陶梁撰。梁有《紅豆樹館詩》，已著錄。梁詞初有刊本，後乃合爲八卷，附以補遺。梁之詞學，受於王昶，復與吳穀人、郭頻伽、楊蓉裳、楊伯夔、劉芙初、顧南雅、倪米樓、樂蓮裳、孫蔚堂、史赤厓、張遠春、李子仙、高繼泉、陸春帆、孔元敬、董琴南諸人相倡和，故其詞學深邃。初以白石、玉田爲法，後專以竹垞、樊榭爲規範。雖未臻幽遠之境，然春容大雅，自有南宋之風度。至其友朋形迹、古迹風景，往往詳叙於題中，亦可供參證也。（孫人和）

三五一　齊物論齋詞一卷

（雲自在龕叢書本）

清董士錫撰。士錫字晋卿，一字損甫，武進人。嘉慶副貢，候選直隸州州判。士錫爲張惠言之甥，又與金式玉交誼最篤，故其詞學邃密，寄托遥深。沈曾植《菌閣瑣談》云：“《齊物論齋詞》，爲皋文正嫡。皋文疏節濶調，猶有曲子律縛不住者。在晋卿則應徽按柱，斂氣循聲，興象風神，悉舉騷雅古懷，納諸令慢。標碧山爲詞家四宗之一，此宗超詣，晋卿爲無上之乘矣。玉田所謂清空騷雅者，亦至晋卿而後盡其能事”云云，可謂推崇備至矣。是編一百四十三闋，其〔蝶戀花〕《記夢》云：“六曲屏山愁遍倚。碧海歸來，不分紅塵見。鬢雨釵風還撲面。兩眉那記痕深淺。　　笑整羅衣橫寶鈿。籠到齊紈，乍憶圓圓扇。忽訝一身花影滿。車輪自此禁千轉。”又一闋云：“山翠模糊融睡雪。未忍多看，那更分明別。滿眼柔情携手説。花間苦認纖纖月。　　鈿閣沉沉蚪水咽。綠縷紅芽，幾度芳菲節。枝上暖風吹露屑。嬌慵不解丁香結。”精深華妙，亦何減馮正中也。（孫人和）

三五二　種芸仙館詞五卷

（刊本）

清馮登府撰。登府有《三家詩異文疏證》，已著録。是編總名《種芸仙館詞》，内分《花墪琴雅》二卷、《釣船笛譜》一卷、《月湖秋瑟》二卷，共五卷。登府經學名家，以其餘事而爲詞。居於嘉興，自承竹垞詞派，幽妍精潔，丰度雍容。又深於音律，其《月湖秋瑟》卷二中，如〔長亭怨慢〕、〔紅情〕、〔惜紅衣〕、〔惜瓊花〕、〔湘月〕諸調，或考證白石旁譜，或訂正《詞綜》、《詞

律》，皆有獨到之見，可與《梅邊吹笛譜》共傳也。（孫人和）

三五三 小庚詞存四卷

（道光甲午刊本）

清葉申薌撰。申薌有《閩詞鈔》，已著錄。是編爲其所撰之詞。首卷起嘉慶十年，迄道光七年；次卷起八年，迄十三年；三卷十四年；末卷僅寄園百咏，蓋亦十四年所作也。其詞淺薄，殊不足稱。申薌著有《閩詞鈔》、《天籟軒詞選》、《天籟軒詞譜》、《本事詞》諸書，雖不精密，實亦用力於詞學者，故存其目焉。（孫人和）

三五四 箏船詞一卷

（嘉慶刊本）

清劉嗣綰撰。嗣綰字簡之，號芙初，陽湖人。嘉慶進士，官編修，歸主東林書院。是編凡六十六闋，其詞雖清麗，而不能深厚。〔高陽臺〕《秋日重過補蘿山房》云：“蕉格臨書，苔文讀畫，閑門最好深深。空谷人家，殢他翠袖寒侵。商量多少營巢燕，占東風、祇有紅襟。替沉吟。花未闌珊，竹未蕭森。　　五湖憶著閑生計，怨鉛華流斷，芳訊都沉。一綠鴛波，等閑圓到鷗心。闌干祇合曹騰倚，怕他時、烟夢來尋。病惜惜。無限清愁，譜入瑤琴。”此學玉田生者，集中雅暢之作也。（孫人和）

三五五 海南歸棹詞二卷

（清咸豐刊本）

清劉耀椿撰。耀椿字莊年，號矖鶴，安邱人。嘉慶庚辰進士，歷官四川按察使，撰有《重修青州府志》。是編上卷二十調，三十三闋；下卷二十九調，四十八闋。耀椿爲南中循吏，風節著人口。少時讀書，治古文外，喜爲詩。三十後更喜爲長短句，惟不自矜貴，稿輒爲人持去。其論詞嘗謂詞家率選平調，不知今人所謂拗，皆古人抑揚協律處，故自爲詞不喜順。又好沾沾於古人，故所撰專宗白石，兼涉清真門徑，慣用逆筆，不作綺語，祇爭格韵，不鋪敘本事。花壽山謂"其光黝然而深，其味咀之乃愈出"云云。大抵耀椿詞，清豪婉麗，深得風人和平之旨。是編爲歷城花壽山所刊。壽山序謂"自海南歸來，戊申來主濼源書院講席，由是日相過從。論文之餘，間及填詞，出示是編，讀而悅之，勸鋟板以公同好，堅不肯。壽山乃錄其舊作，益以新製，釐爲二卷，梓之，先生固不禁之"云云。蓋壽山以耀椿古文辭，爲儕輩所罕索，遂以散佚，概然刊其詞以傳世云。（趙緑緯）

三五六　斷水詞一卷

（清名家詞本）

清樂鈞撰。鈞字元淑，號蓮裳，臨川人。嘉慶六年舉人。是編凡百六十九闋，乾隆四十八年至嘉慶十九年所撰者也。其名"斷水"者，自識云："少拾香草，頗眤么弦。長而悔之，每思焚弃。同調縱臾，謂非乖雅。興恉回向，增製日夥。如刀斷水，斯之謂矣。鈔撮成帙，取以爲名。"鈞詞學膚淺，妄事效顰，疏薄之處，見而即知。鈞與吳錫麒、劉嗣綰、郭麐等相往還，諸人皆徒負虛名，而實未精於詞，然能敷衍門面，入目尚佳。鈞并此而無之。其微可讀者，如〔三字令〕云："搴綉箔，倚雲屏。太娉婷。鴛袖廣，燕釵輕。乍回眸，還顧影，怎無情。　風未起，日猶明。兩扉扃。花寂寂，草青青。曲闌邊，歸鳥過，響金鈴。"此明效《花間》者，已覺輕倩菇露，其他更無論矣。（孫人和）

三五七　微波詞一卷

（清名家詞本）

清錢枚撰。枚字枚叔，一字實庭，號謝盦，仁和人。嘉慶四年進士，官吏部文選司主事。是編凡五十六闋，大都輕倩淺薄，雖時有俊語，終非本色。偶見麗辭，遠違花草。如〔鵲橋仙〕云："祇少個、憑欄人也。"〔洞仙歌〕云："第一是留他一分兒，也莫爲春愁，似儂蕉萃。"〔江南憶〕云："顛笑忽如雷。"〔清平樂〕云：
"影兒略比花肥。"凡此之類，皆非詞中之語。枚與楊芳燦、袁通、
楊夔生諸人相往還，毋怪其詞學之不深也。（孫人和）

三五八　柯家山館詞三卷

（湖州叢書本）

清嚴元照撰。元照有《爾雅匡名》，已著錄。此為其所撰詞
集，首卷五十四首，附戴敦元和作四首，倪稻孫、徐球和作各一
首；次卷五十三首，附許宗彥和作一首；末卷四十首，附顧翰和作
一首。詞末間附師友評語，內有段先生者，即段玉裁也。其〔蝶
戀花〕詞後自注："自〔柳梢青〕以下二十七首，乃《畫扇齋秋
怨》所汰存者。"考《悔庵學文》卷一，《奉段懋堂先生書》，內
有云"承許序《畫扇齋秋怨詞》，懇速成見寄，企渴企渴"云云，
是元照先為《畫扇齋秋怨詞》，嗣汰存者并入此集。段玉裁雖深於
經術，然幼年為詞，亦明於此道者。《經韻樓集》卷九《懷人館詞
序》可證也。末卷多友朋問疾之作。元照遘疾於嘉慶十七年，卒
於二十三年，其詞止於十九年春。范鍇《苕溪漁隱詞》，第二卷
〔真珠簾〕《題奚虛白榆蔭樓圖》詞末自注云："卷中有亡友嚴脩能
元照〔百字令〕詞，語甚淒愴，蓋其病中所作也。"今此詞正在末
卷。顧翰和其〔蝶戀花〕詞附評云"小令似南唐，長調出南宋。
設色處，皆不獵凡艷，不挾枯聲。此非太真之珠履，乃宓妃之羅
韤"云云。雖友朋諛辭，不盡可據，然其詞不宗一家，確有清空
婉約之度。平允論之，令曲近於六一、小山、淮海、東山諸家，慢
詞時有玉田妙境，而其深曲之處，似亦肆力於清真者。清代經師
之詞，竹垞、茗柯，造成風氣，并享高名，有所自來。餘若嚴元
照、凌廷堪、江藩、劉逢祿、馮登府、宋翔鳳諸人，初非專心為
詞，而語意婉妙，工力湛深，殊不可及，惜并為經術所掩也。（孫
人和）

三五九 翠薇花館詞八卷

（嘉慶刊本）

清戈載撰。載有《宋七家詞選》，已著録。按載詞卷數，各本不同。《詞綜續編》謂爲三十九卷，《萬竹樓詞》注謂爲三十卷，《賭棋山莊詞話》謂爲二十七卷，《聽秋聲館詞話》謂爲十卷，此則八卷。蓋其詞隨作隨刻，故參差不齊耳。載精於聲律，别撰詞韵，效法兩宋，工力深密。故其所撰〔山亭宴〕《秋晚游天平山》、〔霜葉飛〕《落葉和吳清如》諸首，文字聲律，兩臻絶詣，一時交推，有由來也。惟載詞最多爲三十九卷，最少爲八卷，今既未能一一詳校，而謝章鋌《賭棋山莊詞話續編》卷五論之甚詳，今擇録之。其言曰："戈寶士詞最多，然平庸少味，閱至十篇，便令人昏昏欲睡。因其室有餘貲，喜結納，才名易起。謂之好事則可，謂之名家，則不能也。卷首序與題詞數十篇，借光之多，已屬可笑。開卷即有龍涎香、白蓮、蕪、蟬等題，此近來學南宋者，幾成例作習氣，愈覺可厭。且寶士一貢生耳，而自十三卷以後，交游漸廣，攀援漸高，中丞、方伯、觀察、太守、司馬、明府，歷碌滿紙，所作無非應酬。虚聲愈大，心靈愈短，豈芝蘢之於迦陵乎，豈愚山之於河右乎，抑何其不憚煩也。至爲麟見亭河帥題《鴻雪因緣圖》，前後合一百六十闋，多至四卷。觀其自述，知配合雕鏤，費盡苦心。然以《花間》、《蘭畹》之手筆，加以引商刻羽之工夫，乃爲鉅公譜榮華之録，摹德政之碑也。言之不足，又長言之，若以爲有厚幸焉，此真極詞場之變態矣。"其言似嫌太過。然清代詞集之富，莫如陳其年，而載又過之，不知能傳之詞，雖一二首可也。載詞竟多至三十九卷，其榛蕪未剪，泥沙不除，明白可曉。謝所據本爲二十七卷，故其所言，與此本不盡相合。故轉録其説，以資參考。不獨二十七卷之本，可見大概，即三十九卷之本，亦可以推知矣。（孫人和）

三六〇　扁舟載酒詞一卷

（江氏叢書本）

清江藩撰。藩有《周易述補》，已著錄。藩經學湛深，以其餘暇而爲詞，亦置體雅正。中間如〔暗香〕、〔疏影〕、〔聲聲慢〕、〔淒凉犯〕、〔杏花天影〕、〔八聲甘州〕、〔滿江紅〕、〔霓裳中序第一〕、〔采綠吟〕諸調，坿論音律，并足以補正萬氏《詞律》、方氏《詞塵》，尤爲本書之精彩。故顧廣圻序謂"讀者知其辭句之美易，知其字字入宮律難也"。（孫人和）

三六一　拜石詞一卷

（抄本）

清朱駿聲撰。駿聲有《尚書學》，已著錄。詞僅十九首，蓋駿聲以治經餘閑而爲之，非專力於是道也。其名"拜石"之意，殆尊崇堯章歌曲歟？其詞間有聰穎之句，惟誤字滿目，傳鈔者未能精校，故中間頗有違律之處也。（孫人和）

三六二　玉壺山房詞一卷

（清名家詞本）

清改琦撰。琦字伯蘊，號香白，又號七薌，別號玉壺外史，其先西域人，祖爲松江參將，遂爲江蘇華亭人。琦初嗜詩，後專力於詞。郡中同人刻《泖東近課》，曾刻詞一卷，嗣以全稿屬郭麐選存若干首，又復自爲刪定，未及付梓而歿，友人之子刊之，此本所據也，凡百五十首。所作清麗雅正，有倫有脊。〔慶清朝慢〕云："杉颭嵐青，雪消渚綠，飛聲暗捲風濤。雲垂水立，鳳琶推手弦高。春在鬧紅枝上，酬花先奏鬱輪袍。杯光瀉，滿庭藻荇，畫出僧寮。　　誰譜鐵厓樂府，況酒痕前度，月色今宵。闌干影裏，曾倚清笛閑簫。點破舊時蘚壁，驚看龍子上烟霄。他年憶，冷吟竹塢，淺醉花朝。"能於堅實之中，而有飛揚之勢，則亦宋賢之榘範也。

其令曲尤爲清宛熨貼，高處直逼小山。琦善書畫，而詞亦稱之，勝於湯貽汾矣。（孫人和）

三六三　鶴緣詞一卷

（光緒庚子刊本）

清呂耀斗撰。耀斗字庭芷，一字定子，陽湖人。詞僅五十九首。〔摸魚子〕闕一字，蓋耀斗歿後，殘稿如此也。詞頗流利，惜多纖巧之語。中有〔金字經〕一調，蓋本《欽定詞譜》，不知其是曲而非詞也。（孫人和）

三六四　花簾詞香南雪北詞各一卷

（附林下雅音集本）

清吳藻撰。吳藻字蘋香，自稱玉岑子，浙江錢塘人。爲碧城仙館女弟子，善填詞，尤精音律，緝商綴羽，不失分刌。嘗寫《飲酒讀騷圖》，自製樂府名曰喬影，吳中好事者，被之管弦，一時傳唱。歸同邑黃某爲室。《兩般秋雨盦筆記》謂其父夫俱業賈，兩家無一讀書者。吳藻喜與文士往來，自顏所居曰“花簾書屋”。道光九年己丑，自訂詞集曰《花簾詞》，陳頤道、趙秋舲爲之序而刊之。其後移家南湖，潛心奉道，自顏其室曰“香南雪北廬”。道光二十四年甲辰，輯其未刊餘稿，剞劂成書，曰《香南雪北詞》，仍從其居室之名也。是編爲如皋冒俊爲之重行校刊，以入《林下雅音集》者也，都分二冊。《花簾詞》，首張景祁、陳文述、魏謙升、趙慶熺諸序，次吳藻略傳，及《秋雪漁莊詩》一首，爲冒氏輯自《國朝正雅集》者，以下《花簾詞》一卷，計小令一百七十餘闋。《香南雪北詞》，首吳藻自序，次《香南雪北詞》一卷，計存小令一百二十餘闋。末附樂府，首小序，次南北仙呂入雙角合套，次南南呂一套，次南仙呂入雙調一套，次南南呂一套，次南越調一套，共存四套。按吳藻之詞，於有清一代女詞人中，罕見其儔。蓋詞本管弦之音，吳藻精通音律，故其所作，聲律并佳，清切婉麗，旖旎近情。其詞之佳者，則妙脱蹊境，迥出慧心，不流於冶蕩之音。《兩般秋雨盦筆記》謂爲夙世書仙，《寄心盦詩話》謂其"填詞則有玉田、碧山之妙"云云。斯説以論吳藻，誠非虚譽耳。（陸會因）

三六五　半舫館剩稿填詞一卷

（光緒刊本）

清吳葆晋撰。葆晋字紅生，固始人。〔買陂塘〕詞注謂家居固始之古蓼灣也。集共二十九闋，雖平而不流於滑，淺而不失其正。惟題詞太多，近於酬應，甚無謂也。葆晋與程春海、劉燕庭、龔定庵、徐星伯、吳荷屋、徐廉峰諸親友，頗有往還，逍遥倡和，時見詞注。所可取者，僅此而已。（孫人和）

三六六　秋蓼亭詞一卷

（嘉慶刊本）

清何文敏撰。文敏字功甫，荆溪人。是編凡四十闋，前有趙懷玉序一篇，吳錫麒題詩二首。懷玉序云："讀《悼亡》諸闋，使人增伉儷之重；讀〔壺中天〕，使人深蓼莪之悲；讀〔霜葉飛〕，使人觸羊左范張之感。"今觀集中〔霜葉飛〕《哀周達邦》，〔壺中天〕《清明感舊》、《散步和興聞》，又〔壺中天〕、〔惜餘春慢〕、〔浪淘沙〕、〔瑶花〕諸闋，皆悼亡之作，哀嘆綢繆，讀之興感，全以情勝，不必束以詞格。趙序云云，不可盡謂爲虚譽也。（孫人和）

三六七　清夢盦二白詞五卷

（同治刊本）

清沈傳桂撰。傳桂字隱之，一字閏生，長洲人。爲道光"吳中七子"之一。此其詞集，卷各一種，曰《鶯天笛夜新聲》，曰《今雪雅餘》，曰《蘭騷剩譜》，曰《小臨邛琴弄》，曰《霏玉集》。各集皆有小引，總目之下，繫以短序，并用駢語，高古幽雋。《小臨邛琴弄》，多爲閑情之作，蓋仿朱彝尊之《静志居琴趣》。《霏玉集》皆集詞中成句，亦仿朱氏之《蕃錦集》也。傳桂與戈載交游，故其詞聲律謹嚴，陰陽去上，辨析毫釐。而詞情淒婉，寄托遙深，則非戈載所能及矣。此集原刊於道光，其後版本散佚。同治時，其姪實恒得其印本，始補刻之，即今通行之本也。（孫人和）

三六八　東鷗草堂詞一卷

（清名家詞本）

清周星譽撰。星譽字畇叔，一字叔雲，祥符人，寓居山陰。道光庚戌進士，改庶吉士，由編修累遷至兩廣鹽運使，兼署廣東按察使。是編凡八十四闋，譚儀叙謂白石、稼軒，去人不遠，未爲允當之論也。星譽之詞，殊不爲人所重，然喜用村辭，入筆便雅，文人俗士，皆愜於懷，於清詞中自成一格。即證以宋初慢曲，亦不得不以此爲正宗。如〔蝶戀花〕云：“夢又不成燈又黑。亂雅聲裏天如墨。”〔臺城路〕云：“不多時候窗兒黑，雨聲又催人起。”不知者以此爲粗俗，其實詞以白描爲上也。〔鷓鴣天〕云：“路入南橋客思閑。水鄉風景畫圖間。密蘆繞屋渾疑海，老樹遮門便當山。

波似鏡，岸如環。清溪曲折小舟還。歸人暗識村前路，逢著垂楊便轉彎。”讀之者，以爲雅詞，而不知其化俗無迹也。其源似出於屯田、漱玉，最爲詞中高境，稱之者少，何也？（孫人和）

三六九　思益堂詞鈔一卷

（思益堂集本）

清周壽昌撰。壽昌有《漢書注校補》，已著録。此爲其所撰之詞，一百零二闋。〔卜算子〕《閏三月餞春》云：“芳草多情不放歸，綠斷來時路。”〔南鄉子〕云：“瘦盡梨花一夜風。”〔春光好〕《柳絮》云：“不怨東風吹作雪，怨東流。”〔踏莎行〕《苦雨》云：“叢篁低戞和烟語。”皆深秀之句，殊可愛也，惜全篇多不相稱。然壽昌究心史學，固不以詞重也。（孫人和）

三七〇　冰蠶詞一卷

（雲自在龕叢書本）

清承齡撰。承齡姓裕瑚魯氏，字子久，滿洲鑲黃旗人。道光進士，官至貴州按察使。是集共五十四闋，又有《大小雅堂詩詞》合刻本。其《粟香室叢書》所刊者，僅二十二闋，蓋據承齡官黔時傳抄之本，殊不全也。其詞精深芊麗，浸淫入古，令曲遙接南部諸賢之緒，慢詞亦深得草窗、碧山之法。較以飲水，伯仲之間耳。張文襄《書目答問》，收入清詞甚少，而不捨《冰蠶》，亦以其純正也。（孫人和）

三七一　春在堂詞三卷

（春在堂全書本）

清俞樾撰。樾有《易貫》，已著録。其詞多所敘事，少述懷抱。夫愁苦之音易好，懽愉之語難工，理固然矣。而樾往往藉經子中之事以爲咏，或題撰述，或題書齋，并於詞體無取也。故集中時有文人之言，時有經生之語，殊爲不純。其第三卷〔薄媚摘遍〕序曰“所著書已刻者一百九十九卷矣，因以此卷校付手民，合成二百卷”云云。樾有貪多之名，不獨詞爲然也。（孫人和）

三七二　還初堂詞抄一卷

（光緒刊本）

清姚斌桐撰。斌桐字秋士，襄平人。隸漢軍，官兵部主事。是編四十四闋。其〔洞仙歌〕《懷舊》詞序云：“桐派本皖城，支分燕市，懸弧越國，負笈楚黔，名勝之區，一身遍歷，行李所逮，萬里而遙。凡所經過，盡留夢寐。”其家世本源，游歷地域，於此可見。一生不遇，年未中壽，故寫憂散鬱，多見乎辭。惜工力未深，時露淺俗。而少年艷語，亦嫌輕綺，固不能上比《飲水》，下逮《冷紅》，即較以《冰蠶》，亦遜其雅正也。（孫人和）

三七三 夢玉詞一卷

（道光刊本）

清陳裴之撰。裴之字孟楷，號小雲，錢唐人。是編一百十五闋，附友朋倡和之作七闋。詞名"夢玉"者，以夢窗、玉田爲宗也。所作幽深精緻，曲折動宕，蓋其淵源純正也。時有滯處，則夢窗之迹也；偶見滑句，則玉田之迹也。化迹而入神，可以名其家矣。善乎戈載之言曰："夢窗之長在縝密，密者疏之，則以靈動之氣化襞積之痕，自不至於晦矣；玉田之長在清空，空者實之，則以宕往之神兼波折之妙，自不至於滑矣。"惜乎裴之未盡能也。（孫人和）

三七四 梅窩詞鈔一卷

（光緒刊本）

清陳良玉撰。良玉字朗山，鐵嶺人，居廣東。詞集四十七闋，慢詞居多，有清雅處，有精整處，有奔放處，蓋宗法朱彝尊、厲鶚者，觀於〔三姝媚〕、〔念奴嬌〕、〔高陽臺〕諸闋，即可知矣。然如〔綺羅香〕云："及第不過如許。"〔摸魚兒〕云："與君愁更能幾。"〔解佩環〕云："怪逢來昨夕，還又今夕。"皆腐熟飣餖，而出於不自知也。要而論之，詞效朱、厲，取法乎下也；效南宋，取法乎中也；效唐餘北宋，取法乎上也。良玉專效朱、厲之詞，宜其不純粹也。（孫人和）

三七五 憶江南館詞一卷

（番禺微尚齋刊本）

清陳澧撰。澧有《考正德清胡氏禹貢圖》，已著錄。是編初名《鐙前細雨詞》，其後洪、楊兵起，據有金陵，澧以先世爲上元人，遂并合新舊諸作，題曰《憶江南館詞》，以寄思念故鄉之意。晚年復手自刪定，僅二十五首。卒後，其門人汪兆鏞得其手稿，復采獲四首，附錄爲集外詞，共二十九首。又參證《粵東詞鈔》所選，及傳寫異同字句，爲《校字記》一篇，而刊行之。澧詞雖多少年之作，而清新婉雅，持律亦不苟。澧明於聲律，嘗撰《聲律通考》，頗有駁正《燕樂考原》之處。然此本有〔鳳凰臺上憶吹簫〕一闋，自注云：“萬紅友《詞律》，載此調李易安詞‘休休者回去也’，謂第二‘休’字用韵，非也。易安此詞，已有‘欲説還休’句，不當重‘休’字，余此闋依易安填之，而‘山’字不用韵，以正萬氏之誤。”澧説殊爲不合。《樂府雅詞》“休休”作“明朝”，疑亦避復而改，不可據也。萬氏謂“休”字入韵，其説甚是。古人用韵偶復，本所不忌，如毛熙震〔後庭花〕，重“臉”字韵；周邦彦〔花心動〕，重“就”字韵，〔西河〕重“水”字韵；陳克〔謁金門〕重“冷”字韵，皆是也。即就《漱玉詞》論之，〔武陵春〕後段云：“聞説雙溪春尚好，也擬泛輕舟。祇恐雙溪舴艋舟，載不動、許多愁。”連用二“舟”字韵，確無可疑。偶重“休”韵，何所嫌乎？（孫人和）

三七六　三影閣箏語三卷

（通行本）

清張雲璈撰。雲璈有《選學膠言》，已著録。此其詞集，首卷五十三闋，次卷五十一闋，末卷五十九闋，共一百六十三闋。詞頗清雅圓融，惟嫌其稍淺薄耳。〔沁園春〕分咏閨裝十二首，〔霜天曉角〕亦有犬聲、鼠聲諸題。此類偶一爲之，未爲不可，若以此爲事，則有强已就物之弊。又集中廣注典實，不知詞之佳處，不必盡以書卷見長，搬運類書，最無益於詞境也。（孫人和）

三七七　立山詞一卷

（雲自在龕叢書本）

清張琦撰。琦有《戰國策釋地》，已著録。此其所撰之詞，共五十七闋。琦與其兄惠言，合撰《詞選》，原本風騷，情高寄托，深美閎約，宗主温、韋，當詞學靡敝之際，振起衰微，遂使後世不敢目詞爲小道，實二張之功也。琦集中〔菩薩蠻〕數闋，真可繼武方城。其餘諸作，雖不如茗柯之精深，而措詞委婉，情致繾綣，自是作家。故譚獻稱其大雅道逸，陳廷焯稱其宛轉纏綿也。（孫人和）

三七八　枯桐閣詞二卷

（黔南叢書本）

清張鴻績撰。鴻績字箬農，貴州仁懷人。以同知筮仕於陝，過班道員，未幾卒。張氏爲黔北望族，以鹽筴起家，鴻績則耽玩文學，著述皆卓卓可傳，據安順楊恩元跋云：「尚有詩集二册，唯未付刻。」是稿先爲鴻績第五女婿鄒瑞人校印，楊氏訪求重刻，附於叢書，凡七十餘首。風調清越，有宋人姿致，鄧鴻荃比於柳耆卿，蓋其生平篤嗜古樂，雅尚騷經，感事憂時，鬱爲哀艷，緣情體物，闖入幽微，非淺淺可致也。（撰者未詳）

三七九　影山詞二卷外集一卷

（黔南叢書本）

清莫友芝撰。友芝有《邵亭遺詩》，已著録。友芝以經師兼善詩文，旁通雜家，惟倚聲一事似未經人道過。友芝自謂「春官數擯，牽迮人事，幽憂無聊，始與黎伯容兆勛上下五季兩宋當時諸巨公之製，準玉田緒論，以相切劘。故於伯容之作，持論甚苛。即一字清濁，小戾於古，必奮筆乙之。鍛煉切磋，不盡善不止」云云。是友芝亦工於爲詞也。兆勛《葑烟亭詞》有刻本，《影山詞》獨無傳本，與鄭珍之《經巢瘈語》同爲世人索求而莫得者。近年始發見鈔本，朱墨塗乙，仍是手稿之舊。朱祖謀曾擬序而行之，未果。貴陽凌惕庵界之《黔南叢書》，於是友芝之詞始著。其詞凡數十闋，雕肝琢腎，俱是錘煉而來。友芝嘗序兆勛詞云：「海內言詞率有三病：質獷於藏園，氣實於穀人，骨屑於頻伽。其偶然不囿習氣，溯源正宗者，又有三病：服淮海而廓，師清真而靡，襲梅溪而佻。故非堯章騷雅，劃斷衆流，未有不擷粗遺精，逐波忘返者。」

證於友芝之詞，三病俱無從闌入，可謂善言而能行者矣。是編析
其詞爲二卷，并《外集》一卷。唯卷二末首〔鳳皇臺上憶吹簫〕
與《外集》末首重複，蓋誤植之也。（撰者未詳）

三八〇　青田山廬詞鈔

（黔南叢書本）

清莫庭芝撰。庭芝有《青田山廬詩鈔》，已著録。其詞初爲銅
仁胡長新刻於光緒初年，長新跋曰：“莫君芷升少喜吟咏，兼嫺倚
聲，今未見其存稿，僅於詩草中雜有丁卯三四年之作。黎君介亭
訂集時亦未暇及也。詩刻既成，與曾君乙垣仍申前説，爰約張君
海峰選訂若干闋，屬余并刊之。”云云。是刊於詩鈔後也。其詞婉
而多風，浩浩落落，抑塞善感，與其詩相若。境實爲之，無粉飾，
亦非造作云。（撰者未詳）

三八一　裁雲館詞二卷

（道光刊本）

清喬載繇撰。載繇有《妙華仙館詩》，已著録。是编爲其所撰之
詞，上卷六十九首，下卷五十八首，内附吳曰鼎〔喝火令〕和作一
首，方文炳〔長亭怨慢〕和作一首。載繇嘗謂：“兩宋以後，詞體
割裂。有明三百年來，唯誠意伯不敝於正。我朝自小長蘆芟纖刈凡，
集長短句之大成，詞學昌明，罕有倫比。”此可知其爲詞之旨趣矣。
載繇最喜草窗《絶妙好辭》，故全集清新雅飭。王敬之謂“其詞於
古在竹山、蜕岩間”，王曉謂“可以追踪白石、玉田”，皆友朋阿好
之辭，不可爲典要。其崇尚淛西，廣以南宋，則合於事情矣。是编
爲敬之勘定，然觀其所作，以視敬之，不獨無愧而已。（孫人和）

三八二　竹石居詞草一卷川雲集一卷

（光緒刊本）

清童華撰。華字惟克，號薇研，鄞人。道光進士，光緒間，官

至禮部侍郎。是編《詞草》三十五首，《川雲集》一百零八首。《川雲集》者，華自京奉使滇、蜀，往返紀程之作也。〔風蜨令〕《灞橋》云：“柳積烟痕薄，山圍野色寬。石橋千尺水潺潺。送盡勞勞車馬出長安。　　縱目風塵外，無心去住閑。漢唐離緒不相關。但覺朝來雪意近驢鞍。”此首頗有情致。餘如〔雪梅香〕之寫雪山關，〔驀山溪〕之寫咸寧州，亦能隨勢圓融，如見勝境。然自全部觀之，筆力雖具，而少所繩束，時入粗滑，爲可惜耳。《川雲集》中所紀景事，尚可供參證也。（孫人和）

三八三　鐵盒詞甲稿一卷

（道光刊本）

清黃錫慶撰。錫慶字子餘，號鐵盒，甘泉人。是編一百五十一首，仿《夢窗詞藁》，例以甲乙，但僅見甲藁，餘未詳也。小令時有可讀者，〔長相思〕云：“晝漫漫。雨潺潺。嫩綠成陰紅粉殘。枝頭泪不乾。”〔相見歡〕云：“花邊走。誰携手。恨難酬。準備一場春夢伴君游。”〔昭君怨〕云：“怕上層樓高眺。樓外垂楊漸老。花也病厭厭。損芳年。”〔錦堂春〕云：“樓角幾灣碧水，門前一帶紅橋。東風送到傷春思，垂柳最魂銷。　　燕子偷歸畫棟，鶯雛巧拍檀槽。月明如水人無語，空度可憐宵。”皆凄凉宛轉，語淡情濃，惜全書未能稱是也。（孫人和）

三八四　瓶隱山房詞鈔八卷

（道光刊本）

清黃曾撰。曾字菊人，錢唐人。道光舉人，官香河知縣。清初詞家蔚出，朱、陳有派，常州繼興，然往往持律不嚴，唯圖自便。雖有萬《律》、《詞譜》，亦少遵依。曾書前有凡例，明句法，析陰陽，論借代，辨去上，詳對句，皆極精密。嘗謂“國朝詞家，競推朱、厲，而律均未協。設令窮年究聲，專精一藝，未必不能，特恐無此等身著作。白駒過隙，亦當爲二公原之”，其自負如此。其

詞自己卯起，至丙午止，艷而雅正，而又不廢蘇、辛之豪宕，蓋其
詞旨如此也。惟刻畫甚深，時露痕迹耳。李慈銘《越縵堂日記》
中選録數首，并清艷可誦也。（孫人和）

三八五　拙宜園詞二卷

（檇李遺書本）

　　清黃爕清撰。爕清字韻甫，初名憲清，字韻珊，屢上春官不
第，因改名字，海鹽人。以知縣分發楚北。是編首卷一百十三闋，
末卷一百十二闋，共二百二十五闋。爕清詞宗南宋，嘗論詞曰：
“詞宜細不宜粗，宜曲不宜直，宜幽不宜淺，宜沉不宜浮，宜蓄不
宜滑，宜艷不宜枯，宜韵不宜俗，宜遠不宜近，宜言外有意，不宜
意盡於言，宜寓情於景，不宜捨景言情。以上數條，合之則是，離
之則非。合之則爲雅音，通於風騷，離之則入於曲調，甚或流爲插
科打諢，村里歌唱矣。”誠爲篤實之論。其所作雖未達玉田行雲流
水之境，而沉幽婉曲，措辭清雅，每詞收處，尤有言盡意不盡之
妙。清代善效南宋詞者，亦一家也。（孫人和）

三八六　太素齋詞鈔二卷

（光緒刊本）

　　清勒方錡撰。方錡字悟九，號少仲，新建人。道光舉人，官至
河東河道總管。是編上卷六十二闋，下卷六十五闋。其詞用字精
潔，造語圓融，意境悠遠，雖未入高渾之界，確有宋人軌範也。
〔浣溪沙〕云：“曲折回廊夜氣清。綠楊垂地鎖春晴。是誰纖影壓
疏櫺。　　珠箔裊烟龍腦熟，玉屏遮月鳳膏明。了無聲息落花
輕。”〔臨江仙〕云：“惆悵踏歌楊柳渡，西風斜日潮平。小舟安穩
布帆輕。一尊離別酒，十里短長亭。　　今夜淮東堤畔月，可憐空
照凄清。戍樓蘆管動秋聲。澄湖烟水濶，天外望江城。”并文辭清
艷，筆意高遠。俞樾叙其詞，謂“少仲既歸道山，遂有刻其詞以
行世者，而刻之不精，讀者憾焉。陳仲泉同年，謀重刻之，乃出少

仲所録贈者，校讎一過，并補入原刻所未有者數篇”云云。是別有原刻，早已行世，然以此本爲完整也。（孫人和）

三八七　有恒心齋詩餘二卷

（有恒心齋全集本）

清程鴻詔撰。鴻詔有《夏小正集説》，已著録。此其詞集，首卷三十二闋，末卷二十七闋，共五十九闋。氣機流走，亦有新警之句，時犯浮蕩之病，爲可惜也。然興之所至，偶見佳篇。如〔江城梅花引〕《荆州》云：“瀟瀟凉雨打輕舟。正新秋。奈新秋。手把一樽，乘興醉芳洲。雁又不來天又遠，者時節，在荆州、聽水流。　水流。水流。不勝愁。雨乍收。雲乍稠。夢也夢也，夢不到、明月西樓。祇覺無端心事，上心頭。獨自問花花不語，盡容與，一聲聲、數水籌。”讀之令人凄絶也。（孫人和）

三八八　憶雲詞四卷

（思賢書局刊本）

清項鴻祚撰。鴻祚字蓮生，原名繼章，又名廷紀，錢唐人。道光十二年舉於鄉，十五年卒。詞分甲、乙、丙、丁稿四卷，從《夢窗集》例也，每稿并有自序。此本坿有《憶雲詞補遺》，蓋鴻祚所删弃者也。甲稿道光癸未以前所作，乙稿自甲申至戊子所作，丙稿自己丑至癸巳所作，丁稿甲午、乙未所作。鴻祚即卒於乙未，故其四稿皆生前所自訂也。鴻祚才力甚高，持律亦細，性靈所及，沁人心脾，僻澀諸調，融化無迹，故愛之者不絶。惟逞其聰明，時傷滑易，學之者往往入其彀中，而不自知也。仁和譚獻曰：“鴻祚詞，幽異窈眇，浸淫五代、兩宋，而擷精去滓，好儗温、韋以下小樂府，津逮草窗、夢窗，蹊徑既化，自名其家。談者比之江淹雜體詩云。”又曰：“有白石之幽澀，而去其俗；有玉田之秀折，而無其率；有夢窗之深細，而化其滯。殆欲前無古人。”皆唐大之言也。然鴻祚壽僅三十八歲，造詣如此，可謂良材。其家殷富，後漸衰落，變故叠起，下第無聊。甲稿序云："不無累德之言，抑亦傷心之極致。"丙稿序云："不爲無益之事，何以遣有涯之生？"詞語沉痛，可以哀其志矣。（孫人和）

三八九　師古堂詞鈔

（黔南叢書本）

清傅衡撰。衡有《師古堂詩集》，已著錄。衡才致橫發，故不徒詩筆高妙，倚聲亦多杰作。是編詞凡二十餘首，而題畫者約居大半。衡固以六法名，能繼龍友、瑤草，自成名家，即藉其詞亦自可覘。其咏百舌鳥，咏貓皆力求新筆，不乘古人舊詞意，而筆調細膩，又不在摩詰、子美、與可、竹垞之下。衡爲友人題詩册云："工部情懷，青蓮格調。"殆亦自道也。原稿本藏於家，是編爲近人鄒國彬就稿本選印者。（撰者未詳）

三九〇　真松閣詞六卷

（道光刊本）

清楊夑生撰。夑生字伯夑，無錫人。官薊州知州。夑生爲芳燦之子，又與郭麐、劉嗣綰、袁通等相唱和，其家學之淵源，友朋之切磋，皆顯見者也。夑生又嘗續郭氏《詞品》，故名盛一時。其實芳燦與郭、劉、袁諸人所作，風期未上，詞質不純。夑生《詞品》，又皆玄妙之談。故集中之作，徒以精麗爲能，氣凝辭實，全無閑婉之致也。（孫人和）

三九一　養一齋詞三卷

（道光刊本）

清潘德輿撰。德輿有《養一齋文集》，已著錄。此爲其所撰之詞。據德輿自述，謂"初學韋莊、馮延巳二家，其後專研北宋，衹暫當時爲艷詞者。朱師姜、張，陳法稼軒，德輿亦排斥之"。又謂"高者標唐爲宗，壇宇《金荃》，籠蓋有宋，不知其佻蕩纖屑，

未盡融釋”云云，則暗斥張惠言也。其《與葉生書》，亦極力詆其
《詞選》之非。不知浙派之旨，沿流以溯源；常州派之旨，則因源
以及流，皆不可非。北宋雖大，殊不易言。德輿徒爲誇大之語，究
未明詞之源流。今觀其詞，淺俗粗鄙，不成氣格，而欲擯斥朱、
張，祇見其不自量也。（孫人和）

三九二　玉泫詞一卷

（寫刻本）

清潘曾瑋撰。曾瑋字季玉，號玉泫，吳縣人。以廕生官道員。
其詞先刊入《同聲集》者僅三十首。是編乃其自訂，共一百首。
前有各家書序及題辭，自序謂“弱冠即學爲詞，當時儕輩相推許，
輒自矜惜。及見張皋文、翰風兩先生《詞選》，讀其所爲序，乃悟
向之所作，如滅燭夜行，雖馳逐畢生，不離幽室，今而後始識康
莊”云云，述其詞學之經歷也。然觀其所作，實出南宋，而於緣
情造意，因物寓言之旨，尚未能融化無迹。比之二張，不如遠矣。
（孫人和）

三九三　睡香花室詞一卷秋碧詞一卷同心室詞一卷憶佩居詞一卷蝶園詞一卷花好月圓室詞一卷

（原刊本）

清潘曾綬撰。曾綬字紱庭，吳縣人。道光舉人，官至內閣侍
讀。許宗衡謂“其所著詞六種，數百篇，自定僅存九十餘篇”云
云。是編逾百首，殆非其手定之本歟？曾綬少負文名，廣交英儁，
年未艾即致仕，著書自娛，故其根柢甚深。其詞不宗一家，小令喜
事艷體，慢詞粗見疏朗。宗衡以脆、清、澀三者評之，雖爲過當，
然其間偶有佳製，亦未可一概論也。〔菩薩蠻〕云：“蕊珠樓閣層
層掩。綠紗窗外冰蟾斂。香冷翠衾單。東風惻惻寒。　　紫霞衫子
薄。雙手擎紅箔。親折小花枝。熏香獨坐時。”香艷其辭，沉深其
旨，其法出自唐餘。又〔賀新郎〕《送顧簡塘落第南歸》云：“又

唱陽關矣。好無聊、落花飛絮，困人天氣。不信奇才多蹭蹬，依舊半肩行李。念驛路、迢迢千里。杯酒送君南浦別，更何時、剪燭西窗裏。重握手，夢中喜。　匆匆片語君須記。儻途逢、北來鱗羽，短書勤寄。回首秋風嗟氐氒，我也一般滋味。算都把、文章游戲。此後相思明月共，費闌干、十二連宵倚。塵海濶，幾知己。"所作雖非正軌，然真摯動人，不事修飾，頗似顧華峰也。惟多少壯之作，殊嫌稚弱，既非最後手定之稿，則亦不必苛論矣。（孫人和）

三九四　香禪精舍詞四卷

（同治刊本）

清潘鍾瑞撰。鍾瑞字麟生，別字瘦羊，晚號香禪居士，諸生。是編每卷別有小題，卷一曰《逍遙餘趣》，卷二曰《僵瑟音》，卷三曰《尋鷗閑語》，卷四曰《聽風聽水譜》。鍾瑞嘗云："欲尋唐宋源派，宮調旨要。"可知其明於聲律矣。詞雖無所偏主，而用筆流麗，往往於運氣之中，自合法度，是其所長。其間亦時有謹嚴之製，〔西子妝〕《登靈岩山》云："芳草遺鈿，低峰寫黛，西子風流如畫。春光淡遠與雲平，盡沉埋、館娃宮瓦。當年艷冶。悵廊底、駕鞋曾躧。瞰澄波，祇采香涇外，流餘脂靡。　登臨者。幾輩壼觴，慣上琴臺把。算來今古幾斜陽，舊游人、已寒吟社。烟雲過也。更休問、夫差殘霸。驀回頭，豪客來盤俊馬。"婉雅曲折，全爲宋人之窠臼。其悼亡及傷亂諸首，皆哀情鬱抑，讀之愴懷。自注引友朋詞集，及當時異事，亦可增廣見聞。惟嫌榛蕪不剪，轉掩其菁英耳。（孫人和）

三九五　約園詞稿十卷

（光緒重刊本）

清趙起撰。起字於岡，武進人。道光鄉舉，以叙勞保至中書銜。咸豐中，洪、楊軍逼常州，江督何桂清宵遁，起使兄子祿保勵衆固守，城陷，殉焉。是編分爲十集，集有小序，各一卷，起手定也。首卷曰《幽居篇》，二卷曰《舊雨吟》，三卷曰《前胸游鈔》，四卷曰《雪舫吟》，五卷曰《後胸游鈔》，六卷曰《蕪城咏》，七卷曰《麗情編》，八卷曰《逝水歌》，九卷曰《幽蘭操》，十卷曰《唱晚詞》。其孫承炳跋謂起"嘗治約園，林壑茂美，爲一郡冠。園中浚池極廣，其餘佳勝，如《幽居篇》所咏十二峰二十四景，皆紀實也。春秋佳日，輒集賓朋，聯觴咏課文史於其中。既雜蒔蘭菊，復廣蓄圖書。其有見於詞者，則如《舊雨吟》、《幽蘭操》皆是。人事不常，則《逝水歌》之作也。陶寫素襟，則《麗情編》之咏也。嘗應聘治江南釐務，領綱運，歲往來淮揚徐海諸郡，則《前後胸游鈔》、《雪舫吟》、《蕪城咏》之類所由名也。至若《唱晚》諸詞，則在寇氛日逼，端居有憂，儗於杜陵《諸將》、蘭成《哀江南》之作，同此傷心矣。署稿曰'約園'者，大抵以此爲詞之旨也"。其言分類，至爲詳晰。所作委宛幽雅，嫵媚有態。《唱晚》一集，用〔滿江紅〕、〔水調歌頭〕諸調，淋漓悲壯，蓋循其境勢，義氣鬱勃，肝膽照人，則又不必以詞之形迹論矣。（孫人和）

三九六　香銷酒醒詞一卷

（同治戊辰刊本）

清趙慶熺撰。慶熺字秋舲，仁和人。道光進士，選延川知縣，不果往，改金華教授，亦未履任。詞集一百零五首，附散曲數套。慶熺之詞，有聲當世，蓋清亮浮蕩，易爲所引。其實淺薄而不能深入，剽滑而不能沉著，純粹無疵之作，不多覯也。又此集初刊於道光之時，嗣因洪、楊之亂，刻版盡燬，此爲同治時重刊之本也。（孫人和）

三九七　湖海草堂詞一卷

（雲自在龕叢書本）

清樊景升撰。景升字鶴舲，天津人。是編三十二闋。自謂"撰詞二十年，深知此中甘苦"，實非自矜之語。觀其屬辭，靡不妍雅。其〔微招〕《咏春草》一闋，雖稍嫌膚露，而清新宛轉，自然成趣。〔百字令〕《題朱小山茂才蒼梧讀書圖》一闋，亦疏朗可喜也。（孫人和）

三九八　浣花閣詞鈔二卷續鈔一卷

（寫刻本、刊本）

清熊裕棠撰。裕棠有《浣花閣詩鈔》，已著錄。是編爲其所撰之詞。自題詞集〔滿江紅〕二首，其次首云：“箋襞烏絲，譜新曲、玉田相近。猶記憶、曉風殘月，綺筵紅粉。窗外啼鶯驚午夢，樓頭晴日憐清影。衹一般、離緒滿關河，孤懷永。　　長短句，聲諧韵。絲竹感，情連景。是騷人風趣，苦吟低咏。蛺蝶成行春院靜，琵琶一曲秋江冷。更芳堤、楊柳裊千絲，縈方寸。”此可明其旨趣。蓋淮揚詞人，往往染浙派之風氣，而宗法姜、張也。其小令則參以《花》《尊》，歸於南宋之騷雅，故終入宋格，而非唐末之風派也。（孫人和）

三九九　漢南春柳詞一卷

（清名家詞本）

清龍啓瑞撰。啓瑞有《爾雅經注集證》，已著錄。是編百闋。啓瑞長於小學聲韵，而詞亦優柔閑雅，雖無曲折幽深之詣，而清新秀麗，自足名家。〔臨江仙〕云：“長日懨懨春倦裏，翠蛾深鎖無聊。畫樓人靜晚香燒。刺桐明月下，閑坐學吹簫。　　千里關山嫌夢短，悶懷難度今宵。隔簾花影柳絲搖。曉鐘聲數點，依約到明朝。”〔滿庭芳〕云：“燕入疏簾，鴉啼古樹，數峰相向斜陽。半林紅葉，依約染微霜。雲送征鴻自遠，河橋外、烟水微茫。登樓望，江城畫裏，孤鷺立寒塘。　　憑誰來領取，蘭陂薦爽，梧院添凉。看新月嬋娟，又上宮牆。人靜寒生半臂，隨花影、繞遍回廊。休嫌淡，西風菊徑，留得晚來香。”前者明麗於辭，後者其秀在骨，經生詞中，無生澀迂腐之弊者也。（孫人和）

四〇〇 春草堂詞集二卷

（道光刊本）

清謝塈撰。塈有《春草堂四六》，已著録。是編爲其所撰之詞，上卷六十六闋，下卷四十五闋，附劉敦元仝作〔念奴嬌〕二闋。塈論詞曰"詞之於詩，猶齒髮之於身也。何則？詞爲詩之餘，即齒爲骨之餘，髮乃血之餘也。況詞與詩同發源於漢魏，詩變於六朝，成於李唐，詞創於五代，備於趙宋"云云。所言虚而不實，浮而不切。故其所製，殊無可取，慢詞尤爲疏淺，律亦不細。然其天資甚高，善於摹擬。〔菩薩蠻〕擬温助教，〔楊柳枝〕擬牛給事，〔浣溪沙〕擬薛侍郎，〔小重山〕擬和學士，〔河瀆神〕擬張舍人，〔虞美人〕擬顧太尉，〔女冠子〕擬毛秘書，〔謁金門〕擬馮學士諸作，形貌肖似。〔菩薩蠻〕云："閑情片片屏山隔。侵簾草妒羅裙色。楊柳一絲絲。日高春晝遲。　　花開不甚惜。花落長相憶。惆悵凭闌干。花光拂袂寒。"〔謁金門〕云："春莫測。換了柳梢顏色。燕子一雙飛覓食。銜將花片入。　　漫道似曾相識。顦顇舊時風格。記得去年今日。離筵紅泪濕。"雖不如《花》《尊》之深厚，而以濃艷之筆，達深曲之情，則一也。（孫人和）

四〇一 寄廬詞存二卷

（咸豐刊本）

清錢國珍撰。國珍字子奇，江都人。是編前有莊忠棫序一篇，暢論清詞。國珍與黃春谷、汪冬巢、許海秋諸人相往還。汪、莊二氏，詞學精深，故國珍之詞，亦蒼涼跌宕，神氣在稼軒、白石之間。集中如〔滿江紅〕《蘆溝曉月》、《焦山春望》，〔祝英臺近〕《旅懷》，〔踏莎行〕《江村秋夜》，〔買陂塘〕《十刹海》、《秋日觀荷》，〔滿江紅〕《哀鍾小亭力戰捐軀》，〔金縷曲〕《悲金陵》、《悲揚州》，〔唐多令〕，〔齊天樂〕《題汪潮生詞集》，或淋漓慷慨，或婉轉凄涼，工力之深，於斯可見。中間雖偶有游戲率爾之作，不足

以損其全體也。（孫人和）

四〇二　空青館詞稿三卷

（通行本）

清邊浴禮撰。浴禮字袖石，任邱人。道光進士，官至河南布政使。是集首卷詞六十四首，次卷六十首，末卷五十一首，共一百七十五首。與沈濤、金泰相唱和者，往往附錄沈、金之作。浴禮受詞學於陶梁，故其詞以姜、史爲宗，而淺視辛、劉。集中多清新婉雅之作，雖咏物甚多，而體貼入微，使讀者不以爲病，惜未能得碧山之深也。又有效《側帽》、《烏絲》諸體，其實《側帽》長於令曲，不工於慢詞，既厭辛、劉，亦不必效《烏絲》。然此皆偶一爲之，不足以括全體也。（孫人和）

四〇三　三十六湖漁唱三册漁唱乙稿一册

（全集本）

清王敬之撰。敬之有《宜略識字齋襪箸》，已著錄。此爲其所撰之詞，三册百二十闋，《漁唱乙稿》四十五闋。詞頗疏淺，而又不芟薙，可取者殊少也。三册中〔金縷曲〕自述曰：“余詞無綺語，非倚聲家本色，倚質友生。”然敬之喜爲慢詞，慢詞不重艷綺，其美惡不在能否爲綺語。惟敬之嘗訂正萬氏《詞律》，於詞學亦有功也。據敬之自序，謂舊有刊本，此經刪改者。江陰繆氏《雲自在龕所刻》一卷，“湖”誤作“陂”，而第二册〔長亭怨慢〕《寶應舟次》以下，繆本全無。此二册中，繆本有而此本無者，僅〔賀新涼〕《歲莫》一首。此本有而繆本無者，〔長亭怨慢〕《題友生蘇州唱和詩詞册後》一首，〔霜葉飛〕《咏掃落葉》一首，〔青玉案〕《一柳居分咏得寒邨》一首，〔陌上花〕《咏蓼花》一首，〔賀新涼〕《晚翠軒咏敝裘》一首，〔瑤花〕《槿花邨農前夕喜雪之作誦於晚翠軒酒次》一首，〔龍山會〕《九月二十九日友生來作再展重陽之會》一首，〔琵琶仙〕《雪夕叠槿花邨農》一首，共八首。

至於字句互異，注語參差，幾無首無之。蓋繆所得者，初刊或不全之鈔本也。（孫人和）

四〇四 湘綺樓詞鈔一卷

（丁巳刊本）

清王闓運撰。闓運有《周易說》，已著錄。是編爲其所撰之詞，五十七首，附和詞三首，共六十首。闓運才氣縱橫，不可羈束，然其所爲詞，不逞才性而能斂以南宋詞人之矩度，故頗具清剛之氣，自爲詞家一作手。蓋闓運詩文詞皆高，考證則非其所長也。（孫人和）

四〇五 受辛詞二卷

（咸豐寫刻本）

清王棻撰。棻字小汀，甘泉人。是編上卷七十闋，下卷七十五闋，共一百四十五闋。棻爲鶴汀之子，王西御之弟子，受知於汪冬巢，而又與孔宥涵、莊中白諸人相往還，詞學淵源，至爲深遠。故其所作，戛玉敲金，圓潤明密，雅俗雜用，迹混形融。其〔蘭陵王〕《自書詞稿》一闋，淒涼哀嘆，宛轉綢繆。莊中白評其詞曰："因寓觸類，比事屬辭，王、吳之步趨也；撫今追昔，琢句選聲，姜、張之勝軌也。"今以集中《晤莊中白話舊》〔憶舊游〕一首證之，詞云："又鶯飛草長，鳥轉花濃，春色誰看。怕上層樓望，有亂紅千片，遮斷青山。飄零燕泥身世，欲寄故巢難。但軟語商量，雙栖不定，何處梁間。　　茶烟。禪榻畔，羨濠梁人在，意態蕭閑。一曲家山破，把十年舊夢，枕上驚殘。秋水南華無恙，孤嘯海天寬。看劫外沙鷗，鏡中老我雙鬢斑。"雖未如白石、中仙之沉深，而在有意無意之間，自有一片清氣，悠蕩搖曳。莊氏所稱，非盡虛也。（孫人和）

四○六　荔牆詞一卷

（荔牆叢刻本）

清汪曰楨撰。曰楨有《四聲切韵表補正》，已著録。此爲其所撰之詞，共五十闋，後附周學濂、蔣敦復、張文虎、勞權諸家跋語，擬之夢窗、玉田、中仙、蜕岩四人，皆未免過當。然其和清真〔六醜〕、夢窗〔鶯啼序〕，委婉有情致，殊不易也。又曰楨明於音旨，持律不苟，集中如〔釵頭鳳〕、〔紅情〕、〔水龍吟〕、〔泛清波摘遍〕、〔風流子〕、〔六醜〕、〔戚氏〕諸調下，附論聲律，語多精審，可與凌廷堪《梅邊吹笛譜》、馮登府《月湖秋瑟》并傳。惟〔滿江紅〕前後段末句第二字既用上去，則終以平韵爲宜也。（孫人和）

四○七　燈昏鏡曉詞四卷

（擺印本）

清宋謙撰。謙字己舟，侯官人。謝章鋌謂“其詞上攀温、李，下挹晏、秦，正始之音”，林紓謂“與竹山爲近，趣永而韵深。亦間爲稼軒，却無劍拔弩張之氣，故佳句尤多”，陳衍謂“詞宗北宋，所作多傷逝之音”，皆其鄉友導諛之言，不足信也。觀其所製，全無家法。慢詞雖多疏放，而氣不足以達之，故流爲粗獷膚淺。令曲頗多艷體，亦不純正。惟〔減字木蘭花〕、〔武陵春〕數十首，雖筆力不大，然以情事哀艷，讀之增感嘆也。（孫人和）

四○八　萬竹樓詞選一卷

（同治刊本）

清朱和羲撰。和羲字子鶴（一作紫鶴。），自號么鳳詞人，吳縣人。是編六十八闋，附刻友朋倡和之作三闋。和羲與戈載游，又與姚燮、張文虎諸人相倡和，其簉室許德蘋亦以詞名。北宋喜閱賀鑄樂府，宋末之詞，亦所欣誦，詞學淵源最爲明顯。然其所作，殊不稱也。又喜自製新調，如〔返魂香〕、〔采茶春煮碧〕諸闋皆是，則近於妄矣。惟集中紀事，時有可采。〔夢横塘〕序謂"遍購賀方回詞集而不得，就各選本中搜輯，得百二十闋，編分兩卷付梓"，張文虎序亦謂"昔年有以紫鶴所刊《賀方回詞》見貽者"，則賀集已刊，殆無可疑，不見流傳，豈燬於兵火歟？〔霜葉飛〕詞注云："蕭山單玉輝元輔，有《周清真詞箋注》，惜未刊竣。"書雖不傳，亦可供詞學之談資也。（孫人和）

四〇九　小游仙館詞鈔一卷

（同治刊本）

清周尚文撰。尚文字釋香，象州人。咸豐戊午，代理開建縣事。是編一百十首，有堅明之處，有流滑之處，雜而不净，蓋宗法南宋，而未能融化於一也。其〔陌上花〕《紀别》云："斜陽綺陌楊絲，暗逐馬蹄輕捲。一挂鞦韆，可奈惜春人遠。綠雲縹緲紅霏冷，零落舞衣歌扇。縱藍橋有渡，絳河無浪，此情猶淺。　　是誰吹玉笛，相思唤起，一縷離魂飛亂。燕約鶯期，孤負寸心雙眼。彩絲織就鴛鴦錦，贏得泪珠成串。又何須拾取，春風詞筆，向花題怨。"語雖不深，而情致繾綣，圓轉如貫珠，自爲賞心之作。其〔水龍吟〕《白蓮》一闋，似亦胎息中仙也。（孫人和）

四一〇　話山草堂詞鈔一卷

（光緒三年刊本）

清沈道寬撰。道寬有《論語比》，已著録。此其詞集，共一百三十闋，慢詞居三之二，多用屯田、清真、白石之調，蓋亦不主一家者也。（孫人和）

四一一　和漱玉詞澗南詞一卷

（同治刊本）

清女子許德蘋撰。德蘋字香濱，自號采白僊子。本揚州鄧氏，六歲失怙恃，養於從母，從母歸蘇州許某，早寡無子，以德蘋爲己女，篤愛之，因改姓許氏。咸豐三年，歸朱和羲爲箧室。洪楊之亂，兵士欲污之，拒不從，遂殉焉。《和漱玉詞》五十四闋，《潤南詞》二十三闋。雖不若《漱玉》之精妙，殊無纖弱之態也。惟所據《漱玉詞》，不知何本，五十四闋，亦不足以盡之。然所和〔憶秦娥〕一首，通行本《漱玉詞》無之，實見於《全芳備祖》。〔孤雁兒〕即〔御街行〕，惟《梅苑》題〔孤雁兒〕，和詞從之。則其所據者，亦堪留意之本也。（孫人和）

四一二　寒松閣詞四卷

（光緒刊本）

清張鳴珂撰。鳴珂有《說文佚字考》，已著録。是編爲其詞集，前有各家序及題辭，内附友朋同和之作。鳴珂爲黄燮清弟子，故以姜、張爲宗，而所作清雅秀潔，惟時露輕浮，而無清空飄渺深厚曲宕之致。蓋徒襲南宋之貌，而不能得其神者。其師謂清潔澹雅，一空俗障，自是作者本色，然總欠醞釀沉著，味之殊少深趣，確爲是編之定評也。（孫人和）

四一三　木南山館詞一卷

（同治刊本）

清梁履將撰。履將字洛觀，長樂人。嘗入貲爲吳中縣丞，以亂，不果行。是編乃履將歿後，其友謝章鋌輯刊者，共七十首。履將詞學，得力於章鋌。章鋌雖喜言詞，而未能深醇，故履將所作，殊爲淺薄，不成格局，蓋其工力未深也。〔水調歌頭〕《新亭見墓祭者》云："儂立斜陽獨吊。渠倚春風暗笑。一樣有情不。畢竟傷春地，容易又悲秋。"〔金縷曲〕《送謝枚如之粤》云："天意生才誤。君莫笑、離情太熱，酒腸太露。十載名場心未死，僕有六旬老父。君也有、七旬老母。握管竟難餬八口，便讀書、萬卷成何補。背君涕，對君語。"憂能傷人，鬱鬱以死，亦可哀矣。（孫人和）

四一四　畫梅樓倚聲一卷

（清名家詞本）

清湯貽汾撰。貽汾字雨生，武進人。以蔭積官至樂清副將，不得於上官，歸，寄居江寧，館周濟家。洪秀全攻江寧，貽汾集義勇守城，城破，殉焉。是編凡百六十一闋。貽汾善畫，而詞不足以稱之。所作雖多，祇覺其鹽濫而已。偶有清新之句，亦不足以掩其疵也。〔賀新涼〕云：“奈如何鷄聲四起。”文理未安。〔滿江紅〕云：“生憐殺藕絲腸細。”頗似詞餘，足證其詞學之不深矣。（孫人和）

四一五　汀鷺詩餘一卷

（雲自在龕叢書本）

清楊傳第撰。傳第有《汀鷺文鈔》，已著錄。詞僅十三闋，慢詞居多，而含蓄幽遠，纏綿悱惻。〔雙雙燕〕《咏蝶寄示仲儀》云：“甹亭瘦影，嘆白騎重來，舊時庭院。珍叢試繞，愁絕翠陰零亂。猶記蛛絲宛轉。曾抱著、花枝低顫。祇今牆角孤飛，還怕相逢羅扇。　　悲咽花枝不見。算舞向風前，斜曛相伴。憐儂痴小，如此凄涼怎遣。便有夢魂繾綣。奈香夢、醒來更怨。病翼能否經秋，已是粉痕銷減。”凄涼哀怨，神似中仙。譚獻評之曰：“宛鄰詞派，不絕如綫。”蓋以其寄托遥深也。（孫人和）

四一六　瘦鶴軒詞一卷

（同治癸酉刊本）

清趙彥俞撰。彥俞字次梅，丹徒人。詞一百六首。彥俞與蔣鹿潭善，年六十，始爲詞。詞頗清空，蓋師玉田生者，惟中間廣引前人詞語，未免有傷體例也。（孫人和）

四一七 曉夢春紅詞一卷

（同治刊本）

清潘介繁撰。介繁字椒坡，吳縣人。是編一百零二首。朱彝尊嘗言曰：“小令宜師汴京以前，長調宜宗南渡以後。”介繁所製，本乎此旨，最合詞學之軌則。吳嘉洤謂“其詞以婉約綿麗爲宗，而語有含蓄”，其言非河漢也。〔醉太平〕云：“東風玉簫。鵾弦六么。盈盈一帶牆高。是誰家綺寮。　　溪烟乍消。斜陽畫橈。阿儂慣弄春潮。采菱花暮朝。”其神頗似古樂府。慢詞亦駸駸入古。若能刪汰十首，則純净無疵矣。吳縣潘氏之詞，此得其正者也。（孫人和）

四一八 鷗泉山館詞一卷

（復始堂刊本）

清潘觀保撰。觀保字辛芝，吳縣人。咸豐舉人。是編一百零一首。朱以增序其詞云：“鎪辭鍛意，抽祕騁妍，深入溫、李、姜、張之室，而能得意内言外之旨。後半卷情辭凄惻，伊鬱善感，則當劫火蒼黄之後，鏡掩釵分，蘭摧玉折，情隨事遷，宜乎百端交集，黯然銷魂也。”其謂深入溫、李、姜、張之室，則未免過當，謂下半卷情辭凄惻則是也。吳縣潘氏之詞，令曲喜效《花間》，往往筆端淺露，觀保亦然。慢詞時有宋賢軌範，惟嫌和古人之製太多耳。又觀保喜言宮調，而實不知宮調。〔凄凉犯〕自注云：“白石旁譜，此係仙吕調。起結皆注〻，么合也，〻五也。仙吕調清聲用五字住，商聲七調，惟太簇商亦用五字住。白石原詞，於索字始注〻，則陌字非韵矣。”其謂陌字非韵，前人有言之者。至論宮調旁譜之處，則大誤。白石此調注云：仙吕調犯商調。旁譜〻，么乃上字，仙吕調當用上字住，非五字住也。么下之〻，乃底拍之標識，非尋常所用之〻字。觀保竟分〻爲二字，至可笑也。白石云：犯商調者，謂犯雙調也。雙調乃夾鍾商，亦用上字住，故與仙吕調相犯。觀保謂爲太簇商，太簇商宋人所謂中管高大石調也，當用一字住，亦不用五字住，是一誤而再誤。自許深於宮律，而又自度〔哀江南〕，則謬妄之甚者也。（孫人和）

四一九　藤香館詞一卷

（印本）

清薛時雨撰。時雨字慰農，一字澍生，晚號桑根老人，全椒人。咸豐間，與其兄春藜，同登進士第，知嘉興，嗣授杭州知府，罷官，迭主崇文、尊經、惜陰書院。是編小名《江舟欸乃》，而《藤香館》其大名也。自序謂"乙丑挂冠，由之江買棹，出吳門，陟金焦，渡揚子江，返里。復西上，至皖江，過彭蠡湖，達章江，度歲。丙寅自章江歸，再經里門，泛秦淮，涉黃埔，重入錢塘，往返七千里。舟中壹意倚聲，積成一冊，題曰《江天欸乃》"云云。言其踪迹，至爲明晰，詞題經歷，可參證也。時雨與譚獻相往來，初非不知詞者。友朋題識，或許以辛、柳，或許以張、范，皆爲諛辭，不足置信。其〔風入松〕序云："西江購得汲古閣宋詞，舟中日日諷誦，如見蘇、辛、姜、柳諸公銜杯按拍時也。"則模擬甚雜，不宗一家，益可知矣。其詞格不高，風韵不遠。金鴻佺讀其詞，謂時雨曰："此蔣心餘先生遺音也。"時雨相視而笑曰："舟中適展閱《忠雅堂集》，豈君有先見之明耶?"士銓詞，流蕩自恣，不成體格，時雨竟尊尚之，詞可知矣。（孫人和）

四二〇　藤香館詞删存二卷

（光緒己卯金陵刊本）

清薛時雨撰。時雨有《藤香館詩删存》，已著錄。時雨自咸豐癸丑通籍後，寓次之江，輒以長短句自遣，積久成冊，題曰《西湖艣唱集》，蔣敦復摘入《芬陀利室詞話》。迄於庚申浙變，播越經年，稿半遺佚，從子葆樟録副藏篋。乙丑闈後挂冠，重親翰墨，遂以前後十餘年所作，并寫一卷，仍其舊名。第二卷曰《江舟欸乃集》，自序謂 "年已四十有九，當知從前之非，自思平生之非，在一直字，居官涉世，獲戾滋多。詞爲文字之最曲者，欲以倚聲變化之。乙丑後由越入吳，渡揚子江返里，復西上由皖達章江度歲。丙寅自章江歸，再經里門，泛秦淮，涉黃浦，重入錢塘，往返七千里。因皆江行舟中所作，故以 '欸乃' 名之。篝燈重閱，則律疏而語率，無柔腸冶態以蕩其思，無遠韵深情以媚其格，病根仍犯一直字，倘所謂習與性成耶"。時雨雖自謙律疏而語率，然集中佳處，不減蘇、辛。如《黃天蕩用東坡赤壁〔百字令〕韵》云："長江千里，到黃天蕩口，別開風物。水立雲垂天異色，返照江翻石壁。大將樓船，美人桴鼓，千載濤驅雪。中流憑吊，古今有數人傑。　　記我小住西湖，荒墳拜岳，歸棹遲遲發。末路英雄驢背穩，多少壯懷消減。獄底埋冤，亭邊挹翠，生死爭毫髮。臨江釃酒，江心湧起明月。"勝概豪情，讀之起舞。金鴻佺跋云："文人拈毫托興，貴在遇事即書，直抒胸臆，而無失唐宋清真之意，固不必刻腎鏤肝，始得爲西昆詞客也。"（孫師鄭）

四二一　有真意齋詞集四卷

（道光刊本）

清錢裕撰。裕字友梅，吳江人。是編一百七十五闋，詞多粗陋，似近於曲。如〔百字令〕云："未開知識，夢中先解雲雨。"又云："脚跟未定，向人切莫誇口。"〔南歌子〕云："月兒已到枕函邊。笑倩檀郎今夜早些眠。"〔渡江雲〕云："還記着，天南有個儂否。"〔如夢令〕云："愯着玉郎衣，笑似那家公子。公子。公子。權把鴉鬟調戲。"〔重叠金〕云："命薄算桃花。儂顏偏學他。"〔醉公子〕云："外没書兒至。內也無書寄。"凡此之類，淺俗淫濫，不成體格。須知詞不忌俗，然筆端不凝重者，不可輕試。裕嘗撰詞譜、詞韵，亦疏淺不足觀也。（孫人和）

四二二　飲冰子詞存一卷

（南林劉氏刻本）

曲阜孔廣牧撰。廣牧別有《勿二三齋詩集》，已著錄。事迹并已詳前。此則其詞也。詞存二十有五闋，都爲《飲冰子詞存》一卷，乃其友馮煦、成肇麐、劉岳雲所葠錄者。先是廣牧爲成孺心巢高弟子，開敏軼同學，嘗著《禮記天算釋》、《孔子生卒年月考》，最爲成心巢所賞。尤善倚聲，有石帚遺意。會父繼鑅以江浦軍潰殉於難，廣牧欲復仇不可得，遂從陳國瑞軍於宿遷，既而亦以疾卒軍中。家因中落，所爲文字，多不存。成肇麐於敝篋中檢得一本夾紙零亂，有詞二十餘闋，塗乙過半，漫漶不可識。馮煦爲掇拾始可讀，即此本也。馮氏并爲正其誤云“〔過秦樓〕一闋，不標題，詞旨怨抑，似爲送別。又〔臨江仙〕《咏水仙》、〔瀟湘夜雨〕《次心巢師乞兒韵》二闋，詞意與諸作不類，筆迹亦非是，蓋闋中竄改數句，乃心巢筆也”云云。可知其書原本散亂，得此掇拾，乃可讀也。又劉岳雲爲考其詞事及其譌敓云“詞中〔轆轤金井〕題軍中九秋，當爲九闋，今僅存《秋龕》一闋，則所逸多矣”。又云“〔南浦〕一闋爲題家伯佩卿鹿女談禪圖，卷中未標題。〔千秋歲〕一闋，云浩然主人，即家伯也。首四句及寄韵、媚韵皆家伯作。時客有王伯英在座，將往姑蘇，故末句云‘愁憑淮水送，雲誤吳山翠。樓休倚。姑蘇城外青如洗’。〔雨中花慢〕所云‘蓮龕’爲城東門外蓮池庵，修禊諸人爲合肥黃韞之、六合孫艾衫、廬州蔡篆卿、天長崇桐林及邑人朱佩齋、王恩光、陳海長、高雲生、家伯佩卿、姪子固，主社則直隸胡厚堂，與先生繪圖，則沈旭庭也”云云。於是書詞事與夫譌敓遺漏，得此二評，瞭然在目。蓋廣牧於詞，素不輕作，作亦不輕示人，而又不自收拾。既歿軍中，遺稿散佚。微此三子，幾不克傳矣。附錄傳記參考資料：成孺撰《孔廣牧傳》。（劉啓瑞）

四二三　願爲明鏡室詞稿二卷

（同治己巳刊本）

清江順詒撰。順詒字秋珊，旌德人。順詒嘗撰《詞學集成》，亦明於詞之源流派別者。此集以流暢之筆，寫抑鬱之懷，然往往露而不蓄，意盡於辭。集中多追和飲水、竹垞、白石、夢窗諸家之韻。蓋以清詞爲宗，而間及於南宋，本源未正，宜其詞品之不高也。其〔浣溪沙〕首句云：“楊柳當門青倒垂。”譚獻《篋中詞》謂“楊柳”七字千古，未免譽過其實矣。（孫人和）

四二四　玉屑詞二卷

（光緒刊本）

清朱寓瀛撰。寓瀛字芷青，大興人。是編凡百闋，依小令、中調、長調之例，分別編次。〔長相思〕《自題詞卷》下半闋云：“晚春時。早秋期。無限湘蘭沅芷思。餘音歌入詞。”然其所製，頗傷浮淺。惟〔昭君怨〕《秋得訏卿明湖上書》云：“幾處蒼涼雲樹。幾陣惺忪風雨。獨坐已生愁。況經秋。　　誰遣鯉魚生翼。來遞遠人消息。飛夢答吟箋。到湖邊。”意雖不深，尚有清淡之趣也。（孫人和）

四二五　井華詞二卷

（光緒刊本）

清沈景修撰。景修字蒙叔，晚號寒柯，秀水人。同治拔貢，官分水教諭。是編首卷四十六闋，内附張鳴珂〔勒尋芳〕一闋；二卷四十八闋，内附譚獻和〔貂裘換酒〕、張景祁〔南澗〕原作各一闋。譚獻論其詞曰：“諷《井華詞》，若游佳山水，一邱一壑，咫尺而萬里；若聆古琴瑟，變宮變徵，出風而入雅。”鄭文焯謂“置諸碧山詞中，殆不能辨”。許增謂其“槃曲跌宕，即真行之頓折；引喻托興，即古律之柔厚”。此皆友朋溢美之言，未可爲典要也。

然景修嘗評當時雅詞云："文采斐然，惜少拙致。"此可知其爲詞之旨趣矣。唐末北宋，并以重大見長。即南宋如白石之清空，玉田之圓溜，亦多用生澀之筆，否則清空入於飄易，圓溜轉爲流滑。惜乎景修所作，尚未能善用其拙也。然能明乎此，亦可知其深於詞學矣。（孫人和）

四二六　花簾詞一卷

（道光時刊本）

清女子吳藻撰。藻字蘋香，號玉岑子，錢塘人。是編共百六十八闋，令慢皆具。其於古人之詞，蓋不宗一家者。如〔菩薩蠻〕、〔江城梅花引〕、〔河傳〕、〔祝英臺近〕諸首，皆纏綿宛轉，韵味悠長，持律亦不苟。其間亦有輕薄流滑之作，如〔浪淘沙〕、〔連理枝〕諸詞，則淺俚無味。前者足證其才高，後者可知其工力尚淺。然清代女子爲詞者，藻亦可以成一家矣。集中題他人圖畫著述之詞甚多，蓋當時已負盛名。其歌離吊夢遣病言愁之作，時時見之。殆傷心之事，有難言之隱歟？藻父夫并業賈，既非源於家學，又無磋磨之功。其詞如此，亦天賦之才也。（孫人和）

四二七　佩蘅詞一卷補遺一卷

清金泰撰。泰字改之，英山人。同治時入李鴻章幕。是編初爲邊浴禮所校刊，時在咸豐辛酉，僅七十二首。光緒乙酉，浴禮子保樞，復取《洺州唱和詞》、《燕筑雙聲》及曩時郵筒往復、盍簡零篋，一一輯錄，得詞三十四闋，刻爲《補遺》。又以原版遠在京師，遂重鋟之，即是本也。泰師郭麐、沈濤，而友邊浴禮，故詞學甚深。濤又以飲水《側帽》相擬。平心論之，泰之詞品，高於頻伽，工力亦不在匏廬之下，空青有聲當時，以視是編，實亦伯仲之間耳。令曲雖不如飲水，而慢詞則過之，此其大較也。〔浣溪沙〕《紀事》云："指點朱樓大道旁。玉扃向晚叩西廂。一彎新月畫眉窗。　　肌雪酥融疑著粉，衫痕紅退尚生香。傾城却在未梳妝。"

芊綿清麗，用筆高古。其〔瑤華〕《白秋海棠》一首，可以嗣音草窗。蓋其慢詞，準法南宋，而令曲原於《花間》、小山、淮海、飲水諸家也。（孫人和）

四二八　勉憙詞一卷

（光緒刊本）

清周星貽撰。星貽字季貺，山陰人，原籍祥符。福建知府。是編三十五首。譚儀謂"所作婉篤微至，如衛洗馬渡江時，傾倒一世，令人怊悵不能自已"。雖覺譽過其實，然清麗幽婉精潔雅尚，是其質也。偶有艷作，亦本《花間》。如〔浣溪沙〕云："弱柳籠烟媚嫩晴。落紅庭院晝冥冥。風前凝立不勝情。　　飛絮時光新燕語，賣花門巷簸錢聲。傷春情緒怕黃昏。"其筆力雖遜南部諸賢，而氣味醇和，自爲雅製。蓋祥符周氏，詞派本純正也。（孫人和）

四二九　黍薌詞一卷

（刊本）

清周郋雨撰。郋雨字叔篔，臨海人。是編六十九首，附鄞縣蔡鴻鑒〔東風第一枝〕原作一首。譚獻評其詞，"吐屬自然，情靈諧盎"，非唐大之言也。其平生苦節，堅貞自守，時見於詞。〔醉花陰〕《懷少卿眉生》云："鎮日懨懨簾未捲。月冷酴醾院。怊悵隔江雲，盼得春來，幾度教想見。　　美人遲莫多芳怨。衹曲闌行遍。心事托微波，一水盈盈，道是天涯遠。"〔菩薩蠻〕《題竹泉畫蘭爲成太守》云："涓涓流水粼粼石。靈根寄托何高潔。雨露九霄滋。折馨遺所思。　　年年風雪老。一洗閑花草。珍重暮雲天。山深將歲寒。"此可知其志矣。若天與之年，正未可量。詞中有句云："年華逝水愁中度。算者番凄楚。何處不消魂，病酒傷春，腸斷蘼蕪路。"情辭凄咽，豈短壽之徵歟！（孫人和）

四三〇 蘭當詞二卷

（刊本）

清陶方琦撰。方琦有《淮南許注異同詁》，已著録。是編爲其所撰之詞，共二卷一百二十二闋。慢詞取法二窗、二白，令曲則不主一家，故詞多清綺。據《越縵堂日記》所載，詞爲李慈銘所點定。方琦又與譚獻相往還，獻專力於詞，最爲精細。方琦工力，以視慈銘，不獨無愧而已。此本尚是紅印，夾有修刻剜改之紙簽，蓋最初印本也。（孫人和）

四三一 蘭紉詞一卷瓠落詞一卷

（雲自在龕叢書本）

清陸志淵撰。志淵字静夫，號瓠落山人，江陰人。《蘭紉詞》三十二闋，《瓠落詞》六十三闋，共九十五闋。其詞頗見工力，雕琢之處，往往能以平淡出之。〔望江南〕《咏新柳》云："春來也，弱縷自輕盈。嬌小未經攀折苦，纏綿已會別離情。恰恰一聲鶯。"情韵兼勝。〔臨江仙〕云："夢冷簫閑人遠，水流花落春空。輕衫短帽柳橋風。馬蹄芳草綠，鴉背夕陽紅。 寒薄未嫌吟淺，酒醒不奈愁濃。湖山何許寄浮踪。可憐圓闕月，十載照飄蓬。"綢繆凄艷。慢詞則稍嫌疏放矣。志淵論詞，謂"作詞之妙，須句麗而意曲，字新而韵峭，起如俊鶻奮翮，結如孤鶴戛音"云云，皆心得之言也。（孫人和）

四三二 湘雨樓詞五卷

（刊本）

清張祖同撰。祖同字雨珊，長沙人。同治壬戌，補行己未舉人。是編乃祖同逝後付刊者，實僅三卷，附以《步清真詞》一卷，《湘弦離恨譜》一卷，故爲五卷。《湘弦離恨譜》者，悼亡室周孟儀也。集中時有闕文，其子式恭，謂"有疑者未敢臆斷，以方野代之，存其真也"。而王闓運序，謂爲"非子刻父集所宜，當以所知見存焉，而加墨識"。其實子刻父集，疑則闕之，亦未爲不可也。祖同論詞，"托興微眇，寄懷忠愛，意内言外，耐人咏思，先民正則也"。又謂"近人之詞，語俳意蕩，多鄰於曲，不可爲訓"，此可知其詞旨矣。祖同與易順鼎、王闓運相唱和，易、王喜逞才使氣，而祖同所作，規矩繩尺，一一可尋。蓋源於美成，所得深邃，雖未入清真之室，而趨於雅正，亦大方之家也。（孫人和）

四三三　醉經齋詞鈔一卷

（光緒刊本）

清張兆蘭撰。兆蘭字畹九，儀徵人。是編百四十闋。〔念奴嬌〕《自題題詞圖》云："綺語不湏心懺悔，多半空中傳恨。壯不如人，老之將至，窮達何須論。一枝詞筆，寫盡多少幽恨。"其言如此，故所作多艷綺之篇。〔浣溪沙〕云："小院梧桐碧有情。綠苔紅點落花輕。茶烟裊裊上簾旌。　　花底睡酣蝴蝶影，枝頭啼暖鷓鴣聲。一天微雨做清明。"詞語渾融，蓋源出《花間》也。〔踏莎行〕云："波心浣得斜陽濕。"〔臨江仙〕云："蓼花紅濕處，蟹火一星圓。"〔壺中天〕云："扁舟明月，夢魂隨浪飄蕩。"〔疏影〕云："樓外花枝綽約，暗香隔，一桁月影篩碎。"〔浣溪沙〕云："滿屋名花香似麝，一簾春雨細如絲。海棠紅到半開時。"〔燭影搖紅〕云："無限柔情，幾灣不斷春波溜。"皆爲可誦之句。〔浪淘沙〕《江行》一闋，感今吊古，清疏跌宕，亦集中之佳作也。（孫人和）

四三四　紅豆簾琴意一卷

（光緒刊本）

清陳克劬撰。克劬字子勤，丹徒人，宗起子也。宗起擅長經史，克劬喜爲詩詞。是編乃克劬詞集，共六十五闋。自言所製比興什之九，賦什之一。今觀全集，其言非無自也。溫、韋之詞，同於風騷，合於比興，亦有道焉。蓋善用比興者，内深而外美，意廣而筆重，觀於《花間》，即可知矣。克劬〔更漏子〕云："風不斷。雨吹亂。欲轉又還未轉。千遍數，暗傷懷。未明人怎捱。"〔如夢令〕云："明月懷中飛墮。密意殷勤許可。笑指影兒看，算祇和他三個。真錯。真錯。如此風光閑過。"詞非不工，但覺意膚露而筆輕淺，未可侈言比興也。（孫人和）

四三五　浣月詞一卷

（光緒丁未刻本）

清曾伯淵女史撰。伯淵名懿，四川華陽人。爲蜀中名門，工詩詞，通醫藥，後適袁幼安觀察，隨宦南北，見聞益廣，且究新學而能掇其所長。同光間，其才女淑媛之名，播於名流公卿間。時西説輸入，淺識者皆趨之，氏獨論其利弊之所在，爲世傾服，洵蜀中之巾幗人杰也。著有《古歡室詩詞》及《醫學篇》等。此書一卷，刊時氏已年七十矣，前有繆荃孫、嚴謙潤諸人序。按女史自序，謂"幼承母訓，夙好金石詞章之學，與圖畫針黹烹飪之術。及笄攖疾五稔，博覽《内經・素問》，講求醫學之理，與衛生之法"云云，故女史除工詩詞、好金石外，并通醫術，宜爲當時名公巨卿所稱道也。此卷僅其詞集，命意遣詞，皆具溫柔敦厚之旨，足與前代淑媛媲美。其中如〔菩薩蠻〕、〔賀新郎〕、〔齊天樂〕、〔好事近〕諸章，均極清新雅麗，不愧名作。而〔貂裘換酒〕二調，記張叔田家藏蚚劍事，尤有關金石文物。其序謂"蘇州張叔田太守，以家藏蚚劍屬繪其意，并繫以詞，此劍爲李鑒堂中丞所贈云"。按鑒堂即李秉衡號，後殉庚子之難者也。然則是集出之巾幗，不亦難能而可貴哉！（撰者未詳）

四三六　栖雲山館詞存一卷

（同治寫刻本）

清黃錫禧撰。錫禧字子鴻，甘泉人。是編凡五十首。其詞學原於吳讓之，讓之《匏瓜室詞》，從常州派出也。錫禧所撰，似不宗一家，而鄰於南宋。慢詞雖嫌清淺，而圓融溜亮，自足掩其失也。令曲追踪《花》《尊》，所作雖少，往往有深意。〔相見歡〕云："風絲搖漾簾鈎。動新愁。記得夕陽人影共登樓。　春夢短。更兒轉。好揚州。可恨落花偏逐水東流。"又云："黃鸝啼上高枝。柳絲絲。正是惱人天氣可憐時。　花還好。人先老。損腰肢。孤負一春心事有誰知。"流麗綿邈，淺而入深，蓋其天分高，故落筆自不凡也。（孫人和）

四三七　小玲瓏閣詞一卷

（清名家詞本）

清葉大莊撰。大莊字臨恭，號損軒，閩縣人。同治十二年舉人，官至江蘇知縣署松江府海防同知。是編凡三十首。陳衍評其詞，謂"詞宗南宋，最近夢窗、竹山"。不知夢窗雖晦澀，而能生動飛舞；竹山雖雕琢，而能精研縝密。大莊極力摹仿，尚不能肖其形，況其神乎！觀其詞，似未成體格，衍論不足信也。以其明於樸學，故特存之以備考焉。（孫人和）

四三八　碧瀣詞一卷

（清名家詞本）

清端木埰撰。埰字子疇，江寧人。優貢生，以薦除內閣中書，尋充會典館總纂，升侍讀。是編一百零一闋。埰自述詞學之淵源及其主旨，甚爲詳悉，謂其受詞學於金偉君，熟讀碧山、草窗、蛻岩、君衡諸公集。曾言曰："古人明於音律，故所爲不稍苟，亦有自製曲調者。今人既不知樂，當師古人意而慎守之，未可求自便，陽奉而陰違也。"集名"碧瀣"者，序謂"初侍金先生，首熟碧山〔齊天樂〕一闋，吟諷既熟，作輒倚之。於諸名家又篤耆碧山，遂僭以《碧瀣》自張其編。露氣之下，被者爲瀣，以是爲碧山之唾餘可也，爲中仙之藥轉可也"，可以閱名而知其旨矣。尤可證者，王鵬運校刊《花外集》，跋引埰釋碧山〔齊天樂〕《咏蟬》云："詳味詞意，殆亦黍離之感。宮魂字點出命意。乍咽還移，慨播遷也。西窗三句，傷敵騎暫退，燕安如故。鏡暗二句，殘破滿眼，而修容飾貌，側媚依然。衰世臣主，全無心肝，千古一轍也。銅仙三句，宗器重寶，均被遷敌，澤不下究也。病翼二句，更是痛哭流涕，大聲疾呼，言海島栖流，斷不能久也。餘音二句，遺臣孤憤，哀怨難論也。漫想二句，責諸臣到此，尚安危利灾，視若全盛也。”其論甚精，可知其深於碧山詞矣。集中所作，咏物爲多，寄托深遠，亦淵源於《花外》。鵬運亟評賞之，非虛譽也。（孫人和）

四三九　水雲樓詞二卷續一卷

（雲自在龕叢書本）

清蔣春霖撰。春霖字鹿潭，江陰人。屢不得志於有司，乃俯就鹽官以養母。同治七年冬，年五十一，擬赴衢州，訪宗湘文。過吳江，泊舟垂虹橋，爲其妾黃婉君而死，婉君亦以死殉。春霖幼有才名，有“乳虎”之號，嘗謂“吾能詩匪難，特窮老盡氣，無以蕲勝於古人之外，作者衆矣，吾寧別取徑焉”。蓋謂取徑於詞也。其曰“水雲”者，取《飲水》、《憶雲》以爲名也。春霖中年，正值洪楊之亂，身世飄零，故多撫事感時之作。鬱勃沉深，精警雄秀，曲折頓宕，千狀萬態。有迦陵之放，而不粗獷；有秀水之雅，而能渾厚；有茗柯之深，而不專比興；有飲水之艷，而不覺軟弱；有憶雲之工，而骨肉勻稱。蓋擷諸家之英，而鎔冶於一爐也。譚獻謂“咸豐兵事，天挺此才，爲倚聲家老杜”，洵非虛譽。觀其詞，不特俯視清代詞人，即置之兩宋之中，亦卓然一大家也。其〔木蘭花慢〕《江行晚過北固山》云：“泊秦淮雨霽，又燈火、送歸船。正樹擁雲昏，星垂野潤，暝色浮天。蘆邊。夜潮驟起，暈波心月影蕩江圓。夢醒誰歌楚些，冷冷霜激哀弦。　　嬋娟。不語對愁眠。往事恨難捐。看莽莽南徐，蒼蒼北固，如此山川。鈎連。更無鐵鎖，任排空檣櫓自回旋。寂寞魚龍睡穩，傷心付與秋烟。”懷古傷亂，圓融無迹矣。譚獻比之成容若、項蓮生，固非其倫。而陳廷焯置之莊中白之下，尤爲

不合。楲法常州，而春霖不獨不爲二張所囿，即秀水、迦陵，亦不
足以牢籠水雲也。春霖生前，嘗刻《水雲樓詞》於東臺，卷數未詳。
咸豐十一年，杜文瀾又刊於《曼陀羅華閣叢書》中，釐爲二卷，共
一百零六首。春霖卒後，其友於漢卿搜其未刻之詞，合之宗湘文所
藏未刻詞，共四十九首，刊於嚴州。此本即重刻杜本及於宗本者。
近時刊本，又不止百五十五首也。（孫人和）

四四〇　蓮因室詞一卷附蓮因室詞補一卷

（光緒三十四年戊申刊本）

　　清鄭蘭孫撰。蘭孫字娱清，號蘅州，錢塘人。幼失怙恃，育於
外祖父孫補年先生家，從之讀書。詩文經史，靡不涉獵，書畫刺
繡，無一不精，一時頗有才女之目。及長歸仁和徐鴻謨，字若洲，
亦工詩文，生子琪，字花農，官至侍郎，曲園先生之弟子也。蘭孫
隨夫宦揚州，值洪楊亂作，奉姑於亂軍中逃出，姑卒。其夫若洲亦
以拒寇身受巨創，尋卒。其夫死後，蘭孫苦志扶孤，未及見其子通
顯而卒。其事詳見曲園先生所爲撰之家傳中。其著作有《都梁香
閣集》，佚失已久。《蓮因室集》、《都梁香閣詩詞》各一卷傳世。
是本蓋專輯其已刻未刻之詩餘者也。初蘭孫早年詩詞，未有刊本。
其夫若洲宦揚州時，曾摘抄一册，題曰《都梁香閣集》。咸豐三年
癸丑，因兵亂亡失。後蘭孫奉姑僑居如皋，默錄十之二三，自題
《蓮因室集》。前已佚原稿，爲友人得歸，尋復失之。至光緒元年
乙亥，其子琪在杭爲蘭孫刊集，亦題曰《蓮因室集》，前有曲園先
生爲撰家傳。既而前所佚抄本，失而復得，因別刻《都梁香閣詩
詞》各一卷，附前集之後傳於世，曲園先生再爲之序焉。至光緒
三十四年戊申，其子琪刻《徐氏一家詞》，乃倩其門人金福保爲書
已刻之《蓮因室詞》一卷，張鴻辰爲書其未刻者，題曰《蓮因室
詞補》一卷。題曰"蓮因室"者，蓋《蓮因室集》皆蘭孫手自編
訂故也。近人徐乃昌彙刻《小檀欒室閨秀詞集》，是編亦著錄焉。
是書前有金福保序，恭親王題詞。《蓮因室詞》共錄詞四十闋，

《詞補》共十四闋，計共五十四闋。其子琪跋語，附之篇末。考徐氏所錄《蓮因室詞》，共四十二闋，排比先後，皆與是編同。惟其中有〔漁家傲〕一闋，題《至吳門舟中遠眺》，是編則輯於《詞補》之中，題《自邗江至吳門舟中遠眺》。又〔酷相思〕一闋，題《秋窗聽雨》，是編亦輯之《詞補》之中。而《詞補》中所收，餘此二闋外，悉不見於徐本。按其子琪跋語謂"已刻之《蓮因室詞》，乞壽荃書之，而仍標舊名"。若此則徐氏所本，與是編所本，殆有所不同歟？稽其內容，以中調、小令爲多，雖寥寥數十闋，然旖旎風流，雍容大雅，兼而有之。若〔一剪梅〕一闋，係病初痊愈寄其夫者，其詞云："病骨迎寒瘦不支。倚着床兒。偎着衾兒。不言不語强支頤。想到行期。望到歸期。　　江闊天空雁倦飛。雨也霏霏。雪也霏霏。小窗風靜篆烟微。燭剪窗西。人憶窗西。"及《哭女詞》等闋，纏綿悱惻，不忍卒讀，頗與易安居士詞格近之，實爲女子中不可多得之作。惟其集中多屬題贈答之作，於吟咏性情者甚少。且全編所收，不過數十闋，詞牌亦祇十餘。又不編年分體，雜亂成帙，頗傷冗濫，終未免可議耳。（陸會因）

四四一　懷湘閣詞鈔一卷

（刊本）

清女子濮文湘撰。文湘，溧水人。嬪於寶應朱氏。是編凡四十闋。〔蝶戀花〕云："月下清歌花下酌。昨夜看花，今夜看花落。一樣東風偏厚薄。春來春去全無著。　　蝴蝶亂銜蜂亂啄。剩蕊殘葩，不解憐飢雀。燕子無情鸚鵡惡。傷心敢向啼鵑説。"其纖弱明媚，多此類也。惟聲律不密，混曲爲詞，固不能追踪李、魏，即在清代閨秀之中，似亦未能比數也。（孫人和）

四四二　雲起軒詞鈔一卷

（南陵徐氏刊本）

清文廷式撰。廷式有《補晉書藝文志》，已著録。廷式論清詞曰："自朱竹垞以玉田爲宗，所選《詞綜》，意旨枯寂，後人繼之，尤爲冗慢。以二窗爲祖禰，視辛、劉若仇讎，家法若斯，庸非巨謬。二百年來，不爲籠絆者，蓋亦僅矣。曹珂雪有俊爽之致，蔣鹿潭有沉深之思，成容若學陽春之作，而筆意稍輕。張皋文具子瞻之心，而才思未逮，然皆斐然有作者之意，非志不離於方罟者也。" 廷式所論，諸未允當。然其不尚苟同，則明顯可曉者也。今觀其詞，思力果鋭，音調蒼凉，雖時露鋒芒，不足爲病。其清麗嫵媚之作，亦如燕趙佳人，外柔而内剛也。其與王鵬運、沈曾植、易順鼎諸人相往還，可徵其切劘之功矣。此本爲其門下士徐乃昌所刊者。近聞發見其手稿，據王某跋，謂 "此稿較徐刻缺四十二首。然如〔點絳脣〕(布被新霜) 一首，單調〔風流子〕一首，〔望江南〕(秋色好) 二首，刻本亦未載。稿中書有年月者，如〔齊天樂〕《再游龍華》一首，〔念奴嬌〕《龠皮鹿門 (徐本作皮籠雲。)》一首，〔點絳脣〕《九日》一首，〔八歸〕《龠沈子培》一首，刻本并佚其年" 云云。此外尚有不同之處，待手稿印成，自可與此本互校也。(孫人和)

四四三　古香凹詩餘二卷

（光緒十年刻本）

　　寶應方濬頤撰。濬頤別有《二知軒詩鈔》，已著録。事迹并已詳前。是集凡二卷，卷上百五十七闋，乃光緒八年秋至九年春作；卷下二百二十七闋，乃十年一歲作。卷末皆有自記。前有大城劉淮年序，又淮年及甘泉王葵、黃錫禧、殷如瓚，儀徵汪鋆、吳丙湘，歙徐衡，江都郭晉超題詞。又徐衡後序十年刻於揚州。濬頤初不爲詞，六十七歲客揚州，始與張榕園、汪鋆、王葵、黃錫禧、吳丙湘、劉淮年等結消寒詞社，不三年，成是集。其〔淡黃柳〕詞云："泥聲律。何如吐胸臆。務酣鬯，厭修飾。學蘇辛、難奪姜張席。" 自記又謂 "我用我法，自鳴天籟"，其取徑可知。淮年亦謂其豪放似蘇、辛云。附録傳記參考材料：《寶應縣志》。(劉啓瑞)

四四四　師伏堂詞一卷

（師伏堂叢書本）

清皮錫瑞撰。錫瑞有《易經通論》，已著錄。此僅四十二闋，慢詞居十分之九，而律不精細。其間如〔倦尋芳〕《落花》、〔摸魚兒〕《對月》二首，用韵紛雜。蓋錫瑞究經學，尚今文，不必以詞論也。（孫人和）

四四五　海上餘弦詞一卷

（刊本）

清史悠咸撰。悠咸字澤山，山陰人。是編大題《眠琴閣詞鈔》，小題《海上餘弦詞》，共二十九闋。其詞喜爲艷體，而筆端又不重大，時露纖巧之痕。〔浣溪沙〕四首，非不可讀，然與《東山樂府》，尚隔一層，遑論《花間》。〔解連環〕《金陵懷古》、〔水調歌頭〕《黃鶴樓》二首，全學東坡，而又不圓渾，往往聲嘶力竭。至若〔金縷曲〕、〔暗香〕諸詞，皆不成體格也。（孫人和）

四四六　弢園詞一卷

（補厂叢書本）

清史念祖撰。念祖字繩之，江都人。官至廣西巡撫。是編一百零四闋。其詞氣骨甚遒，措語亦警煉。〔虞美人〕云：“老來遣悶愛高歌。歌到銅仙滴淚淚偏多。”“愁如山疊幾多重。恰似亂雲隨處蹙奇峰。”〔秋蕊香〕云：“睡輭雲鬟不攏。愁壓一肩衣重。”〔賀新郎〕云：“睡鴨尚知如許恨，料不盤、心篆烟先死。”“不怕此身難化蝶，怕再生、蝶又縈花恨。”〔滿江紅〕云：“無可奈何今夕酒，最難登答重逢話。”〔望江南〕云：“共倚一窗常不語，別離半日又修書。”〔鷓鴣天〕云：“春色年年在苑西。鈿車辛苦碾春泥。”〔風入松〕云：“滿樹綠陰更好，何須苦戀東風。”此皆警闢之句。其〔小梅花〕《讀王幼霞庚子秋詞有感》一首，聲律宏邁，

筆力振拔，似從于湖、稼軒來也。蓋念祖之詞，出入辛、劉、二窗
之間，惜其實而不空，質而不渾，殊少深厚之致耳。（孫人和）

四四七　采香詞二卷

（曼陀羅華閣本）

清杜文瀾撰。文瀾有《古謠諺》，已著錄。此其詞集，首卷三
十九闋，末卷四十三闋，共八十二闋。其詞字句精整，而氣機流
走，自是作家。《臥廬詞話》云：“昔譚仲修謂蔣鹿潭，咸豐兵事，
天挺此才，爲倚聲家老杜。斯言當矣。與蔣同時唱和而工力悉敵
者，有秀水杜小舫。其《采香詞》二卷，八十二首，幾於首首可
傳。讀蔣、杜二公之詞，覺白石、梅溪，去今未遠。天挺二老於咸
同之際，亦詞界之中興。”以文瀾與春霖并稱，似乎言過其實。然
蔣詞博大，杜詞精整，各有所長，未可忽也。（孫人和）

四四八　霞川花隱詞一卷

（清名家詞本）

清李慈銘撰。慈銘有《漢書札記》，已著錄。是編爲其所撰之
詞，凡二百三十三闋。序謂“始爲詞也，在道光庚戌，所作於山
水間爲多。乙卯冬，嘗刪定爲一編，名曰《松下集》。入都以後，
感觸益多，篇什稍富，美人香草之旨，所不免矣。辛酉，粵賊陷
紹，《松下集》已化焦土”云云。此以“霞川”名者，序又謂
“霞川，越地，而李氏世居其側者也。川之兩旁，居人頗植桃李，
層絳間素，迤邐若霞。歌詩之興，斯時爲多，故以自號，兼以名詞
云”。所作清雅秀麗，慢詞則效法姜、張。〔高陽臺〕《咏李花》
云：“琢雪輪妍，裁冰比潔，路人爭説丰姿。上苑迻來，玉顏獨冠
芳時。東風幾日無消息，惹昭陽、夕炤參差。況禁他，杜宇啼殘，
燕子歸遲。　　纖桃稚杏紛相笑，奈輕英力弱，亂逐游絲。不信傾
城，無言換取空枝。還應戀續笙歌夢，便山中、落盡誰知。問能
消，幾度凭欄，幾度題詩。”全守玉田軌範，以李花爲喻，有世莫

我知之慨，序所謂美人香草之旨者也。惟其詞雅麗居多，變化實少，傳詞甚夥，似宜稍爲芟薙也。（孫人和）

四四九　雙辛夷樓詞二卷

（光緒刊本）

清李宗袆撰。宗袆一名向榮，字次玉，一字佛客，閩縣人。入貲爲郎，卒年僅三十六。是編爲續刻詞集，原刻名《零鴛詞》。林紓謂“其詞出入濟南、海寧之間，聲響柔脆。嘗苦石帚、草窗梗澀，故其所填詞，無一折涉南宋。晚年亦自以此爲病”云云，此皆溢譽之言。其實宗袆所作，粗鄙淺陋，不成體格。〔浪淘沙〕云：“睡著也凄凉。秋滿空床。莫言無地訴肝腸。身被錦衾重叠壓，夢出回廊。”〔踏莎行〕云：“灘頭流水解相憐，替人朝夕頻鳴咽。”〔菩薩蠻〕云：“病骨不能支。憁憁春起遲。許多腸斷事。獨自低頭記。”以少壯之人，而辭語凄斷如此，毋怪其享年不永也。（孫人和）

四五〇　聽秋聲館詞一卷

（刊本）

清吳恩垛撰。恩垛字子可，錢塘人，振棫孫，年僅二十有三。是編凡四十五首，前有潘曾綬、曾瑩、徐琪諸家題辭。恩垛才情甚高，工力未及。〔朝中措〕云：“恨雨顰烟。”〔壺中天〕云：“記得讀雨吟風，評花賭酒。”此類句法，蓋自南宋來也。〔一剪梅〕云：“年來病骨太支離。芳事休提。恨事休提。”〔摸魚兒〕《出都留別其兄》云：“頻記取。怕後日、重來燕子無尋處。”又云：“斜陽雁影分吳越，祇許夢兒來去。”以年方弱冠之人，而出語凄楚，短壽之徵。須知言爲心聲，不得以善寫呻吟爲能也。（孫人和）

四五一　鬢絲詞一卷

（稿本）

清何嵩祺著。嵩祺字岳璿，福建侯官人。詞仍閩派，多近龍川、龍洲兩家。草稿未刊，無序跋。《南槎瑣録》云：“全卷共四十餘闋。嵩祺與長樂謝章鋌爲友，章鋌結友爲詩社、詞社，提倡倚聲之學，嵩祺因亦爲之。”卷端自記云：“近詞皆老友慫恿使習之作，他日存欲不存，不可得者。”又自許其〔蝶戀花〕詞，謂可與仲則把臂入林。蓋其詞清新芊麗，意出無家，實與《竹眠詞》爲近云。嵩祺歿後，未加刊刻，稿本現存陳氏賜書樓云。（撰者未詳）

四五二　琴志樓詞六卷

（光緒間刊本）

清易順鼎撰。順鼎有《經義筳撞》，已著録。此爲其所撰之詞：《湘弦詞》一卷，《丁戊之間》一卷，《摩圍閣詞》二卷，《楚頌亭詞》一卷，《琹臺夢語》一卷，共六卷。《湘弦詞》，同治十二年至光緒元年，湘中所作也；《丁戊之間》，光緒三、四年所作也；《摩圍閣詞》，光緒四、五年，黔東所作也；《楚頌亭詞》，光緒五年以後，游行南京、鎮江、上海、揚州、高郵、寶應、吳興、岳陽諸地所作也；《琹臺夢語》，光緒十三年蘇州所作也。其詞刊非一時，頗爲零碎。今以其叢著之名，總括其詞，而著於録。順鼎天資甚高，才氣縱橫，然喜作聰明語，而不合規律，轉不若其詩矣。（孫人和）

四五三　蒙拾堂詞稿不分卷

（民國小書巢鉛印本）

清梁文燦撰。文燦字質生，濰縣人。光緒甲午恩科進士，歷官福建道監察御史。是編分集編次，而各集之中，更分年排纂。曰《紅豆詞》，爲己酉至戊午年者；曰《杏雨詞》，爲己未、庚申、辛酉、壬戌四年作者；曰《積翠詞》，爲癸亥、甲子年作者；曰《劫餘詞》，爲乙丑年作者。總計一百八十六闋。其中《憶秦淮》十二首，《濰陽十二月》鼓子詞，《讀情史》八首，皆極可誦。蓋文燦詞，於超逸之中，兼饒豪邁，出其抑塞磊落之才，發爲慷慨悲歌之調，情韵肆溢，頗如秋雲在空，變化莫測，在清末足可成一家數。書首有丁錫田跋，謂文燦爲御史時，有聲京華。入民國後，傲游南北，放情詩酒。工長短句，寄迹金陵時，每有所作，士林爭相傳誦，名滿大江南北。或以艷體爲病，殊不知美人香草，古人多所寄托。田晉謁時，出所爲詞稿，囑爲校印，中有一二未恰意處，已手顫不能執筆改削。安邱趙孝陸先生，許爲選評，因亂未果。其後念久負先生之囑，因取原稿先爲印行云。（撰者未詳）

四五四　苕溪漁隱詞二卷

（原刊本）

清范鍇撰。鍇有《華笑廎雜筆》，已著録。此爲其所撰之詞。首卷百十五闋，附施國祁一闋；末卷八十七闋，附嚴學淦一闋，共二百零四闋。令曲、慢詞，雅正深雋。其運意布局，造句遣辭，皆有法度，尤得南宋詞眼之法。鍇嘗校刊宋詞三種，蓋其工力甚深也。詞中喜注友朋之事，如嚴俫能、顧潤薲、何夢華、嚴鐵橋諸人，往還踪迹，并可因此推知。故注語雖多，殊不厭也。（孫人和）

四五五　景石齋詞略一卷

（光緒刊本）

清姚詩雅撰。詩雅字仲魚，番禺人。孟縣令。是編共八十一闋。陳澧謂其詞似竹垞，今觀集中，亦不盡同。其間時有奇警之語，〔減字木蘭花〕《題黃山三十六峰長卷》末段云：“青山如此。何日置身圖畫裹。更約浮邱。一個峰頭住一秋。”其〔菩薩蠻〕寫珠江四時風景四首，亦五代〔南鄉子〕之遺意。中間如“風來弦管急。水影燈光濕”，“花月共清凉。滿天星斗香”，“兩岸樹婆娑。夕陽紅處多”，皆精艷可誦。惟〔沁園春〕《恨》、《愁》、《情》、《夢》諸首，染南宋以來之惡習，令人生厭者也。（孫人和）

四五六　綉墨軒詞稿一卷

（光緒丁酉刊本）

清俞慶曾撰。慶曾字吉初，德清人，上元宗舜年繼室也。詞中多寒、覃通叶。又〔憶江南〕"鬟"與"來"韻，〔踏莎行〕"語"與"水"韻，〔菩薩蠻〕"翻"與"來"韻，皆失律之甚者也。（孫人和）

四五七　步姜詞二卷

（始誦經室刊本）

清胡元儀撰。元儀有《毛詩譜》，已著録。步姜者，步趨白石道人也，調皆《白石歌曲》所有者，曲韻仍舊，但題意翻新耳。詞之宮譜既亡，不得不以平仄句讀論詞律，若并此而不言，則亦何取於詞名也。白石最爲知音，自製曲亦最多。依調填詞，尤當守其聲律，況名爲步姜乎！〔揚州慢〕第四、五句，并當上一下四，而元儀竟用上二下三。此調韻下首一字皆用去聲，更非元儀所知矣。〔長亭怨慢〕首句當上三下四，元儀用上四下三；第五句當上四下三，元儀用上三下四；"算祇有并刀"，上三下二，元儀用上二下三；換頭"日暮"，"暮"字韻，改用"誤"字韻。〔凄凉犯〕末句七字皆仄聲，此定格也，而元儀第六字竟用平聲。其他句讀平仄之誤，不一而足。詞亦不能得白石飄飄欲仙之態，題序又俗而不雅。以此而稱步姜，真所謂大言不慚者也。（孫人和）

四五八　中白詞二卷補一卷續補一卷

（寒匏簃本）

清莊棫撰。棫有《周易通義》，已著録。其序譚獻《復堂詞》曰："夫義可相附，義即不深；喻可專指，喻即不廣。托志房帷，眷懷身世，温、韋以下，有迹可尋。然而自宋及今，幾九百載，少游、美成而外，合者鮮矣。又或用意太深，義爲辭掩，雖多比興之旨，未發縹緲之音。近世作者，竹垞擷其華，而未芟其蕪；茗柯遡其源，而未竟其委。"又謂："自古詞章，皆關比興。斯義不明，體製遂舛。狂呼叫囂，以爲慷慨。矯其弊者，流爲平庸。風詩之義，亦云邈矣。"此可見棫之詞旨也。所作沉思翰藻，綢繆忠厚。其〔蝶戀花〕云："城上斜陽依綠樹。門外斑騅，見了還相顧。玉勒珠鞭何處住。回頭不覺天將暮。　風裏餘花都散去。不省分開，何日能重遇。凝睇窺君君莫誤。幾多心事從君訴。"又云："百丈游絲牽別院。行到門前，忽見韋郎面。欲待回身釵乍顫。近前却喜無人見。　握手匆匆難久戀。還怕人知，但弄團團扇。強得分開心暗戰。歸時莫把朱顏變。"皆寄托遙深，徘徊淒楚。譚氏《篋中詞》，極爲稱譽。陳氏《白雨齋詞話》，以爲高於蔣春霖，雖嫌過實，然其詞遠守溫、韋、陽春之法度，近遵二張之旨而光大之，自爲當時一大家也。（孫人和）

四五九　玉可盦詞一卷補一卷

（張鴻辰寫印本）

清徐琪撰。琪有《香海盦詩》，已著錄。是編首卷，皆琪少年之作，舊稿已佚而憶錄者。所補一卷，乃得諸其友倪茹者。其名"玉可"之意，琪嘗言十三齡時，倚聲至夜半，恍惚夢見一處，清溪屈曲，萬梅環繞，浮嵐蒼翠，若隱若見。一縞衣麗人，徘徊水次，睹予至，持玉佩授予，且歌曰："花如許。花如許。持此繫羅裳，玉可比君溫潤句。最玲瓏處琢愁腸。風露滿身香。"醒而異之，以歌中"玉可比君"之語，遂顏其居曰玉可盦云。其詞工於言情，時有警句。如〔浣溪沙〕下段云："燕去簾空前夢杳，庭間花落客愁濃。傷心猶在信疑中。"妙在呼愁欲出，初放即收，既有悠悠不盡之意，亦得詩人忠厚之旨也。〔蝶戀花〕云："夕陽滿地楊花影。"亦自然美句。惟其全首，往往不稱，故終不能成大家也。（孫人和）

四六〇　蘿月詞二卷

（千遠堂刊本）

清許賡皞著。賡皞字秋史，福建甌寧縣人。所著詩文集，已著錄。秋史髫年而習倚聲，嘗有"人在子規聲裏瘦。落花幾點春寒驟"之句，爲陸萊莊、沈夢塘、王友山諸人所激賞。至是詞格一變，易其柔曼纖靡，而爲悲壯蒼凉，且時有出格高渾語，非復詞字所能束縛。如"月出樹蒼然。水聲高在天"，"風葉下紛紛。四山都是雲"，及"明河高又落，海空聞雁語"等語，即無論詞中罕得，雖在五言詩句中，亦當入右丞之室也。張亨甫極推重之，良有以矣。（撰者未詳）

四六一　索笑詞二卷

（舒藝室全集本）

清張文虎撰。文虎有《史記札記》，已著錄。是編爲其所著之詞，分甲、乙二卷。甲卷五十八首，乙卷三十首，共八十八首。文虎通小學，善校勘，明音律，以其餘暇而爲詞。謂"二十年前，言長短句者，家白石而戶玉田，使蘇、辛不得爲詞。今則俎豆二窗而祧姜、張矣。鄙人興到涉筆，聊以自適"云云，蓋不主一家也。觀其所作，頗爲工整，用字妥帖，經生詞中，亦上品也。（孫人和）

四六二　瞻園詞二卷續一卷

（光緒甲辰刊本、補刻本）

清張仲炘撰。仲炘字次珊，號瞻園，江夏人。以翰林爲御史，轉給事中，遞遷通政司參議，庚子罷。是編凡二百零九首，《續》六十首。夏敬觀評之曰："迹其身世，有類屈原，其詞幽眇依黯，其情湮鬱，其音悲痛。若纖且微，孤縈侘傺，不可訴語。其徘徊於中，而不能自已者，亦騷人之旨也。"其言似近搪侉。然瑰奇綺麗，聲情綿邈，守宋賢之軌度，寄深思於芳草。詞在當時，自可與半塘、彊邨并列也。〔秋思耗〕《依夢窗韵題庚子秋詞》云："衰帽當風側。甚卧簫、吹動塞雲寒色。秋興易悲，倦游多感，愁束腰窄。況頭白烏啼，避胡無計自挫抑。盻去鴻、天四碧。料萬葉敲窗，月華低墜，咏到最高樓句，背鐙長憶。　　幽夕。沾襟泪滴。寄醉歌、彩扇新飾，更堪漂泊。空江孤嘯，數莖髮白。剩一掬相思未灰，西望嗟病翼。蕙帶客。愁慣識。聽怨笛張徽，開元前事記得。夢逐車塵路北。"深情苦思，忠厚纏綿。集中所製，多此類也。（孫人和）

四六三　子苾詞鈔一卷

（光緒四川刻本，又六譯館叢書本）

清張祥齡撰。祥齡字子苾，四川漢州人。拔貢生，舉光緒戊子科順天鄉試，甲午成進士，考取内閣中書，旋邀游南北，作諸侯客，居吳下最久。祥齡工於詞章小學，初肄業成都尊經書院，前後受知於督學南皮張之洞，及山長湘潭王壬秋，與廖季平、顏楷等同稱佳士。入都後與名流況周儀夔生、王鵬運半唐，及寶竹坡、繆筱珊諸人，均相友善，書中與況、王等倡和之作尤多。此書一卷，無序跋，凡百餘首。其詞清新雅潔，洵稱名作。按王鵬運幼霞，即專精於詞者，刻有《四印齋詞集》，尤服膺雙白，於祥齡推崇備至，則其造詣，於斯可見。按氏本究經史百家、小學詞賦，撰有《經支》九卷。以其工於詩文，世人均以詩人目之，而經史諸學，反爲所掩。觀所著《受經堂集》，其傳記序銘諸作，凡於蜀中學術之變遷、典制之沿革，皆能言之歷歷，不僅習於掌故，且具史識。而其人竟以詩文傳，今讀此集，要非虛譽也。（撰者未詳）

四六四　白雨齋詞存一卷

（光緒甲午刊本）

清陳廷焯撰。廷焯有《白雨齋詩存》，已著録。廷焯與莊棫相切磋，故其詞學深邃。集中令曲，忠厚纏綿，出入方城、陽春之

間。慢詞能植根碧山，而運以蘇、辛之才氣，故無叫囂之弊。以視
蒿庵，不獨無愧而已。惟詞後往往附以友朋弟子及其姪輩之評語，
殊不大方。然此集乃廷焯歿後所刊，猶可言也。而詞內亦多詳釋
其旨意，似出廷焯自注。不知溫飛卿、馮正中之詞，寄託遙深，纏
綿悱惻，後之讀者，窺其意在有無縹緲之間，尋繹難盡。若詳爲解
釋，則一覽無餘，不獨不爲詞生色，且足以貶詞之價矣。此集共四
十六首。據其所撰《白雨齋詞話》卷五云“余自丙子年，與莊希
祖先生遇後，舊作一概付丙，所存不過己卯後數十闋”云云，與
書中所記年月正合。是本書雖刊於廷焯歿後，詞稿則生時所自定
矣。（孫人和）

四六五　綿桐館詞一卷

（民國甲寅印本）

清楊調元撰。調元字和甫，貴筑人。以庶常出宰關中，所蒞有
治績。宣統辛亥宰渭南，九月省城發難，邑中有應之者，遂及於
難。調元子通履危冒險，赴秦訪求遺骸不得，僅獲手迹二冊，詩詞
稿一束於刦灰中，歸而分刊之。是編首有李岳瑞序，謂其集不得
與碧山、草窗諸老比，視黃門之觥觥巨集，抑又遜焉。貞臣節士，
何其酷耶！蓋亦憫其死事之慘烈，遺集之泯滅也。其詞凡數十首，
於黃門爲近，而淵醇樸厚，溫粹雅勁，殊不弱之。惟遭厄毀佚，所
存戔戔，亦不幸之甚矣。（撰者未詳）

四六六　秋雅一卷

（蔣侑石遺書本）

清蔣曰豫撰。曰豫有《詩經異文》，已著錄。此爲其所撰之詞，
僅三十四首。曰豫自號後白石生，蓋效法石帚者。今觀其詞，迹近
南宋，至於石帚清空縹緲之槪，曰豫尚未能也，擬之玉田，稍爲近
之。曰豫喜言考據，辭章本爲餘事。然其究述經子，頗爲粗疏。詞
雖未入高渾之境，實能置體清雅，較爲可取者也。（孫人和）

四六七 夢悔樓詞一卷

（黔南叢書本）

清趙懿撰。懿字淵叔，貴州遵義人，新寧令廷璜子，鄭珍外孫也。光緒丙子以宏詞麗句，受知學使，補博士弟子，是秋舉於鄉，三上春官以親孝出令蜀中，授名山知縣。以縣中文獻闕落，搜剔碑碣，博采旁求，成縣志十五卷，二十二年卒於任。有《支易》二卷，《延江生文集》二卷，《詩集》十二卷，《畫記》一卷，雜識數種。詩文俱爲稿本，藏於家。惟此詞一卷，爲鄒國彬録副，與劉藻《姑聽軒詞》、傅衡《師古堂詞》合梓，編入《黔南叢書》。懿英敏超豁，精力過人。經史百家、三倉訓纂、方輿金石之學，擷其萃旨，一發之於詩。詩集雖未見，而於是編覘之，則皆從至性中涵養，而無浮囂鈎棘、纖佻怪譎之弊。引化寫娛，多工體物。鄒國彬謂《姑聽》、《師古》、《夢悔》三家詞，俱披華出素，言隽味腴。證於兹編，則光采流映，猶且過之，可稱冠軍焉。（撰者未詳）

四六八 蓮漪詞二卷

（光緒刊本）

清鄭由熙撰。由熙字曉涵，歙縣人。光緒十三年張鳴珂序其詞，謂由熙十年前，刻所著《蓮漪詞》兩卷，珮琢曼詞，蕩而不返，未盡善也。近乃悔其少作，復加芟改，存十之二，益以近製，仍分二卷。取徑於碧山、玉田之間，偪近稼軒、石帚，幽折疏宕，一洗穠纖之習。雖與清真尚隔一間，而已視世之摹繪綺靡者，判若霄淵矣。譚獻謂其詞出入辛、姜，又謂與吳、史、姜、辛把臂，雖許之太過，然幽婉曲折，雅隽清靈，自是南宋之本色。〔甘州〕云：「記槐陰清夏客停橈，調冰正浮瓜。向高臺載酒，歌塵繞雪，詩思軒霞。夢雨空江孤棹，帆影又天涯。今日登臨處，夕照昏鴉。

憶否故人深夜，正徘徊月下，玉樹橫斜。驀盈盈欲折，無奈是空花。恁淒涼、巢泥自落，漸西風、吹葉響窗紗。還凝想、是窺簾燕，認得還家。"高亮明潔，哀思纏綿。餘若〔鎖窗寒〕《殘雪》、〔邁陂塘〕《春陰》，亦并曲鬱深美之作也。（孫人和）

四六九　牟珠詞

（黔南叢書本）

清鄧維琪撰。維琪字花溪，貴筑人。光緒己丑進士，選庶吉士，散館出爲四川富順知縣，遷邛州知州，旋過班爲道員。國變後，更名潛流，庽成都，不復歸。其詞不敷無意之色，以幽心爲主，近於陳西麓、周草窗。維琪創爲詞自交鄧休庵、胡玉津始，其後復獲交趙香宋、宋問琴，乃益有進。其詞先由趙、宋甄錄付刻於成都。是編則爲《黔南叢書》本，聶樹楷所校印者。（撰者未詳）

四七〇　萃堂詞錄一卷

（刊本）

清潘鴻撰。鴻字義甫，仁和人。光緒舉人。是編凡三十五首，然況周頤《薇省詞鈔》卷十，據《篋中詞》，別有〔齊天樂〕《中秋夜用竹屋懷梅溪均》一首，今本所無，檢譚書亦無之，周頤或別有所據也。鴻自序其〔更漏子〕云："金荃比興之辭，仿於十五。低徊要眇，哀樂感人，擬以寄懷，不殊意悒。"蓋其令曲之旨趣如此，尚未達深美之境也。慢詞佳處，時一見之。〔念奴嬌〕《和縶甫》云："水沉香燼，撥寒灰、剩有春心一縷。如此青袍芳草色，酒醒天涯何處。花惱含愁，蓬飄墮夢，握手渾無語。天風吹斷，隔簾還認飛絮。　鸚鵡莫話三生，一般憔悴，忍見輕紅語。寶鏡團圞休照影，空把柔情付與。宛轉殘絲，叢殘蠹粉，那有傷春句。回闌倚遍，夜來風露如許。"苦情哀思，清新宛轉，宋末諸賢之妙境也。（孫人和）

四七一　鷗夢詞一卷

（清名家詞本）

清劉履芬撰。履芬字彥清，號泖生，江山人。以佐幕功致補用知府，充蘇州書局提調，攝嘉定知縣。縣民有爲臺憲捕殺者，知冤不能捄，因大慟自刎死。是編凡六十九首，其令曲效法南部諸賢，慢詞亦駸駸入古。〔水龍吟〕《自題寫秋心館圖》云：“暮雲低掩文窗，薜蘿隨處宜秋色。閑階小雨，垂花門下，一燈明滅。蟀不成吟，蟬猶餘唱，勾人怨切。更江鄉冷峭，白蘋風起，都并作、愁來迹。　路到蓮山又隔。費平章、長楊賦出。牆東斷夢，城西闌夜，綺懷消歇。俊眼橫波，華年流水，從今怕説。判輕衫短帽，含情絮絮，老梁園客。”詞雖未入深奧，而清新雅飭，自爲宋賢之軌範。〔蝶戀花〕云：“幾日游蜂飛絮趁。乍見生憐，憔悴春人鬢。過後韶華如玉蕣。朱顏不似當時俊。　道是愁多蛾淥損。別夢依依，雙頰添朝暈。開到酴醾風有信。奈他燕子歸無準。”深美綢繆，酷肖陽春。履芬子毓盤，撰《濯絳宦詞》及《詞史》，有聲於世，蓋得其家學也。（孫人和）

四七二　效顰詞二卷

（小海天樓刊本）

清劉勷著。勷字贊軒，福建侯官人，爲劉芑川之弟。芑川以詩詞名，與謝枚如友善。贊軒見枚如所名《酒邊詞》，獨欣喜乃學爲詞，而其詞駸駸日上，名曰“效顰”，蓋自視於枚如也。时錢唐高文樞從惠安來閩，文樞固善詞，枚如乃邀宋己舟、劉壽之及文樞，與贊軒填詞，數日一聚，拈題分咏，有《聚紅榭雅集詞》刊刻傳世。其後文樞應官遠出，己舟、壽之又各有事，而贊軒之詞獨哀然成集。其詞多情懷旖旎、悼感淒惻之作，風調在迦陵、竹垞之間。（撰者未詳）

四七三　華鬘室詞一卷

（光緒石印本）

　　清闊普通武撰。闊普通武，姓他塔拉氏，字安甫，滿洲正白旗人。光緒丙戌科翰林，官至西寧辦事大臣。著有《華鬘室詞》一卷。詞中失律處較多，如〔踏莎行〕中“惱封姨太殺風景”，應上三下四句；〔金縷曲〕中“落魄江湖”，“魄”字當用平聲；〔滿江紅〕下半闋失律尤多。終卷無完善者，姑存其目。（孫雄）

四七四　酒邊詞四卷詞話八卷

（光緒戊子福州刊本）

　　清謝章鋌著。章鋌所著《賭棋山莊詩文集》，已著錄。是集爲詞及詞話十二卷，其詞於光緒乙亥年曾重删一過，僅存其半。自謂已見《聚紅樹雅集詞》者不錄。閑情所寄皆非聞道之言，多存不如少存，少存不如不存，而亦不忍盡弃也。又自謂得詞多自登嶺臨溪，聽松濤風籟，冥觸默感而來，故中多天籟清響。其豪放激昂處，極似蘇、辛，而纏綿悱惻嫵媚多姿之語亦殊不鮮。侯官劉存仁稱其詩如老鶴孤嘹，幽蘭獨笑，更足況之。《詞話》捃采遺聞，旁采近什，於詞道奧窔，實能窺見，而尤以性情爲主，足爲後學之津梁，不僅尋常批風抹月之作等也。（陳鋆）

四七五　東海漁歌四卷

（西泠印社活字本）

　　清女子顧春撰。春字子春，號太清，鐵嶺人，或曰蘇州人，貝勒奕繪之側福晋，自號西林春。蓋春本鄂爾泰曾孫女，西林覺羅氏。早經變故，養於顧氏，顧爲榮邸之包衣人，遂被選爲側福晋也。是編向無刻本，至民國二年，桂林況周頤得其寫本，始以付印，闕第二卷。周頤嘗從錢塘沈湘佩《閨秀詩話》中，得其五闋，錄入《蘭雲菱夢樓筆記》，適爲三卷中所無，當是編入第二卷者。

故周頤附補遺五首，是第二卷亦未盡闕也。春步趨兩宋之詞，筆力高古，絕無女子纖弱之態。詞雖不宗一家，然其步和諸作，置於宋賢集中，幾難分辨。其才情之高，可以見矣。或謂鐵嶺詞人，春與納蘭性德齊名。周頤謂兩詞互校，欲求妍秀韶令，自是容若擅長；若以格調論，似乎容若不逮太清。其言最爲公允。蓋春之所作，不事雕琢，自然入古也。集中時有周頤評語，持論平穩，亦可供人參證也。（孫人和）

四七六　綴芬閣詞一卷

（民國二年癸丑刊本）

清左又宜撰。又宜字鹿孫，湖南湘陰人，太傅文襄公之女孫，孝勗之冢女也。幼聰慧，授《詩》《禮》輒成誦，文襄公特鍾愛之。年二十八歸其中表新建夏敬觀字映庵爲繼室。敬觀工爲詩古文辭，又宜婚後操作之暇，時時問益。夫婦切磋，又宜詩詞，因之益有進境。又宜於吟咏之外，尤工綉事，山水花卉鳥獸文字等，頗爲當代畫家所激賞。惟體質屢弱，病體奄奄，至宣統三年辛亥，遂以病卒，年三十有七。計其生年，則在光緒元年乙亥。其遺著有《綴芬閣詩詞》各一卷，詩集未有刊本，詞集即是編也。是編都爲一卷，首諸宗元序，次陳詩題詞，次《綴芬閣詞》一卷，共存詞六十餘闋，中有自度腔〔桃絲〕、〔翠凌波〕二闋。次陳三立所撰墓志銘，夏敬觀所撰之行述，則存之卷末焉。按是編體不編年，所譜以小令爲多，中調次之，長調無。其自度腔〔桃絲〕〔翠凌波〕二闋，自注曰：「辛亥四月廿四夜，夢兩仙女遺予異卉二枝，其一條色慘碧紅絲垂垂，非花非葉，名之曰桃絲；其一翠葉淺深相間，方圓斜整，形不一致，名之曰翠凌波。覺而異之，因其名各製一詞。」閨秀詞人，能自度譜調者，實未多見。所譜二調，其〔桃絲〕一闋，較勝於〔翠凌波〕一闋。前者頗與小令〔眼兒媚〕、〔人月圓〕等譜相近，惟前段叶韵稍嫌其單調，後段音韵皆佳，可稱作家歌矣。至於其詞，清新婉麗，旖旎近情，語工而入律，頗得音聲之妙。惟以力摹北宋詞人之作，雖出語而工，終不免矯柔造作。蓋詞本乎情，自然流露，乃能期其情容并茂。又宜之詞，往往模襲古人，削足適履，情韵自不能勝。然而又宜世家之女，學業修養自不同凡俗，故其出語婉妙，不落俗凡。全集之中，零金碎玉，亦頗有佳什美句可尋耳。（陸會因）

四七七　蕙紅詞一卷

（擺印本）

清宋伯魯撰。伯魯字子鈍，澧泉人。是編凡七十九首。〔沁園春〕注云：“以下皆赴迪化途中作。”〔謁金門〕《雪夜》注云：“以下皆迪化作。”〔浣溪沙〕注云：“以下里居作。”蓋分年編次也。慢詞殊不成格，令曲喜爲艷體，而寄托不深，時露輕薄。其在窮荒廣漠中所填之詞，雖間有可取，要非詞家本色也。（孫人和）

四七八　香草詞一卷

（周晉琦遺著本）

清周曾錦撰。曾錦有《藏天室詩》，已著錄。此爲其所撰之詞，共七十七闋，殊爲淺率，雖間有清雋之語，終不成體格也。曾錦嘗撰《臥廬詞話》，耳食者多，全無心得，可知其工力尚淺也。其自序謂“昔郭頻伽三十七歲，刊其所作《蘅夢詞》，今予年適與之符”云云，則其撰序時三十七歲。曾錦歿於三十八歲，是手訂此書於逝世前一年矣。（孫人和）

四七九　候蟲詞一卷

（印本）

清洪汝沖撰。汝沖字未丹，長沙人。是編共一百零二闋，聲律精審，詞亦雅鬯。言律者多，然當分別觀之。〔暗香〕“袖”字注云：“白石此‘忘’字，以本詞後半闋證之，知當讀去聲。”〔摸魚兒〕“漏永”注云：“白石此處二字用去上，與諸家不同，音尤激越，所謂他日野處見之，甚爲予擊節者，蓋指此也。"説甚精確。謂梅溪〔雙雙燕〕末句"獨"字，應讀平聲。白石〔淒凉犯〕旁譜，於"索"字始注夕，可知首句"陌"字非韵，"曲"字亦非叶，以駁萬紅友、戈順卿之説。屯田〔陽臺路〕"寒鐙半夜厭厭"，當從宋本作"寒鐙畔"三字句，且叶韵。其説皆可參證。至將〔繞佛閣〕分三段，〔蘭陵王〕分四段，又謂夢窗〔秋思耗〕當作〔秋思〕，而原題"荷塘"上有"毛"字，涉香鬟"香"字上半而誤爲"耗"，説皆不可從也。（孫人和）

四八〇　純飛館詞一卷

（天蘇閣叢刊本）

清徐珂撰。珂有《大受堂札記》，已著録。是編爲其詞集，不分卷帙。觀其所作，不宗一家，而清新婉雅，是其所長，論其全集，篇篇可取，其不能成爲大家，亦坐於此。〔浣溪沙〕云："一曲清歌殢玉簫。款春明日是花朝。泪痕多處在重綃。　樓外啼鶯牆外燕，夜來疏雨晚來潮。離人何處木蘭橈。"得二晏之神髓者也。〔西窗燭〕云："柳條無力，暗織愁絲，芳心空付流水。尋巢休誤重來燕，問憶否雕梁，舊紅曾繫。認酒痕、却在羅襟，得似年時清泪。　簫聲裏。紫陌斜陽，餘寒猶禁，闌曲花開未。便教此後東風準，怕寵柳嬌鶯，見人憔悴。忍思量、錦瑟年華，慣負鸞綃駕綺。"纏綿深密，則碧山之境也。珂嘗撰《歷代詞選集評》及《近代詞話》（見《清稗類鈔》。），皆甚允當。蓋珂與朱孝臧、況周頤諸人相往還，耳濡目染，具有典型也。（孫人和）

四八一　袌碧齋詞一卷

（排印本）

清陳鋭撰。鋭有《袌碧齋詩》，已著録。是編爲其所撰之詞，僅三十九首，慢詞居多。鋭初學詩詞於王闓運，嗣與王鵬運、朱孝臧、鄭文焯諸人相切磋。詞旨亦與舊異，力主柳耆卿、周美成、吳夢窗三家，故其集中所用諸調，亦多本諸《樂章集》、《清真集》、《夢窗四稿》三書。其所作亦曲折幼眇，蓋其本源甚深，而又得其正也。是編本在《全集》之中，茲分出之，以明當時王、朱、鄭、陳之詞，爲一派焉。（孫人和）

四八二　瘦葉詞一卷

（刊本）

清潘承謀撰。承謀字省安，吳縣人。是編凡九十一首，附《己巳消寒詞》十五首，《庚午消夏詞》十二首。其詞富麗而能精工，雕琢而不傷氣。又生遭國變，故多離黍之感，變徵之音。《消夏》一編，咏物爲夥，寄托遥深。〔垂楊〕《秋柳》云：“隋宮夢覺，見冷烟漏月，一鈎痕小。倦眼惺忪，倩魂消瘦離魂悄。長堤依舊郵亭道。送迎裏、玉河秋窈。綰征輪、千萬愁絲，算去多來少。

知是流光換了。便蟬宇曳聲，别枝凉裊。岸隔疏黄，酒懷撩亂清霜曉。南朝粉黛風雲埽。盡目斷、蒼冥縹緲。甚柔條、不繫春心，春易老。”運意深遠，用筆邃密，若置《夢窗四稿》中，幾不能辨識矣。（孫人和）

四八三　噲椒詞一卷

（光緒刊本）

清劉毓盤撰。毓盤字子庚，江山人。以舉人服官陝西，罷後，任北京大學教授。是編爲其所撰之詞，共七十九首。毓盤爲譚獻弟子，故其詞學有淵源也。嘗自謂“文不敢自信，詩亦是第二流作者，曲以吳癯庵爲高，至於詞，可以獨尊”，其自負如此。集中第一首〔菩薩蠻〕句云：“花約夕陽遲。一齊紅幾時。”頗爲當時所傳誦，毓盤亦自矜喜。至毓盤自謂“凡集中之詞，皆能被之管弦”，則一時狂放之言耳。集中多悼亡之作，故工於哀艷之語。又如〔金縷曲〕《題吳癯安茂才〈風洞山傳奇〉譜瞿忠宣事》，語多豪放，其神味亦在于湖、稼軒之間也。（孫人和）

四八四 秋雁詞一卷

（刊本）

清鄧鴻荃撰。鴻荃字雨人，號休庵，臨桂人。觀察蜀中。其詞頗疏朗，蓋原於蘇、辛也。鴻荃乃王鵬運妹倩，又與趙熙、朱孝臧相唱和，故詞學工力匪淺。惟精深曲達，不及王、朱，而感時愴亂則同，亦不必較量於文字間也。〔解連環〕云：“玉笙吹徹。甚時光又到，柳棉飛雪。看屋角、蛛網添絲，正檀板金尊，待酬佳節。綠樹陰中，驀聽得、一聲啼鳩。惹歡悰頓減，錦字織書，萬斛愁叠。　　風回暗驚笋折。便熏桃染李，亂紅霏血。不管他、夢醒春閨，盼貂錦人還，泪珠猶熱。小語喁喁，祇嬰武、前頭難說。勸流鶯、舊盟負了，再休弄舌。”此蓋有所怨刺，雖稍嫌膚露，而情思搖蕩，字句精麗，自爲集中上品也。（孫人和）

四八五 樵風樂府九卷

（雙照樓刊本）

清鄭文焯撰。文焯有《說文引群說故》，已著錄。其詞有《瘦碧》、《冷紅》、《比竹餘音》、《苕雅》諸集，晚年刪存合爲是編也。文焯明於聲律之學，嘗著《詞源斠律》，正舊本圖表之誤，注八十四調之音，至爲精審。於宋之詞人，不薄屯田，而於清真、夢窗之詞，研討最深。故其所撰，煉字選聲，飛沉起伏，處處允愜，語語搖蕩，清末詞人中一大家也。王闓運以詞章自負，獨尊文焯之詞，以爲不及，其爲當時推重如此。較之成容若，有過之，無不及也。（孫人和）

四八六 拙政園詩餘三卷

（小檀欒室彙刻閨秀詞集本）

清徐燦撰。燦字湘蘋，一字明深，吳縣人。明閨媛徐小淑姪孫女，而光祿丞徐子懋之女也。及長，歸內院大學士海寧陳之遴爲繼室。善屬文，工詩詞，尤精繪事。之遴職史館時，湘蘋常與之同登寓中山亭，望西山雲物，相唱和爲樂。又常購蘇州名園，名之曰"拙政園"，以爲燕息之所。吳梅村祭酒有《拙政園山茶歌》以咏之。及之遴謫居奉天，湘蘋從之。後七年，之遴卒於貶所，其子輩亦相繼夭折，湘蘋痛不欲生，自是布衣茹齋，不復以吟咏落人間，故晚年詩詞多散佚不傳。康熙十九年聖祖謁陵還駕，湘蘋瀝血上疏，并繪水墨觀音千幅乞恩，得俞旨扶櫬歸里，栖身禪悦，以終老焉。所著有《拙政園詩餘初集》行於世。是編前有順治庚寅其夫素庵居士序，知是集蓋順治七年庚寅，其夫之遴之所編次刊行，而南陵徐氏爲之重刊，編入《小檀欒室閨秀詞集》者。故其晚年之作，皆不與焉。其書都凡三卷，上卷存詞五十有五闋，中卷存詞二十有一闋，下卷存詞二十有三闋。按湘蘋之於詞，其所愛玩者，南唐則後主，宋則永叔、子瞻、少游、易安諸家。若大晟樂正輩，皆以爲靡靡不足取。故其所作，皆天然超妙，能得北宋風格，絶無纖佻之習，其小詞尤清新可誦。如〔卜算子〕"小雨著春愁，愁到眉邊住。道是愁心春帶來，春又來何處"，及〔少年游〕"霜遍灞陵橋。何物是前朝。夜來明月，依然相照，還認楚宮腰"等語，纏綿蘊藉，可謂娣視淑真，姒畜清照。至於中多凄惋之調者，則遭遇使然，蓋心懷感慨，托填詞以自遣，有不得不然也。陳維崧《婦人集》稱其才鋒遒麗，生平所作小詞絶佳，南宋以來，閨房之秀，一人而已。《林下詞選》謂其冠冕處即李易安亦當避席，不獨爲當代第一。雖不免虛美之辭，亦庶幾近之焉。（撰者未詳）

詞譜詞韵

一　詞鏡不分卷

（巾箱本）

清賴以邠、查繼超同撰。以邠字損庵，仁和人。繼超字隨庵，海寧人。是編爲填詞之譜，蓋出於南湖《詩餘圖譜》及以邠之《填詞圖譜》。以字數之多寡，定小令、中調、長調而分列之。小令自〔十六字令〕迄〔接賢賓〕，凡八十八調；中調自〔賀聖朝〕迄〔魚游春水〕，凡六十四調；長調自〔東風齊著力〕迄〔寶鼎現〕，凡三十二調。所録不盡唐宋名作，元羅壺秋，明楊慎、夏言，清顧貞觀（所引貞觀〔踏莎美人〕一首，下半闋與今本《彈指詞》全異。）亦多參入。詞旁以朱白圈分平仄，其可平可仄之字，則爲半圈。句讀韵叶，附識句尾。全調凡若干句若干韵，又繫詞末。蓋意主簡易，便於填製，格律平整，不求完備也。然張、賴《圖譜》，罅漏百出，觸目瑕瓅。明清之詞，尤不可爲規律，其謬妄自不待言。而〔十六字令〕（眠月影）一首以爲周晴川作，〔如夢令〕（門外綠陰）一首以爲曹元寵作，〔碧桃春〕（南園春早）一首以爲歐陽修作，并沿舊本之失，未加訂正。前附詞論，摭拾張玉田、楊升庵、徐天池、陳眉公、張世文、俞仲茅、劉公勇、賀黄公、彭駿孫、鄒程村、沈去矜、張砥中、李笠翁、毛稚黄、查香山諸家詞話，又多爲論者所習見也。是編初刊於乾隆癸卯，朱墨套印巾箱本，分爲四卷。此爲光緒壬午重刊巾箱本，雖仍套印，不分卷矣。（孫人和）

二　記紅集三卷附詞韵簡一卷

（康熙丙寅刊本）

清吳綺選。綺有《嶺南風物記》，清修四庫書已著録。此書署與岑山程洪丹問同選定，故前有吳、程二序，各述選詞之情狀。其實訂譜爲重，而選詞爲輕。句韵、叶對、換韵、叠字，悉爲標注。其換韵後再叶前韵者，則注叶前韵。可平可仄，則左志以｜，讀則下志以●。其詞之清新婉麗者，則旁加圈點。一詞數體者，注於詞牌之下。名曰“記紅”者，取昔人紅豆記歌之意也。單調小令四十七體，雙調小令一百六十六體，中調一百十四體，長調一百三十六體。所收多唐宋之作，間亦及於仙鬼。小令喜用新名，而注原名，此所謂倒植者也。凡例云：“兹集俱取調之醇雅、音之鏗鏘，其拗體概置不録。"夫詞之宮譜既亡,何謂拗體?何謂非拗體?若以平仄論拗體,則調中拗句多者,正聲音流美之處。即此一端,足以覘其詞學之淺矣。末附《詞韵簡》一卷,與其《選聲集》所載相同,實即沈去矜之《詞韵略》也。(孫人和)

三　三百詞譜不分卷附詞韵一卷

(康熙刊本)

清鄭元慶撰。元慶字子餘,一字芷畦,歸安人。貢生。是編以譜爲主,而自謂隱寓選詞之法。以字數之多寡,序列小令、中調、長調。凡詞三百首,合附見者,都七百四十八調。調名之下,臚舉異名,其同名異體,或字句不同者,則作某調第二體、第三體等類。其相似之調,或字句小有異同者,則附注於本詞之末,不別出矣。以圈點爲韵句,用角圈爲可平可仄,其換韵叠韵處,旁注換韵叠韵而已。訂譜選詞,勢難相兼,混而一之,徒自紛擾。況尋譜填詞,已屬不易,而按其記注,前後探索,不亦累贅之甚耶!觀其所選,若楊慎之〔搗練子〕、王世貞之〔望江南〕、劉基之〔驀山溪〕、楊基之〔望湘人〕等,以爲圭臬,是不獨不知譜,且不知詞矣。其選三百首者,自謂仿孔子刪詩之法,愚妄至此,殊可憫笑。又謂詞以諧聲爲主,其有腔調不順,句讀無味者,概不入選。不知詞中拗句,皆聲調之流美者也。此尚不瞭,而言訂譜選詞,豈能當乎?後附《詞韵》一卷,亦本於沈去矜、李漁之作,無精詣也。(孫人和)

四　校刊詞律二十卷

(光緒二年刻本)

蘇完恩錫編。恩錫字竹樵,滿洲旗人。累仕至江蘇布政司使、巡撫。事迹具詳《八旗文經》。此則竹樵所編者。先是康熙二十六年,陽羨萬樹有《詞律》一書,録詞調六百六十,爲體千一百八十有奇,其篇則取之唐宋,兼及金元。自謂病《嘯餘》、《圖譜》

而作。蓋自明世以來，詞學失傳，舉世奉《嘯餘》、《圖譜》爲準繩，但取其便乎吻而不知其戾乎古。萬樹是編掃除流俗，力追古初，一字一句，皆取宋元名作排比而求其律，律嚴而詞之道始尊。時《欽定詞譜》未出，故學者多奉以爲圭臬。然萬樹作《詞律》時，幕游山西，行篋所藏，載籍無多，故考訂之疏，猶或不免。逮嘉慶、道光間，高郵王寬甫（敬之）、吳縣戈順卿（載）均擬增訂之而未果。咸豐辛酉間，秀水杜筱舫（文瀾）官海陵，得見王寬甫《詞律》舊（本）、戈順卿《七家詞選》及江都秦氏玉笙抄本，均有校正《詞律》之處，因作《詞律校勘記》。凡萬氏原文有誤叶者，有失分段落者，有脫漏至二十餘字者，有并作者姓名而誤者，一一爲之釐訂，洵乎萬氏之功臣。嗣同治癸酉間，德清徐立誠本又有《詞律拾遺》之刻，書凡八卷，前六卷補《詞律》之未備，以未收之詞爲補調，已收而未盡厥體者爲補體，後二卷則訂正原書爲補注。補注所采，要以取《校勘記》者爲多，然間有采自他書，別出新意者，亦足以補《校勘記》之闕。降及竹樵，始廣爲校訂，取杜氏、徐氏之作，散附各闕之後，注明何家，以示出處。更糾正萬氏之失，如刪除俳體，釐定舛調，立分韻目錄，標編詞人姓氏錄等，均足輔《詞律》而行，蓋至是《詞律》始得稱爲善本焉。所惜者，詞調、詞體，猶未云備。按《欽定詞譜》所收，計列八百二十有六調，二千三百有六體。今詞調所録，僅六百六十調，一千一百八十體。雖《拾遺》補一百六十有五調，四百九十有五體，又續收五十餘詞，列爲《補遺》。然方之《欽定詞譜》，調則云廣，體猶闕焉。學者倘取斯二書合觀之，於詞律一道，或思過半矣。附錄傳記參考材料：《八旗文經》。（劉啟瑞）

五　白香詞譜一卷

（咸豐七年刊本）

清舒夢蘭撰。夢蘭有《湘舟漫録》，已著録。是編選録唐至清詞百首，注其句讀、平仄、韵叶以爲譜。白香其字也。譜中凡平仄不可移易者，平皆用〇，仄皆用●，可平而本詞仄者用◓，可仄而本詞平者用◒，詞中句則用＼，讀則於字中用↓，押韵處則用━以別之，此大例也。其僅選百首者，蓋夢蘭之意，使讀者既可藉之以填詞，又可以爲讀本也。故此書出後，初爲詞者，頗利其輕便，人手一編焉。其實此書最爲淺陋，若以譜言之，則不當采録明清之詞，明清宫譜亡失，其詞豈可爲軌律乎？若以詞之美惡言之，則唐宋金元詞，雖千首可選，況百首乎？言譜則當推其首創，言詞則當選録名篇，首創者未必皆佳，名篇亦未必合律，二者不可得兼也。李白〔菩薩蠻〕末句云：“長亭更短亭。”“更”讀平聲，非仄聲，而夢蘭旁注以◓，似讀“更”爲仄聲。不知唐五代〔菩薩蠻〕前後段末三字用“平仄平”者居多，宋詞往往用“仄仄平”，且此詞前段末“樓上愁”，亦用“平仄平”也。此尚不曉，他可知矣。（孫人和）

詞　話

一　苕溪漁隱詞話二卷

（詞話叢編本）

宋胡仔撰。仔字元任，績溪人。以蔭授迪功郎、兩浙轉運使、幹辦公事，官至奉議郎，知常州晉陵縣，嗣卜居湖州。自號苕溪漁隱，撰《叢話》前後集，前目已著録矣。《叢話》前集卷五十九、後集卷三十九，并論長短句。是編即摘此二卷以刊者。書中屢稱先君云云，謂其父舜陟也。家學淵源，於焉可見。其駁楊湜《古今詞話》諸節，郅爲精確。論作詞法云：“凡作詩詞，要當如常山之蛇，救首救尾，不可偏也。”又云：“詞句欲全篇皆好，極爲難得。”并爲不苟之言。然其間亦有可議者，其引《雪浪齋日記》云：“荆公問山谷曾看李後主詞否。云：曾看。荆公云：何處最好？山谷以‘一江春水向東流’爲對。荆公云：未若‘細雨夢回鷄塞遠，小樓吹徹玉笙寒'。又'細雨濕流光'最好。"按"細雨夢回"二句，乃中主詞。"細雨濕流光"，乃馮延巳詞，并非後主詞也。仔但轉録其文，未加深考，失之粗疏。即論李後主〔破陣子〕一節，亦襲《志林》之誤。然統觀全部，所引群書，今多佚失，轉録舊説，亦有創聞，不能謂無裨於詞學也。（孫人和）

二　魏慶之詞話一卷

（詞話叢編本）

　　宋魏慶之撰。慶之字醇甫，號菊莊，建安人。嘗撰《詩人玉屑》二十卷，前目已著録矣。是編即摘其末卷論詞以刊者，僅十五節，以人爲綱，但轉取他書，不加裁制。其引《漫叟》者，《漫叟詩話》也；引《漁隱》者，《苕溪漁隱叢話》也；別引《詞話》二節，豈楊湜之書歟？宋人論詞之書，體例概有四種：專書論記，如楊湜、楊繪之書一也；雜録於筆記詩話之中，如《貢父詩話》、《能改齋漫録》之類二也；選本附加評語，如《花庵詞選》三也；附録詩話之後，可分可合，如本書及《苕溪漁隱叢話》四也。是編所論，聊備一格，故不足重視。然宋人論詞之書，所存不多。此十餘節中，雖間與他書重復，亦可爲參考之資也。（孫人和）

三　樂府指迷上下二卷

（寶顔堂秘笈本）

　　卷上署宋張玉田述，卷下署元陸輔之纂。玉田，臨安人，名炎，字叔夏，玉田其號，又號樂笑翁。宋亡潛迹不仕，縱游浙東西，落拓以終。工長短句，以《春水》詞得名，人因號曰"張春水"。有《山中白雲詞》，四庫已著録。輔之名友，亦曰友仁，輔之其字也，吳郡人。有《吳中舊事》、《研北雜志》等書。考四庫著録，有沈氏《樂府指迷》一卷，爲宋沈義父撰。若張氏、陸氏之《樂府指迷》，四庫皆未著録。按張氏之《樂府指迷》，各叢書收入者甚多。與陸氏之作，原爲二書，好事者合諸一處，分爲上下二卷。以無序跋，未審爲某氏作俑。其目卷上曰詞源、製曲、句法、字面、虛字、清空、意趣、用事、咏物、節序、賦情、離情、令曲、雜論、五要；卷下曰詞説、屬對、警句、詞眼、單字集虛、雙字、三字、人名，惟雙字、三字、人名，皆有目而缺文耳。按陸氏著有《詞旨》一卷，與此實爲一書，不謂好事者竟改名爲《樂府指迷》，殿於張氏書後，亦滑稽之尤者矣。（班書閣）

四　吳禮部詞話一卷

（詞話叢編本）

元吳師道撰。師道有《戰國策校注》，前目已著録。師道別有《吳禮部詩話》，是編即從《詩話》抄出者。條目不多，皆可參考。其論歐陽修《醉翁琴趣外篇》，最爲確鑿。今行《醉翁琴趣外篇》，以師道之説證之，尚闕僞東坡序一篇，非完帙也。其辨辛稼軒詞，論東坡、南澗、于湖之作，亦皆精當。證〔木蘭花慢〕詞律，頗爲細密，不特參校字句已也。（孫人和）

五　詞旨暢二卷

（光緒三十年刊本）

清胡元儀撰。元儀有《毛詩譜》，已著録。此暢發陸輔之《詞旨》之微意，故曰《詞旨暢》也。因篇幅增多，故析爲上下二卷。輔之受學於樂笑翁，元儀以《詞源》申證陸説，最爲有法。原列屬對、警句、詞眼，其詞存者，則録全詞，無者則注詞佚，或云詞未見。其今本與所列有異者，亦注其下。復刊譌補脱，尚爲允愜，頗與讀者以利便也。（孫人和）

六　詞品六卷拾遺二卷

（函海本）

明楊慎撰。慎，尚書廷和子，字用修，號升庵，新都人。年二十四，登正德間廷試第一，授修撰。世宗時充經筵講官。慎博學多文，敏而好學，洵絶世逸才。立朝尤正直不阿，後因大禮事力諫，廷杖削籍，遣戍雲南永昌衛。投荒多暇，更肆力著述，有《升庵集》數十種。此書共八卷，末二卷爲《拾遺》上下篇。全書皆詞話體，雖不逮朱氏《詞綜》、徐氏《詞苑叢談》蒐羅之富，而新穎可喜，亦足見慎之才華及取捨矣。每詞之前，均列作者略歷及本事，其所輯録，頗多新聲。每卷四五十則，凡三百餘條，亦巨製也。全書以首卷皆論填詞作曲之法，最爲重要。按詞者詩之餘，宋元詩人無不工詞者，明初猶然。李獻吉譚詩，倡爲新論，謂唐以後書可勿讀，唐以後事可勿用。學者群焉信之。於是束宋元詩弗觀，而詞亦在所不道。焦氏編《經籍志》，二氏百家，采輯靡遺，獨置樂府不録，宜工者之寥寥也。升庵以曠代清才，繪古雕今。以風人之筆，寫才子之思。倚聲按拍，足與宋元人争勝。而傳本絶少，豈當時風氣使然歟？此書首論詞品，次引各家之說，均注出處，辨晰源流，搜羅散佚。凡曲名所由始，流品所自分，罔不瞭然大備，一洗《花庵》、《草堂》之勦習，此非工於詞者而能之乎？故是書不僅可作詞品觀，又可作詞史讀也。（謝興堯）

七　詞評一卷

（小石山房叢書本）

明王世貞撰。世貞有《嘉靖以來首輔傳》，前目已著録。是編評詞，蓋從其《藝苑巵言》輯出者，共二十九節。所論殊不切實。其言“《花間》猶傷促碎，至南唐李王父子而妙矣”云云，不知促碎正《花間》之本色，不可以此非之。中主和雅，開宋初之令曲，後主誠爲博大，然開拓詞界，自在《花間》範圍之外，各有境勢，不可强同。世貞所云，不獨不知《花間》，并不知李氏父子之詞矣。謂唐人詞有集曰《蘭畹》，不知《蘭畹》乃宋人所撰，非唐人，乃總集，非別集也。《碧鷄漫志》卷二：“《蘭畹曲會》，孔寧極先生之子方平所集。序引稱無爲、莫知非，其自作者。稱魯逸仲，皆方平隱名，如子虛、烏有、亡是之類。”世貞未深考耳。謂溫庭筠“雁柱十三弦，一一春鶯語”云云，此二語，《六一詞》、《張子野詞》，并有之，不能斷爲飛卿作也。故是編可取者少，惟評論其本朝詞云：“劉誠意伯溫，穠纖有致，去宋尚隔一塵；楊狀元用修，好入六朝麗事，似近而遠；夏文愍公謹，最好雄爽，比之辛稼軒，覺少精思。”則較爲允當耳。（孫人和）

八　爰園詞話一卷

（詞話叢編本）

明俞彥撰。彥字仲茅，金陵人。萬曆進士，授兵部主事，歷光祿少卿。是編爲論詞之作，僅十五節。謂“唐詩三變愈下，宋詞殊不然。歐、秦、蘇、黃，足當高、岑、王、李。南渡以後，矯矯陡健，即不得稱中宋、晚宋”云云。宋初令曲，承襲唐餘，強弩之末，無可諱言。至於慢詞，柳、賀、周、秦諸家，牢籠百代。南宋詞人雖多，不能出其範圍。今以南宋高於北宋，是本末倒植之言也。尊子瞻而薄耆卿，不知東坡豪放，實爲詞中別派。耆卿雖間有俗艷之作，確是慢詞正宗。袁絢之言，似諧而實近理，不可非也。溫飛卿詞“衰桃一樹近前池，似惜容顏鏡中老”，彥欲改“近”爲“俯”或“映”，不知“近”老辣，而“俯”、“映”淺嫩也。（孫人和）

九　填詞雜説一卷

（詞話叢編本）

明沈謙撰。謙有《東江集鈔》，前目存之。是編爲論詞之作，即自《東江集鈔》録出者。雖僅三十一節，而頗有精詣。其言曰：“詞不在大小淺深，貴於移情。”“白描不可近俗，修飾不得太文。”“僻詞作者少，宜渾脱，乃近自然。常調作者多，宜生新，斯能振動。”“詞要不亢不卑，不觸不悖，蓦然而來，悠然而逝。立意貴新，設色貴雅，構局貴變，言情貴含蓄，如驕馬弄銜而欲行，粲女窺簾而未出。”“學周、柳，不得見其用情處。學蘇、辛，不得見其用氣處。當以離處爲合。”皆填詞者所當知也。評判宋賢，公允精實，論清真詞，頗有獨到之處。謂“秦淮海‘天外一鈎殘月照三星’，祇作曉景佳。若指爲心兒謎語，不與‘女邊著子，門裏挑心’，同墮惡道乎”，不爲宋人傳說所惑，尤見其有識也。（孫人和）

一〇　七頌堂詞繹一卷

（賜硯堂叢書本）

清劉體仁撰。體仁有《七頌堂集》，清修四庫書，已收入存目。此書不足三十節。其第四節云“詞亦有初盛中晚，不以代也。牛嶠、和凝、張泌、歐陽炯、韓偓、鹿虔扆輩，不離唐絕句，如唐之初，未脱隋調也，然皆小令耳。至宋則極盛，周、張、柳、康，蔚然大家。至姜白石、史邦卿，則如唐之中。而明初比唐晚”云云。明詞本不足與唐宋并論，然唐五代不及温、韋、馮、李，是未能深知唐五代詞也。以康與周、柳并稱，與賀裳《詞筌》同一謬誤。以張詞優於姜、史，亦未免抑揚失實，是又不能深知宋詞也。其二十二節云“咏物至詞，更難於詩。即‘昭君不慣風沙遠（風當作胡。），但時憶江南江北’，亦費解”云云。白石〔疏影〕以美人爲喻，此以昭君喻梅花，而寄其感慨。王仲初《塞上梅》詩云：“昭君已歿漢使回。”即白石之所本。胡澹庵咏梅亦有“春風自識明妃面”之句，亦何嘗費解乎？體仁學問不深，於此可見。然如謂“‘瀟瀟雨歇’，《易水》之歌也”，“‘瓊樓玉宇’，《天問》之遺也”，“‘三十六陂秋色’，灞岸之興也”等類，似亦可供人研究者也。（孫人和）

一一　花草蒙拾一卷

（賜硯堂叢書本）

清王士禛撰。士禛有《精華錄》，清修四庫書，已收入存目。“花草”者，謂《花間》、《草堂》也。“蒙拾”者，以爲未及廣爲揚榷，且自愧童蒙，謙辭也。此乃士禎讀《花間》、《草堂》時，隨筆寫記者，間亦及於友朋之作。論詞五十餘節，以溫、韋詞爲正體，其説良是。論《花間》之妙曰：“靡金結綉而無痕迹。”説亦明確。論《草堂》之妙曰：“采采流水，蓬蓬遠春。”則故作玄虚，不可解矣。其餘所言，皆平平無奇，至以《詞統》所選，有廓清之功，祇見其識不高耳。屯田葬處，自以《方輿勝覽》及《獨醒雜志》所載爲是，士禎謂“葬於真州城西仙人掌”，殊不可信。此書初由鄒祇謨慫恿愚刻行者，見於士禎自述。而書中亦多贊揚祇謨之詞，則近於標榜矣。（孫人和）

一二　遠志齋詞衷一卷

（賜硯堂叢書本）

清鄒祇謨撰。祇謨字訏士，號程村，順治進士。此書雜論詞之體格及古今詞家之得失，後附《詞韵衷》數節，多録楊用修、胡元瑞、沈天羽、俞少卿、王阮亭諸家之言，并無發明之處。其考體格，謂“劉龍洲之〔四犯剪梅花〕，想即如南北曲之有二犯、三犯，或後人所增如劉輝之嫁名歐陽”云云，不知北宋即有犯調，何待於龍洲？周邦彦《清真集》有〔側犯〕、〔花犯〕、〔倒犯〕、〔玲瓏四犯〕，其不言犯者，如〔瑞龍吟〕、〔蘭陵王〕之類，亦犯調也。姜夔〔淒凉犯〕序及張炎《詞源》，言之甚詳，安得如祇謨之所説乎？其論詞謂“小調不學《花間》，則當學歐、晏、秦、黄”云云，此猶學唐詩者，先從宋詩入手，其理正同。祇謨之説，誠無可非議也。又謂“《清真》、《樂章》，如唐初四杰作七古，嫌其不能盡變。至姜、史、高、吳，無一不備”。不知《清真》、《樂章》，變化無端，而謂不能盡變，已屬可怪。史、吳諸人之詞，源出清真，且南宋詞之高者，幾不能出周之藩籬。今反謂姜、史、高、吳優於清真，是不特不知清真，并不知姜、史、高、吳矣。《詞韵衷》亦雜亂無章，其旨概同沈去矜也。（孫人和）

一三　金粟詞話一卷

（賜硯堂叢書本）

　　清彭孫遹撰。孫遹所著《詞統源流》及《詞藻》，皆輯録前人或友朋論詞之作。此全以己見裁斷者，章節不多，頗爲平允。謂"詞以自然爲宗，但自然不從追琢中來，便率易無味"，又謂"詞雖小道，然非多讀書則不能工"，并不得以爲常言而少之也。屯田大而清真深，孫遹雖未能知，然其尊重柳、周之詞，頗有見地。惟"詞家每以秦七、黄九并稱"一節，《詞藻》引爲徐電發之言，此處復出，未著爲徐氏之説，蓋偶未檢點也。（孫人和）

一四　詞藻四卷

（學海類編本）

　　清彭孫遹撰。孫遹有《羨門集》，已著録。此乃輯録書中論詞之作，以及當時友朋之言。其自述曰"余於詞學，頗有領會。因爲搜討名人緒論，以己見參之，所謂'蛾眉不同貌而俱動於魄，芳草寧共氣而皆悦於魂'"云云。其實領會詞學，固屬大言不慚，參以己見，尤爲可笑。全書雜亂無章，引書多不言出處，補述之語，全無精彩。檢閲既屬不易，援用又迷其本源。書中既引賀黄公、王阮亭之言，而卷三"長詞推秦、柳、周、康爲協律"一節，全襲《皺水軒詞筌》；"程村咏物詞"一節，全襲《花草蒙拾》，又皆不言其所自，似若出於己手。與其所撰《詞統源流》，同一謬失，全不知著書之體例也。（孫人和）

一五　詞統源流一卷

（學海類編本）

　　清彭孫遹撰。孫遹有《羨門集》，已著録。此乃輯録詞之源流及其本事。所輯既不完備，又無條理。其於出處，或著或否。中間引用《詞衷》一節，《詞衷》爲鄒祗謨所撰，書中尚有抄襲《詞

衷》而不著其名者。疑孫遹讀書時，隨手寫記，友朋論詞，亦擇尤抄録，展轉流傳，遂成此全無倫脊之書矣。（孫人和）

一六　皺水軒詞筌一卷

（賴古堂十種本）

清賀裳撰。裳字黄公，號白鳳詞人，丹陽人。是編多考論唐宋之詞，及詞之所尚，并無精闢之言。以稼軒爲粗豪，謂豪則是也，謂粗則非也。又云：“長調推秦、柳、周、康爲協律，此數家正是王石厨中物。若求王武子琉璃匕内豚味，必當求之陸放翁、史邦卿、方千里、洪叔璵諸家。”考秦、柳、周，皆爲開派之人，後代詞家，幾不能出其範圍。以三家與康并列，已自不倫。放翁與梅溪同舉，尤爲可怪。又後主〔搗練子〕二首，楊升庵謂見一舊本，俱係〔鷓鴣天〕，二調之前，各有半闋。裳謂爲古詞別本，增前四語，覺神彩加倍。不知唐五代罕塡〔鷓鴣天〕者，宋初始有，僅有一體，二詞後段，平仄全異。且“可憐九月初三夜，露似珍珠月似弓”二語，乃白居易《暮江吟》後二句，豈有全襲之理？蓋爲升庵僞撰，亦明人之慣技。裳不能辨正，復贊揚之，亦無識之甚矣。（孫人和）

一七　詞家辨證一卷

（學海類編本）

清李良年撰。良年有《秋錦山房集》，清修四庫書已收入存目。兩宋以來之筆記詩話中，論詞甚多，良年因輯録之。前無序目，内無標題，采輯既不完備，體例亦蕪雜不倫。又如第九葉《醉翁琴趣外篇》一節，見於《吳禮部詩話》；第十葉李白〔菩薩蠻〕、〔憶秦娥〕一節，見於《少室山房筆叢·莊岳委談》；第十二葉周美成〔應天長〕、〔過秦樓〕一節，第十三葉秦少游〔滿庭芳〕一節，并見於毛本坿注；第十八葉李白《仙女下（本書誤挩此字。）》一節，見於《苕溪漁隱叢話》。而良年皆不言其書名，似若

出自己手者，可謂草率之甚矣。（孫人和）

一八　詞壇紀事三卷

（學海類編本）

清李良年撰。良年有《秋錦山房集》，清修四庫全書已收入存目。此編乃采輯自唐迄明詞之有本事者。良年別撰《詞家辨證》一卷。蓋彼爲辨證詞之眞僞善惡，及詞調之源流，字句之脫誤。此則專輯本事詞也。前無序目，内無標題，與《辨證》同。惟《辨證》各節之出處，或著或否，此則多不著明，徒使讀者迷其本源。而東坡〔定風波〕一節，忽明著《東皋雜録》；無名氏〔玉瓏璁〕一節，又載明《能改齋漫録》。餘皆不言其所自。各節之後，往往低格補述，則明言所出之書。而李後主〔浪淘沙〕下，補録〔破陣子〕一節，明見《東坡志林》，但書“東坡”云云。體例殽雜，一至於此。又謂張安國〔六州歌頭〕爲三換頭，不知于湖所撰，亦爲雙叠，并非三換頭也。（孫人和）

一九　南州草堂詞話三卷

（學海類編本）

清徐釚撰。釚有《南州草堂文集》，已著録。此多就耳聞目見，紀載清初文人之本事詞也。如吳梅村、龔芝麓、冒巢民、朱竹垞、葉天寥、柳敬亭、吳漢槎、曹顧庵、汪鈍翁、王阮亭、宋荔裳、陳迦陵、納蘭容若、顧梁汾以及閨秀之逸事，多所入録。其間有傳詞集者，有不傳詞集者。詞雖因事而著，未必皆精深華妙。然可以考見清初詞壇之盛，及詞人之風流雅韵也。又《學海類編》所刊此書，分上中下三卷，《昭代叢書》本不分卷也。（孫人和）

二〇　詞綜偶評一卷

（詞話叢編本）

清許昂霄撰。昂霄有《晴雪雅詞》，已著録。是編乃昂霄評閱

《詞綜》，而爲門人張載華所輯出者。其實各首評注，亦見《晴雪雅詞》，不過此編僅列調題，《雅詞》則録全詞。又《雅詞》流行不廣，此則易見耳。自來注詩者多，注詞者少。昂霄評語，雖無獨到之處，而喜分段落，令人易於啓發。又時注典故，亦大有裨益於初學也。（孫人和）

二一　窺詞管見一卷

（詞話叢編本）

清李漁撰。漁字笠翁，精曲譜，時稱李十郎，錢塘人。康熙時，流寓金陵。此爲其論詞之作，僅二十二則。其第八、第九、第十一、第十三至第十七諸節，皆精實不磨。論韵律之處，似通於詞曲二者。然自詞譜亡佚，但以守定唐宋所作榘矱，以平仄韵叶句讀爲主，似不必故作神奇也。第四則謂唐人〔菩薩蠻〕（牡丹滴露真珠顆）一闋，乃戲場花面之態，非繡閣麗人之容。李後主〔一斛珠〕結句“繡床斜凭嬌無那。爛嚼紅絨，笑向檀郎唾”，乃娼婦倚門腔，梨園獻醜態也。須知唐餘艷語，敢於直言，其力重大，不得妄譏其輕薄也。第七則論“紅杏枝頭春意鬧”之“鬧”字費解，言之甚辨。謂宋詞雕琢不及唐五代之大則可，若謂“鬧”字無意境，則未免唐突古人矣。（孫人和）

二二　西圃詞説一卷

（山左人詞本）

清田同之撰。同之有《晚香詞》，已著録。此爲其論詞之作。同之自序，言似謙遜，意頗自矜。其實此書最爲淺薄，且抄録者多，己意甚少。所引者，有李易安、張玉田、王元美、朱竹垞、沈東江、柴虎臣、王阮亭、鄒程村、彭羨門、宋尚木、董文友、宗梅岑諸家，亦有用舊説而不著其名者。如“男中李後主”一節，沈東江之言也；“或問詩詞曲分界”一節，王阮亭之説也；“柳七亦自有唐人妙境”一節，彭羨門之語也；“小調不學《花間》”一節，鄒程村之旨也；“古人名詞中”一節，萬紅友之論也。并據爲已有，不知何意。其謂白石樂府，今已無傳，可知其所見之不廣矣。（孫人和）

二三　雨村詞話四卷

（函海本）

清李調元撰。調元有《賦話》，已著録。是編前三卷概論唐宋之詞，末卷論金元明清之詞。其言“葱茜”亦可作“蒸茜”，不知“葱”、“蒸”本即一字，“葱茜”或又作“葱蒨”，則非調元所知矣。〔桂殿秋〕乃僞撰，即〔菩薩蠻〕〔憶秦娥〕二首，亦非李白詞也。“攔就”二字，又見於《淮海居士長短句》，非僅黃、趙之詞而已。“四影”一節，亦屬非是。“三影”之説，自宋以來，各不同也。惟調元此書，考訂者多，評論者少，雖未能精覈，然如“閔子裏”、“脒朕”諸節，亦可參用。且前人詞話，或演爲小説，或標榜成風，轉不若考訂爲有益。其論詞之處，亦間有可取焉。（孫人和）

二四　銅鼓書堂詞話一卷

（屏廬叢刻本）

清查禮撰。禮有《畫梅題記》，已著録。此書僅十餘節，多考論南宋之詞，間亦及於本朝，蓋禮宗姜、張、周、王之詞者，故頗留意於南宋詞人也。考西泠之盛，與當時詞人所言正合。又詳述樓叔茂、孫花翁、施梅川、蕭則陽諸人之詞及事迹，并足以資考證。其論文丞相〔沁園春〕詞云：“雖辭藻未免粗豪，然忠臣孝子之作，祇可以氣概論，未可以字句求。”亦明確之論也。（孫人和）

二五　香研居詞麈五卷

（清光緒間刊本）

清方成培撰。成培字仰松，歙人。世居歙西之橫山，爲人風

雅，多學藝，能治印，宗程邃一派，成《後岩印譜》一種。嫻倚
聲，有《聽奕軒詞稿》。而尤精音律，與程易疇先生瑤田，同其師
承。是書易疇先生序末，作“乾隆四十二年，歲在丁酉暮春之初，
同學弟程瑤田撰”云云。書都五卷，計卷一收原詞之始本於樂之
散聲，論詞曲工調之理，十二均八十四調之圖，論今之南北曲本
於宋之燕樂，六十調起調畢曲之圖，二十八調住字之圖，論起調
畢曲與十二宮住字不同，論姜堯章詞起調畢曲住字之不同，論半
聲變律，論四清聲，論樂無徵角兩調之故，論徵調等十二目；卷二
論變宮，論隔指聲，論側商調，論樂不可以一律配一字，論近世彈
琴不以管色定弦之繆等二十三目；卷三西涼樂，論中聲，花拍，李
易安論詞，記夢等二十三目；卷四論南北曲之分，論南曲不用乙
凡二字，論古笛今笛，今世俗樂字譜等十七目；卷五宮調發揮，度
曲正譌，總論等三節。持論多有精義，宋張叔夏《詞源》外，論
詞之書，無與比倫。雖萬紅友樹《詞律》，號精律呂，未必果能透
澈至此。如其“原詞之始本於樂之散聲”一節，謂“唐人所歌，
多五七言絕句，必雜以散聲，然後可比之管弦。如陽關詩，必至三
疊而後成音，此自然之理。後來遂譜其散聲，以字句實之，而長短
句興焉”云云。即至明闓，蓋此正與魏良輔“轉喉壓字，能作新
聲”互爲因果。求唱詞宛轉，不得不用散聲，工尺未興以前，記
散聲惟有填以實字。成培此說，真入情入理，至當不移語也。即此
可例其餘，無怪程易疇心折之矣。（羅繼祖）

二六　雙硯齋詞話一卷

（詞話叢編本）

清鄧廷楨撰。廷楨有《說文雙聲叠韵譜》，已著録。是編乃從
《雙硯齋筆記》中録出者。論詞不多，而頗爲允愜。論柳耆卿詞
曰：“昔東坡讀孟郊作詩云：‘寒燈照昏花，佳處時一遭。孤芳擢
荒歲，苦語餘詩騷。’吾於屯田詞亦云。”其評不偏不倚。論稼軒
詞有兩派，或一意迅馳，專用驕兵；或則獨繭初抽，柔毛欲腐，平

欺秦、柳，下轢張、王。亦爲精湛之論也。其餘論東坡、碧山，亦頗適宜。雖尊白石太過，要爲知詞者也。（孫人和）

二七　介存齋論詞雜著一卷

（詞話叢編本）

清周濟撰。濟有《晉略》，已著錄。濟舊次《詞辨》十卷，一卷起飛卿爲正，二卷起南唐後主爲變。名篇之稍有疵累者，爲三、四卷。平妥清通，纔及格調者，爲五、六卷。大體紕繆精彩間出者爲七、八卷。本事詞話爲九卷。庸選惡札，貽誤後生，大聲疾呼，以昭炯戒，爲十卷。十卷寫稿，誤遺水中。又無副本，嗣憶錄正變二卷，尚有遺落，即通行之《詞辨》。是編即取《詞辨》，而附以《宋四家詞選目錄序論》也。自二張《詞選》出，詞風丕變。張甥董士錫，造微踵美。濟切磋於士錫，而其論益精。其言曰："初學詞求有寄托，有寄托則表裏相宣，斐然成章。既成格調，求無寄托，無寄托則指事類情，仁者見仁，知者見知。"又曰："詞非寄托不入，專寄托不出。"皆精妙之言也。其餘評溫、韋，評秦、柳，評蘇、辛，評姜、張、吳、王，并有獨得之處，而非拾人牙慧者也。（孫人和）

二八　本事詞二卷

（道光壬辰刊本）

清葉申薌輯。申薌有《閩詞鈔》，已著錄。是編乃輯錄詞之有本事者。上卷唐五代北宋，下卷南宋遼金元。前無目次，内無標題。徵引既未完全，又不注明出處。考詞之有本事者，可據僅十之一二，不可信者十之八九。蓋宋元之人，喜將文士之詞，演同小說。此讀詞者所當知也。然輯錄成編，以廣異聞，未爲不可，亦當著錄原書。今觀申薌自序，謂"是篇因采撫而成，似應列原書之目。然其文或剪裁以出，又難仍舊帙之題。況敷藻偶繁，自必刪而就簡，亦傳聞互異，尤宜酌以從同"云云。不知注書與輯錄不同。

注書者，當按其原文，略剪裁其注語。輯録者，當窺其原狀，一字不可增損。至於傳聞互異，正可觀其參差，安得强以從同？此可知其妄矣。況所輯屯田、東坡、淮海、清真諸家詞之傳説，不完備乎！（孫人和）

二九　蓮子居詞話四卷

（道光壬辰汪氏振綺堂刊本）

清吳衡照撰。衡照字夏治，號子律，海寧人。嘉慶進士，官金華教授。是編爲論詞之作，或評詞家之得失，或詳版本之源流，或考詞人之事實，或論詞律之精粗，或論詞中之方言，或摘詞中之美句。體例叢雜，不滯一端。雖無精深之處，然大體允當。惟既以太白之詞爲可疑，又謂太白之詞如漢魏之詩，是矛盾之説也。萬氏《詞律》，不取明清之詞。蓋詞譜亡佚，明清詞人師心自用，不足以爲軌範。此正萬氏精審之處，而衡照反譏之，是未知詞律之源流也。衡照又謂“蘇之大，張之秀，柳之艷，秦之韵，周之圓融，南宋諸老，何以尚兹”云云。尊柳是其特識，而以“艷”字稱之，尚未能謂爲真知柳也。蘇大、張秀、秦韵及周之圓融，亦皆不確。蓋是書立論不偏，搜材尚博，是其所長。而識力有限，議論時乖，是其所短。然終勝於王士禎、賀裳諸人之書也。（孫人和）

三〇　填詞淺説一卷

（詞話叢編本）

清謝元淮撰。元淮有《養默山房詩餘》，已著録。《詩餘》内分三類，首爲《填詞淺説》，次爲《海天秋角詞》，末爲《碎金詞》。此編即從《詩餘》中録出爲卷者。其言曰：“自度新曲，必如姜堯章、周美成、張叔夏、柳耆卿輩，精於音律，吐辭即叶宫商者，方許製作。若偶習工尺，遽爾自度新腔，甘於自欺而欺人，真不足當大雅之一噱。”其言誠是。然其間論南北曲，論引子，論《中原音韵》，皆宜於言曲，而非所以語於唐宋之詞也。蓋詞自宫譜亡佚，堯章旁譜，亦難卒讀。則依式填之，斯亦足已。即平頭、合脚諸說，詞中亦不可太拘。元淮所論，往往詞曲混合，是其弊也。（孫人和）

三一　雕菰樓詞話一卷

（詞話叢編本）

清焦循撰。循有《易通釋》，已著錄。是編乃從其《易餘籥錄》中摘出爲卷者。循經學湛深，又明於詞曲。其謂研經與填詞，不特不相妨害，且有裨益。其事雖細，可以破俗人之惑。謂古人吟咏，自操土音。北宋如秦、柳，尚有此種。南宋姜白石、張玉田一派，此調不復存云。詞當雅俗調齊，不廢土語。循之所論，可謂見其大矣。餘如論詞用韻，校張可久詞，亦皆精審。經生論詞，實事求是，自異於尋常詞人也。（孫人和）

三二　詞品一卷

（詞學集成本）

清郭麐撰。麐有《浮眉樓詞》，已著錄。是編采索詞之體貌，分十二品。曰幽秀，曰高超，曰雄放，曰委曲，曰清脆，曰神韻，曰感慨，曰奇麗，曰含蓄，曰逋峭，曰穠艷，曰名雋。各繫以韻語十二句，蓋全仿司空圖《詩品》例也。論文名“品”，始於鍾嶸，原以定其主旨，品其先賢。圖之所爲，則就詩之品格言之。蓋詩者之也，承也，持也，合之則爲一體，散之則有萬殊。且人之好尚異情，故意製相詭。詩詞之道相同，圖之所述，亦可通之於詞。麐效爲之，其間有全襲舊名者，如“委曲”、“含蓄”之類是也；有字異而實同者，如易“纖穠”爲“穠艷”，“悲慨”爲“感慨”之類是也；亦有并爲一品者，如“雄渾”、“豪放”合爲“雄放”之類是也。故有無此書，不足爲輕重。然在當時，頗重視之，則大可不必者矣。（孫人和）

三三　續詞品一卷

（詞學集成本）

　　清楊夔生撰。夔生有《真松閣詞》，已著錄。《續詞品》者，續郭麐《詞品》也。麐分十二品，夔生續十二品，正合司空圖二十四品之數也。其十二品，曰輕逸，曰獨造，曰淒緊，曰微婉，曰閑雅，曰高寒，曰澄澹，曰疏俊，曰孤瘦，曰精煉，曰靈活，僅十一品。據《靈芬館詞話》，尚有“綿邈”一品，此誤闕其一。各繫韻語十二句，仍同司空圖及郭麐書例也。圖爲《詩品》之意，以爲文不備於一格，次者得其一端。郭、楊撰書之旨，當亦同之。蓋詩詞之道，內則衆體皆備，外則莫見端倪，渾成氣象，斯爲上乘。郭、楊之詞，僅求其一端，則郭詞不合穠艷之言，楊詞亦未遵精煉之法，殆所謂“言之匪艱，行之維艱”者歟！（孫人和）

三四　詞概一卷

（詞話叢編本）

　　清劉熙載撰。熙載有《說文雙聲》，已著錄。是編乃從其《藝概》中錄出者。熙載不善詞章，而喜批評。論詞固有獨得之處，然其間有似是而非者，亦有好奇而近於謬妄者。其言曰：“李太白〔憶秦娥〕，聲情悲壯。晚唐五代，惟趨婉麗，至東坡始能復古。後世論詞者，或轉以東坡爲變調。不知晚唐五代，乃變調也。”其說最誤。李白之時，不能有如此成熟之長短句，其〔菩薩蠻〕、〔憶秦娥〕諸詞，南宋以來始傳於世，其爲僞撰無疑。詞爲侑酒嘌唱之用，晚唐婉麗，是其正宗。東坡開拓詞境，自是別調。熙載云云，真所謂本末倒植者也。尤可笑者，莫過於論美成詞，其言曰：“周美成詞，或稱其無美不備。余謂論詞莫先於品。美成詞，信富艷精工，祇是當不得個‘貞’字。是以士大夫不肯學之，學之則不知終日意縈何處矣。”又曰：“周美成律最精審，史邦卿句最警煉，然未得爲君子之詞者，周旨蕩而史意貪也。”以爲史貪，蓋因其善用"偷"字，猶可説也。美成詞，意旨最純，而謂其不貞而蕩。南宋以來和周詞者甚衆，而謂士大夫不肯學之，何所據而云然耶？果如所説，《花間》、《樂章》，豈可讀乎？熙載以爲不倍譎常情，不足以聳觀聽，而近世竟多爲其所惑。甚矣，世人之好怪也！（孫人和）

三五　樂府餘論一卷

（雲自在龕叢書本）

清宋翔鳳撰。翔鳳有《大學古義説》，已著録。此爲其論詞之作，章節不多，頗有獨得之處。尊尚屯田，最爲有識。慢詞雖不盡始於宋仁宗之時，然女郎歌咏，會社流行，實爲屯田之功。翔鳳之説，無可議也。謂《草堂詩餘》以徵歌而設，真能知《草堂》者也。清人明於此者蓋寡矣。又秦觀〔踏莎行〕"杜鵑聲裏斜陽暮"，非之者，以"斜陽暮"爲重出，是之者，但引東坡"回首斜陽暮"、清真"雁背斜陽紅欲暮"諸語以證之，而"斜陽暮"意義之區別，未有能言之者。翔鳳乃謂"《説文》：莫，日且冥也，從日在茻中。是斜陽爲日斜時，暮爲日入時"，郅爲精確。學者論詞，言必有據，終異於尋常之詞人也。惟小令、中調、長調之名，實始於明嘉靖庚戌顧從敬所刻《類編草堂詩餘》，翔鳳竟謂爲《草堂》所固有，則千慮之一失耳。（孫人和）

三六　詞徑一卷

（詞話叢編本）

清孫麟趾撰。麟趾字清瑞，號月坡，蘇州人。此爲論詞之作，首末二部，學詞常法，中部爲作詞十六要訣。學詞法雖淺近，且前人亦多言之，然造語簡質，易於領會。如謂"夢窗足醫滑易之病，不善學之，便流於晦"，"牛鬼蛇神，詩中不忌，詞中大忌"，"運用典故須活潑"，"深而晦，不如淺而明也。惟有淺處，乃見深處之妙"云云，皆爲有益之言。即謂詞成粘壁，一再改之，此亦填詞者所當知也。十六要訣者，曰清、曰輕、曰新、曰雅、曰靈、曰脆、曰婉、曰轉、曰留、曰托、曰澹、曰空、曰皺、曰韵、曰超、曰渾，分類疏證，雖多清切之語，時雜縹緲之言，蓋亦郭麐《詞品》、楊夔生《續詞品》之類。又引包慎伯，謂"感人之速，莫如聲，故詞別名倚聲"云云。倚聲即依聲，不得有別解矣。（孫人和）

三七　近詞叢話一卷

（詞話叢編本）

清徐珂撰。珂有《大受堂札記》，已著錄。此編原非專著，乃近人從《清稗類鈔》輯出者。曰"近詞"者，以其所論爲清詞也。廣記閨秀，如顧太清、吳蘋香諸人之詞派，及傳聞之佚事，皆可供人參考。其詞學名家之類聚一篇，述清初以至光宣之詞派，源流清晰，條理分明。研究清詞者，首讀此篇，可以知其概矣。蓋珂受詞學於譚獻，根柢甚深也。（孫人和）

三八　賭棋山莊集詞話十二卷續五卷

（清光緒間刊本）

清謝章鋌撰。章鋌字枚如，福建長樂人。弱冠時，即負異才，出語驚老宿。爲詩嶔崎磊落，奇氣拂拂從十指間出。閩縣劉存仁炯甫，謂其所作詞話，能捃摭遺聞，旁采近什，浸淫不已，於詞道奧窔，實能窺見三昧。光緒時，章鋌登進士第，不殿試而歸，蓋不樂於仕進者也。按詩話之作，汗牛充棟，詞話作者，實罕其人，雖劉公勇之《七頌堂詞繹》、王阮亭之《花草蒙拾》、鄒程村之《遠志齋詞衷》等書，亦復金針暗度，示人軌範，究不得目爲純然詞話也。此書卷帙既繁，搜采復博，誠洋洋京觀矣。蓋詞之爲事，異於詩文，而實同出一源。古詩亡而後有騷，騷亡而後有近體唐律，唐律亡而後宋詞出。唐五代之詞，柔曼哀婉，工矣而不免限於體調，至宋乃汪洋恣肆，無不包舉。北宋多北風雨雪之感，南宋多黍離麥秀之悲。降及後來，銅琶鐵板，與殘月曉風，合而爲詩多鬥靡之技，不獨刻羽引宮，多失音律，且俳褻餖飣，并不知所言爲何情。此書探本窮源，首錄諸家警語。論詞宜忌，如曰“小調不學《花間》，則當學歐、晏、秦、黃，總以不盡爲佳”，曰“長調最難工，蕪累與痴重同忌。襯字不可少，又忌淺熟”，曰“咏物至詞，更難於詩。即‘昭君不慣胡沙遠，但時憶江南江北’，亦費解”諸語，皆真自甘苦中來者也。所錄古今諸家之作，則意在徵引參考，稍嫌不嚴。然有清一代詞人，皆瓣香竹垞，以爲宗主，竹垞即不能免功力過於天然，文藻勝於性情之譏。其失皆由於過重白石之故，則亦不能獨以此議此書也。（羅繼祖）

三九　歲寒居詞話一卷

（玉津閣集本）

清胡薇元撰。薇元有《玉津閣集》，已著錄。此書據所論及其自序，確爲薇元自著。然自《珠玉詞》至《碧雞漫志》諸節，皆出於清修《四庫全書·詞曲類提要》。其書具在，轉錄何爲。《漱玉詞》略增數語。又《白石道人歌曲》一節云“《四庫提要》，以紀文達之博，謂似波似磔，宛轉敧斜，如西域旁行字。薇元按此宋人自記工尺四合上，非字也”云云，言之明晰。餘皆不著《四庫提要》之名，似全出自己手者，不知其是何居心。其他論韻論律，亦多采自舊書，援引既不廣博，又不能疏通其義。論清初諸家之詞，亦無獨到之見也。（孫人和）

四○　菌閣瑣談一卷

（詞話叢編本）

清沈曾植撰。曾植有《稼軒詞集小箋》，已著錄。此其雜記論詞之作。評論《藝苑厄言》《花草蒙拾》《南州草堂詞話》《詞繹》《詞衷》《詞筌》諸節，大致平允。謂“清初諸公，不能畫《花間》、《草堂》界限”，其説甚是。駁《厄言》“《花間》促碎”之説云：

“促碎正是唐餘本色，五代之詞促數，北宋盛時嘽緩，皆緣燕樂音節蛻變而然。即其詞可懸想其纏拍。《花間》之促碎，羯鼓之白雨點也。《樂章》之嘽緩，玉笛之遲其聲以媚之也。慶曆以前，可以追想唐時樂句。美成、不伐以後，則大晟功令，日趨平整矣。”其言亦頗精確。然如後山謂東坡以詩爲詞，如雷大使之舞，雖極天下之工，要非本色，可爲坡詞之定論。曾植歷引善於棋琴琵琶笛諸人，以駁後山之説。不知歌舞以遒麗宛轉爲主，教坊雷大使雖舞態萬狀，終不若十七八女郎有自然之勢，故曰雖極天下之工，非本色也。詞所以侑酒嘌唱，精麗纖艷，不離房帷，勢使然也。坡詞不受樂律之束縛，有銅琵琶鐵綽板之譏。則後山所論，用心至公，非私於一人之言也。曾植欲尊重東坡，轉失坡詞之真矣。歐陽集校語，引《京本時賢本事曲子》，曾植未能明晰此書。考《本事曲》爲楊繪撰。繪字元素，《宋史》有傳。《苕溪漁隱叢話》及毛斧季校《東坡詞》并引楊元素《本事曲》，別見尤延之《遂初堂書目》，此彰彰可考者也。曾植謂歐公詞好用“廝”字，但未明“廝”字之義。考“廝”與“相”同，見《老學庵筆記》卷十。凡此數端，皆考論未審也。（孫人和）

四一　蒿庵論詞一卷

（詞話叢編本）

清馮煦撰。煦字夢華，號蒿庵，晚稱蒿叟，清亡稱蒿隱，金壇人。官至安徽巡撫。是編原非專著，乃近人從《宋六十一家詞選》輯出者。書中不及唐五代，又多論選詞之旨，皆限於原書之例。然首節略論南唐者，則以宋初西江之詞，源於二主、正中也。清代論詞者眾，往往滯於成見，是丹非素，可以合三數人之意，而非論學之大公也。煦書於兩宋詞學，獨尊美成，而於屯田、東坡、淮海、稼軒、白石、梅溪、夢窗諸家，亦各許其一端，可謂不隨波蕩者已。其言曰：“詞家各有塗徑，正不必強事牽合。”可以知其旨趣。非詞學深邃，用心公允，其孰能與於此哉！即其駁戈載以韵限詞一節，謂"考韵録詞，要爲兩事。削足就屨，寧無或過。且綺筵舞席，按譜尋聲，初不暇取《禮部韵略》，逐句推敲，始付歌板，而土風各操，又詎能與後來撰著逐字吻合邪"，此亦通人之言也。（孫人和）

四二　白雨齋詞話八卷

（光緒刊本）

清陳廷焯撰。廷焯有《白雨齋詩鈔》，已著録。是編爲論詞之作。清初説詞者，尚承明季之風，喜爲河漢之言，而無益於詞學。嘉道以來，議論始精。廷焯受詞學於莊棫，而接迹於常州二張之派也。故其論詞，本諸風騷，正其情性，温厚以爲體，沉鬱以爲用，引以千端，衷諸壹是。其所謂沉鬱者，以爲意在筆先，神餘言外。寫怨夫思婦之懷，寓孽子孤臣之感。凡交情之冷淡，身世之飄零，皆可於一草一木發之，而發之又必若隱若見，反復纏綿，終不許一語道破。匪獨體格之高，亦見性情之厚。此以沉鬱之説，廣二張之旨也。於唐五代，則尊崇温、韋、正中，兩宋則周、秦、姜、史、張、王，清則張惠言、莊棫，以其文章雅麗，寄托遥深，温厚沉鬱，本諸風騷也。唐至清末，歷論詞家，成見雖深，持論尚允，可當一部詞史。論詞範圍之廣，當首推是書矣。間評選本詞話之得失，亦多中肯之言。末卷有擬輯古今詞目：唐一家，五代三家，北宋七家，南宋九家，元一家，清八家，共二十九家。附四十二家，詳録正附諸人，以明源委正變，亦大體精審。惟莊棫之詞，思深文美，似不如蔣春霖，然在當時，自爲一家。而廷焯評論棫詞，以爲温、韋尚非其止境，則未免稱揚太過。選目以春霖附於其下，殊不足以服人，轉失其尊師之道矣。又若唐明皇〔好時光〕及李白之詞，皆是僞作，而廷焯津津論之，殊爲無謂。然書體甚大，自不能以一眚掩也。（孫人和）

四三　褒碧齋詞話一卷

（民國十九年排印本）

清陳銳撰。銳有《褒碧齋詩集》，已著錄。此爲其論詞之作。宗尚柳屯田，與鄭文焯同旨，最爲有識。論古今詞風，述方言俗語，明四聲韵協，皆有獨到之處。惟讀書未博，時露淺陋。謂姜堯章〔齊天樂〕《咏蟋蟀》開口便説庾郎愁賦，捏造故典。不知今行《庾子山集》實爲不全之本，北宋張耒〔風流子〕詞云：“奈愁入庾腸，老侵潘鬢。”《草堂詩餘》注云：“庾信《愁賦》：‘閉之欲驅愁，愁終不肯去。去之欲避愁，愁已知人處。’”必有所據，豈得以己所不見，即謂古人捏造故典耶？又周邦彥〔大酺〕云：“未怪平陽客，雙淚落笛中哀曲。”明用馬融《長笛賦序》，而銳謂此“平陽客”未知何指，豈未讀《昭明文選》耶？何竟輕忽如此也。詞爲文中之一體，若僅恃才性，終不可與道古也。（孫人和）

四四　詞論一卷

（詞話叢編本）

清張祥齡撰。祥齡，漢川人。是編從《半篋秋詞》錄出者。祥齡每言文學之興衰，由於天運之始終，此乃文學之遭變。然祥齡但知文學之變，而不知文學之所以變。盡委天運，非可語於文學遷變之原委也。謂清真爲詩家之李東川，堯章爲杜少陵。蓋仍有浙派之旨，橫亘胸中。不特不知清真，且不知堯章者矣。謂“南唐二主、馮延已之屬，固爲詞家宗主，然是勾萌，枝葉未備。小山、耆卿而春矣。清真、白石而夏矣。夢窗、碧山已秋矣。至白雲，萬寶告成，無可推徙。”其言亦似是而非也。（孫人和）

四五　復堂詞話一卷

（心園叢刻一集本）

清譚獻撰。獻有《復堂日記》，已著錄。獻論詞之語，散見於

《日記》、《篋中詞》及所評周氏《詞辨》中。光緒庚子，其弟子徐珂彙輯而成，書名亦獻所定也。論詞最服周濟"有寄托入，無寄托出"之語，以爲明於此理，則詞體始尊，詞學始大，文人固可發揮其才性，學者亦不敢目詞爲小道矣。唐五代尊溫、韋、馮、李，北宋則重柳、周，南渡詞境高處，以爲出於清真。比較兩宋而範以詩派，則柳、周開寶也，張、王大曆也。論蘇、辛，謂東坡是衣冠偉人，稼軒則弓刀游俠，皆評議精深。論清詞曰："以浙派洗明代淫曼之陋，而流爲江湖；以常派挽朱、厲、吳、郭佻染餖飣之失，而流爲學究；近時頗有人講南唐、北宋，清真、夢窗、中仙之緒既昌，玉田、石帚，漸爲已陳之芻狗。"最能明瞭清詞變遷之迹者也。其評友朋之詞，誠有譽過其實之處。然歷代撰詩話、詞話者，徇情之言，自所難免，亦何傷於全書也。（孫人和）

四六　詞史不分卷

（北京大學排印本）

清劉毓盤撰。毓盤有《噙椒詞》，已著録。是編論歷代詞學變遷之迹，教授於太學之用也。第一章，論詞之初起由詩與樂府之分；第二章，論隋唐人詞以溫庭筠爲宗；第三章，論五代人詞以西蜀、南唐爲盛；第四章，論慢詞興於北宋；第五章，論南宋詞人之多；第六章，論宋七大家詞；第七章，論遼金人詞以漢人爲多；第八章，論元人詞至張翥而衰；第九章，論明人詞之不振；第十章，論清人詞至嘉道而復盛。共十章。搜輯頗富，見解時有獨到之處。惟其間尚有可議者。唐初所歌，爲五七言。中唐以降，遂成長短句。變遷之迹，原非一朝一夕之故也。如毓盤所言有固定之次第，則轉近膠滯而違於事情。蓋文人既知運用長短句法，則隨音變化，不可以一端求矣。書中論詞甚略，而喜列叢書目録。須知叢刻所列之詞，不必盡依次第，祇可明其版本，供人參考之資。若其詞派及變遷之迹，則待於詳論者也。又唐明皇〔好時光〕，本爲僞撰。李太白之詞，見於北宋以前者，僅《花間序》其〔清平樂〕而已，是否爲〔清平調〕之誤，尚難質言。至於〔菩薩蠻〕、〔憶秦娥〕、〔桂殿秋〕、〔連理枝〕等詞，兩宋以來始有之。而毓盤皆以爲真，以此論詞，不亦俱乎！然詞史之作，始於毓盤，首創者難得全功。此書雖有闕陷，而大體純正。爲詞者先讀是編，亦可得歷代詞學之大概矣。（孫人和）

四七　古今詞話一卷

（校輯宋金元人詞本）

宋楊湜撰。湜字景倩，餘未詳。其書亦久佚。《苕溪漁隱叢話》成於紹興十八年，已加稱引。證以《草堂詩餘》紹興間林外〔洞仙歌〕後所注，或與胡仔同時人也。清康熙間，沈雄著《古今詞話》八卷，其書見存。而《歷代詩餘》引《古今詞話》，多涉宋南渡後及元明人事，固非湜書，又非沈本，豈別有《古今詞話》歟？若然，則《古今詞話》有三也。《也是園書目》七，載《古今詞話》十卷，未知即湜書否。今亦難質言矣。是編輯得六十七則，其體例采輯五代以下詞林逸事，且側重冶艷故實，頗近唐宋說部。故所記諸多不實，詞人錯亂，情事不根。故《漁隱叢話》後集三十九，駁詰甚烈，精確不移。揆其原因，蓋有二事：一則獲諸傳聞，未加考覈；一則有意演繹，殺亂聽聞。故是書可爲諧談之資，而非所以論詞。然如江致和、許將諸人，并以事而存人存詞，亦未可盡謂爲無用。即以其無據之事實論之，亦可推知南宋論詞之風氣，元遺山所謂小說之言也。（見《遺山文集》三十六。）（孫人和）

四八　左庵詞話一卷

（刊本）

清李佳繼昌撰。繼昌有《左庵詩餘》，已著錄。是編乃雜論古今詞篇，而以清空曲折爲主。然所記殊無精恉，考訂亦不確實。以李白〔菩薩蠻〕、〔憶秦娥〕二闋爲千古絕唱，而不知其非白作也。以涪翁詞多用土字，萬不可學，而不知詞不忌俗也。謂東坡〔哨遍〕運化《歸去來辭》，非有大力量不能。而不知運化舊文，非詞之正也。蓋未能精深詞學，故所論膚淺。惟與王鵬運、鄭文焯、王闓運、張祖同、樊增祥諸人往來情事，略可藉此推知耳。（孫人和）

四九　聽秋聲館詞話二十卷

（民國二十年辛未無錫丁氏影印同治刊本）

清丁紹儀撰。紹儀字杏舲，無錫人。官福建汀州府同知，補上洋通判。晚年以著書自娛，著有《東瀛識略》八卷、《國朝詞綜補》五十八卷及《二集》十二卷。是編蓋丁氏論詞之作，其書都凡二十卷。凡有所見，則分別條錄之。核其所論，大率皆深揭詞家正宗。凡輕俊淺露之作，縱極可愛，亦屏之爲外道。至其淺露者，則直斥之爲粗俗。尤惡淺人讀古人詞，往往就其寄托之語，附會爲事寔。如云東坡“乳燕飛華屋”一詞，楊湜《詞話》謂爲酒間名妓之作，若果爾，豈不等於嚼蠟之類。皆頗稱有見。且於其詞，用功極深。書中辨啞韻，辨用字與詩有別，皆抉盡奧窔。又其於各家《詞綜》及詞律、詞譜，皆考訂極細，駁正甚多。其於先輩之遺聞軼事，亦多所紀錄。如顧千里之指摘袁綏階守財不達，使《思適齋》中〔月下笛〕一詞，詳其本意。若斯之類，皆足資采摘。此外如楊升庵改美成之〔六醜〕爲〔個儂〕，而寔竊自廖瑩中。《齊東野語》錄蜀妓之〔市橋柳〕，而不知出自《雪山集》之〔紅窗怨〕，於詞家公案，尤多所發見。雖往往好爲高論，如謂曾端伯《樂府雅詞》所選，尚有似柳七、黃九者，名不盡副其寔。夫詞如黃、柳，尚不許其爲雅詞，持論未免失之於苛。然瑕不掩瑜，李蒓客《越縵堂日記》稱其俱有特識，有俾倚聲，爲近世之佳書者，非虛譽也。（張壽林）

五〇　臥廬詞話一卷

（周晉琦遺著三種本）

清周曾錦撰。曾錦有《香草詞》，已著錄。此爲論詞之作，抄

襲者多，不見主旨。所錄清詞，多非上品。蓋其工力尚淺也。謂柳
耆卿詞千篇一律，吳君特詞雕琢晦澀，皆拾人牙慧，而非真知屯
田、夢窗者也。（孫人和）

五一　人間詞話二卷

（王忠愨公遺書本）

王國維撰。國維有《殷禮徵文》，已著錄。此爲論詞之作，間
亦及於詞餘。書中標出“境界”之旨，以爲有“有我之境”，有
“無我之境”。不知“有我之境”，見而易知者也；“無我之境”，
物我俱化者也。故國維所謂“無我之境”，仍爲“有我之境”也。
人稟七情，情也，應物斯感，因情以寫景，觸景而生情也。果有
“無我之境”，則爲無病而呻，吟風弄月，豈文學之所取耶！國維
既有“有我”、“無我”之別，而下卷又謂“一切景語皆情語”，
則自相矛盾矣。且國維所謂“境”者，皆淺薄之境也。何以言之？
南唐中主〔浣溪沙〕，自以“細雨夢回鷄塞遠，小樓吹徹玉笙寒”
爲妙境，而國維獨賞其“菡萏香銷翠葉殘。西風愁起綠波間”二
語。秦淮海〔踏莎行〕，自以“郴江幸自繞郴山，爲誰流下瀟湘
去”爲妙境，而國維獨賞其“可堪孤館閉春寒，杜鵑聲裏斜陽暮”
二語。蓋“菡萏”、“可堪”四句，淺而易知；“小樓”、“郴江”
四句，深而難曉也。國維於唐五代，則尊李後主，於宋則尊秦少
游。不知詞之發生，本爲侑酒嘌唱之用，托體房帷，固其宜也。後
主開拓疆界，多用賦體，實爲詞中別派。唐五代之有李後主，猶宋
之有蘇東坡也。少游上承三變，下啓清真，詞最婉雅。然不如三變
之大，不及清真之深。以少游有承前啓後之功，可也。以爲高於
柳、周，則非也。又以作者詞中之句而論其詞體，本非正當之法。
國維以“畫屏金鷓鴣”比方城之詞，“弦上黃鶯語”比浣花，“和
淚試嚴妝”比陽春，牽強附會，玄妙難通，不可究詰矣。惟論後
主詞，頗有警策之語。論雙聲叠韵，用英文以證之，最爲明瞭。當
時西學東來，故此書風行一時，其實當分別觀之也。（孫人和）

叢　書

一　唐宋名賢百家詞集不分卷

（傳鈔本）

　　不著編者名氏。是書輯唐温庭筠、皇甫松、毛熙震等凡十八家，宋辛幼安、周少隱等凡八十九家，詞集一百種。爲硃絲欄棉紙鈔本，字體極舊，每半頁十二行，行二十字。然所録各家之詞，如《姑溪詞》、《友竹詞》、《滄浪詞》、《逍遥詞》、《虚齋詞》、《嬾窟詞》、《虚靖詞》、《撫掌詞》，則均有其名，而無其書。如《笑笑詞》，則前後重復，間亦有僞訛處，然不礙其爲舊本也。按黄虞稷《千頃堂書目》，著録吳訥《唐宋名賢百家詞》，或即其書。倚聲之學，盛於有宋，然宋人詞集，哀然成爲巨帙者，則流傳甚罕。自清季王半塘、朱孝臧、吳印丞諸家，輯刻宋元詞集，宋人已佚諸作，始流傳於世。然是本亦有《彊邨叢書》所未收入者，文字亦間有異同，豈朱氏尚未見其書耶？書爲直隸省立圖書館舊藏，北平圖書館曾迻録副本。近人林堅之氏以其次序繁蕪，擬爲整理，排比其年代，校證其僞訛，交商務付印。事變以還，整理之業，遂以中輟，即原本亦不知流傳何所，此亦古書之一厄也。

　　百家詞目：

《花間集》	《樽前集》	《酒邊集》
《稼軒詞》	《小山詞》	《東堂詞》
《張子野詞》	《放翁詞》	《相山詞》
《友古詞》	《笑笑詞》	《竹坡詞》
《于湖詞》	《竹齋詞》	《樵隱詞》
《簡齋詞》	《樂齋詞》	《信齋詞》
《書舟詞》	《初寮詞》	《竹洲詞》
《竹齋詩餘》	《坦庵詞》（缺）	《金谷詞》

《珠玉詞》　　　　《茗溪詞》　　　　《丹陽詞》

《克齋詞》　　　　《養拙堂詞》　　　《後村詞》

《晦庵詞》　　　　《松坡詞》　　　　《呂聖求詞》

《知稼翁詞》　　　《西樵語業》　　　《省齋詞》

《姑溪詞》（缺）　《友竹詞》（缺）　《石林詞》

《蘆川詞》　　　　《哄堂詞》　　　　《東浦詞》

《溪堂詞》　　　　《杜壽域詞》　　　《龍川詞》

《文溪詞》　　　　《歸愚詞》　　　　《王周士詞》

《樵歌》　　　　　《六一詞》　　　　《東坡詞》

《東坡補遺》　　　《審齋詞》　　　　《盧溪詞》

《淮海詞》　　　　《山谷詞》　　　　《介庵詞》

《逃禪詞》　　　　《南唐二主詞》　　《陽春集》

《龍洲詞》　　　　《樂章集》　　　　《半山詞》（缺）

《滄浪詞》（缺）　《逍遥詞》（缺）　《虛齋詞》（缺）

《蠨窟詞》（缺）　《竹屋詞》　　　　《梅溪詞》

《玉林詞》　　　　《空同詞》　　　　《蒲江詞》

《履齋詞》　　　　《石屏詞》　　　　《后山詞》

《片玉詞》　　　　《白雪詞》　　　　《龜峰詞》

《水雲詞》　　　　《遯庵詞》　　　　《菊軒詞》

《静修詞》　　　　《遺山詞》　　　　《蜕岩詞》

《貞居詞》　　　　《樂府補遺》　　　《古山樂府》

《玉田詞》　　　　《松雪詞》　　　　《鳴鶴餘音》

《蓬萊鼓吹》　　　《虛靖詞》（缺）　《撫掌詞》（缺）

《周草窗詞》　　　《静春詞》　　　　《玉笥詞》

《耐軒詞》　　　　《竹山詞》（蔣）　《雲林詞》

《笑笑詞》（重）（謝國楨）

二 彊邨叢書一百六十八種一百六十八卷

（民國壬戌歸安朱氏刻本）

朱祖謀編。祖謀原名孝臧，字古微，歸安人。幼穎異，既長，博雅擅文學，聲聞日起。光緒壬午舉人，明年成進士，改庶吉士，授編修，戊子科江西副考官，以言事不合忤旨，告歸。少以詩名，四十始爲詞，與王半塘給諫最相契，同校《夢窗四藁》，詞格爲之一變，窮究倚聲家正變源流，晚造益深。嘗言半塘所以過人者，其生平所學及抱負盡納詞中，而他不旁及。孝臧亦正與之相同，身世所歷，憂危沉痛，過於半塘。清末詞學，初漸西朱、厲，毘陵張、周，諸家境界更有進者，亦時爲之也。故孝臧之詞，遂爲有清一代結局。王氏《四印齋所刻詞》，風行一時，孝臧賡續成書，積年所得，遍求南北藏書家善本校勘，凡得唐五代宋金元詞總集五種，唐詞別集一種，宋詞別集一百十二種，元詞五十種，共一百六十八種。宋元詞集，大半在斯，可謂盛已。且其所長，尤不在泛博爲功也。其編纂之善，約有二端：一曰校讎。以劉向校讎中秘之旨，移之於考覈詞集。雖據善本，猶待參訂，所校誤字，如以“趙”爲“肖”，以“齊”爲“立”，以“盡”爲“進”，以“賢”爲“形”，以“天”爲“芳”，不泥於古本，惟取至是也；二曰審定聲律。於宮詞旁譜之屬，莫不悉心校定，使《宋史·樂志》〔導引〕、〔六州〕、〔十二時〕、〔降仙臺〕之流，縱音節不傳，而可稍復舊觀，能以上口。至如《東坡樂府》，舊本僅分門類宮調，此則按年編載，有知人論世之功，尤非他家所可及也。

《彊邨叢書》總目：

《雲謠集雜曲子》一卷

《尊前集》一卷

《樂府補題》一卷

《中州樂府》一卷

《天下同文》一卷

《補遺》一卷
右唐五代宋金元詞總集五種

温庭筠《金奩集》一卷
右唐詞別集一家

《宋徽宗詞》一卷
范仲淹《范文正公詩餘》一卷
張先《張子野詞》二卷、《補遺》二卷
柳三變《樂章集》三卷、《續添曲子》一卷
晏幾道《小山詞》一卷
韓維《南陽詞》一卷
王安石《臨川先生歌曲》一卷、《補遺》一卷
韋驤《韋先生詞》一卷
張伯端《紫陽真人詞》一卷
蘇軾《東坡樂府》三卷
黃庭堅《山谷琴趣外篇》三卷
劉弇《龍雲先生樂府》一卷
秦觀《淮海居士長短句》三卷
毛滂《東堂詞》一卷
米芾《寶晋長短句》一卷
謝邁《竹友詞》一卷
張舜民《畫墁詞》一卷
吳則禮《北湖詩餘》一卷
周邦彥《片玉集》十卷
賀鑄《東山詞上》一卷
《賀方回詞》二卷
《東山詞補》一卷
王灼《頤堂詞》一卷

張繼先《虛靖真君詞》一卷

米友仁《陽春集》一卷

汪藻《浮溪詞》一卷

劉一止《苕溪樂章》一卷

陳克《赤城詞》一卷

阮閱《阮户部詞》一卷

張綱《華陽長短句》一卷

沈與求《龜溪長短句》一卷

洪皓《鄱陽詞》一卷

陳與義《無住詞》一卷

王之道《相山居士詞》一卷

朱敦儒《樵歌》三卷

歐陽澈《飄然先生詞》一卷

朱翌《灊山詩餘》一卷

曹勛《松隱樂府》三卷、《補遺》一卷

劉子翬《屏山詞》一卷

仲開《浮山詩餘》一卷

王以寧《王周士詞》一卷

李流謙《澹齋詞》一卷

史浩《鄮峰真隱大曲》二卷、《詞曲》二卷

張掄《蓮社詞》一卷

韓元吉《南澗詩餘》一卷

洪适《盤洲樂章》三卷

王之望《漢濱詩餘》一卷

李洪《芸庵詩餘》一卷

曾協《雲莊詞》一卷

李呂《澹軒詩餘》一卷

程大昌《文簡公詞》一卷

王質《雪山詞》一卷

楊萬里《誠齋樂府》一卷

周必大《平園近體樂府》一卷

范成大《石湖詞》一卷、《補遺》一卷

陳三聘《和石湖詞》一卷

京鏜《松坡詞》一卷

呂勝己《渭川居士詞》一卷

姚述堯《簫臺公餘詞》一卷

趙彥端《介庵琴趣外篇》六卷、《補遺》一卷

高觀國《竹屋痴語》一卷

劉過《龍洲詞》二卷、《補遺》一卷

沈瀛《竹齋詞》一卷

葛長庚《玉蟾先生詩餘》一卷、《續》一卷

李石《方舟詞》一卷

姜夔《白石道人歌曲》六卷、《補遺》一卷

張文虎《舒藝室餘筆》

韓淲《澗泉詩餘》一卷

楊冠卿《客亭樂府》一卷

辛弃疾《稼軒詞補遺》一卷

汪晫《康範詩餘》一卷

趙善括《應齋詞》一卷

盧祖皋《蒲江詞稿》一卷

蔡戡《定齋詩餘》一卷

丘崈《丘文定公詞》一卷

廖行之《省齋詩餘》一卷

張鎡《南湖詩餘》一卷

吳泳《鶴林詞》一卷

郭應祥《笑笑詞》一卷

徐鹿卿《徐清正公詞》一卷

張輯《東澤綺語債》一卷

《清江漁譜》一卷

游九言《默齋詞》一卷

汪莘《方壺詩餘》二卷

王邁《臞軒詩餘》一卷

劉克莊《後村長短句》五卷

徐經孫《矩山詞》一卷

陳耆卿《篔窗詞》一卷

吳淵《退庵詞》一卷

吳潛《履齋先生詩餘》一卷、《續集》一卷、《別集》二卷

趙孟堅《彝齋詩餘》一卷

趙崇嶓《白雲小稿》一卷

夏元鼎《蓬萊鼓吹》一卷

吳文英《夢窗詞集》一卷、《補遺》一卷

《夢窗詞集小箋》

劉學箕《方是閑居士詞》一卷

柴望《秋堂詩餘》一卷

陳著《本堂詞》一卷

衛宗武《秋聲詩餘》一卷

牟巘《陵陽詞》一卷

劉辰翁《須溪詞》一卷、《補遺》一卷

周密《蘋洲漁笛譜》二卷、《集外詞》一卷

汪元量《水雲詞》一卷

馮取洽《雙溪詞》一卷

陳允平《日湖漁唱》一卷

《西麓繼周集》一卷

蔣捷《竹山詞》一卷

熊禾《勿軒長短句》一卷

張炎《山中白雲》八卷

李彭老、李萊老《龜溪二隱詞》一卷

黃公紹《在軒詞》一卷

陳德武《白雪遺音》一卷

陳深《寧極齋樂府》一卷

家鉉翁《則堂詩餘》一卷

汪夢斗《北游詞》一卷

蒲壽宬《心泉詩餘》一卷

張玉《蘭雪詞》一卷

右宋詞別集一百十二家

王寂《拙軒詞》一卷

李俊民《莊靖先生樂府》一卷

元好問《遺山樂府》三卷

段克己《遯庵樂府》一卷

段成己《菊軒樂府》一卷

右金詞別集五家

丘處機《磻溪詞》一卷

許衡《魯齋詞》一卷

王義山《稼村樂府》一卷

朱晞顏《瓢泉詞》一卷

王惲《秋澗樂府》四卷

蕭𣂏《勤齋詞》一卷

姚燧《牧庵詞》二卷

趙文《青山詩餘》一卷、《補遺》一卷

劉壎《水雲村詩餘》一卷

張伯淳《養蒙先生詞》一卷

劉敏中《中庵詩餘》一卷

劉因《樵庵詞》一卷

《樵庵樂府》一卷

胡炳文　《雲峰詩餘》一卷

陳櫟　《定宇詩餘》一卷

曹伯啓　《漢泉樂府》一卷

劉將孫　《養吾齋詩餘》一卷

吳存　《樂庵詩餘》一卷

黎廷瑞　《芳洲詩餘》一卷

蒲道源　《順齋樂府》一卷

仇遠　《無弦琴譜》二卷

王奕　《玉斗山人詞》一卷

劉詵　《桂隱詩餘》一卷

安熙　《默庵樂府》一卷

虞集　《道園樂府》一卷

朱思本　《貞一齋詞》一卷

張雨　《貞居詞》一卷

王旭　《蘭軒詞》一卷

李道純　《清庵先生詞》一卷

周權　《此山先生樂府》一卷

張埜　《古山樂府》二卷

吳鎮　《梅花道人詞》一卷

王結　《王文忠詞》一卷

洪希文　《去華山人詞》一卷

歐陽玄　《圭齋詞》一卷

許有壬　《圭塘樂府》四卷、《別集》一卷

張翥　《蛻岩詞》一卷

趙雍　《趙待制詞》一卷

吳景奎　《药房詞》一卷

宋褧　《燕石近體樂府》一卷

謝應芳　《龜巢詞》一卷、《補遺》一卷

耶律鑄　《雙溪醉隱詞》一卷

李庭《寓庵詞》一卷

梁寅《石門詞》一卷

袁士元《書林詞》一卷

舒頔《貞素齋詩餘》一卷

舒遜《可庵詩餘》一卷

沈禧《竹窗詞》一卷

凌雲翰《柘軒詞》一卷

韓奕《韓山人詞》一卷

李齊賢《益齋長短句》一卷

右元詞別集五十家（謝國楨）

三　十名家詞集十卷

（康熙間刻本）

清侯文燦編。文燦字蔚霞，無錫人。文燦少負才譽，寄情聲酒，與荊溪萬紅友共事《詞律》。後出仕鹽官，厭苦簿書，既早自引退，潛居亦園，有禽魚泉石之勝，琴晝之樂。怡情花竹，寓意篇章，乃選宋元詞家諸作，自《南唐二主詞》以迄元張野《古山樂府》，凡十家，皆汲古閣《六十家宋詞》所不載者。時萬紅友已歿，時荊溪僧叙彝，凈業之外，素工倚聲，與文燦共成其事。《松雪詞》本集所存祇二十一闋，而此集凡得三十三闋。《雁門集》舊刻附詞十一闋，近刻增收三闋，亦未有出此集之外者。即鮑氏刻《子野詞》，仍藉此集以補蓴斐軒之闋，則侯氏搜采之勤，可知矣。嘉道間阮元進呈《四庫未收書目》，曾采是書以進，見《揅經室外集》。惟原書倉卒付刊，不免間有僞訛。然康熙原刻本則流傳甚罕，金武祥因爲之重刊於《粟香室叢書》中，惜亦未能爲之輯補正譌也。前有自序及張鳳池、黃蛟、僧宏倫題。

目次：

《南唐二主詞》一卷　唐李景、李煜

《陽春集》一卷　宋馮延巳

《子野詞》一卷　宋張先

《東山詞》一卷　宋賀鑄

《信齋詞》一卷　宋葛郯

《竹洲詞》一卷　宋吳儆

《虛齋樂府》一卷　宋趙以夫

《松雪齋詞》一卷　元趙孟頫

《天錫詞》一卷　元薩都剌

《古山樂府》一卷　元張野（謝國楨）

四　詞苑英華七種四十卷

（明崇禎間汲古閣刊本）

明毛晉編。是書彙刻歷代詞家選集：《花庵絕妙詞選》、《中興絕妙詞選》、《花間》、《尊前》、《詞林萬選》等書。或選自唐音，或取諸兩宋，明代以前，選刻詞林之書，庶乎略備。明張綖編《詩餘圖譜》附之於後。《詩餘圖譜》者，王象晉稱是書謂“圖列於前，詞綴於後，韵腳句法，犁然井然，一披閱而調可守，韵可循，字推句敲，無事望洋，誠修詞家之南車。萬曆甲午、乙未間，予兄霽宇刻之上谷署中，見者爭相玩賞，竟携之而去。今書籬所存，日見寥寥，遲以歲月，計當無剩本已。海虞毛子晉，博雅好古，見予讎校此編，遂請歸而付之剞人，使四十年前几案間物，頓還舊觀，亦一快心事也”。按《詩餘圖譜》一書，流傳甚廣，固無足奇。但清人講述詞律，若萬紅友《詞律》等書，實由此體所出也。

目次：

《花庵絕妙詞選》十卷　花庵詞客編集

《中興絕妙詞選》十卷

《草堂詩餘》四卷　武陵逸史編

《花間集》十卷　不著編者名氏

《尊前集》二卷　不著編者名氏

《詞林萬選》四卷　明任良榦編

《詩餘圖譜》三卷　明張綖編　（謝國楨）

五　景汲古閣鈔宋金詞七種七卷

（民國間影印明汲古閣鈔本）

明毛晋編。晋刻有《宋六十家詞》。是書爲汲古閣影鈔本，凡陳三聘《和石湖詞》、段成己《菊軒樂府》、韓玉《東浦詞》、吕勝己《渭川居士集》等七種。每半頁十行，行十六字，均爲《六十家詞》所未收者，影寫甚精。大抵詞章之學，盛於南而絀於北。遼代偏處燕雲之北，文學無睹。金源文學實較遼代爲勝，幸有元遺山《中州》一集，金源詩人姓名，庶可略傳於世。然文學專集，流傳實罕。昔吳重憙氏刻金人詞集，既已采輯爲難，段成己《菊軒樂府》，即取材是書，足徵此本之可貴。是書爲黃氏士禮居舊藏，前有黃氏印丕烈及蕘圃朱文印，武進陶氏始爲影刻行世，堪補吳氏雙照樓刻詞之缺者也。

目次：

《和石湖詞》一卷　陳三聘

《菊軒樂府》一卷　段成己

《東浦詞》一卷　韓玉

《渭川居士集》一卷　吕勝己

《初寮詞》一卷　王安中

《空同詞》一卷　洪瑹

《知稼翁詞》一卷　黃公度　（謝國楨）

六　詞壇合璧四種九卷

（明季刻本）

明楊慎編。慎字用脩，號升庵，新都人。年二十四，正德間廷試第一，以大禮之議，被貶遐荒，博極群書，明世著述之富，推爲第一，著有《升庵集》等書。慎於詞曲之學，猶其餘事，然亦登絶詣。所編《詞壇合璧》，金陵朱之蕃序其書，謂於《草堂詩餘》

一編，詳加評騭，當與唐人所選《花間》并傳。《詞的》蒐羅彌廣，《宮詞》模寫最真，信為昆圃球琳，藝林鴻寶，彙梓成帙，致足佳觀，時亦披閱，無論光彩陸離，宮商協和，而作者之神情，恍然目接，輯者之見，燦矣畢陳。慎解《草堂詩餘》之旨，其曰"草堂"者，太白詩名《草堂集》，見鄭樵《書目》。太白本蜀人，而草堂在蜀，懷故國之意也。曰"詩餘"者，〔憶秦娥〕、〔菩薩蠻〕二首為詩之餘，而百代辭曲之祖也。今士林多傳其書而昧其名，故為之評騭，而首著之。然是本以小令、中調、長調分篇，已失元人以景物分類之舊矣。前有朱之蕃序。

目次：

《草堂詩餘》五卷

《花間集》四卷

《詞的》四卷 茅暎遠士

《四家宮詞》二卷 （謝國楨）

七 四印齋所刻詞十七種四十卷

（清光緒間臨桂王氏刻本）

清王鵬運編。鵬運字佑遐，號半塘，臨桂人。光緒間進士。擅長倚聲，收藏兩宋詞集至為繁富，抉擇善本名鈔，輯刻《四印齋所刻詞》。四印齋者，其家塾之名也。按倚聲之學，盛於兩宋，元明兩代，雜劇、散曲興，而詞學轉微。清初朱彝尊、陳維崧諸家，提倡風雅，長短之句，始稱道於世。然時亦不過推崇南宋草窗、夢窗諸家，堆砌綴飾之句，無由窺其性靈也。若出自天成之詞，僅有納蘭《飲水》、《側帽》之詞而已。自陽湖張惠言以北宋為主，大梁周濟以《中原音韻》為宗，於是刻徵吟商，動合乎節，詞法於是乎謹嚴，合乎法度。洎及金壇馮煦，乃以唐五代為法，推本求源，所引而彌長矣。若刻詞之家，首推毛氏汲古閣《六十家詞》、江都秦氏《詞學叢書》，實為清代刻詞之權輿。然若侯燦所刻《十家詞》，校刻未精。長塘鮑氏、鹽官蔣氏所刻之詞，取材未富。若以校勘之學，逐用於刊刻詞集，則首推王鵬運氏。是書所刻者，以佳槧名鈔爲主，如《東坡樂府》則用元延祐本，《稼軒長短句》則用大德廣信本。然選輯之旨，則以家弦戶誦，堪爲世法者爲主。故首列蘇、辛，繼刻堯章、玉田、花外等集，啓人以詞學之正鵠也。次刻罕見之本，如《天籟》、《蟻術》諸作，彰幽發潛之旨也。若《詞林正韵》，則更與人以作詞之範矣。鵬運舟車所至，風雨篷窗，無不沉潜於斯道之中，見有善本，亟行刊刻，以公同好。故是書凡十七種，每書前後間附序跋。未幾又增刻《夢窗甲乙丙丁稿》、朱長孺《樵歌》，又復增刻《花間集》、《明秀集注》、《草堂詩餘》、《周清真集》等書。況周儀《蕙風簃隨筆》曾列其目，最足爲足本。非漸次搜輯，無由得其全書也。近有石印本，較爲完足。

四印齋所刻詞目：

蘇文忠《東坡樂府》二卷（元延祐雲間本。）

辛忠敏《稼軒長短句》十二卷（元大德廣信本）

姜堯章《白石道人詞集》三卷、《別集》一卷

張叔夏《山中白雲詞》二卷、《補錄》二卷、《續補》一卷，陸輔之《詞旨》一卷

王聖與《花外集》（一名《碧山樂府》。）一卷

李易安《漱玉詞》一卷、附《事輯》一卷

戈順卿《詞林正韵》三卷、《發凡》一卷

右詞六家二十五卷，附刻六卷，最十八萬七千一百二十五言。臨桂王氏四印齋刻梓家塾。

馮正中《陽春集》一卷

賀方回《東山寓聲樂府》一卷

史邦卿《梅溪詞》一卷

朱淑貞《斷腸詞》一卷（第一生修梅花館校刊本。）

沈義父《樂府指迷》一卷

右詞別集南唐一家一卷，宋三家三卷，詞話一卷，最四萬四

千七百二十九言。祝犁沕漢刻於京師。

賀方回《東山寓聲樂府補鈔》一卷

《南宋四名臣詞集》一卷

（趙忠簡《得全居士詞》、《李莊簡詞》、李忠定《梁溪詞》、胡忠簡《澹庵長短句》。）

白蘭谷《天籟集》二卷

邵復孺《蟻術詞選》四卷

右宋元詞別集三家七卷，總集一卷，最五萬七千三百九十有四言。橫艾執徐刻於京師。（謝國楨）

八　雙照樓景刊宋金元明本詞初刻十七種續刊二十三種叙録一卷

（民國年仁和吳氏、武進陶氏遞刊本）

《初刻》吳昌綬編，《續刊》陶湘編。是書爲昌綬與武進董康同在京師，喜搜輯宋元舊本，詞集依原式影刻。自歐陽永叔《近體樂府》至鳳林書院《草堂詩餘》而止，凡十七種。武進陶湘重爲續刻，自《東山詞》至《天下同文》凡二十三種。前有《叙録》，記其源委甚詳。彙刻詞集，始於宋代，如南宋長沙《百家詞》，今已不傳。《典雅詞》僅傳殘本。明吳訥《百名家詞》，亦若存若亡。校勘詞集，自汲古而後，當推清季王鵬運、朱祖謀兩家，蔚爲巨觀。昌綬此編，影刊舊本，一仍原書，較王、朱兩家，尤爲進步。而宋元詞集，不皆別行，此書半由文集中別裁而出，尤具卓識。且歐陽永叔諸家之詞，多經後人屬入他家之詞，有此宋本，足以取證其失。《草堂詩餘》刊本甚多，內容互有不同，當以明洪武壬申遵正書堂刊本，分類編纂，最爲確當。餘則有嘉靖戊戌間長沙太學生陳鍾秀校刊本、嘉靖庚戌上海顧從敬類編本、吳郡沈際飛本，皆由明洪武本展轉鈔輯而出，或分門類，或論宮調，遂失本來面目矣。昌綬爲跋，於《草堂詩餘》傳刻源流，辨析入微，有去僞解惑之功也。

《雙照樓景宋元明本詞》初刻本十七種：

景宋吉州本《歐陽文忠公近體樂府》三卷

景宋本《醉翁琴趣外篇》六卷

景宋本《閑齋琴趣外篇》六卷

景宋本《晁氏琴趣外篇》六卷

景宋本《酒邊集》一卷

景宋《蘆川詞》二卷

景宋本《于湖居士樂府》四卷

景宋本《渭南詞》二卷

景宋本《鶴山先生長短句》三卷

景宋本《可齋詞》七卷

景宋本《石屏長短句》一卷

景宋本《梅屋詩餘》一卷

景元延祐本《知常先生雲山集》一卷

景明正德仿宋本《花間集》十卷

景明洪武遵正書堂本《草堂詩餘》前集二卷、後集二卷

景元至大本《中州樂府》一卷

景元本鳳林書院《草堂詩餘》三卷

景宋本《東山詞》上卷

景宋《山谷琴趣外篇》三卷

景宋本《詳注周美成詞片玉集》十卷

景宋本《稼軒詞》甲集一卷、乙集一卷、丙集一卷

景小草齋鈔本《稼軒長短句》十二卷

景宋本《于湖先生長短句》五卷、《拾遺》一卷

景宋本《虛齋樂府》二卷

景元人鈔本《竹山詞》二卷

景宋本《後村居士詩餘》二卷

景元本《秋崖先生詞》四卷

景金本《磻溪詞》一卷

景元本《遯庵先生樂府》一卷

景元本《菊軒先生樂府》一卷

景明弘治高麗晉州本《遺山樂府》三卷

景元本《松雪齋樂府》一卷

景元本《静修先生樂府》一卷

景元本《道園樂府》一卷

景元本《此山先生樂府》一卷

景元本《漢泉樂府》一卷

景元本《雪樓先生樂府》一卷

景元本《秋澗先生樂府》一卷

景宋本《中興以來絕妙詞選》十卷

景汲古閣鈔本《天下同文》一卷（謝國楨）

九　四印齋彙刻宋元三十一家詞三十一卷

（清光緒臨桂王氏刻本）

清王鵬運編。鵬運刻有《四印齋所刻詞》，復以宋元詞人精神所寄，吉光片羽，難以成集者，采輯群書，及有所見，或每家數十首，或數首，彙爲一集，各自成篇。自宋潘閬《逍遥詞》、李彌遜《筠溪詞》等別集二十四家，元劉秉忠《藏春樂府》、張弘範《淮陽樂府》，凡七家。繆荃孫序其書云：“君以天水一朝，人諳令慢，續騷抗雅，如日中天。降及金元，餘風未泯，尺縑寸錦，易没於烟埃，碎璧零磯，終歸於塵壒。遂乃名山別寶，海舶徵奇，螺捐千丸，羊秃萬穎。求書故府，逢宛委之佚編；散步冷攤，獲羽陵之秘牒。傳鈔遍於吳越，校讎忘夫昏旦。宋自潘閬以下得二十四家，元自劉秉忠以下得七家。或麗若金膏，或清如水碧，或冷若碉雪，或奇若岩雲。萬戶千門，五光十色，出機杼於衆製，融情景於一家。復爲之搜采逸篇，校訂訛字。栖塵寶瑟，重調殆絶之弦；沉水古香，復扇未灰之焰。洵足使汲古遜其精，享帚輸其富者矣。”荃孫好古之士，精於版本之學者，文雖都麗，實亦足以副之也。

四印齋彙刻宋元三十一家詞目：

第一冊

《逍遙詞》　　　　　《筠溪詞》

《栟櫚詞》　　　　　《樵歌拾遺》

《梅詞》　　　　　　《綺川詞》

《東溪詞》　　　　　《文定公詞》

第二冊

《燕喜詞》　　　　　《梅山詞》

《拙庵詞》　　　　　《宣卿詞》

《晦庵詞》　　　　　《養拙堂詞》

第三冊

《雙溪詩餘》　　　　《龍川詞補》

《龜峰詞》　　　　　《梅屋詩餘》

《秋崖詞》　　　　　《碎錦詞》

《潛齋詞》

第四冊

《覆瓿詞》　　　　　《撫掌詞》

《章華詞》　　　　　《藏春樂府》

《淮陽樂府》　　　　《樵庵詞》

《墻東詩餘》　　　　《天游詞》

《草廬詞》　　　　　《五峰詞》

右宋詞別集二十四家，元七家，家爲一卷，共三十一卷。（謝國楨）

一〇　宋元名家詞十五種十七卷

（清光緒乙未思賢書局刊本）

清江標編。此爲汲古閣毛氏刊《宋六十家詞》以外之詞，爲彭氏知聖道齋中故物。彭氏跋云：“於謙牧堂藏書中，得宋元人詞二十二帙，題曰《汲古閣未刻詞》。行款字數，與已刻《宋六十家詞》同。每帙鈐毛子晉諸印，皆精妙，特鈔存之。予舊藏李西涯輯《南詞》一部，又《宋元人小詞》一部，合此三書，於六十家外又可得六十二種，安得好事者續鐫爲後集。辛亥秋七月廿七日芸楣記。"此書後歸況夔笙周儀，仁和江標得其轉鈔之本，共二十二家，後附四家，則從況鈔別本得之，不知出諸何家。及標典試湘南，適長沙思賢書局，刻書甚精，乃出此帙，俾工校刻。遂去臨桂王氏四印齋所已刻之詞，其不重者共十五家，名之曰《宋元名家詞》。意在蒐集諸本，以爲毛氏之續，不必專守彭氏一鈔也。

目次：

葛剡《信齋詞》

向滈《樂齋詞》

朱熹《晦庵詞》

吳儆《竹洲詞》

趙以夫《虛齋樂府》

楊澤民《和清真詞》

林正大《風雅遺音》二卷

文天祥《文山樂府》

趙孟頫《松雪齋詞》

程文海《雪樓樂府》

薩都剌《雁行集》

張埜《古山樂府》

倪瓚《雲林詞》

黃裳《演山詞》二卷

姚勉《雪坡詞》（謝國楨）

一一　宋元名家詞七十種

（傳鈔本）

不著編者名氏。是書爲烏絲欄鈔本，每半頁八行，行十七字。彙輯蘇子瞻《東坡詞》、柳三變《樂章集》、陸游《渭南詞》、姜夔《白石詞》、楊無咎《逃禪詞》、蔣捷《竹山詞》、辛弃疾《稼軒詞》凡七十種。有毛晋及汲古主人硃文印。所收各詞，與毛氏《六十家詞》頗有出入。如葛仲魯《丹陽詞》、黄升陽《玉林詞》、石次仲《金谷遺音》等書，均非習見之本。又《東坡詞》、《樂章集》亦與通行本不同。恐此書爲由《唐宋百名家詞》中所抄出，或從汲古閣所藏《六十家詞》底本傳鈔者。紙墨甚新，書口有"紫芝漫鈔"四字，決非汲古原物，毛氏印章，純係偽托者也。

抄録《宋元名家詞》總目：

《東坡詞》	眉山蘇軾子瞻
《樂章集》	柳三變（後更名永。）耆卿
《渭南詞》	陸游放翁
《白石詞》	番陽姜夔堯章
《逃禪詞》	清江楊無咎補之
《竹山詞》	義興蔣捷勝欲
《稼軒詞》	濟南辛弃疾幼安
《竹屋詞》	高觀國賓王
《知稼翁詞》	黄公度師憲
《西樵語業》	廬陵楊炎正濟翁
《孏窟詞》	東武侯寘彦周
《初寮詞》	王安中履道
《空同詞》	空同詞客洪瑹叔璵
《蘆川詞》	三山張元幹仲宗
《石屏詞》	天臺戴復古式之
《省齋詩餘》	衡陽廖行之天民
《茗溪詞》	歸安劉一止行簡
《烘堂集》	醜齋盧炳升陽
《簡齋詞》	河南陳與義去非
《僑庵詩餘》	廬陵李禎昌祺
《雲林樂府》	錫山倪瓚元鎮

《松雪詞》	吳興趙孟頫松雪
《圭塘集》	許孚有壬
《斷腸詞》	朱淑真
《石林詞》	吳郡葉夢得少蘊
《丹陽詞》	（待制文康）葛勝仲魯卿
《東山詞》	山陰賀鑄方回
《樵隱詩餘》	三衢毛开平仲
《竹洲詞》	新安吳儆益恭
《盧溪詞》	盧溪王庭珪民瞻
《溪堂詞》	謝逸無逸
《平齋詞》	古潛洪咨夔舜俞
《信齋詞》	丹陽葛剡謙問
《歸愚詞》	侍郎葛立方常之
《王周士詞》	長沙王以寧周士
《竹坡老人詞》	周榮芝少隱
《菊軒居士詞》	河東段成己誠之
《遯庵居士詞》	河東段克己復之
《東浦詞》	韓玉溫甫
《樂齋詞》	河內向滈豐之
《龜峰詞》	宋人陳經國
《滄浪詞》	滄浪嚴羽（丹丘，一儀卿。）
《笑笑詞》	臨江郭應祥承禧
《于湖長短句》	狀元張孝祥安國
《虛靖詞》	張真人虛
《竹齋詞》	吳興沈瀛子壽
《玉林詞》	黃昇升陽
《夢庵詞》	浚儀張肯繼孟
《玉笥山人詞》	王沂孫碧山父
《虛齋樂府》	東平王千秋錫老

《審齋詞》　　　　東平王千秋錫老
《金谷遺音》　　　石孝友次仲
《白雪詞》　　　　三山陳德武
《姑溪詞》　　　　姑溪李之儀端叔
《竹友詞》　　　　謝邁幼槃
《得全居士詞》　　趙鼎元鎮
《克齋詞》　　　　苕溪沈端節約之
《樵歌》　　　　　洛陽朱敦儒希真
《鶴山詞》　　　　臨邛魏了翁華父
《梅溪詞》　　　　史達祖邦卿
《龍川詞》　　　　永康陳亮同父
《文溪詞》　　　　番禺李昂英俊明
《履齋詩餘》　　　渤海吳潛毅父
《相山詞》　　　　王之道彥猷
《酒邊詞》　　　　薌林向子諲伯恭
《澗泉詩餘》　　　潁川韓淲仲謀
《秋澗樂府》　　　汲郡王輝仲謀
《坦庵長短句》　　汴人趙師俠介之
《片玉集》　　　　周邦彥美成
《花間集》（謝國楨）

一二　西泠詞萃六種九卷

（光緒間錢塘丁氏刻本）

清丁丙編。丙藏書最富，喜整理其鄉邦文獻，所刊《武林先哲遺書》，已著錄。此爲輯宋元武林詞人詞集。周清真《片玉集》，尤爲宋詞絕唱，明代刻本，要以汲古閣本爲最善，惟仍有踳譌，乃屬仁和許增據《清真集》、《美成長短句》重爲校輯。姚述堯《簫臺公餘詞》不見《四庫》著錄，流傳極罕。述堯字進道，華亭人。宋紹興進士，知溫州樂清縣。縣有簫臺峰，其詞皆官樂清作，因以名其集。生平與張橫爲友，其詞清麗芊綿，無語錄氣，爲南宋道學所罕見。餘杭仇遠字仁父，爲宋季遺民，入元不仕，歸老西湖，偕林昉、吳大有、胡仲弓輩七人，江山跌宕，以詩酒送年。一時若張翥、張天雨，莫維賢，皆出其門。著有《金淵集》、《無弦琴譜》。《金淵集》，《四庫》已著錄。其詞清微要眇，與玉田、草窗爲近。《無弦琴譜》，爲金匱孫爾準由《永樂大典》中輯出，不著撰人姓氏。證以《觀月》、《咏雪》諸作，知爲仁父之作。釐爲二卷，丁氏用爲刊印，亦詞林之佳話也。

目次：

一三　小檀欒室彙刻閨秀詞十集一百十種一百廿九卷

（清光緒間南陵徐氏刊本）

徐乃昌編。詞學始於晚唐，盛於兩宋。其初多托之閨襜兒女之辭，以寫其鬱結綢繆之意，誠以女子善懷，具纏綿悱惻，如不勝情之致，於感人爲易。然夷考其時，《花間》所載，乃絕無閨秀之詞，即兩宋婦人傳作，李清照、朱淑真，哀然成集外，餘亦斷香零粉。松陵周氏《林下詞選》，所錄閨秀詞令之妓女、才鬼，不過百餘家而已。有清閨閫詞人，信逾前代，然卓落可傳，亦不過孫蓀意、顧太清、吳藻諸家。其間作者，或不免倩人代作，或綴錦拾華，略無性靈，以其出諸閨閣，故競愛寶之。南陵徐氏，性嗜依聲，以閨秀詞集易致散佚，尤篤意搜羅。所藏殆逾百家，次第梓行，凡成數集。又仿《元詩癸集》之例，凡詞之叢殘不成集者，合爲一編曰《閨秀詞選》。浙西、吳中名閨秀女唱和之什，如平湖

沈夢蘋諸作，雖尚有待徵補，然大體已略備矣。前有況夔笙、金武
祥、王鵬運序，推崇備至。而每集前均附著者小傳，可備文獻之
徵。若徐氏者，亦好古敏求之士也。

小檀欒室彙刊閨秀詞：

第一集

《琴清閣詞》一卷　楊芸

《生香館詞》一卷　李佩金

《莒香詞》一卷　顧翎

《衍波詞》一卷　孫蓀意

《鴻雪樓詞》一卷　沈善寶

《玉雨詞》一卷　曹慎儀

《古春軒詞》一卷　梁德繩

《洞簫樓詞》一卷　王倩

《聽雪詞》一卷　歸懋儀

《古雪詩餘》一卷　楊繼端

第二集

《拙政園詩餘》一卷　徐燦

《梅花園詩餘》一卷　鍾蘊

《玉窗詩餘》一卷　葛宜

《貯素樓詞》一卷　蘇穆

《綠月樓詞》一卷　江瑛

《靜一齋詩餘》一卷　周詒蘩

《冷香齋詩餘》一卷　周翼杶

《瘦香樓詞》一卷　宗婉

《繡餘詞》一卷　錢念生

《簪花閣詩餘》一卷　翁端恩

第三集

《栖香閣詞》二卷　顧貞立

《蠹窗詩餘》一卷　張令儀

《絳雪詞》一卷　薛瓊

《浣沙詞》一卷　沈纕

《清藜閣詞》一卷　江珠

《碧桃館詞》一卷　趙我佩

《松籟閣詩餘》一卷　沈榛

《鮮潔亭詩餘》一卷　蔣紉蘭

《滄音閣詞》一卷　趙友蘭

《寫麋廔詞》一卷　陳嘉

第四集

《秋水軒詞》一卷　莊盤珠

《雨花庵詩餘》一卷　錢斐仲

《夢影樓詞》一卷　關鍈

《澹菊軒詞》一卷　張繬英

《緯青詞》一卷　張䌌英

《和漱玉詞》一卷、《澗南詞》一卷　許德蘋

《濾月軒詩餘》一卷　趙芬

《月樓琴詩》一卷　蕭恒貞

《倩影樓遺詞》一卷　陸蒨

《寫韵樓詞》一卷　吳尚憙

第五集

《花簾詞》一卷、《香南雪北詞》一卷　吳藻

《秋笛詞》一卷　呂采芝

《聞妙香室詞》一卷　陸珊

《長真閣詩餘》一卷　席珮蘭

《秋瘦閣詞》一卷　唐韞貞

《綠夢軒遺詞》一卷　錢湘

《賦燕樓詞》一卷　陳珍瑶

《光霽樓詞》一卷　陸蓉佩

《翠螺閣詞》一卷　凌祉媛

《彌綠詞》一卷　濮文綺

第六集

《聽雨樓詞》二卷　孫雲鶴

《瑤華閣詞》一卷、《補遺》一卷　袁綬

《九疑仙館詞》一卷　談印梅

《金粟詞》一卷　朱璵

《淡仙詞》四卷　熊璉

《有誠堂詩餘》一卷　方彥璈

《玉簫詞》一卷　殷秉璣

《芷衫詩餘》一卷　高佩華

《藝菊詞》一卷　陶淑

《哦月樓詩餘》一卷　儲慧

第七集

《嘯雪庵詩餘》一卷　吳綃

《繡閑詞》一卷　徐元瑞

《三秀齋詞》一卷　鮑之芬

《德風亭詞》一卷　王貞儀

《碧梧紅蕉館詞》一卷　左錫璇

《冷吟仙館詩餘》一卷　左錫嘉

《蓮因室詞》一卷　鄭蘭蓀

《慈暉館詞》一卷　阮恩濼

《曇花詞》一卷　汪淑娟

《蕉窗詞》一卷　鄧瑜

第八集

《錦囊詩餘》一卷　明商景蘭

《淡香樓詞》一卷　葛秀英

《補欄詞》一卷　劉琬懷

《晚香居詞》二卷　張玉珍

《瘦吟詞》一卷　許淑慧

《浣青詩餘》一卷　錢孟鈿

《茶香閣詞》一卷　黃婉璚

《雯窗瘦影詞》一卷　許誦珠

《佩秋閣詞》一卷　吳苣

《慧福樓詞》一卷　俞綉孫

第九集

《鏡閣新聲》一卷　明朱中楣

《古香樓詞》一卷　錢鳳綸

《黎雲榭詞》一卷　鍾筠

《湘筠館詞》二卷　孫雲鳳

《韞玉樓詞》一卷　屈秉筠

《楚畹閣詩餘》一卷　季蘭韵

《壽研山房詞》一卷　曹景芝

《含青閣詩餘》一卷　屈蕙纕

《綉墨軒詞》一卷　俞慶曾

《飲露詞》一卷　李道清

第十集

《鸝吹詞》一卷　明沈宜修

《芳雪軒詞》一卷　葉紈紈

《陳香閣詞》一卷　葉小鸞

《雪壓軒詞》一卷　賀雙卿

《倚雲閣詞》一卷　張友書

《翠薇仙館詞》一卷　孫瑩培

《唾絨詞》一卷　吳小姑

《霞珍詞》一卷　繆珠蓀

《崦樓詞》一卷　沈鵲應

《花影吹笙室詞》一卷　李慎溶

附《閨秀詞鈔》十六卷（謝國楨）

一四　嘉惠堂宋人詞鈔十七種十七卷

（丁氏八千卷樓傳鈔本）

不著編者名氏。按清代裒集宋人詞集，汲古閣毛氏而後，當推王鵬運、朱孝臧兩家。是書爲丁氏八千卷樓舊鈔本，王氏即據以輯入《四印齋詞》者。況周儀《蘭雲菱夢樓筆記》云："甲辰四月下沐，過江訪半唐揚州，晤於東閣街儀董學堂西頭之寓廬。握手欷歔，彼此詫爲意外幸事，蓋不相見已十年矣。半唐出示別後所得宋人詞四巨冊，杭州丁氏嘉惠堂精鈔本。嘉惠堂者，丁氏進呈藏書，諭旨有'嘉惠士林'之褒也。計劉辰翁《須溪詞》、謝薖《竹友詞》等十七家。《須溪》、《東澤》、《水雲》三種，憶余與半唐同官京師時，極意訪求不可得。《松隱》則昔祇得前半本，此足本也。"在清季時，況氏已驚爲異本。是書未幾即歸繆荃孫氏，今已輾轉歸北平圖書館矣。

目次：

《須溪詞》	宋劉辰翁
《竹友詞》	宋謝薖
《滄浪詞》	宋嚴羽　祇二闋不成卷
《夢庵詞》	宋張肯
《寧極齋樂府》	宋陳深
《東澤綺語》	宋張輯
《僑庵詞》	宋李祺
《白雪詞》	宋陳德武
《耐軒詞》	宋王達
《松隱詞》	宋曹寵
《履齋詞》	宋吳潛
《省齋詩餘》	宋廖行之
《水雲詞》	宋汪元量
《蓮社詞》	宋張掄

《竹齋詞》	宋沈瀛
《王周士詞》	宋王以寧
《本堂詞最》	宋陳著（謝國楨）

一五 侯鯖詞五種五卷

（清光緒十一年刊本）

清吳唐林纂。《侯鯖詞》五種，計江寧鄧嘉純《空一切盦詞》一卷，吳縣俞廷瑛《瓊華室詞》一卷，鐵嶺宗山《窺生鐵齋詞》，任邱邊保樞《劍虹盦詞》一卷，吳唐林《橫山草堂詞》一卷。唐林字晉壬，陽湖人，別號滄緣居士。工吟咏、倚聲之學。如所作〔風入松〕諸闋，《春夜聽雨》云："小樓夢醒半惺忪。人在雨聲中。衾寒似水眠難貼，倩誰消、離恨重重。愁共爐烟繚繞，檜鐵丁東。　蕭蕭急響透簾櫳。幾度困春風。朝來松樹啼鶯裏，定飛殘、多少嫣紅。正是黯無眠處，隔林遙逗疏鐘。"嗣陽湖之絕響，繼張左之遺踪，凄切纏綿，饒有情趣。

目次：

《空一切盦詞》	鄧嘉純
《瓊華室詞》	俞廷瑛
《窺生鐵齋詞》	宗山
《劍虹盦詞》	邊保樞
《橫山草堂詞》	吳唐林（謝國楨）

一六 雲自在龕彙刻名家詞十七種二十卷附錄一種一卷

（民國年雲自在龕刻本）

繆荃孫編。有清詞人，首推浙西，陳維崧刊有《浙西六家詞》。洎張惠言崇尚北宋，詞風爲之一變，號陽湖體。是書所輯者，以陽湖詞家爲宗，如張琦《立山詞》、董士錫《齊物論齋詞》、宋翔鳳《香草詞》、周之琦《金梁夢月詞》，凡如干家，而以江陰詞人蔣春霖《水雲樓詞》、陸志淵《蘭紉詞》殿焉。乃天斳詞人，

世不倍出，每有才難之憾，而零篇短簡，尤易散佚。繆氏輯諸家之
詞，蔚爲一集，雖以陽湖爲的，然有清末葉，詞客騷人，心血所
寄，大半在斯矣。附宋翔鳳《樂府餘論》一卷，述作詞之旨甚詳，
如云：“詩之餘，先有小令，微而引長之，於是有〔陽關引〕〔千
秋歲引〕〔江城引〕之類。又謂之‘近’，如〔訴衷情近〕〔祝英
臺近〕之類，以音調相近，從而引之也。《草堂詩餘》，并以爲中
調。引而愈長者，則爲慢。慢與曼通，曼之訓引也、長也，如
〔木蘭花慢〕、〔長亭怨慢〕、〔拜新月慢〕之類是也。其始皆令也，
不曰令，曰引，曰近，曰慢。而曰小令、中調、長調者，取流俗易
解，又能包括衆題也。”雖聊聊數言，於詞之源流，思過半矣。

名家詞目：

《立山詞》

《竹鄰詞》

《齊物論齋詞》

《香草齋詞》

《洞簫詞》

《碧雲盦詞》

附《樂府餘論》

《柳下詞》

《萬善花室詞》

《金梁夢月詞》

《懷夢詞》

《三十六陂漁唱》

《冰蠶詞》

《汀鷺詩詞》

《湖海草堂詞》

《水雲樓詞》

《蘭紉詞》

《匏落詞》（謝國楨）

一七　廣川詞録十種二十四卷

（民國刊本）

　　董康編。有清詞家，推浙中、毘陵二派。常州於沖雅婉約之中，樹“重大正拙”之旨，巍然稱雄於騷壇。言詞者咸以常州爲圭臬，以開臨桂之濫觴。逮皋文、翰風兩君，闡“意内言外”之旨，言常州詞者，莫不奉二張爲大師。然明季以迄雍乾，鄒、董、陳、劉諸子，廣唱迭酬，已夙開言詞之宗派，樹一邑之先聲矣。至毘陵董氏，世有達人，亦世治詞學。言毘陵文獻者，每輒能詳之。誦芬室主人康，經畬累業，退食之暇，雅爲詞翰，家富藏書，雖官廊廟，而一事儒素。平生微尚，多托於鉛槧之間，更輒以承先啓後爲事，網羅先德詞集。如董元愷《蒼梧詞》，則取諸舊藏清初刊本；董以寧《蓉渡詞》、董俞《玉鳧詞》，則取諸孫默《國朝十六家詞》本，而以其兄祺字絞紫之《碧雲詞》及康所撰《課花庵詞》附之於後。所刻諸家，當以董元愷《蒼梧詞》及董以寧《蓉渡詞》爲勝。其體導源於《花間》、二晏，沉博絶麗，錦心綉口，彌見才思。雖不如二張之清約蘊藉，而才藻艷麗，思致悱惻，則有過之。蓋詞人之旨，本率心聲，固無事於雕鑿，若二張諸家，則爲文人之詞，非出於天籟矣。董俞占籍華亭，係出遠族，故亦附焉。

　　目次：

《蒼梧詞》十二卷　元愷

《蓉渡詞》三卷　以寧

《漱花詞》一卷　潮

《玉椒詞》一卷　基誠

《蘭雪詞》一卷　祐誠

《齊物論齋詞》一卷　士錫

《蜕學齋詞》二卷　毅

《碧雪詞》一卷　祺

《課花盦詞》一卷　康

《玉霓詞》一卷　俞（謝國楨）

一八　詞學全書四種十三卷

（清乾隆間刊本）

清查培繼編。培繼字王望，東海人。是書輯毛先舒諸人所撰《填詞圖譜》、詞話、詞韻，堪爲詞林矩矱。據其自序，填詞之家，染毫抒翰，爭一字之奇，一韻之巧，幾於江皋拾翠，洛浦探珠。然昧厥源流，或乖聲韻，識者病之。此余家仲隨庵偕毛氏、賴氏、仲子、王子有詞學之刻。釐辨精確，用以鼓吹騷壇，厥功匪淺。按王又華《古今詞論》一書，輯古今詞人論詞之語，春閨佳句，桐鳳遺篇，讀之能引人入勝。毛先舒《填詞名解》，本諸唐崔令欽、段安節、宋王灼、黃朝英，以至楊慎、都穆、何良俊、陳耀文諸家詞話，裁去繁復，歸於至當，述詞調之源流，解樂府之緣起，可與吳兢《樂府解題》并讀也。

目次：

《填詞名解》一卷　清毛先舒

《古今詞論》一卷　清王又華

《填詞圖譜》六卷，又《續集》一卷

《詞韻》上下卷，《古韻》附

《詞韻論略》一卷（謝國楨）

一九　詞學叢書七種二十三卷

（清乾隆間石研齋秦氏刻本）

清秦恩復編。恩復字敦夫，江都人。乾隆丁未進士，官編修。壯年引疾告歸，優游林下者三四十年。所居曰“玉笥仙館”，讀書好古，蓄書之處，曰“石硯齋”，達數萬卷，日夕檢校，丹黃殆遍。嘗以歙縣鮑淥飲藏善本宋元人詞集百數十種，遠出汲古之上，并刻《碧雞漫志》、《蘋洲漁笛譜》於《知不足齋叢書》中。恩復獲其副本，不下數十種。乃前後輯曾慥《樂府雅詞》、張炎《詞源》、鳳林書院《草堂詩餘》等七種，題曰《詞學叢書》。元和顧千里序其書云：“填詞者得之，循其名，思其義。於《詞源》可以得七宮十二調聲律一定之學；於《韵釋》可以得清濁部類分合配隸之學；於《雅詞》可以博觀體製，深尋旨趣，得自來傳作，無一字一句任意輕下之學。繼自今將復夫人而知有詞即有學，無學且無詞。而太史之爲功於詞者，非淺鮮矣。”實則自汲古《六十家詞》後，刊刻之精，選擇之良，當推是書也。

目次：

《樂府雅詞》三卷、《拾遺》二卷　宋曾慥編

《陽春白雪》八卷、《外集》一卷　宋趙聞禮編

《詞源》二卷　宋張炎編

《日湖漁唱》一卷、《補遺》一卷、《續補遺》一卷　宋陳允平撰

元《草堂詩餘》三卷　鳳林書院本

《詞林韵釋》一卷　菉斐軒本（謝國楨）

二〇　詞話叢鈔十種十卷

（民國年大東書局石印本）

王文濡編。編者旅居海上，寄食書坊，善爲文章，有以自見。然於倚聲之學，則多疏略。比萍社之集，獲晤況夔笙周頤，問其填詞之法，及詞話之輯。況氏舉俞彦《爰園詞話》等書，都凡九種，文濡并增蔣敦復《芬陀利室詞話》一種。所輯各書，未如近人所編《詞話叢編》之詳贍，然時亦有佳構。若蔣敦復者，學詞於陽湖周保緒，與長洲王韜爲友。韜序其書，稱敦復之詞，上追南唐北宋，而舉“有厚入無間”一語，爲獨得不傳之秘。謂爲詞之道，易流於纖麗空滑，欲反其弊，往往變爲質木，或過作謹嚴，味同嚼蠟。故煉意煉辭，斷不可少。煉意所謂添幾層意思，煉辭所謂多幾分渲染也。其言能知詞中甘苦。王氏懷有革命思想，與洪楊之役，著述甚繁，頗有創獲，則敦復亦異能之士也。

目次：

二一　詞話叢編六十種八十四卷

（鉛印本）

唐圭璋編。圭璋，江寧人。倚聲之學盛於天水，而音律之學，則肇於南渡。蓋聲律譜錄，日漸凌夷，昔則出自天籟，婦孺能歌；後則操諸士夫，界劃益嚴。作者苦無準繩，歌者難憑矩矱。知音之士，乃詳考聲律，細究文辭。玉田《詞源》，晦叔《漫志》，伯時《指迷》，一時并作。三者之外，猶罕專篇。元明以來，若陸輔之《詞旨》、陳霆《渚山堂詞話》、王世貞《藝苑卮言》等書，精言蔚起，各自成家。大抵無單行之本，或附諸文集之後，或采入叢書舊刊，流傳日益尠少。詞曲專集雖有合刊，詞話之書，尚散在群書，志學之士，搜檢爲難。圭璋博取衆籍，剪裁校理，蔚爲一書。初集凡六十種，并取善本加以校讎，如楊愼《詞品》、《渚山堂詞話》，則明嘉靖本精校增補，用力頗勤。其罕見之書，則有沈雄《古今詞話》、馮金伯《詞苑萃編》。至杜文瀾《憩園詞話》，向無刊本，則用潘鍾瑞、費念慈兩家校訂原稿本刊入，足以取便學人，供倚聲家之津逮。惟校刊未審，間有誤字。圭璋尚有《全宋詞》之輯，近已付印，此可與《全唐詩》并傳者也。

《詞話叢編》總目：

《碧鷄漫志》五卷　宋王灼撰

《能改齋漫録》二卷　宋吳曾撰

《苕溪漁隱詞話》二卷　宋胡仔撰

《魏慶之詞話》一卷　宋魏慶之撰

《浩然齋雅談》一卷　宋周密撰

《詞源》二卷　宋張炎撰

《樂府指迷》一卷　宋沈義父撰

《吳禮部詞話》一卷　元吳師道撰

《詞旨》一卷　元陸輔之撰

《渚山堂詞話》三卷　明陳霆撰

《藝苑卮言》一卷　明王世貞撰

《爰園詞話》一卷　明俞彦撰

《詞品》六卷、《拾遺》一卷　明楊慎撰

《窺詞管見》一卷　清李漁撰

《西河詞話》二卷　清毛奇齡撰

《古今詞論》一卷　清王又華撰

《七頌堂詞繹》一卷　清劉體仁撰

《填詞雜説》一卷　清沈謙撰

《遠志齋詞衷》一卷　清鄒祇謨撰

《花草蒙拾》一卷　清王士禛撰

《皺水軒詞筌》一卷　清賀裳撰

《金粟詞話》一卷　清彭孫遹撰

《古今詞話》八卷　清沈雄撰

《歷代詩餘話》十卷　清王奕清等撰

《雨村詞話》四卷　清李調元撰

《西圃詞説》一卷　清田同之撰

《銅鼓書堂詞話》一卷　清查禮撰

《雕菰樓詞話》一卷　清焦循撰

《靈芬館詞話》二卷　清郭麐撰

《詞綜偶評》一卷　清許昂霄撰

《介存齋論詞雜著》一卷　清周濟撰

《詞苑萃編》二十四卷　清馮金伯撰

《本事詞》二卷　清葉申薌撰

《蓮子居詞話》四卷　清吳衡照撰

《樂府餘論》一卷　清宋翔鳳撰

《填詞淺説》一卷　清謝元淮撰

《雙硯齋詞話》一卷　清鄧廷楨撰

《問花樓詞話》一卷　清陸鎣撰

《詞徑》一卷　清孫麟趾撰

《聽秋聲館詞話》二十卷　清丁紹儀撰

《憩園詞話》六卷　清杜文瀾撰

《詞學集成》八卷　清江順詒撰

《賭棋山莊詞話》十二卷、《續詞話》五卷　清謝章鋌撰

《蒿庵詞話》一卷　清馮煦撰

《菌閣瑣談》一卷　清沈曾植撰

《芬陀利室詞話》三卷　清蔣敦復撰

《詞概》一卷　清劉熙載撰

《白雨齋詞話》八卷　清陳廷焯撰

《復堂詞話》一卷　清譚獻撰

《歲寒居詞話》一卷　清胡薇元撰

《論詞隨筆》一卷　清沈祥龍撰

《詞徵》六卷　清張德瀛撰

《裒碧齋詞話》二卷　清陳鋭撰

《詞論》一卷　清張祥齡撰

《近詞叢話》一卷　徐珂撰

《人間詞話》二卷　王國維撰

《詞説》一卷　蔣兆蘭撰

《小三吾亭詞話》五卷　冒廣生撰

《海綃翁說詞稿》一卷　陳洵撰

《粤詞雅》一卷　潘蘭史撰（謝國楨）

二二　浙西六家詞十一卷附山中白雲詞八卷

（清康熙間刻本）

清陳維崧編。維崧字其年，號迦陵，宜興人。少以諸生負盛名，貌清臒而髯，時稱"陳髯"。康熙中舉鴻博，授檢討，與修《明史》。是書彙輯浙西詞：朱彝尊《江湖載酒集》三卷、李良年《秋錦山房集》一卷、沈皞日《柘西精舍集》一卷、李符《耒邊詞》二卷、沈岸登《黑蝶齋詞》一卷、龔翔麟《紅藕莊詞》三卷。大抵竹垞之詞，偏於側艷，嘉興三李，文彩獨長，詞效南宋，以夢窗、玉田爲宗，旁及石帚、梅溪、碧山、頻洲各家之體。浙西才人，互通聲氣，吟章摘句，蔚爲詞宗，此浙西詞家彌重於清初。遺響所被，每稱道於人口。陳維崧序所謂"地則錢唐、檇李，家山祇兩郡之間；詞如白石、梅溪，風格軼群賢而上"者也。玉田詞舊本僅百餘首，竹垞藏有錢編修庸亭舊鈔本，累楮百翻，多至三百餘首，用付剞劂，以窺全豹。叔夏爲宋季循王之後，宋亡後澤畔行吟，栖遲終老，曾以《春水》一詞，絕唱今古，人號曰"張春水"。又以《孤雁》詞有"寫不成書，祇記得、相思一點"之句，人稱之曰"張孤雁"。風流微尚，足以見其旨趣。袁伯長《送叔夏歸杭疏》云："古梅千檻，空懷玉照風流。"玉照，張鎡功甫之堂名也。張氏玉照堂文酒之會，盛極一時，天水運終，烟消雲斂。玉照之名，遂歸於詞人矣。

目次：

《江湖載酒集》三卷　清朱彝尊

《秋錦山房詞》一卷　清李良年

《柘西精舍詞》一卷　清沈皞日

《耒邊詞》二卷　清李符

《黑蝶齋詞》一卷　清沈岸登

《紅藕莊詞》三卷　清龔翔麟

附刻：

《山中白雲詞》八卷　宋張炎（謝國楨）

二三　石蓮盦刻山左人詞十九種四十六卷

（清光緒十七年海豐吳氏刻本）

清吳重憙編。重憙字仲詒，海豐人。光緒間舉人，官至福建按察使。式芬之子也。昔盧見曾《山左詩鈔》之選，惟詞集選刻，則尚無聞。光緒乙亥，王懿榮祭酒出所藏《漁洋詞》寫定本爲倡，慫恿重憙刻《山左人詞》。重憙歸而商之繆荃孫太史，各出所藏，先得清初王西樵、阮亭、宋玉叔、曹實庵四家，續於《百家詩選》得楊聖期、唐濟武兩家，宋詞得李端叔、辛稼軒、周公謹、李清照四家。己亥復得趙飴山、田在田兩家。庚子又於《六十家詞》得柳耆卿、晁無咎、王錫老、侯彥周四家，於《典雅詞》得趙渭師一家，共十七家。其纂輯選擇之功，則均繆氏之力也。繆氏序稱"古人之詞，往往在編集之外。故《雞肋集》七十卷，而《琴趣》目爲外編。王漁洋三十六種，而《阮亭詩餘》不在其列。零星小帙，湮沒尤易，此薈萃之難"。繆氏之説，可謂知言。故吳昌綬《雙照樓影宋元詞》之刻，即由舊本抉擇而出，影印原書，一仍其舊。朱祖謀《彊村叢書》，則采擇群書輯佚補亡，有整理爬梳之功。吳氏此集，雖局一隅，然山左爲人文薈萃之地，才子詞人先後不絕，有此一書，蔚爲巨帙，後之人讀是書者，庶有所嚮往矣。

目次：

《樂章集》一卷　宋柳耆卿撰

《姑溪詞》一卷　宋李之儀撰

《琴趣外編》六卷　宋晁補之撰

《審齋詞》一卷　宋王千秋撰

《孏窟詞》一卷　宋侯寘撰

《拙庵詞》一卷　宋趙礌老撰

《稼軒詞》十二卷　宋辛弃疾撰

《草窗詞》二卷、《補遺》二卷　宋周密撰

《漱玉詞》一卷　宋李清照撰

《炊聞詞》二卷　清王士禄撰

《衍波詞》二卷　清王士禛撰

《二鄉亭詞》三卷　清宋琬撰

《竹西詞》一卷　清楊通倇撰

《志壑堂詞》一卷　清唐夢賚撰

《珂雪詞》二卷　清曹貞吉撰

《飴山詩餘》一卷　清趙執信撰

《晚香詞》三卷、附《西圃詞説》一卷　清田同之撰（謝國楨）